永春斋游旅随记

陈志勇 著

吉林美术出版社 | 全国百佳图书出版单位

图书在版编目（CIP）数据

永春斋游旅随记 / 陈志勇著. -- 长春：吉林美术出版社，2017.5
ISBN 978-7-5575-2489-0

Ⅰ. ①永… Ⅱ. ①陈… Ⅲ. ①游记-作品集-中国-当代 Ⅳ. ①I267.4

中国版本图书馆CIP数据核字(2017)第123076号

永春斋游旅随记
Yongchunzhai Youlv Suiji

作　者	陈志勇
责任编辑	于丽梅
装帧设计	久仰文化
开　本	710mm×1000mm　1/16
字　数	260千字
印　张	20.5
版　次	2017年5月第1版
印　次	2021年7月第2次印刷
出版发行	吉林美术出版社
地　址	长春市人民大街4646号
网　址	www.jlmspress.com
印　刷	武汉市轩辕印务有限责任公司

ISBN 978-7-5575-2489-0　　定价：74.00元

致读者

桃花源里好耕田

桃花源记是五柳先生传世佳作，桃花源是中国古代田园诗人梦想乌托邦。建国初期，毛主席提出"绿化祖国，实行大地园林化"的主张，他看了《红星集体农庄的远景规划》后十分高兴，他在《按语》中指出："人类的发展有了几十万年，在中国这个地方，直到现在方才取得了按照计划发展自己的经济和文化的条件。"后来，小流域的治理，生态县的建设，都与这个主张的方向相契合。但随着城镇化的快速发展，城乡协调共建的问题，在某种程度上似被忽视。

三农与新中国的诞生息息相关；三农与城市现代化发展必须相匹配！十二大以后，农业部2013年启动"美丽乡村"建设，2014年以十大模式1100个试点全国铺开。据报道，今年仅在建农村观光旅游项目就达9400多个，比上年增长30％，形势喜人。

我认为，城乡旅游和园林建设，也有个为谁服务的问题，必须坚持为大众的方向，反对低级趣味和腐化奢靡。

退休后有时间了，我在一次聚会上建议：

"只要身体尚可，我们可以两三结伴、三五同行，去公园、去京郊、去祖国各地，远足旅游、休闲访居，并把所见所闻所思写成游记文字，以见证东方文明古国的伟大复兴，让麻烦不断、多灾多难的世界，看到人类可能还有光明可期的前景"。

谨以永春斋拙笔游记集，作为向各位的报告。

陈志勇　2016.8.11.

目录 Contents

致读者

北京篇

【2011】

1 游万寿寺
2 五塔寺——北京石刻艺术博物馆
3 动物园址史迹一瞥
4 携游一日
5 恭王府一游
6 野生动物世界
7 我的七十三岁生日
8 游宽沟
9 永宁古镇行

【2012】

1 重游双秀
2 大钟寺
3 游龙泉峪
4 再游海淀公园
5 北京元大都城垣遗址公园游
6 样式雷圆明园体验展
7 游北京营城建都滨水绿道
8 首游天宁寺
9 参观白塔寺、广济寺
10 寻访护国寺

【2013】

1 劳动实习五十年回顾
2 农科院五十年重聚
3 农大毕业五十年小聚
4 中国农科院再聚
5 金秋会老友
6 我家国庆招待会
7 2013中秋节
8 陪客再游园博园
9 三游园博园
10 永定河湿地公园掠影
11 幸福一村挚友会

【2014】

1 紫竹院会友
2 阳光星期八
3 首临北极寺绿地
4 涉足百旺公园
5 探八家郊野公园
6 骑访中关村公园
7 游马甸公园
8 寻访南水北调北京段踪迹
9 三访北坞公园
10 访万寿公园
11 游老山城市休闲公园
12 游法海寺
13 访清河营勇士营郊野公园
14 踏访巴沟山水园
15 浏览长春健身园
16 访金源娱乐园
17 再访玲珑公园
18 访中关村生命科学园
19 访中关村软件园
20 长河觅史踪
21 畅观堂家祭
22 顺访报国寺

【2015】

1 小毛驴婚礼
2 美丽乡村博览会
3 穿游张家口市
4 西洋楼遗址记详
5 访香山宗镜大昭之庙
6 寻览树村公园
7 什刹海火神庙
8 育新乙未春联一瞥
9 西三旗街道建设规划栏框
10 魅力西三旗宣传栏
11 圆明园第20届荷花节
12 访李大钊故居
13 谒李大钊烈士陵园
14 穿游中科院植物园
15 海淀旗舞广场公园
16 中流砥柱
17 北京赵登禹路和佟麟阁路
18 察访张自忠路
19 谒访抗战名将纪念馆
20 寻谒赵登禹将军墓
21 寻访自忠小学
22 抗日名将路（外一首）
23 大屯文化广场
24 游西海子公园三教庙
25 通州运河游（一）
26 通州运河游（二）
27 通州运河游（三）

【2016】

1 越长城 看冰灯
2 两看四届北京农业嘉年华
3 三临北植看花展
4 春游卧佛寺樱桃沟

5 游八大处公园

6 红星集体农庄首届油菜花节

7 访北京市方志馆

8 父子游房山

9 昌平公园游记

10 登八达岭长城

11 陪客游十三陵神路

12 四人同赏北植菊花节

13 陪客游天坛

14 两览首都博物馆

15 首游北宫国家森林公园

16 参观航天科技成果展

17 浏览《华夏之光》

18 浏览《探索与发现》

19 浏览国家动物博物馆记

20 浏览中国地质博物馆记

京外篇

【2009】

1 还乡5日记

2 游承德避暑山庄

3 东北游纪要

4 游北戴河

【2010】

1 昆明之旅

2 丽江五日游

3 游资中重龙山

4 都江堰之行

5 看世博游上海

6 我看上海世博会

7 杭州五日游

8 苏州二日游

9 隆昌一日游

10 般若寺一日游

【2011】

1 易县之旅

2 迁墓小记

3 坝上崇礼行

4 西安之旅

5 美国之旅

【2013】

第一编　春节海南行

1 上鹿回头山顶公园

2 驱车天涯海角、崖州古城、南山观音苑

3 游亚龙湾、海棠湾，滨海酒楼吃年夜饭

4 游分界洲岛

5 访兴隆热带植物园

6 动车北上　下榻岸芷汀兰酒店

7 荣域看房　福山品咖啡　观澜湖留影

8 浏览江南城小区 探金牛岭、人民公园

　　9 畅游白沙门公园

　　10 南下东郊椰林景区 访宋氏祖居

　　11 李硕勋纪念亭 五公祠 火山口公园 海瑞墓

　　12 告别斑点狗 访东寨港红树林 取道广州返京

第二编　内江百日

1 重庆看五一升旗仪式

2 访幸福村

3 三访三元塔

4 姐妹聚

5 内江端午节

6 甜城湖景

7 游玉皇观

8 游圣水寺

9 乘机返京和送行人小游重庆

第三编　三亚游记

1 大东海广场

2 大东海海湾沙滩

3 踏访小东海

4 偶览帆船港

5 览红树林游白鹭公园

6 上三亚凤凰岭

7 游大小洞天

8 游三亚南山

9 访槟榔河乡村旅游区

10 探访落笔洞

11 登天涯点火台

12 游亚龙湾热带天堂森林公园

13 游三亚西岛

14 再游鹿回头公园

第四编　洛阳北川遵义江阴纪行

1 洛阳赏牡丹

2 北川纪行

3 游览遵义

4 江阴之旅

【2014】

第一编　甲午出游要集

1 华夏神州

2 河北英烈纪念园扫墓

3 游苍岩山

4 访小平故里

5 游览青城后山

6 访尚腾新村

第二编　甲午甜城居

1 甜城景观的蜕变

2 甲午端午后再访十贤居

3 参加内江同学太子湖聚会

4 大自然南丰世家小聚

5 修弟生日大洲广场看雕塑

6 再游内江般若寺

7 浏览东兴老街

8 父亲节游览威远景点

9 东桐路景观亭联

10 翔龙山摩崖造像

11 访内江中区松山公园

【2015】

第一编 乙未甜城散记

1 游沱江湿地公园

2 东桐路新增景观亭

3 参加棉纺厂部分老干部一次聚会

4 范长江文化旅游园

5 五星草堂同学聚

6 梅山有缘小聚

7 参观内江城市规划展览馆

8 参观喻培伦纪念馆

9 访罗泉古镇

10 访内江佛灯寺

11 万家白鹤湾看荷花

12 览圣水寺河岸雕塑

13 顺访自贡恐龙博物馆

第二编 乙未重庆游记

1 游璧山观音塘湿地公园

2 游璧山秀湖公园

3 重庆北碚访友

4 游合川钓鱼城

5 进人民公园、看濮岩寺、访卢作孚故居

6 永川茶山竹海之旅

第三编 乙未西昌游记

1 西昌之旅第一天

2 参观西昌卫星发射基地

3 游览西波鹤影湿地公园

4 游览观鸟岛、梦里水乡湿地

5 游览梦回田园和月亮湾

【2016】

第一编 内江乡游赤水湖旅

1 访游银杏山庄感恩寺

2 新店乡村旅游

3 内江第七届龙舟节

4 贵州赤水天岛湖之旅

5 内江翠屏舞凤牌坊及湖景亭

第二编 天津之旅

1 参观周邓纪念馆 穿游水上公园

2 游意大利风情区和意风码头

3 寻览引滦入津纪念碑

4 走访天津古文化街

5 天津港外滩观光

第三编 新疆之行

1 游天山天池

2 驱车吐鲁番高昌故地

3 走马观花吐鲁番博物馆

4 游览坎井民俗园

5 伊犁两日游

6 游乌鲁木齐植物园

第四编 延安四日游

1 登宝塔山

2 参观延安革命纪念馆访王家坪旧址

3 游览杨家岭枣园旧址

4 访杜公祠览西北局纪念馆

天安门广场

北京营城
建都纪念阙

蓟城纪念柱

北京园博园

奥林匹克公园

陪客访园博

圆明园展览馆

海淀公园

永定河湿地公园

北坞公园

紫谷伊甸园

北京天宁寺

东升八家郊野公园

房山石花洞世界地质公园

花田耕耘

元大都西土城

大运河森林公园

中关村软件园

小毛驴乡建中心婚礼

玉泉山
路口雕塑

中关村公园

紫竹院公园

北京植物园
兰花展

颐和园
十七孔桥

卢沟桥紫谷

首农红星集体农庄油菜花节

西山国家森林公园

北京篇

【01】游万寿寺

万寿寺位于西直门西北七华里苏州街，南长河广源闸西侧北岸。始建于唐，称"聚瑟寺"。明1577年（万历五年）重修，收藏佛经，改名"万寿寺"。经数次大规模翻建，形成集寺庙、行宫、园林于一体的皇家佛教圣地，有"京西小故宫"之誉。后来所藏经卷移走，成为明代帝后游西湖途中的行宫。清慈禧重修万寿寺，在西跨院增建千佛阁和梳妆楼，她往来颐和园紫禁城，都在万寿寺拈香礼佛吃茶点，故西跨院又有"小宁寿宫"之称。1934年前后，万寿寺前部曾辟为"东北难民子弟学校"。1985年万寿寺中路辟为"北京艺术博物馆"。

2011年3月11日，我自西三旗育新花园乘355路公交车到三义庙，转乘699路到万寿寺下车。三环路西侧是中央团校和北科大厦，三环路东侧总政歌舞团、中国剧院、总政话剧团一字排开。登上过街天桥，就看到万寿阁金碧琉璃殿宇和苍翠古树。

万寿寺山门横书"敕建护国万寿寺"七个蓝底金字，为清顺治帝御赐石匾。山门五级石阶，朱墙白楼，色彩鲜明。进门是天王殿，殿前左右为钟鼓楼。天王殿后面是大雄宝殿，殿柱乾隆御题金字对联："戒慧光中烟云皆般若，清凉界外花石尽真如"。殿堂中央立毗卢遮那佛，北面三世佛并列：中为释迦牟尼佛，东为药师琉璃光佛，西为阿弥陀佛。殿堂东西两边分列十八罗汉。殿堂背后塑一尊观世音菩萨，传为李莲英仿慈禧面容而塑，这也是慈禧"老佛爷"称呼由来之发端。大雄宝殿后面是双层阁楼—万寿阁，金碧辉煌，看得出是新近整饬装修，朱门紧闭，尚无牌匾及文字说明。其后是大禅堂，现辟为民国瓷器艺术展厅。大禅堂北面的院落里，假山古树映衬。山上分立三大士殿：中为观音殿，东为文殊殿，西为普贤殿。三殿所在之假山，象征普陀、清凉、峨眉三大佛教名山。假山北面有御碑亭，内有螭首龟趺石碑一通，碑文是乾隆1761年御题"重修万寿寺碑记"。御碑亭后为无量寿佛殿，原供阿弥陀佛漆金铜像，现置明天启铸渗金多宝塔一座。最北面还有一进院落封闭未开，根据天王殿内展示的"万寿寺建筑布局示意图"，应是万佛楼。万寿寺西路也未开放，慈禧增修的千佛阁和梳妆楼（布局示意图分别标为大悲殿和后照楼）也无由一睹。万寿寺中路两厢，均辟为艺术博物馆的展室。有镶金铜佛像、明清艺术精品等各类艺术品近五万件。收藏丰富，未及细看。

走出万寿寺山门沿长河北岸东行，有一灰墙朱门古寺，门楣隐约可见"延庆禅寺"字迹，再走不远就是广源闸。桥头北坡新建一座坐狮小庙，书"紫金观"三字，松树前立一字碑，上写"海淀区重点文物保护单位 广源闸及龙王庙 海淀区人民政府一九九九年一月公布 海淀区文化文物局一九九九年七月立"。沿长河再往前行，一座牌坊拦住去路，牌坊上写"紫竹院"，这是紫竹院公园消防专用的西北门，从门外可以看到公园里停泊的游船。据说过去万寿寺是长河沿岸远近闻名的大寺，与其隔河相望的"紫竹禅院"为其下院。岁月沧桑，往事已成历史。长河又临春，古都添新绿，海淀谱新韵矣！

【02】五塔寺

——北京石刻艺术博物馆

"真觉寺"俗称"五塔寺",位于西直门外白石桥东长河北岸,建于明永乐年间。寺内金刚宝座石台上有五座石塔,格外别致。永乐初年,明成祖封印度僧人班迪达为大国师,授予金印,赐地长河北建真觉寺。清乾隆曾两次重修:第一次是皇太后六十大寿,因避雍正胤禛名讳,改名为"大正觉寺";第二次是皇太后七十大寿,进行全面整修,尽显皇家寺院威严气派。清后期至民国初,逐渐衰落破败为仅存古树孤塔的一片废墟。1937至1938年民国北平市政府曾进行简单修缮,增建院墙门楼,院内圈地30亩。1949年以后多次修缮,古塔得到保护,建筑不断完善,内涵充实丰富,功用变化发展。1961年国务院公布"真觉寺金刚宝座塔"为第一批全国重点文物保护单位,1962年进行整修;1976年唐山地震时受损,1979年开始全面修缮古塔,1982年正式对外开放;1982年开始筹建石刻博物馆,"北京石刻艺术博物馆"于1987年建成,接待参观游览。

2011年3月17日我乘车到国家图书馆,下车后走地下通道过马路,沿长河北岸东行,经过首都滑冰馆门口,第二座石桥北就是五塔寺。门外矗立着两座华表石柱,向北走几十米见一座朱门牌坊。门楣横立"真觉寺"金字黑底匾额;右柱卦一金字黑底竖牌,上书"北京石刻艺术博物馆"九个字。牌坊门像一幅画框,把银杏树虬枝劲干映照着的金刚宝座古塔那熟悉的身影尽收框里。我是第三次到五塔寺了。第一次是1963年,我分配到中国农科院工作不久,周日外游慕名而至,记得是一空荡破败的院落,只有孤零零的大树和损毁的古塔。第二次是1999年,老年大学组织参观石刻艺术。记得当时展室设在刚进门处的西南房内,露天石刻碑林主要在古塔东面,院落里也不觉得宽敞整齐,尚在改建调整,也没有古塔北面两层三合院式的展览楼。第三次来这里给人的印像是:面貌焕然一新!古寺新生,令人刮目。

一、主体古建金刚宝座塔得到有效保护,主体地位鲜明突出。不仅从外观布局上看是如此,从室内展览布置上看也是如此。走进金刚宝座底层门券,正面佛龛是释迦牟尼佛,东佛龛药师佛,西佛龛阿弥陀佛,北面原燃灯佛像已毁,现供菩萨为班禅所奉。四周廊壁布"真觉寺金刚宝座历史文化展",介绍金刚宝座的历史源流、建筑特点、雕刻艺术、宗教文化和金刚宝座的文化价值。言简意赅,图文并茂。

二、室内石刻艺术展示分三个展厅:第一展厅《北京石刻文化展》,第二展厅《北京石刻精品展》,第三展厅《北京地区石刻调查、保护成果展》。内容丰富,眉目清晰,精品荟萃,研赏皆宜。第三展厅南头,还可现场制作石刻书法拓片。

三、露天石刻遍布整个院落,东西侧靠墙各有两个碑廊:西侧是墓志碑廊和浮雕碑廊,东侧是会馆碑廊和法帖碑廊;东西侧碑廊前各有两大展区:西区是墓葬石雕和寺庙碑区，东区是祠墓碑区（包括耶稣会士碑区）和综合碑区。整个展区共展出数百件石刻文物，其中有东汉石人，北齐造像，宋代针灸穴位碑；也有金、元石雕，清代石享堂；还有大量北京地区历代碑刻，墓志实物，书法刻石。五塔寺是北京石刻荟萃之所，堪称北京碑林。

　　走出五塔寺，看到河岸吐绿的柳丝，顿觉春风扑面。从万寿寺古刹到北京艺术博物馆的嬗变，从五塔佛寺到北京石刻艺术博物馆的变脸，不是已显示出历史遗存与现代文明对接的意向，摒弃古往进庙烧香拜佛旧习，走上先进文化持续发展之路了吗？

【03】动物园址史迹一瞥

　　动物园是北京的老景点。我第一次到动物园是1954年夏天初二暑假，和同秀一起来京时，当时叫"西郊公园"。自1958年到北京农大上学和1963年到中国农科院工作之后，先后数次游览动物园，主要是看各种动物：狮子，老虎，大象，长颈鹿，北极熊，熊猫馆，猴山，河马，水禽，鸣禽等。退休后参观了海洋馆。总之，印象中那里一直是个动物王国！

　　3月17日，我从五塔寺出来，跨过石桥，进入动物园西北门，信步南行走到畅观楼。林间立一方石碑，上书："全国重点文物保护单位　清农事试验场旧址　中华人民共和国国务院二零零六年五月二十五日公布　北京市文物局二零零六年六月立"。我非常震惊，啊，原来这里是清代农事试验场！我仔细观望畅观楼这座欧式宫楼，端详楼前铜狮，并远近拍照留影。楼南林间有一石碑，北面刻"宋教仁纪念塔遗址"，南面刻宋教仁生平。纪念塔前面是"鬯春堂"，亦整饰一新。宋教仁一九一二年任民国第一届内阁农林总长时曾住这里。我至今才知道，动物园西北角原来有一处重要的农业遗址！

　　不日，均平电话告诉我：动物园海洋馆南面有一个豳风堂，那里有一块石碑，言及动物园前身清农事试验场事，可以看看。4月2日下午，我从小营桥南转乘运通103路到北方交大下车，进动物园北门。穿北区，跨河桥，见一尊高大老虎塑像矗立狮虎山西北角。再向西南走不远就是"豳风堂"，这座（套）建筑的北面、西南面都有豳风堂字匾。东南角山石前立一石碑，书写文字与畅观楼石碑完全相同。啊，这也是一处清农事试验场遗迹！碑南面有一"依绿亭"，字牌写道："依绿亭原为二层海棠式亭，是清农事试验场留存建筑，具百年历史。二零零六年为纪念北京动物园作为北京第一处向公众开放的公园及国内最早的动物园，公园管理处在亭内树碑一座，著名艺术家黄永玉先生题字'百年纪念'；北京大学哲学系博士胡仲

平先生撰写了北京动物园百年纪念碑记，供游客了解历史、观赏留念。"依绿亭纪念碑的北面为黄永玉"百年纪念"题字，南面是胡仲平撰写的碑记。碑记说："公元一九零六年，时国势衰颓，西学东渐。为开通风气，振兴农业，商部奏请饬拨官地，兴办农事试验场。名奉历朝劝稼之恒旨，实法西洋科技之新制。场内设万生园，乃北京动物园之笔（鼻）祖，开中国动物园之先河。""公园凭据之苑囿，原属皇家之行宫。畅观楼中西合璧，恢宏华丽，递为清室帝后驻跸之地，民国元勋聚会之场，中共领袖接待之所。""斗转星移，物换景迁。往昔试验场，今日博物院。举凡科学研究，文化交流，知识传播，文物荟萃，无不功能齐全，设施赅备，寓教于乐，厥功至伟。或春花秋月，或夏风冬雪，游人如织，络绎不绝，扶老携幼，徜徉蹀躞。少儿发其天真，成人觅其童趣，共享天伦。其乐泄泄（yiyi），又岂止多识于鸟兽草木之名哉！"碑记以简约生动的文字记述了动物园的史迹，以怀古感恩的情怀描述了动物园的百年巨变。

2011年4月8日

【04】携游一日

2011年7月，我和陈松去石家庄参加父亲陈白烈士迁墓仪式回来，远宁随车来京旅游参观。7月25日，因周一科技馆休息，我临时决定陪宁宁去圆明园。

圆明园正值第16届荷花节和纪念建党90周年举办的第2届民族灯会，我为远宁在绮春园宫门内外拍照留影，沿园路观看各种灯具造型，在三园交汇处参观了"十二生肖兽首展"和"建党90周年人物展"。在长春园乘彩绘木舫徜徉在千亩荷塘水道中，观赏荷花，品尝新摘莲蓬莲子。上岸后进"圆明园盛时全景"沙盘大厅，指认所在位置，观看圆明园建造与被毁的电视片。并在沙盘大厅北面湖边，近距离观赏了来自南太平洋的游鸟——黑天鹅。

晚饭后，我和俊秀陪宁宁去奥林匹克公园。一是看看那里的夜景，也是带宁宁认认去中国科技馆的路。我们六点半吃过晚饭，从育新西门坐379路汽车到洼里南口下车，沿湖景东路北行，就见中国科技馆。我们继续穿过龙形湖西行，暮色中看到下沉公园北端彩绘牌坊。沿下沉公园西侧广场漫步，路灯下布满歌舞健身纳凉人群，一片热闹升平景象！向南穿越大屯路，经安检免费进入鸟巢、水立方区域，更是游人如织：抛售飞碟等小商品的，扶老携幼散步的，载歌载舞的，轮滑表演的，映衬着透亮的鸟巢骨架、深蓝色水立方和盘古大厦火炬身影，构成一幅美丽的盛世画卷。我想，看样子游人不止几万哩！看看时近九点，我们到水立方西侧等候607路公共汽车。过了十几分钟，仍不见车来，于是打的返回。

2011.8.1.

【05】恭王府一游

7月26日和远宁游恭王府。

从北海后门下车，经前海西街向北向西，就到了修葺一新的恭王府。恭王府分府邸和花园前后两部分。此前我多次游恭王府都是游恭王府花园，从柳荫街西门出入。这次得以从南面恭王府正门出入，穿览府邸，始觉恭王府气派宏伟富丽堂皇。王府占地3.1万平方米，分中、东、西三路建筑，由多进四合院组成。售票处在大门里面院内，穿过一宫门、二宫门才到正殿—银安殿，现存银安殿为焚毁后的复建院落。其后面的嘉乐堂为和珅时建筑，嘉乐堂匾额疑为乾隆所赐，但无署款钤记，无由证实。恭亲王时，嘉乐堂主要用作祭祀场所。王府最后一排是长长的后罩楼，传为和珅敛财藏宝处所。我和远宁从西洋门进恭王府花园，其面积大小与府邸相近。迎面正厅"安善堂"，正举行画展。蝠池东南的"流杯亭"是昔日贵客吟诗唱和的地方。"福字碑"是花园的核心景点，我伴宁宁到"滴翠岩"下"秘云洞"口排队，游人继踵而入，纷纷抚摸观看康熙御笔之宝—福字碑。远宁对"福字"可分解为"多田"、"多子"、"多才"、"多寿"之说颇感兴趣，并寻查了福字的"五多"寓意。从秘云洞出来，我们登上"邀月台"，在游廊小憩。其北面的"蝠厅"现为贵宾茶室，西面的纪念品销售厅宽大敞亮，游客满满。我们穿过"梧桐院"、"听雨轩"，想到大戏楼品小吃看节目，无奈游团人满为患，导游小姐善意劝阻。我和远宁南出"垂花门"，初探"曲径通幽"，继而西绕湖心亭，见白鹅临岸。绕到湖心亭西南，以湖中喷泉为背景，为远宁留影。向南登上"榆关"，见一处祭祀狐狸、刺猬、黄鼠狼、蛇"四仙"的山神庙，颇觉新奇。

从恭王府出来，看看时间刚过12点半，于是我们赶回育新北口吃"田老师"红烧肉盖饭。

是日下午五点，陈松接我们和宁宁一起去北清路国际影城，观看了大型科幻新片"变形金刚3"。

2011.8.1

【06】游览八达岭野生动物世界

7月28日上午,陈松开车,宁宁、水晶和爷爷奶奶一起游览"八达岭野生动物世界"。野生动物园位于延庆西拨子八达岭山区,陈松在门口购票后,开车入园,我们乘车进入猛兽区游览。经过白虎园、野狼谷,未见白虎,只见山狼霸路。野猪林边,有一黑猪正在贪吃哩。棕熊、马来熊、多多出没。牠们爬上投喂游车铁栏抢食,站在路旁用前爪敲击我们汽车车窗。狮园内狮子不少,或卧或立,任人在车内拍照。一只母狮走向狮园水塘,回望游车,摄影角度正好。孟加拉虎体型不小,找了半天东北虎,仅见一只懒卧,一动也不动。走出猛兽区到方舟广场,这里是儿童乐园。远宁水晶抱一只小狮子留影,水晶骑马在草地上转圈。陈松陪水晶在下面玩,我和俊秀、宁宁登坡游了豹园、猴山、大象馆。回到广场看看水晶正兴致专一地骑电动转马,我和俊秀便去了趟石佛寺,查看了唐代释迦牟尼山洞雕像。然后,我们上车继续游览温顺动物区,宁宁、水晶近距离观赏了斑马、长颈鹿,买来树枝隔栏饲喂,拿面包渣喂珍珠鸡、孔雀。孔雀园孔雀多多,有几尾热情开屏娱客。陈松和俊秀还带水晶进了玉兔园,不一会儿,小水晶高兴地蹦跳而出。

时过中午,我们离开野生动物世界,赶回育新北口吃午饭。饭后陈松上班,水晶也不睡觉,和宁宁哥哥玩了半天。陈松下班吃完晚饭,把水晶和宁宁接回铁科院,以便第二天带宁宁看北航。

2011.8.6.

【07】我的七十三岁生日

生日是一个人降临世界的起点,是每个人特有的纪念日。家人、主要亲友的生日应当记住,应当庆祝,以示恭贺和纪念。许嘉璐说他们家乡庆生日习俗是:大人一顿饭,小孩一个蛋。我觉得这种习俗符合中华民族简朴的民风。我一向不赞成生日大操大办,这是对的;有时以宣示不过生日来对抗,则有些过。

今年是我七十三岁生日,我事先未做刻意安排。过后想来却觉得经历了令人难忘的一次生日。

8月28日,我生日当天,星期天。小碧开车带我和老伴游怀柔。遵从我的意愿,先去怀柔水库南面的宽沟。那里是北京市招待所所在地,是姨夫晚年常去疗养的地方—翡翠沟。门卫说要进去必须事先联系。我们只好在门口为沈醉题字的宽沟山石花坛拍照留影，然后沿绿篱从北面绕行招待所半圈，便径奔鸿燊湖旅游风景区。

鸿燊湖是沙峪口水库的别称。车过新王峪村即见水库大坝。沿水库右岸北行，穿过上王峪村，可见清秀连绵的书法山。到一拐弯处是龙门涧沟口，据说上面有七潭八瀑九道弯，有龙门寺旧址和杨六郎遗迹。我们沿水库边窄马路南折，走到上王峪对面，有一别致山庄，可能是一国际律师住所。山庄花木葱茏，寂静无人，厩棚拴两匹滚瓜流油的枣红马。于是驱车返回上王峪，安顿"湖畔人家"住宿吃饭。

老板娘烧了活鱼鲜虾，炒了洋白菜，烙了葱花饼，熬了疙瘩汤，口味还算合适。湖畔人家KTV设备是新购置的，饭后小碧、俊秀先后陪我尽兴高歌。

这天从一早开始，祝生日短信就接连不断。内江王玲、三三、王燕、四哥四嫂、外地出差的小慧，先后发来生日祝福短信。中保人寿、中邮人寿也致电祝贺生日快乐。

第二天一早，不到六点就醒了。坐在临湖凉棚里，远望大秦线往来不息的运煤火车，偶感几分秋凉。我的腿脚仍有不适，不打算去龙门涧爬山了，决定开车返回家。鸿燊湖西岸有一片色彩绚丽的小洋楼，隔湖远望非常漂亮。我们穿过水库大坝，停车"驭水山居"门口。门口一侧山墙书写着山居者刘某识石的故事，我拍照下来待暇时拜读。下午，我和俊秀去百汇商城买衣服。因8月28日是三旗百汇商城开业一周年，同日生日者获赠百元代金卷，我和俊秀持券到2号厅A30，经摊主小孙热情推荐，购得一套生日休闲服回来。我想，这是商品经济送给我的一点小恩惠吧！

人到老年，身体走下坡路。前些天单位组织体检，医生建议做听力下降原因检测；近日冉大夫又发现我尿糖+号，血糖波动。二炮门诊也是我的医保定点医院，设备不错，看病人少。于是第三天我去二炮门诊做检查。五官科一女大夫为我进行了听力测试和声阻抗检测，诊断为老年性耳聋，建议适量扩张微循环，每年输一次金纳多。耳检测医保实时报销，自付款8元。接着请内一科张大夫开单检测血糖和胰岛功能，分两次进行，一次自付10元，诊断为早期糖代谢异常，建议控制饮食、适当运动、定期监测血糖。我觉得二炮门诊也好，育新三院二门诊也好，看病都比较方便。医保制度措施也日臻完善深入。联系到我国基本医保已覆盖12.5亿人的最新报道，我感同身受，沐浴到中国特色社会主义的温暖阳光。

2011.9.6.

【08】游宽沟

宽沟是怀柔水库边一个风景秀丽的"翡翠沟"，是姨父晚年曾经养疴的去处。儿子陈松听说我想去宽沟招待所看看，特意安排全家中秋节进驻宽沟一游。9月10日下午，陈松驱车冒雨前往。我们七口人住招待所三号楼三套房间，每套房价580元，打折支付400元。住下稍事安顿，到五号楼餐厅吃晚饭。自助餐每人98元，小孩40。饭后秋雨仍淅淅沥沥下个不停，全家登车在招待所内绕行一圈，就回房间安歇了。

9月11日一早，我和俊秀6点下楼登山。从院内尖塔北侧开始，拾级而上，穿过水云轩，继而沿漫坡铺装路西南行。在隧道口上方丁字路口有一路标：左为南山脊路，右为西山脊路，我们选择右路前行。越过两三个山头，登上西北制高点山亭小憩。从林隙间可以窥见怀柔水库忸怩的身影，朝霞映照山林松柏枝叶，晨露晶莹欲滴。我们从北门登山口下山，沿院路南行，路边一卧巨石刻写"宽沟"两个正楷红字，没有署名，我猜或为姨夫题写。宽沟石刻背衬苍翠山林和绿色草地，在朝日照射下显得格外清新雅致，我和俊秀分别与刻石合影留念。往南一条宽阔的林间草地通向半山，像是一条冬季滑雪道，下端有两个打高尔夫球的人物雕塑，再往南是一欧式风车小景。向前走，在湖边柳前花坛间又有一组雕塑，一对青年夫妇，中间手牵一调皮男孩，令人童趣顿生！湖中对岸有一台江南老式水车，远远望去显得格外古朴悠闲。回到房间，老伴把挂满小红枣的一支酸枣枝儿送给小孙女儿，小水晶赶紧拿着跑去给妈妈和外婆看。

吃过早餐，我们在院里散步。走到休闲中心，小水晶要去排队荡秋千。我和小宇到东门登山口爬山，拾级而上，走走停停，不久老伴也赶了上来。宽沟东南山上有一山亭，登亭腑眺，怀柔水库和宽沟招待所尽收眼底！怪不得晨遇游客说此亭才是观景好去处哩。我和老伴在山亭上远眺留影。望着依山形成的怀柔水库，当年千军万马激情会战的场面浮现脑海，联系早晨攀登西山脊的感受，吟诗一首：

  晨日拨云照宽沟，翡翠沁芳醉心头。
  植树造林修水库，千军万马战怀柔。
  指点江山数风流，描龙画凤飞神舟。
  桃源仙境何处是？华夏山川披锦绣。

从山亭下山，看到挂满枝头的酸枣，我们三人不胜欣喜！看到头顶上开裂欲坠的榛子，我举杖敲击，老伴和小宇应声捡拾。到下山时，我的衣兜里一边装满通红的酸枣，一边装满沉甸甸的榛子，收获大矣。

2011.9.13.

【09】永宁古镇行

2011年12月10日，次子小碧去延庆永宁访友，叫我和俊秀同行，顺访永宁古镇。

从西三旗出发到昌平，沿昌赤（城）线北上，穿过十三陵神道，经长陵、上口，出昌平，进入延庆大庄科。汽车在燕山峰峦腰间蜿蜒盘旋，过龙泉峪见一段山巅长城。出营城进入浅山平坝，经王家山从永宁南关折回，迎面就是南张庄。小张到村口引路，老沈在小张家迎候。

小张叫张万宇，比陈碧大三岁。他们是在延庆玉皇山生态谷搞清明上河图壁画时认识的。小张喜欢绘画工艺美术，他的工作间里放着用鹅蛋壳制作的菩萨硬板画和用鸡蛋壳制作的紫玉兰硬板画，创意新奇，工艺俊美、精细。小张媳妇小孙，在永宁镇一超市上班，特意请假回家待客，准备了一桌丰盛的午餐。我们和老沈、小张好友小杜一家一起聚餐。饭后在立满玉米囤的院子里合影留念。然后开车一起到永宁镇老沈家，看他收集制作的根雕。老沈是个木匠，也在玉皇山生态谷干过活，摆弄根雕是他的副业。小碧把去泰国捡的两个树桩从车上拿下来，到老沈家切磋如何打磨。趁小碧和老沈、小张、小杜他们在屋里议论根雕的当口，我和俊秀在小孙、小郎母子陪同下，走到街上浏览古镇。

从南大街北望，可见街心高高矗立的玉皇阁，南大街东侧有一天主教堂。走近玉皇阁，见其地处古镇十字街中心点，它俯视着东南西北四条大街。玉皇阁是永宁镇标志性建筑，现在看到的阁楼重建于2003年。三层飞檐琉璃阁楼金碧辉煌，坐落在四门洞开、雄伟的砖石基座上。面南顶层阁楼竖匾书"玉皇阁"三字，第二层阁楼横匾书"紫微天关"，下面一层品字阁楼门上横匾书"昌天地主"。北大街是明清商业街，向北望去店铺林立，尽头可见北面山影；东大街是文教卫生街，有文化馆学校医院诊所坐落；西大街是手工作坊街。玉皇阁面西横匾书"文献兴邦"四个字，在西仄阳光照耀下，背映蓝天，显得格外壮丽！我们和小孙、小郎母子相互合影留念。

永宁古镇历史久远，源溯五帝夏商。明永乐十二年（1414年）建县，延续246年之久，民国时并入延庆县。1949年6月成立永宁镇，后几经变更，1990年又改回为镇，1997年合并清泉铺乡于该镇。新世纪进行历史文化保护建设，成为京郊一座知名古镇。

我们进入南大街一粮食加工店铺，看到正在机械制作"饸饹"，其状如园粉条，半干，分别由玉米、小米、高粱等加工而成，方便实惠。我想买几斤带回尝鲜，小郎不由分说抢着付了款。小孙说永宁豆腐好吃有名，他跑出去买了一大块送我们带回。回到老沈住处，他也把一兜准备好的玉米大碴子给我们放到车上，说特意加工的。我们和老沈、小张、小孙、小杜小郎一家一一告别，上车沿昌赤线返回。汽车在燕山丛中迤逦飞奔，满载着永宁古朴友善的真情！

2011.12.20

【01】重游双秀公园

2012年2月23日，风和日朗，我和俊秀重游双秀公园。今年是俊秀本命年——龙年，今天是农历二月二龙抬头的日子，所以今日出行的意蕴涵涉深厚。

十二年前，2000年5月23日，我和俊秀首访双秀。俊秀在翠石园池石上、牡丹园曲径旁曾留有倩影。现在是枯水季节，园内所有水池都变成步行广场。

双秀公园建于1984年。门区障景假山上题书"翠屏落影"四字，上次游园时见水池内喷泉玉树，石影荡漾。"含芳佳境"景区有牡丹园、宿根花卉园。"竹溪引胜"景区可见曲桥喷泉、小溪洄转。"翠石园"为日本朋友捐建。绿地曲径，巨石深池，引人如入东瀛之境。今见池枯水干，大煞风景。

我们进公园北门向左先到日本园翠石园，再折向西南进牡丹园白栅券门，牡丹园中心立一尊异型湖石，格外显眼。几条矮栅曲径通向四周，丛丛牡丹枯枝间立数株绿杆青桐，倒显几分姿色。我顿时感悟：还是土生土长的中国园生命力强些。向南爬坡登上山亭，已感双腿酸累，坐石凳稍息。下坡路对面是原竹溪茶馆处，面北亮门旁挂一方双语书写匾牌"奥伦达部落"。穿过其厅室知是北京泊爱易会文化发展公司的客户聚会沙龙。我们漫步其前面平坦的竹溪池底，抬望西北一篱门上方草书"引胜"二字。穿越篱门，西侧有一条南北路。向南走，见竹溪景区西侧的多功能厅，如今改成"明道草堂"中医诊所。唯门闭无人就医。向北走，就通到"含芳佳境"的宿根园和牡丹园。南北路西侧的带状儿童游乐场仍在。北行见原宿根园南部有一绿栅门，内有一排西式平房，是"原乡美利坚"售楼中心所在。察看公园内变化，给人感觉，似乎该公园受到市场铜锈气味污染。

折回翠石园，见一尊山石上雕刻着如下文字："日本新泻县谷村建设株式会社社长谷村繁雄先生，为发展日中友好事业，捐赠日本山石等物资，与北京市园林局合作共建此园，取名翠石园。设计者中根金作教授，特志留念。一九八四年九月二十一日"面对刻字我思绪翻飞：谷村先生表达的心愿是一衣带水的日本人民的心声，石原慎太郎、河村隆之之流不过是中日友好历史长河中的跳梁小丑！中日世代友好相处是人心所向，是历史大势。中日应当"双秀"，中日终归会"双秀"。青山遮不住，毕竟东流去。人类大同的历史潮流是势不可挡的！

2012.2.23.

【02】大钟寺

坐落在京郊北三环联想桥北侧的大钟寺，原名觉生寺。入口山门青石匾额为雍正御笔"敕建觉生寺"。山门左侧竖匾牌题"大钟寺古钟博物馆"。

进山门，由南往北依次为天王殿、大雄宝殿、观音殿、藏经楼，最后是上圆下方的大钟楼。在东西翼楼陪衬下，矗立于青石护栏台基之上，煞是庄严。大钟楼牌匾横书"华严觉海"四字，为乾隆题写。楼内铜合金大钟高6.75米，重达4.65万公斤，铸造于明朝永乐年间。是明成祖迁都北京的三大工程之一。永乐大钟铸造于鼓楼西侧华严钟厂，初悬于汉经厂。万历年间移至万寿寺。清代雍正、乾隆将其迁移于觉生寺内。明永乐大钟被誉为"古钟之王"，与世界同类大钟相比，具有"五绝"特点：一是590多年前最古老的大钟；二是铸录佛经种类铭文字数最多；三钟声圆润悠远；四先进的力学结构；五高超的地坑泥范法铸造工艺。

我第一次看到大钟寺永乐大钟，是1980年前后。当时，我回到农科院搞多倍体水稻育种研究，水稻试验田就在大钟寺西邻。那时大钟楼隐藏在北京第二食品厂内，觉生寺址殿宇被果脯生产车间占用，我们是从食品厂后门进去的。当时只能在钟楼外面隔门窗瞅瞅里面那个庞然大物。不久，大钟寺对外开放，我们周日前往参观，这次是从东面迂回进入里面的。走进大钟楼内，看到用八根立柱架起的两层楼高的大钟，和钟口下面的八角形束音浅井。从廊梯绕上，可见钟钮单悬的横梁构架。当时大钟楼以外的殿堂仍被第二食品厂占用着。过了几年听说食品厂搬走了，我多次路过大钟寺，只看到入口和门前广场的变化，但没再进去参观过。

今天，2011年3月15日，是我第三次参观大钟寺。给我最大的震撼是：大钟寺变成了古钟博物馆！

我手持一份"古钟博物馆"简介，进天王殿浏览大钟寺"历史沿革"得知：大钟寺古钟博物馆成立于1984年，1985年开放。收藏钟铃遗物700余件，布展于大雄宝殿、观音殿、藏经楼及东西两厢配殿，分为早期钟铃、战国编钟、佛道钟铃类型、魏-明佛道钟铃、清代佛道钟铃、明清精品、外国钟铃、铸造工艺等十个展厅，和一个九亭钟园。

中国钟铃文化历史悠久。钟铃是指一端闭合，一端敞口的中空响声器物。钟因用钟槌从外部敲击而发声，铃因内悬舌体与铃体碰撞而发声。从传递信息的响声器、演奏音乐的乐器、祭典的礼器、佛教道教的法器到报时的更具，中国古代钟铃文化走过了漫长发展历程。形成了合瓦形乐钟和圆筒形佛道钟铃两种风格迥异的钟铃体系。钟铃的材质最初为陶质，有1955年陕西长安县出土的新石器时代的陶钟为证；自商周至明清，钟铃绝大多数为青铜质；宋元铁质钟涌现。早期钟铃展示称，西周甬编钟为合瓦形双音铜钟，馆藏战国曾侯乙青铜编钟是 1978 年湖北出土的仿制品；魏晋南北朝佛钟形制已经确立；隋唐五代佛钟道钟留存实物明显增多；宋辽金元钟铃铸造成衰落趋势，继续铸造铜钟的同时，出现大量铁钟；明代是佛道钟铃的鼎盛时期，形制大、铭文多、纹饰繁、铸工精良；清代是钟铃文化晚期，古代钟铃由盛而衰，形体小、工艺粗糙，铁钟数量增多。

九亭钟园位于大钟寺东侧，1994 年香港同胞捐建，由九座钟亭和三十二间钟廊组成，廊顶灰瓦彩绘，传统清式结构，用来悬挂全国有地方色彩的古钟。九亭之正中亭下，悬一永乐铁更钟，重 2.4 万公斤，曾悬于北京钟楼。九亭钟园现置湖广、宁夏、宛平、密云等地唐明清古钟十五件。园内铁架上还挂有一鼎记载近代西方列强侵略中国的"警世钟"和一件"中华戒烟钟"。

【03】 游龙泉峪

2012 年 4 月 29 日，陈松三口带我和俊秀、水晶姥姥去延庆龙泉峪长城。9:10 周正水晶到永春斋接我们上车，穿过回龙观城铁桥北行。走上清路到六环西行，上京新高速。到德胜口走昌赤路，自 27 公里处右拐，就到龙泉峪。车停"退思山房"车场，我们到"静观山房"下榻。

我们住 8 号木板房，上坡从卡拉 OK 厅，可看到近山长城四座碉楼。许老板介绍："静观山房"海拔 540 米，其北面莲花山主峰高 1050 米。龙泉沟村就在我们东面脚下。乘车下行，到龙泉峡谷大桥，见几辆森林防火巡逻车停在桥头。一问知是大庄科乡的，在登记桥下溪边游客的身份证号，以利防火。我们行车到大庄科乡东南端一个村—"旺泉沟"返回。龙泉峡谷内核桃吐穗、榆树扬花、杨柳板栗满布。旺泉沟村头新嫁接了许多麻核桃（实心核桃），据说一株能增收上万元哩。在龙泉沟路旁，我挖了一把小根蒜，晚上一行三家聚餐，人们争相品尝。

清晨，红霞映窗。向莲花山梁远眺，层层大山奔来眼底。平行错落的长城上下蜿蜒，四座烽火碉楼点缀其间。我们在静观山房吃过早饭，开车绕到龙泉峪长城南侧，打算近距离看看长城。车停路边，吉普带路，我、俊秀、麦兜姥姥沿山路东行。约走一公里见一片开阔台地，一对年轻夫妇正停车支帐篷。台地南侧深谷里隐约见一村落，知是香屯村。台地北面几十米，就能看见长城墙体，由两米高的片石垒砌。吉普跑过去登上长城，爬到一高耸的碉楼向我们招手。打开地图看，这段长城向东延伸到怀柔境内，和大庄科乡毗连的是怀柔西水峪景区，东面是黄花城，再向东不远就到著名的"北京结"、"箭扣"、"慕田峪"等长城区段了。

我们继续驱车鱼贯南行，三辆车在河边公路上迂回，不时看到河谷果树林里农工携具出入。我们的车队走到一处河湾停下，摆开灶具，大人孩子围拢烧烤，野炊小憩。我和俊秀进入山坡果林，意外看到树下有许多鲜绿的小根蒜，肥硕诱人！我们携带的瓜铲派上用场，大获丰收而归，并分送麦兜姥姥、水晶姥姥带回家享用。

　　汽车回到昌赤路，经泰陵园到康陵园吃春饼宴。时值中午，到处游人车辆满满。我们进康陵园村西南角仁和9号农家院等候用餐。康陵是明朝第十位皇帝明武宗朱厚照的陵寝，康陵园村因守陵人延续而形成，正德春饼以明武宗年号命名。春饼"薄如蝉翼，白如翠玉"，卷上绿豆芽、摊鸡蛋、扣肉、肘子等新鲜蔬菜，清爽可口，很受正德皇帝喜欢。经几百年流传发展，形成了久负盛名的康陵正德春饼宴。近年游人纷至踏来到这里咬春，品尝春饼佳肴。我们正在回味前年春饼宴的情景，服务员很快把菜肴和春饼摆满了餐桌，于是大家一齐动手，大嚼大咽起来。

　　下午四点，陈松把我们送回育新花园46楼101永春斋。

【04】再游海淀公园

　　我和俊秀第一次到海淀公园是2003年7月16日，那次主要是到公园北厢的海淀展览中心参观"海淀区景观展览"，当时"海淀公园"正在紧张动工兴建之中。我们从北门进入，穿越寻古广场，临近宽阔的湖面；走进曲折迂回的水中花园；又看到了高大的木轮水车；然后沿湖岸迤逦东行，顺曲水迎宾水景长廊走出公园。

　　今天，2012年10月30日，我和俊秀再游海淀公园。运通108路海淀公园有一站，下车后沿万泉河路南行，就到公园东门了。扇形门前广场西南的十二阶平台上，银色断虹敞门中开，四方一人高的巨石上分别书写"海淀公园"四个大字，两侧矗天白杨映衬着湛蓝晴空，给人开阔爽朗、朴实悠远之感！

　　进入东门是"淀园花谷"。沿着蜿蜒曲折的小路进入一片繁花似锦的世界。这里临近清代畅春园西花园，当年湖水中开满荷花，湖畔长满奇花异卉，康熙皇帝常到这里来观花吟诗。我们沿"曲水迎宾"往西走，看到湖面越来越开阔，对岸"亲水平台"前，几只黑天鹅振翅南飞，向游人趋近。这里是"丹棱晴波"景区，湖畔立一牌匾说：丹棱沜是海淀西一湖泊名，万泉河与巴沟河汇于丹棱沜，再流进西花园、畅春园。我们可以把如今海淀公园的小湖看作昔日的丹棱沜。

　　回身向湖东面望去是一片开阔的大草坪，据说专门采用可践踏草种，游客可以在草地上逗留、嬉戏或坐卧留影。"水中花园"景区溪湖交错，水波滟潋，一座小岛上几树红叶掩映，灼染碧水蓝天。穿过"万柳园"林地，来到"御稻流香"景区。竹篱木栅前立一座石碾，俊秀上前试推，一过路游客热情指点她的站位。木栅内有

一水井，旁置一卧牛坐童石雕。数亩稻田已收，溪岸水车兀然静立。东面新建一档竹木茶舍，横匾题"憩心亭"，棚柱对联书："疲惫闭目浮丽影，悦心静思荡清泉"。在公园里辟田种稻这在大城市还是不多见的。向北，蓝色挡板隔断了去路，那里正施工修建什么。我们顺公园硬面路，向南、向东在林间穿行，近南门见一带芦苇丛，芦絮随风摇动，林前红黄花带放射状撒布，银杏树冠一片金黄，在日光映照下光彩斑斓，好一幅深秋图画！我和俊秀纷纷举起相机留影。继续前行，路旁林下间或点缀几块卧石，刻字警示人们珍惜水资源。走过儿童乐园北折，有一片纪念林地，几株红叶荬蒾掩映一金属匾牌《将军纪念林》，上面记述2000年张万年、于永波、曹刚川、徐才厚来万柳地区植树概况。海淀公园的建设与应急避难场所的建设密切结合，2004年被确定为北京市第一批应急避难场所。离东门不远的地方，路旁设有应急供水、应急厕所、应急棚宿区等指示牌。

　　走出海淀公园东门，广场上回望断虹门上的白杨蓝天，我陷入遐思。难怪有人把海淀公园比作是"穿着便衣的皇帝"！公园的整体气质贵外秀内，既雍容高雅秀美又简约质朴亲民，它拉近了海淀历史和当下的距离。

2012.12.15.

【05】北京元大都城垣遗址公园游

　　北京元大都现存城垣遗址，包括西土城和北土城两段。西土城南起明光桥北到学知桥，北土城自学知桥至芍药居，全长约12公里。1957年元大都遗址列为北京市文物保护单位，1985年在西土城南端刻碑建亭、建公园。1988年3月10日北京市政府批准建"元大都土城遗址公园"，2003年国庆节遗址公园作为首项奥运人文景观提前建成。

　　元大都由元世祖忽必烈于1367年—1376年兴建，城墙宽24米，夯土而建，周长约28.6公里。明成祖迁都建城时自北土城南移2.5公里，北面的元代土城遂成遗址遗存城外。

　　元土城西北段遗址公园由海淀区建设管理。共设计九个景区：西土城两个，南端"城垣怀古"，北头"蓟门烟树"；北土城西段七个，自西向东依次有"蓟草芬菲""紫薇入画""银波得月""大都建典""水关新意""鞍缰盛世""燕云牧歌"。北土城自健德门往东为朝阳区建设管理，共设计九个景区，自西向东依次为："双都巡幸""四海宾朋""元城新象""海棠花溪""安定生辉""大都鼎盛""水街华灯""龙泽鱼跃""角楼古韵"。整个元大都城垣公园，依主水景小月河（土城沟）而建。小月河原为清河支流，现在明光村以暗沟与长河相连，沿北土城向东通向西坝河。

自上世纪八、九十年代以来，我多次光顾西土城蓟门烟树、马甸桥北土城等一些遗址和由海淀区、朝阳区相继兴建的部分遗址公园景点。为对元大都城垣遗址公园有一个大体了解，我们可从元大都土城西南端城垣遗址开始，自南向北向东对整个遗址公园大致巡游一遍。

由海淀区建设管理的部分，西土城有两个景区：南端是"城垣怀古"景区，起点附近有一碑亭，石碑刻有北京大学侯仁之1985年撰写的《元大都城垣遗址碑记》，在明光桥北土城墙立面，有万里1991年题写的"元大都城垣遗址"七个金字；北头是"蓟门烟树"景区，乾隆题字的"蓟门烟树"汉白玉碑高高坐落土城墙上，很是风光，景区还有城门、诗画浮雕及廊亭院落等建筑，院内坐南有一门亭，书一幅对联：上联"想当年那段情由未必如此"，下联"朝今日这般光景或者有出"，耐人寻味。北土城西段七个景区中除"水关新意"属水关遗址外，其余几个皆为今人新造。河南岸的"蓟草芬菲"，亭、轩、叠石着意点缀蓟丘芳草古韵，其水源头的木架是取自元代著名的科学家郭守敬治水工程中的"跨河跳槽"及"荆芭编笼装石"的创造；"银波得月"让游客临水谛听月河弦歌，生动地再现元大都护城河两岸歌舞升平的风貌；"大都建典"以花岗岩雕塑群和高温釉陶瓷壁画，来体现元帝国首都初建的磅礴气势，和以中华优秀文化来立宪、施政的成果，雕塑以佩有缨络、鲜花等装饰的四头大象开道，象背宝座上是威严的忽必烈，身边还有显示其彪悍的金钱豹，在成吉思汗群雕西侧塑大都设计者刘秉忠巨像，刊刻其历史功勋；北岸"紫薇入画"，近水亭上鼓乐时起，游客新疆舞表演跳兴常浓；自大都建典向东，跨过花园路南面土坡可见一元代水关遗存，在城垣北部发现的三处泄水水关中，这里是保存最好的一座，该景区除将遗址周围环境重新整理外，通过溪流的形式使水关与公园水系产生密切联系，并由此形成一个遗址展示的景观；再往东就是"鞍缰盛世"，元代被誉为马背上得天下，该景区以"马"为主线，利用地形起伏变化，在局部营造蒙古草原的自然风貌，铜雕群骥散布草原上下，引人遐思，表现蒙古人当年策马征战天下的恢弘气势；据图版介绍，马甸西面应有一"燕云牧歌"景区，两次踏看，名不符实。北土城西端学知桥头曾建一"铁骑雄风"雕塑，后因修地铁10号线撤销，改建为西土城站出入口，现在公园入口处卧一长方石碑，上书：北京市海淀区元代土城遗址保护《中国人居环境范例奖》，落款是：中华人民共和国建设部　二〇〇三年十二月。

由朝阳区建设管理的部分，自马甸健德门往东，有七段地、九个景区，中轴路以西三个，中轴路以东六个。第一个景区是"双都巡幸"，河北岸立有土红色大型巡游浮雕。元世祖忽必烈定都北京后，大都和上都并存，史称"双都"，元朝皇帝、皇室每年去上都开平府避暑，成为固定的习俗，每年忽必烈坐象辇、嫔妃乘宫车，数十万人陪送，浩浩荡荡巡行，好不威风！第二段地有"四海宾朋"、"元城新象"两个景区，河北岸建有"泓盛花园"酒店和"青瓷花瓶"等三个雕塑平台，林荫不

永春斋旅游随记○陈志勇 著

时传出葫芦吹管优雅的乐声，令人遐想元朝东西往来的盛况；河南岸林间空地一块巨石上刻着"北京百鸟园"几个字，表明这里曾是养鸟场所；健安桥东西分别建筑应急停机坪，西面平台上立石碑刻录元代黄仲文名作《大都赋》，背面有1988年朝阳区人民政府立赵普书的《元大都城垣遗址》碑记，停机坪台下巨型屏风石上刻有单昭祥2006年的题词，土城顶上曲池储水，叠石作山，建木廊供人游憩，土城坡上见缝插绿，园林再造，重塑中轴北辰新景观；中轴路健安桥以东第四个景区是"海棠花溪"，几千株海棠疏密相间，品类齐全，错落有致。春季红海棠、白海棠、西府海棠、垂丝海棠、贴梗海棠相继盛开，自1998年以来，形成了北京著名的海棠花节，河岸两侧林间建有咏海棠诗碑，北面有壮观的"海棠花溪"雕石平台；越过健安东桥，花溪海棠林带继续向东延续，北岸，几株独本大海棠树兀立石坪，四周各色海棠品种争宠斗艳，入秋，黄色、红色海棠果金枝累累，有不少是北美引进的观花赏果新品种，南岸林荫下，有几处游人坐息健身空地，东头河闸楼亭为褐色古建形式，这里已是"安定生辉"景区地段了！古亭南广场竖一座高大的元大都城地图碑，采用切割铜板镶嵌技术让人清晰看到当年元大都城区的状况，图下文字对元大都街巷分布和水系走向作了说明，临安定路东西两侧建有应急停机坪，平时可作瞭望平台，路东西分别矗立着八根大元图腾柱；第六个景区是"大都鼎盛"，景区位于安贞门以东，惠新西街南口以西，"大都鼎盛"组雕气势恢弘，配以大型壁画、骏马、石羊雕塑以及木亭等园林小品，生动地再现了元代在政治、经济、军事、科技、文化、生活等方面的特点和杰出成就，表现出粗犷豪迈的草原文化和北京悠久凝重的历史文化特色，成为一座大型"露天艺术博物馆"，这组群雕分别坐落在双层雕塑台及其前面的广场上，主雕忽必烈及元妃分别高5.8米和6.6米，矗立在雕塑台上层正中，其他人物则分列上下层和广场上，除忽必烈、元妃、马可·波罗、郭守敬等外还有文官、武将、外国的使节、朝拜者和各国演奏歌舞的艺术家等，共十九个人物，雕塑用近似黄土的砂岩、粗陶和人造石制成，与土城浑若一体，雕塑台底层台基面南有长80米的釉陶壁画，反映的是大都的皇城、内城的面貌和经济文化、物质交流及公主出嫁的盛大场面，西侧有一组面西的战车石雕，和一组奔驰的骏马铜雕"元之骏"，东侧塑一面"元杰风采"釉陶壁画，绘有马致远、关汉卿、赵孟頫、黄道婆等名人形象；越过樱花西桥向东，是第七个景区"水街华灯"，该景区以白领、外籍、文化人士为受众，于2004年开街，北面临河茶室餐馆店铺林立，新派火锅、快捷酒店、中外茗庄、咖啡酒吧、芒果摄影工作室、力拔山兮书画社……一直延伸到樱花东桥以东，南岸林荫亭前空地，是北土城合唱团活动的场所，亭子东面立一石碑，石碑阳面镌刻一九八七年九月啸谷书"元大都城垣遗址"碑记，内容和一九八八年赵普在健安桥西停机坪上书写的碑记相同，阴面有成吉思汗、忽必烈和皇后徹伯尔等人物的雕像；过了樱花东桥是遗址公园的第八、第九景区："龙泽鱼跃""角楼古韵"，河北面依然有临河店铺商店，有一处漂亮的伊斯兰古建院落，临街"伊锦园"

牌坊光彩夺目，河南岸林荫步道点缀些巨石，土城高处有一石碑平台，供游人休憩，南望可见北京服装学院校园，河湾里鱼儿畅游，石岛上有人伴乐演唱；在小月河折向东南的三角地带，是一片17000平米的人工湿地，溪塘交错，亭舍林木掩映，河湾西段、南段各建一座仿古木桥通向对岸，一块金属匾牌上刻写着湿地的定义和作用，几只白鸭塘边争食，振翅追逐，拐角处建有仿古高脚临泽木屋，曲折廊榭可凭栏驻足谈唱，木桩曲桥通往湿地木亭，四处瞭望，不禁使人产生思古幽情。

整个元大都城墙遗址带状公园分区建设管理。二〇〇六年五月，《元大都城墙遗址》由国务院公布为全国文物保护单位。经上世纪八、九十年代不断发展和本世纪初的大规模高水平改建，遗址公园面目逐步更新，其文化历史蕴含得到发掘，城市环境进一步优化，和市民休闲健身活动紧密结合，开创了我国大城市公园建设与市民应急避难场所建设完美结合的先河。海淀区、朝阳区各景区区段，都有应急避难指示牌和疏散棚区标识。

至于今后元大都城垣遗址公园的建设发展如何进一步完善提高，也是有关部门、人士应当关注的一个课题。

2012.11.

【06】样式雷圆明园体验展

新近修复完工的"正觉寺"，坐落在绮春园南部，2012年11月30日我走马观花，察访正觉寺，我在农大上学时那里曾经挂过海淀锅炉厂的牌子。正觉寺山门前东侧，立一块圆明园管理处2011年7月6日的刻石，由曾来德书写，介绍："正觉寺，建于乾隆三十八年即公元一七七三年"，"是清帝御园圆明园的一座藏传佛教寺庙。占地一四三〇〇平方米，建筑面积三六四九平方米。""是圆明三园历经数次劫难唯一保存至今的古建筑群。"山门前西侧，也立一块刻石，由欧阳中石书写，镌刻"不能忘记"四个大字。

穿过山门殿，第一进院落东、西有钟、鼓楼，正面是天王殿；第二进院落有东西配殿，正面是三圣殿；第三进院落也有东西配殿，中间是文殊阁，北面是双层最上楼。最上楼两侧有角门，通往绮春园景区。山门前广告牌板告诉我，正觉寺正在举办《样式雷圆明园体验展》，我决定择日再来参观。

第二天，12月1日，我披着小寒风前往正觉寺。

走进山门殿，仔细阅读了张宝章撰写的《样式雷圆明园体验展》前言；循着体验展导览图的指示，重点参观了天王殿内《样式雷与海淀》和三圣殿内《样式雷与颐和园》展板；文殊阁是展览互动体验区，地面平台摆放着三尊木梁咬合模型，阁

厅里四块字联板高高垂挂，上写"大匠天工""雕梁画栋""样式房之差""五行八作之首"；最上楼是展览主题论坛区，楼门关闭着，从门隙望去可见"以人为本"等大字图版。

参观展览给我印象最深的是：

第一，样式雷是清代延续七代、长达二百年的杰出建筑世家；

第二，样式雷是中国皇家园林设计建造的巅峰团队，先后建造了畅春园、圆明园、静宜园、静明园、清漪园、颐和园等顶级皇家苑囿；

第三，样式雷传人长期生活在海淀，与京西的王府、御道、河堤、水利建设紧密关联。

为了进一步了解样式雷，我根据《样式雷圆明园体验展》的提示，网购了两本书：2003年6月出版的海淀史地丛书《建筑世家样式雷》，和2004年4月文物出版社文化百科丛书、张宝章著的《雷动星流》，准备慢慢阅读。

2012.12.13.

【07】游北京营城建都滨水绿道

李永强王秀英伉俪自美国纽约回京有日，2012年11月17日，我和俊秀一早去工体幸福一村看望二位，并打车同游广安门滨河公园。我们在白纸坊桥东下车，桥西滨河带状公园入口处有一道乱序方字高墙，其左上角文字标注"北京营城建都滨水绿道"，入口左侧碑刻简介称："北京营城建都滨水绿道北起木樨地，南至永定门桥，全长约9.3公里，""是北京市规划的十条滨水绿廊之一。""从木樨地至永定门沿河流经北京建城、建都肇始之地，周边更有白云观、天宁寺、先农坛众多历史古迹，以及大观园、陶然亭等人文景观，""通过生态护岸改造，亲水性建设、挖掘文化内涵等方式，对滨水景观进行提升，形成一条承载北京古都史迹、寻根北京的历史文化带，一条服务于百姓的城市旅游休闲带、一条展现西城区城市新面貌的绿色生态滨水景观带。重现'碧水绕城，轻舟帆动'的美好景象"。我们沿滨河西岸北行，右侧标牌有自白纸坊至木樨地的慢行系统图示说明，自行车道、行人步道、无障碍线路一目了然。北行不远有一"迎春亭"。走过迎春亭，一条笔直、长一二百米的石花路北端，就是壮观的铜绿色"北京建都纪念阙"了！我们在阙前广场相互合影留念。在纪念阙前后的花岗石地面上，各有一副铜制地图。南面的是《金中都平面图》，北面是《金中都与北京明、清城对照图》，纪念阙坐落在金中都大安殿故址上。纪念阙小广场东面白玉石栏下河岸上新建五座并列喷水神兽，山河云涛雕塑环绕，花坛拥衬。我和李永强仔细阅读了广场上侯仁之撰写的《北京建都记》，确知此纪念阙为2003年为纪念金中都建都850周年而建。隔河东望，对岸长榭一线延伸，岸亭典雅；碧水微澜，映衬出临河大厦倒影，令人目清神爽。我们沿西岸鸡冠花坛长带北行漫步，赞叹北京近年滨河带状公园的发展。走到枣林前街桥头，见桥面及其护栏前鲜花纷呈，高高矗立的北方大厦映衬河岸绿柳蓝天，桥上白衣发师在花丛中挈剪待客，好一幅祥和闲适图画！看看时间已过中午，李永强走路又不太方便，北面北京建城纪念柱景点未再涉足。我们返回白纸坊桥头餐馆吃了牛肉面和夹肉火烧，打车把二位客人送回工体。出租车途经广安门桥和天宁寺桥之间，我和俊秀向二位指看了"蓟城纪念柱"。此前我和俊秀曾前去踏查踩线，那里也有侯仁之撰写的一篇《北京建城记》，北京城营建始于春秋时期，称之为蓟城，距今（2003）已有3040年历史，蓟城核心部位在今广安门附近。蓟城之名源于蓟丘，可以推断，"蓟门烟树"景点并不在乾隆立碑的地方，当今"蓟门桥"与历史上的"蓟门"并不相符，"蓟门"应当在"蓟城纪念柱"附近。"北京建都纪念阙"和"蓟城纪念柱"是"北京营城建都滨水绿道"第一期工程，起自木樨地，今年建到白纸坊，明年第二期由白纸坊建到永定门。我们和客人约定，下次他们回京，再一起游览新建的区段。

2012.12.

【08】首游天宁寺

2012年11月29日，天气晴好，几经延宕之后我独趋天宁寺。在上地环岛南倒717路公交，到天宁寺桥西下车，向南曲折穿越小胡同，从天宁寺东侧绕到一丁字街口，就到修建一新的天宁寺。面南寺庙山门匾额横书"敕建天宁寺"五个金字，门前古槐虬枝苍劲，可以望到寺内凌空矗立的天宁寺塔挺拔的身影。亘古晴空、古塔、古槐，浑然一幅意蕴久远的图画！只是二热的大烟囱凑得太近，似有碍于画面的协调。天宁寺山门东侧墙壁嵌一块石匾，上书："全国重点文物保护单位 天宁寺塔 中华人民共和国国务院 一九八八年一月十三日公布 北京市文物事业管理局一九九〇年十月立"山门西面立一通三四米高的有檐石碑，上刻："唐天王寺故址 公元二〇〇四年 北京市宣武区人民政府立"。门前金属匾牌介绍："天宁寺塔 北京现存最精美的古塔之一。经考证建于辽代，在整体造型和局部手法上表现了辽代密檐砖塔的建筑风格，是研究中国古代佛塔的重要实例。"

步入山门，迎门是弥勒菩萨像，它背后站着韦驮菩萨；东西墙上绘有东南西北四方天王壁画。第一进院落东西分列钟、鼓楼，伽蓝殿、祖师殿。正殿是接引殿，殿内供奉西方极乐世界接引佛阿弥陀佛，佛像由金丝楠木制作，像高5.8米，下有莲花座、金刚须弥座，总高13米。阿弥陀佛译义为：无量光、无量寿，故亦称无量

寿佛，是西方极乐世界的教主。佛像左右殿柱上，书一幅高大对联："金界庄严铃语钟声流净梵，莲台馥蔼香云宝相现慈目"。天宁寺新建殿堂的对联皆为木质原色雕刻而成，古朴淡雅，我一一抄记。"接引殿"的对联是"发欢喜心慧光通宝筏，施方便力法界转金轮"。"伽蓝殿"是"性玄妙理圆融识清净，愿洪深成正果佛为尊"；"祖师殿"是"觉永兴悟真常明本宗，广智慧福善德普道行"；"钟楼"是"钟声警万里，鼓韵惠十方"，钟楼内供奉地藏王菩萨；"鼓楼"是"鼓声清法界，幡影静经坛"，鼓楼内供奉文殊菩萨；山门殿面北题"三空门"，其对联为"玉杵降魔普通一气，金身护法光映群生"。

　　穿过接引殿到第二进院落，正面就是久负盛名的天宁寺舍利塔！介绍说，天宁寺舍利塔始建于隋唐，初名天王寺，为隋文帝供奉佛舍利三十州秘藏塔之一。辽代（公元1120年）改建成八角十三层密檐式实心砖塔。元末寺院毁于兵燹，明、清、民国几经重修。1976年地震时将塔刹震落，1988年天宁寺塔被列为全国重点保护文物单位，1991—1992年大修，在塔顶发现《大辽燕京天王寺舍利塔记》石碑，2002—2004年国家出资重修天宁寺塔院。天宁寺塔塔身高57.8米，坐落在方形砖砌大平台上，塔的下部是须弥座，须弥座上面是斗拱勾栏的平座和三层仰莲瓣，上承塔身。塔身四面设半圆形券门，门两旁浮雕金刚力士、菩萨、天部，砖柱上浮雕升降龙。面南券门两边的哼哈二将，形象生动逼真！据史载，春节皇帝率百官到天宁寺燃灯供佛，祈求风调雨顺、国泰民安；每月初八点燃三百六十盏灯，百姓聚众观灯，祈祷吉祥；塔上悬挂风铃三千四百个，风作时风铃齐鸣，仿佛编钟悠远流长。顺时针右绕于塔，当愿众生，所行无逆，成一切智。就在我阅览舍利塔说明文字的时候，看见游人信众相继绕塔步行，祈求福慧。

　　第二进院落的东配殿门匾书"药师殿"，殿内供奉"药师佛、日光菩萨、月光菩萨"东方三圣，殿门对联书"法周寰宇普天乐，恩被苍生永安宁"；西配殿门匾书"弥陀殿"，殿内供奉"阿弥陀佛、观世音菩萨、大势至菩萨"西方三圣，殿门对联书"万古是非浑短梦，一句弥陀作大舟"；接引殿面北门匾题"庄严净土"，对联书"灯明三百六十点风撼三千四百铃，最好天宇云外塔恨无梯级上青冥"。

　　药师殿北面是僧客的斋堂，门匾题"五观堂"，堂门对联是"五观若存金易化，三心未尽水难消"。

　　第三进院落是方丈僧人起居的僧寮，高台门匾书"若兰"二字，迎门影壁写一个大佛字，大门对联是"永为佛法荷家务，福被苍生子负肩"。若兰门前字牌告知"香客止步"。

　　参观完寺塔殿宇往外走，在山门东侧一门筒内，看到了墙上书写的"北京天宁寺大事记"，阅后得知：钟鼓楼、伽蓝殿、祖师殿、斋堂、僧寮是2010年自筹资金修建的；2012年撰《重修天宁寺碑记》并立石，明天—2012年11月30日将举行"北京市天宁寺全寺佛像开光暨法恩法师升座法会"，这时我才明白进来时看到工作人员忙着准备燃灯是干甚么用了！

2012.12.12.

【09】参观白塔寺广济寺

  2012年12月21日，我乘693路公交，在西直门南倒604路汽车，首次浏览了白塔寺、广济寺。

  白塔寺是妙应寺的俗称，原名"大圣寿万安寺"，始建于元代，是中国现存年代最早、规模最大的喇嘛塔，是我国1961年公布的第一批全国重点文物保护单位之一。1997年新建山门重新镌刻了乾隆题写的"敕赐妙应禅林"石匾。我步入山门，寺院中路依次看到钟鼓楼、天王殿、意珠心境殿、七佛宝殿，最后是塔院。天王殿2003年恢复原状，中间供奉三米高的铜制弥勒佛坐像，背后为韦驮像，两侧是护法神四大天王塑像。意珠心境殿原是大觉宝殿，因乾隆题"意珠心境"匾而更名，殿阔五间，原供奉三世佛，文革被毁；殿门右侧挂一幅醒目牌匾："藏传万佛造像艺术展"。殿内展出元明清三朝不同地域、不同教派铜质鎏金佛像近万尊，有尼泊尔、印度、蒙古、西藏、中原等多种艺术风格，堪称举世罕见的藏传佛教造像艺术宫殿。七佛宝殿原有七尊铜鎏金佛像文革被毁，现在供奉高4.4米元代楠木三方佛像，中间为释迦牟尼佛，两大弟子迦叶、阿难侍立左右，左侧为东方净琉璃世界药师佛，右侧为西方极乐世界阿弥陀佛，三方佛像是元代整樘楠木佛像，是北京现存最大最古老的楠木佛像，由护国寺移来；大殿两侧为十八诸护法天神像，高1.3米，青铜鎏金，制于明代；殿后三方佛背面为叶衣佛母像，叶衣佛母可消除瘟疫，由青海文都寺2003年捐赠。塔院门前右侧立一阿尼哥雕像，阿尼哥是尼泊尔工艺家，深受元世祖赏识，它是大圣寿万安寺的建造者，出仕元朝四十多年，为尼中文化交流做出了杰出贡献。塔院门匾书："敕建释迦舍利灵通宝塔"，院内有六具神通殿、五十多米高的砖石白塔和四个角亭，现存塔院为清代建筑，具六神通殿匾额为乾隆御笔。白塔的形制源于古印度窣堵坡式佛塔，通体白色，由塔基、塔身、相轮、华盖和塔刹组成。台基高9米，分三层，最下层呈方形，上、中二层是亚字形的须弥座，莲座上有5条环带，承托塔身；塔身俗称"宝瓶"，形似扣钵，上安7条铁箍；其上又有亚字形小型须弥座，再往上就是13天相轮；顶端为一直径9.7米的华盖，上置铜板瓦并做成40条放射形的筒脊，华盖四周悬挂着36副透雕的流苏和风铃；华盖中心有一座高约5米的塔刹—鎏金宝顶，以8条铁链将其固定在铜盘之上。1978年对白塔进行维修加固时，发现了乾隆十八年（1753）存留在塔刹内的大藏经、木雕观世音像、五佛冠、铜三世佛像、赤金舍利长寿佛和乾隆帝手书《波罗蜜多心经》、藏文《尊胜咒》等文物。具六神通佛殿是清代为四时供塔而建，是寺中唯一未被破坏的殿堂，殿中主供释迦牟尼佛、药师佛、阿弥陀佛三方佛，东西墙上悬挂八幅清代唐卡，历

经二百多年仍色泽鲜亮，堪称镇寺之宝。

走出白塔寺山门，沿阜成门内大街东行，走过历代帝王庙大门，临近西四路口路北，就是广济寺。广济寺面南三洞山门并列，正中山门匾额横书"敕建弘慈广济寺"，山门墙挂一块木匾，上写："中国佛教协会"，啊！广济寺是中国佛教协会驻地。东面山门匾额"毗卢性海"， 西面山门匾刻"华藏玄门"，中间山门供人出入，三洞山门间红墙上分别书"阿""弥""陀""佛"四个蓝色大字。广济寺始建于宋朝末年，人称西刘村寺。明重建，明宪宗下诏命名为"弘慈广济寺"。1931年寺院失火焚毁，1935年重建。现存建筑保持明代格局，进山门中路一进院落北面是天王殿，东西侧是钟鼓楼，里面依次为大雄殿、圆通殿和多宝殿（舍利阁）。天王殿内中间供奉的是明代铜制弥勒法身像——天冠弥勒，有别于一般佛寺供奉的弥勒化身像—大肚子布袋和尚，两边供奉明代仿唐三彩四大天王，象征着风调雨顺，天冠弥勒和四大天王佛像都安置在硬木玻璃橱内，非常考究。天王殿后门面北红匾书"三洲感应"。第二进院落是大雄殿，大雄是佛陀的德号，具大智慧，能降伏魔障，广济寺大雄殿是帝王敕建，着黄琉璃瓦，殿脊有香水海，又名华藏世界海，整体呈山形，寓意永恒世界，此种殿脊在北京地区独此一家。大雄殿前有明成化、万历、清康熙、乾隆所立有字无字石碑共五通；大雄殿内供奉的三世佛，西侧是过去世迦叶佛，中间是现在世释迦牟尼佛，东侧是未来世弥勒佛，有别于其他寺庙供奉的三方佛，三世佛也都安置在硬木玻璃橱中；三世佛两侧陈列有明代铜铸十八罗汉像；三世佛背后裱一幅高5米，宽10米的《胜果妙音图》，描绘了释迦牟尼佛说法的宏大场景，这是清代画家的手指画， 它既是指画之最，又是广济寺镇寺国宝。三进院圆通殿，殿内供奉观音菩萨，观音菩萨广大圆满，闻声救苦、救难，耳根圆通，殿内正中是"大悲圣观音菩萨像"，西侧一尊是元代铜"观自在菩萨"，东边一尊是明代"多罗菩萨"，即藏传佛教所称的度母。这个殿东边墙上有延生普佛红色牌位，为信众消灾解厄；西边墙上有黄色往生牌位，为亡故者超度往生。第四进院落未对一般游客开放，圆通殿东西夹道北头都以绿门与其相隔，东边门匾额书"登菩提路"、西门匾额写"入般若门"，只准佛僧出入。据有关资料介绍，里面是藏经楼，楼上称"舍利阁"，因上世纪50年代曾有北京灵光寺出土的释迦牟尼佛真身舍利存于此而得名。阁下是"多宝殿"，多宝殿是佛教文物艺术宝库。据介绍，寺庙的西北隅，有一座建于清康熙年间的汉白玉戒坛，高3层，今称"三学堂"，是北京城区唯一一座保存完好的汉白玉戒台，寺内西路四合院是中国佛教协会各部门的办公场所，这些地方都谢绝游客进入。

我在圆通殿东侧廊台上选取了两本佛经小册子《金刚般若波罗密经》、《佛说阿弥陀经》，回到一进院《法音》读者服务部询购"广济寺简介"，未果。

2012.12.30.

【10】寻察护国寺

  2012年12月21日中午,从广济寺出来在西四路口北乘22路向北走两站下车,沿护国寺街往东,经打听询问从护国寺东巷北行西拐,才看到隐藏在胡同一角、挤在民房当中的一座琉璃瓦殿宇,殿前东侧大门紧闭,门上贴一告示:"不对外开放",大门砖砌门柱上镶一块文物保护标志匾牌,上写:"北京市文物保护单位 护国寺金刚殿 北京市人民政府一九八四年五月二十四日公布 北京市文物事业管理局一九八四年九月立"。我走进金刚殿北面院子,从殿宇的背后和西侧察看,金刚殿只有东面殿前大门一个出入口,殿前并无院落,目前护国寺仅存一栋孤零零的金刚殿。从护国寺东巷出来,看见金刚殿南有高大楼房还正在施工哩,丝毫看不出护国寺重修的迹象。我想,北京妥善保护文物的任务是艰难繁重的!

  看看时间已近下午一点,我想找个地方吃午饭,护国寺街就是一条小吃街,大街南北餐馆林立:老北京爆肚、宫廷奶酪、褡裢火烧、三大炖各色齐备,合义斋、鱼丸馆、川面馆、陶香小馆热情待客,到西头路北我走进"王胖子驴肉火烧"店,花十四块钱吃了驴肉火烧和一碗蛋汤,就已胃饱身暖。

2012.12.30.

【01】劳动实习五十年回顾

1963年9月,我们从学校毕业分配到农科院报到,不久组队到中阿公社劳动实习一年;五十年后的今天,当年劳动实习队队员重聚农科院,要问我最想说的话,我的重聚感言是:"东郊农业试验站,投身生产第一线,八字宪法巧组合,劳动实习样板田。跨河过江有目标,深入三农三同干。一生奋进达小康,笑看美食百家宴。"

五十年来中国继续发生翻天覆地的变化,中国特色社会主义事业蓬勃发展,全面建成小康社会的伟大目标正在实现。回顾五十年走过的曲折道路,深为自己经历的错事、傻事、蠢事汗颜。对照毕业前夕周总理在人民大会堂应届毕业生报告会上的谆谆叮咛,倍感羞愧。五十年里自己虽然也做了一些事,在作物所师从鲍文奎搞了十年同源四倍体水稻育种工作,达到世界先进水平;在北京市农场局任副总农艺师十年,负责继续教育、智力引进、讲理想比贡献竞赛活动,获得中国科协"优秀组织者"证书。回首我的一生,虽不是完全碌碌无为,但与党和人民的期望要求相差甚远,总感力不从心和愧疚。

退休后前十年,参加北京市科协农业专家组一些评奖活动;2009年以来,则以旅游休闲活动为重点。我最初以北京城区公园景点为目标;其后游览各郊区县景点;参团游览了东北内蒙、云南丽江;访学会友赴淮阴、上海、西安旅游;还游览了美国纽约和尼亚加拉大瀑布。今年四月去洛阳赏牡丹、五月重庆人民广场看升旗,六月去北川羌寨小寨子沟游览,七月底又到贵州遵义参观遵义会议会址、爬红军山……旅游过程是浏览祖国大好河山自然风光的过程,也是体认中华民族优秀文化传统的过程,还是与各地民众交流对国事大端认知的过程。我发现洛阳、重庆、遵义、内江等地不仅是旅游名城,而且是热爱共产党毛主席的城市!

身边的公园怎么游?我觉得应当和优秀传统文化学习结合,和公园的发展变化来认识,不仅仅是到公园里走走转转。眼下颐和园有一个"福寿颐和园文化图片展",介绍了乾隆、慈禧的福寿思想和颐和园建设的福寿文化寓意内涵,看后令人眼前一亮。圆明园荷花节年年有变化创新,今年有"荷花音乐节",并增辟"精品荷花展"。柳荫公园我今年去了四次,又一邨"观柳园"苗圃焕然一新,引进的北美杂交柳—"竹柳"生长繁茂,是有发展前景的绿化新品。

我建议,只要身体尚可,我们可以两三结伴、三五同行,去公园、去京郊、去祖国各地,远足旅游、休闲访居,并把所见所闻所思写成游记文字,以见证中国特色社会主义小康社会幸福生活,让麻烦不断、多灾多难的世界看到人类的光明前景。

【02】农科院五十年重聚

2013年9月5日，8点50赶到中国农科院参加"劳动实习五十周年纪念聚会"，在西门口遇到迎候在那里的娄希祉同志，新主楼前已聚集了与会者多人，黄世泽、段应碧、廖宗族等围在一起交谈。等研究生结业式照完像，王一鸣指挥劳动实习队员站到主楼台阶上与李家洋院长合影，李院长即席发表简短祝贺讲话。随后，聚会移至农科院老干部活动中心进行。

会议由黄世泽主持，娄希祉发表纪念会主题讲话，王一鸣介绍了聚会筹备情况，万宝瑞和老干部局领导讲了话。大会自由发言的有黎淑英、徐家炳、钱林、辛志勇、廖宗族、李根蟠、段应碧、王素、金月英、方嘉禾、陈志勇等人。

娄希祉发言题目是"参加1963年中阿公社劳动实习人员回顾与畅享"。他指出：1963年是中国农科院大发展的一年，当年分配到京内外中国农科院各所应届大学毕业生370多人，分到京内作物所等9个单位的118人集中到北京中阿公社劳动实习一年，今年是五十周年。118人当中有60人一直在农科院工作，有18人调出农科院在北京有关单位工作，有21人调往外地回家乡安排工作，出国定居三人，去世16人。据不完全统计，在北京中国农科院等单位工作的63届大学毕业生，有2名副部级，3名司局级，6名处级，9名正副所长，9名室主任；30人晋升为研究员，23人为副研究员，3人高级农艺师，其中4人为博士生导师。据在京工作的50人统计，我们这些人最大81岁、最小71岁，我们真的老了！头发白了，皱纹深了，身体胖了，体质差了，可喜多数人身体、精神尚好，头脑清醒，坚持看书看报看电视了解国内外大事和发展趋势，从思想和行动上支持党和政府及原单位的工作。有的继续工作，发挥一技之长；有的著书立说总结一生的收获成果；有的参加各种科技活动；有的参加老年大学，学书画、练摄影、搞收藏；有的常年参加唱歌、跳舞、健身活动。令人钦佩的是，不少人坚持洗衣做饭看孩子，做家务活，不辍付出奉献，大家生活有滋有味，处事不计较不烦恼，充分体验爱的醇厚，情的崇高，越活越好。

万宝瑞回忆五十年前中阿公社劳动实习的亲身体会深感受益匪浅，他说："通过劳动实习熟悉了农业特别是农作物从种到收整个生产过程；了解了农场工人生产、生活状况和劳动人民的优秀本质；看到了我国农村面临的问题，提供了改变我国农村落后面貌的思考。所有这些都为我从事三农、服务三农和领导三农工作奠定了基础。实践是检验真理的标准，农业院校应届大学毕业生实行劳动实习制度是非常必要的，建议国家对这项制度继续坚持和不断完善。"

黎淑英通过讲述自己参加北方农业劳动的切身体会说明劳动实习的必要和深远

意义，中阿公社的劳动锻炼使她由娇小姐出身的三门学生步入新中国农业科技队伍，为后来的工作打下不可或缺的基础。徐家炳、辛志勇分别结合蔬菜和小麦育种谈了自己经历体会。段应碧结合自己工作经历回顾劳动实习岁月的重要认知。钱林回忆劳动实习队活跃的文艺活动和难忘往事。王素发言说明精神层面、心态的重要性，我们不仅要重视身体的保养，还要保持乐观的精神状态！她指出刘庆玲是与疾病做斗争的好榜样。陈志勇发表重聚感言："东郊农业试验站，投身生产第一线，八字宪法巧组合，劳动实习样板田。跨河过江有目标，深入三农三同干。一生奋进达小康，笑看美食百家宴。"他建议大家两三结伴、三五同行，去祖国各地旅行游览，并把见闻写成游记，以见证中国快乐的小康生活。

中午安排在"诚德金烤鸭店"用餐，分包间设五桌，席间议论到转基因食品问题引起了争论。廖宗族说转基因食品有问题，不要吃！我回敬，这种说法早有耳闻！万宝瑞说对转基因有两种不同意见，问我是不是学育种的？我公开了我对转基因的正面观点；段应碧也认为反对转基因食品是一帮无知小儿在胡闹。坐在我旁边的李根蟠，目视对面，引经据典不停述说自己反对转基因的看法和根据，他认为推广转基因压制了民主，推广转基因"有美国因素"，有害中卖国嫌疑。我未直接和李辩论，只从生物学角度谈了转基因是人类最容易利用的生物技术的观点，最后拍着李根蟠的肩膀，请他继续关注转基因，以后有机会再交换意见。

饭后回到老干部活动中心，王一鸣把上午和院长的合影照片发给大家，王永和每人发一张照像排序表。两点后分单位自由交谈活动，作物所当年劳动实习27人今天报名参加16人到会12人，孙雨珍当天不适去医院，郑殿升因事未到，曹文伯下午输液，刘俊秀头晕退场，到作物所留影时陈孝、辛志勇不见了，只剩下四男四女，他们是：赵忠民、黄世泽、陈志勇、曾三省；王永和、陈萃岚、周德章、吕知敏。

筹备组为每人准备了纪念品：LED数字时钟、LED可充式台灯；一张农科院聚会合影照和一本劳动实习50周年纪念册。我手提一兜纪念品离开农科院。

2013.9.5.

【03】北京农大毕业五十年小聚

2013年暑期，是我毕业于北京农业大学作物遗传育种专业五十周年。上海许德馨来电话说她9月上旬有事来京，希望和老同学见个面，经我和留校的孔繁玲、农科院孙雨珍商量，订于9月11日在中国农大西校区校园聚会，孔繁玲和刘庭晓提前联系"和园文化餐厅"，定好菜单。

是日，我自上地环岛东转乘328路车到马连洼西站下车，入农大西北门，路北"颐园"楼前草地上矗立着"神农炎帝"塑像，为2005年百年校庆时山西省农大校友敬赠。"和园文化餐厅"就在学生宿舍8号楼西侧。看看时间已到10点,这时刘显祖送孔繁玲来到楼前。不一会儿刘俊秀、曹文伯、孙雨珍也来了,我们5人乘电梯来到来到三楼餐厅"快然"包间,边聊边等,许德馨、史书瞻、谢友菊、刘庭晓相继赶到。孙雨珍带来好几包花生糖果,许、史带来中秋月饼,刘庭晓等也拿来休闲食品。孔繁玲打印"中国农业大学植物遗传育种专业63届在京同学聚会"简介、聚会主题和菜单,人手一张;陈志勇分发"北京农大毕业五十周年小聚纪念"资料每人一份,回味往事情韵,倡议结伴出行游旅。席间相互"畅叙友情 抒发梦想 交流养生 祝福未来"。谈到教育改革问题,许德馨认为高中作用不大,可以取消;我马上附议:同意!取消高中,缩短小中大学时间,及早接触社会,加强继续教育!谈到转基因食品问题,我请我班遗传学造诣最深的基因工程专家谢友菊教授发表意见,她说:"转基因食品没有毒!有些转基因作物品种我们国家自己可以生产,不需要引进;我们学校搞出来的转基因玉米不能推广,是因为农业部不批。"由此看来方舟子对因无知而造成阻碍科技发展的担心不是没有道理的。孔繁玲认为应当把问题说清楚,加强科普宣传。刘俊秀认为,对转基因食品拥护的、反对的意见都要听。农业部种子公司的史书瞻说:"我的意见,转基因品种我们有一个批一个,态度必须明确!"谈到保健养老问题,大家纷纷交流切身经验体会。许德馨介绍了她经手创办的上海养老院,单人间月收费3300,双人间6000,我感到费用虽高,但可一试,约孔繁玲、孙雨珍结伴而行。

今日聚会午宴,由孔繁玲谢友菊刘庭晓三人坐东,餐后刘庭晓谢友菊因事提前离开,其他人等候两点和下午到校的凌祖铭见面,大家两点半下楼送许德馨、凌祖铭去农学楼参加一班的聚会,送孙雨珍刘俊秀曹文伯回农科院输液,走到颐园广场同心圆铺装地面中心,孔繁玲击掌指听鸟叫回音,说这里是由学生发现而建的回声广场,神农炎帝塑像就在其南面草坪上。送走其他同学,我和繁玲穿行校园到绿苑小区教授楼宿舍,电话联系宋同明先生,由刘显祖老师热情陪同,我又先后拜访了宋同明先生、杨老师和云南随迁伙伴刘仪副校长与林学院郦芷若先生。刘仪年届九十,脸面稍显清瘦,说话依然幽默风趣。一进门他故意说不认识刘,其实当天早晨两人遛弯时还开过玩笑。对我他开始可能倒真不记得了,提到崔俊岭,他恍然大悟;及至看到我送他的"农大诗签"上的名字,他说"陈志勇这小子太熟悉了!"谈到云南丽江林学院的随迁生活,他兴致顿增,滔滔不绝,脸上露出开心的笑容;提到农大我班留校的同学,他对谢友菊大加赞赏。他说,农大搞遗传的有两个人:米景九看书多,能说!动手能力不行;谢友菊能说能做!动手能力也强,不知怎么就得了重病,甚表惋惜。

告别刘仪、郦芷若先生,刘显祖送我到绿苑小区北门,指路328路菊园,我脑海中翻滚着重聚激起的层层涟漪离开了农大校园。

2013.9.11.

【04】中国农科院再聚

由李永强、蒋婉如联系安排，2013 年 11 月 5 日，在农科院研究生院酒店重聚作物所老友，到场的有北京市农科院的陈国平、李鸿祥、贺澄日、江国铿，中国农科院的潘才遄、孙元枢、凌忠专、蒋婉如、陈杏娟、吴舒致，加上李永强和我，共 12 人。

我一出魏公村地铁口，就看到农科院西门南北林立的高楼，"寰太大厦"和"天作国际"。走进大门，北面七层长方形灰色主楼，东面棕红色国家农业图书馆，威严伫立。院内布局规划调整为农科大道和农科东、西大道三条纵向大道，东西道路由南而北分为农科一、二、三、四、五路。我穿过农科四路往东，路北楼门挂有"中国农民大学"牌子，路南高墙上写着"农业环境与可持续发展研究所"一排大字。走到农科大道北头，西侧是研究生院教学楼和研究生宿舍，东侧是作物科学研究所新楼和区划所、土肥所大楼，北面顶头是中监所大门。我走入酒店 115 包间，蒋婉如、李永强、陈杏娟等已先到了。其他人陆续到达，江国铿拉陈国平去见赵福盛未遇。大家举杯开餐，边吃边聊，相互询问介绍了一些作物所老人的情况，交流了养生保健的经验心得，品尝了吴舒致带来的干果冬枣，陈国平蒸好的栗味白薯，潘才遄牙未装好特意为他点了豆腐。我介绍了劳动实习五十周年聚会的简况、农大聚会的话题，引发了人们对转基因食品的安全性的进一步争论。看来吴舒致和李根蟠的看法是夫唱妇随，她把支持转基因食品的人看作是既得利益者！李鸿祥听我说专家认为转基因食品没有毒，追问我：你问问她儿子吃不吃？认为品种审定没通过，农业部自然不批。凌忠专则把张启发、袁隆平和黄大昉联系起来，加以否定。看来知识分子对客观世界的了解，太易陷入片面偏激，远没有工农大众那么本质，那么稳定！把袁隆平看作是科技部豢养的一只狗的水稻专家，嘴里能吐出象牙来吗？

吃完饭，送走陈国平和李永强，我和蒋婉如、江国铿、孙元枢几个人沿农科大道南行，到高 3 号楼 801 看望患脑梗的赵福盛，赵黄夫妇见到我们非常高兴！我介绍了劳动实习五十周年聚会的情况，回忆起安阳干校的往事，建议他冬天去海南住一段；赵说他南繁时去海南不适应，海风一吹受不了，后来他南繁改去云南。离开赵福盛，老黄送我们下楼，指看邻楼她女儿住处，说我来日再访叫女儿开车接我。

2013.11.6.

【05】金秋会老友

俊秀9月10日返京，9月11日新疆棉纺厂老友唐凤珍大姐到京，其子朱惠忠12日陪母亲来育新看望，实现了唐凤珍的十年夙愿，俊秀喜出望外。

俊秀和唐大姐在新疆喀什棉纺厂是同事、邻居，在上世纪六七十年代共事交往十八年，唐大姐在幼儿园工作，她比俊秀大十三岁，教俊秀缝衣絮被做针线；俊秀先后在小学、车间工作，帮唐大姐照管子女、写家书，亲如一家。79年俊秀调往喀什八一拖修厂；唐不久退休搬回江苏无锡老家。俊秀82年调回内江，有一段两人失去联系；俊秀凭多年为唐写家信的印象找到唐大姐，又通了音信。俊秀告诉我唐凤珍第一任丈夫是有钱人家少爷，唐在人家当佣人时和少爷好上了，朱姓少爷带她离家支边到新疆，唐和朱先后生有两女一男，后两人因故离婚，朱带男孩回江苏；唐再婚嫁一张姓司机，又生一小女儿。后来男孩朱惠忠在江苏没人照顾了，他爷爷写信给唐又把惠忠接回新疆，这是七十年代初的事，惠忠当时十二岁。今年唐已85岁高龄，大女儿仍住新疆，惠忠和两个妹妹都已调回江苏。儿子问她有什么心愿？是否想回新疆看看？她说：新疆么，就不去了！毛主席共产党给了我这么好的退休待遇，我想去北京看看毛主席；看看棉纺厂多年的老邻居、好姐妹杨阿姨。

唐的孙女在北京工作，9月12日中午，孙女朱莹莹开车，送奶奶、爸爸来育新，住在附近的喀什棉纺厂的老同事王淑玲提前赶来迎候，老友相逢，自然无所不谈，中午我请他们在燕枫楼用餐。和唐大姐说好要来育新花园住两天，下午我和俊秀陪唐大姐母子到温都水城宏福苑北区朱莹莹家认认门，因朱惠忠来京后手机故障以便需要时能联系上。

9月17日已是农历八月十三，唐大姐仍无信息，朱莹莹的手机打不通，我们商量去宏福苑接唐。我敲门门内毫无声息，只好失望返回。这天，朱莹莹又开车把奶奶爸爸送来育新，老同事王淑玲也来了，唐大姐新疆大女儿，江苏的二女儿、小女儿也打来了电话，大家笑忆往事趣闻，非常高兴开心。我询问了惠忠具体的工作情况，交谈投机。他和赵彩云大女儿在巴楚农场一起插队，许还山在巴楚农场劳动改造，他说许赵再婚的牵线人是赵的大女儿；惠忠喜唱京剧，在喀什间或由张金荣伴奏应邀演出；他约我和杨阿姨去无锡，他要陪我们好好玩玩。中午，再去燕枫楼用餐，惠忠给杨阿姨要了牛栏山二锅头，娘俩对饮。席间惠忠坦白了在喀什住杨阿姨家，偷吃炸鱼，和吃了桃不干活，阿姨向他妈告状的往事。

下午，俊秀和唐大姐倒床休息交谈，我和惠忠看相册和我拍的旅游照片，相互介绍家人的情况。吃过晚饭，我们送唐大姐母子到育新花园北门外，包车返回宏福苑北区。

2013.9.18.

【06】我家国庆招待会

2013年9月30日晚六点半，我家在便宜坊太阳宫店设宴，招待内江罗寿元三人访京团和兰州来北大进修国画的表妹马新民。因国庆节酒店爆满，儿子儿媳直到30号下午两点才在北三环定好用餐地点，我马上告知马新民，由她转告表哥马世豪；我和老伴这时正在陪她的同学罗老师、李家育夫妇、同学夫人邱华秀小妹，游览故宫。我们进午门走中路到御花园，转西宫出瑞贞门，在故宫博物院北门广场留影后，赶往太阳宫。

我们从地铁10号线太阳宫站一浮上地面，就看到路口对面高大的凯德大厦，由持对讲机青年引领走进便宜坊烤鸭店519包间。我回到电梯通道，正好遇到儿子、儿媳、小孙女水晶和世豪、新民一起上来。世豪哥带来一瓶法国波尔多干红，新民送上一幅蝴蝶牡丹国画新作，他俩和老伴是初次见面，我们兄妹四人举画合影留念；俊秀介绍内江同学相互认识，国庆来京首都一聚，大家格外高兴，举杯相互祝福。席间陈松介绍说：便宜坊是焖炉烤鸭，全聚德是挂炉烤鸭，前者比后者历史更悠久；近年北京大董烤鸭店跻身市场高端，营销大打中华文化牌，颇受老外青睐，成为便宜坊、全聚德之后第三家北京烤鸭店，今天本想请各位长辈品尝一下，订不上。

饭后儿媳把新民送的画拿去装裱，陈松开车送我们回育新，途经奥林匹克公园，叫内江访京团三位客人观赏了鸟巢水立方夜景。

2013.10.4.

【07】2013中秋节

八月十三日，楼道墙壁刷白漆遮蔽小广告，迎候俊秀新疆老友唐凤珍大姐第二次来育新永春斋相聚。电话联系不上，我乘607到温都水城家中去接，家中无人。返回育新，中午朱莹莹送奶奶爸爸过来了。唐大姐金秋来京，儿子孙女倾心陪同，上天安门城楼，瞻仰毛主席遗容，逛颐和园，虽85岁高龄，仍精神矍铄，谈笑风生，格外开怀。只是一口无锡话我听不懂，俊秀在新疆和她相处日久，对答如流。他儿子一口普通话，和我交谈从容、投机。唐朱母子晚饭后返回温都水城，中秋一过他们要赶回无锡喝晚辈的喜酒。（详见《金秋会老友》）

八月十四日，我和老伴去南长街看望姨母一家。姨今年89岁高龄，精神很好，表弟、表妹说她管事太多。和她交谈声音要大些、慢些，不然她听不清。我给她带去一圆金属盒"大三元"月饼，表弟妹送我一盒节日特供的"中南海"月饼带回。下午返回育新后，接到堂妹小娜的节日问候电话；报箱里收到石家庄李洁姊寄来的陈洁如叔叔的生平及回忆材料。

八月十五日，中秋节。陈松去湖南岳阳出差，归期未定。下午周正和水晶回育新过节，带来茶、冬枣、哈密瓜。小碧和曼玉回来带一箱双黄咸鸭蛋、一箱石榴。小傅、小慧拿来了月饼水果。全家七人一狗共度中秋佳节。当晚，周正水晶和小傅各自返回住处，小碧和曼玉留宿永春斋。交谈间，我向小碧和老伴朗读了我在农科院劳动实习50周年聚会上的自由发言稿，介绍了我对转基因食品的看法。

八月十六日，来京给大儿子带孩子的外甥女小丽来育新，给我买了稻香村扒鸡、茶香鸭、酸奶、苹果。当晚小碧和曼玉返回名流，小慧外出，小丽留住育新。我仔细阅读了陈洁如生平材料，给志峰弟发送了生平勘误短信，给李洁姊寄去农科院劳动实习50年重聚、游览遵义及儿女情等8份材料。

八月十七日，昨夜因看了陈松转发的谭松香港曝料渝东土改的微信深夜难眠。上午8点半动身，和老伴、小丽一起乘地铁到丰台，游览中国（北京）第九届国际园林博览会。我们转乘地铁10号线，西局倒14号线到园博园站，出站有免费大轿车摆渡，我们购票（70元/人）进5号门，沿园轴路银杏大道西北行，穿闽园、岭南园，掠西安园、鄂州园、济南园，步牡丹广场排队进中国园林博物馆参观。这座博物馆是我国第一座以园林为主题的国家级博物馆，面向市民中小学生和国内外游客，展示中国园林悠久的历史、灿烂的文化、多元的功能、和辉煌的成就。一层有中国古代园林厅、苏州畅园、中国近现代园林厅；二层有中国园林文化厅、中国造园技艺厅、扬州片石山房、园林互动体验厅。走出园林博物馆，西面有高高矗立的永定塔，九层八角塔身高69.7米，是一座辽金风格的木塔，我们未再趋近。乘电瓶车沿河堤路到园博湖水上喷泉岸边观赏了难得一见的大黄鸭，然后到下沉公园，漫步穿行"锦绣谷"，叠石瀑布岩壁刻写"化腐朽为灵奇"六个深蓝大字，山腰碑刻说此处原为农村垃圾弃地，隆西北倾东南微缩北京湾，仿燕八景集万花于锦绣谷地，从养护花坛的农工身上我看到半个多世纪前分得土地的农民的影子，不是共产党的好领导，怎能创造今天改天换地的小康奇迹！

我们到主展馆外小憩，在3号门和主展馆前留影，离开园博园。我们只游览了园博园不足三分之一的场馆，其它场馆只好留待来日再看。

2013.9.28.

【08】陪客再游园博园

10月27日陈碧开车，陪我们和李永强夫妇四位老人游览北京园博园。车走二环，经天宁寺桥西行，走莲石西路、北宫路到三号门，购票入园后重点参观主展馆。

入口处有一永定宝鼎，宝鼎侧面铸刻"园林城市·美丽家园"几个字，小碧为我们四人在鼎前合影拍照。据说从天空俯视，主展馆宛如一朵盛开的月季花，轮廓像阿拉伯9字，契合北京园博会为第九届。进入序厅，一株用木板拼接成的大树伸向屋顶，独具特色。"在园中"，分别是月季、菊花、国兰、洋兰展区，专业花卉争奇斗艳。"在画中"，穿过万花筒，看到园林城市建设成就展多彩世界；进入卢沟时空展区，除动态《卢沟运筏图》全景影像之外，还有《拱极城外》、《追忆宛平城》、《卢沟晓月》、《未来宛平城炫彩影像长廊》四个展区，还原元明清历史画卷，插入马可波罗游卢沟桥一段景象，寄未来以畅想。"在心中"，位于主展馆正中，馆顶宛如空中散开的花蕊，四周陈列着各种新奇独特的植物，有观根观茎类、多浆多肉类、观果观花类，比如帝王花、睡布袋、龟甲龙、生石花、马达加斯加龙树、食虫类捕蝇草、猪笼草等等；我和永强厅内择座小憩，俊秀、秀英、小碧依序观赏拍照。"在家中"，展示家庭创意园艺，客厅、书房、餐厅、阳台、庭院内花卉绿植无处不在，巧夺天工；鲜花挂轴、簪花仕女，活灵活现。"在梦想"，为孩子造梦，通过互动游戏让孩子了解园林知识，在大兔子、小狮子前拍照。"在展望"，是花卉和花艺产品展买。"在感悟"，是高占祥艺术摄影展和奇石、盆景、书画展，以写意手法，展现人文艺术与园林风景的完美融合。"在回味"，是主展馆最后一个展厅，这里汇聚了多家园博会特许商品旗舰店，游客可以任意挑选自己喜爱的纪念品。

离开主展馆，自梦唐园乘电瓶车沿银杏大道曲折北行，右侧经香港园、天津园、台湾园就看到锦绣谷；左侧经上海园、南昌园、青岛园至贵阳园，到4号门；迎4号门是北京园。继续向西北方向前行，右经长沙园、郴州园，左经郑州园、杭州园、重庆园，到5号门；再前行，左经闽园、岭南园，右经西安园、济南园，就到园林博物馆。我们五人在馆外景区依塔择景拍照留影后，给永强找座休息，准备让秀英小碧进园林博物馆看看，不巧因秀英没带入园卡而作罢。返回我们沿"河堤观光线"而行，岸望园博湖，大黄鸭已不见，掠过下沉公园锦绣谷，擦过"功能湿地展园"，出1号门，再摆渡到3号门停车场去乘车。我们把远归客送到他们家门口"绿草地菜馆"吃完饭返回。

2013.10.31.

【09】三游园博园

2013年11月8日，我和老伴第三次游览北京园博园。

进五号门，内右侧是一雕塑花坛，由顺义区制作的这一景观，名"花海迎春"。主体花瓣四绽，犹如一朵盛放的花；飞机盘旋于穴盘绿草云卷，展示对未来美好的祝愿；花拱绿浪铺就似锦大地。前行到"月季园"，入口一保垒样电子荧屏色彩斑斓。月季又称"月月红"，在北京可三季开花，是北京市花。月季园占地50余亩，有藤本、树状、微型、地被不同株型，园中植光谱、黑玫、睡美人、金徽章、金凤凰80余品种2万多棵。沿银杏大道左行，路边有两个立体花坛：一是西城区的"建都纪念阙"，一是蒙特利尔的"植树人"花坛作品。继续沿园博轴前行，路旁有三个地方园：西安园，鄂州园，济南园。"西安园"建筑古朴典雅，殿南立"西都赋"石柱林，殿北竖两排古都成语典故转牌。"鄂州园"以北宋黄庭坚题名的"松风阁"为主体，展现三国时孙权东吴称帝的"武昌"风韵。鄂州是历史名城，尧时"樊国"、夏时"鄂都"、殷商"鄂国"，三国时的"西都"，与东都建业并立。"济南园"是传统展园区域一颗耀眼明珠，进入济南园玉石牌坊，可见湖中观澜亭旁的"趵突泉"石碑。济南园占地近五亩，通过"趵突腾空、五龙漱玉、明湖荷香、泉水人家"等景观，展现了"天下第一泉"的景区风貌，匠心独运，惟妙惟肖，彰显了泉城的生态特色。室内荧屏图片展示，内容丰富详尽，是一道济南园林文化盛餐。

在紫薇园周围，布置了一群立体花坛景点，依次是：以司马台长城和密云水库为主景的"幽燕峻秀"；以八达岭和妫水为背景的"美丽延庆 北京画廊"；以恭王府为历史文化支撑的"水墨福园"；以仰天长啸龙形雕塑为主景的"龙山园"，抒发北京猿人故乡今日腾飞的宏愿；以诠释门头沟名称由来和多山地貌绿色环保生态定位的"门城如画"；以展示东城明城墙、菖蒲河、地坛、龙潭四季美景的"祥云相伴"。

第三次游园有一个目标：到达永定塔！

服务人员说永定塔开园不久失火关闭，进不去。进不去也要走到塔下，近距离观察观察。我们拾级高台，先到文源亭。下山翻上一矮山头可到"文昌阁"，文源亭到文昌阁之间，临河有一四柱牌坊。我们沿山路左绕，走到永定塔右广场。高69.7米八角九层棕红色木塔端庄典雅，塔下廊内有工作人员出入。我们绕到侧面和塔前广场拍照留影，遇载客电瓶车驶往园林博物馆。木椅上休息一会儿，漫步走出六号门。路边公交车站牌显示"芦井北"，我和老伴乘951路汽车到八宝山地铁站返回。

2013.11.10.

【10】永定河湿地公园掠影

永春斋旅游随记 ○ 陈志勇 著

听说永定河干涸的河道地带，已修建起多个湿地公园，有一河建"六湖"、一线连"十个公园"之谓。今年旅居美国的同学回京，想和他们一起了解一下北京发展变化的具体风貌。北京域内的永定河长170公里，分三段："官厅山峡段"92公里，起官厅水库止三家店水库；"平原城市段"37公里，起自门城湖，止于南六环定水桥；"平原郊野段"41公里，自大兴定水桥至梁各庄出境。10月27日我们已和李永强、王秀英游览了"园博湖"，那里今年中秋节曾因引来荷兰大黄鸭而令国人注目。园博湖就是永定河的一小段，下游挨着"晓月湖"、"宛平湖"、"大宁湖"和"马场湖"，上游依次是"莲石湖"、"门城湖"，这六个再生水人工湖都处在永定河平原城市段。11月12日，由儿子陈碧开车，再次陪我们游览永定河生态走廊。我们逆永定河而上，一直扎到到门头沟"王平湿地"。我们泊车"王平湿地"刻石前车场，跨木桥登上湿地小岛，围坐桌前四周眺望。一列火车正从山腰穿过，远近群山环绕，王平村中心小学蓝色墙壁上写一标语："不让一个孩子落伍"。小岛用仿树木桩、生态砖、网石护岸，步道砖块刻写成语典故和小动物轮廓画。王平是门头沟关闭了的老煤矿，近年利用矿井废水、中水和雨洪水源，栽植30种20万株水生植物；建成26万余平米、湖岛高低错落、滨水步道盘绕、林荫石桌木椅散布的生态湿地，成为市民休闲游览的一处景点。

从王平顺永定河下行，经担礼、妙峰山路口到三家店水库。水库一池碧水荡漾，高架铁路桥交错湖上，九龙山林场的指示牌标名"华北林业实验中心"。我下车近岸观察，水库河闸身影依旧，那是我1954年暑假曾经驻足之地！三家店水库是有水的永定河的终端，水闸以下，永定河断流干枯已有三十多年，记得上世纪末，下游卢沟桥农场河滩地上的果树曾经成片被旱死。经城子大街到永定河观景台，我们步入永定河公园—即门城湖公园。永定河观景台汉白玉栏杆，青石台阶衬砌，分上中下三层，高七米，一层台阶二十余级，北望门城湖，湖水连片，岸边芦苇飘荡，西北可见三家店水闸，东北可望高井电站散热高塔。河岸同侧不远就是古色古香的五层"永定楼"，通高62米，我和永强、小碧分别在观景台上以塔做背景留影。观景台、永定楼前面是"门头沟历史文化长廊"，用贵州黄石浮雕而成、高2.4米长200米的长廊，图像逼真，内容丰富，寓意门头沟、永定河，涵盖三山（灵山、百花山、妙峰山）两寺（潭柘寺、戒台寺），跨越古代今朝，上面刻有毛主席一九五五年在《中国农村的社会主义高潮》一书中对门头沟清水镇黄安坨村党支部书记任成龙带头成立农林牧生产合作社搞长远计划的批示。登上永定楼12米高的底层基座，欣赏四面楼门对联：面东，"盛世兴文重楼添锦绣　浑河觅祖玉水荡亲情"；面南，"永日熙春览胜而收天地　定宁恬逸筑楼以鉴古今"；面西，"翠岭春晖九龙腾绿海　长河碧浪慈母育京华"；面北，"圣地琼楼人文光首善　大河永色形胜耀西京"。

我们沿阜石路回城，途经麻峪、广宁村、北辛安，从阜成门拐到平安里大街一直向东，到工人体育馆绿地菜馆去吃晚饭，初次品尝了大妈特色烤鸭—椒盐香酥鸭架，作为李永强王秀英不日返美的饯别晚餐。

2013.11.14.

【11】幸福一村挚友会

旅居美国的赵双宁许春晖夫妇、李永强王秀英夫妇近日回京探亲访友，2013年10月24日，我和老伴前往工体北路幸福一村11楼李宅小聚。东西半球会合、六双眼睛交辉，纵论天下大势，批驳媚资反毛怪论，餐前饭后，难止高谈阔论。我和赵李夫妇五人都是北京农大同学，我和赵李三人毕业后同分配中国农科院作物所，共同的工作生活经历，使我们成为坦诚相见的挚友。挚友相见，谈笑格外会心！

赵双宁见到我打印的"毛泽东的伟大在哪里？"的微信，马上浏览一遍，他斥责非毛小丑缺乏历史唯物主义常识，网上诬毛诋毛的文章他从来不信不看。他认为反右不能一风吹，反右扩大化不对，但反右还是必要的。党内走资派还是有的，过去有，现在也有，习近平称之为打着改革旗号的既得利益集团。我说，必须对当前世界范围的斗争形势有一个清醒的认识：毛泽东文革犯错误、苏联东欧解体，世界社会主义滑入低谷，知识分子发生群体性大动摇。社会信仰由危机发展到崩溃，资本主义意识形态大反扑、大回潮，资产阶级个人主义被神圣化、普世化、常态化，走资本主义道路似乎成了浩浩荡荡的世界潮流，中共党内贪腐瘟疫的蔓延、既得利益集团的肆无忌惮不正是这种意识形态土壤中培育出来的"奇花异果"吗？！赵双宁李永强旅居美国已一二十年，他们在国内受共产党教育多年，都已基本确立了马克思主义的世界观，用当代小资们的话讲，他们都被共产党洗了脑，对当今世界自然有一个理性、客观、符合历史唯物主义的看法。

赵双宁认为：中国近年发展太快，环境代价太大，年增长百分之五、六就行；中国的自然资源与美国、俄罗斯比相差很大，美国的耕地多、海岸线长，人口负担少，我们不要非争世界第一，当老二就不错了，把自己的事办好。李永强说，习近平在印尼巴厘岛指出中国要避免"犯颠覆性错误"，提法新颖而深刻！什么叫颠覆性错误？我看是指苏联东欧社会主义国家解体的沉痛历史教训，是对胡锦涛提出的"不动摇、不懈怠、不折腾"提法的进一步发展，是对中国改革开放原则方向的本质性界定！看来，中国共产党对中国特色社会主义道路的认知和阐述是越来越清醒、越来越清楚、越来越让世人听得懂、听得明白。

中午，我们到工人体育馆对面的北京餐馆吃饭，我们六个人要了松鼠鳜鱼、京

酱肉丝、干烧茄子、醋炒土豆丝、香菇大拌菜和一盆疙瘩汤，五菜一汤，实惠可口，边吃边聊，下午两点结束。一份松鼠鳜鱼二斤多重，味道不错，按份计价收80元，俊秀说比起我们在燕枫楼吃的128元一斤的鳜鱼便宜多了。为了便于西半球归客倒时差回家睡觉，我们和赵双宁两口分别在饭店门口上公交车，返回各自住处。

2013.10.24.

永春斋旅游随记○陈志勇著

【01】紫竹院会友

　　应陈国平之邀，2014年中秋节前夕在紫竹院四个作物所老友小聚。中国农科院潘才暹做东，北京市农林科学院的陈国平李鸿祥、北京首农集团陈志勇，"三国四方"作物所老友会面，竹荫叙旧，中午乘公交到彰化村附近的"大鸭梨曙光店"吃午饭。

　　紫竹院公园建于1953年，后几经改扩建，1987年筠石苑建成，当时是海淀区众多歌咏爱好者光顾的地方，北京电视台曾报道过心连心合唱团在那里的活动。我七十年代下放北京市时，曾几次骑自行车穿越紫竹院到彰化去上班。

　　我来到东门，看到门前山石上"紫竹院"三个遒劲的金字。进园沿左侧前行，树荫亭下游人健身；一柴篱小径通一97平米"科普小屋"，小屋由樟子松原木搭建；沿南门内园路北行，林下白衣太极拳练习方阵招式变换悠缓，回首将其身姿入镜。来到公园阅报栏附近，我正四处搜寻，手机响起传来陈国平的声音，我一回头看到坐在湖边木凳上的陈老兄。

　　不一会潘才暹、李鸿祥赶到，我们漫步度向青莲岛。"八宜轩"的柱联是："雨雪风霜竹益翠　诗书画印景宜人"。轩前一菏泽住京书画家铺地摊交友卖艺，我索要他一张名片。我们未登明月岛，跨桥来到"筠石苑"这座园中园，树荫浓密、廊榭蜿蜒、山石飞瀑、江南竹韵，静谧的"友贤山馆"角落多有游人占据。我们便离开筠石苑，沿湖北岸西行，2012年重建油饰一新的"紫竹禅院"让我驻足。此庙就是明代清代著名的皇家庙宇"福荫紫竹院"。庙内正举办皇家禅院行宫展，需要购票方得入内，我们没时间入内浏览，想等以后再择机参观吧。

　　临西岸远眺，湖面开阔，柳丝轻抚，远处国图楼影耸立，长河竹影依稀如梦。

太行老农　2014.9.4.

【02】阳光星期八

　　甲午金秋，跑了三天，才找到海淀区《阳光星期八》公园。看到北京市国庆65周年游园公告，我决心走访一下融合中西造园理念的"阳光星期八公园"。第一天，乘693到西钓鱼台，转车金沟河桥南下，在"卓展"大楼西侧意外遇到北京市花木公司"菊花品种展销会"，这天只看到五棵松奥林匹克体育公园的一角；第二天乘地铁到西钓鱼台，转乘512到航天部医院下车，未看到路东"阳光星期八"大门，向南越走越远，自玉泉路口到西翠路口，意外遇到五棵松体育馆东侧的"五棵松大集"展销会，在展厅看了一会儿六元一本的中草药识别图书；第三天仍旧在五棵松玉泉路之间的永定路上穿行，经询问五棵松路口一安全志愿者，方知"阳光星期八"

就在玉泉路航天医院对面，我打车径直到达公园门口。

"阳光星期八"公园在玉泉路东金沟河路南拐角处，面积5.6公顷，于2003年建成。公园西门绿篱间嵌金黄色隶书"阳光"、艳绿色隶书"星期八"五个大字，每个字一米多大小；公园入口前地面上铺装有红色花岗石阴文图案"阳光星期八公园。"公园内竹溪园路口有一书法牌匾，上面题写"柴米油盐酱醋茶，琴棋书画诗酒花"。路边一组指示标牌分别指向：应急投宿区，应急供电、供水，应急医疗救护。公园中间一湾碧水，计有喷泉广场、水之源、星光广场、环湖景观廊、500米健身步道、鸟语林、月季花台、阳光乐园等十处景点。我沿林间环绕健身步道反时针步行，隔墙北望"北京玉泉中学"楼顶大字，树隙西仰航天中心医院大厦，始觉公园立地之宜。公园西北角一方巨石上，展一开页书本铜雕。其左页刻写："阳光星期八　是一种心情，让你笑面人生；　阳光星期八　是一片空间，让你品味人生；　阳光星期八　是一种居住形态，让你尽享休闲；　阳光星期八　是一份人文关怀，让你释放自我。"其右面刻写："年年　月月　日日　星期八　节气：阳光明媚"。

永春斋人　2014.9.29.

【03】首临北极寺绿地

九月三十日上午，我乘398在静淑苑倒753，到健翔桥西下车，进北极寺公园西北口，第一次游览了北极寺公园绿地。

北极寺公园位于健翔桥西南角，占地4.7公顷。原先，这里是拆迁后留下的一片空地，树木寥寥无几。经过海淀园林绿化部门一个春天的建设，已是花木参差，鸟语轻啼。

公园面积不大，但却汇集了200多种植物，像蒙古栎、糠椴、接骨木等树木，粉蓝石竹、猫薄荷等宿根花卉，过去北京市绿化中很少能见到的品种，在这里都能找到踪影，堪称"微型植物园"。公园东北角为东一门，门内半圆形广场边、新疆杨林前树立着"北极寺公园"五个正楷红色大字，园路曲折盘绕、林木疏密相间、草坪开阔起伏、灌篱草花引带点衬。公园中心区域间置两围绿岛，一岛植松柏银杏，一岛植花灌木，南侧有高大垂柳遮阴，小型砂石广场环以木条座椅，以便游客交谈休息，或可谛听林间不时传出的悠扬胡琴声；柳荫下有一列妇女正在随乐起舞健身。东南角为东二门，门内有一非常干净的高档公厕，给了我很大方便。园内植物大多挂有标牌，留待日后时间宽裕时再来仔细辨认识别吧！

2014.9.30.

【04】涉足百旺公园

2014年10月1日,我乘公交到西北旺下车,右拐越过京密运河西北旺大桥,就到百望山森林公园北麓的百旺公园,林地西北绿草坪上嵌卧四个四五米见方的白字"百旺公园";林间广场中心一水泥坐标点显示,此点向南离望儿山水平距离为1031米;广场东侧卧一尊高两米宽十多米山石,正面镌刻着2005年海淀区政府题署的《百旺公园记》,余全文抄录如下:

"百旺公园位于海淀西北旺镇百望山麓,其山葱茏碧绿,百里之外皆可借景相望,依山面水之间有西北望、东北望二村孕育而出,至清末改望为旺,寓意兴旺。

纵观以往本区实为京畿兴旺之隅:翠岭蜿蜒,尊为京师龙脉水甘稻香,分明书里江南;民俗昊会,御封天下第一;而今又为京城上风上水、宜居之区。

兹园因山得景随址而名,地广二百六十亩,碧水伟而浓林护。悠游其中,目纵骋怀之望:望山望水望碧林一派生机在望,此为设计之所意;生活于斯,人增兴旺之态:家旺体旺精神旺,处处无所不旺,此为设计之所期。

旺地由来已久特镌刻史书文字于碑石林间,使游人共沐密林望、旺之意。

北京市海淀区人民政府 时在乙酉年夏"

石刻背面录有《钦定日下旧闻考》文字:

"【明】都人王嘉谟纪,自高梁桥水逶至白浮瓮山出蓟县境,瓮山斜界百望是山也,南临西湖,神皋兰若,皆萃焉。北通燕平,丛丛巍巍,背而去者百里犹见其峰焉,高十五丈,登之可以望京师,可以观东潞。

【清】百望山今改名安河山,山巅神庙三楹,内奉石佛一尊,山麓有东西百望村。"

2014.10.1.

【05】探八家郊野公园

网察见有"八家郊野公园",10月5日我骑车探访。骑行穿过上清桥右拐,沿双清路向南不远,就到八家郊野公园东门。导游图显示郊野公园略成镰刀状,分为东园、西园、南园,东门是东园主入口。远处望去宽大的八字木棚横梁上凸嵌"东升八家郊野公园"八个大字,门侧金属牌介绍了"启明东升"的设计思想:《史记·历书》"日归于西,起明于东",名称嵌含"东升"之意。大门为木质重檐结构,形如一幢房屋,给人以一种"家"的意境。"屋檐"开以多个镂空窗格,形如家的窗牖。大门的正立面,又恰似"八"和"众"字,亦有"八方安和"之意,同时也喻

意众人来游。此大门高八米，与"八家"的"八"恰好吻合。东园设计包括东门有三大景区，入口台地"松石宿好"，苍松迎客，佳木繁荫，缤纷花草丛中立一巨石，似浮云，似滕海，又似蟠龙卧壁，苍劲而不失安详，雄奇而蕴含古朴。《左传》：宿，犹安也，宿不仅指安于，亦代表天上星宿。松、石，皆为美好星宿的象征，松石宿好，体现了和谐与精美。大片繁茂幽深林地内，木栈道穿行，园路环绕；并建有运动广场、休闲广场。园内立一方刻石，书"清水零消耗"；图板介绍，2009年建成的八家郊野公园，面积为1522亩，是五环以内面积最大的绿化隔离带公园；2011年例入市政府"折子工程"，突出"都市园林，人水和谐"的理念，建设灌溉"清水零消耗"生态节水公园。

因公园内不许骑车，我回到东门从园外马路绕到西园入口，进西园参观游览。西园设人工湖区、百年树人、矍叶华容、杏花飞雪等景区。"百年树人"称：所谓教育，讲究十年树木百年树人。出处《管子·权修》：一年之计，莫如树谷；十年之计，莫如树木；终身之计，莫如树人。"人工湖"波光粼粼，岸石壁立，水草葱碧，垂柳依依。为充分利用雨水资源，改善城郊缺水环境，海淀区水务局成功实施八家郊野公园雨水利用工程。建设面积1万多平方米的南北两个人工湖，储水能力约1.3万——1.7万立方米。看得出无论东园西园内，皆林密树茂，草木青翠，花色光泽艳丽，与灌溉节水技术的采用不无关系！

经询我骑车从西园来到南园，南园尚未开放，广场南面连栋温室大门横额书"北京东升花园中心"，里面有房屋水池庭院，我经门卫允许，骑自行车沿南园四周转了一圈，看到了南园的大体结构状况。

2014.10.10.

【06】骑访中关村公园

网查有"中关村森林公园"，地址就在唐家岭，总体规划面积5100亩，3年建成"近自然"的森林绿地，成为中关村高技术企业和居民共同拥有的后花园，供市民散步或骑行。2014年10月6日和14日我两次骑自行车前往访游。

我自西二旗北路向西走，穿过西二旗桥下到后厂村路，右拐顺唐家岭路北行，就到唐家岭村原址南口。一横跨村口的拱形铁架券门仍然孑立在那里，左侧硕大唐瑛的蓝漆白字"唐家岭"村牌依然竖立。我从铁栅窄门，进入了中关村公园东南口。公园一期重点区域在唐家岭旧址周围，主入口在原村北口。公园"北门广场"开阔，最北头是金字绿岛，绿植簇拥着五个金光闪烁的大字"中关村公园"，耀眼夺目；广场上还散布着林药植物群落、防护植物群落、北京自然群落典型代表三座植物识别绿岛，构思新颖。"老街印象"介绍：唐家岭村内原有三条柏油马路，脚下保留的这条路是中街，长500米，宽6米，始建于1959年，贯村而过，将全村分成东西两部分。"西庙广场"有一座新建的关帝庙，关帝庙是唐家岭的西庙，供有关公像，曾为村委会办公地点。其东北角有五帝庙（财神爷、龙王爷、山神爷、土地爷、马王爷），80年代拆除。关帝庙东面中街北头，有一面"斜阳影壁"，是原来北庙的一部分，是唐家岭现存两面影壁之一；另一面立于中街路南头。自明代建村，这两面影壁见证了唐家岭村的历史变迁。唐家岭原来有一座南庙，在中街路东，是明代锁新斋的家庙，供奉关帝和千手佛，庙内有一方圆2米的大鼓，解放初土改时拆毁。唐家岭村北还曾有一座北庙，供奉甄王爷和观音菩萨，1963年改建为小学。

　　唐家岭村址东面有两个景区："乡村童趣"新建一组屋顶群落，游人可在乡村屋顶上看星空，听老人讲嫦娥故事。"翠草藏莺"湖岸缓坡疏林碧草，令人尽生野趣。唐家岭村西，建"清歌如烟"景区，昔日拥挤的窄巷变成了疏朗的林间，曾经袅袅的炊烟被如今清悠的歌声取代。茶棚让我们在这里重新聚首，供游人休憩，乐赏新曲。

　　从茶棚向西，我穿越宽窄不一迂回交错的林间园路骑行，那里是比我已见到的广阔好几倍的空间：我经过"水木临风"、"雨水湿地"、"芦花秋荡"景区，观察"森林剧场"，坐在剧场梯级木凳上臆想观看演出的场景；我吮吸着"百亩槐香"，纵身"万树余波"徜徉，不知不觉走出公园又一北入口，看看马路标牌显示"土井村路"；我折回向南飞奔，哪管枫红朴绿、桦叶秋染，心怀绿朗清心，探路走出南入口。一直向西，顶头原来是友谊路！

【07】游马甸公园

　　2014年10月15日下午，在马甸公园建园十年之后，首临这个老地方新景点游览。我乘315路公交在马甸桥北下车，几步路就到马甸公园东门，镂空的大写M字门梁上标有"马甸公园"几个放光的大字，公园图版显示：东西门之间是中心广场，向北是亲水活动区、儿童乐园、器械活动区；向南是休闲铺装、健身步道、篮球场以及东南、西南两个出入口。整个公园略成长方形，东西宽80——160米，南北长700米。园内林荫浓密，花草铺装点衬，或健步行走、或长椅坐憩，成人篮球竞技、儿童亲水嬉戏，游人都非常惬意！

　　我在园内漫步向四周眺望，晴空楼宇靓丽。路东"中国国际科技展览中心"双子座大楼巍然屹立；路西同样高大漂亮的"中国质检"白色间蓝双体大楼同样身手不凡，在蓝天晴空折射出娇艳的阳光，非常耀眼！公园西面坐落着冠城北园、南园小区多座高层塔楼，稍南贴近公园是状如三块积木直矗青天的"中冶置业集团"和"金

澳国际"高厦。挨近三环路口，有一座题书"生产力大楼"建筑面东而立。马甸桥东北角，对着玫瑰园西门，东北方是北环中心大厦，其圆柱状楼体两翼的楼顶分别为"美侨"和"北京兴华"几个红色大字；东面两座半圆形大楼分别是"华尊大厦"和"设计之都"；东南方并排着两座长方形大厦，依次为"茅台集团"和"国家核电"大楼。

玫瑰公园地属西城区，占地4.47公顷，1987年建成了以"国槐侧柏兄弟树，月季菊花姐妹花"为主题的街心花园，时称"马甸片林"；2003年西城区对马甸片林进行全面改造，由于北京西城与美国帕萨蒂娜结为友好城市，园内大量种植玫瑰月季，将公园命名为"玫瑰公园"，以象征两地人民友谊长存。

马甸桥西北角的马甸公园地属海淀区，2003年修建，2004年建成，占地8.6公顷，是以健身运动为主题的休闲公园。玫瑰公园的前身马甸片林我当时曾经光顾过，建成后的"玫瑰园""马甸公园"，今秋是我首游。

2014.10.20.

【08】寻访南水北调北京段踪迹

中央电视台陆续播发了《水脉》专题片，介绍我国南水北调工程西线、中线、东线的来龙去脉和方方面面。我查看了中线北端北京段的网络资料，10月21日、22日先后两天走访了房山的大宁调水池和海淀团城湖明渠这两项重要工程的实地概况。

南水北调中线，南起丹江口水库北至颐和园，全长1267公里。从房山进京，长80.4公里，采用管涵加压输水方案，大宁水库和团城湖明渠是两个地面上可见的关键节段。21日上午，我乘地铁8、10、9号线，在郭公庄倒房山线稻田下车，乘房山53路公交到长龙苑，再乘出租三轮穿越大宁村街道，走上大宁水库西南大堤。环水库大堤南侧有一组楼房建筑，上题："北京永定河倒虹吸控制闸"，伸向水库中间百多米有一叶轮状装置。东大堤有水库泄水闸，水库东北方就是散乱的永定河床。北大堤西段，左手有一"宛平湖泵站"，右手就应是经过绿化装修的"宛平湖"了，三轮司机把我送到卢沟桥头，他沿原路返回。我站在卢沟新桥上西望，就看到"晓月湖"和载入史册的老卢沟桥了！

22日，我乘地铁到巴沟，倒74路公交到六郎庄西口，进颐和园南如意门，沿西南围墙内通向镜湖河道而行，在离南门一里多的地方看到一道河闸，上桥趋近一看有"团城湖控制闸"铜牌，这里还是北京市水务局的团城湖水文站，始建于2005年。从这道水闸往北二华里就到镜湖——团城湖了。我返回南如意门，跨过昆玉河首的白玉石桥，沿颐和园围墙外面道路前行，穿过在建中的地铁西郊线工地，就看到用高规格白漆铁栅维护起来的"团城湖明渠"了。一座桥前电子门挡住去路,警告严禁入内,并指示绕行路线。我进入电子门和门卫询问,站在"明渠桥"——"船营桥"上对着宽阔的明渠水面拍照留影,然后沿金河路南行,约一二里有一座桥,桥西院门挂着"北京市南水北调工程建设管理中心"牌子,金河路南头就是四环路火器营立交桥头,南水北调建设管理中心面南有一座大门,大门墙壁饰一块直径一米的铜雕,状如铜币,中刻南水北调四个篆字,看样子这才是管理中心的正门!

太行老农
2014.10.22.

【09】三访北坞公园

　　北坞这个村相识已久,1958年来北京上农大,从罗道庄步行二十多里到青龙桥放卫星堆稻秧就到过。2014年10月2日我首游北坞公园,是穿越玉东郊野公园后从北门进入的。北门内牌匾简介显示,公园共设计八个景区。其中"北坞印象"说:北坞村昔有明代救灾船坞,又是传说中龙王坞车之地。今日村民上楼,村址建成花园,富庶绮丽,堪比仙乡。我穿越"兴林寄语",在大树前以玉泉山塔为远景拍照,简介说:庚寅夏初,胡锦涛总书记和全体政治局常委,带领各界人士在此植树造林,并为后代留下希望和寄语。绿色的幸福的北坞,与玉泉山万寿山比邻而在,交相辉映,好一派盛世景象。公园西门内有一片长方形稻田,中有铜雕,景区署名"耤田耕织",介绍称:玉泉山下皇家稻田广逾百顷。中华以农立国,重农兴穑。此处雕塑为清代皇帝御耕图景。步上北岗高地,"新庐秋韵"赞叹:草庐窗外透迤的山岗覆满各色树种,新梢滴翠,霜叶飘丹,朱黄碧紫,绚丽多姿。劳动的双手将此地装扮成彩色的世界。金风送爽,秋韵无边。这一天我从北坞公园西门走出,顺宽敞的北坞村公路南行,并为闵庄路口一"实干兴邦"绿色公牛花卉雕塑留影。

　　第二天,10月3日,我从巴沟乘539路在终点颐和园西门下车,回头不远就是北坞公园南门。入口一方金黄色稻田中央,塑一高大碑状图腾柱,上镌稻穗,镂刻"北坞公园"几个大字。迎门是"双林聚贤"景区,"部长林"刻石临路而立,简介说:在全民植树热潮中,贤官贤将与百姓并肩播洒新绿。在青山碧水间,部长林和将军林构成一幅生机盎然,风光无限的画卷。翻过山坡是"高湖塔影",此地为清代高水湖旧址。如今秀美的新湖波平如镜,玉泉山定光古塔的倒影清晰可见,展现着皇家园林永恒的风采。高水湖北岸,长廊蜿蜒曲折,紫藤花铺满廊架。游人三五成群,共话友情、爱情、亲情和乡情,这里是"曲廊藤荫"景区。"古寺乡情"在公园西门内稻田景观的南部,金山寺东有一座面南戏楼,该景点介绍:明代金山古寺供奉

佛祖，又与妙峰同奉碧霞元君。戏楼乃进香花会之演出舞台。百年乡俗，世代传承。第二天我又从公园西门走出，向南沿新铺就的彩色沥青步道一直走到北坞客服中心。

从北坞公园导游图来看，北坞村公路西面，还有一片休闲健身区域，也包括在北坞公园整体设计之内，数日后我再去寻访。我从巴沟乘539到北营门，倒439路到北坞嘉园北小街下车，路北就是北坞健身公园，健身公园绿地一直延伸到北坞村南北公路边，其中一部分仍在施工之中。园内有围网足球场、乒乓球场地等体育设施；园内高树疏林掩映，路、场开阔，适宜休闲健身；园内还有一个社区服务站、一个四季青镇北坞村就业服务站。

有人认为北坞公园开创了城郊公园建设的新模式，正在得到广泛的追随和仿效。

2014.10.25.

【10】访万寿公园

网查原宣武区有一万寿公园，1955年在明代关帝庙旧址改建成"万寿西宫公园"，1995年进一步建成全市第一座以老年活动为中心的主题公园——"万寿公园"。并列为北京十大遗址公园之一。11月1日下午，我转乘4号线地铁到陶然亭下车，沿白纸坊东街西行到半步桥，就看到万寿公园南门高大秀丽的牌坊了！琉璃牌坊双檐三门四柱，中门面南匾额横书"万寿公园"，面北向内书"长乐永康"四字；迎门山石花坛立一拄杖携葫芦捧桃寿星彩塑，慈祥笑容可掬；其背后山石上刻一草书"寿"字。从健康大道起点，我顺时针沿路在公园内浏览，绕过绿竹苑，经过香茗茶社、康复乐园、运动健身广场、地书广场，然后看到了西城区老干部活动中心大楼。我穿过"五福同乐广场"，回观"知音瀑"，移步登上高坡上的庙宇建筑群落，我想这大概就是明代关帝庙遗址或是当年西宫吧！一进院内左右有展室；中间通道是"西城老干部橱窗"；二进院铁栅栏门已关闭，我手举相机留影，后面楼殿一楼匾额书"怡然楼"，二楼匾额书"博古涵今"。从坡上曲折穿过夹竹小径从南侧下山，向东门方向漫步。"五福广场"在七棵丝棉木下置福禄寿禧财五福童子；"孝行民和广场"宽敞面对着公园东门牌坊，广场西侧五盆鲜艳的三角梅映衬着白色大理石匾窗和铜褐色套窗，大理石立框上分别错落镶嵌着多个不同写法的"孝"字和"寿"字；广场北面有一幢二层小楼，走进见门匾为"海棠书斋"，对联书："竹雨松风琴韵 茶烟梧月书声"；东门内北侧墙壁上抄录有《孝经》全文，并有两块介绍公园内"人性化设施"的图版。在五福同乐广场和孝行民和广场之间，有一处《云水》雕塑，看简介牌得知这是"中美和平友好纪念雕塑活动"中哈德森的作品，由一根不锈钢柱高擎起一片云状人造石，远看仿佛一块白色的云悬浮在公园的上空。他是在美国看到华裔人士做太极拳"云手"得到的启发。雕塑体现天地合一、刚柔并济的特点，希望人类和谐共处。

永春斋　　2014.11.1.

【11】游老山城市休闲公园

　　2014年11月14日，天气晴好，我乘地铁到八角游乐园站。五环路"八角桥"跨越长安街西延长线，桥东是复兴路，桥西是石景山路。八角桥西南方有一片绿地，彩绘宫门横匾书"首钢松林公园"几个字，园内坐落殿宇建筑，苍劲松柏簇拥山亭，健身步道蜿蜒其中。跨过东西马路是一片开阔的下沉广场，门廊上排列着"石景山游乐园"几个红漆大字。啊，这就是久闻其名未睹其面的游乐园啦！站在马路边北望，"飞炫云霄"塔顶红旗飘展，东园4D影院球幕矗立，西园"奇幻城堡"尖塔错落，占地35万平米、建于1986年的游乐园不愧国家AAAA旅游景区的称誉！我进东园南门，跨过骑在分割东西园的铁路线上的欧式壮丽"蓝桥"，观望"大摩天轮"两侧的"冒险世界"和"幻想世界"，路边有一处高大的"神舟号过山车"，轨道长888米，国产首台悬挂式过山车，瞬时时速88公里，游客可体验风驰电掣和腾云驾雾的感觉！我从西园西门走出游乐园。

　　我今天出游的主要地点是老山郊野公园，在游乐园西门我打了一辆出租车，回穿八角桥北拐，右折老山南路，老山公园的西南门疏林边环绕着一组大小错落的金属圆环，预示这里是赛车基地！门口有一块"老山城市休闲公园"园区示意图，老山南路北面是一片郊野公园，突出"以林为体，郊野休闲"的理念，其西北部有奥运会山地车赛道环绕，高处路边有观景台，我乘出租沿赛车场环行一圈，回到公园西南门，然后穿越首钢老山居民区沿老山南路东走，寻找老山城市休闲公园的南门和东南门。走到接近东南门的首钢楼头，从入口进入休闲公园一个器械健身区，穿行园内林路到达老山休闲公园东南口，没有看到南门在哪里！东南门口正面约二十米的木条横墙上凸嵌着"老山城市休闲公园"几个光闪闪的金属字，身后绿柳簇垂。大门东侧入园步道两边，分列十块科普版面。我趋近一看，是石景山科协主办的"理性看待转基因"的宣传材料，深入浅出，言简意赅，切中时弊，喜闻乐见！我一一把这套图文并茂的材料拍照下来，这样的宣传太可贵、太少了！然后，我从老山南路东口乘914路到南辛庄，倒车返回。

2014.11.18.

【12】游法海寺

  2014年11月17日，我乘地铁到苹果园，一当地租车司机前来揽活。我想看的"四海水上乐园"已不存在；车停琅山村琅山苗圃门前，旧迹已难辨认。挂一块"北京市环境优美绿化工程公司"的金属牌子，我想这就是林业局归富那个公司了！从门房了解，似乎原来的琅山苗圃不复存在，原来与新加坡的合作项目也无声息了！我叫司机驱车永定河引水渠北岸，不一会儿来到模式口电站，见上下两级闸房坐落于涸河上。我沿山路攀爬而上，看到了深水池的大闸版，发电设备已闲置不用。望山头，输电网架高高矗立，银辉习习；看路边，几块水泥标牌引起我关注，上写"东水西调高压输水管线"。经询告知，此管线已建多年，是高压暗管，和来自三家店水库的引水渠是不相干的两码事！

  越过金顶北街北端的引水渠大桥西拐，入模式口大街，街口立一石刻"京西古道"。右拐入一长巷到"中国第四纪冰川遗迹陈列馆"，不巧博物馆周一闭馆，无缘目睹"冰川擦痕"。日后择时造访，参观了一二楼的几个展厅，了解到古今中外冰期、间冰期一些基本知识。离开陈列馆沿引水渠左侧前行，来到仰慕已久的法海寺：法海寺森林公园名副其实，松柏苍茫的翠微山，环绕怀抱着一四进院落古庙。山脚下森林公园图版指示有上山路线，东北永泉寺方向、西北龙泉寺山上分别建有瞭望塔。进法海寺山门殿，见匾额书"法海禅寺"四字；天王殿后的大雄宝殿前雄立两株高大苍劲的白皮松，色如雪似玉；大雄宝殿内藏有镇寺国宝——著名的明代壁画，门票100元才能目睹鉴赏；三进院药师殿内现置壁画的复制品，持老年证10元即可目睹；大雄宝殿的东西两侧配殿，皆设展室，西面是"壁画发源历史"及"法源寺壁画论证"版面资料，东面是"法海寺历史文化展"，迎门立一口"法海寺大钟"。我走进药师殿，正面有三幅单身壁画佛像，正中观音菩萨，左右文殊普贤菩萨；东西墙上是两铺帝释梵天礼佛护法图壁画复制品。描绘诸路天神鬼众浩浩荡荡敬佛护法的壮大场景。

2014.11.19.

【13】访清河营勇士营郊野公园

  一提清河营大概认为离清河不远，其实它在立汤路以东，属朝阳区，接近清河汇入温榆河的地方。2014年11月20日、22日我隔日游访了清河营郊野公园。我乘地铁13号线在北苑站下车，转乘596路公交到水岸中路东口，就到清河营郊野公园西北门主入口了。迎门湖柳间立一尊4米高的蓝灰纹石，上刻"清河营郊野公园"七个阴文红漆字，落款"清河营村村民委员会 二零一二年六月一日"。公园导游图和公园简介告诉我,该郊野公园位于来广营乡北部,在北京市第一道绿化隔离带区域,2009年建园。南北长1360米,东西宽400米,分南北两园。北园有主入口停车场和"台地景观""山顶平台""丹林逸趣""幽谷芳菲"诸区,松柏苍翠,金银木红珠艳丽;山顶瞭望,漫丘起伏,令人心胸开阔敞朗。南园是"林荫同乐"区域,以林下健身为主,其西侧入口立一尊"尚法"刻石。

从水岸中街东口乘386路汽车向南行三站到清河营南一街东口,路东是"勇士营郊野公园"的西北主入口,绿帐遮护着的数株雪松前,矮石墙上凸嵌着隶书"勇士营郊野公园"七个字。顺园路南行,依次走到"廉政文化园""来广营文化广场"和"人口文化园"。在三园中西望,隔北苑东路可见"北京东苑中医医院"和其南北高大漂亮的楼房小区。由来广营地区工委、纪委宣建的"廉政文化园",刻石"警钟长鸣",路边林间清廉警语琳琅满目,春风化雨;"人口文化园"十多幅橱窗展板,林间置有表情生动的母子、戏童铜雕;"来广营文化广场"舞台敞亮,圆形广场场地开阔。来广营的名字来源于"蓝营"讹读,清河营、勇士营、红军营都是清代八旗军时期留下的称谓。我沿勇士营郊野公园的园路向东南走,北面坡下有成片体育健身场地,设有篮球围网群落,最后从东南入口走出郊野公园。看看时间尚早,我又察看了临近的"北京朝来农艺园"和对面的"北京朝来森林公园"的位置概况,从森林公园南门返回立水桥。

2014.11.22.

【14】踏访巴沟山水园

悉巴沟山水园二期日前竣工开放,让老北京巴沟湿地的景观风貌得以重现,今日下午我择机再次前往游览。巴沟山水园是昆玉河水景走廊"五园"之一,总体规划面积约10万平方米,是一处融休闲、娱乐、文化体验为一体的绿化精品工程。上个月7号,我曾自公园南入口进,重点浏览观赏了稻田景区和山水自然景区,稻田铺金,绿荷田田,芦苇轻摇,野鸭戏水,俨然江南景韵!由于时间短粗,我仅直线穿行,未及细览,便从西北入口走出。南入口、西北入口都树立着别致的丘状"巴沟山水园"名字雕塑,给我留下深刻的印象!今日我乘10号线地铁火器营下车,北行走过街天桥进西入口,向北是山水园的北半段,一湾清澈湖水周围,错落散布着"镜湖松云""幂翠含清""圣化淳古"三个景区。沟溪蜿蜒,塘泊罗布,杨柳垂、松柏茂、竹苇掩映。近岸布置天鹅戏水、大像搧耳绿植雕塑,小品形象逼真。公园东面临万柳西路,还有三个入口,即东北入口、东入口和东南入口,再加上公园北入口,这样巴沟山水园总共有七个出入口。

中段公园管理房，把山水园分成两段，南段也设计了三个景区：即"稻田景区"、"自然景观"、"待施工景区"。我今天数了一下，稻田大小一共13块，九曲木栈道迂回其间，很方便观赏。稻田东北方河湖错落，石曲桥、石拱桥跨越水面、山坡岸亭临风，不啻山水西花园风景！稻田西侧，近岸房舍坡地石级旁，有一面刻石，标题为"巴沟纪事"，介绍巴沟名称的由来和巴沟村、万泉庄一带的自然人文风貌，我全文把它抄录了下来。

2014.11.27.

[15] 浏览长春健身园

出巴沟山水园南门，对面就是"长春健身园"，它是昆玉河水景走廊"五园"之二。长春健身园位于昆玉河东岸万柳地区，北起万泉庄路，南至长春桥，东临万柳西路。公园占地10.6万平方米，在旧有苗圃的基础上建设而成，改善了昆玉河沿岸景观效果，为周边居民提供了优美的环境和游憩场所，于2007年10月1日免费开放。

公园以绿色休闲健身为主题，定位为邻里公园、生态屏障。长春健身园在绿色中突出健身休闲，实现"绿色健身园"。植物设计以自然形式植物培植为主，重点对各运动广场加强了绿化氛围的渲染。公园拥有网球场、整场篮球场、半场篮球场、健身区、儿童活动区、老年活动区等诸多用于市民活动的场地和设施，适应了不同年龄的人们的要求。为方便起见公园设了7个出入口，仅东面临万柳西路，从南到北就有4个出入口。壁画广场文韵别致，诗画并茂，写景状物，畅快淋漓。"玲珑小苑靓长廊，瑶草琪花锦绣乡，皱起春波双塔影，轻温梦境满地香"；"依城小景对西山，楼台广厦映新颜，况是琼华春又好，黄鹂相唤珍时还"；"昔日长河故道，龙船随意徜徉，林泉今喜又重光，巨变源于开放"！健身广场和篮球场之间的圆形林下休闲台地上，有两处活字诗版，描述附近史迹往事："火器营房　长河西岸老营房　火炮坚　演武忙　剽悍八旗兵　遗踪处处感沧桑"；"蓝靛春景　蓝靛芳春意转浓　冬寒消尽渐葱茏　纤纤细柳烟含绿　淡淡幽香蕊绽红　钟磬不闻藏古寺　芳菲遍赏醉娇容　惜花性癖难成寐、倩影毫端赋未工"。

园内绿树掩映，碧草如波，"自然"与"运动"和谐共处，休闲运动融入自然景物之中。

2014.11.28.

【16】访金源娱乐园

金源娱乐园位于昆玉河西岸，东临蓝靛厂北路，西至火器营路，南起老营房路，北至蓝靛厂路，总面积为5.6公顷，是昆玉河水景观走廊五个主题公园之一。金源娱乐园于2009年7月20日建成，2010年5月1日对外开放。

2014年10月26日，我从长春桥出地铁口，顺昆玉河西向北走，到老营房路东口，就看到绿树掩映的"金源娱乐园"金字半圆铁门。园内林丘起伏、道路逶迤，林荫下遍置各种健身活动器械。娱乐园设有篮球场地、老年活动场，北半部的儿童活动场所，设置新颖华丽，已和娱乐园隔开，须出园从西北门进入。入口大三角门头上雕一卡通兔，门楣上描有"酷酷兔"三个艺术字，儿童门票30元，老年人门票5元。酷酷兔少儿拓展天地总占地面积2万平方米，拥有大小游乐项目80余项，是北京最大的拥有全新游乐理念的儿童拓展式主题乐园。酷酷兔少儿拓展天地共分为9个主题区：水木王国、滑板飞人、星际滑索、星际空间、银河星系、宇宙探险、疯狂滑梯、欢乐城堡以及水沙世界，9组游戏将中国传统的游乐项目与国外先进游乐设备灵活组合，园内游戏项目针对2至15岁少年儿童的成长特点，精心设计、全方位满足孩子们和家庭的不同娱乐需求。一进门酷酷兔迎候在"水木王国"，为2—6岁儿童设计了圆木攀爬、木塔锁链桥、锁链攀爬共六组游艺活动；"滑板飞人"为6—15岁少年设计，有旋转和滑板两组游艺；"星际滑索"和"星际空间"都为大龄少年设计，包括滑索、天梯、魔法转碗、旋转杆等游艺；"宇宙探险"包括宇宙航海家、宇宙观望台、宇宙攀爬塔、宇宙游戏台；"疯狂滑梯"为2—6岁儿童设计，包括秋千、跷跷板等组合，青蛙骑士、小鱼骑士等游艺项目；"欢乐城堡"也是为幼儿设计，有欢乐列车、欢乐木屋，还有多人跷跷板、飞机摇摇椅、木马骑士、海豚骑士等众多游艺项目。这是一处很不错的儿童智力乐园，我想要告诉小水晶来这里玩玩！

2014.10.28.

【17】再访玲珑公园

2014年11月17日，我第二次造访昆玉河畔遗址公园——"玲珑公园"。第一次到玲珑公园大概在十来年以前，那时玲珑公园就看到慈寿寺塔四周一小片，记得东面临河入口砌有石级，墙壁有题书文字。慈寿寺塔又名永安万寿塔、八里庄塔，俗名玲珑塔。明万历皇帝为母亲圣母慈圣皇太后祝寿，于万历六年（1578年）建成。清光绪年间寺废，仅存塔。海淀区1989年始建玲珑公园，2006年配合昆玉河水景观走廊建设工程，对其进行全面改造和提升，将玲珑公园分为南、中、北、东四个区域，

堆丘植树，挖湖立亭，使之成为一河两路的五园之一，领先建成昆玉河畔一道亮丽风景线，但我一直未再寻机光顾！我今日再访，见公园面貌焕然一新。我出地铁慈寿寺站，进公园北门，北区有火车头广场、中心湖区，湖岸立一座双层六柱园石亭——"往来亭"，趋近看亭柱联云："新亭夕照留伊倩影 古塔朝霞寄我诗情"。中区包括观塔广场、花卉观赏区、林下活动区，我走过点将台（小舞台），有一长方形大水池，名鉴池，见有工人放水清池，有不少游客捡拾小鱼。高高矗立的慈寿寺塔，为八角13层密檐实心砖塔，高近60米，由塔基、塔身、塔刹三部分组成，秀美端庄，古色古香。 塔基分上下两层，下层为边角镶石的三层平台，上层是双层须弥座，雕有精美的莲花座台。须弥座上部雕刻有笙、箫、琴、瑟等古代乐器，有十分珍贵的史料价值。塔身四面有砖雕的拱券门和半圆形雕窗。拱券门上的匾额分别是：南面"永安万寿塔"，东面"镇静皇图"，北面"真慈洪范"，西面"辉腾日月"。每层有佛龛24个，原供奉铜佛312尊。玲珑塔檐角原挂有风铃3000多枚，慈寿寺塔塔顶为镏金莲珠塔刹。清乾隆时曾对慈寿寺塔进行过精心的修缮，以至宝塔可以矗立至今。因为它是明代单层密檐塔的代表作，是仿北京天宁寺塔而建，故与天宁寺塔并称为"姐妹塔"。

公园南区包括南大门、儿童活动区、健身广场，据说塔南百米有两颗古银杏，我那天未曾留意。公园东区包括东门和与市政联接的坡地，坡上石级右侧一卧山石刻行草"漱尘"二字，石级左侧山石刻一首行楷小诗云："永安遗古塔 孤拔破地出 清墟栽花树 叠石成溪壑 倒影入泉池 玲珑伴秋月"；坡下石壁雕刻"玲珑公园"四个隶书大字，旁有"玲珑公园简介"石刻说明。东望清澈的自北而南的昆玉河，忆及当年开挖京密引水渠的场景，回想到我十多年前首访玲珑公园时，就是乘公交从这里登临观塔的呀！

2014.11.17.

【18】访中关村生命科学园

2014年11月4日，我在朱辛庄倒昌平线地铁往回走一站下车，沿北清路西行一站路，就到昌平科技园区——中关村生命科学园路口了。放眼望去，两座上层连接的、五六层高的圆形大楼，恰成一个门字，坐落在科学园入口，左侧楼顶大字是"中关村发展集团"，右侧楼顶标志"中关村生命科学园"。进园逆时针绕行，长椭圆环路东侧为"科学园路"，西侧为"生命园路"，有一路公交车可绕回入口处。整个生命科学园略成倒梯形，位于东侧京包铁路、西侧京新高速之间。记得七八年前曾去生命科学园应邀检查过骨密度，当时的印象和现在的场景怎么也对不上茬了！沿科学园路右行，先后经过"北清创意园""博达"大厦、"新时代健康产业集团"

大厦,从中路向西穿南拐,看到了"北大生命园""北京大学国际医院""碧水源大厦""生命芯片北京国家工程研究中心""诺和诺德"生物制药等楼座,园区出入口左侧是"创新大厦",已进驻园区的企业大多都在大厦有办公联系地点。资料介绍:生命科学园规划占地总面积254公顷,其中一期工程占地130.5公顷,规划建筑面积52万平方米,平均控高15—18米,绿化率大于55%。二期项目"北京大学国际医院"也已建成开业。园区环境、基础设施、配套支撑系统及区内的智能化管理均按照国际一流水准和规范进行规划建设,目前已入住科技企业200余家。其中"生命芯片北京国家工程研究中心"建立与2000年,前身是清华大学生物芯片研究与开发中心,由华中科技大学、中国医学科学院和军事医学科学院等三家科研单位共同组建,致力于以生物芯片为平台的医学系统生物学研究与开发,先后承担并完成了国家863重大专项课题"生物芯片的研究与开发"以及"973""985"、国家自然科学基金等重大课题和攻关项目,十几年来,在生物芯片的若干关键技术领域已取得了一批具有自主知识产权的原创性技术成果。

2014.11.6.

【19】访中关村软件园

　　早就知道上地信息产业基地西侧有个"软件园"并多次乘车经过,但从未驻足进入过,2014年10月13日我首访"中关村软件园"。看软件园图示,已建软件园大体正方形,我从东面中间正门走进,远看入口有两座交错的圆形建筑,三层圆形大楼有"云基地"标示,如平顶圆伞般硕大棚盖,是大门门庭。从软件广场向西是软件园一号路,向南向北是二号路、四号路。我向北向西穿行,看到一片弯曲的湖面,柳荫树影,溪水潺潺。近岸叠水上清泉喷涌,对岸湖面喷水注同律回应!啊,原来中关村软件园也是一处环境优雅的山水林园!据载:软件园规划占地面积139公顷,建筑面积60余万平方米,平均建筑层数3层。园区由商务区和自然形态的研发区组成。商务区设在园区东、南两侧,建筑平面布置以街区的形式排列,建筑之间以庭园绿地相互连接。该区孵化器、公共技术支撑体系、信息中心、人才培训中心、宾馆等已建成使用。软件研发区的研发中心以组团的形式,在森林绿地中自由疏散分布。充分体现了"让科技融入自然"的宗旨。截至到2010年6月,中关村软件园已有入园企业200余家。

　　据近日北京日报披露:"软件园"还将进一步升级。即将崛起的"中关村软件城"(又称"大上地地区")北起中关村森林公园、南至北五环,西起京密引水渠、东至京藏高速,规划范围总面积约31.3平方公里。在这里,一座吸纳国际高端人才和

创新资源聚集的创新之城即将崛起。中关村海淀园也将形成以中关村软件城为中心,科技金融一条街、知识产权保护和标准一条街、创业孵化一条街共同为创新创业提供配套服务的"一城三街"新格局。

2014.11.28.

【20】长河觅史踪

南长河公园坐落在长春桥东南,从与昆玉河相交的岔口起至万寿桥的长河南北两岸,自10月7日始,我三抵公园,才得以遍游。南长河公园全长1500米,宽约50米,占地17公顷,分长河南北两园。海淀区园林绿化局从2011年始,对两岸原有景观单一的疏林草地加以改造提升,本着"以绿为本,以史为脉,以水为先,滨河两岸景观空间一体化"的理念,在两岸绿地内分设"曲苑听香""春堤信步"等十一处景点,形成了南岸一条"人文走廊",北岸一条"健康走廊"的格局,展现出"历史长河、生命长河、文化长河""三部曲"的丰富内涵,一年春夏秋冬,四季美景皆具特色,为京城再添一处风景别致宜人、文化底蕴深厚的城市滨水公园。

我来到公园西南入口,看到面西石壁上蓝绿色隶字"南长河公园"五个大字,正对西南入口是一叠水景观平台,后面石壁嵌一红色"南长河"草篆图章,前面曲水石台标示京城水系脉络,东面树立公园简介和两岸景观带图示。穿过林木园路,到一横条木廊轩,未见牌示标注,凭图示位置应是"知源堂"。曲廊数间,横木版写有史书摘记文字,一部分说长河名称的由来演变,一部分记明清皇家出游踏青的见闻。这天时间有限,我想以后择日再来抄记我很感兴趣的这些文字。我沿园路北行,不远即到河边。事后我从景点图示得知,我仅仅到了南长河公园一角。

数日后再访南长河公园,我仍从西南口入园,从"知源堂"前穿越马路,才是"曲苑听香"景区。下沉式梯地中松柏岛立,田池错落,芦苇飘絮,荷稻时过踪无,唯麦庄桥玉石雕塑洁雅壁立,上刻乾隆御制诗云:"新涨平堤好进舟 霁空风物报高秋 闻钟背指万寿寺 摇橹溯洄西海流 送爽一天去似缕 娱情两岸稼如油 石桥郭外经过屡 试问常年得似不"。可以想见,昔日荷塘稻田,碧野连天,"小舟最爱南薰里,杨柳芙藻纳晚凉"的景象。出"曲苑听香"景区,就是后来新建的"麦钟桥",麦钟桥联通北园,通往厂洼街路。"麦钟桥"的名字是由"麦庄桥"—"埋钟村"演变来的,

现在的双拱仿古石桥建于1998年以后,原麦庄桥仅为数米小石桥,遗址在麦钟桥西侧河道。从麦钟桥继续向东南方向,依次是"柳岸春荫""水音深处""故道花语""别院笙歌"景区,中间和东南头分别有"知雨轩""知意厅"两座轩廊。

跨过西三环路上的万寿寺桥，沿长河北岸西行，半壁街绿地较窄且被分隔，中国青年政治学院的楼舍作为借景很飘亮。北园的"春堤信步"景区介绍，据"日下旧闻考"记载，自麦庄桥始至玉泉山止，古有十里长堤，名曰"西堤"。湖在堤南，稻田在堤北，自明朝开始，就有在堤上"观西湖景"之说。景区广场、园路疏朗，绿竹簇拥，林木掩映。知趣廊厅轩建设已成，其主题尚未展示。

三赴南长河公园，重点抄录知源堂、知语轩的文史文字。南长河公园共有建筑风格一致的四个堂轩，南园三个，自西而东是知源堂、知雨轩、知意厅，北园一个，知趣廊。知源堂和知雨轩分别刻写长河及河上诸桥的历史变迁，知意厅和知趣廊似未完成，尚无文字内容。

知源堂西半段栅木横版刻字探源长河的历史由来，指出："长河在不同的历史时期有不同的名字。辽代称'高粱河'，金代称'皂河'，元代称'金水河'，明代称'玉河'，清代始称'长河'。水从玉泉来，三十里至桥下，荇尾靡波，鱼头接流。

高粱河为玉河下游，玉泉山诸水注焉，高粱其旧名也。自高粱桥以上亦谓之长河。元代都水监郭守敬引白浮泉及西山诸泉水通过这条河道入大都城，再连接通惠河，以兴漕运。

长河，北京城内现存的唯一一条由明清两代皇朝钦定的皇家御用河道，原本不是天然河道，是在辽代古高粱河旧漕上人工挖掘而成的。起点为颐和园绣漪闸口，直到西直门外的高粱桥，全长约有16公里。高粱桥在西直门之北，其水发源于玉泉，由昆明湖绣漪桥东流注此，即长河也。"

知源堂东半段栅木横版介绍明清皇家出城踏青礼佛的情景见闻。

知雨轩在中轩北壁、东轩南壁分别介绍了长春桥、麦钟桥、高粱桥、白石桥的历史概貌。

在北园，麦钟桥北，建一雕塑广场，中心是一圆形地球石雕，基座文字标"PREGNAT"——直译"孕育的"，我译为"万物同体"。看雕刻文字，强调一切的存在是无可分割的一体。这是否蕴含自然一体的观念？圆形雕塑广场周围设置有健身、儿童游乐场地，但设计风格与整个南长河公园的设计大相径庭，我不太明白设计者的真正用意是什么？

2014.12.18.

【21】畅观堂家祭

中华复兴梦　神州正当时
南水泊团湖　五园得润滋
老农游桃源　水晶系红楼
双子忙专业　高铁鸣西域
甲午冬月于颐和园

小记：2014年12月19日，值俊岭仙逝16周年，周五上午，我和松碧俩儿，驱车颐和园西门，前往畅观堂连理松祭扫。送上一束黄白菊，沟通阴阳两地间！稍后，我们沿金河路南行，穿越南水北调团城湖明渠船营桥，看到了团城湖通向颐和园内的闸口；返回闵庄路口，绕行北坞公园、玉东园、玉泉山，穿行于三山五园海淀绿道间。颐和园西门外北坞村，是我进京上农大放卫星堆稻秧之地；也是半个世纪之后，华夏大地园林化梦演之肇始，信念和神州梦把人间天上融一体、同连联。

2012年12月22日

【22】顺访报国寺

12月21日，星期日，农历10月30日，再过3天是姨九十诞辰。今天，姨全家在广安门"东兴楼"汇芳厅办寿宴。我查地图，看地址离宣武"报国寺"不远。于是提早进城，顺访了报国寺。我从长椿街北口乘477路公交车，到牛街北口西下车，西走不远就看到醒目的"报国寺"牌坊，牌坊横额二楣注有"报国寺文化市场"几个字。牌坊街内书摊店铺拥挤林立。山门3间，为1997年复建。第一进殿5间为昭忠祠山门，殿门蓝色字牌是"中国民间收藏馆"。第二进天王殿，面阔3间，亦为"中国民间收藏馆"。第三进为大殿，面阔九间，我在内看到了巴西水胆玛瑙。第四进为后殿，面阔五间，现为"中国商业出版社"占用。再往后应是第五进毗卢殿，因清代已毁，不知仅存明清寺碑何处，我看到己是红墙阻隔、后面高楼壁立。报国寺两厢殿堂分别是"中国钱币馆""世界钱币馆""中国收藏会馆"以及"中国扑克馆""中国古玩馆"等展销馆室。几进院落内纵横道路两旁，都摆满个体销售摊位，各色收藏品、古玩货色多样，我来不及观看，便走出报国寺山门，经过西夹道走向祥龙商务大厦，去参加老太太的九十岁寿宴。

2014.12.22.

【01】小毛驴婚礼

2015年1月18日，星期日，九点过，小碧和小张来育新接我，开车去后沙涧"小毛驴市民农园"，参加乡建志愿者集体婚礼。组办单位是"北京梁漱溟乡村建设中心"，挂靠人民大学。该中心以推进新乡村建设为核心目标，以推动农民合作和城乡和谐发展为主要内容。车沿北清路西行，北拐西拐来到后沙涧村西，苍劲秀丽的凤凰岭映入视线，小毛驴农园面积二百多亩，新幸福主义婚礼台设在打谷场上，谷场红色对联横楣书"春到农园"，上联是"簇簇春花映农园春景"，下联是"对对新侣开乡建新风"。今天婚礼主婚人温铁军是人大农业与农村发展学院院长，证婚人是农大兰考县委常委、何慧丽副教授，今天参加第二届新幸福主义（梁漱溟语）集体婚礼的共有九对新人。第一对，她，高明，上海大学老师，曾是晏阳初乡建学院铁杆志愿者；他，袁清华，曾是小毛驴农园创始人之一，现在崇明岛"设计丰收"工作。第二对，她叫靳培云，来自河北，他叫严晓辉，来自陕西，都曾是小毛驴农园重要骨干；共同的乡建事业使他们走到一起。第三对，她叫杜洁，河北人，现在重庆北培从事乡建；他叫潘家恩，福建人，也是小毛驴农园创始人之一，现在重庆大学当教师；同为80后相爱且工作14年，领证7年，拥有2岁女儿"培培"；愿与大家在定县翟城分享乡建梦想之延续。

据网站介绍，温泉有一"新青年绿色公社"，源于新世纪大学生支农调研活动，2008年创立"新青年绿色公社"，坐落于温泉村"西山雨舍"，以集体方式推动乡村发展变革。发起组织者刘湘波——刘老石老师，是梁漱溟乡建中心总干事，他献身乡建，2011年不幸车祸去世。温铁军教授是有名的三农专家，我有一本他2000年写的"三农"问题的世纪反思，书名是《中国农村基本经济制度研究》，卷首有杜润生的序言。何慧丽是中国农大人文与发展学院社会学系副教授，挂职任中共兰考县委常委。河南人，说话朴实风趣，她说她当证婚人的资格是"早恋、早婚"，"与公婆一起生活已有17年"。

婚礼在寒风中进行，内容丰富，气氛热烈。计划流程包括小毛驴花车农园绕行、传统婚礼仪式、简述恋爱故事、主婚证婚、拜父母改口敬茶交杯酒，有机生态婚宴移入厅内，时间共计三个半小时。宴后大厅门口小息，身旁新人热情和我搭话问候。回程我们还顺访了凤凰岭龙泉寺和温泉公园。

2015.1.18.

[02] 美丽乡村博览会

电视台报告,"美丽乡村博览会"昨天在农展馆开幕,为期三天;我上网查看,博览会通知称:为贯彻落实党的十八大提出将生态文明建设放在突出地位,努力建设美丽中国,实现中华民族永续发展的战略部署,深入推进美丽乡村创建工作,经认真筹备于今年1月24——26日在北京举办"美丽乡村博览会",同期举办"国家农业科技服务云平台"和"全国农业技术转移服务中心"启动仪式。这次博览会以"建设美丽乡村,推进农业生态文明"为主题,目的是系统总结梳理两年来"美丽乡村"建设的理念、思路和政策措施,进一步明确方向、凝聚共识、推动工作。博览会由农业部科教司美丽农村创建领导小组办公室主办。

1月25日上午,我改变原先计划赶到农展馆新馆参观。新建成的11号馆,展厅宽大。美丽乡村博览会由实践篇、科技篇、文化篇三大展区组成,展示面积12000平米。门厅前言说:"美丽乡村"是新农村的升级版,是宏大的系统工程。创建"美丽乡村"不断从传统农业中寻找智慧、汲取营养。传统农业中天人合一、道法自然、民胞物与的理念,孕育出许多顺天量地、精耕细作的指导生产生活的方法技术,因时制空,运用天文气候知识形成二十四节气的精辟认识;因地制宜,保持地力合理开垦与自然和谐相处的生产方式;因事制宜,治水因势利导、村居因势而宜的科学思考等等,这些都是发展现代农业、建设美丽乡村取之不尽的智慧源泉。博览会开篇导语指出:党的十八大强调推进生态文明建设,明确提出建设美丽中国的奋斗目标。2013年11月13日,《农业部办公厅关于公布"美丽乡村"创建始点乡村名单的通知》印发,在全国遴选确定了不同区域、不同类型、不同发展阶段的1100个乡村作为美丽乡村创建试点单位,力争用三年的时间把这些乡村打造成"天蓝、地绿、水净、安居、乐业、增收"的美丽乡村。2014年2月,农业部正式发布"美丽乡村创建十大模式",根据不同类型地区的自然资源禀赋、社会经济发展水平、产业发展特点以及民俗文化传承差异,坚持因地制宜、分类指导的原则,因村施策、各有侧重、突出重点、整体推进建设美丽乡村。博览会用10块展板分别介绍了产业发展型模式、生态保护型模式、城郊集约型模式、社会综治型模式、文化传承型模式、渔业开发型模式、草原牧场型模式、环境整治型模式、休闲旅游型模式、高效农业型模式十大模式。用6快展板介绍了创建美丽乡村涌现的模范人物——五星一员,即"科技之星、环保之星、沼气之星、致富之星、文明之星和最美农技员"。经过广泛的推介评选,共评出61位五星一员。

现场展出的典型单位有黔西南兴义万峰林,辽宁丹东宽甸河口村,江苏张家港永联村,北京窦店韩村河等几个,我向服务员索要了简介资料带回察看。在新型职业农民培训展区有农业广播电视学校编辑的各类图书资料展示,我索取了一本博览会会刊——《美丽乡村》,走出展厅。

2015.1.25.

【03】穿游张家口市

　　2015年2月22日，正月初四。我和陈碧一起与陈松一家来崇礼过年后，陈松三口赴内蒙远游乌兰布统，我和陈碧驱车张家口返京。上午10点多动身，我们沿S242省道顺清水河两岸向西南而行，约50公里到达"孤石苗圃"。下车察看，这里挂着"张家口市园林科研所"的铜牌子，温室、苗圃棋布，经询这里未建公园。继续前行进入街区，不意间拐到新建玉石大桥"来远桥"前，上桥南望，大境门城头"大好河山"四个遒劲大字跳入眼帘，顿生踏破铁鞋无觅处得来全不费工夫之慨！大境门位于张家口北端，形势险要，西靠西太平山，山上长城蜿蜒；东临清水河，河淌流市区南下；河东东太平山绵亘，亦有长城蜿蜒。大境门正当锁关要塞，这也是张家口地名的由来！大境门内是新整修的明清步行街，街道两旁牌坊、店铺林立；南端是洞门"市楼"，门楼嵌有"神京右臂""市通中外"匾额，过去这里是张（家口）库（库伦——乌兰巴托）商路的起点。大境门头"大好河山"四字为察哈尔都统1927年所题；大境门一带"长城"则始建于明成化年间（1485年）；"大境门"始建于清顺治元年（1644年）。大境门见证了1945年8月八路军收复张家口，1948年12月解放张家口的伟大历史时刻。孙中山、蒋介石、朱德、聂荣臻、华国锋等都曾登临大境门。2013年5月，大境门长城列入第五批全国重点文物保护单位。

　　大境门内步行街西侧，有一座四柱牌坊，匾额书"厚德载物"，西太平山麓坐落着山神庙古建筑群，进山门拾级可见"护国佑民"的"山神殿"和两侧的"土地"、"五道"配殿，以及南北跨院的"龟君神殿"。山神庙山门前广场北面，立一双柱牌坊，横额书"精忠贯日"；拾级北上是"关岳庙"，正面为"忠义千载"的关公殿，西厢是"精忠报国"的岳飞殿；双柱牌坊东侧跨院是三娘子庙，三娘子是蒙古顺义王俺答汗第三夫人，力主明蒙修好，影响了70多年的明蒙友好关系。大境门外广场西面山脚下，有一座"卧龙亭"，该亭始建于1771年乾隆年间，为纪念康熙北征葛尔丹还都时驻跸（1698）而建，原亭1958年移入"人民公园"，1968年又在原址复制"卧龙亭"。亭子西面有"二郎庙"，庙内供奉二郎神——杨戬，为镇西沟水患保民平安而建；亭子南面依山开挖八仙洞，我和小碧购票入内观赏了洞内八仙浮雕彩绘，并为吕祖戏仙姑拍照，传说该洞是八仙倒海除孽治理无终门外饮酒之处。

　　我们继续驱车穿越市区街道，见大多餐馆仍闭门休假，便停车路边，垫补干果饮料，然后到达宣化城区西门——大新门。进大新门向东，是宽畅的钟楼大街，中间耸立着高大的"清远楼"。清远楼是国务院1988年公布的全国重点文物保护单位，砖砌楼门基座上坐落三层飞檐楼宇；面西门洞上嵌书"大新"，面南门洞上嵌书"昌平"，面东门洞上嵌书"安定"；三层顶楼匾额面南书"清远楼"，西面、东面分别是"震靖边气""耸峙巅疆"。清远楼南正对着"镇朔楼"，楼门基座上楼宇两层，顶层面南匾额书"镇朔楼"三字，面北书"神京屏翰"，该楼是2006年全国重点文物保

护单位。我绕楼四周端详环顾，脑海中浮现出1995年来宣化考察时看到的景象。沿钟楼大街继续东行，可以看到东城墙遗址；然后北拐，就看到了京藏高速的入口牌坊。

2015.2.24.

【04】西洋楼遗址记详

　　位于圆明园长春园北侧的西洋楼景区遗址，我在马连洼上农大以后就曾多次身临，八十年代遗址公园开放，曾陪亲友数度游览，对大水法、远瀛观残存景观留有深刻印象，那里后来就成为圆明园遗址公园的一张标志名片。一九九五年农大校庆时我和本班同学一起游览颐和园时，穿游了西洋楼的黄花迷阵，参观了海晏堂、大水法、远瀛观和圆明园展览馆，但对西洋楼景区设计、布局、修建始末不甚了了。二〇〇八年长春园湖里飞来黑天鹅以后，我每年都进园观赏，大都进出西洋楼景区东门，但很少步入建筑遗址区域。近年西洋楼景区七十岁老人免费参观，我才得以各点仔细了解察看。

　　进景区西门，南侧是"谐奇趣"遗址，白玉石残门断柱壁立，细看可见西洋雕琢痕迹。谐奇趣是西洋楼一期工程，是乾隆亲自主持的人工喷泉项目。据载谐奇趣大殿前有一海棠式喷水池，设有铜鹅、铜羊和西洋翻尾石鱼。北侧"黄花阵"，曾是帝妃秉灯夜游八卦阵的地方，中间圆形白玉石塔楼矗立，矮墙迷路迂回，有不少游人尽兴穿行。谐奇趣与黄花阵中间有一菊花型喷水池，1987年由东城翠花胡同运回复位。往东是"养雀笼"，刻石介绍：其前后门外有小型喷水塔；其东侧是"方外观"，为两层三间西式楼，乾隆将其装饰为容妃做礼拜的清真寺。方外观南侧有"五竹亭"。"海晏堂"是西洋楼景区有代表性的一处喷水景观，正楼朝西，上下各十一间，楼门左右有弧形跌落式喷水槽，阶下呈八字形排列十二生肖人身兽首青铜坐像，十二生肖轮流喷水，正午时齐喷，俗名"水力钟"，现在尚可看到留存的水池刻石痕迹。原来的人身兽首铜像中，牛、虎、猴、猪、马、鼠、兔七个兽首现已回归中国；龙首在台湾；蛇、鸡、狗、羊四个兽首仍然下落不明。

　　"大水法"是西洋楼景区最大的喷泉景观。据载：巨型石龛式主体建筑，前有狮子头喷水瀑布，七级水帘下方为椭圆形菊花水池，中心有一铜梅花鹿，两侧散布10只铜狗，可形成奇特的"猎狗逐鹿"喷水景观。"大水法"南边为"观水法"，正中平台设皇帝宝座，后壁立五块石屏风，左右建汉白玉方塔。"大水法"北面是后来增建的"远瀛观"，高台大殿，当年西洋式钟楼大殿煞是辉煌，殿中曾陈放英王送给乾隆帝的寿礼——天体运行仪。远瀛观、大水法、观水法位于长春园中轴线北端，观水法南临长春园泽兰堂。

　　在海晏堂储水池高大台基北面，遗址公园开园后新建了"圆明园展览馆"。正面高大弧形白色影壁前，蓝色马赛克基座上陈列着十二生肖人身兽首铜雕坐像。院内，东、北屋分别为一、二三号展室，西屋为圆明园景泰蓝、玉石工艺品展示销售处。东屋第一展室内，南墙为张宝章撰写的圆明园展览馆"前言"，东墙是手绘"海淀"三山五园地图，南间北屏再现"圆明园盛时鸟瞰图"；第一展室西墙，由南至北通体展示《远逝辉煌》第一部分"御园兴建"：园林布局，叠山理水，移天缩地在君怀。圆明园既是皇家植物园，又是"朝寝""礼制""宗教""书院""观演"建筑博物馆。一号展室北半段：东墙展示《西洋楼铜版图》；北墙置两幅动态画"正大光明 勤政亲贤"、楚楚逼真。中间玻璃罩内是圆明园主要景点的全息影像，旋转在浩瀚宇空，任人欣赏遐想。

　　二三展室位于联通的三大间北屋内。东间东墙展示《远逝辉煌》第二三部分"政务活动"和"园居生活"。第二部分包括：清帝以恒莅政，宗藩联谊与外交，盛世君主以勤政为本，清帝勤政廉政主题御制碑文，圆明园匾额楹联与清代政治文化。第三部分园居生活，清朝从康熙开始，历经雍正、乾隆、嘉庆、道光、咸丰长达150多年的不断修建增建，终成包括圆明园、绮春园、长春园三园在内的"万园之园"，成为皇城之外为政雅居的皇家宫殿，被誉为"东方凡尔赛宫"，康雍乾爷三曾在牡丹台相见。东间屋北墙置一块大屏幕，荧屏上透射出康熙、雍正、乾隆当年相见时身影，游客可趋前与其合影自拍成像。中间屋北墙西墙展示圆明园皇家园林的《巨变沧桑》：一英法联军洗劫、火烧圆明园，包括：进犯圆明园始末，雨果的一封信。二历经劫难：展示历劫13年后德国人奥尔末1873年拍摄的九幅照片，以及圆明园遗址的木劫、石劫、土劫惨状，靠影厅外竖立着六七根焦枯的"过火木"。西间南墙是《盛世重光》图版：一政治感情价值与爱国主义教育——政治感情价值，二遗址保护与园林建设——园林艺术价值，三科学研究与文化传播——历史文化价值。配有周恩来总理关于保护圆明园遗址的指示意见和有关图文史料。北屋中间陈设西洋楼一对汉白玉翻尾石鱼；玻璃罩内陈列淳化帖刻石；门内一处是圆明园文物艺术显示荧屏，参观者组合四个方形模块，每四面拼接成一幅完整图像后，屏幕即可出现图像内容的相应艺术化演绎。北屋中间南墙橱窗陈列"圆明园文物"，其说明称：圆明园功能齐全，清帝居住时间长，建筑面积比紫禁城大，其文物数量、质量都不比紫禁城逊色，本展墙主要展示圆明园遗址出土的部分文物，以供今人凭吊、回想。

　　第三展室的后记告诉我们：盛时圆明园，是万园之园和一切造园艺术的典范，是清代堪与紫禁城比肩的政治中心，是一部集中国传统文化之大成的、百科全书式的立体画卷。圆明园遗址，是民族的冲突导致人类文明浩劫的指标案例，是西方列强压迫、奴役第三世界的有力证据，是中国历代屈辱史的象征，同时也是指引中华民族知耻而后勇、奋发图强的精神塔标，具有鲜明的警示意义。圆明园遗址公园，则是中国人民珍重和呵护人类文化遗产，呼唤和热爱和平的象征。也是体现中国文化软实力，促进中外文化交流，弘扬中华优秀文化的重要品牌。

从圆明园展览馆向东走，穿过"远瀛观"后身，可以数清殿基上错落矗立着的八根汉白玉残柱。

西洋楼遗址的东半部，是线法山、牌坊、方河、线法墙。线法山是一座人工堆成的土山，高八米，乾隆皇帝经常骑马盘旋而上，也叫"转马台"。山上原有一亭，向西可俯视大水法，向东可眺方河、线法画。大水法和线法山之间，2010年新立一雨果雕像，法国伟大作家维克多·雨果雕像为法中友协和法国东方华人协会在圆明园罹劫150周年赠送、圆明园管理处建立。塑像基座刻写道："公元1860年10月，侵华的英法联军占领圆明园后，将这座'万园之园'劫掠一空，付之一炬。对于这场暴行与文明的劫难，面对侵略者的自得，当时的法国大作家维克多·雨果将最深切的愤怒形诸文字，将最坦率的谴责付之书信，表达了世界上所有正直人的心声。今值圆明园罹劫150周年之际，法中友协联合会、法国东方华人协会向圆明园遗址公园赠送雨果雕像，圆明园管理处特立像于此，以永久呼唤对文明与和平的尊重，永久纪念人类的正义与良心。"

2015.3.20.

【05】访香山宗镜大昭之庙

老伴来电话要我买登山杖，我2015年3月21日去香山。天晴气朗，我进香山公园北门顺访昭庙。香山公园我去过多次，昭庙也到过几次，听说是乾隆为六世班禅建的行宫，我今天特意来考察观看一番。

香山公园北门，状如方形灰砖城堡，显示出皇家园林特有的威严。穿过门洞，广场西面是依山而卧的"碧云寺"，金刚宝座下卧有孙中山衣冠冢；广场左侧南门挂有"香山公园"牌子，入内向西南仰望是鬼见愁登顶索道，向南面山腰望去，琉璃塔亘古屹立，万寿七层八面绿琉璃塔历劫长青，它是昭庙残存的最高建筑物。我站在眼镜湖桥上，看到眼镜湖东南的"日佳亭"倒影粼粼，双层亭檐翘天，28根朱柱立地，其身条只有颐和园"廓如亭"堪与其相匹配。眼镜湖西有一水帘洞，有游人洞前留影；沿湖南道路向西南上行，山坡上挺立一株"凤栖松"——这棵状如栖凤的松树我以前不止一次见过，但不记得竟然是在这个位置！跨过山涧石桥，就可进入"见心斋"北门。见心斋建于明嘉靖（1522），清嘉庆（1796）重修，传为训诫臣属之地。占地六亩，中为心形水塘，西榭"见心斋"，东岸"知鱼亭"，江南风格，玲珑别致。池中锦鲤千尾，院内设茶座。出见心斋南门再过一道山涧石桥，就可看到封闭的昭庙北门了，我向东一绕就到了鲜艳的琉璃牌坊脚下！

这座琉璃牌坊是一座三门洞双檐琉璃瓦石牌坊，琉璃牌坊和昭庙高处的琉璃塔，是1860年英法联军劫掠后仅存的比较完整的原有建筑物。琉璃坊上方匾额刻有汉藏双语，汉语为"法源演庆"四字。琉璃坊建在山坡台地上，两侧都有下行台阶，其东面有一条月河，河上新建一座汉白玉石桥，以前我参观昭庙是从东南面绕过来的。琉璃坊西面广场上，竖立四根石座幡杆，再往后就是复建的"清净法智殿"，恢宏矗立于天宇间，朝东匾额 "众妙之门"四字依稀可辨。

《宗镜大昭之庙》简介说：宗镜大昭之庙又称昭庙，其意为：尊者神殿。建于乾隆四十五年（1780年），是为西藏班禅额尔德尼罗桑贝丹益希（1738——1780）进京向乾隆祝七十寿诞而建。昭庙为班禅夏季驻锡地，又称班禅行宫。昭庙占地9100平米，形制为汉藏喇嘛庙式样。有月河、琉璃坊、清净法智殿（众妙之门）、白台、八方重檐御碑亭、红台、都罡殿（宗镜大昭之庙）、万寿七层八面琉璃塔等建筑组成。乾隆对六世班禅进京觐见极为重视，分别于香山、北京西黄寺、承德为其营造了三处行宫，赠予大量的佛像、珍宝饰品，与其朝夕相处。乾隆四十五年九月十九日，他与班禅六世同为昭庙落成开光，御题《昭庙六韵》诗。咸丰十年（1860年），昭庙遭英法联军焚掠，仅存琉璃牌坊、幡杆石座、白台、红台、琉璃塔等遗迹。昭庙是祖国统一、民族团结的物证，极具文化历史研究价值。目前公园经过一期修缮、二期复建，预计近期完工。

返程我依旧出香山公园北门，在煤场街一书店买了几本蓝皮书：人间词话、吕氏春秋、神农本草经……在一用品店买了两只登山杖，准备带往内江。

2015.3.21.

【06】寻览树村公园

昨天从香山返回经农大南路树村东口时，看到了"树村郊野公园"砖雕字门墙，网查得知"树村郊野公园"有四个景区，占地五百多亩，今天上午我乘393路公交到树村东口下车，进公园南入口，游览"雅澹松雪"景区。简介说：包括南入口在内的公园南部地区以冬景为主，其西北叠山，东南理水，岸亭错落，遍植松树；白雪铺地，南与正白旗呼应。白居易有诗云"清冷石泉引，雅澹风松曲"，借其意而用之，称之为"雅澹松雪"。我自南入口顺时针、逆时针依园路、湖岸走了个大S形，走到正对着东入口的公园管理处，一围平房前松柏林立，旁边设置公园导游图和游客须知，停着几辆小轿车。门两侧挂着两块金属长牌：右侧是"树村郊野公园管理处"，左侧是"北京美树园林绿化有限公司"。北面有"小卖部"指示牌，但未见铺面；往北有一座三层楼，大门左右也有两块高大的金属条牌，分别为"北京市海淀区海淀镇树村村民委员会"和"中国共产党北京市海淀区海淀镇树村支部委员会"。

我在公园入口遇到一马姓老弟主动和我搭话，他说他是树村的，今年53岁，父亲马文瑞80多过世，喜欢喝酒。我询及村长张泰、支书甄明瑞他都知道。他告诉我，

我们说话的脚下是树村原来的菜地，五八年农大下放时，我们住处附近那座庙，在现在的"万树园"附近。

按导游图指示，往北走应该是"一声春晓"景区，只见山林起伏，园路崎岖。通过公园护栏东望，隔壁是"海鹏高尔夫俱乐部"，其北面有一军事单位，隔墙可见一白色穹幕园顶。再往北走，园路被围墙挡断，墙外一片紧张施工景象。我打听正在路边座椅上休息的两位当地人，他们说公园就到此为止了，其它地方都要盖房子，他们身后的那片地也要起楼喽！其中一位是后营的，我回想后营在树村北面一二里的地方，五八年大跃进后营的社员曾拿撮箕到树村地里撮花生。他说树村公园建立四年多了，而马老弟则说公园建了十年了，我不知谁说的对？

中午回家吃饭午睡醒来，很不甘心树村公园四个景区就看到一个！按原来导游图指示，北入口、西入口现在是个什么样子？我心里不踏实，我要去看个究竟！于是乘公交在"菊园东站"下车，南墙有一条长标语告诉我，那里是树村公园北界，除有一个汽修站，大都是待拆房屋。我沿树村路南行一二百米，路东看到了树村郊野公园的西入口。一块大圆石卧于入口，和南入口、东入口一样，立有公园导游图和游客须知牌子。向里望去，疏林园路，点置座椅上，稀疏坐有游客晒太阳。看导游图位置，这里是"林风天籁"景区，现在公园只剩下离西入口不远的一小片区域，向南、向东、向北都被围墙隔断，已看不到"林风天籁"的面貌和气韵。我步行返回菊园东站，搭乘公交再向东走一站，就到马连洼北路东口，下车后已看到树村郊野公园的东邻——"北大未名集团"的路口标牌了。我登上过街天桥南望，已不见树村郊野公园北入口和"幽篁长啸"景区的影子，眼前是一片"中铁航空港"繁忙的建设工地：塔吊错落起降，长臂摩天。向南远眺，看到了树村村民委员会的三层楼房。唉！我还未睹全貌的树村郊野公园，就这样被腰斩、肢解了，在中关村科技园区疯狂地快速发展中夭折了！海淀三山五园一隅曾瞬间一绽的园林蓓蕾，无声无息地凋落了。

2015.3.22.

【07】什刹海火神庙

听说什刹海火神庙是北京仅存的皇家庙宇，2月25日我前往察看端的。

火神庙位于地安门外大街西侧，什刹海东沿，京杭运河入什刹海河口以北的地方。面南庙门金匾书"敕建火德真君庙"，门口左右立一对汉白玉石狮，入内堂中供奉"玉枢火府天将王灵官"护法神，东厢为赵公明、马胜，西厢为温琼、岳飞，此乃四大护法元帅。山门面北匾额书"灵官殿"三字，左右甲骨文对联，经询得知是"三

眼分明遍观大地　一弁威武永保南天"。

一进院北大殿是"荧惑宝殿",殿内供奉火德荧惑星君,荧惑星君乃火之精,赤帝之子,执法之星,焕赫文昌,照明三界。管众生福禄之簿,统左府注生之籍,有荡秽开运、延寿消灾之功。荧惑宝殿的对联为"菽粟并资仁功成既济　槐榆分布令序美惟修"。西殿是"三官大殿",殿内供奉三官大帝,即天、地、水三官,三官殿的对联称"爵列三曹分善恶　神随六合显通灵"。一进院东面是一座牌坊,面西书"丹天圣境",面东书"寿国仙林",牌坊外面向东有一出口庙门,门洞北壁刻有"北京火德真君庙(火神庙)"标记,说明它是1984年5月24日公布的北京市文物保护单位。

二进院正面是是一座两层楼建筑,底层是"真武殿",殿内主奉真武大帝,又称玄天上帝,原为净乐国太子,入武当修道,功成后位北宫协衡天道,佑善刑恶,护道降魔,庇护群生;二层是"万寿景命宝阁",阁柱联语标示:"功启三皇五帝　心存万类群黎"。

二进院东面是"慈航殿",殿内供奉慈航普度圆通自在天尊,又称观音大士,其神通广大,法力无边,大慈大悲,救苦救难,有求必应,普渡世间苦难之人。院内西侧是"财神殿",殿内供奉三位财神:中为武财神赵公元帅,左为文财神比干,右为武财神关圣帝君。财神殿的对联是"掌万民之福泽普沾吉庆　通天下之财源永赐丰盈"。

院内图版上有关火神的传说写道:"火德真君",全称"南方火德荧惑执法星君",或直称"火神",姓皓空,名维淳,字散融,居洞阳宫或明离宫,是人们信奉的诸神中资格最老的神祗之一。火神信仰主要源于星宿崇拜、自然崇拜以及祖先崇拜。《还丹众仙论》称,"荧惑星者,火也,火之精得木星之炁"。宋代李思聪《洞渊集》卷七称,"南方火德荧惑星君,火之精,赤帝之子,执法之星,其精下降为风伯之神,常以十月入太微受事,光照八十万里,径约一百里,二年一周天。星君戴星冠,蹑朱履,衣朱霞鹤寿之衣,执玉简,垂七星金剑,白玉环佩。"《灵宝经》云:"赤帝之子,丙丁受之,天真火德之三气。"　相传,在远古时期,燧人氏钻木取火,给人类带来了光明,并使人类进入了熟食阶段,为了纪念他,人们尊称他为"火神"。在原始社会原始人群每年在他们认为象征着"火"的季节里祭祀火神,答谢火神对人类的赐福和恩德。在秦代以前,祭火神就已成为国家祀典的"七祀"之一。火神的形象和来历,以祝融最为普遍,据说他本是颛顼氏的后代,本名重黎,也叫吴回(又叫回禄),帝喾当政时,官居火正,甚有功,能光融天下,帝喾乃命曰"祝融",死后为火官之神。又相传,大禹的父亲鲧偷窃了天帝的息壤,天帝命祝融杀鲧于羽郊;成汤伐夏桀时,天帝令祝融降火于夏城,帮助成汤灭夏。

2015.3.28.

【08】育新乙未春联一瞥

　　进西门，串中区，发现育新花园马、羊年交替的乙未春节对联有其特色，今选录如下：

51楼至54楼选录：

【1】闻鸡起舞　万树争荣添翠色　五羊献瑞闹新春
【2】鸟鸣三春　宏图大展前途远　吉星高照事业兴
【3】共庆新春　万马结队凯旋去　金羊成都载福来
【4】百业俱兴　平安竹长千年碧　富贵花开一品红
【5】春回大地　神马行空普天瑞　仙羊下界遍地春
【6】奋发有为　喜得马年成骏业　笑看羊岁展宏图
【7】山河锦绣　九州瑞气迎春到　四海祥云降福来
【8】新年快乐　马年事事如人意　羊岁时时报福音
【9】家和万事兴　骏马四蹄击鼓　羚羊双角开春

55楼至58楼选录：

【10】三羊开泰　八骏嘶风传捷报　五羊跳跃展新图
【11】百业兴旺　办旧业家业兴旺　迎新春百福呈祥
【12】美丽农村　神骏回眸丰稔景　灵羊翘首向春荣
【13】新常态好　万象已随新律转　五羊争跃好春来
【14】全面小康　人怀远志驰良马　世易新春鸣瑞羊
【15】国泰民安　国兴特色三江暖　日灿神州万里春

46楼至50楼选录：

【16】福寿盈门　吉星高照家和美　大地回春人安康
【17】春满人间　风和日丽春光好　万紫千红江山娇
【18】欣欣向荣　春至百花香满地　时来万事喜临门
【19】马腾羊舞　宝马腾飞迎福至　羚羊起舞报春来
【20】九州日丽　年丰人寿幸福多　人间美满春常驻

2015.4.26.

【09】西三旗街道规划栏框

育新花园小区东墙外，从锅炉房到东大门的白墙上，新装饰一排殷红色扇面框仿剪纸艺术画，框内画图红艳，共计十六块。3月24日上午，我自北而南逐一拍照留影。

第一至第五块分别介绍西三旗地区的首都区位，西三旗与海淀三大功能区的相关位置，西三旗两园（东升科技园、西三旗科技园）三轴（创业轴、景观轴、发展轴）两带（商业服务及文化创意产业带、滨河文化休闲带）空间布局，北京西三旗地区标志，以及西三旗总体发展目标，即：两新定位（京北新城区、海淀新门户）三街目标（落实首都城市新战略定位的先行街、具全球影响力传统工业转型升级的示范街、国家城市社会治理体系建设的试验街）六大任务（坚持发展科技西三旗、干净西三旗、服务西三旗、平安西三旗、文明西三旗、活力西三旗）。

第六至第十四共九块画框，分别介绍西三旗地区的明星单位。计有国家电网公司的"中国电力科学研究院""北京信息科技大学"，具有技术研发、工程实施、系统集成能力的"二十一世纪公司"，以中钢和金隅集团为股东的"北京佰能电器技术有限公司"，"TOTO东陶机器（北京）有限公司"，"北京百思特捷迅科技有限公司"是客户最佳外包解决方案服务商，西三旗各中小学校致力素质教育、培养全面发展人才，西三旗各幼儿园让祖国的花朵快乐学习健康成长，驻区部队"住三旗、爱三旗、建三旗"。

第十五块画框是王晓岭作词王路明谱曲的一首"旗歌""我的家乡西三旗"。两段合唱，歌词抄录如下：

火红的旗帜蓝天下飘，滨河如画歌如潮，新城区新门户敞开了，魅力西三旗放声笑。旗帜在前面飘，我们在飞速跑，建设繁荣美丽宜居新家园，追梦的路上把明天拥抱。

三旗的儿女家乡父老，凝聚力量心一条，新天新地新面貌众手描，魅力西三旗更美好。旗帜在前面飘，我们在飞速跑，建设繁荣美丽宜居新家园，追梦的路上把明天拥抱。

第十六块画框是一幅西三旗地区剪影画面，所配联语是：幸福美丽新家园，宜居宜业新城区。

2015.3.26.

【10】魅力西三旗宣传栏

育新花园小区东墙外《魅力西三旗》宣传栏，从育新学校东门往南，共有扇面画框45块。分为"旗舞"，15块；"旗颂"，14块；"旗恋"，16块三部分。因是反向施工，我三月末所记"西三旗街道建设规划栏"仅是宣传栏的第三部分"旗恋"的内容，近日返京才一睹《魅力西三旗》整个宣传栏全貌。7月23日，我自北而南观摩审视。三部分每部分开头有一个棕红色中国结，结上分别镂刻着"旗舞"、"旗颂"、"旗恋"几个字。主题版面位于一、二部分之间，占据三四个扇版面积，简洁鲜艳，篆镂"魅力西三旗"五个字，背景衬三幅飘动旗帜，分别刻写着红色"旗舞"、"旗颂"、"旗恋"多型文字。

第一部分"旗舞"共15块扇面画框。第1、2、3块分别镂刻"富强民主文明和谐""自由平等公正法治""爱国敬业诚信友善"，第4块展示"旗"字由甲骨文到篆隶楷的演变，第5、6、7、8追寻举荐先秦诸子百家争鸣、古丝绸之路、四大发明、华夏文化之京剧、国画、中医精粹，第9块1921年7月1日中国共产党诞生，千年追寻百年梦，在党的领导下相继走上新征程。从第10——第15块，揭示伟大的中国梦的历程和愿景：北京奥运，同一个梦想同一个世界、中华民族伟大复兴、飞天梦、中国梦之生态绿色、中国梦之国家富强、中国梦之社会和谐。

第二部分"旗颂"共14块扇面画框。从第1——第9块历数我国优秀传统文化圣贤典故：孔子学琴、屈原报国、孟母三迁、孔融让梨、囊萤夜读、铁杵成针、游子报恩、廉相包青天、司马光砸缸；从第10——第14块则赞颂当代英模人物：铁人王进喜、为人民服务张秉贵、民族脊梁鲁迅、雷锋精神代代传、人民好公仆焦裕禄。

第三部分"旗恋"共16块扇面画框。第1——第5块图示西三旗首都区位，标示西三旗两园（东升科技园、西三旗科技园）三轴（创业轴、景观轴、发展轴）两带（商业服务及文化创意产业带、滨河文化休闲带）布局；总体发展目标包括两新定位（京北新城区、海淀新门户）三街目标（落实首都城市新战略定位的先行街、具全球影响力传统工业转型升级的示范街、国家城市社会治理体系建设的试验街）六大任务（坚持发展科技西三旗、干净西三旗、服务西三旗、平安西三旗、文明西三旗、活力西三旗）。第6——14块汇聚了西三旗地区的明星单位，计有"中国电力科学研究院""北京信息科技大学""二十一世纪公司""北京佰能电器技术有限公司""TOTO东陶机器（北京）有限公司""北京百思特捷迅科技有限公司"以及中小学、幼教单位和驻区部队。第15块画框是王晓岭作词王路明谱曲的"旗歌"《我的家乡西三旗》，第16块画框是宜居宜业新城区剪影。

正如旗歌所唱："旗帜在前面飘，我们在飞速跑，建设繁荣美丽宜居新家园，追梦的路上把明天拥抱。"

2015.7.23.

【11】圆明园第 20 届荷花节

　　一年一度的圆明园荷花节，今年是第 20 届，6 月 20 日——8 月 20 日开幕。2015 年 7 月 24 日，我回京后第一次外出，就去了圆明园。8 点 10 分我就到了绮春园门前，广场上荷花雕塑和喷泉花坛吸引了不少游人争相留影拍照，荷展主题："荷塘乐色　爱聚圆明"。门前展版介绍了本届荷花节的活动区域和荷花种类。荷展遍布九州景区（5 个观赏点），长春园景区（10 个观赏点），绮春园景区（8 个观赏点和 8 个活动场所）。种类主要是荷花、睡莲、王莲三大类。像往届一样涵秋馆设精品展台，今年由圆明园公园和南京艺莲苑布展碗莲新品。登上鉴碧亭桥南望，近处黄、粉睡莲相间，湖心喷泉如注，环湖荷花翠绿粉艳；北望白花睡莲连片，黄色、蜡粉色睡莲相伴，三簇王莲叶如圆盖浮在水面。我经过路边吹糖人、卖脸谱、漆雕泥人摊点，走到东侧湖岸观望台，面前一大片王莲浮出水面，映衬着湖中喷泉、连绵环绕的荷花和绿荫琉璃亭，显得格外优雅。走上通往凤麟洲的九曲桥，凝望硕大鲜艳的睡莲，看着那粉红、蜡黄、玉白的各色花朵，恍如置身仙桥一般。绮春园也是举办"状元书市""历史文化大讲堂""荷文化展""市民文明大舞台"、"荷花美食"之地，不是每天都有活动，有的安排在双休日，有的择时而定。三园中荷塘面积最大的当属长春园，长春园湖塘几乎布满了荷花，其西南角、西北角、东北角各有一个码头，游人可乘船游览，徜徉荷海！长春园荷塘面积大于千亩，用杨万里"接天莲叶无穷碧，映日荷花别样红"的诗句描绘这里的景观很是恰当。我从长春园西南角曲桥，斜穿漫步到圆明园盛时全景馆，在放映厅看了半小时电视片，暑热全消。又在湖边观赏了一会儿在喷泉周围觅食的黑天鹅。仔细一望荷花旁草堆上，还卧着两只成年黑天鹅，不知它们是在休息还是在孵化。10 点半左右我离开圆明园东门回家。

永春斋　　2015.7.28.

【12】访李大钊故居

　　2015 年 8 月 1 日下午，我顺访了北京西单附近文华胡同 24 号"李大钊故居"。
　　是日，我察访赵登禹路、佟麟阁路之后，在离佟麟阁路口雕塑不远的文昌胡同口，看到一块蓝底露白的"李大钊故居"牌子，我循箭头所示穿行，在文华胡同 24 号，找到了"李大钊故居"四合院。
　　李大钊 1889 年 10 月 29 日生于河北省乐亭县大黑坨村，七岁入乡塾读书，1905 年入永平府中学，1907 年入天津北洋法政专门学校，1013 年东渡日本就读东京早稻田大学，开始接触马克思主义学说。1916 年回国后积极参加新文化运动，在俄国十

月革命胜利影响下,他逐步成为中国最早的马克思主义者和共产主义者。1918年1月,他担任北京大学图书馆主任,参加编辑《新青年》,与陈独秀创办《每周评论》。1920年他在北京先后发起组织马克思学说研究会和共产主义小组。1921年中国共产党成立后,他代表党中央指导北方工作。1924年参加国民党一大领导工作,为实现第一次国共合作做出重大贡献。北京是李大钊第二故乡,他不满38岁的一生,有10年在北京度过。他1916年从日本回国到京至1927年英勇就义,先后迁居八处住所,1920年春至1924年1月,在石驸马大街后宅35号(即今文华胡同24号)居住时间最长,

其长子、长女都有自己的房间,次子幼女都出生在这里,给李大钊和他的家人留下了重要的记忆。

四合院内北屋门楣横匾由任中石书写"李大钊故居"五字,堂屋迎面墙上挂着李大钊手书的明代杨继盛的对联:"铁肩担道义 妙手著文章"(李改"辣"为"妙");东间是李大钊赵纫兰夫妇卧房,东侧耳房是次女炎华、次子光华卧室;西耳房是长女星华卧室。东厢房敞间是客房,北间是长子李葆华卧室;西厢房是书房及会客室。原35号是两进院落,占地1000平方米,李大钊一家租住北院。现在南院改建为专题展室和接待室,故居西过道迎门设置李大钊雕像,衬党旗影壁。故居门外墙上嵌刻有标牌:"北京市重点文物保护单位 李大钊故居 北京市革命委员会一九七九年八月二十一日公布 北京市文物事业管理局一九八一年七月立。"

2015.8.1.

【13】谒李大钊烈士陵园

自从8月1日我参访了文华胡同的李大钊故居,就想看看香山脚下的李大钊烈士陵园,以前只从门口路过而未曾入内。8月29日,我乘公交到香泉环岛,沿旱河路向东南步行三公里,拜谒了李大钊烈士陵园。李大钊烈士陵园坐落在万安公墓内。万安公墓因地处万安山之阳而得名,占地130亩。私人创办于1930年,1960年由北京市民政局接管。公墓陆续安葬了我国现当代众多名人,其中有中国共产主义运动先驱、中国共产党创始人之一李大钊同志,以及著名爱国民主人士和科技、文艺、学术界的专家学者,这里成为社会各界、各阶层人士和台港澳同胞及海外侨胞的百年安息之地。万安公墓为海淀区人民政府1992年9月确立的海淀区文物保护单位。

李大钊烈士陵园位于万安公墓南部中间,占地2200平米,陵园二门朝东,老远就能看到李大钊汉白玉石立像。其雕像后面是李大钊和夫人赵韧兰墓,墓后是2米高4米宽青花岗石纪念碑。纪念碑正面为邓小平1983年题词:"共产主义运动的先

驱 伟大的马克思主义者 李大钊烈士永垂不朽"；背面为中共中央为李大钊撰写的碑文。陵园二门一侧有国务院1986年10月15日批准的"全国重点烈士纪念建筑物保护单位 李大钊烈士陵园"碑刻；另一侧是陵园建设简介，中共中央1982年批示，1983年动工，1983年10月29日举行落成典礼。1995年北京市政府对陵园翻建、重新布展。陵园正殿为"李大钊烈士革命事迹陈列室"，展室分九部分，图文并茂地介绍了李大钊的革命生涯：一 少年立志 投身民族解放；二 深研政理 探索救国真理；三 铁肩道义 启蒙思想文化；四 共运先驱 传播马克思主义；五 道德文章 引领进步潮流；六 开天辟地 创建中国共产党；七 奔走南北 促成国共合作；八 运筹帷幄 领导革命斗争；九 坚贞不屈 献身共产主义。

在陵园二门两侧，为了纪念中国人民抗日战争暨世界反法西斯战争胜利70周年，分别置放十二位安息在万安公墓的抗战名人展板，配有图片和文字简介。十二位抗战名人是甘思和、刘忠、马占山、苏静、何思源、黄作珍、魏鸣森、李明灏、李竹如、潘国文、沈启贤、张震寰。在绕回万安公墓大门的路上，我看到安葬在这里的名人墓还有朱自清、曹禺、启功、董海川等。整个万安公墓划分为金木水火土等区域，墓碑林立。

2015.8.29.

【14】穿游中科院植物园

8月31日，根据网上查询，我乘车到香山公交车场下车，从西南角向南走，到世纪金源香山商旅酒店稍左折，沿杰王府路向东直行二百米，即到正黄旗18号"抗战名将纪念馆"，迎门大广告牌红字书写"香山红色大本营"七个大字。只是电子栅门紧闭，大声呼喊门房无人应答。一路过年长伉俪上前帮我呼喊亦无动静。我拨通纪念馆电话，回答今日周一闭馆。我于是左穿南辛村东行，到中科院植物所——南植参访。

进南植西门，迎面为一组莲池水景，楼亭下叠瀑飞落，景观动人。莲池内荷花簇拥，叶绿花红。岸边有一块《古代莲》图版介绍：上世纪50年代我国科研人员在大连普兰店泡子屯刘家村的泥炭土中发掘出大量千年古莲子，北京植物园收集500多粒种子、采取多种技术措施育苗成功，这种古质新颜荷花被命名为《古代莲》。后来把种子赠送其他国家植物园试种，亦先后在异国发芽展叶开花，古代莲的再生引起国际植物界的轰动。里面水池中的睡莲花色各异，花型秀丽娇雅，引来游客争相拍照。在牡丹芍药圃，有图版比较牡丹、芍药的异同；林间一方刻石是郭沫若院长1961年题诗，全文是："正值牡丹开 今年我又来 芳华春烂漫 香韵日任回 品集五洲种 林齐

四海材　尖端竞攀越　跃逸上天阶
一九六一年四月游览北京植物园作此　郭沫若"

月季圃北侧是热带温室，我59年上植物课时曾来这里实习参观。我进温室穿绕寻找，终于看到实习时老师指认的那棵菩提树，它是印度总理尼赫鲁赠送毛主席和周总理的，我和许德馨等人曾留有树下合影的照片。从温室回到月季圃，东口有一块《蔷薇科三杰》科普版牌，简介说：目前花店出售的所谓"玫瑰"，其实大都是"现代月季"。月季、玫瑰、蔷薇是同科同属的姊妹花，形态十分相似。其区别是：月季玫瑰枝条多为直立，蔷薇多为长蔓；月季蔷薇的茎刺大而带钩，玫瑰的茎密布绒毛和细硬刺，茎呈黑色；月季的小叶一般3—5片，平展光滑，蔷薇的小叶为5—9片，叶缘有齿，叶片平展有柔毛，玫瑰小叶也为5—9片，但叶片发皱；月季花期月月开花，蔷薇一年只开一次，玫瑰花初夏开一次，香气比月季蔷薇浓郁很多；月季玫瑰花谢萼片不脱落，蔷薇脱落；月季蔷薇果实为圆球体，玫瑰果实扁圆。

穿过南植宿根园，从植物所办公楼北侧走出北门，我为正对面的北京植物园（北植）南门花坛造像拍照留影，然后乘车返回。

2015.8.31.

【15】海淀旗舞广场公园

我搬西三旗育新花园十八九年了，竟不知道西三旗有个"旗舞广场公园"。2015年9月6日下午，午睡起来骑上自行车沿地铁8号线南行，从永泰中路一直到清河北岸，滨河景观已焕然一新。我沿河岸铺装路向西，微风习习，河水清澈荡漾，忽见白鹭翻飞落入水中，一齐引颈向岸上观望。岸边萝藤架下，游客早已架好摄像机捕捉生动镜头。清河边这一美丽动人的风景，在十几年前是难以想见的。我走到清河桥头，北拐进入路边一个临街广场，广告牌醒目标示"旗舞广场公园"，公园内的各种标牌都落款"西三旗旗舞广场公园"。导游图的文字介绍说：海淀旗舞广场公园，位于西三旗街道西南部，西邻京藏高速，东接清缘西里小区，北抵龙岗路，南至清河。公园建于2001年，2014年进行改建，占地面积达1万平米，植被6千余平米，植有法桐、白蜡、国槐、银杏多种植物，增加了健身广场和儿童游乐区，方便了居民的休闲活动，成为西三旗街道的门户景观。正对入口有一相间嵌着三个圆球的高大方石柱，穿过高大茂密的法桐林，北面有一圆形广场。北面是三面张开的白色旗帆，两侧有标语栏板，广场南侧有弧形廊亭。啊，这里才是这座公园的主题广场！象征"旗舞"的三面白色蓬帆，十几年前就有了，乘车路过时经常看到，像是一个演出舞台，那时周围没有廊亭，绿化美化也不够，所以未曾引起注意，不知道这里是个公园。我从龙岗路口穿过京藏高速路桥洞，沿清河北岸继续西行，河两岸有人在夕照下撑伞垂钓，钓者特制有在砌衬河岸落座的专用凳，我举起相机拍了几张清河垂钓的风景，然后从双层跨河路桥拐上毛纺路，骑回育新。

2015.9.6.

【16】《中流砥柱》展

2015年7月31日上午，我到平安里"中国军事书店"买了人民出版社新版《中国抗日战争史》简明读本，便到军事博物馆参观抗日战争主题展《中流砥柱》。时过11点，领票处前依然排着曲折长长的队伍，其中有不少青少年和由家长带领的孩子。展览设在军博西侧博兴大厦一层，全称《中国共产党及其领导的人民军队抗日战争主题展》，展出时间：2015年7月16日至9月15日。

展览《前言》简洁有力地宣示："70年前，中国人民抗日战争暨世界反法西斯战争取得了伟大的胜利。抗日战争是近代以来中国反对外敌入侵的第一次完全胜利，是中华民族走向复兴的历史转折点。在艰苦卓绝的抗日战争中，中国共产党的中流砥柱作用是中国人民抗日战争胜利的关键。中国共产党率先高举全民族抗战的旗帜，倡导建立和坚持以国共合作为基础的抗日民族统一战线，坚持全面抗战路线，制定正确的战略策略，开辟广大敌后战场，与国民党指挥的正面战场协力合作，形成共同抗敌的战略局面，成为坚持抗战的中坚力量。中国共产党始终坚持抗战、反对投降，坚持团结、反对分裂，坚持进步、反对倒退，同各爱国党派团体和广大人民一起，共同维护团结抗战大局，以自己的政治主张、坚定意志和模范行动，战斗在抗日战争最前列，支撑起全民族救亡图存的希望，引领着夺取战争胜利的正确方向，成为夺取战争胜利的民族先锋。"

展览共分五部分。第一部分，自1931年至1937年6月，高举全民族抗战旗帜。第二部分，自1937年7月至1938年9月，八路军新四军出师抗战，开辟敌后战场。第三部分，1938年10月至1940年底，敌后战场逐渐成为抗战主战场。第四部分，1941——1942年，根据地军民坚持艰苦的敌后抗战，实行十大政策，为夺取抗战胜利奠定坚实基础。第五部分，1943年以后，解放区军民反攻作战夺取抗战胜利。

展览《结束语》告诉我们："抗日战争胜利的历史说明中国人民能够在亡国灭种的危境中开辟出民族奋起新道路。中国共产党领导中国人民争取民族独立和解放，不愧为全民族抗战的中流砥柱。中国是最早开始反法西斯战争的国家，是世界反法西斯战争的东方主战场。中国抗日战争为世界反法西斯战争胜利做出了不可磨灭的历史贡献。站在新的历史起点上，我们纪念中国人民抗日战争暨世界反法西斯战争

的伟大胜利,就是要铭记历史、缅怀先烈、珍爱和平、开创未来。让我们紧密团结在党中央周围,弘扬伟大的民族精神和抗战精神,为实现中华民族伟大复兴的中国梦而不懈奋斗。"

2015.9.

【17】北京赵登禹路和佟麟阁路

1937年7月7日,日军在北平丰台卢沟桥附近演习,深夜称一名士兵失踪,要求进宛平城搜查被拒,即向中国驻军发起攻击,并炮轰宛平城,中国驻军29军一部奋起抵抗,全国抗战由此爆发。7月8日,中国共产党通电全国,力促抗日民族统一战线的形成;7月15日,中共代表团在庐山向蒋介石提交了《中共中央为公布国共合作宣言》,提出了发动全民族抗战、实行民权政治和改善人民生活三项政治主张,重申向国民党五届三中全会提出的四项保证。7月17日,蒋介石在庐山发表谈话,指出"再没有妥协的机会,如果放弃尺寸土地与主权,便是中华民族的千古罪人","如果战端一开,那就地无分南北,年无分老幼,无论何人,皆有守土抗战之责任";同时又说"希望由和平的外交方法,求得卢事的解决"。7月11日,日本内阁五相会议通过派兵案,把七七事变称为华北事变,诬陷中国29军挑起事端。7月28日,日军以南苑为目标发起总攻,29军副军长佟麟阁、132师师长赵登禹先后壮烈殉国,毛泽东称赞他们"给了全中国人以崇高伟大的模范"。7月29日,北平沦陷。7月30日,日军攻占天津。日本妄图三个月灭亡中国的狼子野心,何等猖狂不可一世!

今年是抗战胜利七十周年,七七事变已过去78年了。听说在北京西城赵登禹路口、佟麟阁路口新建了相关纪念雕塑,8月1日中午,我乘公交车进城察考拜望。我经白塔寺沿赵登禹路一直往北,穿过平安里西大街,临近西直门内大街口,才看到"北京三十五中"新址校门。其北侧围墙上相间设置三块铜质浮雕,正中为赵登禹半身像,刻有他的生平事迹;右侧题写赵登禹的格言警句"为国家扶正气""孝思维则";左侧雕塑卢沟桥一排石狮子,简介七七事变发生的地点。

佟麟阁路在西单以西、长安街南侧,我出西单地铁J1口向西走,到民族宫前左拐,便一眼看到了"佟麟阁路"街牌!把守街口的二层小楼是"三味书屋",小楼南面凹进一空场,在林竹花坛簇拥陪衬下,中间置一圆形铜钟,时间锁定:"1937.7.28.七点一刻",钟钮两侧饰一对虎虎如生的麒麟。花坛石刻铭记:"佟麟阁(1892—1937),男,满族,河北高阳人,中国国民党党员。佟麟阁早年参加护国讨袁战争,曾任冯玉祥部陆军某混成旅旅长;1928年任国民革命军第2集团军第35军军长;1936年任国民革命军第29军副军长驻守平津一带;卢沟桥事变后,他率部奋勇抗击日本侵略军，7月28日，南苑29军司令部遭日军40余架飞机轮番轰炸，并有3000余人机械化部队从地面发动攻击，佟麟阁和132师师长誓死坚守阵地，指挥29军拼死抵抗，佟在组织部队突击时，被机枪射中腿部，部下劝其退下，他执意不肯，坚决以死报国，仍率部激战，头部再受重伤，壮烈殉国！ 1937年7月南京国民政府发布命令，追授他为陆军上将；1945年后，北平市政府将南沟沿改名为佟麟阁路，以示纪念。"

2015.8.1.

【18】察访张自忠路

北京张自忠路是"平安大街"的一段，东起东四十条西端，西止地安门东大街东端，长700余米。1952年6月11日，新中国的中央政府主席、中央军委主席毛泽东，亲自为佟麟阁、赵登禹、张自忠三位抗日英烈签发了烈士证书。以现代人物姓名命名的街道，在北京只有三处，即西城区的佟麟阁路、赵登禹路、东城区的张自忠路。这三位英烈，都是为国捐躯的抗日名将，早年都是冯玉祥的部下。在担任29军将领期间，自1934年29军驻防京津地区后，都曾在北京居住过。1954年，将地安门东大街、张自忠路及东四十条西段全长2506米的道路拓宽为10米至12米，张自忠路由胡同变成了大街。"文革"时期，佟麟阁路改称四新路，赵登禹路改称中华路，张自忠路改称工农兵东大街。"文革"过后，拨乱反正，北京市政府于1984年10月决定恢复原名。1999年，将东起东四十条立交桥，西止官园立交桥全长7062米的道路拓宽为28米至33米，成为北京城区东西6条干道之一，为表达方便统称为"平安大街"，张自忠路是其中的一段。

张自忠，山东省临清县人，时任29军38师师长，"七七事变"时，正在天津兼任市长。1937年7月28日夜，29军残部奉命撤往保定，张自忠受命代理北平市市长。他于当年9月弃职秘密潜往天津，转道南下，率59军参加了"台儿庄大战"。后升任为第33集团军上将司令，并任第五战区右翼兵团总司令。1940年5月16日，张自忠在湖北"枣宜战役"中，身中六弹，牺牲在湖北南瓜店十里长山战场上。张自忠是中国抗战牺牲在前线的官阶最高的将领。今天在北京府右街张自忠故居改建的自忠小学院内，还立有张自忠纪念碑，上刻周恩来当年题写的悼词："其忠义之志，壮烈之气，直可以为我国抗战军人之魂"。

张自忠路留有近现代中国历史的一些重要遗址。张自忠路3号，是2006年5月25日国务院公布的全国重点保护文物单位"清陆军部和海军部旧址"。1906年，清政府拆除和亲王府和贝勒斐苏府，兴建了两组西洋式砖木结构建筑群，东为海军部、

西为陆军部，两部共用一座大门。1912年，袁世凯总统府曾设于此；1924年为段祺瑞执政府，1926年在此发生"三·一八"惨案。3号门外东侧石狮子旁，立有东城区团委敬立的"东城区青少年教育基地　三·一八惨案发生地"石碑。日本侵占期间，这里曾是日本驻屯军司令部，臭名昭著的日军战犯冈村宁次曾霸占这里。解放后划归中国人民大学，是人大资料中心和清史研究所所在地。从大门向里看仍在装修，不能入内。张自忠路5号是"欧阳予倩故居"，是东城区文物保护单位。我进院入了一圈，都住着人，看不出哪是欧阳予倩故居。张自忠路7号是"和敬公主府"，属北京市政府一九八四年公布的文物保护单位，现在是和敬公主宾馆。张自忠路23号是"孙中山行馆"，1984年5月24日被公布为北京市文物保护单位，后升为全国重点文物保护单位。孙中山行馆原为时任外交总长顾维钧的住宅。1924年，孙中山应冯玉祥之邀扶病进京，共商国是。段祺瑞执政府将顾维钧在铁狮子胡同的住宅作为孙中山在北京的行馆。孰料，中山先生在行馆中住了不足一个月便撒手人寰。这里成为孙中山逝世纪念地。23号门面装饰一新，但尚未有文字介绍公示，其内孙中山文物陈列等状亦不得而知。

2015.8.3.

【19】谒访抗战名将纪念馆

2015年9月2日上午，我径直到香山狼涧沟正黄旗18号"香山红色大本营"拜谒参观。在门房登记后，看到牌栏简介，占地千亩的香麓园，包括佟麟阁将军墓、佟麟阁将军纪念馆、抗战名将纪念馆、抗战军事主题公园四个组成部分。

我沿园路顺时针环行，先进"佟麟阁将军纪念馆"，馆名由程思远题写；馆厅正中基座树立"抗日将领佟麟阁"头像。楼厅敞轩两层，一层介绍佟麟阁生平，二层介绍日本侵华历史。佟麟阁是全民族抗日战争爆发以来，牺牲的第一位高级将领，在强敌压境、民族危亡的生死关头挺身而出，表现了强烈的爱国主义精神。一层三面厅壁分：奋发读书、立志报国、弃笔从戎、征战南北、同盟抗日、还我河山、献身民族、喋血南苑八个部分，展示了其名垂千古的一生！正如馆内诗联所赞"精忠报国尾冯公，沥胆披肝意亦雄。喋血红门天职尽，八年抗战立丰功。"二楼厅壁用一系列发人深省的事实图片，揭露了日本由来已久的侵华史，中国社科院近代史研究所提示的"前言"告诉我们：日本第一次武装入侵我国台湾在1874年，开始要求中国赔款；1894年甲午战争后订立"马关条约"割去台湾澎湖，掠夺赔款2.3亿两白银；1900年参加八国联军镇压义和团，迫使清朝赔款4.5亿两白银；1904年日俄战争取代俄国成为我东北霸主；1911—1916策划"满蒙独立"；1914年派兵侵占青岛胶济铁路，取代德国在山东的特权；1915年迫使袁世凯接受旨在灭亡中国的"二十一条"；1931年制造"九一八"事变，占领我国东北。在长达七十年时间里，日本侵华亡我之举处处下手，野心不断膨胀，导致1937年的卢沟桥事变，发起对中国的全面侵略战争，也就不足为怪了！佟麟阁纪念馆背后山坡上坐落着佟麟阁烈士墓，其右手为佟夫人彭静智墓。在墓前我遇到一位从盘锦前来拜谒佟将军的中年男子，他对日本军国主义特别痛恨，他在安倍晋三参拜靖国神社的日子，在自己脊梁上刺了"勿忘国耻"四个字。

  从佟麟阁纪念广场向西北走，离佟麟阁纪念馆不远，就是"抗战名将纪念馆"，也是坐落在山坡上的一座二层楼建筑，其展厅间数、面积较多较大，门口竖条铜牌书写"抗战名将纪念馆"七个楷体大字。门前红底漏白简介说："北京抗战名将纪念馆"坐落在香山脚下蓝涧沟，蓝涧沟又名狼涧沟，是明代采石遗址，涧前有清正黄旗营楼遗址，1933—1937年佟麟阁将军谪居于此。1937年佟将军挺身而出，在南苑保卫战中壮烈殉国。1947年7月28日，国民政府在八宝山革命公墓为佟麟阁赵登禹二将军举行殉国9年公祭，将佟将军遗骸移葬于此。1952年 6月11日，毛主席亲自为佟麟阁赵登禹张自忠三位抗日英烈签发了烈士证书。1983年民政部授予佟麟阁"革命烈士"称号。1987年3月北京市政府将佟麟阁墓划为"北京市重点烈士纪念建筑保护单位"。1992年海淀区人民政府将佟墓列为"海淀区文物保护单位"。2005年5月，民间投资兴建的"佟麟阁将军纪念馆"落成。2009年9月，经市民政局、文化局批准，民办"北京抗战名将纪念馆"开馆。这是全国首家以中国十四年抗战著名战役为线索，以抗战名将为主题，以弘扬团结抗战的爱国主义精神为主旋律的爱国主义教育基地。馆内门厅横幅标示"十四年抗战名战名将主题展"12个大字，第一展厅从楼上开始，第二展厅在楼下房间内。名战名将展共分为三个部分，资料详实，图文并茂。第一部分，中国军民局部抗战时期，（1931——1937）；第二部分，国共合作全国性抗战时期，（1937——1945）；第三部分，伟大的胜利。纪念馆一楼左侧挂着"香山红色大本营欢饮您"横幅，蓝色图版是红色大本营部分活动主题、战役。经询这属于香山真人CS军事拓展基地活动内容，整个香麓园千亩山林就是一个军事公园！在佟麟阁纪念广场上有身着迷彩服的成人、儿童，手持枪械在教官带领下训练，需事先报名，是收费活动。

2015.9.2.

【20】寻谒赵登禹将军墓

  2015年北京交通游览图上,在丰台"西道口桥"附近标有赵登禹将军墓。9月8日下午,我在天安门广场,为纪念抗日战争胜利70周年雕塑留影后,搭乘公交前往寻谒。我从前门乘59路转351路再转310路到宛平城外抗战雕塑园下车,经询,在两位热心老太太的指引下,步行两公里找到了西道口桥西的赵将军墓。离将军墓不远南边有一处"文字山碉堡"是丰台2013年普查登记项目,圆形水泥碉堡用围栏保护起来。将军墓坐落在马路西侧山坡上,下半截石级中间斜嵌黑色大理石字版,三排横字,中间一排大字"赵登禹将军墓地",上面一排字书"烈士纪念建筑物市级保护单位",下面一排字是"北京市人民政府一九八七年六月公布";上半截石级中间斜嵌更大的一块黑色大理石字版,刻写"赵登禹将军事迹"。文称:"抗日烈士赵登禹将军,一八九八年生于山东菏泽赵楼村。十四岁从军,作战勇敢,战功卓著,历任班长、排长、连长、团长、二十九军三十七师第一旅长、一三二师师长。一九三三年长城抗战中,赵登禹亲率敢死队夜袭敌阵,取得闻名中外的'喜峰口大捷'。"七七卢沟桥事变",赵登禹率部进驻南苑,在团河与日军发生激战,转移途中又遭日军伏击,他左臂中弹,仍指挥将士突围,被日军机枪射中,身体多处中弹,壮烈牺牲,时年三十九岁。"将军墓平卧于坡上台地中间,墓碑牌位书:"抗日烈士 赵登禹将军之墓(1898—1937) 一九八零年重建"。墓前有人敬献的一钵鲜花。墓地旁边有丰台民政局题刻的"赵登禹将军墓简介",文称:"赵登禹将军墓,文革期间遭到严重破坏,1980年重新修建,墓园面积仅160平方米。1991年3月,北京市民政局、丰台区政府共同出资,由中国人民解放军52903部队承建,对墓地重修,墓园面积增至350平方米。2003年3月,市区两级政府再次投资,由北京荣顺建筑有限公司承建,对墓地进行了全面整修,加高墙体、更新地面,引入水源,于2003年4月2日竣工。"从赵登禹将军墓沿公路北行,远远看见高大的广告牌上标语,"纪念中国人民抗日战争暨世界反法西斯战争胜利70周年"的字迹清晰可见。走不远到大瓦窑地铁站,我乘14号线地铁返回。

2015.9.8.

【21】寻访自忠小学

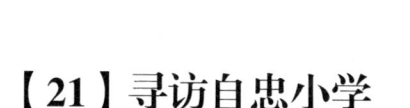

　　查看星球地图出版社 2007 年出版的《北京人地图册》，得知：自忠小学在府右街北头路西。9 月 12 日下午我进城寻访。我从西四丁字街口向东步行，顺西安门大街拐到府右街，路西安门 1 号挂一块《北京市自忠小学分校》铜牌。大门闭着；继续向南走三四百米，就到府右街丙 27 号，校门北侧挂着《北京市自忠小学》大铜牌，铁门亦关闭着。隔墙西望，校园内宽敞整齐，三座三层灰楼矗立，像是一座中学的样子。三座楼东墙上都有金字题刻，北边一座楼斜对校门，横书"北京市自忠小学"校名，像是启功的字体；中间一座楼墙竖书毛主席题字"好好学习　天天向上"；南面一座楼墙横书任中石写的校训"诚实、文明、勤奋、进取"。

　　网页上《北京自忠小学简介》说：北京自忠小学是一所历史悠久的学校，其校址为著名抗日将领张自忠将军的故居。校内建有"张自忠将军纪念碑"，将军当年的书房辟为"张自忠生平展室"。经过是这样的：遵从将军"我的遗产不给子孙，拿出来办社会福利事业"遗言，1948 年由齐淑容（校长）张廉瑜（张将军侄女）创办《北平市私立自忠学校》；1949 年初北京解放后，校长为张自明（张将军胞弟）；1949 年暑假自忠学校受市政府人事处领导，取消初中班，招收大批干部子弟住宿生，张廉云（张将军之女）为校长。张廉云多次提出愿将学校交给组织，1950 年 1 月北京市委刘仁决定将自忠小学并入市委干部子弟学校—北京小学，自忠小学为北京小学分校。此后学校又曾几易其名：椅子胡同小学，北京丰盛学校第三部（小学部），光明小学；1988 年 11 月北京市政府根据人大代表提出恢复自忠小学议案，批准恢复现名—北京市自忠小学。1993 年，江泽民总书记亲自为学校题词："少年儿童是祖国的未来，从小立下热爱祖国，奋发图强的志向，养成求知不懈热爱劳动的习惯。"

　　北京市自忠小学现为西城区文物保护单位，2001 年 10 月被命名为西城区爱国主义教育基地。据悉，校园内张自忠将军纪念碑上刻有周恩来当年题写的悼词："其忠义之志，壮烈之气，直可以为我国抗战军人之魂"。跨入新世纪，西城区又将后达理小学、府右街小学并入自忠小学，使学校规模不断扩大。

2015. 9. 12.

【22】北京抗日名将路
（外一首）

抗战胜利七十年，　民族复兴史无前。
日寇野心侵华北，　事变激起大抗战。
卢沟晓月北京湾，　英雄古都起烽烟。
主席签发英烈证，[1]　首都街道命名三。
张自忠路交道口，　赵登禹路西城穿，
佟麟阁路南沟沿，　铜钟锁定卢沟战。
日寇驻屯老段府，　冈村宁次臭名远。
英雄转战台儿庄，　身中六弹殉火线。
二十九军多英贤，　忠义壮烈好儿男。
爱国军魂灵犀通，[2]　人民英雄心相连。

注：
1　1952年6月11日，毛主席亲自为佟麟阁赵登禹张自忠三位抗日英烈签发了烈士证书。
2　周恩来当年为张自忠题写的悼词："其忠义之志，壮烈之气，直可以为我国抗战军人之魂"。

[有感赋诗]：

　　　　中流砥柱　百尺竿头
华北平原连太行，地道地雷百团响；
全民抗战烈火旺，砥柱中坚共产党。
冀中冀南青纱帐，出没八路好儿郎；
军民抗日齐奋起，晋冀鲁豫反扫荡。
游击战法大传扬，抗战一家我忍让。
巩固边区根据地，艰苦奋斗力量壮。
游击教育名声响，嘎子虎子把学上；
参军参战预备队，民族解放承栋梁！
延安窑洞灯火亮，南湾军民齐开荒；
持久抗战靠人民，全民皆兵无抵挡！
革命精神永不忘，振兴中华践理想；
全面小康中国梦，百尺竿头创辉煌！

2015. 8. 1.

【23】大屯文化广场

2015年11月20日，我准备去趟"炎黄艺术馆"，为李振兴了解一下书法展的可能性。从育新乘379路公交到炎黄艺术馆下车，我跨过天桥，东面是四角大厦环抱着的沃尔玛"漂亮购物中心"，西南大厦顶矗立"阳光广场"四个大字。其南侧有一新建广场，长条卧石刻着"大屯文化广场"几个大字。广场在两侧高大楼群间向东延伸，林木掩映。我决定先进大屯文化广场一睹尊容。

据网介：大屯文化广场是一个集景观、文化、休闲、健身四大功能为一体的综合性花园，改造前为安立路旁的一处街头绿地。改造后我虽多次乘车经过，但没有留意这里建有什么广场公园。

大屯文化广场坐落于购物中心南侧—炎黄艺术馆北面，入口广场中间有一块十来米长的脊状石墙，上刻"大屯文化广场"六个隶书大字。其后，林间绿篱前置一方"大屯"阴刻篆字石印章；南北两侧草坪上，两尊玉石对应矗立，分别刻书"镰""锤"两个现代黑体字。镰锤字下分别刻有镀金党徽标志和文字说明：镰，中国共产党党徽上的"镰刀"，告诉我们为官要"廉"；锤，中国共产党党徽上的"铁锤"，告诉我们做人要"正"。

在大屯文化广场脊状石墙的背面，刻有该园设计者撰"大屯文化广场记"，意蕴颇佳，今抄录如下：

"大屯花园，奥林匹克公园东侧的小园，长宽不足千余丈，面积仅止四十亩。地虽小而意无穷，园新建而脉悠长。

大屯之名始于元代。至顺元年（1330年），宣忠护卫军万人屯田此地，为大都北郊之最。七百年来改朝换代，大屯名称不变，历为京城北郊大乡。其地土沃林茂，传有帝王禽兽于豹房；其民乐天好客，举办庙会狂欢于北顶。更有龙王堂水，润泽御稻；慧忠古刹，钟鸣四野。

绿畴栉比，翠林遮天；北至仰山，南至四环，西至北辰，东接湖渠，尽为大屯之域。

有朋远来，不亦乐乎。亚运迄始，奥运继之，鳞次转誉高楼，蔽日说与巨筑。一乡之乐化天下欢聚，千顷之地变广厦万间。地覆天翻，沧海桑田，于兹园尽得大观。

昨年初，大屯政府集贤纳才，群策群力；动土兴工，刈草培肥；遗寸土自千顷，缩万绿予一隅；植新木于故土，显鲜花于旧柳，一年而园成。

看今朝，大屯子民可于园中尽享天然之乐；晨曦赏鸟鸣，月夜舞清影；绿杨深处唱京剧，海棠径里踏落花。低头抬头俱是旧邻新朋，你家我家同叙和谐天伦；槐花香里说丰年，又岂在蛙声一片！

此为设计之所思，亦为建设之所愿。

刻石为记。岁在丁亥。公元贰零零柒年柒月。"

我穿过林下绿荫，深眺中心下沉广场。广场圆形，中场可轮滑表演，四处围观。北临阳光影厅、茶馆、漂亮购物中心拱形大门，南置大型电子屏幕；南北环绕16块核心价值观宣传栏版；东面是一围两三米高的石墙。石墙北端有李铎题写的"大屯农村城市化纪念"金字雕刻，石墙上镂空1986、1995、2001、2005几个年代符号和有关历史画面。石墙南端的"简介"记述："1953年6月28日，毛主席视察了大屯鱼池村，对乡亲们说：'不要着急，生活会一天天好起来的。'并合影留念。石墙两头是两幅影刻像片，北头是毛主席视察鱼池村留影，南头是大屯村民的欢庆场景；中间则是迎建亚运、奥运的纪年浮雕。转过石墙背面，从南至北连续雕刻着中国民间舞龙、顶幡、玩狮、登高跷图案。

石墙的东边是该园的东半部健身活动区域。南面松下玉石上刻一行书"洁"字，下刻青松，旁书陈毅吟咏青松的诗句；修林茂竹前置一"有节品自高"卧石小品，由竹杆塑一"高"字；再往东就是篮球场地和儿童活动区域。东半部北侧立一尊毛体刻石，上书"事实求是"四个熟识而飞扬的大字。另石刻有该成语的历史出处。林间草地上布一组太极权现代雕塑，六尊形体招式，让人生发运动联想。另有一摔跤石雕，简介载：1896年第一届奥运会将古典摔跤列为比赛项目，1904年第三届奥运会将自由摔跤列为比赛项目，从第四届开始，两种摔跤都被列入正式比赛项目。和大屯文化广场入口一尊题写"大屯廉政文化主题公园"的刻石相对应，花园东半部北侧路边，沙地柏绿地间、中间林下簇拥着五块随形玉石，分别刻录着孔子、孟子、诸葛亮、李世民、包拯等论述廉洁的名句。

花园东门外临一南北短街，南通慧忠东街。

沿慧忠东街西行不远，就到地处路口东北隅的"炎黄艺术馆"。我到办公室询问，得知郑闻慧平时已不来上班，现任馆长崔晓东是中央美术学院教授，当时不在馆内，我决定择日再来拜访询问有关书法展事宜。

2015. 11. 20.

【24】游西海子公园三教庙

2015年12月16日，我和老伴游访通州西海子公园。乘8号线地铁南锣鼓巷倒6号线，到通州北关下车，穿越建筑工地沿新华北街向南走，跨过新惠河大桥，向东横穿天河湾小区，就看到西海子公园的拱形西大门及公园东北方的燃灯佛塔。西海子公园位于通州京杭大运河北端西侧，占地210亩，水面近80亩。公园始建于1936年，解放后西海子建人民公园，扩建于1985年。西海子西靠通州旧城西城墙，初为建燃灯塔掘土垫基所挖;如今湖中筑腰堤,堤上建方亭白桥,垂柳环湖,南北松柏花木叠嶂。西岸林下设儿童乐园,岸边游船已封存;北隅李卓吾墓楼幽立,明代先贤静待后人凭吊、神会交谈。我们环湖东岸走到腰堤桥头,出公园东门,广场北面是通州区社区文化活动中心电影院,北拐可见佛灯塔身影。经过一片待拆迁楼区,北侧就是在建中的"三教庙"。

三教庙参观展板介绍:"三教庙"是由儒教的文庙(亦称学宫)、佛教的佑胜教寺(俗称塔庵)与道教的紫清宫(俗称红孩儿庙)三座独立的庙宇构成,并且在佑胜教寺西侧,耸立着燃灯佛舍利塔,形成"三庙一塔"古建筑群。"三教庙"占地约12000平方米,坐落在京杭大运河北端西畔,通惠河河口南岸,是通州运河文化景区的重要组成部分。

入三教庙庙门,首先看到一座重建的"泮桥"。泮桥是礼拜孔子的礼仪建筑,始建于元代,1900被八国联军毁坏,2004年复建。穿过学宫山门是大成殿,殿前有孔子铜像。学宫北面是 "佑胜教寺",山门坊联书:"古树参青天普荫群萌得利养宝塔镇运河广度众生步正途"。寺内建筑体量紧凑,正面是"天王殿",东西各有一配殿,东侧小院是"三圣殿",院南墙画有一幅蓝色"三教图",很是醒目。穿过天王殿西过道,是燃灯佛舍利塔院落。该塔始建于南北朝,至今已有1300多年历史,清康熙重修。塔高56米,八面八角十三层。1985年维修时被列为"市级文物保护单位"。塔基面南佛龛置汉白玉佛像,前置"北京佑胜教寺"香案。塔北侧为大雄宝殿临时画版彩棚,西北白石桥栈之端,是精致彩绘的"祖师殿"。仰视塔身,雄伟壮观。据说塔顶破面曾有一株生长近三百年的"塔榆",1987年移植于塔侧葫芦湖畔,我们未能察看。三教庙的道教紫清宫尚未开放,我们也未及寻访,不知其具体面目如何?待日后再来寻访。

2015.12.16.

【25】通州运河游(一)

12月24日,雾霾初见消散,我和老伴便乘地铁去通州运河公园游览。我们从"北运河西"出地铁,站在玉带河桥头四望。浓雾弥漫,路口对面"运河明珠"大厦顶上大字隐隐约约,玉带河桥上几尊高大索柱如栽植在雾霭中,半隐半露。既来之,则游之。跨桥沿北运河左岸西北行,穿越运河奥体公园。桥头沿岸一片楼林顶上,高置"新华联运河湾"几个大字。

我们沿北运河—温榆河绿道前行,首先穿过鱼跃广场,一个大型不锈钢雕塑矗立广场上,几尾银鱼环逐飞跃;临河岸坡,林木掩映,和缓缓流动的运河水相映衬,这里是"鱼跃广场"。往前走是一座游船码头,远远看到岸边石基上,立着一个多

节石柱；"双拥号"楼船泊岸，登船栅门锁闭。运河游览简介说：自2007年国庆节开航以来，游客逐年增多。现有大中型画舫6艘，还有仿古漕船、现代观光船等，每小时运力可达千人。我想等到旅游季，一定来这里游游大运河。再往前是"帆影广场"，10米高的通体汉白玉白帆，鱼贯排列运河边；石帆和体育场的面河看台相呼应，看台顶状如翔鸥腾空。真乃匠心独运，建筑和雕塑融汇了运河时空，蕴意深远！

  我和老伴穿过东关大桥桥下，走到运河文化广场。入口处有一座三门四柱双层琉璃牌坊。牌坊后正中是一条长226米，由花岗石制成的千年步道，刻绘了千年运河的14件历史大事。再往前是益民科普园、帆型灯广场，高22.7米的帆型灯架散落点布，演绎着"潞河帆影"的历史。运河内近岸有一艘巨大的龙船，三层画楼，豪华古雅，似有人出入，有保安拒绝走近。向北眺望已能看到运河文化广场一端高大的龙雕，我们试图东绕前行，无奈已被铁丝网紧紧围住，尚在重建装修期间。我们走出文化广场东门，打车返回北运河西地铁站。

永春斋　2015.12.25.

【26】通州运河游（二）

  2016年1月11日，虽时入三九，然天气晴朗，我和老伴乘兴再游通州运河。我们乘地铁在郝家府下车，穿杨坨桥下，绕潞阳西路，跨桥下运河南岸向西北走，隔河寻望运河生态公园踪影。头一个临河码头，是长方形"嘉兴"石刻，数百米就有一处记载运河风物的石刻码头。向北岸望去，林木苍苍。常绿松柏前可见临水桥榭，通惠桥横跨运河，碧水蓝天，风光绮丽，我和老伴相互拍照留影，准备发到朋友圈分享美景风光。穿过运通桥，沿岸有太湖明珠—无锡、常州等处石刻码头。忽见河面一艘白色快艇击水呼啸而过，不一会跨河双轨铁路桥上白色动车和绿色客车交互穿越，幽静的天地间顿时泛起人气波澜。穿过铁路桥，不远是玉带河桥，三组高大的斜拉桥柱清晰可见。桥头北岸高楼林立，迎面六幢楼顶上的大红字分别是"新 华 联 运 河 湾"，我举起相机锁定了碧水上、蓝天下这一壮丽画面。

  沿岸路上坡就到玉带河桥头，对面高大的塔楼顶部"运河明珠"四个大字清清楚楚。它告诉我们，我们已经回到"北运河西"地铁站。时间已经是下午二点半，我们到街上一小湘菜馆吃了饭，乘地铁返回。

2016.1.11.

【27】通州运河游（三）

2016年2月19日，正月十二，民俗嗑老鼠眼日子。天气多云转晴，气温上升至摄氏8度，我和老伴三游通州大运河。

我们乘地铁6号线至终点潞城下车，遇一在当地工作的小伙子陈仁平，热情地用他的车把我们送到"大运河森林公园"正门。大门正面是一块白玉石公园景点位置示意图，右侧是韩美林题写的《大运河森林公园》美术字石壁，左侧是《通州大运河森林公园建园记》铜板，和六大景区十八景点标示图。我和老伴在在门口留影拍照后入园游览。大运河森林公园南携武窑，北挽六环，一河两岸，临水而建，占地万亩，透迤24公里，一次步游，只能及其近门景区。入园穿越左右水塘中间，进入绿岛游乐园，左右林中彩色牌坊分别标示"欢乐时光""魔幻城堡"。前行，路口有一童话小品雕塑，路边有一个醒目的楷体"家"字标牌，下面有一段文字：

"家，是生命的驿站，漂泊的归所，亲情的纽带，温暖的所在，心灵的港湾，力量的源泉。家，是一个最终得一，爱的个位数加和。

十指紧扣，连心温暖。百般牵挂，唯念平安。

千里相隔，归心似箭。万分期盼，阖家团圆。

而亿万个家庭又组成了相亲相爱的大家庭——中国。"

"魔幻城堡"是一个儿童游乐世界，散置着"旋转木马""逍遥水母""跳跳马""淘气堡""爬山车""天空步道""自控飞机"等设施，还有"丛林大冒险""激战鲨鱼岛""花果山漂流"等项目，据说旅游季节游客熙熙攘攘。园路右侧，"欢乐时光"牌坊对面有一游车站场，棚下停放着排排脚登游览车。园路迎面是"柳荫广场"，路口一幅大型花坛雕塑气势不凡。虽然绿植花卉装饰已经干枯，但耀眼的几个红色大字"中国梦 和为贵"依然习习生辉，仍然不失其庄雅！这一雕塑的背面，是一组漕运石雕，它俯视着宽阔的柳荫广场及其濒临的大运河，隔河远眺对岸，能够看到大运河漕运古码头的彩色琉璃牌楼和玉石牌坊。"柳荫广场"边临河岸建有游船码头，一组红色划船人型雕塑，被我用相机锁进蓝天碧水美景之中！回身观望广场边上的漕运石雕，主题为《运河开漕节》，关键词是"千帆竞泊""漕船进京""南货北来"。开漕节祭祀活动始于明代，在通惠河东端葫芦头东石坝上进行。有春祭和秋祭之分；春祭有公祭与民祭之别。坝祭之后开始验收转运的漕粮，故又有"开漕节"之名。

沿运河岸左首前行，我们游览"月岛闻莺"景区。穿过"湿地蛙声"的曲折栈桥，绕过"半山雅轩"小山坡，来到邀月桥头。邀月桥状如颐和园玉带桥，高大的圆形桥洞，在日光映照下，桥影投射于兰天，非常漂亮！老伴爬上桥头，我在桥下选好方位为她留影。我们越过邀月桥，沿河岸绕到月牙岛中部的三券铁桥，从一小门出园，走到来园时经的宋梁公路上。经询附近没有公交车站，行走间遇一三轮出租车，上车跨过660米的"北运河大桥"，沿宋梁路走不远，就到了地铁六号线的"东夏园"

地铁站。

  当晚，我给陌路相逢、送我们进园游览的陈仁平，发送了游览照片和一首诗，表示感谢。诗文如下：

《游大运河森林公园有感》

  隋炀帝，是暴君。修建运河立功勋！
  千里通航兴漕运，祖国山河连南北，
  发展经济便往来，王道轻君重人民。
  今偕老伴游通州，三访运河悦吾心。
  毛主席，为人民，南水北借久在心！
  三线并进调南水，华夏梦圆得滋润。
  昨日游览圆明园，列强破门祸害深！
  雨果痛斥强盗罪，天下人民同此心。
  国人愚钝明是非，百年屈辱铭在心。
  实干兴邦小康现，中华梦圆和为贵。

2019.2.19.

【01】越长城 看冰灯

2016年2月9日，正月初二下午，小碧开车陪我和老伴去延庆龙庆峡，参观第30届冰灯艺术节。

穿越十三陵山区，到延庆"冰川绿谷"入口，是我们途中的第一个观赏点。车停路边平台，山坡上刻一幅"延庆欢迎您"大字标语；右侧立一座海航飞防烈士纪念碑；山口两侧都有新建的登山赏景的曲折栈道通向山头。我们沿右侧登上底层平台，远眺留影。然后继续沿昌赤公路北进，到永宁古镇浏览春节庙会。我们在古镇中心"玉皇阁"城楼下选位拍照，三层琉璃瓦"紫微天关"阁楼，在丽日蓝天映衬下显得典雅壮丽，南北商业街店铺红灯高挂，年货摊摆满街。街中间有一铜秤雕塑，游人近前留影。等我们赶到龙庆峡停车场，已是夕阳下山的黄昏时刻。

入口广场中心，挺立着高大的黄龙红柱；右侧石墙刻着江泽民题写的"龙庆峡"三个大金字；我为老伴和小碧广场留影。穿过星座灯饰长街，走上彩灯初绽的峡岸，蓝色灯幕耀眼闪烁，"冰雪节嘉年华"大字幕跳入眼帘。龙形灯和各种动物彩灯夹路，沟口灞桥上点亮彩霓映照下的一排大字"北京龙庆峡第三十届冰灯艺术节"，山腰闪射"龙庆峡"三个行书大字，黄绿灯线勾勒出曲折山路和若干景点。售票处游人满满，我和老伴持老年证购优惠门票入园。

门首庭院，楼亭灯光描缀，花坛、树影、彩塔，装饰满园。五彩琉璃楼阁，斑驳耀眼。场地上矗立着巨型银猴雪雕，和以长城雪上运动为图景的大型雪雕，显示出奥运主题冰雪艺术之磅礴大气。

进入"水晶宫"，"激情冬奥 冰雪之星"主题冰灯展区更是琳琅满目：冰宫圣殿人潮涌动；冰坛雪星动静多姿；五环圣堡喜落北京；南厅英俊雪人含笑；北壁孙猴西天飞行；红黄蓝绿冰人星，鱼贯迤逦钻冰洞！我们走到大坝冰瀑前，顿感极地冰雪落延庆。企鹅列队迎游客，冰崖冰灯照"龙庆"。

2016.2.10.

【02】两看四届北京农业嘉年华

2016年3月15日、16日，我和老伴去昌平草莓大厦，两看北京第四届农业嘉年华展览。

走进《智慧农业馆》，馆内中央廊厅左右分别布展四个展厅。右侧是"楼宇农业""云耕物语"；左侧是"南望津郊""太空农业"。我和老伴首先进入"楼宇农业"展厅依序参观。进入视域的是垂直花园、垂直农场、智慧农场、地下农场、人工光植物工厂、鱼菜共生—动物植物微生物生态平衡技术展；多层细叶栽培柜，漂浮栽培，绿色创业孵化器，生态办公室，家庭农业立柱栽培、1平米农场、园艺疗法，屋顶农场，天空农场等等。穿过展厅廊道，进入"云耕物语"展厅，便走进阿卡——互联网农场空间。那里有互联网+现代农业的图板展示，有"互联网农贸集市"和"互联网昌平乡村游"——"京郊·村会玩"等展示。智慧农业馆西侧，和"云耕物语"对门的，是本届北京嘉年华首办的天津馆"南望津郊"。我和老伴在入口"巨蚌含珠"雕塑前留影后，乘左首的和谐号高铁，便到了天津七里海湿地自然保护区，浏览观光古休闲农业，品尝购买赛过鸭梨的"沙窝萝卜"，观赏了天津泥人传承人的制作，和充满乡风民情的百态乡人大型雕塑平台。我清楚地看到，雕塑民房舍墙上，书写着历久弥真的三条标语："毛主席万岁""社会主义好""人民公社万岁"。我们穿过展厅间的廊道进入"太空农业"展厅，依序参观航天科技农业展示、种子童话世界、飞向太空体验区、月球着陆体验区、火星狂欢影院五个展览板块，观摩了"中国空间站模型"，观看了"航天工程育种成果树"，并在"中国太空乌鸡"高大模型前留影。

3月16日我和老伴再访第四届北京农业嘉年华。从2号门入场后，跨过迎宾廊桥到西区参观《创意农业馆》。创意农业馆分设5个展厅，我们自南而北依次观览了"丝路蔬语""盛世牡丹""棉麻记忆""茗扬四海"和"印象河北"各具特色的精彩展示。

"丝路蔬语"由丝路画卷、丝路长歌、蔬语飘香和草莓数字互动体验区四大板块组成，以丝绸之路为主线，以丝绸之路引进（54种）和输出（15种）的蔬菜为主要元素，打造出令人震撼的蔬菜创意宏大景观，展现出丝绸之路对农业发展的贡献，和一带一路对现代农业的推动作用。沙漠中驮蔬驼队迎面走近，嘉年华号高铁穿山越岭西行，丝路蔬语号航船欢歌笑语，欧亚大陆桥金果铺向西天，葫芦森林荫遮北侧，蔬语隧道暗穿中间，姜山多椒塑美景，南瓜竞喵茄人表演！"盛世牡丹"由凤舞九天、牡丹仙子、宫灯牡丹园、九州同庆花台等部分组成。九州同庆牡丹台栽植了七种牡丹，象征我国牡丹的九大色系，用九面大鼓书写古九州篆字，置九州神鼎同台，以壮其盛。

"棉麻记忆"以"棉麻蚕"为主题，展现我国传统的棉麻桑蚕丝织裁缝文化。由棉花创意乡村雪景、桑麻种植及文化展示、纺织染缝互动体验、喂蚕互动体验组成。让游客感受乡村文化、民俗文化，唤起乡愁记忆，了解我国传统天然纤维丝织工艺和深厚的历史文化底蕴。有中国农科院蚕业研究所育成的特色品种"曲枝桑"植株展示，其椹果可入药。

"茗扬四海"由茶马古道、天壶景观区、茶岭茶坡、茶艺表演文化展示、品茗互动体验活动区组成。以茶为主题，通过茶树品种、种植、用途及茶史、茶具、茶艺、茶道、茶俗等挖掘展现我国历史悠久内涵丰富的茶文化的博大精深。展厅西北角建一茶亭，亭内置茶圣陆羽品茶雕像。我们走到茶艺表演互动区品茶聊天，老伴接过长嘴大铜壶认师学艺，引得游客围观鼓励。

"印象河北"也是今年首次亮像北京农业嘉年华。由西柏坡红色文化展示区、河北大境门景观、冬奥主题展示体验区、白洋淀湿地农业展示体验区、巨鹿、临城特色农业展示体验区组成。以河北特色元素为主要内容，以河北农作物做为搭建的介质和原材料，打造出美丽大气的创意景观，展现河北农业、民俗特色，彰显河北历史文化底蕴，为游客留下美好而亲近的河北印象！我和老伴趋前分别了解邢台巨鹿、临城的农产品生产开发情况。巨鹿乃尧舜禅让之地，秦代36郡之一，是张角、魏征、僧一行故里。巨鹿红杏、金银花、枸杞是其三大特产。我们分别选购了杏果汁、枸杞珍、鲜萃金银花植物饮料各两听品尝。临城绿岭核桃驰名全国，2011年在临城举办了中国首届核桃节。老伴买了两袋蜂蜜味、奶油味的带皮核桃拿回来品尝。

2016.3.16.

【03】三临北植看花展

2月3日，我和老伴乘车前往北植，参观第十二届兰花展。花展主题："梦之兰"。一进展览温室大厅，就看到"花果山""辉煌万代"景点。花果山色彩艳丽身披霓裳，玉竹壁立、石斛攀援、蝴蝶翩翩、火焰兰、凤梨草掩径通幽。高低花架上摆放着各色精品兰花，游客争相近距离拍照留影。一回身看到了新加坡国花——胡姬花。胡姬花是万代兰与凤蝶兰的杂交种，枝叶肥硕，粉花肉质，花萼边缘已现干缩。花果山一端有一株"习彭兰"姊妹株，经询问工作人员才找到，株势似乎已由盛转衰。猴主题植物展由三部分组成：一组彩色图文展板，有猴面包树、猴面小龙兰、猴面花、猕猴桃、猴儿拳、猴蕨等的图文简介；一组猴头杜鹃、猴樟及多种猕猴桃的植物标本；中间生长箱内陈列着"亚洲猴脑鹿角蕨""猴脸""猴姜"的活体植株和五六株名为"孙悟空"的营养钵幼苗，生长箱旁摆放着盆栽"猴子背巾叶"。精品兰花展区更是琳琅满目，各色蝴蝶兰、大花蕙兰、石斛兰高低错落置于花架上，游人争相趋近拍照。走进"兰花凤梨及食虫植物室"，树干纵横交叉，中下层兰花凤梨密集错落，横枝藤干上各色猪笼草悬垂，晶莹鲜润。路窄人挤，我闪身退出。盘上二楼，穿过沙漠植物区，下楼进入"热带雨林"。从空中花园下来看到我曾在三亚凤凰岭上见到的"见

血封喉"大树植株，走不远又看到几株高大的"对叶榕"树木，树干上长出一簇簇小绿球，与我们在海南分界洲岛上见到的不知名树种长的小球很相似。我在一楼梯处解衣小憩，回到入口大厅，观赏了四季花园室布展的孔雀开屏大花坛，并多角度拍照留影。

  2月12日，我和老伴再次来到北植，观赏设在2号连栋温室的"球根花卉展"。花展主题："花漾家居"。首次开放的2号温室展区面积2200平方米，分绿色休闲、主题展示、儿童体验和盆栽展示四个展区。共用4万多株郁金香、风信子、洋水仙和各种年宵花布展。温室西部北区是绿色休闲展区，一个方形大花坛，由红黄粉紫各色球根花卉簇拥着三株高大的棕榈，周围绿植围绕，林下摆列休闲桌椅。中间主题展区，又分为起居室、卧室、餐厅及庭院几个自然交错的区域：庭院花墙木门挂一对绒布猴，院内庭花斑斓；起居室大小花架错落，桌旁雅兰散香；卧室纱帐花枝点缀，彩猴倒挂；餐厅郁金盆景临窗，餐桌水仙待客。南部区域较小，四周摆有盆景和各色花材，地上放着两件制作的小品，一件写有"HAIPPY NEWYEAR"，我估计这就是"DIY儿童区"了！温室的东半部是大面积的花床，摆满形色各异的风信子、郁金香盆钵。我和老伴回身花样家居主题展区，相互选景留影。

  随后，我们到盆景园，参观了"迎新春梅花腊梅展"。主题是："迎春花展"。两花盆景近百盆，梅花有"绿萼""宫粉""骨里红"；腊梅有"素馨""虎蹄"等。刚看过艳丽的球根花卉，一进相对阴暗盆景园展室，感到梅花腊梅太含蓄、太韬光养晦了，瞪大眼睛才能看到它们待放的花苞！稍后，视觉回复，才看到一些植株已绽苞开放。我打开相机，锁定了腊梅"素馨"和梅花"绿萼""骨里红"的倩影。

  2月13日，是北植花展最后一天，我赶到科普馆，观赏在东厅布展的国兰展示。国兰展区的前言介绍："国兰，缘空谷幽林而生，食清泉净土而长，沐自然风雨而开，放香幽境而不扬，鲜艳群芳而不争，自古以来就被称为"花中君子"、"王者之香"，以其典雅的株型、优美的花姿、灵秀的叶态、素洁的幽香，倾倒众生，风靡海内外。它寄寓着高洁、坚贞、独立、谦和、文雅的"君子之风"，成为洁净忠贞高尚的象征。"

  展厅四周展台和中间隔屏两侧展台上，摆满各色兰花高筒花盆。国兰分为春兰、惠兰、寒兰、剑兰、墨兰、春剑、莲瓣兰和豆瓣兰八类。各类参展兰花都评有金、银、铜奖项，展厅东北角有一行书横幅"知足常乐"，高低错落陈列一组墨兰花盆，墨兰高大，多花总状花序，我第一次看到，花盆胸前分别佩戴者金银铜奖牌，我分别为它们留影。还有一株白墨兰，花色淡绿，更是难得一见；前厅有两株得奖"科技草—绿翡翠"比较显眼，叶肥花硕，可能是杂交种；前后厅还有多个获奖植株，如春剑——雪花飞、 莲瓣兰——白雪公主等等。北厅墙上录有名人咏兰诗，孔子和李白的感叹发人深省，今抄录于下，作为三看兰展的结尾。

孤兰　　唐·李白

孤兰生幽园，众草共芜没。虽照阳春晖，复悲高秋月。

永春斋旅游随记○陈志勇著

飞霜早淅沥，绿艳恐休歇。若无清风吹，香气为谁发？
　　　猗兰操　　春秋·孔丘
习习谷风，以阴以雨。之子于归，远送于野。
何彼苍天，不得其所。逍遥九州，无所定处。
时人暗蔽，不知贤者。年纪逝迈，一身将老。

永春斋　2016.2.15.

【04】春游卧佛寺樱桃沟

2016年3月30日，风和日丽，我与老伴同她的新疆好友王淑玲一起游览卧佛寺和樱桃沟。

电瓶车停在"智光重朗"牌坊前广场，四柱三楼庑殿式冲天牌坊，为1984年重建。卧佛寺门口有一座1783年乾隆御书"同参密藏"高规格琉璃牌楼，四柱三间七楼，单檐歇山、黄琉璃瓦顶。卧佛寺叫"十方普觉寺"，清雍正名。西路东路院落分别为五六进。卧佛殿内，唐始建时有檀木卧佛，现置元代铜卧佛——释迦牟尼佛涅槃铜像。卧佛身长5米，重25吨，为全国最大铜卧佛。卧佛寺院内的蜡梅，近年吸引了不少游客前来观赏。我和老伴2月27日曾在蜡梅盛花期前来观看，养生池周围、钟鼓楼左右，观赏摄影者熙熙攘攘、游人如潮，我和老伴分别远近留影。我们观察到有两种蜡梅花，皆为黄萼黄瓣：一为黄心淡蕊，一为红心绛蕊，皆散发出淡淡清香。在藏经楼前似有数株晚开蜡梅，黄白色玉珠挂满枝梢，今日经月特来察看，变化不大；王淑玲用手指轻捻，碎如蔍粉，已干枯成假蕾！我们虽然在佛殿东侧看到几株绽放白花和粉红花的植株，那当是红、白梅花，根本不是蜡梅。

走出卧佛寺琉璃牌坊，进入右侧"木兰园"。2000年我和老伴留影的那棵紫玉兰，花蕾稀疏，尚未盛开；方塘周围繁花累累的白玉兰，洁白如玉，比梨花丰硕，比山桃高雅，堪比珙桐花飞落树冠，映衬着蓝天，成一幅绝美画卷！我们三人穿越农科院养蜂所，浏览了中国蜜蜂博物馆；经过"琅玕大千"竹园；沿退谷河墙逆势而上，山脚路边山樱振臂绽笑夹道相迎，犹如"河墙烟樱"古景再现。如今樱桃沟内，沟口截有河池，岸坡建有"永平梅园"，沟底两侧遍植亿年三纪孑遗水杉，上下栈道联通水库、退翁亭，元宝石诸段路线。从水库西行，正在疑虑询问，为何不见"喷雾"景观；王淑玲惊呼"喷了！"忽见栈道双侧顿时水雾弥漫，烟雾缭绕，游人陡然成仙。当然，少不了天上人间留影，永珍存念！

顺栈道返回步入梅园。梅园始建于2003年，2005年连战题字"永平梅园"。占地近百亩，分水景观光、山林游赏、庭院精品、退谷访胜等区；植有直枝真梅、单丰杏梅、樱李美人梅等各类品系；坡间数株春梅盛开，不知是宫粉，洒金？还是美

人变装竞艳？各色梅花型别在脑海起伏，我带着难以分辨的疑问离开北植，去西苑武林峰餐厅饮茶进餐。

2016.3.30.

【05】游八大处公园

2016年4月13日，我和老伴重游八大处公园。

乘地铁到八角游乐园，打了个出租车十点半就到了八大处公园门口。路边塑一尊高四五米、长十几米的大鼓，上书"中华第一福"几个大字，高大的广告牌显示将值"第十五届八大处中国园林茶文化节"。进门沿河池左侧买卖街前行，通往二处"灵光寺"的路口，有一株挂满红色祈福条的高大的"许愿树"，树干上爬满形态逼真的若干个金猴。路口广场上有一组"马帮茶道·瑞贡京城"雕塑，记载展示了2005年5月1日从普洱出发，一支六个马锅头带领的120匹骡马的云南大马帮，历168天，经80多个县市，于10月14日抵达首都八大处，再现了300多年前的贡茶之旅。

通往灵光寺坡道口，蹲立着两座汉白玉石狮，坡道两侧白玉石护栏也很漂亮。寺前广场上正在搭建福字舞台，舞台对联是："笑古笑今 凡事付诸一笑 容天容地于人何所不容"。舞台左侧是"招仙素斋"餐馆；舞台对面是环绕休息眺望的廊亭。从福字舞台右侧拾级而上，穿过"佛牙舍利塔"山门殿，看到了重3300千克铜胎贴金的释迦牟尼造像，该佛像为泰国僧王所赠。

灵光寺原有五进庙堂，方丈院中1958年—1964年所建的佛牙舍利塔，高51米，分七层。二层舍利阁内以纯金七宝塔供奉释迦牟尼灵牙一颗。新建的佛牙舍利塔成为灵光寺、八大处的标志性建筑。2000年中国佛教协会新建了"玉佛殿"，和由赵朴初手书的"般若波罗密多心经影壁"。舍利塔西侧"菩提缘"是佛教用品流通处，提供旅游纪念工艺品、茶饮服务；"归来书苑"专营佛教类书籍音像法器，我选购一本福建莆田广化寺界诠法师编写的《佛学基础》翻阅。

塔院留有辽代"招仙塔"（又名"画像千佛塔"）塔基一座，1900年毁于八国联军炮火，1901年僧众在清理塔基时，发现供有佛祖释迦牟尼灵牙舍利的石函，函内沉香木匣标示佛牙舍利已在此供奉了830多个春秋。

"金鱼池"原为放生池，池上崖壁刻有"灵光"二字；池中有一"水心亭"，岸有汉白玉石桥与之相连；我和老伴分别在桥上留影。池边有一"藏经阁"，对联书："净土藏书一书一佛一世界 牟尼珠献 三摩三藐三菩提"。

"大悲院"中的核心建筑是"大悲阁"，原供奉一尊铜铸"千手千眼观世音"，因遭文革损毁，现在"千手观音殿"内供奉的是木质"千手观世音"。殿前摆满香案灯烛，时有信众燃香礼佛。大悲院里面有一卧佛堂，堂内陈一尊日本赠送的卧佛像——"永远长住释迦牟尼如来像"，该佛像为日本佛教团体"真如苑"2009年所赠。

时过中午，我和老伴没有再往三山庵及其它各处游览，准备返回灵光寺广场餐馆去吃素斋。我到八大处游览，最早大概是六十年代末，1988年我五十岁生日和俊岭、艳玲去过一次，农场局组织过一次，2000年和俊秀又去过一次。八大处公园是国家AAAA级景区，北京市重点文物保护单位，是一处久负盛名的山地佛教寺庙园林，园林建设、文化内涵不断提升。2014年国庆节山上5000平方米的大地艺术"祖国好"亮像虎头山；今年5·1前后，第十五届园林茶文化节又即将登场。我们在素餐馆吃了回锅豆腐之后，到柳溪山房文化剧场观看了3D电影—《觉悟菩提，佛牙舍利传奇》，似乎又打开了一扇心灵的窗户。穿越山谷疏林，林间竖一块高大的文字彩方小品，四面书写着"明天会更好"几个大字。

2016.4.14.

【06】红星集体农庄首届油菜花节

2016年4月22日，首农老干部处组织机关退休职工到南郊农场踏青观赏油菜花。两辆大巴车经东四环南五环到饮鹿池桥右拐，即到大生庄路口。那里有红星集体农庄600多亩灿烂绽放的油菜花田。

入口有一高大红色充气彩虹门，上书"北京市南郊农场红星集体农庄第一届油菜花节"一排大字。大路两侧，在葱绿金黄的油菜田里相间排列着两列金碧辉煌的五色彩龙造型，供游人田头拍照。一望无际的菜花田里，放置三台拖拉机，游客可以登上拖拉机留影。西侧田路旁，围栏内有鸡鸭羊活物以增加农家气氛；路两旁分别置有可活动和发声的恐龙及各种古生物模型，供留影的大蛋壳、蘑菇和树桩等雕塑。北面田路南侧，有一排彩色风斗，临风飞转，沙沙作响。刘玉兰称赞："嗨！这也是一景。"北侧有一休闲小空场，两间小屋，一为快洗手机照片，一为食品售卖亭。向北面油菜花海望去，田间有两座白色蒙古包，有人正和小孩儿留影，我和刘玉兰趋前也相互拍了照。看到田边有一小拖车厢，不知是干什么用的？等我们回到入口处，看到也有一个同样的拖车厢，旁边还有一座支起的帐篷！经问，才得知是"房车"。推销员打开帐篷让我们入内观看，里面有两张隔开的床，帐篷内活动空间也不小，只是价格贵了些。

离开油菜花田，乘大巴到南郊农场招待所"润稼宴"吃午餐。回望600余亩的油菜花田园，西枕杨林绿带，北临南苑机场，东望南海子郊野公园，南毗南五环绕护。

占地1500多亩的红星集体农庄中心广场上毛主席雕像招手。这里恰是北京南中轴路的起点。1955年10月30日，毛主席看了《红星集体农庄的远景规划》后十分高兴，他在《按语》中指出："人类的发展有了几十万年，在中国这个地方，直到现在方才取得了按照计划发展自己的经济和文化的条件。自从取得了这个条件，我国的面目就将一年一年地起变化。每一个五年将有一个较大的变化，积几个五年将有一个更大的变化。"

这片昔日皇家狩猎场，新中国首都粮菜基地，如今正在变成郊区游览观光的园林景区。祖国大地园林化的梦想，不正是按着这条思路，逐步实现吗？！

2016.4.22.

【07】访北京市方志馆

2016年4月29日，约好去方志馆参观"侯仁之眼中的古都北京"展览，侯宏兴主任热情接待。他从方志馆五楼下来，领我参观了三楼阅览室和书库，书架上北京市各地各方面的史志、年鉴琳琅满目；华北以及南方各省地的史志也收藏不少。侯主任带我参观了二楼的《北京地情展》，入口处有一北京电子模盘，可用各种颜色显示北京的地势、年雨量、地下水位等分部情况，想了解什么情况一揿电钮就行。串联的展厅灯箱内图文并茂地展示了北京的"城市变迁"和"经济发展"各种情况。走到"北京十大建筑"荧屏前，我驻足浏览了第一第二第三到第四届十大建筑的40幅画面，和方志馆毗连的首都图书馆新馆，就是第四届北京十大建筑之一，我以前都不知道！转回"北京地情展"入口有一放映厅，可在那里观看滚动播放的资料片。地情展我大致浏览了一遍，便到一楼展厅参观我仰慕已久的"侯仁之眼中的古都北京"展览。

该展览已经到期准备撤换，侯主任叫人打开展厅灯光，亲自向我介绍了他们筹办这一展览的想法和特点，一起浏览了"古都之源""古都之水""古都之城""古都之存""古都之学"五大部分的图文展板；我又抄记了各部分的小标题，阅览了文字说明，顺序为展板拍照以便带回去查看。

侯仁之是河北省枣强人，枣强和我的家乡辛集同处华北大平原的中部，北京湾地处华北大平原的北端，侯仁之认为，对于生活在这片平原上的人来说，北京凝聚着他们的深厚情感，北京如同始终闪耀在北方夜空中的北极星。侯仁之认为古蓟城的兴起，与燕山南麓、太行山东麓的古大道有密不可分的关系。他考证北京建城始于春秋时期的蓟城，距今3040多年，北京建都始于"金中都"（1153），距今860多年。侯先生发现曹魏时期公元250年，蓟进行了一项大型水利工程——"戾陵堰"，在石景山脚下联通了永定河和高粱河，侯主任认为这一工程堪与都江堰媲美。元建"大都"城，开凿"通惠河"，使大运河运粮船直抵积水潭，这是郭守敬的杰作。清代扩大瓮山泊，建昆明湖，增引水源，建设三山五园。侯仁之在研究"古都之城"建设历史的基础上，指出北京城市建设的三个里程碑：第一，紫禁城中轴线的确定；第二，天安门广场的扩建和东西长安街开通；第三，亚运奥体中心和场馆、公园，沿中轴线向北的延伸。"古都之存"列有：一，"卢沟桥"与"蓟城"；二，"莲花池"与"金中都"城；三，"后门桥"与"元大都"城；四，"什刹海"（旧称积水潭）；五，"汇通祠"（复建）；六，"昆明湖"；七，"北海"与"北京"城；八，"圆明园"；九，文化遗产保护。

　　侯仁之先生活了102岁（1911——2013），他倾其一生对北京地理历史进行系统深入的研究，经过细致的实地调查和文献考证，他系统地揭示北京城的起源、形成、发展和城址转移的全过程，并将学术研究和城市规划结合起来，他"知之愈深，爱之弥坚"，对旧城改造与保护、对新中国首都的城市规划与建设做出了不遗余力的卓越贡献。这是我们北京人、中国人，应当谨记和认真学习的！

2016.4.29.

【08】父子游房山

　　2006.7.17. 一早，陈松开车来育新接我，我们父子去房山游览。

　　第一站是北京石花洞，中国四大名洞之一（另外三个分别是桂林芦笛岩、福建玉华洞、杭州瑶琳洞），发现于公元1446年，明代。1987年正式开放。2006年联合国科教文组织批准授牌，成为世界地质公园。这是一座以自然景观为主的科技型世界地质公园，它使北京成为世界上第一个拥有世界地质公园的首都城市！我在洞外牌坊前的溶岩雕塑广场拍照留影，然后进入洞内游览参观。

　　洞外广场上有赵朴初石刻题字："蕴美石花　洞容天下——石花洞"。进洞，第一个景观是"雄狮迎客"，在导游的解说引领下参观。经"众仙迎客"、"鲤鱼戏水"，到达"蓬莱仙境"第一大厅。石花洞为多层分支楼式洞体结构，已发现7层，第7层为地下暗河。石花洞中景观密集，次生化学沉积类型齐全。这座以岩溶洞穴为主体的世界公园，让我们父子大开眼界。12个景厅逐层递降，我们依序下阶，浏览了上面的四个景厅的一部分景点。

　　"遥池石莲"，已生长3.2万余年，世界稀有；"黄河瀑泻"，由高12米，宽23米的巨大石钟乳形成，气势壮观；"龙宫竖琴"，垂高10米，长18米，石幔折叠，堪称洞穴第一幔；"龙宫双柱""仙女绣台"维妙维肖；"银旗漫卷""闪

光壁""洞天三柱""后宫仙帐"等共十六个洞穴奇观，无不令人赞叹叫绝。

　　石花洞七层不同高度溶洞的存在，标志着这一地区至少发生过六次间歇性上升。如今，地下水仍在溶蚀着最低层洞穴。据介绍，房山地质已有35亿年历史，房山一带70万年以前就生活着古老的"北京人"，石花洞原名"潜真洞"，又称"石佛洞"，我琢磨含意深远。我不希望我们是基因考证出来的非裔外来者。

　　中午我和陈松在燕化小镇吃过午餐，到今日房山之行的第二站——周口店北京人遗址访问参观。我在遗址门前广场上、巨大的北京猿人雕塑前留影。雕像石基上刻写着"周口店遗址"五个大字，左侧刻有世界文化遗产图标。周口店是世界著名的古人类和古生物遗址，1987年它与故宫、长城等一起列入世界文化遗产名录。我们进入遗址，看到"猿人洞"前园门紧闭，门墙上贴有保护建筑效果图，知是正在施工中。沿岩石水景园路西行，没看到以前的陈列展室，却走进了新建的遗址科普体验馆。在那里我索要了简介，买了一套遗址小丛书。继续沿园路前行，经过科学家纪念园，遗址第2地点，绕到通往观景台的木栈道，眺望瀑布和休闲广场，真是把龙骨山周围改建成了一座现代化的游览公园啦！休闲广场路边散置几尊动物雕塑，一尊剑齿虎獠牙怒眦，形象凶狠。穿越休闲广场林荫，迤逦攀上龙骨山顶，山顶洞人遗址仍是原来老样子，分为上下两洞口，这里生活的山顶洞人，约在距今1——3万年前。下山擦过一座山神庙，东侧院内正在忙碌施工，可隐约看到第一地点的猿人洞口。据介绍，第1地点南面不远，有第4地点，那里生活的古人类约在距今10——20万年以前，介于北京猿人和山顶洞人之间。

　　回家后翻阅遗址丛书得知：周口店龙骨山属于西山山前侵蚀低丘，海拔145米。山体主要由古生界奥陶系灰岩构成，岩石形成于5亿年前，因长期遭受侵蚀，地下发育为溶洞。1918年以来，在溶洞沉积层中，相继发现人类文明遗址和化石遗址29多处。事情是由人们对"龙骨"的关注开始的：1903年一位德国医生哈贝尔从北京中药店买到一盒"龙骨"，其中有一颗磨损的智齿，与人的牙齿非常相似，经德国古生物学家研究确定为类人猿牙齿，非人类牙齿。使之与北京猿人擦肩而过。1914年瑞典地质考古学家安特生，受聘到北京当顾问，1918年在北京大学无意间从一位化学家那里得知龙骨的产地在周口店，安特生坐火车到周口店，从鸡骨山带回两包动物化石，经研究是啮齿类小动物，根本不是鸡骨！这也成为周口店一系列发现的开端。1921年8月，安特生、奥地利古生物学家师丹斯基、美国古生物学家葛利普，来到龙骨山，经过多年大规模发掘，逐步打开了了解北京人生活的大门。1929年2月，在开掘猿人洞的第二天，裴文中、技工刘义山在幽暗的洞中发现了北京猿人第一个头盖骨。

　　龙骨山北京猿人发现与研究，对揭示人类历史有不可磨灭的功绩。从此，教科书把人类发展划分为：猿人阶段、古人阶段和新人阶段。后又改为：直立人阶段、早起智人阶段和晚期智人阶段。

2016.7.31.

【09】昌平公园游记

2016年8月21日，我转乘昌平线地铁，到昌平游玩。

昌平公园位于昌平城区中心，政府街南、鼓楼南街东、东环路西。公园东门广场上矗立着大琉璃牌坊，面东匾额书"昌平公园"四个金字，面西书"燕平集萃"，这里是建园设计的第一个景点"天府岚光"。入园游览，假山石错落，曲径通幽，经"文节亭"，跨"逸步桥"，进"三水堂"，入"园中园"，谐趣迭生。这是第二个景点"园中园"。"镜明湖"波光粼粼，游船往来；郭守敬雕像广场柳荫下，歌声阵阵；"弘文阁"巍峨俯视。好一派"湖山春色"！这是公园的第三景点。公园内共有十大景点，可谓匠心独运。东南角儿童游乐场是"曦园春早"，竹石园名"幽篁听鹂"，宿根园·飞来石叫"方蓬锦绣"，月季园"涵芳蕴秀"，植物园"万秀葱茏"，不一而足。

镜明湖南岸，山坡林下玉簪馨香，有一小亭，壁刻《昌平公园建园记》，文词甚佳，录之如下：

"昌平公园居卫星城中心，远衔天寿之峰，近环永安之城。东矗六亭，西耸燕岭，北依巍峨信厦，南接繁华商衢。左右映带，闹中取静，相得益彰。

园西茂林覆丘以树取胜，四时成荫，湖东繁卉为圃以花添美，三季飘香。飞阁临湖而筑，洪钟荡荡，修竹傍崖而植，凤尾森森。园中园画廊漫回金鳞戏水，游乐场迷宫古堡童话世界。穿幽洞而逸兴增，步香径则身心健，品杂树而知识长，登高阁则豪情添。

公园兴建纳入卫星城总体规划园林定性，景点设置建筑施工，领导、专家、群众多方会同，驻昌部队、大中学校、机关团体，义务劳动连月不断。投资800万，两年建成，堪称京郊示范。

而今每逢晨昏假日，莫逆情侣切切喁语于林荫，鹤发银髯悠悠漫步于湖畔，稚童学子勃勃游娱乐园。赏园林之美景，洗奋进之征尘，咀生活之甘甜，期造福于子孙。

园即成，立碑以记。

于长海撰文　杨再春书

昌平县人民政府立

一九九零年八月十二日"

我穿越密林山丘园路，漫步西侧的"翠屏幽径"景区，从西门离开昌平公园。回首公园西门的横额，是大康题写的木匾绿迹"永安新秀"四个字。

永春斋　　2016.8.21.

（参阅"永安城：护卫皇陵做先锋"　2015.5.26.北京日报）

【10】登八达岭长城

2016年10月20日，我和老伴陪蒋金华和小魏游长城。8点从西三旗北乘919路公交车，9点就到八达岭。转乘免费接驳车到滚天沟索道广场，从山脚乘缆车到七楼平台下车，徒步攀登至八楼好汉坡。游人如织，比肩继踵，缓慢攀登，插空儿眺望留影。望长城两侧，曲折而下的七、六、五碉楼和通道上，挤满了密密麻麻的人群，山石间红叶蜡染，寒风习习。我们四人在小卖店前买了热露露、热咖啡、烤肠，就着带来的小饼干点心，好一顿野餐！然后拥着熙熙攘攘的人群，爬上爬下。正如海洲从天津发来的微信所言：不到长城非好汉，今天八达岭上好汉成群成堆啊！

我们返回山脚广场，看到山沟左侧层林尽染。山脚下有一处《中国长城博物馆》。博物馆背依长城，为仿古式烽火台连体建筑。它是以万里长城为主题，全面反映中国长城历史和现状的专题性博物馆。老伴和两位内江游客爬上馆门高石台，背依城墙垂挂的鲜红地锦，弄姿留影。

中国长城博物馆于1994年9月6日正式对外开放，馆名为江泽民题写。基本陈列由"历代长城""明代长城""建置装备""长城征战""经济文化交流""民族艺术宝库""爱我中华修我长城"七个部分组成。展示了长城产生和发展的基本脉络，长城建筑的结构与布局，历史上发生在长城内外的重大战役及长城沿线分布的历史名胜、人文景观，再现了长城内外兄弟民族长期共同发展、相互交融的史实及全国各民族、世界各国人民对长城的关心与爱护。展览集中了全国长城沿线各地出土的文物、标本精华，辅以翔实的历史文献、照片和模型，对长城这一中华民族的象征进行了详尽的表述。同时部分采用了高科技展陈手段，模拟出长城攻战场面，增添了可视性与趣味性。

不巧，展厅闭馆装修，我们未能进入参观。

馆外高墙石壁上，有一块《中国延庆世界地质公园简介》展版和一幅"延庆世界地质公园导游图"。延庆位于燕山山脉南麓，地处华北平原与内蒙古高原之间。延庆世界地质公园由西部的龙庆峡园区、古崖居园区，东部的千家店园区，和南部的八达岭园区组成。延庆世界地质公园以前寒武纪海相碳酸盐岩为物质基础，以中生代燕山运动地质遗迹为核心，是集构造、沉积、古生物、岩浆活动及北方岩溶地貌为一体的综合性地质公园。地质遗迹丰富多彩：有距今18.5亿至8亿年间形成的数千米厚的海相碳酸盐岩；有1.7亿至8千万年前中生代燕山运动形成的多种侵入岩、喷发岩和构造地质遗迹；还有众多1.5亿年前晚侏罗世硅化木和恐龙足迹化石；距今4千万年以来，岩溶作用塑造了典型的北方喀斯特地貌。

随后，老伴陪小蒋小魏在滚天沟两侧买卖街店铺，浏览购物。俩人选购两根长城纪念登山杖，一个长城楼水晶球，五块"不到长城非好汉"刻字金币。后来小蒋在南锣鼓巷为儿子朋友买了两块怀表,在前门为她老母买了几袋御膳点心,小魏也买了两包北京特色小食品,准备带回内江。

2016.10.28.

【11】陪客游十三陵神路

2016 年 10 月 19 日,我陪小蒋小魏游览十三陵神路景区。这是新世纪以来我第二次陪内江客人游览神路。我们在朱辛庄转乘昌平线地铁,在十三陵景区站下车,然后乘出租车到明陵总神道购票处。小蒋半票 15 元,小魏全票 30 元。

我们在南涧头上出租车走不远,就看到了神道南端的"石牌坊",六柱五间层楼脊石牌坊。到夹道而立的"下马碑",正面看到了"大红门"——一座三洞门红墙黄琉璃瓦门楼。从神道右侧北行到总神道南门购票,安检入园。迎面是高大的红墙琉璃瓦三层碑楼,碑楼中间竖立着"大明长陵神功圣德碑",石碑背面及左右侧分别镌刻了乾隆嘉庆的诗文。碑楼四角,置有须弥座蹲龙华表。神道两侧,从望柱始至棂星门,对应侍列着两排石像生,有石兽、石畜,文武官员。我为蒋、魏在石驼石象前拍照留影。

棂星门象征大门,由于三门大额坊上面有宝珠火焰装饰,人们又称之为"火焰牌坊";又因为帝后的棺椁都从此门进入陵区安葬,亦被称为"龙凤门"。

出了神路景区北门,就有公交车站,我判断这里离原十三陵农场场部所在地——胡庄已不远。从路口东行就可到达当年引种西洋参的仙人洞村。我们乘公交车转乘昌平线地铁返回育新。

2016.10.28.

【12】四人同赏北植菊花节

10 月 23 日,我和老伴陪小蒋小魏,四人同赏北京植物园菊展。今年植物园菊展是北京市第八届菊花文化节分会场,花展主题是:"春华秋实"。植物园东南门外大型立体花坛展示这一主题:多彩树下小白兔拔萝卜立体花坛前,横卧一排黄色美术字,《第八届北京菊花文化节》,豁然入目。植物园东南门内,主景是两只可爱的猴子推着一车满载的大南瓜,营造出多彩的"田园秋色"氛围。穿越科普馆外疏林花径,是一片"菊海花田",游人频频为花田美女锁镜留影。南门轴线上竖一株"生

命之树"，"心"叶向日，白鸽藏枝，繁荣昌盛。展览温室前，屏立"彩蝶纷飞"花坛，正是游人三五留影好去处。盆景园庭院内，龙菊、塔菊、大立菊，造型各异；七级菊塔下借景"有凤来仪"拍照，人景并美；一株千年"风霜劲旅"川籍银杏树桩下，川妹互让留影，绿荫藏娇。

我们沿北植中轴路"精品菊长廊"向北，300多个独本菊品种，展列两旁路边，供游人观赏摄影。走到卧佛寺小卖店，老伴买来热露露，小魏取出带来的饼干小食品，四人小憩进餐垫补。休息后，走到卧佛寺"同参密藏"琉璃牌坊前留影。后漫步樱桃沟口，查看了连战来访时题字的"永平梅园"。我顺便领她们三人走进中国农科院养蜂研究所，参观了《中国蜜蜂博物馆》。最后从卧佛寺前乘电瓶车径回植物园南门，门内立体花坛前横列一排金黄色菊塑隶书字："绿色生活 美丽家园"，展示欢乐儿童安享美丽家园幸福生活。我们走出南门，正值香山红叶观赏季节，又赶上周日，人车塞路，我们只好穿越人海，到香泉环岛乘双层大巴返回。

2016.10.28.

【13】陪客游天坛

10月24日，陪客游览天坛。

从前门乘公交到天坛下车，走地下通道穿越马路，进天坛公园西门。到"西天门"，右侧是"斋宫"，我们未趋近；左侧是"百花园""月季园"，老伴陪小蒋小魏入内游览看花照相。我坐凳休息等候身觉凉意，便步入园径随同，穿过月季园走到祈年殿正西园路上，祈年殿墙外有一株九龙柏，是一株有500余年树龄的桧柏，树干表面遍布纵向沟壑，状如蟠龙盘旋，吸引游客围观。我招呼小蒋小魏回身购票，一起进入祈谷坛西门游览。

如果从空中鸟瞰，祈年殿正好在天坛公园中轴线的北端，原名"大祀殿"，长方形。天地分祭后改为"祈谷坛""大享殿"，清代乾隆十六年才改名为"祈年殿"。看了东配殿里《祈年殿大展》我才知道，原来作为天坛标志性建筑的祈年殿，是祈年祭谷的，不是祭天的。祭天的确切地点是中轴线南端的"圆丘""圆丘台"才是名实一致的"天坛"。

我在祈年殿前阶下，分别为她们几人留影、合影。进入东西配殿，草草浏览拍照。然后排队登上高5.6米高的玉石坛阶，参观了高38米、三重蓝琉璃瓦圆檐宝顶的祈年殿。大殿由28根金丝楠木柱环转支撑，正中4根"龙井柱"，高19.2米，象征四季；中间12根"金柱"，代表一年12个月；外层12根"檐柱"，象征一天12个时辰；中外层合起来象征24节气。我们走出"祈年门"，踏上360米长的海墁大道"丹陛桥"。丹陛桥上有三条石铺甬道,东为御道,西为王道,中为神道。丹陛桥北高南低,北端高4米,南端1米,自南北行,令人有步步登高、如临天庭之感。我们向南走经"成贞门"进入"皇穹宇"院落。院中有一圈高3.72米、周长193.2米的磨砖围墙,这就是有名的"回音壁"啦!我和小蒋分别走到东西配殿后面喊话,可能是没有冲向北方,只是向墙兴叹,什么也没听到。皇穹宇已属于圆丘坛的组成部分,它是祭天天库的正殿,用于供奉祭天大典神版。我们经过三门并立的棂星门石牌坊,登上圆丘台。圜丘形圆象天,三层坛制,高5.17米,每层四面出台阶各九级。上层中心为一块圆石,名天心石。小魏、小蒋和老伴相继站立天心石上留影。天心石外铺扇面形石块九圈,内圈九块,以九的倍数依次向外延展,栏板、望柱也都用九或九的倍数,象征"天"数。站在圆丘台上北眺,天坛公园南北轴线上的建筑景物尽收眼底,从建筑美学的视角回首审视祈年殿,以它作为天坛的标志看来也不无道理呀!

  从圜丘台北门外东出入口走出,沿疏林小路而东而北,才看到长廊的东头,啊!原来东天门、西天门、公园西门在一个纬度上,祈年殿、长廊、公园东门在一个纬度上。我们如果从祈年门前东行,就会遇到曾游览过的"天坛长廊"了!看看时间不早了,我们四人在东门外乘地铁5号线辗转返回育新"田老师红烧肉"快餐店用餐,午饭晚餐合二为一,每人吃了一碗炖牛肉米饭。

2016.10.28.

【14】两览首都博物馆

  2016年10月25日,我和老伴自索家坟打车把小蒋小魏送到西客站二楼之后,返程在木樨地首访"首都博物馆"。 坐落在复兴门外大街南侧的《首都博物馆》建于1981年,今年是它35岁生日。博物馆大楼前树立一排展板,除了《首都博物馆35岁—生日快乐》外,还有《大元三都》《走进养心殿》《燕京八绝》等专题展示。我和老伴在绿坛馆碑前,相互拍照留影。走进博物馆一楼大厅,在"景德街"四柱双层琉璃檐牌坊前,与老伴合影留念。然后乘手扶电梯从一楼到四楼,匆匆转了一圈,并到了一层书店餐厅。因时间有限,难于诸厅参观。11月10日我择时二次前往,花了三个小时,大体参观浏览了八、九个展厅,也只是粗粗了解个梗概。我走进博物馆之前,又看到江泽民题字的馆碑东头,正封闭施工一通石碑,幕布说明文字是"乾隆御制碑保护工程"。馆前简介说:"首都博物馆是隶属于北京市政府的大型综合类博物馆,建于1981年,原馆址在北京孔庙内,新馆位于西长安街延长线上,2006年5月18日正式开放,是新世纪北京市标志性建筑之一。"进入首都博物馆新馆中央大厅,南面是一座高大漂亮的《景德街》四红柱琉璃牌坊,西区是五层方形展厅,

东区是盘旋而上的圆形展厅，里面也是五层。

我从一层B厅开始参观，《大元三都展》文物博实丰富，立意高远。元代是中国蒙古族建立的政权，大元乾元一统，三座雄伟的都城——上都、大都、中都次第而起，其巍峨壮丽、匠意哲思超迈前代。此厅详尽展示了"大元三都""大汗之城""翼翼行都""两都巡幸"等的历史文化风貌。

二层C厅《古都北京·历史文化篇》，以历史文化为视角，展示北京从原始聚落形成城市，从北中国的政治中心跃升为统一的多民族封建国家的都城、人民共和国的首都，直到发展为建设中的国际大都市这一不断攀升的历史进程。从"燕蓟神韵""千年蓟城"到"幽燕风云""都城序幕"，从"帝王之都""国际都会""日下积盛"到"落日余晖""民国风云"，从"五四运动"到"开国大典"，历史的脚步，民族的遭遇与抗争，无一不牵连着国人与时俱进的中国梦！

三层D厅《古都北京·城建篇》，北京地处燕山南麓，西拥太行，东临渤海，是华北平原、东北平原、内蒙古高原的交汇处，是沟通中原与北方草原的交通枢纽、扼守与掌控南北的要冲。北京逐渐确立政治中心地位，进而上升为统一的多民族国家的首都，乃至建设中的国际大都市。古都北京·城建篇分"千年蓟城"、"北国之都"、"皇都典范"、"近代都市"四部分介绍了北京3000年的城建史。

《走进养心殿》专题展也设在三层方厅展馆。因故宫大修，养心殿部分文物首度移出故宫，其中数件珍宝乃第一次公开面众展陈。由故宫博物院和首都博物馆联合主办，展期为2016.9.28.——2017.2.26. 其前言称："养心期有为"！养心殿是清雍正朝以后的皇帝寝宫，也是皇帝日常政务活动中心。这里，曾有帝王召对臣工、批阅章奏的勤政劳形，曾有丹青吟咏、潜心礼佛的风雅诚敬，曾有宴飨祈福的天伦之乐；曾见证两度垂帘听政的衰乱之象，曾听闻自强之路的戛然而止，更不幸地弹出了千年帝制的终止音符。走进养心殿，走近最后一个专制王朝的权力中枢，看列列故什、听纷纭往事、见家国情怀、叹王朝兴亡等分七个单元，展示了养心殿"正殿明堂"雍正御题《中正仁和》匾、"西暖阁"《勤政亲贤》匾、"三希堂"乾隆书房（士希贤、贤希圣、圣希天；王羲之、王献之、王珣稀世帖）、"东暖阁""仙楼佛堂""后殿、养顺堂、东西围房""皇家造办"。《走进养心殿》结语说：要《走出养心殿》。"'养心贵有为'！从雍正帝移居养心殿至清帝退位，一百八十余年间，清朝由极盛而渐衰。期间清帝虽恪遵"敬天法祖、勤政爱民"的祖训和"乾纲独断"的家法，但时势不同，帝国的命运和最高统治者个人因素紧密相关。然而，在"惟以一人治天下"历史情势下，对养心殿里改革和勤政的期许只能系于皇帝一人。其中不确定的因素太多，这又是经过历史反复印证的现象。因此，历史的发展需要走出养心殿。"

西区方形展馆四层E1厅，是《古代佛像艺术精品展》。分汉传佛像艺术和藏传佛像艺术两大部分。全面系统地展示我国汉藏佛像艺术的历史风貌，让观众欣赏中华民族特有的佛教艺术神韵。E2厅，是《古代瓷器艺术精品展》。分宋辽金、元、明、清四个展厅，以各时期北京地区重要遗址、墓葬、窖藏出土文物为主，展示了传世瓷器精品，反映了我国古代瓷器艺术的重要阶段的艺术特点和历史轨迹。E3厅，是《京剧文物展厅》。以阳平会馆为背景，复现了京剧演出的戏剧舞台，屏幕正在播放梅兰芳的"霸王别姬"音像片。展厅西侧展示了马连良、郝寿臣等著名京剧表演艺术家使用过的戏装剧本。西厢楼台横匾，一块书《首善灵长》，一块书《永赖神庥》；大厅南墙悬三块匾额，分别题《接续梨园》《优孟薪传》《管领霓裳》。

方形展馆五层F厅，是《京城旧事——老北京民俗展》。建都八百年，以皇城为背景形成了内涵丰富博大精深的民俗文化。遍布京城纵横交错的胡同里世世代代生活着咱北京的老百姓。要说繁华热闹的商业区，还是前门外大栅栏。车水马龙，行商坐贾，吆喝声响器声不绝于耳，古城市井习俗琳琅满目。四个专题分四块展示：西南块商业街门脸儿里面是《古稀大寿福如海》，显示家庭寿宴场景；东南块是《爆竹辞旧迎新春》；西北块《洞房花烛美姻缘》；东北块《降龙诞凤添人丁》。揭示老北京民间生活中多彩的物质和非物质文化遗存。

我从西区展馆，穿越中央大厅北侧空中廊道，走入东区圆形展馆四层J厅，这里是《燕地青铜艺术精品展》。展览对比了中原文化与草原文化的青铜器，东周和西周的青铜器，展示了北京地区青铜器多元文化并存的特征。展出文物132组件。许多器物是国之重宝，具有极高的史学研究价值和艺术欣赏价值。

东区圆形展馆五层K厅，是《古代玉器艺术精品展》。展览分为新石器至南北朝时期、隋唐至辽金时期、元明清时期三大部分。出土于北京地区的玉器，为研究中国古代玉器发展史提供了非常重要的实物资料，具有极高的历史和艺术价值。

2016.11.10.

【15】首游北宫国家森林公园

2016.11.4. 我和老伴自南礼士路乘843路公交到北宫森林公园游览。到达森林公园主入口，已是下午一点多，我们利用两三个小时，只游览了其中一部分——水景景区及其附近区域。

森林公园山下，有一组俊雅山石，夹路而立。左侧石壁前镂塑"北宫国家森林公园"八个行草红字，为沈鹏题写。沿缓丘枫林路逶迤前行，路边林木繁茂，夹道枫树绿黄杂列，间或红叶冠盖夺目，引游人仰天拍照。

南门入口，路右侧有一段食品小卖街。走进南门，左侧是"茗盛楼"和内部停车场，停车场西侧有一排字，标示《北宫森林音乐厅》。茗盛楼路边有一幅长20米

左右的广告画板，包括北宫国家森林公园简介、人文景观、四季景观。公园始建于2002年10月，2005年12月被国家林业局正式批准为国家级森林公园。公园总面积9.145平方公里，由东部、西部和中部三大景区和北宫山庄、茗盛楼两组近10000平方米的配套设施组成。园内有12处亭、廊、阁、塔等人文景观，以及芳泽溪、小江南、枫林路、桦林沟等15处景点。绿化美化面积3000亩，优质树种21种3.6万株，野生花卉30余种5万余平方米，园内植物种类达到253种，形成了首都西部生态建设中的亮点，北京日报近日赞美称之为"北京西岸"。人文景观有古石桥，恢弘的北宫山庄，雍正二王坟，传说神奇的卧虎山；四季时景各异：春有百花，夏有清风，秋有彩叶，冬有瑞雪。山清水秀，林茂谷幽，小江南飞落太行山，大自然谱写新画卷。

我和老伴登上翠堤，就看到小江南景区。右侧小院东房廊匾书《江南烟雨》四字，对联是："水底有天悬日月　门中无地凤西东"。我和老伴在一尊四五米高的南石旁相互留影。小江南湖水清澈宁静，面积1.6万平方米。我们沿右岸亲水栈道曲折前行，湖北端有一单孔石拱桥，老伴登桥让我拍照。绕到湖西岸，我们在荷风蕙露长廊下小憩，吃水果。然后沿龙行幽谷往北走，到水木清华景点，一池嵌石壁前，三亭错落池岸坡地。近路亭额"水木清华"，对联"山林葱郁春寂寂　碧桃红杏水潺潺"；中亭横额"瑶屿倚澜"，对联"地动琼州银河天上起　垒分蓬岛宫阙水边明"；边亭内额"青山妩媚"，对联"轻盈照溪水　掩敛下瑶台"。到"九溪叠翠"，面池栅门横匾书《幽辟臧胜》，对联是"月地云阶敢向华林开静境　屏山镜水时从芳径蹲山庄"。临路廊柱的对联是："云外青峰无数最宜登楼遍览，谷中竹多多何妨笑语纳凉"。走到半坡四合多柱萝亭架下，天井里植一株红叶鸡爪槭，树叶嫣红，一群学生争相留影。递阶登上森林公园一条干道公路往回走，路旁林木花草绿化精细，只是草花已过时枯萎。路边有一科普木架《西宫·药用植物转转转》，老伴近前翻转，四块方木四面图文分别标示出两种丁香花、两种牡丹、杜仲、榆树和美味榆钱吃法。顺公路起伏前行，指路牌右标《幽谷》，左标《八面来风》。再前行，已临近"芳泽溪"景区，柏墙山石夹径，溪水淙淙，木水车圆轮突兀水上，游人择景拍照留影。

出南门，我们乘电瓶车到森林公园公交车站，上843路，到西客站倒21路、索家坟倒693路返回育新。

2016.11.6.

【16】参观航天科技成果展

2016年10月14日，我和内江来京游览的小蒋小魏一起到中国科技馆，参观了《庆祝中国航天事业创建60周年航天科技成果展》——"航天放飞中国梦"。

奥体湖景东路科技馆球幕广场上排着长队，大多是由家长带领的少年儿童，游览"儿童科学乐园"或是看球幕电影的。我们依序尾随入厅，在一层短期展厅参观了"航天放飞中国梦"主题展。大厅里横卧着元老级长征一号运载火箭，我国十位航天员像板，列队迎客。科技成果展《前言》告诉我们：今年10月8日，中国航天事业迎来60年华诞。一代代航天人肩负重托满怀壮志，自力更生、顽强拼搏、勇于攀登、无私奉献，实现了我国航天事业从无到有、从小到大、从弱到强的跨越式发展，取得了以发射人造地球卫星、载人航天、月球探测三大里程碑为代表的一系列辉煌成就，建成了独立自主、配套完善、性能先进的航天科技工业体系，凝炼了具有鲜明时代特征的航天传统精神、"两弹一星"精神和载人航天精神。中国航天事业的辉煌成就极大增强了我国的经济实力、科技实力、国防实力和民族凝聚力。展览分为序厅、国家战略基石、进入空间能力、载人航天工程、空间基础设施、创造美好生活、中国探月工程、创新人才和文化、建设航天强国九部分。展示了1970年由长征一号运载火箭发射的东方红卫星、2002年由长征二号F运载火箭发射的神舟三号飞船返回舱，第一艘载人飞船"神舟五号"2003年发射成功，探月工程"嫦娥一号"2007年旗开得胜。我看了"国家安全基石"的文字介绍，才明确"两弹一星"是指"核弹、导弹和地球卫星"。大厅内还展示了长征系列运载火箭、神舟飞船、天宫二号等实物模型。"进入空间能力"大厅中间矗立着七个长征号运载火箭模型，"空间基础设施"和"创造美好生活"展厅陈列着我国第一代大型通信卫星——高大"东方红四号卫星"平台和"北斗卫星导航系统"模型，展台上还陈列着航天育种选育的特大南瓜和灵芝样品。

"载人航天工程"、"中国探月工程"在大厅中部相继布置了三项参观体验项目：一 太空出舱虚拟现实体验，二天宫二号空间实验室体验，三 漫步广寒宫。我和小蒋小魏排队进入由返回舱、轨道舱、推进舱和附加段"三舱一段"组成的"神舟飞船"，戴上特制的耳机眼镜，经历了一次难得的太空游历，并分别在舱门内外拍照留影。后来我和老伴前往参观时，再次进入"神舟飞船"，身临太空、体验释放小卫星。并置身月球表面，逼真体验漫步广寒宫、了解嫦娥三号着陆过程。那天，"太空出舱虚拟现实体验"因设备充电暂停，第二天我又赶去补做，坐在一把特制的"天椅"上，以第一视角感受航天员翟志刚出舱漫步太空的壮举。

2016.10.28.

【17】浏览华夏之光

2016年11月11日，我和老伴从育新西门乘379到洼里南口下车，到中国科技馆参观浏览。

科技馆大厅天井里，从地下一层直冲顶层天窗，矗立一座不锈钢绿色喷漆双螺旋雕塑，高47米，直径6.4米。这座称之为《生命螺旋》的造型，是由20对手拉手的男人和女人组成的巨大的DNA双螺旋结构。表现DNA是地球上所有生命的基础及其造型之美。随着造型的盘旋上升，青年男女的表情与肢体语言愈加奔放，喻示着人类对光明与美好的执着追求。

我和老伴首先参观了一层主展厅《华夏之光》。

华夏之光展厅，面积2300平方米。包括序厅、中国古代的技术创新、中国古代的科学探索、华夏文明与世界文明的交流、体验空间五个展区。

我们依序浏览并记录拍摄了五个展区的内容要点：

一 序厅：距今已经有4000多年历史的山西陶寺古观象台，由相隔一定间隙的13根夯土柱构成，不同缝隙里的日出对应着相应的节气。该观象台在观象授时所建立的历法是二十节令，是今天二十四节气的渊源。

二 中国古代的技术创新：从衣、食、住、行四个方面展示古代人在农业生产、丝绸纺织、建筑技术、车船交通等方面所取得的各项技术成就和创新成果。

诸如：水转翻车，大花楼织机，明代福船构造，应县木塔，水运仪象台。

三 中国古代的科学探索：反映中国古代"天人和谐"的思想观，展示古代科学家们在医学、天文学、物理学、算学等方面的探索和成就。

诸如：针灸铜人，简仪，候风地动仪，公道杯，龙洗，益智游戏（七巧板、华容道、九连环）。

四 华夏科技与世界文明的交流：中西方科技文明的交流与碰撞，诸如造纸、火药武器模型、雕版印刷的工艺流程、指南针与航海技术。

五 体验空间：传统手工艺表演展示，木板水印、拓片。为青少年提供了动手实践的机会。

2016.11.11

【18】浏览《探索与发现》

"探索与发现"主题展厅位于中国科技馆二层，展厅面积5000平方米，包括A、B两个分展厅。我和老伴走马观花，分别对两个展厅大致浏览并记录要点

"探索与发现"A厅

A厅 设有"物质之妙""光影之绚""电磁之秘""运动之律"及"宇宙之奇"五个展区。

一 "物质之妙"展区以物质的元素、原子结构等为大背景，探索微观粒子结构。重现了包括汤姆生阴极射线实验、卢瑟福α粒子散射实验在内的科学史上探究原子结构的两个著名实验，展示了人类对微观粒子结构的探索过程。

光路可见吗？选择一个玻璃罐放在激光束通过的路径上，当玻璃罐里所装的为胶体溶液时，从玻璃罐侧面观察可以发现：液体里竟然会有一条明显的光束。

二 "光影之绚"展区

光是什么？重现了科学史上研究"光是什么"的几个著名实验，展示了牛顿、托马斯 杨、麦克斯韦、爱因斯坦四位不同时期的科学家对于"光是什么"的不同见解。

空中成像：人眼看东西，会产生短暂记忆，把这些记忆连结在一起，就会看到连续不断的动作画面。

完整信息：一张完整的孙悟空全息图像一分为四，每张拆分后的图像，都能呈现出一模一样的完整孙悟空图案。

还有"全息狙击手""光子乐队"表演。

三 "电磁之秘"展区

静电滚球：重复出现金属球被高压电极吸引、排斥、再吸引的过程。

"旋转的金蛋"；"雅格布天梯"电弧；两个不同高度的圆柱上的"跳跃环"演示。

四 "运动之律"展区

通过对牛顿定律、爱因斯坦相对论等内容的展示，探索物体运动规律。

可进行"惯性定律""小球旅行记""空中自行车""球吸""流体阻力"等小实验。

五 "宇宙之奇"展区

展示宇宙的诞生、演化，及未来预测，了解宇宙的起源和生成。

小天体与地球的邂逅：通过《狮子座流星雨》等影像了解太阳系小天体与地球的关系。

创世大爆炸：介绍宇宙大爆炸理论的诞生与发展。我觉得这里应当增加和强化的内容有：

宇宙大诞生：介绍中国古老宇宙大诞生整体生成学说的历史与现状；

宇宙漫游：乘坐飞船进行虚拟的和现实的宇宙漫游，伸展开想象和探索的飞天

翅膀。

"探索与发现"B厅

B厅位于二层东侧，设有"生命之秘""数学之魅"及"声音之韵"三个展区。

一"生命之秘"展区

从生物多样性、进化、细胞以及人体自身等方面了解生命的宏观规律和微观机制。

达尔文在加拉帕戈斯群岛上对十三种不同嘴型的雀鸟研究探索，再现了达尔文对于鸟嘴形状进化的思考。

生命乐章：观众可以听到多种动物模型里发出的相应叫声，也可以听到动物在不同情绪下的不同叫声。

受精过程：观众可以分别控制蓝色精子和黄色精子的游动速度，模拟形成受精卵，演示卵裂发育成胚胎的整个过程。

生命有多长？介绍了多种生物的生命周期的差异，以及这些生物的生命历程。具有2550年树龄的巨杉标本，其细密的年轮仿佛在诉说着生命的顽强。

二"数学之魅"展区。

踏着先哲的足迹，"数学探索之路"的主题浮雕墙，包括毕达哥拉斯、牛顿、爱因斯坦，以及中国古代数学家祖冲之，可以与之虚拟互动。

从"完美脸型"到"几何投影变幻""恢复性畸变"，再到"双曲隧道"中有机玻璃上的曲线槽，以加深对几何学中点、线、面内在联系的理解。

三"声音之韵"展区

介绍声波的形成、传播和接收，展示了人类对声音的认知与探究，在体验互动中感受声音世界的美妙与乐趣。

人类的声纹：观众通过声纹录入装置录入自己的声音，当再次录入该声音后，系统便自动识别，门会自动打开。

三维环绕音效：该音效设备采用声场合成技术，可亲身体验三维环绕声的震撼效果。

声聚焦：利用聚声装置进行反射传输，实现较远距离的对话交流。

2016.11.11.

【19】浏览国家动物博物馆记

2016年11月29日,我和老伴乘379到大屯路下车,参观《国家动物博物馆》。博物馆坐落在科学院奥运科技园区,东临《地理科学馆》,北面是《中国科学院动物研究所》大楼,东北角是《中国科学院微生物研究所》大楼,西侧沿大屯路与《中国科学院大学》奥运园区相望。博物馆楼东头外墙上雕塑着李岚清题写的"国家动物博物馆"几个清晰的大字。

我和老伴进入博物馆大厅,索取了展示馆的参观指南,从地下一层开始,诸厅参观浏览。

地下一层有三个展厅。《动物多样性与进化展厅》介绍了现有生物类群、分类体系以及生物起源梗概,包括古生物学、进化论、形态学、胚胎学、动物地理学、分子生物学等证据,阐述了大陆漂移与动物分布的关系。给我印象最深刻的是目前已描述过的生物175万种中动物有125万种,其中昆虫达95万种,占76%;生物进化理论从拉马克"用进废退"说,到达尔文"自然选择"说,到朱利安·赫胥黎"现代综合"说,再到木村资生的分子生物学"选择中性"说,一路走来不断发展。

《无脊椎动物展厅》介绍说:根据脊椎骨的有无,动物分为两大类。无脊椎动物有33门,脊索动物只有1门。但无脊椎动物体型小、生境隐蔽,种类虽多而不为人知。该展厅介绍了蚯蚓、蜘蛛、珊瑚、贝壳等。《国门生物安全厅》介绍了现代进出境动植物检疫的重要作用,列出了检疫大事年表,向野生动植物非法贸易说不,并举办了《珍稀野生动植物摄影作品暨打击野生动植物非法贸易图片巡回展》。

地上一层设两个展厅。北侧是《濒危动物展厅》。其前言告诉我们:地球上曾发生过五次生物大灭绝,都是由气候地质自然变化导致的。自人类出现以后,其他生物的灭绝反倒加剧了。如果人类不改弦更张,后果难以想象。展版介绍了濒危动物的定义和濒危等级的划分。目前人类对动物世界了解很少,仅对2%与人类生活关系密切的种类进行了较深入研究。两栖、爬行、鱼类、无脊椎动物119万种之中,作了评估的不到千分之一,其中一多半是濒危物种。大厅南侧《鸟类展厅》,介绍了鸟类适应飞翔的种种特征变化,展示了我国特有的珍稀鸟类及鸟类的多样性,通过景窗再现了湿地、海洋和高原鸟类生活场景。还介绍了鸟类地理区划及我国各地适宜的观鸟点。

地上二层设三个展厅。《动物与人展厅》告诫观众:人类是动物中的一员,只不过占据了一个特殊的生态位。人类的发展一步也离不开动物的无言相助。动物专家寄语国人:"人类社会生存发展的每一步都与我们对动物资源的依赖和利用息息相关!"《人类的索取和福祉》图版文字说:人类能在地球上生存下来,并发展壮大成今天自认为能凌驾于万物之上的"生灵",与从动物中获得的物质资源和保障、

精神灵感和享受等是分不开的。从最基本的生态系统到早期的渔猎，从动物药的获得到实验动物的奉献，从原始图腾的产生到现代宠物的豢养，无不是从动物中获得的福祉。但是人类和动物之间也存在着《不得已的战争》。人类活动在很大程度上打破了动物、自然和人之间的和谐平衡，诱导或加剧了动物对人类的直接或间接危害。人类在尝受到自己造成的苦果之后，为减少危害，不得不开展漫长而艰巨的"阻击战"，应对"外来物种入侵"，开展蝗虫、棉铃虫、等农业害虫以及鼠害的综合治理。

《昆虫展厅》展示了一个多姿多彩世界。昆虫是动物界最繁盛的一个类群。最原始的昆虫在四亿年前就出现了。种类繁多，数量超过其它生物总和，它和植物、动物、人类都有密切关系。昆虫危害农作物和森林，传播疾病，也可产蜜、产蜡，成为难得的资源昆虫。

《蝴蝶展厅》更是琳琅满目。蝴蝶属于鳞翅目，该目是昆虫纲第二大目，约25万种，蝶类2万种。我国已知鳞翅目昆虫1万余种，蝶类1500余种。中国蝴蝶分为12个科，计有：凤蝶科、绢蝶科、粉蝶科、眼蝶科、斑蝶科、环蝶科、蛱蝶科、喙蝶科、蚬蝶科、珍蝶科、灰蝶科、弄蝶科。云南是我国"蝶类王国"，蝴蝶种类有500多种，海南岛、台湾、四川种类也很丰富。蝴蝶标本作为国际贸易的商品历史悠久，展厅展示了各国国蝶和中国珍稀特有蝴蝶标样，介绍了中国蝴蝶保护的概况和凤蝶科的相关名录。

我和老伴在科普教室外的长椅上稍事休息，品味了"中国蝴蝶文化"廊壁上北宋谢逸的《蝴蝶》诗句："穿花蛱蝶深深见，点水蜻蜓款款飞。狂随柳絮有时见，舞入梨花何处寻。"最后浏览了《云南怒江生物多样性摄影展》，窥视到高黎贡山国家级自然保护区世界物种基因库的一些生物特写镜头，令人余韵缭绕。

永春斋　2016.11.30.

【20】浏览中国地质博物馆记

2016年12月6日，我和老伴乘车到西四，参观浏览了"中国地质博物馆"。地质博物馆建立于1916年，今年适逢建馆100周年。7月20日，习近平致信祝贺，希望以建馆百年为新起点，不忘初心，与时俱进，把中国地质博物馆办的更好，为实现中华民族伟大复兴的中国梦再立新功。

我和老伴从一楼到四楼，先后参观了"地球厅""矿物岩石厅""宝玉石厅""史前生物厅""百年历程厅"和近日正在举办的"首届中国矿物精品展"，煞是大开眼界，深感增长见识。

一进地球厅，就看到坐落在星空圆台基座上转动的大地球仪。中国星座系统形成于春秋战国，三国陈卓整理定型，现存刻于南宋的石碑上，共刻出1400多颗恒星。

坏厅展板以图文并茂的形式介绍了太阳系的起源、地球的转动、地球的构造板块和大陆漂移等情况，东展线介绍地球内动力地质作用，如板块、褶皱、火山、地震等；西展线以外动力地质作用为主，介绍了水和风的地质作用，如冰川的形成和运动、沙尘暴、气候带的划分等。在地球厅西北角有几块特制的电子图版，游客可以体验我国几条长距离的飞行路线。我坐到椅子上，自山东威海始，经云台山、小浪底、壶口、洛川、刘家峡、青海湖、塔里木等地，飞到了新疆喀什！

矿物岩石厅，展示自然界种类繁多的矿物岩石的形成与存在状态。自然元素大类，指自然界中呈单质和金属互化物矿物；氧化物和氢氧化物大类，如硅、镁、铁、锰、铝等，在地壳中分布广泛。岩浆岩，又称火山岩；沉积岩，母岩风化再沉积固化产物，有碎屑岩与化学岩之别；变质岩，已存在的岩石受外力影响而改变者，可分为动力变质岩、接触变质岩、热液变质岩、区域变质岩四类。

宝玉石厅，展示宝石、玉石、有机宝石、贵金属等材料及其成品。融入宝石鉴定、宝石鉴赏、宝石琢型、宝石评价、宝石成因、宝石微观世界、宝石分布、宝石开采、宝石加工、首饰镶嵌、人工宝石以及宝石文化等。

史前生物厅，在人类文明史之前，地球上已经存在一个丰富多彩的生物世界，了解这一史前世界最好的方法，是阅读这以生物世界留下的特殊文字——化石。该展厅以生物进化过程中发生的重大事件为线索，介绍生物的发展历程，认识各地质时期常见的化石，展示地球上生物发生、进化和灭亡的原因与过程。

该展厅的主要陈列内容，共分为八个单元。

第一单元——最早期的生命：地球形成于46亿年前，38亿年前出现生命，可信证据是35亿年前的细菌化石；

第二单元——生物大爆发：5.4亿年前，寒武纪早期，地层中突然出现大量动物化石，称"寒武爆发"，是生物界的造门时代，中国小壳动物群、澄江动物群繁盛；

第三单元——海洋无脊椎动物时代：寒武爆发之后，多门类的无脊椎动物以燎原之势迅速发展，早古生代的海洋，是无脊椎动物的世界；

第四单元——脊椎动物的出现：脊椎动物属于脊索动物，最早出现在寒武纪，进化历程漫长，脊椎动物有一根脊柱，身体两侧对称，有头、躯干分化，低等用鳃呼吸，高等用肺呼吸；

第五单元——生物登陆：大约4亿年前，地壳运动导致大面积陆地出现，植物、节肢动物成为登陆先锋，随后某些鱼类产生肺和四肢，演化成两栖类；

第六单元——生物大绝灭：生物集群灭绝有别于各个时期不断发生的背景灭绝，地球生命进化史上出现过多次集群灭绝，以2.5亿年前的古生代末期和6500万年前的中生代末期规模最大；

第七单元——恐龙与鸟类：恐龙和其它爬行动物一起统治着地球中生代，到6500万年前消失了，鸟类是长羽毛的温血动物，在侏罗纪末期开始出现。一些学者

认为恐龙实际没有灭绝，"鸟类就是现生的恐龙"，中国辽西中生代长羽毛恐龙和早期鸟类化石的发现，有力支持这种观点。

第八单元——哺乳动物与人类：哺乳动物起源于 2 亿 2 千万前的三叠纪，几与恐龙同时出现，新生代繁盛于地球。人类是高智商的哺乳动物，具有语言和思维功能，能制造工具，人类起源于新近纪，在第四纪主宰全球。

"百年历程厅"和"首届中国矿物精品展"，布展于博物馆三、四层。百年历程展的全称是：《百年历程——中国地质博物馆建馆 100 周年成就与精品展》，包括"关怀鼓舞""科学启航""地质巨擘""先行保障""自然瑰宝"五个部分。展厅序墙上右侧，示习近平 2016 年 7 月 20 日致信地质博物馆全文，左侧示习近平 2010 年 9 月 20 日参观地质博物馆的照片，习称赞"这是一个历史悠久，馆藏丰富，水平很高的博物馆。""关怀鼓舞"部分，展示了新中国成立以来，毛泽东、周恩来、刘少奇、朱德、董必武等党和国家领导人高度重视支持中国地质博物馆事业的照片、题词。"科学启航"部分展示 1916 年 7 月 14 日，18 名地质学子毕业时的"学生成绩展览会，孕育了地质博物馆的雏形——地质矿产陈列馆"，以此为起点，历经百年，我国的新生代地质、土壤、地震、田野考古、古脊椎动物、古人类、宝石等学科研究由此发端并传扬，扛起了推动中国近代科学发展的旗帜。"地质巨擘"部分介绍说，地质博物馆自开馆至今，薪火相传、历尽艰辛，成就斐然。章鸿钊、丁文江、翁文灏、黄汲清、杨钟健、裴文中、高振西、刘东生等一批地学巨擘曾在这里潜心学术、建馆兴业。并展示一幅并排而立的地质科学工作者的照片，指出：中国近现代地质事业的奠基者和先驱们，在中国地质博物馆谱写了壮丽诗篇，有 49 位院士在这里学习和工作，在大地构造、矿产勘探、古人类学、古脊椎动物学、古昆虫学等研究领域取得了丰硕成果。"先行保障"部分介绍：百业待兴，地质先行。新中国成立以来，地址博物馆服务地质找矿，普及地学知识，宣传国土资源国情国策，积淀了丰富的自然精华，凝聚了发展的文化动力，形成了"博物、博学、博爱"的核心价值理念，铭刻着地博人立足地质，服务社会，大爱致和，创新进取的铿锵步伐。

"自然瑰宝"部分琳琅满目，占据两个展厅空间。"矿物"是自然形成的天然固态单质或化合物，是组成岩石和矿石的基本单位。到今年 5 月，国际矿物学协会审核发布 5114 种，其中我国 889 种（含我国新发现的 132 个新矿物种）。中国地质博物馆共收藏矿物 1200 多种，其中产自中国的为 400 种。中国产出的优质矿物标本上世纪八十年代在国际市场露面，近二十年中国跻身世界矿物晶体产出大国行列。我国南北十几个省市产出矿物晶体，尤以湖南郴州、内蒙赤峰为著。国外矿物晶体来自美欧亚非各地，英国自然历史博物馆典藏矿物标本 30 余万件，涵盖矿物 2400 中（含模式矿物 420 种）。美国史密森尼国家自然历史博物馆典藏约 35 万件。中国地质博物馆典藏矿物标本 1 万多件，涵盖矿物标本 1200 多（含模式矿物 80 余种），其中 800 多种标本来自国外，400 种来自我国各地。

我们走过《地质矿产陈列馆》的史貌造型，看到用六块展版分别介绍了中国地质工作的历史性贡献。我依次抄录下它们的标题，即：一，中国发现的第一条海生爬行类化石——南方三叠纪海相动物化石；二，中国发现的第一条带羽毛恐龙——北方中生代陆相动物化石；三，中国第一条科学命名的恐龙——黑龙江满洲龙；四，中国产出的恐龙蛋数量居世界第一——恐龙蛋化石；五，中国发现的第一朵花化石——被子植物起源与辽西中生代植物；六，中国的世界遗产——周口店遗址化石。

　　《首届中国矿物精品展》由中国地质博物馆和中国观赏石协会主办。其序言说：为了贯彻落实习近平总书记给中国地质博物馆贺信精神及建设社会主义文化强国的战略思想，让收藏在禁宫里的文物、陈列在广阔大地上的遗产、书写在古籍里的文字都活起来，在中国地质博物馆百年华诞之际，我们组织广大矿物晶体收藏者、部分地质学类博物馆，精选了有代表性的中国特色的精美矿物晶体和重要产地的矿物组合，展示中国矿物天地之精华、造物之灵秀，展示中国矿物晶体收藏水平，提升矿物晶体鉴赏能力，促进地球科学知识普及和科学素质提升。

　　宝石，珠宝玉石的简称。矿物中的精华、岩石中的精髓以及生命的升华，产自地球的瑰宝，更是大自然给与人类的珍贵财富。在宝石微小的空间里，包含了整个壮丽的大自然。世界公认的"四大珍贵宝石"是钻石、红宝石、蓝宝石、祖母绿，还有"结晶的万花筒"——碧玺；玉石温润而光泽美丽，如翡翠为"玉石之王"，中国四大名玉是："和田玉""绿松石""岫玉"和"独山玉"。精美绝伦的中国玉器以其纷繁造型精湛雕工和博大精深的文化底蕴，被誉为"东方瑰宝"。展厅内展品琳琅满目，目不暇接。我看到由中国东海水晶博物馆捐赠的一尊水晶雕件，上刻着毛主席头像。还看到有"千年之冰"之称产自印度的水晶晶簇。《红山玉韵——岫玉》展版介绍，产自辽宁岫岩县的岫玉，是一种"蛇纹石质玉"，被尊为中国蛇纹石玉之冠。《五德如玉——和田玉》展版介绍，和田玉洁白温润，具君子五德"仁、义、智、勇、洁"，和田玉以透闪石为主组成，史称"真玉"，外国人称"中国玉"。我在精品展厅转了一圈，才发现"序言"两侧的展品非常耀眼，赶紧招呼老伴近前观赏！一是产于江西，由董建强收藏的罕见的"辉锑矿晶簇"，一是产于广西梧州的艳如大红牡丹花的"菱锰矿"——"中国皇后"！

永春斋　　2016.12.7.

璧山秀湖公园

杭州中国茶博馆

哈尔滨太阳岛上

广安神龙山

河北省英烈纪念园

苍岩山一游

上海滩

北戴河老虎石公园

五台山顶

洛阳王城公园

南戴河黄金海岸

内江大千园

西昌卫星发射基地

参访邓小平故居

永川茶山竹海

烟台蓬莱阁

红旗营禀父

回乡访祖

吉娜羌寨

昆明园博园

满洲里国门

内江尚腾新村

内江新店向日葵花岛

曲阜三名孔林

云南石林

长沙岳麓山爱晚亭

遵义云门囤

绍兴鲁迅故居

四川九寨沟

世博会中国馆

武汉东湖

西安世园会

承德普宁寺

连云港花果山

狼牙山顶

丽江玉水寨

烟台海港

三亚大东海

苏州寒山寺

泰山顶

天津新港东疆外滩

天山天池

京外篇

【01】还乡五日记

4月23日,母亲在天昱医院病故,享年95岁。4月25日在昌平殡仪馆举行遗体告别仪式火化。遵照母亲生前遗愿,4月27日在石家庄双凤山革命陵园安葬,与父亲地下聚合。我一直考虑回老家一趟,完成禀父、拜祖、谢恩之愿。5月22日姨父骨灰在八宝山革命公墓安葬,还乡之行提到日程。

第一天　红旗营根深情重

2009年6月7日凌晨,小碧开车接上小娜六点半差几分到育新,我和俊秀上车后自京出发回辛集。十点十分,和在辛集新垒头路口等候的兰章夫妇会合,一同奔往红旗营。两辆车一前一后,过了石槽李,远远看见村口牌坊上"红旗营村"四个醒目大字。村口迎出两个人。一个是比我年长一岁的振山叔,另一个小娜告诉我是国章叔。我们下车在村口照了几张像,国章叔催促快走,说不少乡亲都在家门口等着哩!于是国章摩托前面带路,振山自行车殿后,朝北朝东几个拐弯,来到一座大门前,槐林爷爷奶奶和认得不认得的一大帮人都站在门口。我们赶紧下车,招呼寒暄,稍后便直奔村东北的陈家坟地。

车子在一片果树路边停下,小娜和振山用脚步量了坟地的位置,我们把供品摆在麦田和花生地垄背上,在水轮沟上点着纸,我和俊秀、小碧、小娜在坟址前伏地磕头,祭拜列祖列宗!然后我诵读了《告先父书》,誓言:"不忘先辈不忘根,我们是红旗营村后来人!大同世界光辉闪,子子孙孙前赴后继代有人。

中午饭是槐林爷爷长子国章叔张罗的。国章原来就是"胖小儿",从脸模样看还能依稀找到幼年记忆的影子。红旗营陈姓中有未出五服的"老四股",振山叔席间拿出一张打印的家谱表给我。槐林爷爷是老一股的老四,我爷爷是老四股的老二;从家谱看,一、三股人丁兴旺,我知道的人也较多;而老四股则香火廖廖。

我们乘车进村不久,兰章指认红旗营小学旧址。母亲曾在那里教过抗日小学,小娜在学校代课时兰章正在村里上小学。我当即回想起村西头大水坑边上"小闷闷爷爷"的糖果车摊。在红旗营解放前后都是我家近邻的双桥叔,谈话间回忆起七七事变后我姨躲飞机在村里住着的情景,说我姨常去他家玩。言谈间人们自然还说起了"杏春堂"的"下奶药";五七年村民敲锣打鼓送我爷爷的"扁鹊神镜"大匾;陈挹芬在杏春堂打麻将躲日本的趣闻;陈振营传唱的针砭统购统销时弊的顺口溜……席间,在辛集复明医院当副院长的陈志国赶回来,一问才知道他就是进财爷爷和胖奶奶的宝贝孙子——"锁锁"!他今年五十九,孙子已十好几了。锁锁和我同辈,后来上学起大名都随了"志"字,陈家叫"志"的兄弟姐妹已不下二十九人!

陈家"老四股"人多,国章家三间屋子挤不下,每家只能出个代表,其他人只能在饭前饭后见个面、说说话。在新城粮站工作多年的寅丑叔是下午见到的，他满头白发，耳朵聋了，但精神很好。我清楚记得困难时期找他特批三、五斤小米的事。饭桌上村党支部书记大军叔、乡医密川弟介绍本村在外工作的人员情况，本省外地不乏能人，后生可畏。

娃子家婶子怕小碧开车累，下午叫小碧到她家睡了一觉；临走又直磨叨，说没顾得上带小碧到村里转一转！

要离开红旗营了，乡亲们打开汽车后备箱，有放小米、花生的，有放黄豆、绿豆的，有放早桃、黄杏的，满载而别。

从红旗营出来我们顺便到李同智庄看望了姐夫铁山和外甥女小丽；回到辛集又到佳苑小区看望了兰章父母书祥叔婶，说起红旗营往事，总觉格外亲切。

第二天　新城欢聚

6月8日上午，玉锁开车，治纲陪同，我和俊秀回新城送书、会友、谢恩！

新城镇解放前叫束鹿城里，是我老娘家，也是母亲1946年以后一直教书的地方。解放后母亲先在北街小学，继而在西街小学，南街小学教书；后来到新城完全小学教高小。几十年如一日，桃李满天下，是连调皮捣蛋的学生都敬重的好老师！我把九十年代李锡铭送给母亲的一套中小学教育丛书从北京带回新城，分别赠送给五中校长曹喜顺、新城民族学校张建存，算是替母亲为家乡教育事业尽的最后一点心意吧！

汽车停在新城镇铁道北"民族餐厅"前，我第一眼看到的是迎候在那里的冯春申。他是我小学同学，母亲的学生，幼年捉蟋蟀好友，母亲北京告别仪式他还托人送来了挽联。接着到来的，是高增勋、李文忠、贾海江，他们都是同窗十来年的中小学同学。增勋后来去了新疆，已分别五十四年了。多年不见，一见面你一句我一句说个没完。提起昔日童年生活，恍如昨日。老娘门上年龄相近的表弟大中、保兴、希胜、表侄家坤，在新城重见，也都喜于言表。大强家新合，淑敏家小树也从辛集赶了回来。参加聚会的还有五中两任校长忠波、喜顺，新城中心教育组三任组长治纲、增健、满仁，新城民族学校校长建存，以及马根水等。餐桌上斟满了我从北京带来的农科院研制的野生山葡萄酒，颇受治纲等人青睐。玉锁和我简短致词，已似显多余。席间忠波、喜顺打开五中准备的名牌口子酒，大家杯盏交错，畅饮起来。大中一坐下就和俊秀讲红楼，白酒一上来话也少了，一盅一盅喝个不停。春申、保兴两位新城"文坛人物"、"教育精英"，当仁不让即席竞相吟诵，清唱助兴。忠波、治纲则和俊秀达成一个意向：来日四川相聚，一起畅游蜀南竹海！

古往今来，真情难泯。新城欢聚，酒香人近。

保兴的即兴吟唱记录了大家同桌共饮的热烈气氛："大哥大嫂回新城，亲朋故友喜相逢，教育精英来相聚，幼时同窗乐盈盈。"

第三天　至亲叙旧

6月9日大清早，手机里传出大其的声音，他和表弟妹美兰一会儿就到东方之星招待所来，表妹真真、捻捻，大引长子袁信，今天都来辛集看我们！

昨天在新城我和家坤、希胜、保兴表示：这次一定和南贤丘的弟弟妹妹们见一面。人所共知，我们和敬华姨的关系太密切了；只是敬华姨去世后联系少了。母亲来京后，我几次写信，好容易才联系上。表妹姐仨还准备来北京看大姨，无奈大引身染绝症，此行流产。我想："京聚"不成"乡聚"补！家坤对这事也很热情。于是我决定：叫上保兴、希胜、家坤，辛集江苏饭店相见。

上午十点，人们陆续到齐。至亲见面，相见恨晚！一叙这些年的系念和遗憾；二叙大姨的方方面面、星星点点；三叙敬华姨做的衣裳鞋脚、菊花茄子、烙饼炒鸡蛋；四叙各自家庭子女、未来期盼。大引长子袁信如今已四十出头，儿女双全；大其美兰早当上爷爷姥姥，仨孙绕膝；真真捻捻姐俩长的越来越像敬华姨的模样脸盘，猛一看就像一对儿双胞胎！为了留住多年期待的会面，我们在招待所房间、江苏饭店餐厅和大门前都合了影。临别美兰放下几付礼品手套让我们带回北京，相约再见。

她们走了，真真捻捻酷似敬华姨的面孔总浮现在眼前，仿佛敬华姨又回到我们身边。是啊，敬华姨深厚博大的爱，永远活在我们心中！

第四天　重访一间房

6月10日上午，我们在辛集超市买了些肉食品，小何开车送我和俊秀到一间房看望同秀弟弟妹妹及其亲友。这是我和俊秀再婚后第二次一起回一间房。

一间房是我老娘的老娘家，亲戚走动紧，幼时经常去。前年夏天中考自北京开车陪小刚、俊秀和我回去过一趟，同彬一家及其亲友非常高兴。这次回一间房，见到了五十七年未曾谋面的王美杰，她当时和同秀、晋生一起到新城上高小，同秀晋生住我们家，美杰和琴琴住我们前院。都和我同班，母亲教我们。

王美杰的老伴赵计庄，是回生村转业军人。他们老两口子女成群，都很孝顺。如今老两口夏天回一间房度夏，冬天到辛集暖气房过冬，生活悠哉悠哉！谈话间美杰忆及往昔遇到邵淑捷的冷淡神情，颇感"老农民"被人瞧不起。

同秀胞弟同彬、弟妹玉池见到我们都很高兴。侄女锦芳、女婿根群一早就过来准备饭菜。听美杰说，同彬工伤留下的后遗症不轻，腿经常疼，有时几天出不了屋；但他很乐观，经常凑热闹唱戏打发时日。同秀小妹玉珍婆家是枣营，听说我们回来，一早就和妹夫小旦、刚参加完高考的外甥女艳钗赶回一间房。在回一间房前一天，我们到辛集六街看望了同秀四叔王国起，四叔的女婿张士学中午也过来了。还有在辛集搞服装的外甥女树鸾也闻讯赶来。张士学来一间房是回来给四叔收麦子的。他交给同彬一张表帮他起个草，同彬写了几句，把这差事推给我。原来士学小女儿大学入党，需要外公四叔的政审材料；四叔的组织关系在一间房，党支部让同彬先起个草，然后盖章同意就成。于是我执笔草就，誊清，交给他们。这使我想起，在新城母亲经常为人代笔写信的往事。是啊，农村需要笔墨代言人呐！

第五天　参观公木纪念馆

6月11日是这次还乡最后一天，兰章为我们安排参观公木纪念馆。下午我们乘火车回北京。

公木是张松如（1910—1998）的笔名，他是《中国人民解放军军歌》的词作者；《东方红》是他改编陕北民歌手李有源的《移民歌》才成为著名歌曲的。公木是辛集市中里厢乡北孟家庄村人，著名歌词作者、诗人、学者、教育家，早年参加左翼作家联盟，中国作家协会理事，吉林大学中文系主任、副校长，吉林社科院副院长兼文学所所长。

公木纪念馆坐落在文化中心辛集市图书馆馆内。我们上楼后跟随讲解员和参观学生一起浏览了展览的几个主要部分，"风华少年　立志报国"，"诗界旗帜　战士壮歌""学界泰斗　一代宗师""德教双馨　桃李生辉""苍松不老　军歌千秋"。随后，纪念馆馆长郭盼根领我们看了公木赠书和部分生活用品。讲解员最后要我题字留言。我斟酌写道；"无论是歌，无论是诗，都是炸弹和旗帜！光辉的一生，是对后来人最大的激励！"

回北京的火车4488次普快12：46经过辛集。11点，兰章把政协几个搞文史资料的同志叫来和我见面，我们一起吃了"老段驴肉火烧"，然后把我们送往火车站。

火车一声长鸣，伴随着真切、短暂而又久远的轰隆声离开故乡。

2009.7.14

【02】游承德避暑山庄

2009年6月下旬，接养蜂所一电话，组织赴承德避暑山庄三日游。我和俊秀报名参加。

6月25日一早，我们乘公交车到安贞桥西，换乘华康公司大轿车奔往承德。接近承德看到异型矗立的双塔山巨石。车进市区经过下营房路，1992年我曾到过承德，此处路形似曾相识。临头道牌楼，轿车折向西北，经水泉沟路，穿过"风云岭"隧道，曲折前行，到达宿营地"狮子园度假村"。

下午游览普宁寺。"普宁寺"又叫"大佛寺"，建于清乾隆年间，是承德外八庙中规模最大的藏传佛教寺庙，位于避暑山庄东北方。我们跟随导游小赵经木牌坊，进山门，正面是碑亭。三通石碑，中间是"普宁寺碑"，两侧为平定准格尔铭碑。"普宁寺"取"安居乐业，永永普宁"之意。碑亭东西侧分别是钟鼓楼。往里面二、三进院，分别为天王殿，大雄宝殿。高大的大雄宝殿是普宁寺前半部汉族式寺庙布局的主体建筑，殿内供奉十余米高的金漆木雕三世佛：释迦牟尼居中，西面迦叶，东面弥勒。

普宁寺后半部是藏传佛教曼陀罗坛城。大乘之阁依山雄踞，通高37.4米，正面六层檐。阁楼中间汉白玉须弥座上安置世界最大金漆木雕观世音菩萨—千手千眼佛，每手掌中有一只眼，每一手一眼代表25种因果报应，40多只手、眼，共有1000多种因果报应，故称"千手千眼"佛。大乘之阁是仿西藏三摩耶庙的乌策大殿修建的。大乘之阁东西两侧有日、月殿，四方有四大部洲，八小部洲，四角各有一座喇嘛塔，是目前我国寺庙中保存最完整的藏传佛教坛城。

随后我们转了一下大雄宝殿东侧两排展室和工艺品店，拍照了几幅墙上的菩萨展板：牛虎属相守护神-虚空菩萨，龙蛇属相守护神-普贤菩萨。在坛城平台，我和俊秀、导游以东南方棒槌山为背景，摄影留念。

6月26日游览"避暑山庄"和"城隍庙"。

"避暑山庄"又叫"热河行宫""承德离宫"，是我国四大名园之一，经康熙、乾隆先后修建八十多年才完成。1992年我曾为安排农场系统游览而到过承德，可惜因故未进避暑山庄而返京，一晃十七年了，一直未再来承德。26日早8点，我们游团齐聚避暑山庄门前合影，每人都在精美的彩色影册上留下永久的纪念！

先游览宫殿区。跟随导游进"丽正门"，穿过"午门"，到康熙题刻的"避暑山庄"门。门前有一对铜狮子，导游介绍了抗日时期民众叫铜狮子遇雨流血，吓阻日寇劫掠铜狮的故事。进山庄门是乾隆改建的楠木正殿-"澹泊敬诚"殿，澹泊敬诚四字仍为康熙所题。这里是皇帝举行庆典和接受朝觐的地方。正殿后面是"四知书屋"，"四知"指"知微、知著、知柔、知刚"。"四知书屋"是皇帝召见王公大臣和上朝休息之所。向北穿过"万岁照房"（俗称十九间房），是"烟波致爽"殿，这里是皇帝寝宫。咸丰帝躲避英法联军侵京住进避暑山庄，第二年就病死在烟波致爽殿西暖阁。

再往北过了"云山胜地"楼，出"岫云门"就到苑景区了。

苑景区分为山区、湖区、平原区三部分。整座避暑山庄规模宏大，占地560万平方米，四周宫墙（又叫虎皮墙）长达20华里。我们先乘环山车游览山区，从岫云门外向西顺时针绕行，在西、北、东北三处下车停留观光。西面山巅是"四面云山亭"，北面"二马道"可紧靠北宫墙拍照，北望外八庙诸景。正北的普陀宗乘之庙，还真有几分小布达拉宫风貌哩！东北面是"青枫绿屿"，匆匆曲折穿越一组馆舍，上车经平原区返回出发点。继而乘船游览湖区，整个湖区被如意洲等几个小岛分割成如意湖、澄湖、上下湖、镜湖等几个湖面，澄湖东岸"金山亭"可说是湖区主景，颇有镇江金山景观之妙。我们徜徉湖面，四处亭、堂、阁、榭绿树掩映，湖区西线、中线、东线，景点多多，船上只能远望，下船才可游览。我们在湖面找了半天哪座是"罗锅桥"，最后还是不得其详！

上岸后我们又转乘电瓶车，沿湖岸和平原区穿行游览。位于湖区西北方的文津阁，是避暑山庄的园中之园，石砌虎皮墙环绕，院中建阁。这里曾藏过一部"四库全书"。文津阁南面有"曲水荷香""千尺雪""玉琴轩"景点。走上湖中大岛如意洲，穿过"无暑清凉"门殿，是岛上正殿"延薰山馆"，装修古朴淡雅。其后是"水芳岩秀"，乾隆改称"乐寿堂"。"烟雨楼"是如意洲北青莲岛上的主体建筑，乾隆仿嘉兴烟雨楼而建。寓杜牧名句"南朝四百八十寺，多少楼台烟雨中"之意。电瓶车穿越北部"万树园"，到了湖区东北隅"热河泉"。只见一汪泉水平缓涌流，湖畔立一块自然石，上刻"热河泉"三字。热河泉是塞湖主要水源，它流经澄湖、如意湖、上湖、下湖、银湖，从五孔闸流出，汇入武烈河。热河泉冬季水温摄氏8度，泉、湖、河不封冻，故有"热河"之称。

时过中午，我们从东门出园上车，到长青酒店用餐。

下午3点，参观"城隍庙"。"城隍庙"位于西大街头道牌楼东面路北。西大街已然面目一新：三道牌楼自西而东相间排列，"城隍庙""文庙""武庙"都修葺一新。远非六七十年代群众所贬损的"一个公园一个猴，一条大街走到头，一个警察两头看，一把瓜子嗑到头"喽！游人熙攘，街铺琳琅，面貌大变啦！"城隍庙"是一座有别于藏传佛教建筑的道教寺庙，是乾隆钦定的"热河都城隍庙"，城隍神是乾隆皇叔、康熙第十七皇子允礼。庙观内除城隍殿外，其余各殿供奉文、武、义、财神、孔子、朱熹、文昌帝君、六十甲子诸神。我和俊秀在六十甲子神殿中查寻了各自生肖太岁保护神，分别是：戊寅太岁鲁光大将军和庚辰太岁董德大将军。

旅游车开到普陀宗乘之庙外面，这次是近距离观望小布达拉宫了，人们纷纷在庙前拍照留影。稍后随团光顾旅游土特产商店，我们买了几袋承德核桃仁和大扁带回。

晚饭后，在狮子园度假村别墅楼厅和北京二七厂老杨、城建老马聊天，评说承德市河北省城市建设"一年一个样，三年大变样"的成果得失，议论承德风能发电快步发展的迹象和势头。

6月27日上午，是华康生物技术公司的保健品促销讲座，推介"301参茸倍力胶囊""蛋白硒"等产品。这是市场经济中一些企业经常采用的一种叫卖手段，假游览、科普之名，行推销、宰客之实。

这次承德避暑山庄之行，不但领略了中国古典园林风光，体味到中华文化的深厚底蕴，是为主；而且看到了市场经济难以遮掩的狐狸尾巴，是为次，令人不觉心头一紧。

2009.12.

【03】暑期东北专列旅游记要

2009年8月7日—16日，由陈松联系安排，我和俊秀乘包厢专列赴长春、哈尔滨、北安、齐齐哈尔、海拉尔、满洲里，先后游览了长春南湖公园、哈尔滨太阳岛和圣索菲亚教堂、黑河五大连池、齐齐哈尔和平广场、嫩江公园和扎龙自然保护区、海拉尔成吉思汗广场、呼伦贝尔草原上的红花尔基森林公园、呼和诺尔景点、达赉湖以及满洲里国门景区。再次领略了大、小兴安岭脚下丘陵草原、河湖湿地的静谧风光，看到了改革开放以来新城市的崛起，和加速改变的城乡新貌！这是一次很有意义、收获颇丰的旅行。今将所到景点的简况记载如下。

长春南湖公园

8月8日上午，我们乘大巴来到南湖公园北门，这是我第二次游南湖。南湖公园始建于三十年代日伪时期。当时沿工农大街一线，筑了一道高10米、长800米的长堤，把兴隆沟河水拦成哑铃状人工湖—南湖。1979年在1948年被国民党炸毁的垂虹桥址建成现代化的南湖大桥。这样南湖公园主体部分便处于北门外的新民广场和南湖大桥东西两端的工农广场、南湖广场三个广场形成的等腰三角形之内。1988年在公园北门内建立了长春解放纪念碑。南湖公园的面积仅次于颐和园，居全国第二。我和俊秀绕湖步行了一大圈。从解放纪念碑南行，沿西岸游览，从西到东走过南湖大桥，再穿越东岸冬泳、夏泳沙滩浴场，顺八百米沿街大堤返回北门，也大致走了个三角形。出了公园北门回到大巴上车时，我惊喜地发现我90年出差住的长白山宾馆，就在马路对面！

太阳岛公园

1979年我曾在松花江南岸眺望过太阳岛。三十年后的8月9日，我们乘大巴驶

过公路大桥，来到公园太阳门前太阳岛标志石广场，令人心旷神怡！

据说太阳岛以前盛产鳊花鱼，女真管鳊花鱼叫"太宜安"，这个岛也就叫"太宜安"，久传至今称为"太阳"岛。太阳岛风景区总面积38平方公里，上世纪二十年代是外国侨民避暑度假场所，留下许多欧式建筑。太阳岛公园是太阳岛上的主要景区，占地1.15平方公里，有太阳湖、太阳山、水阁云天、清泉飞瀑等多处景观。我们乘公园内电瓶车游览了水阁云天、日浴台、松鼠岛等处，未及在清泉飞瀑停留，与太阳山中的三叠瀑布擦肩而过，不胜遗憾！

太阳岛隔江南岸耸立着哈尔滨防洪纪念塔，滨江斯大林公园是漫步好去处。下午我们参观完圣索菲亚教堂，从中央大街南头一直走到北头，在松花江岸边唱起八十年代流行歌曲《太阳岛上》。

五大连池地质公园

8月10日凌晨专列抵达北安。下车后乘旅游大巴行58公里进入五大连池景区。五大连池因火山熔岩堵塞白河河道形成五个串珠般的堰塞湖而得名。我们跟随导游步行木板栈道到达老黑山脚下。右侧熔岩沟下有山泉形成的"水帘洞"，拐角处有火山三次喷发形成的熔岩剖面，半山腰有岩浆溢出口，山顶火山口砾石裸露、植被稀疏，标志着这是最年轻的火山。下山经过"腾龙谷"、副火山口，崎岖下到熔岩台地。停车场下面是绵延17公里的石龙熔岩。绳状熔岩、结壳熔岩、翻花石海，壮观而多姿！这里拥有世界上分布最集中、品类最齐全、状貌最典型、保存最完整的新老期火山地质地貌。据说东面火烧山上有世界难得一见的许多喷气锥、喷气碟，导游说路远难走，劝我们"自愿"放弃，并签字画押。

五大连池也是矿泉水之乡，那里有堪称世界三大冷泉之一的"药泉"。我们先后品尝了两处泉水，凛冽而有浓重腥味。"南饮泉"传说为达斡尔猎人所发现，它能疗鹿伤、祛人病。"北药泉"背靠"药泉湖"，那里有"药泉瀑布"等多处景点供人游览或健身，我们去时看到一些俄罗斯游客正用泉水沐浴。在回北安的大巴上，可以望到火烧山、东西焦得布山、老虎山、药泉山……渐渐远去的身影。

扎龙自然保护区

扎龙自然保护区位于乌裕尔河下游，距齐齐哈尔市30公里。

8月11日上午，我们游览丹顶鹤自然保护区扎龙湖。据导游小康介绍，丹顶鹤一般活50—60年，一岁离开父母，四岁找对象，严格实行一夫一妻制。小康领我们一一参观了献身丹顶鹤事业的徐秀娟事迹展，保护区水禽标本展，观看了丹顶鹤放飞表演，乘龙船游览了扎龙湖，时见近岸草丛野鸭嬉戏。

午饭后，我们游览了齐齐哈尔和平广场，那里竖立着2005年为抗战六十周年而建立的胜利纪念碑。广场南侧有纪念马占山打响全国抗日第一枪的巨型铜雕壁画，外围是百位将军留言题写的诗词警句。整个广场气势恢弘壮观。

红花尔基森林公园

8月10日，在专列上吃了自备早餐，我们八点乘大巴驶往鄂温克草原上的红花尔基森林公园。

森林公园地处伊敏河畔翠月湖周围。

下车后，导游宣布自行活动。我和俊秀便骑马进入樟子松原始森林边缘。林间樟子松高矮参差，大小相间，老中幼同享林地阳光雨露。据说这片樟子松，是亚洲最大、我国唯一连片的沙地樟子松林带。我们在原始森林没敢久留，便穿越林地斜插到翠月湖边，沿湖岸欣赏各色建筑小品并拍照留影，准被回京给小碧做山庄设计参考。

下午，游览漫步海拉尔成吉思汗广场。广场主题雕塑是展翅腾飞的"海东青"，雄伟别致；雕塑北面竖立九柄查干苏鲁定。广场东南是成吉思汗骑马群雕。一条小河把景区分成两部分：河北为广场，河南为天骄生态植物园。其东面山顶置有从成吉思汗出生地布尔罕山请来的圣石—巴彦额尔敦敖包。当晚，我们在呼和诺尔湖边的蒙古包里过夜。

达赉湖观光

8月14日，山满洲里乘旅游车经扎赉诺尔到达赉湖小河口景点。导游带我们步行湖岸沙滩，走到船码头排队游湖。因近岸水浅，要先上小船走一段再登快艇，不免有点煞风景。名为快艇，几次加大油门都跑不起来；不管怎样，我们总算游过全国第五、内蒙第一大湖—呼伦湖了！

满洲里国门

满洲里原称"霍勒津布拉格"，蒙古语"旺盛的泉水"之意；俄语称其为"满洲里亚"，译成汉语变成"满洲里"。满洲里因1901年东清铁路车站而得名。

14日下午，自满洲里市区西行九公里，到达国门景区，第一眼就看到雄伟靓丽的第五代国门。我们排队进右侧入口，爬上中部廊厅，眺望了俄罗斯后贝加尔斯克小镇，回瞻新颖瞩目的国门景区景点。和平之门主体雕塑由M字托起白钢地球，四周五只和平鸽奋飞。走到41号界碑留影，无奈人多难以如愿。国门左侧广场有前四代国门模型展示和文字说明，我一一拍照记下。南侧还有红色国际秘密交通线遗址和交通车具。从国门广场出来，我们浏览了红色旅游展厅，参观了火车头广场，飞机广场，中俄互市贸易区。

满洲里街道整齐，建筑别致，灯光夜景非常漂亮。和同伴们徜徉中苏大路步行街，边赏景边留影，十分惬意！在回满洲里饭店前，我和老伴去超市给小孙女买了呼伦贝尔奶酪，好让小水晶分享分享草原风味。

14日晚直到16日中午都在火车上。张家口几位旅伴一路同行，相处愉快，同一包箱的曹白夫妇、1号车箱的韩刘母女、陈洁娘俩都拉起家常，相约互访同游。火车15号上午进入黑龙江境内，经过富拉尔基跨越嫩江，昂昂溪让胡路一带正在铺路，不知是铁路还是公路？过了大庆还有龙凤湿地自然保护区，水禽遍野，令人赞叹！火车驶过哈尔滨，不由勾起幕幕往事；第一次到哈尔滨是1964—1965年"四清"，当时只是进出火车站，倒车去阿城。第二次是1968年12月—1969年2月到富裕牧场筹办五七干校，因干校先遣队变成牧场交割队，这回去过两次省政府。第三次是1979年在科学宫参加农业部新技术示范推广汇报会，这次游了斯大林公园、兆麟公园等地。第四次是1980年到克山农科所开稻麦品种坐谈会，经过。此后二十九年没再去过哈尔滨。二十九年祖国巨变，哈尔滨巨变！只要看看矗立在南岗的北国第一高塔—龙塔，便一目了然啦。

12：07东北旅游专列回到北京站，回到正在迎接六十周年国庆的、伟大祖国的首都。

2009.9.12

【04】游北戴河

酝酿已久的北戴河之行终于成行了。

我第一次去北戴河，是1986年陪母亲去，中国农科院工会组织，住在靠近金山嘴的友谊宾馆；第二次是1989年和俊岭一起去，北京市农场局安排，住在中海滩路东段总公司干休所；这次时隔20年，退休逾10年，自己联系安排，俊秀和她新疆同事同行，住戴河边古城村农家院。

我们8月25日下午，从北京站乘4495次普快东行。火车走走停停，晚十点多才到北戴河。火车上遇到两个天津大学女生加入我们行列。北戴河鑫源农家院大哥开车接站，我们一行五人到农家院住下，吃了顿热喷喷的鸡蛋面夜宵。

8月26日一早，五人喝了黍米粥，便一起乘公交车到鸽子窝—鹰角公园。"鹰亭迎日"是秦皇岛市十佳美景之一。鹰角外海滩据说是亚洲第一大潮坪，游人们争相涉足下滩。毛主席塑像和《浪淘沙·北戴河》词句石刻坐落公园山顶，游客纷纷驻足留影。鸽子窝公园游览两个多小时，打手机叫两个女生上岸，一起乘车奔赴第二个景点。

　　老虎石海上公园坐落在北戴河中部海滩，是由许多近海礁石构成的天然浴场。我们相继步入海滩，跨上礁石，风吹浪拍水花四溅，好不惬意！我们踩沙踏浪，嬉戏拍照，留连忘返。走出园门时，师傅问我们看到"老虎石"没有，我们愕然相视！在师傅热心指引下，我们走到东面一片松树下，在铁链围住的老虎石前留影，虎人虎石被相机镜头双双锁定，作为永久纪念。

　　出了老虎石公园门，我们走到对面"老三海鲜酒店"用餐，淑玲请我和俊秀吃螃蟹皮皮虾。饭后三老两少分开行动。我们三人当天下午参观了集发农业观光园。第二天游览了"连峰山公园"，去南戴河天马浴场下海游了泳。第三天游览了怪楼奇园和奥林匹克大道公园，不到十二点农家院霍大姐就做好午饭为我们送行。下午我们乘Y510次快车，两个多小时就回到北京站。

　　这次北戴河之行对我思想触动最大的，是集发农业生态旅游观光园和怪楼奇园两个去处。集发观光园是河北乡村旅游成功创立的新型模式：它以种植业为基础，创建百果、百花、百菜、百粮园，热带植物园、农家动物园、民俗大院，吸引游客驻足观光，集吃、住、游、购为一体，颇受中外游客青睐。

　　集发集团公司带头人李集周这位全国劳模、乡镇企业家、2007年河北经济风云人物，由1983年3辆马车、5间房、76亩地起家，发展成25000亩地、年收入1.5亿元的产业化集团公司，年经济增长率达20%。他将偶然发现的长丝瓜突变类型快速扩繁，精心培育，不断刷新他们自己创造的吉尼斯世界纪录，产生了观光轰动效应；他果敢决策引种高大珍稀热带作物，创造了海南椰树、台湾莲雾在北方开花结果的奇迹，办成了连权威专家都劝他作罢的事。他的惊人业绩让人坚信：世上无难事，壮志天下行！

　　坐落在百花山占地百亩的人造景观公园——"怪楼奇园"，是动人心弦的另一去处。该园最初是由美国林学博士辛柏森自行设计建造的私人别墅。他于1928年受遣来华，在北戴河创办东山园艺场，从事园林技术传授指导工作，长达12年之久。1936年辛柏森患全身表皮神经痛，一位医生告诉他，假如房间阳光充足，此病会不治而愈。辛柏森花两年时间，随心所欲设计建成一座独特怪异的欧式别墅。该楼占地90平米，地上三层地下一层，木石结构。有5个顶、7个角、8个面、44个门，46个窗户，太阳出来可四面采光，顶层四周有阳台。辛柏森全家住进去，后来他的疼痛病果然渐渐好了。他建的别墅赢得"怪楼"美称。1940年辛柏森回国后，怪楼成为中外游客瞩目的地方。现在的"怪楼奇园"是1991年重新设计建造的。分怪楼、奇园两部分，共99处奇怪景，还采用了现代声光电技术。"怪楼"仍是地下一层地上三层的尖顶古堡式建筑，是座虎口龙肠、层间错落、门窗变幻、玲珑剔透的迷宫；"奇园"有双人弹琴、惊心动魄、洋孩撒尿、六步渡等新奇景点，令人童趣大发！来到这里又彷佛顿然间回到童年，一下子让人兴奋起来。

2009.9

【01】昆明之旅

酝酿已久的云南之旅，于2010年暮春成行。

4月21日从内江出发，中午登上成都开往昆明的K853次新空调快速列车，翌日一早到达昆明。落脚处是青年路118号俊秀表哥熊竹安的住所。三哥三嫂早已下楼路口迎候。

熊川接风　　熊江请客

三哥小儿子熊云在北京工作，我和三哥三嫂十多年前就开始交往。今年春节，他们全家回内江过年，我们又一起结伴回永福熊家老宅、参观范长江故居。他们的俩个女儿都在昆明，近年给老俩口在昆明买了房子，就是青年路118号"樱花丽景公寓"。

中午，大女儿熊川为我们接风在桥香园吃汽锅鸡、过桥米线。从内江来昆明做生意的幺妹碧泉夫妇，也赶来会面。

二女儿熊江、龚洵夫妇都在科学院昆明植物所工作，他们择日安排在新居和由京回昆的熊云夫妇聚会。女婿龚洵亲自下厨！还拿出他的获奖植物学专著给我翻阅；帮助辨认我拍摄的花木照片。

和今年四川春季低温的异常情况相反，今年云南天旱高温，阳光炙热。到昆当天，晚饭后三哥陪我们公园散步，归时迎来昆明久违的大雨！赶回家，几个人都成了落汤鸡。这是喜雨，三哥戏称是我们带来的；昆明报上说是当天发射了六个小时的增雨弹的成果。

漫步圆通　　翠湖怀旧

第二天，4月23日。俊秀和三嫂买菜做饭，我漫步圆通街，故地寻旧踪。

正对着青年路的"昆明动物园"大门虽是1957年所建，但我1969年底过昆游圆通山时没到这一角落，园通寺的印象也很模糊了。到门口，我买"圆通禅寺香花券"入寺游访。

圆通寺创建于元大德五年（公元1301年），位于螺峰山（圆通山）南麓。经六百年历史沧桑，圆通寺与圆通山形成一处相连游览胜地，成为昆明八景之一；"圆通花潮"列昆明十六景；"昆明动物园"进全国十佳。昨天和三哥进动物园散步时，看到的明长城遗存、唐继尧墓碑、孙中山黎元洪给唐授勋碑铭、滇西抗日阵亡将士纪念碑，都是公园内著名古迹。除明长城外，后几处69年游览都有印象。不过，那时进出的大概是圆通山公园的西门，记得离翠湖公园比较近。

翠湖公园是我多次游览过的地方。现免费开放，游人熙熙攘攘。进公园东门，沿弯曲游路漫步浏览。一幅亭联映入目眶：上联，翠柳袅袅各方游客临幽境；下联，湖光粼粼异域海鸥戏碧波。多年以前春城海鸥景象顿时在脑海浮现：1969年12月我跟北京林学院随迁，第一次到翠湖公园，就看到成群海鸥嬉戏盘旋，据说他们是来自西伯利亚的远客。1994年11月陪老局长来滇考察，在翠湖岸边同样看到飞逐啄食的红嘴海鸥，腾飞往还。我继续在公园内漫步，寻觅，湖面静悄悄，无一只海鸥踪影。是啊，时值初夏，候鸟北还啦！

透过树林间隙，我看到岛上有一处不锈钢雕塑，状如少女戏鸥。走近一看，基座上注明：《翔—为海鸥莅昆而作》。雕塑《翔》题记称："山环水抱、气候温润、阳光明媚的春城，是候鸟越冬的福地。""每年都有成千上万只从西伯利亚来的海鸥翩然入城，直到次年阳春三月，才陆续依依北返。""每当日出雾散，成群海鸥来湖畔水边盘旋嬉戏，从水中、池边、船板上，甚至从喂食者手中争相啄食，清脆的鸥鸣声与人们的欢笑声，久久回荡在昆明上空。""为昆明也为翠湖增添鲜活亮丽景观"。"让海鸥每年都如期光临昆明，为春城增添欢乐，带来吉祥。"《翔》这一雕塑塑得好！它使候鸟变成"留鸟"，变成游人心目中永久的记忆。

从翠湖公园北门沿街北寻，不远就是云南大学。再往西北是云南师范大学，昆明理工大学。经询证实，这就是六七十年代的昆明师院、昆明工学院。云南师大-昆明师院的前身就是赫赫有名的西南联大，是李公朴闻一多先烈任教的地方。在翠湖西门对面，是举世闻名的昆明陆军讲武堂。朱德叶剑英早年毕业于此，它为中华人民共和国培养出两位元帅！春城翠湖宝地确实令人感慨：她不仅留下"鸥戏春城"永久雕塑；在她周围还镶嵌着弥足珍贵的壮丽历史明珠！

游园博　登金殿

第三天，4月24日。我和俊秀参观世界园博园和金殿。

1999年我国首次举办的昆明"世界园艺博览会"已经过去11年了，多想早日看看那次世博会留下来的"世界园艺博览园"啊！2010年4月24日上午，我们怀着特别的深情，用身心感受世博园的每一个场景，用相机频频锁定每一幅难得的画面。

一下公交车，老远就看到世博园迎宾广场上的吉祥物—滇金丝猴灵灵举花迎客！进门是一座标志今年庚序的寅虎花坛；里面巨钟花坛指针指示9点38分。再往前，一座大型帆船花坛，鼓起五色风帆，宛如破浪前进！不一会儿，一辆辆造型各异的彩车缓缓相继驶来，车上各族少男少女，频频向游人招手致意。我们走到中国馆前，驻足观看一辆辆彩车轮番表演。感同身受：世界园艺博览，真是争奇斗艳！

走马观花参观国内园区：穿过云南彩云园，广西山水园，登上贵州黔山秀水园；

经过重庆巴渝园，四川蜀风园，进入河南豫园；漫步河北燕赵紫翠园，北京万春园，安徽徽园；浏览山东齐鲁园，上海明珠园，广东粤晖园；走到海南风情园，在"天涯"巨石下留影。接着匆匆浏览外国园区：巴勒斯坦园，越南园，巴基斯坦园，斯里兰卡园，老挝园、泰国园。在缅甸园门前，俊秀着异服与导游小姐合影；在荷兰园，我步入园门和身着天蓝色长裙的贵夫人雕塑留影纪念。

吃过午饭，从世博园北端乘金博索道缆车到金殿游览。

缆车升到钟楼附近下线。这座建于1983年的钟楼，坐落在凤鸣山至高点，海拔2058米。自楼窗远眺，世博园观景塔就在目下。钟楼上几经迁移重约14吨的永乐铜钟，铸于1432年。从钟楼下来，山坡林间是1999年建成的云南铜文化长廊。太和宫紫禁城金殿，坐落在二层平台上。铜殿四面斗拱装饰、真武神像、帷幔匾额，全部用铜铸造，重约250吨，标有平西王吴三桂筑造字样。据考这是中国保留最完整最大的铜殿。天师殿展馆有真武大帝镇山法宝30多公斤的"七星宝剑"，和吴三桂用过的一把木柄大刀。天师殿西侧是1995年仿建的"中国金殿博览园"，将武当山金殿、五台山铜殿、泰山金阙、万寿山宝云阁等古代铜建筑，按比例缩小二分之一，木雕仿铜处理，荟萃一园，成为别具一格的玲珑古典园林景观。

攀西山龙门　览民族园村

第四天在昆明游览，是去丽江之后的5月2日。游访的景点是西山龙门和云南民族村。

昆明西山，古称碧鸡（凤凰）山。森林茂密，清幽静美，峰峦连绵数十公里。从远处眺望，犹如美女仰卧，丰姿绰约。又叫"睡美人"、"睡佛"。西山东临滇池，有一条数公里大断层。在断层南侧修筑了一条石刻通道，这就是有名的昆明西山龙门石窟。我们从市区乘公交到高峣，再打面的到太华山庄停车场。参观聂耳墓及其展馆之后，徒步向龙门进发。

进入"绿水千寻"门楼，经过"罗汉崖""三清境"坊门，便到了三清阁。"三清阁"是一组镶嵌在罗汉崖上的建筑群。"三清"指："玉清"元始天尊，"上清"灵宝天尊，"太清"道德天尊。三清阁殿宇中供奉着道教崇信的尊神偶像，其中北极玄天真武大帝的金身塑像格外显眼。从三清阁登至"凌霄宝阁"坊，石壁窄道弯处有"孝牛泉"。攀上"别有洞天""普陀胜境"石坊，穿过"云华洞"到"龙门"石坊，游人摩肩接踵，争在绝壁留影。继续攀登，"穿云洞"乃1984年凿建；"天台"远眺，忆及首登龙门"江山如此多娇！"的感慨。山巅"龙门飞峙"坊联道出了龙门景观的奇、绝、险、幽：上联，万丈苍崖云横绝顶；下联，千寻绿水月印澄波。

我们在"遥骋亭"小憩，乘索道车返回太华山庄索道站，转乘箱式缆车飞往云南民族村。

云南是多民族聚居之地，全国56个兄弟民族，云南就有25个。弥勒江边林区的苗族，大理洱海边的白族，玉龙雪山脚下的纳西族，剑川河源的普米族，是我直接接触过的优秀民族。我上一次游览民族村是1994年，陪老局长云南考察。那次进东面正门，首先看到的是"白象迎宾"群雕。顺大路西行，西北旷地有一座雄威的虎头雕塑，是虎山洞的入口。那次仔细游览了白族、纳西族村寨，然后从西南沿湖边穿越少数民族村寨返回东门。今天是我第二次进民族村，因从西山乘缆车进西南门，游览路线的大体方向，是自西南而东北。

进门不远是一处大蒙古包，进内观看很觉宽敞，和去年我们在内蒙呼伦贝尔草原住的蒙古包相比大多了，看来是用作迎宾会客的。沿湖岸迤逦而行，有阿昌村，哈尼村，基诺村，拉祜村，佤族寨。各民族村寨采用复原陈列的手法展示民族风情，其丰富多彩的村舍建筑、生产、生活、宗教习俗，使人感到十分生动逼真。在傣族村，游人骑上大象弄姿留影，引来不少游客驻足围观。稍后，大象抬起前蹄，后蹲在双轮车上拉屎，可能大便干燥，管理人员用铁锹猛铲大象肛门周围，粪球才得以排出。

可见，自然界里任何动物也不是完全无忧无虑的呀！

这次昆明之旅，剪除令人难忘的"丽江五日游"（见另文），在昆明住六日，游四日。5月3日中午，熊川饯别送站。临行我以歌表意唱道："多谢了！多谢哥嫂情谊深，昆明丽江好玩耍，我唱山歌谢亲人，谢亲人！多谢了，多谢川江好晚辈，迎送安排好受累，我的山歌谢亲人，谢亲人！"

2010年6月

【02】丽江五日游

由熊川和方明盛意安排，我们和三表哥表嫂四人旅游团，从昆明乘火车，4月25日一早就到了丽江东站。

第一天　重游黑龙潭　漫步四方街

从丽江东站打面的进大研镇，在北门附近"古城源酒店"稍事安顿，便开始了丽江之行的游访活动。由我询领，重游黑龙潭。

自酒店经玉缘路，沿玉河右岸北行，便到了"黑龙潭"南门。门前广场开阔，双层门楼飞檐翘角，古朴而靓丽，右侧山石间叠瀑泄出，这就是丽江古城玉河源头啦！走过"锁翠桥"，右坡路口矗立一石刻，上书任继愈题"东巴文化研究所"，山门院内房舍在建施工。继续北行，才看到熟悉的龙潭景色：湖心亭，五孔石桥，倒映在幽潭水中的玉龙雪山！"黑龙潭公园"又叫"玉泉公园"，旧称"玉泉龙王庙"。

主建筑除湖心亭"得月楼"之外，还有"古戏台""龙神祠"。古戏台上横挂"纳西古乐宫"匾额，传出悠雅演奏声，吸引游人驻足欣赏。"龙神祠"坐东朝西，整座庙宇整饬一新。大殿，两厢，古树门楼，十分威严！这后两处建筑1970年几次进园都没留下印象，可能是建筑年久破败当时又未开放的缘故吧。

绕过古戏台，有长桥通往湖心亭"得月楼"。一层楼门两侧有两幅皆为郭沫若书写的对联。一幅是书地方领导同志所集毛泽东诗句："春风杨柳万千条风景这边独好；飞起玉龙三百万江山如此多娇。"另一幅为郭撰郭书："龙潭倒映十三峰潜龙在天飞龙在地；玉水纵横半里许墨玉为体苍玉为神。"两幅联都是1963年6月得月楼落成自北京题寄。毛泽东郭沫若都未到丽江，他们的诗句却如影随形描绘出黑龙潭独特的自然景色，这可能是"神州天成"、"艺海神通"的缘故吧！

下午回酒店休息之后，漫步大研镇四方街。古城源酒店离玉河广场很近，作为世界文化遗产重要标志的大水车，就在广场西侧。玉河在这里一分为三，分别向古城区流淌。平行的东大街、新华街，中间夹着酒吧一条街，各种特产专卖小店、应时小吃，琳琅满目。小茶馆、歌舞厅，乐曲悠扬，掌声迭起。这三条街都通向四方街。路过"东巴宫"，我们分别和民间艺术团八旬老汉合影留念；在临街小店，品尝了现场烤制的螺旋藻核桃饼；在通街小巷，看到忽必烈饮过水的"溢璨泉"；经过卖草场、大石桥，却怎么也找不到当年副食店的影子！我们经过新义街回玉河广场吃晚餐—品尝蒙自过桥米线。三哥席间绘声绘色讲述了过桥米线的民间故事，云南小吃文化确是色彩斑斓。

第二天　览石鼓长江第一湾　临虎峡金沙第一跳

早八点，昨日接站的小寸师傅包车出行。经过一番商讨，决定西征石鼓镇、虎跳峡。

我没到过石鼓，没到过长江第一湾。只记得离石鼓不远，有个白汉场，是70年代丽江大理公路南拐处检查站。石鼓镇坐落在V字形长江第一湾西南角。在临街"石鼓"灰色砖门院内，有一鼓亭。亭上安放着一面汉白玉鼓状石碑，直径1.5米，厚0.7米。两面有阴刻铭文，是明代嘉靖年间的记功碑碣。丽江土司木氏，曾多次出兵与吐蕃交战，石鼓上载有"大功大胜""诚心报国"的文字。

石鼓亭北面，有一座架在金沙江支流入江口的"铁虹桥"，1936年第二方面军曾从这里渡江北上抗日。我们路过铁虹桥头，门楼里传出悠扬的东巴古乐，走近一看是两位纳西老人在演奏。往西不远南山坡下有一崭新牌坊，横书"红军长征过丽江纪念馆"，这是2008年新建纪念馆的北门。步步递高曲折而上，有亮丽的红军亭、红军长廊。廊楣内外书有红军将士歌颂长征的诗歌。再上攀西坡，就是象征红军渡江的青铜雕塑"金沙水暖"。基座南面刻有令狐安怀古一首："青峰壁立水云间，南下金沙直北还。神兵天将曾飞度，万里长江第一湾。"雕塑南面，高高矗立着红军长征渡口纪念碑。碑通高8.1米，碑身7.1米，基座边长5.1米。分别寓建军节、党生日、无产阶级政权之意。纪念碑正面集毛泽东手迹阴刻"中国工农红军第二方面军渡口纪念碑"，北面刻"英勇奋斗的红军万岁。"基座正面摹刻毛泽东《长征》诗手迹，背面恭楷记述贺龙等率红军过丽江抢渡金沙光辉史绩。再向南，东西两侧展室分别介绍，一、四方面军长征，二方面军长征，红军过丽江，部分长征将领生平事迹等情况。

纪念馆的南门是正门，开在石鼓镇街上。门前左侧巨石雕刻纪念馆名称，右侧廊壁嵌石刻"金沙江石鼓渡口"金字。门前广场西侧安置大型雕塑"军民鱼水一家人"，赞颂当年军民同舟共渡。

北望长江第一湾，铜雕无声，石鼓无声。回味石鼓亭长联，感同身受："大江悠悠，对如此河山令人志壮愁销神怡心旷；石鼓默默，抚古今代谢似这川归海聚浪涌涛欢。"真是金石无声胜有声啊！

在石鼓镇餐馆吃过午饭，撑伞巡视石鼓港。宽大的青石牌坊东面，是敞亮的客运大厅；近岸锚泊着白色游艇和橙黄色橡皮筏子。这里分明已是一个现代化码头啦！远望第一湾平缓远去的金沙江水，下面穿越雪山深谷的虎跳峡该是什么情景呢？

自石鼓镇沿金沙江右岸北行，公路蜿蜒，不时雨撒车窗，偶尔可以看到金沙奔流的身影。走两小时才到虎跳峡景区停车场。进门靠右迤逦步行，头上裸石嶙峋，时见枯竹枯草。虎口栈道间偶见"靠右速行，当心滚石！"的警示。极险处封闭栈道，凿洞穿行。行道宽约数米，人力车，行人，可自由穿行。先后穿过"别有洞天""聚仙洞""浴心桥"就到上虎跳峡口。眼看激流狂奔下泄，耳听浪涛震天轰鸣！看到江心巨石那熟悉的网上身影，这就是"上虎跳"确定无疑啦！

虎跳峡山峻水险。峡深3790米，绵延18公里，落差200米，分为上虎跳、中虎跳、下虎跳三段。我们身临的"上虎跳"，海拔1800米。从"虎跳峡"观望台走上一座半山横挂的拱形石桥，可以清楚看到对面山腰公路和游览栈道。整段上虎跳峡，浪涛轰鸣，对人听觉以无与伦比的冲击：巨石奋力抨击，江水愤怒咆哮，瀑布泉流呐喊伴奏，礁石旋洞鸣咽鸣吼，壁立壑谷八方回应，人耳相向近不辨言，我顿时惊悟：上虎跳给人体感官第一位的冲击，绝对是轰鸣的涛声！

第三天　　探玉水寨梦幻家园　寻白沙村木氏先祖

4月27日上午，寸师傅小杨夫妇陪游玉水寨和白沙景点。

沿丽江香格里大道北行，出城区不远就看到云雾掩映的玉龙雪山。北行15公里，就到了纳西人的梦幻家园—玉水山寨。

寨前门垛上虎牛雕塑共同顶起"玉水寨"三个硕大的行书汉字匾额。门前几个纳西老媪列队歌舞，祝福吉祥！我招呼三哥三嫂俊秀与其共舞入寨。进寨门不远，

高高矗立着2005年建成的《世界记忆遗产东巴古籍文献纪念碑》。碑顶部是紫铜神鸟—始祖东巴什罗护卫"修曲"，碑体石柱上雕刻始祖取经经文。我们穿过宽敞的纳西古乐展演厅，经过酿酒坊、造纸坊、榨油房、织布间，走进民俗院。纳西古代民居以"母房"为中心，母房则以"火塘"为中心，围火取暖、就餐、会客。北面山坡上，高木架子捆布条，五彩斑斓，是祭风场。东面半山山麓，是"玉水缘"神殿。神殿坐落在汉白玉石栏高台上，雄伟庄严。殿前有青石块砌成的高大的"天香炉"。神殿内供奉纳西东巴教主要崇拜对象：东巴什罗、崇仁利恩、阿普三朵、署等。前面是"和合院"，绘有东巴壁画，教育后代与自然和谐相处。再往前就是神泉古树了。神泉东侧石碑上刻"丽江源"三字；西侧一尊金光闪闪的神像，其上半身是人，下半身蛇身，坐落在莲花宝座之上，这就是自然神"署"！神泉后面有两棵参天古树—五角枫，八百年树龄。游人纷纷与泉神、古树合影留念。泉水流入下面的水池，水草碧绿，鳟鱼金黄。玉水三叠入寨，形成出龙瀑、戏龙瀑、送龙瀑三个瀑布群。水车咿呀，目送日夜奔流的雪山神泉，滋润千年丽江平坝。

从玉水寨南行数公里，到白沙古镇，面包车停在"白沙壁画"景点门口。琉璃殿现存壁画16幅，大宝积宫存12幅。两殿分别为明永乐、万历年间所建。据载，明洪武十五年，纳西首领阿甲阿得率众归附，明太祖钦赐阿得木姓。木氏土司积极引进内地文化技艺，在白沙修建庙宇多处，于殿宇四壁作画。大宝积宫等殿宇是保存明代壁画较集中之处。

白沙文昌宫设有"木氏土司历史文化展"，明确指出；"白沙是木氏土司发祥地，纳西文化的发源地""是纳西族在丽江的最初聚居地。"

唐时，南诏王封玉龙山为北岳，建祠奉祀；元忽必烈封玉龙山为"大圣北岳安邦景帝"，扶持木氏祖先为丽江统领。此后400年，木氏土司在云南历史舞台留下光彩一笔，世人称其为"木天王"。"木天王"的故事，也是中华兄弟民族和谐共荣的一个历史注脚。

时过中午，小寸小杨送我们到束河古镇北一停车场，他们有事返回。我们沿青龙河、九鼎河南行，在本地人开的"田汉阁"用餐。餐馆主人是优秀共产党员，堂屋挂着中央刘云山等人来访大照片。席间我们雅兴顿生，决定成立四人旅游团"党组"：三哥入党最早，自荐任党组书记；三嫂和我同年入党，年长于我，任团长，我任秘书长；俊秀是党外积极分子，年岁最小，锻炼锻炼，任副团长。于是，由团长提议，经一番民主讨论，秘书长宣布：明天下马观花，再游束河！

第四天　下马再游束河古镇　上山远眺万古高楼

4月28日，早饭后打车到束河镇东停车场，沿龙泉路自东而西，挨门入户观花问柳。

第一家客栈叫"六和院子"。门楼和庭院连在一起，是一座长方形两层楼四合院。花木葱茏，装饰典雅。何为六和？曰："身和同住，口和无诤，意和同悦，戒和同修，见和同解，利和同均。"

第二家是书香门第"正福草堂"。门前对联宣称："世上几百年人家无非积善，人间第一等好事祗是读书。"

第三家是摩梭族"阿卡巴拉"客栈。栈前对联直白："三春草木如人意，万里河流似利源。"摩梭族是纳西族一个分支，至今保留着母系社会走婚习俗。

第四家是"卓雨巴小院"，流浪者之家。

第五家叫"错不了客栈"。大门对联写道："遇丽江情情深情重情亦生，逢束河缘缘起缘落缘未了。"院内有一株大樱桃，桃叶碧绿，金果累累。店主说特价房每天50元。

继续西行，走进"段氏扎染坊"，三哥建议俊秀给亲家买两条扎染围裙带回。隔壁"幸福三村"门前有一棵叶绿花红花穗累累的香花槐，为我这次川滇行所仅见！走过"束河完小"，经四方街北拐，就到"茶马古道博物馆"和"束河皮匠历史展览馆"了。

博物馆的序言与图示表明，茶马古道是堪与我国丝绸之路媲美的国际经济文化纽带。它分为北路南路两条，北路是川藏古道，南路是滇藏古道。我国西南地区原来比较封闭。战国至秦汉时期，先是氐羌南迁，后有汉朝开发建郡县，逐渐加强与内地的联系。唐、藏通婚，文成公主带去饮茶习俗。后来唐藏关系紧张，又给滇茶入藏提供了机遇。宋元明清，茶马贸易进一步扩大。到抗日战争时期，茶马古道成为运送抗日物资的国际通道。茶马古道是民族交往的奇迹，是民族经济文化的纽带和桥梁！

与古道博物馆毗连的是"束河皮匠历史展览馆"。

展馆工作人员扼要介绍了束河皮匠的发展历程：纳西属游牧民族，雪山草地，"四时羊裘"。随着内地皮匠的流入，束河明代开始成为商品集散、皮革加工中心。民国末年，束河仁里等村皮匠达300多户。束河皮匠沿茶马古道开拓业务，民间有"一根锥子走天下"之说。

中午，我们在离"田汉阁"不远的纳西世家"丽雪阁"用餐，饭后又参观了"茶马王"帮首故居纪念馆。又逆九鼎河到九鼎龙潭，游览了"龙泉寺"三圣宫。三圣宫大殿坐西朝东，中间供奉观音，左边供奉龙王，右边供奉孙膑。纳西人是把孙膑视为皮匠祖师来供奉的！

总之，下马再游束河，像蜜蜂飞入花丛，见识颇丰，收获颇丰。我们带着决策得当的喜悦心情回到住处。

是日傍晚，我们从丽江四方街向西南走，经黄山街下段，拾级曲折攀上狮子山，登上万古楼。1997年建成的万古楼，五层重檐木结构，高33米。从狮子山观景台向

东北眺望，大研古镇尽收眼底。到万古楼顶层四面眺望，景象各异：北眺玉龙银装素裹，象山山麓绿树掩映；东望金山起伏壁立，丽江车站依稀可辨；南望文峰脉伏龟蛇，镇邪白塔苍原玉立；西望金沙山峡遮掩，拉市海湿地憾未涉足！经纳西张兄热情指点，我目光凝滞在西南方向的白华，那是70年代北京林学院曾经搬迁下放过的地方，顿时脑海里浮现一幕幕麦收劳动、生活学习的场景。

今日在狮子山顶万古楼上，在古城至高点，环顾丽江街区，眼见四处华灯辉煌，耳听歌声管弦悠扬，禁不住令人赞叹：四十年啦！如今的丽江喜着盛世新装！

第五天　游"木府"　找"附三"

"木府"是木氏土司的官邸、衙门，是丽江古城的紫禁城，也是古城文化的大观园。4月29日上午，我们从大研镇四方街开始，顺七一街东南行，到"官门口"折向西南。过"天雨流芳"木牌坊，到"忠义"石牌坊，就是"木府"大门了。门前石牌坊原为明万历年间用下虎跳的汉白玉所建，高18米，宽9米，匾额镌刻明神宗钦赐"忠义"二字。此碑堪与大理三塔媲美，民间有"大理三塔寺，丽江石牌坊"之说。大门廊柱上有木泰土司所题对联："凤诏每来红日近，鹤书不到白云闲。"表明地方与中央关系深厚和谐。

木府内的主要建筑，"议事厅"气势恢宏，庄严宽敞；"万卷楼"集千卷东巴经、百卷大藏经之精粹；"护法殿"又称后议事厅；"光殿楼"乃后花园门楼，史称该建筑"称甲滇西"；"玉音楼"是接圣旨之所和歌舞宴乐之地；"三清殿"是木氏土司推崇道家精神的产物；狮山古柏深处，还有祭天、祭祖、祭署场所。

"木府"是一座建筑艺术殿堂。她既体现明代中原建筑风采，又保留唐宋古朴粗狂韵味，殿堂坐西朝东、活水长流的布局，又见独特纳西传统。木府建筑兼容纳西、白族、汉族的艺术风韵于一炉，是一难得建筑组合宝殿。

"木府"又是一处难得的园林苑囿。她融山川清雅、王宫富丽于一体，汇纳西名木古树、奇花异草于一处，展现了纳西民族博彩广纳的学习创新精神。这难道不正是我国各民族都应共同弘扬继承的宝贵的精神财富吗？

我这几天重游丽江，自然不时回想起四十年前那段"随迁"经历。

1969年10月，林彪发出战备疏散"一号命令"，北京各大专院校纷纷迁出北京。林业部军管会决定，北京林学院全校迁云南。从1969年11月底到1970年4月，迁滇师生2600多人，分布在滇南滇西8个林业局几十个林场。我是林业系随迁家属，最初下放到弥勒县江边林业局，住云脚山沟木板房，炸石修路。1970年初夏，坐四天篷车到丽江。先住白华大队参加麦收，后随"院直""后勤"调整到"附三"上班，住大研镇杨姓老乡家。这次我一到丽江就到处打听房东下落。有一处大概是房东家原来位置，现开发为"花马商业街"，杨姓房东渺无踪影。当时上班的地方人们叫

"附三"，哪里是附三？不得其详！29日下午，我打的寻踪。跑几十公里问过黑白水林业局后，才知道"附三"是原国家林勘队支队"附属三大队"简称，单位已撤销，变成了居民区。位置在市委党校隔壁，林业局水运处旧址。我走到山坡路口打听，当地一段姓老兄陪我在楼间穿找，在临巷一关闭的铁门内，看到了那座熟悉的灰砖楼的身影！

70年代第一次来到遥远的纳西古城，感触最深的是丽江人勤劳纯朴的民风：无论在白华、在大研镇，早晨一吹哨，不到六点男女齐出动，妇女什么脏活累活都干！街边河边学校院落树上果实累累，苹果垂手可得而无人采摘，民族兄弟和睦相处！

丽江纳西人深受中原汉族传统文化的濡染熏陶。勤劳，善良已成为汉人纳西人共同的民族精神。无论白华和姓房东一家、古镇杨姓老汉一家，短时期的相处已使我感受到：汉族和纳西族是相互容融、休戚与共的"一家人"。

"随迁"的经历是短暂的，中华各族人民的历史是长久的。

在临别丽江的傍晚，我们旅游团四人，一同登上狮子山北坡双石公园之巅：北眺玉龙，雪映银嵌，环顾丽江，街楼斑斓。一个现代化多姿多彩的旅游古城无可争辩地展现在我们面前。可爱的丽江啊，再见！

2010年6月

【03】游资中重龙山

2010年5月8日，我和俊秀游览资中重龙山。

早八点从内江乘高速快客四十多分钟就到资中。由高速路出口右行乘公交车，穿过沱江大桥，到达重龙山公园路，路口石牌坊上横书"重龙山风景名胜区"字样。缓步上行进公园大门，走不远就是摩崖造像群－重龙山北岩石刻，山麓石壁雕像上挂满了红布条。沿山路曲折而上，见一石壁水池，上刻"唤鱼池"三字，据说为苏东坡手迹。山南侧是重龙古迹永庆寺天王殿。永庆寺始建年代不详，明洪武时重修，依山面世，风光绮丽。

屹立于重龙山巅的重龙阁是一仿古建筑，1989年11月10日奠基，1991年11月基本竣工。依山坡拾级而上，更感到楼阁雄伟别致。阁高30.9米，飞檐翘角，共六层。登临可鸟瞰"资州八胜"。重龙阁古址为隋唐"蓬莱阁"（又称"金仙阁"）。底层是一个巨大的龙宫，正前方是海龙王造型。宫中四根高六米的盘龙石柱，为由金带乡移来的清代乾隆雕刻。后面有一长八米、高5米龙纹照壁。循螺旋回梯登楼，可上二、三、四层，其中间大厅分别为"人文荟萃"、"古胜厅"、"秀丽山川厅"。凭窗眺瞰，极目云天。有诗赞曰：怀古登高重龙阁，俯瞰沱江帐缪阔。四方名山收眼底，胜似蓬莱气磅礴。

重龙阁周围，花木葱郁。西面花圃一丛双色茉莉，引来成群白粉蝶追逐翩飞；路边串红娇艳夺目。我打开照相机择时录像，一对年轻夫妇和他们的孩子的欢声笑语不意间被录了下来。

从重龙山下来，不远走到资中有名的状元街。状元街初建于北宋雍熙年间（984-987）。后来这条街曾出过两名如雷贯耳的状元：南宋状元赵奎和清代状元骆成骧。

文庙位于状元街的中间。资中文庙始建于宋代雍熙年间，原址在县城东街，清道光九年（1829）迁此重建。形制仿山东曲阜，坐北朝南，占地面积7034平方米，建筑面积3446平方米，气势恢宏，古意盎然。从外面看可见"万仞宫墙"四个大字，步入文庙，祠庑殿堂庄严肃穆。由于资州是苌弘故里，孔子曾就音律问题专门就教于苌弘老师，故在大成殿内立一尊高3.8米的孔子站像。大成殿内还有孔子中国最大的木牌位，明嘉靖八年制作，书"至圣先师孔子神位"，也是资中文庙的镇馆之宝。"孔子站像""孔子牌位"、加上清代帝王等称诵孔子的"十方匾额"，被称为大成殿"三绝"。

行走间，西庑廊柱对联夺目而入："事能知足心常惬，人到无求品自高"。走进西庑厅内，墙壁是黄庭坚的书法名作"幽兰赋"！我赶忙接续拍照留存研读。这通书屏由清代高手雕刻，由7块2.5米高的石碑组成。"幽兰赋"系唐人韩伯庸所作。以歌颂兰花，寓意歌颂贤臣。通篇文辞华美，音韵铿锵，以物寓志，文情并茂，读来脍炙人口。这通长屏署为黄庭坚所书，黄庭坚（1045－1105）是北宋诗人、书法家，主张入古出新，以意取胜，他的书法奇伟爽朗，与苏轼、米芾、蔡襄并称为"苏黄米蔡"四大名家。

文庙内一展厅还介绍了张大千的资中情结。张大千是内江人，视资中为故乡。五十年代他在巴黎给出使法国的郭有守先生（资中人）画了一组思乡之作"资中八胜"：三峰毓秀、重龙晓霭、倒挂琵琶、百步云梯、麦田云浪、珠江夜月、古渡春波、滴水弹琴。"资中八胜"图文并茂，记录了张大千"异域见老乡，思情万里长"的真情实感，其言亲亲，其情切切。"资中八胜"因此成为资中一张别具一格的文化名片。

2010.5.

【04】都江堰之行

2010年5月14到17日，我和俊秀重游都江堰。第一次到都江堰是2000年7月，我们游览乐山、峨眉山之后来到这里。那次我们游历了青城山前山景区和都江堰古堰景区，俊秀姑父母和表弟妹全家热情接待，留下美好记忆。十年后再到都江堰，世事沧桑，俊秀姑父母已相继离世，此行增加了一项活动—陵园扫墓。

5月14日下午，我们自内江高客中心乘中巴，历时三小时到都江堰。路边可以看到正在修建中的成都到都江堰轨道交通线，市区入口挂巨额横幅"拜水都江堰，问道青城山"。街道两旁是挂满幕布围网的在建楼舍，各个街区笼罩着灾后重建的忙碌氛围。当晚表妹晓平妹夫杨凌在"小兄弟饭店"设宴欢迎，表弟更生夫妇、文生夫妇出席，还有杨凌母亲龚娘。外甥女学睿和男朋友也从成都赶了回来。

5月15日上午，文生开车，晓平陪同，我和俊秀前往城北宝山塔陵园。一路阴雨，山间云雾弥漫。我们撑伞攀上墓地石梯，在李光耀、罗玉卿老人墓碑前燃香焚纸，祭奠在地震前后去世的两位先人。

从陵园出来，小客车继续曲折北上，晓平说带我们去趟紫坪铺。车子拐弯之后，看到迎面奔流而来的岷江，车子在水库大坝前停下。路边牌板显示这里是"紫坪坝综合水利枢纽"。紫坪坝坝高158米，屹立在山谷云雾中！综合水利工程2001年开工，2002年截流，2005年下闸蓄水发电。地震后进行了为期一年的"大坝坝顶及防浪墙修复工程"，今年完工。水库总容量11亿立方米，是岷江上一座以灌溉供水为主，兼具发电防洪旅游环保功能的大型综合水利枢纽。我们从坝顶向库区水面望去，云遮雾挡，看不到水岸边界，只能看到朦胧的山影。在路边哒哒哒的机声伴奏下，我们在江边"人、车合影"留念。

在返回的路上，我们参观了晓平正在装修的别墅房，庭院里一颗一米半高的盆栽芹菜，白花绿叶，繁花累累，实属罕见！还顺访了文生"林涧花语"新居，院内曲水廊桥、花红草绿，比2000年我们住过的文生原来那套房子讲究多啦！

下午，学睿在电脑上下载了我带的U盘材料，有小动物"抓拍"集锦，有"美丽的新疆"摄影图片，晓平、文生都围拢上来欣赏观看。晓平俊秀姐妹见面有许多话想说，晓平提出要陪我们上街转一转。于是我们一起漫步文正街，信步杨柳河街，往返街溪小桥，观看溪边雕塑。走到了2000年傍晚曾经一起留影的"南桥"，穿过南桥商业街，沿玉带街走回住处－光明街荟文苑。我们走过的街区显示：都江堰正在焕然一新。

5月16日，我和俊秀重游都江堰景区。

在光明街吃过早餐，两个灌汤包一碗粥。来到都江堰景区大门。我年过七十，免费；俊秀不到七十，半票。这个景区大门实际上是原离堆公园大门。进门后靠左，是华西最大盆景园—"清溪园"。一进门是叠水花墙，高大的紫薇花篮、屏风盆景点缀园内。出清溪园继续直行，右侧有一株亭亭玉立的"张松银杏"，传为东汉后期西川别驾张松手植，1952年由张松故里移来。高6米，胸围3.75米，树龄1800年。游人纷纷树前拍照留影。再往前就是伏龙观。伏龙观原为"范贤馆"，是晋代纪念三国贤士、天师道首范长生而建，北宋时改为"伏龙观"，也叫"灌口庙"、"李公祠"，为纪念李冰父子降服孽龙而更名。拾级而上，可见伏龙观主殿三重。正殿右侧立一尊290厘米高的李冰圆雕石像，为1975年迁建安澜索桥时出土移来供奉。

永春斋旅游随记 ○ 陈志勇 著

走进"观澜亭",那里是遥望古堰渠首、近看宝瓶分流的好去处。从伏龙观下来,右拐走过索桥,乘景区电瓶车越过飞沙堰闸桥,沿金刚堤右岸前行,到达鱼嘴。在鱼嘴远眺岷江上游源流,近察岷江内外江分流,往左观看沙黑河闸,各处拍下工程细部近景。从鱼嘴回折,是安澜桥。战国末李冰建堰时始建安澜索桥,它是我国五大古桥之一。最早称"竹桥""竹藤桥",古称"珠浦桥",宋称"评事桥",几经洪水损坏,明末毁于战火。清代1803年私塾先生何先德夫妇带领乡亲建成竹索桥,桥面铺木板,旁设扶栏,更名"安澜桥",为感念何氏夫妇又叫"夫妻桥"。1964年山洪暴发古桥被毁,重修改木桥桩为混凝土桥桩,此前索桥已改用铅丝铁索,扶栏仍以竹藤包缠。1974年修建外江闸门时,将安澜索桥从鱼嘴下移130米,改用钢索。安澜桥1982年被列为国家级文物保护项目,此后每五年大修一次。2008年3月经过历史上规模最大的维修保养"手术",经受住了5.12地震考验。我们踏上安澜桥板,"走一走,摇一摇,摇摇晃晃安澜桥!"穿过桥头堡双层六角亭右拐,是为纪念"李冰"及其儿子"二郎"所建的"二王庙",因地震损毁严重,正在封闭重建之中。顺岷江岸前行,路标指示"松茂古道",林间空地有一滚落巨石,上面刻写着:"'5.12地震遗迹 2008.5.12.14:28'中国汶川发生特大地震,震级为里氏8.0级,此处为地震发生时山体滑坡所留遗迹。"我端详着这块高近两米、长宽三米许的庞然大物,不禁感慨:这不仅是山体滑坡的遗迹,而且是不可抗拒的自然力对人类的一种警示!往前走是"玉垒关"。"玉垒关"用条石垒砌,两侧对联书"玉垒峙雄关,山色平分江左右;金川流远派,水光清绕岸东西"。再上行不远是"宣威门",从城门楼右侧可到"斗犀台"。在台上凭栏俯视,岷江滚滚,不禁令人联想起"李冰斗犀""降服孽龙"的神话故事。继续前行,景区内还有"城隍庙大殿""灵官楼""马王殿"等景点。离景区出口不远是"十殿",沿石径而下,两侧十殿中有造型生动的大小二三百尊彩绘泥塑。跨出都江堰景区大门,有一道高大的牌坊,上书"玉垒山"三字。啊!原来都江堰景区这一出入口,就是原玉垒山公园的大门呐!

我们在文庙街吃过午饭,晓平电话催我们去看足球赛。我们打车回荟文苑取足球票,赶往"都江堰体育中心"。出租车飞驰都江堰大道、彩虹大道,到达市区东南迎宾广场附近的体育中心。这是一座非常开阔的、现代化体育场。比赛已开始,绿茵场上散布着蜂拥追逐的球员,看台上拉拉队助威锣鼓和歌声此起彼伏。这是中国足协一场甲级联赛,由"成都建工地产"对阵"安徽九方"。成都队凭借地利人和士气大振,上半场就攻进对方两球,拉拉队鸣号鼓噪释放红色烟雾!安徽队虽未甘拜下风,但难以扭转颓势,最终以0:3告负。我们有幸在都江堰新建体育中心,看一场震人心弦的中国现代足球比赛,亦属难得!

5月17日晓平准备了丰盛的早餐,早饭后我们告别平妹龚娘,离开荟文苑去游览"奎光塔"。原想去青城山后山景区看看,听说后山景点地震损毁严重,上山缆车尚未修复,只好作罢。我们打车到奎光路,临街右侧就看到奎光塔挺拔的身影。

进公园大门，院内有一支腰鼓队正在演练，有人驻足观看。我们走近塔基，仰视52米高17层的六面砖塔，塔身秀丽笔直，砖缝横平竖直，丝毫看不出地震损坏痕迹！塔前立两块碑刻，记述修建、维修经历。奎光塔始建于明代，清代灌县知县周因培1831年重建，它是我国层数最多的古塔。上世纪八、九十年代地震水患使1-3层破损严重，2004年曾加固维修，对其倾斜进行通体纠偏。2005年扩建为占地18亩的奎光塔公园。2008年5.12地震对其破坏较大，北侧出现贯穿性裂缝，最宽达15厘米。这次进行了全面抢救，通过钢筋贯穿等方式，为塔身穿上一件隐形铁衣。塔体内加钢柱，外部钢带围箍，裂缝灌浆，最大限度地回复了古塔原貌。古塔西侧建有"周公祠"，正堂挂周因培画像，画像两边对联书："自静其心延寿命；无求于物长精神"。祠堂院门楣镌刻"崇儒"二字，两旁对联刻写道："圣塔蓄文风，千千学子思报国；祥云浮玉垒，九九名士竞争光"。从奎光塔公园出来，我们打三轮车绕路而行，才走到"李冰广场"，那里也是推土机机声隆隆，一片繁忙景象。我挤到围栏幕布前，抢拍下广场上李冰父子站立船头（石岸）那风尘仆仆的雕像。离广场不远是汽车客运中心，我们抓紧时间买了返回内江的车票。看看离开车时间尚早，我们又走马观花浏览了"水文化广场"和"中国水街"。

　　都江堰的灾后重建，是由上海市对口援助的。据了解，上海援建采取"援建+合作"模式，实行"长短板对接"。首先从农业、旅游业入手，重建"为农服务体系"。一年完成市级"为农服务中心"（7500平米），两年完成16个乡镇"综合服务站"（每个站600平米）；自向峨乡到青城山镇，援助形成"10万亩现代农业集聚区"；援建"10万平方米就业创业基地"，提供5000个就业岗位，年创1500万元税收；在上海援建指挥部协助下，都江堰赴上海招商，签订100多项合同，协议金额70多亿元；在灌口镇一平方公里范围兴建"壹街区"，打造一个"川西风貌，上海风情"的综合商住社区，安置7000多户，2万余人。此外，我听说为都江堰题写"拜水都江堰，问道青城山"这张旅游文化名片的余秋雨先生，为"蒲阳小学"、"李冰中学"、"都江堰市外国语实验学校"捐助的三所"秋雨图书馆"业已落成。

　　下午两点，我们登上返回内江的豪华大巴，都江堰的所见所闻在脑海中不停翻涌着：灾后重建全国支援……对口援建小康着眼……多难兴邦领导有方……中华崛起"模式"突显！难道不是嘛？车过龙泉驿，激奋心情渐趋平缓。人在旅途，畅游河山，记诗如下：

　　　　　　　四川盆地灌口扇，　千里岷江下松潘。
　　　　　　　青城山撑苍天帐，　鱼嘴吞吐内外澜。
　　　　　　　松茂古道玉垒山，　宝瓶仙饮五河散。
　　　　　　　伏龙叩拜二王庙，　李冰广场今人献。
　　　　　　　西蜀田园造新梦，　杜公惊赞换人间！

2010.12.

【05】看世博 游上海

2010年9月10日晚,我登上北京南站开往上海虹桥的D301次动车组,开始了为期十六天的上海之旅。承蒙大学同窗张吉林的热诚安排和其女儿一家的热情接待,虹古路419弄8—102室,成了我这次上海之行安营扎寨的游旅港湾。

在沪期间,我两看世博,四会同学,八访陵园名胜。还先后赴苏、杭游览。见识颇丰,不虚此行。

两看世博

9月12日和19日,我先后两次参观上海世博会。

12日清晨七点,我和张吉林从虹古路赶往世博园,七点半到世博园入口,在绿色通道外排队等候。九点安检,领取中国馆预约参观卡,九点半进馆参观。中国国家馆外观雄伟壮丽,突出"东方之冠,鼎盛中华;天下粮仓,富庶百姓"的构思主题。深红色斗拱,状如展翅欲飞的"华"字,矗立于A区世博轴东侧。中国馆展示城市发展中的中华智慧,分为"东方足迹"、"寻觅之旅"和"低碳行动"三个展区。

第一展区"东方足迹":首先观看大屏幕影片《历程》,讲述春天的故事,改革开放岁月回眸,展示城市面貌、家庭生活、精神面貌各方面发生的变化。接着越过《智慧的长河》,观摩一百多米长,人、物皆动的"清明上河图"和"秦始皇兵马俑"。再穿过少年儿童画廊,欣赏孩子们对城市变化发展的《童心畅想》。在《希望的大地》展厅,展示同一屋檐下的多彩建筑,展示根植土地厚德载民的超级水稻。回顾城乡绿色家园建设的律动,认知建设和谐城乡的足迹。

第二展区"寻觅之旅":我和吉林依次在月台排队等候轨道车,乘隙请服务员为我俩拍照留念。这一展区通过乘车游历的方式,体验中国城市营建与规划的智慧传承。共分四个区,提炼出四个字:城市规划区—"范", 桥区—"达",斗拱区—"工",园林区—"逸"。四个区四个关键词,成为城市建设古今对话与传承的重要内容,蕴含深厚,新颖别致。

第三展区"低碳行动":展区迎面墙幕称,由于全球碳排放量急剧增加,自然环境不断恶化,已向人类发出明显警示。我国重视"植树造林""返璞归真",对全球做出了贡献。低碳行动必须"用之有节","取之有道"。大厅内展示了我国发展太阳能、风能、生物质能技术以及智能化的能源控制和分配系统。展台上一款2005太阳能汽车样品令人瞩目。大厅中间巨大的环形水帘下,池中盛开荷花,预示中国城市美好未来。水帘前标注"感悟之泉"。

从中国馆出来，买了两本世博会集邮珍藏纪念册，在其首页庄重盖上中国馆红色"华"字纪念章留念。接着就近参观了尼泊尔馆、巴基斯坦馆。乘园内交通车穿越黄浦江地下隧道，在世博园西片观望中国船舶馆、信息通讯馆、中国航空馆、石油馆等建筑外形，回眺黄浦江东岸中国馆、世博文化中心壮丽的身影。

9月19日，我七点半乘地铁到西藏南路，进世博园2号门在绿色通道前排队，九点安检入园。在世博园西片先后参观了"中国船舶馆""中国铁路馆""震旦馆""城市足迹馆"。

排队四十分钟进入船舶馆。据说该馆址坐落江南造船厂原址，这次建馆，是中船集团重回老厂的"世博之旅"。该馆建筑略成长方形，有"龙之脊，景之最"美誉。该馆主题是："船舶，让城市更美好"。中间穿层大厅展示现代远洋轮船指挥塔，四周分别展示海洋石油平台模型，漂移农场船模型。一侧长长的墙壁上有招手即来的多媒体移动船影，给人留下新奇印象。

出船舶馆乘园区观光车南行，走一站就是"中国铁路馆"。该馆体现"和谐铁路，创造美好生活新时空"理念，分历史、现实、未来三个展区。展示内容主要是：路基三更新，火车大面积提速经历三阶段，城际高速动车谱写新篇章，现代化大型铁路枢纽站壮观便捷，中国铁路建设别开生面。展馆内陈列了一辆我国早年引进、美国1920年制造的SN26机车。

和铁路馆相邻的是"震旦馆"，由台湾震旦集团组建，以"中华玉文化，城市新风格"为主题。该馆以图版和实物宣示"君子比德于玉"的思想，展示内容主要有：几千年玉文化演绎城市文明秩序与和谐；"红山玉人"是拥有6500年历史的玉中瑰宝；"C"字龙享有中华第一龙美誉；2.5吨重的《勇攀高峰》玉山子玉雕，展现中国人第一次登上珠穆朗玛峰壮举，堪称国宝。展厅有一架琢玉机实物，配一幅"古人琢玉图"，引人注目。

二看世博最后一个场馆是："城市足迹馆"，它坐落在西片D区，是世博园五个主题馆之一。城市足迹馆与另外四个主题馆—城市人馆、城市生命馆、城市地球馆和城市未来馆概念连接，反映城市诞生、发展中人、城市和环境之间的互动。城市足迹馆以"理想幻城"为序厅，分设"城市起源"、"城市发展"和"城市智慧"三个主展厅。序厅用巨幅油画展现城市发展变化五千年历史；城市起源厅用恢弘的影像和代表实物，描述西亚和中国城市由庙塔—集市—住宅—皇宫—城墙相对应的起源过程；城市发展厅和城市智慧厅，选取重要时空片段和珍贵文物，再现了中国、巴比伦、意大利古文明的城市建造智慧史踪。

这次上海世博会本想参访的西方场馆，后来未能再次前往，留下遗憾。不过英、德、西班牙、沙特阿拉伯等馆的精彩展示内容都能从网上查阅，虽不是亲眼所见，只要想了解，尚可弥补。

四会同学

在沪期间，分别与五位同学四次会面。

第一次，与许德馨、张吉林三人小聚。9月14日上午，许德馨带着世博月饼到住处看望我们，中午带我和吉林到新南华大酒店吃饭。许、张都是北京农大同班同学，近年常见。许德馨是许晓轩烈士女儿，在《红岩》小说中，许晓轩被分别塑造成许云峰和齐晓轩两个人物，德馨讲，小说中的齐晓轩更像她父亲。许农大毕业后一直在上海工作。吉林退休于成都四川省农科院，今年六月来上海。三人聊天中谈到幼儿教育问题，许德馨颇多经验见地。

第二次，与苏万动会面。苏是高中同班初中同级学友，南开大学化学系毕业，和同班同学结婚，分配到河南焦作工作。不幸爱人早逝，再婚又离。退休后和儿子来上海女儿家，晚年生活过得倒也清闲舒适。9月15日，我乘地铁1号线到终点莘庄，万动已在站北广场等候，我们乘小区班车到达住处，别墅小楼，环境优雅。中午我们两人到一老东北菜馆用餐，万动直说吃的太简单了。饭后冲个澡，随便聊天看相片，交谈各自生活状况。五点多给我准备晚餐，吃了面条又送我到一汽车始发站，径回虹古路住处。

第三次，拜访阔别55年的赵铁锤。赵铁锤是我初中同窗，分别后一直没能见面。前几年穆耀辉告知他的信息，我和他通了电话，得知他至今保留着我送他的一把京胡。9月16日上午，我到徐汇区龙漕路58弄15号看望他。房舍稍显简陋，他和老伴都已退休，女儿一家在美国，捎回个笔记本电脑，赵正从ABC起步练习。我带去一本辛中校庆校友照片集，他反复翻阅，不少人不认识了。忆及往事，经他一说我才想起：赵和王知择初中毕业考上北京气象学校，58年三年毕业，8月19日分配工作离校；我58年高中毕业考上北京农大，8月26日到京报到，第二天就去北京气象学校找他俩，没想到人走楼空，晚了几天就成一生憾事！想不到55年之后，耄耋之年上海相见，实属难得！他老伴忙着沏茶备饭招待。他拿出我送他那把京胡，拉了段"小开门"，多年未闻的旋律又把我引回了童年。

第四次，与朱缓见面。朱缓是崔俊岭北京林学院同班同学，朱缓是班长，俊岭是团支部书记。1998年俊岭手术之后，朱缓来北京搞园林工程时，我曾和她见面并有过交往。我到上海后几次联系，两进仙霞西路300弄，才在住处见到她。她们正在编写一本北京林学院园林系同届校友纪念册，要我提供崔俊岭的照片和资料。正好有我准备送给她的几张相片，和我怀念俊岭的诗稿《怀思吟》，随手给了她。并答应回京后寄一份《崔俊岭生平》给她们参考。

八访陵园名胜

一访龙华烈士陵园。

记得在中学曾看过一篇有关上海龙华革命烈士的文章，使我对上海龙华产生敬仰之情；可能是看了龙华狱中革命志士的诗作"龙华千古仰高风，壮士身亡志未穷。墙外桃花墙内血，一般鲜艳一般红。"的缘故，我印象中总觉得龙华有繁繁累累盛开不败的桃花林。我想这次去上海一定到龙华看看。第一次去探路，到龙华寺天已黄昏，走到烈士陵园已大门紧闭。我隔着栅门用相机闪光灯在夜幕中拍下"龙华烈士陵园"六个金光熠熠的大字，事后得知为邓小平所题。第二天上午天气晴朗，走进龙华烈士陵园倍感恢弘壮观！这座几经合并改建于1997年最后建成的"上海市龙华烈士陵园"，不负"上海雨花台"之美誉！是一座集陵园墓地、园林名胜于一体的新颖陵园。回溯历史，这里是1927、1928、1931年囚禁和杀害大批中共早期领导人、优秀共产党员和"左联"作家的地方。进大门后过纪念桥是纪念广场，纪念碑横书"丹心碧血为人民"，为江泽民1990年所题。东西两侧分别是《独立·民主》《解放·建设》两座群雕。继续沿中轴线向北，高大蓝色金字塔状纪念馆建在四层素色花岗石石阶上，"龙华烈士纪念馆"为陈云1991年题写。再往北是无名烈士墓，陵园内共有1700革命烈士英灵安息。东部还有碑苑、青少年教育和游憩等区域。陵园的景色是"春日桃花满园，夏日百花竞放，秋日红叶遍地，冬日柏翠梅香，四季松竹长青"。印证了我几十年来的龙华印象绝非空穴来风！

二访鲁迅公园。

9月20日上午，利用去杭州上火车前的近三个小时，我寻访了"鲁迅公园"。鲁迅公园在虹口足球场旁边，它是一个有百年历史的城市公园。1901年始建"虹口娱乐场"，1922年改称"虹口公园"。1956年增建鲁迅墓园，迁入鲁迅纪念馆，并由周恩来题写馆名。1959至1960年扩建山水风景区，1988年改扩建鲁迅纪念馆，更名为"鲁迅公园"。进公园西门不远，林荫下舞蹈健身人群密密麻麻，我穿过鲁迅纪念亭，直奔"鲁迅纪念馆"。服务员主动帮我存放旅行包，我走马观花浏览楼上楼下展厅，拍下几幅照片，拿了两份纪念馆简介、资料就出来了。北行穿越樱花园，西折南望中日友好钟座，从游船码头北面跨过湖桥，就到了鲁迅墓园。鲁迅墓前是先生坐姿铜像，墓地和铜像两侧，有高大硕茂的广玉兰和苍翠碧绿的龙柏，使墓园显得格外清纯壮美，透射出鲁迅先生恒天地日月的生气！

三访宋庆龄陵园。

宋庆龄1893年生于上海，88岁临终被接收为中共正式党员，并被授予"中华人民共和国名誉主席"称号。1981年5月29日在京逝世，据遗嘱骨灰安葬上海万国公墓其父母合葬墓旁。

9月25日过午，我打车到宋园路21号领取参观券入园。陵园大道中部横立一面花岗石纪念碑，高3.3米，宽5米，碑上面刻着邓小平题写的"爱国主义、民主主义、国际主义、共产主义的伟大战士宋庆龄同志永垂不朽"三十个烫金大字，背面碑文记载宋庆龄光辉一生。

纪念广场北部中央，坐落着宋庆龄汉白玉雕像，儒雅秀丽。再往北是宋氏墓地：父母宋耀如倪桂珍合葬墓居中，宋庆龄墓位于东侧，墓碑卧式，上面镌刻："一八九三——一九八一　中华人民共和国名誉主席宋庆龄同志之墓　一九八一年六月四日立"。和宋庆龄墓平行对应的西侧是保姆李燕娥的墓，李与宋庆龄患难与共五十多年，同年先于宋离世，李墓为宋庆龄立。南面西侧的"宋庆龄生平事迹陈列馆"正在重建之中。

四访中山公园。

9月18日下午，乘地铁3号线从上海火车站回住处途中，蜻蜓点水，顺游中山公园。上海中山公园始建于1914年，时称"兆丰公园"，1941年改为今名。上海中山公园集欧洲自然式庭院和中国古典园林风格于一体，是上海市大型公共园林。我从长宁路南大门进园，前园景区以大草坪为主，高大的悬铃木和香樟树错落其间，草坪上纳凉的人们星罗棋布。驻足陈家池，趋近看清牌子上标注"水榭絮雨"景点，是公园观雨佳处。草坪边缘有高大的白夹竹桃墙篱，蓝天中晚霞的余晖映射出点点风筝飘荡的身影。后园景区已罩上昏暗夜幕。走到荷花池西望：背靠西山坡，面对西草坪，是由黄杨造型的四个大字，夜幕下尚能展示"中""山""公""园"字形，使人心神为之一敞。

五访豫园。

豫园位于老上海市区，是著名江南古典园林。明代，四川布政使上海人潘允端，为侍奉其父而修建私园，取"豫悦老亲，颐养天年"之意叫"豫园"。走进豫园大门，是高大的"三穗堂"，上悬"城市山林"匾额，下有潘允端撰文《豫园记》。西部景区"仰山堂"与大假山隔池相望，大假山麓有"挹秀亭"，山巅有"望江亭"，"萃秀堂"是假山区主要建筑物。东部景区景点错杂星布，"玉华堂"前石峰一"玉玲珑"是豫园镇园之宝，被誉为江南三大名石之首。再向南是独成一体的"内园"景区，内园是园中之园，亭台楼阁、石峰小桥一应俱全。"静观大厅"亦称"晴雪堂"，是内园主要厅堂，雕梁画栋轩昂高敞。西南侧有"观涛楼"，东南是"九龙池"，南面是"古戏台"。古戏台1974年由闸北迁建于此，1988年修缮增建，造型优美，环境典雅。戏台两侧石柱对联是"天增岁月人增寿，云想衣裳花想容"。

豫园设计精巧细腻，小中见大。园内龙墙蜿蜒起伏，曲折步道回廊通幽，移步易景。大门外荷花池、九曲桥、湖心亭与豫园浑然一体。

六访城隍庙。

从豫园向南向东，不远就是上海城隍庙。上海城隍庙是道教宫观，始建于明代，已有六百年历史。"城"原指挖土筑高墙,"隍"原指没有水的护城壕。古人造城是为了城内百姓安全,他们认为与生活有关的事物都有神在,于是"城"和"隍"被神化为城市保护神。城隍神要由皇上敕封,明太祖朱元璋封秦裕伯为上海城隍神。1992年我来上海时城隍庙尚未修复,当时没有游客。这次来看,已经过第一期、第二期修复工程,修复了霍光、城隍、财神、慈航、元辰、关圣、文昌等九座殿堂。游人熙熙攘攘,香客不断,大殿前烟雾缭绕。

七访刘海粟美术馆。

刘海粟美术馆坐落在虹桥路水城路口,上下地铁10号线经常看到它湛蓝色馆舍。9月24日中午,我择时光顾。该馆由江泽民题写馆名,1995年建成。它集美术馆、纪念馆于一体,履行教育、研究、交流职责。刘海粟是中国新美术运动奠基人,美术馆的收藏以刘海粟捐献的艺术作品为主。二楼展厅都是馆藏精品,刘海粟先生的作品琳琅满目。其中有国画代表作《黄山一线天奇观》,油画代表作《巴黎圣母院夕照》、《太湖疗养院之雪》等。馆藏精品还包括刘海粟先生一生收藏的历代名家字画,有五代、北宋、金代稀世佳作,明、清仇英、董其昌、八大山人和石涛等人的精品。一楼展厅是当代画家李子牧国画作品展—《兰生幽谷》,门厅服务员向我赠送了兰生幽谷国画展简介和2010年第9期《书与画》期刊。

八访外滩。

9月25日上午,我乘地铁2号线南京东路下车,穿行天津路、滇池路走到外滩。和南京东路街口相对的广场上,矗立着解放后上海第一任市长陈毅同志高大的铜像。登上江边观景平台东望,对岸"东方明珠电视塔"巍然屹立。北行,高大的"上海人民纪念碑",矗立在黄浦公园北端。它东面圆形下沉建筑是"外滩历史纪念馆"。走进纪念馆,迎门序言称:"上海苏州河口以南,有一湾新月形的岸线,自十九世纪中叶以来一直为世人瞩目。这里南北不足两千米,却能集万国建筑于一身,融东西文化精华于一体,聚四海商界精英于一地,将一个半世纪的兴衰荣辱和历史风貌刻印其间。""外滩的楼、外滩的路、外滩的景,无不是上海近代化的明证。""外滩的历史,外滩的建筑既见证了帝国主义列强对中国人民的掠夺和奴役,也凝结了中国人民的智慧和勤劳。""新中国成立以后,尤其是改革开放以来,外滩地区的形态和功能不断演化:市政设施日臻完善,金融和商务功能不断提升,旅游和现代服务业逐步繁荣,'北外滩''南外滩'的延伸发展比翼齐飞。作为中央商务区核心区域,如今的百年外滩,携手隔江相望的浦东陆家嘴地区,正昂首阔步地朝着把上海建成社会主义现代化国际大都市宏伟目标迈进。"

9月25日下午四点,张吉林和女婿小申开车送我到上海南站,我离开上海。在沪期间我还分别去苏州、杭州游览,详情另文记述。

【06】我看上海世博会

两进世博园

今年夏天，上海世博会开幕有时，网上传来一些揶揄上海世博的声音。入秋，离世博闭幕只有一个多月了，我还是想亲身体察一下这场机会难得的盛会。我九月中旬到上海，两次参观世博会。

9月12日清晨七点多，我和年长我两岁的同学一起，到世博园入口绿色通道前排队等候。九点安检，领取中国馆参观预约卡，进馆参观。中国国家馆深红色，外观雄伟壮丽，斗拱状，像个展翅欲飞的"華"字，矗立在世博轴东侧A区。中国馆分三个展区。

第一展区"东方足迹"：首先观看大屏幕影片《历程》，讲述春天的故事，改革开放岁月回眸，展示城市面貌、家庭生活、精神面貌各方面发生的变化。接着越过《智慧的长河》，观摩一百多米长，人、物皆动的"清明上河图"和国宝——"秦始皇兵马俑"。再穿过少年儿童画廊，欣赏孩子们对美好城市的《童心畅想》。在《希望的大地》展厅，展示同一屋檐下的多彩建筑和根植土地厚德载民的超级水稻，回顾城乡绿色家园建设的律动，认知建设和谐城乡的足迹。

第二展区"寻觅之旅"：我们依次在月台排队等候轨道车，乘隙请服务员为我们拍照留念。这一展区通过乘车游历的方式，体验中国城市营建与规划的智慧传承。共分四个区，提炼出四个字：城市规划区——"范"，桥区——"达"，斗拱区——"工"，园林区——"逸"。四个区四个关键词，成为城市建设古今对话与传承的重要内容，蕴含深厚，新颖别致。

第三展区"低碳行动"：展区迎面墙幕称，由于全球碳排放量急剧增加，自然环境不断恶化，已向人类发出明显警示。我国重视"植树造林""返璞归真"，对全球做出了贡献。低碳行动必须"用之有节""取之有道"。大厅内展示了我国发展太阳能、风能、生物质能技术以及智能化的能源控制和分配系统。展台上一款2005太阳能汽车样品令人瞩目。大厅中间巨大的环形水帘下，池中盛开荷花，预示中国城市美好未来，水帘前标注"感悟之泉"。

从中国馆出来，买了两本世博会集邮珍藏纪念册，在其首页庄重盖上中国馆红色"華"字纪念章留念。接着就近参观了尼泊尔馆、巴基斯坦馆。乘园内交通车穿越黄浦江地下隧道，在世博园西片观望中国船舶馆、信息通讯馆、中国航空馆、石油馆等建筑外形，回眺黄浦江东岸中国馆、世博文化中心壮丽的身影。

9月19日，我七点半乘地铁到西藏南路，进世博园2号门在绿色通道前排队，九点安检入园。在世博园西片先后参观了"中国船舶馆""中国铁路馆""震旦馆""城市足迹馆"。

排队四十分钟进入船舶馆。据说该馆址坐落江南造船厂原址，这次建馆，是中船集团重回老厂的"世博之旅"。该馆建筑略成长方形，有"龙之脊，景之最"美誉。该馆主题是："船舶，让城市更美好"。中间穿层大厅展示现代远洋轮船指挥塔，四周分别展示海洋石油平台、漂移农场船等模型。一侧长长的墙壁上有招手即来的多媒体移动船影，给人留下新奇印象。

出船舶馆乘园区观光车南行，走一站就是"中国铁路馆"。该馆体现"和谐铁路，创造美好生活新时空"理念，分历史、现实、未来三个展区。展示内容主要是：路基三更新，火车大面积提速经历三阶段，城际高速动车组谱写新篇章，现代化大型铁路枢纽站壮观便捷····中国铁路建设别开生面。展馆内陈列了一辆我国早年引进、美国1920年制造的SN26机车。

和铁路馆相邻的是"震旦馆"，由台湾震旦集团组建，以"中华玉文化，城市新风格"为主题。该馆以图版和实物宣示"君子比德于玉"的思想，展示内容主要有：几千年玉文化演绎城市文明秩序与和谐；"红山玉人"是拥有6500年历史的玉中瑰宝；"C"字龙享有中华第一龙美誉；2.5吨重的《勇攀高峰》玉山子玉雕，展现中国人第一次登上珠穆朗玛峰壮举。展厅内有一架琢玉机实物，配一幅"古人琢玉图"，引人注目。

二看世博最后一个场馆是："城市足迹馆"，它坐落在西片D区，是世博园五个主题馆之一。城市足迹馆与另外四个主题馆—城市人馆、城市生命馆、城市地球馆和城市未来馆概念连接，反映城市诞生、发展中人、城市和环境之间的互动。城市足迹馆以"理想幻城"为序厅，分设"城市起源"、"城市发展"和"城市智慧"三个主展厅。序厅用巨幅油画展现城市发展变化五千年历史；城市起源厅用恢弘的影像和代表实物，描述西亚和中国城市由庙塔—集市—住宅—皇宫—城墙相对应的起源过程；城市发展厅和城市智慧厅，选取重要时空片段和珍贵文物，再现了中国、巴比伦、意大利古文明的城市建造智慧史踪。

上海世博园占地5平方公里多，分布在黄浦江东西两岸ABCDE五个展区，有主题馆、国家馆、联合馆和企业馆等百余个各类场馆，一两天绝难尽览！我的同学去了七次，也只看了一小部分。有关我国与世博会的历史渊源，历届世博会的成就及其对全世界发展的意义，只有通过媒体资料加以了解和探讨了。

走近世博会

世博会起源于十九世纪中叶，1851年在英国伦敦举办了首届《万国博览会》。158年以来举办了40次注册类世博会，《上海世博会》是第41次。国际展览局成立于1928年，总部设在巴黎。只有国际展览局的成员才能申请举办世博会，但任何国家都可以参加。

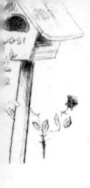

我国和世博会的渊源久远。早在1851年首届博览会上，中国商人徐荣村的"荣记湖丝"就获得万国博览会大奖。1915年，在美国举办的"旧金山巴拿马太平洋博览会"上，由陈琪率领的中国代表团，就获得57块大奖奖牌，茅台国酒"碎罐夺金"的故事传为美谈。1926年费城世界博览会，中国参展以生丝、茶叶、江浙绸缎、江西瓷器、福建漆器、手工刺绣、翡翠玉石等产品为主。可见从晚清到民国初年，中国就对世博会投射出关注目光和介入积极参与的身影，这也说明世博会是荟萃人类文明成果的一个展示平台。只是后来由于我国内忧外患战乱频仍，与世博会的联系才被迫中断。

改革开放以来，中国逐步加强了与世博会的联系和参与力度。1982年，美国"诺克斯维尔世界能源博览会"上，中国馆展出了太阳能热水器、太阳灶、太阳能航标灯、太阳能电围栏、沼气利用及各类工艺品。连续设馆参加了1984、1985、1986、1988、1992、1993年的美国路易斯安那世界博览会、日本筑波世界博览会、加拿大温哥华世界运输博览会、澳大利亚布里斯班世界博览会、西班牙塞维利亚世界博览会、意大利热那亚世界博览会、韩国大田世界博览会。1993年5月中国被国际展览局正式接纳为成员国后，相继于1998年、2000年、2005年建馆参加了葡萄牙里斯本博览会、德国汉诺威世界博览会和日本爱知博览会。并与2002年12月3日获得2010年上海世博会举办权。

开创全新未来

从获得举办权，到2010年上海世博会胜利举办，经过八年精心、全面、协力准备，实现了中华民族的百年梦想。从2003年起，我国连续举办七届世博会国际论坛，集世界智慧，精心策划。上海世博会组委会和上海世博会事务协调局不负众望，举全国之力，勤奋工作，出色完成114座各类场馆建设和7300万游客历时184天的各类参观活动；顺利实现园区内外基础设施和各类交通工具安全、有序、高效运行，日演艺活动超百项，日接待观众破纪录。积极招聘、培训、组织志愿者队伍，22万世博园内外志愿者及百万城市文明志愿者让"城市有我更可爱"、"小白菜"、"小蓝莓"的无私、热情、友善、好客，让世博会增添一道亮丽的风景线！

用国际展览局主席蓝峰在闭幕式上的致词来评价：中国2010年上海世博会是一个巨大的成功！这是中国的成功！这是上海的成功！

上海世博会荣膺许多称号："科技世博""生态世博""低碳世博""绿色世博""健康世博""无烟世博"……上海世博会有许多创新。首先世博会第一次在发展中国家举办；首次以城市为主题；首创城市最佳实践区，展示有创新意义和示范价值的城市保护及开发案例；第一次组办网上世博会，点击达2.8亿次；建立全世界唯一的世博会博物馆；首设残疾人综合馆；首次采用手机门票……海外媒体认为，"世界只要给中国一个机会，中国总能给世界一个惊喜"。中国上海是怎样把世博会办成"成功、精彩、难忘的盛会"的呢？上海世博会组委会第一副主任委员、上海市委书记俞正声总结说：办博精神最重要还是"宗旨意识""以人为本，为民服务"；"党的领导""群众路线""实事求是思想路线""始终尊重群众的意愿，回应群众的关切""三找三定"（找差距、找问题、找隐患；定措施、定责任、定期限）让世博会经受百万大客流的空前大考验！上海世博局局长说：世博会开幕以来，世博局慢慢形成了一种"闻过则喜"的文化。认真听取各种各样的批评，凡是有道理的立即去改！

群策群力是需要脚踏实地具体组织落实的。

为了绿色、环保、低碳，开幕式庆典广场摆了2000条世博环保长椅，每条椅子由856个250毫升牛奶饮料纸盒再生加工制成，这是72万市民"举手之劳做环保"，七个月收集100多万个包装盒的加工成果。为了实现园内交通碳的"零排放"，全部利用新型环保电动车；在主题馆中国馆安装太阳能设施，开发利用太阳能；在场馆和园区设施建设中推广节能设备，利用半导体照明；循环利用水热资源，江水、雨水净化收集；建造节能生态建筑，自然透光、屋顶绿化；进行固体废弃物无害化、资源化处理……

为了绿色、环保、低碳，世博会重大庆典活动坚持"一次性投入，可循环利用"原则，日常活动则"寓教于乐，低碳启蒙"；提倡并实行"绿色出行"，开展"低碳公交卡设计大赛"，开发"世博出行碳计算器"，搞"绿色出行之夜"，建"绿荫停车场"、"世博绿色出行林"；世博会内外结合，城市最佳实践区接待了3500批专业团队和200多个市区领导人，"沪上人家"、伦敦"零碳样板房"等50多个实践区案例将于闭幕后在中国各地进行"复制"。

世博会的各项组织工作兢兢业业、全力以赴！安全人员如履薄冰，认真过细，以求万无一失；环保人员下定"出一身汗，瘦一身肉"也要把工作搞好的决心……世博会全体工作人员勤恳忘我、始终如一。他们在工作中形成的"闻过则喜"的文化精神，也是世博会的宝贵财富。有了"闻过则喜"，才使上海世博会自始至终"天天都有进步"。难怪国际展览局秘书长洛塞泰斯由衷地赞叹：世博园内"天天都在进步"！

诚然，城市问题是人类面临的一个重大课题。和城市发展与之俱来的人口膨胀、交通拥堵、生态环境恶化等问题需要全人类全面开发自己的智慧并付出持久艰辛的努力。

上海世博会是在中国改革开放三十年之后，经济社会发展步入快车道的历史背景下举办的。"上海世博会是一个里程碑"，上海世博会"是21世纪变革的推动引擎"。这一令人难忘的盛会，必将作为历史性事件而载入史册。上海世博会的光芒照亮中国、照亮世界未来的路。"城市，让生活更美好"！上海世博会一定会让中国更美好！让世界更美好！

2010.11.

【07】杭州五日游

2010年9月20日中午，由上海南站出发，乘D5663次和谐号动车组，历时一小时到杭州，开始我为期五天的杭州之旅。

吴山天风·柳浪闻莺
——一游西湖东南岸

我下塌在离火车站不远的江城路望都客栈。下午，出客栈顺河坊街西行，道路正在铺装施工。走到中山中路步行街南拐，到鼓楼。从鼓楼西侧小路上伍公山，经"伍公庙"、"东岳庙"、"药王庙"，到达吴山景区。城隍阁坐落在吴山之巅，高41.6米，共七层。造型融宋元明风格特点，为仿古楼阁式建筑，于2000年建成。购"吴山城隍阁"门票，有导游引领在各展厅参观，最后乘电梯登上城隍阁顶层，面北眺望杭州市区和西湖。城隍阁下面建有"吴山天风"碑亭，亭柱对联为"湖于长堤分内外，江流吴浙别东西"。从东南坡下山，在鼓楼稍憩，回到河坊街继续西行。经过"吴山广场"，南望城隍阁，景色雄伟秀丽！原来这里才是欣赏杭州新十景之一"吴山天风"的最佳去处！

再西行，红日西沉，暮色灰蒙中看到"柳浪闻莺"四字牌坊。走进林苑，欣赏西湖东岸晚景。南望可见雷峰塔身影，西眺可见西山诸峰。晚霞映红了"闻莺馆"楼窗亭阁，格外俏丽幽静！沿东岸漫步北行，谛听秋虫自由鸣叫声。时入深秋，可谓：柳浪闻莺未闻莺，金秋送爽听秋虫。

断桥·孤山·灵隐寺·北高峰
——二游西湖西北岸

9月21日一早，我从望都客栈打的，经湖滨路、穿西湖隧道，到北山路东端"断桥残雪"景点，开始第二天的西湖之旅。

跨过"断桥"，漫步白堤，西湖爽风迎面扑来！水波荡漾，荷叶田田，西湖远近倩姿悉入眼底。使人不由地赞叹：啊！西子的确不同凡响！走过"锦带桥"，坐堤边椅上西望，近岸荷叶下荷蕾荷花还在绽放。借远景"宝石塔"拍照，风光极佳！信步"平湖秋月"，东南方"雷锋塔影"伫立西湖远端。看到堤边的"梅鹤轩"，我断定孤山已到；一问，果不其然！

从梅鹤轩右拐，左侧是"白苏二公祠"，庭院展室装饰一新。右侧沿后山路西北折，草坪上置鲁迅雕像。临北里湖边，有一高大宽敞亭榭，是"放鹤亭"，有游人在亭内健身。放鹤亭内有舞鹤赋刻石，"舞鹤赋"是南朝鲍照的作品，碑刻是康熙临摹董其昌舞鹤赋书法作品的御制碑。放鹤亭南山坡上是"林和靖处士之墓"，东面坡地梅林遍布。可谓：孤山不孤，梅鹤永伴！山顶上有一座"范公亭"，传为范仲淹所建。亭西山石林木间有连池溪水，有游人冲凉擦身。从范公亭下山，回到梅鹤轩，沿孤山前路绕向西面，依次是"浙江西湖美术馆""西泠印社""浙江省博物馆""中山公园（清行宫遗址）"。西泠桥东头是"秋瑾墓"，西头是"武松墓"。北山路对面就是岳王庙。

从岳庙乘出租车到灵隐寺入口，再乘景区游览车到"灵隐寺"庙。庙内游人密密麻麻，香烟缭绕。"灵隐寺"创建于东晋年间，又名"云林寺"。印度僧人见这里景色奇幽，以为是"仙灵所隐"，故建寺取名"灵隐"。鼎盛时僧众三千，成为江南名刹。寺内建有天王殿、大雄宝殿和药师殿，珍藏着贝叶写经、鎏金佛像、董其昌写本金刚经等宝贵佛教文物。从灵隐寺庙门涉小溪上石阶，经翠微亭登飞来峰。"飞来峰"又名"灵鹫峰"，石灰岩形成许多洞壑，已大多湮没。山顶杂树遮蔽，并无观景平台。天然巨石上刻着"飞来峰顶"几个红漆大字，倒还醒目。从原路下山北拐，才看到山脚"造像群雕"，镶嵌在溪涧悬崖峭壁上。一尊眉开眼笑、袒腹露胸的弥勒佛是"飞来峰石窟"数百件石雕中最大的造像，也是宋代造像艺术的代表。据介绍，1993年又新添一"中华石窟艺术集萃园"景点。

我向景区人员打听上山索道缆车，她手向北指。穿过一座掩映在绿树丛中灰瓦白墙的"梵山仙隐"牌坊，就到"北高峰索道"站。在候车室内看到毛主席登山照片，才知道我要上的山就是毛主席"三上北高峰，杭州一望空"所上的那座山！山上建有毛主席诗亭，亭内石碑上镌刻着毛主席飘逸的手书笔迹《五律·看山》全诗。山顶立一尊太湖石，上刻毛主席手迹"北高峰"三字，并有"毛泽东"落款。山顶有一座佛殿，殿前有一个铜钟，一群年青人正在那里游戏说笑，像是单位在搞活动。坐缆车返回山下，看到山坡上片片茶园，赶紧拍照留影。我心里一直在捉摸"看山"诗中"杭州一望空"的含义所指究竟是什么？飞凤亭、桃花岭位置在哪里？

雷峰塔 花港观鱼 曲院风荷 茶博馆
—— 三游西湖南岸西岸

9月22日，早饭后打车到雷峰塔景区。"雷峰塔"初名"黄妃塔"，宋时吴越国王钱俶因黄妃得子而建。进景区，迎面照壁书写"夕照毓秀"四个大字，照壁前有一大放生池，池中龟鳖甚多，堪称龟鳖乐园。半价购门票，乘滚动电梯到雷峰塔台基。走进塔内，看到下层原塔残存砖墙都被支撑保护着。从大厅中央乘垂直电梯升顶，临栏北眺，西湖景色映入眼眶。下到塔基平台请人为我摄影留念。又乘电瓶车到大门出口，在《汇文轩》浏览了雷峰塔地宫秘藏国宝展，看到雷峰塔1924年倒掉前的大照片和本世纪初出土的雷峰塔文物。在《佛舍利馆》看到珍藏"佛罗髻发"舍利的纯银"阿育王塔"和龙莲座"释迦牟尼佛"坐像。

离开雷峰塔沿南山路西行，很快就到"苏堤"。沿苏堤北行，过映波桥不远就是"花港观鱼"园门。"花港观鱼"景点位于苏堤西侧小南湖和西里湖之间一半岛上，有一花溪经此流入西湖。南宋初为"卢园"，架梁为舍，叠石为山，凿地为池，立埠为港，蓄养异色鱼，游人萃集，雅士题咏，称作"花港观鱼"。清康熙驾临西湖，曾为"花港观鱼"题字立碑，把鱼字四点改为三点。乾隆则留下"花家山下流花港，花著鱼身鱼嘬花"的生动诗句刻于碑阴。解放前夕景点破败，只留下一池、一碑、三亩荒地，经1955、1964年完成两期整修扩建，已成为包括五个景区、占地300亩的大公园。我游览了碑亭古池、鱼乐园、大草坪、藏山阁（亭），不意间走了出来。

沿苏堤北行，路过一处1983年复建的"玉带晴虹"景点，看标示已近"曲院风荷"景区。迤逦穿过"芙蕖水馆""青帘坊"，看到一组生动的"酒肆村佣群雕"。再穿过"曲渡清波"轩堂，便是"曲院风荷"刻石。这里是苏堤北端西侧，水面开阔，池荷连片，满目苍碧！不难发现间有粉腮荷蕾躲藏叶下，使人联想盛夏"接天莲叶无穷碧，映日荷花别样红"的美丽景色。

杭州是"西湖龙井"的故乡，我打车到龙井路88号"中国茶叶博物馆"探访。这座1991年建成的国家级专题博物馆，内设序厅、茶史厅、茶萃厅、茶事厅、茶具厅、茶俗厅、品茗厅等八个展厅，以茶史钩沉、名茶荟萃、制茶科技、茶具艺术、饮茶习俗、茶益健康为专题，勾勒出数千年茶叶文明的发展轨迹，是中华文化的重要组成部分。是日虽有阴雨，仍遇不少日本游客前来参观、购买珍贵茶品。经询问得知，"中国茶叶博物馆"与"中国农科院茶叶研究所"是平级单位。茶博馆内设"中国国际茶文化研究会"和"国际茶文化交流中心"，院内荷池庭树，环境幽静。草坪上伫立着西汉茶祖吴理真（雅安人）和唐代茶圣陆羽（湖北人）的雕像，供游客瞻仰。

离开茶博馆，原想参观著名的"杭州植物园"，因雨下的越来越大，未能如愿。

绍兴文化一日游

9月23日，参加"晨风旅行社"组织的"绍兴文化一日游"。清晨6点30分叫起，7点30分冒雨离杭。游四景点，抵二购点。

一游"鲁迅故里"。"鲁迅故居"是他出生和幼年生活学习的地方，是绍兴保存最完好、最具文化内涵和水城风貌的历史街区，是绍兴的镇城之宝。导游首先领入"三味书屋"，看到鲁迅读书课桌和他为警示自己而刻的"早"字。所谓"三味"，即："谈经味如稻粱，读史味如看馔，诸子百家味如醯醢"。接着领到"百草园"，察看鲁迅幼年游戏玩耍的地方。其余部分由游客自由参观。我从"百草园"曲折穿行，看了"鲁迅故居""鲁迅祖居""绍兴鲁迅纪念馆"。"绍兴鲁迅纪念馆"于1953年初建，2004年以"老房子，新空间"的设计思想，建成与当地传统街巷机理统一的新馆，建筑面积5000平方米，比旧馆扩大两倍多。纪念馆分主展厅、辅厅、学术报告厅、休闲厅四大板块，主要展示鲁迅生平事迹，鲁迅青少年时代的学习和生活，以及当时的社会环境。我看到展厅内有鲁迅书赠瞿秋白墨迹"人生得一知己足矣，斯世当以同怀视之"。

二游"沈园"。自鲁迅故居沿街溪东行约二百米，即到南宋名园—沈氏园。"沈氏园"原为南宋一私人花园，后因陆游与其爱妻唐婉被迫离散又邂逅沈园，题词钗头凤唱和而闻名于世。"沈氏园"大门牌坊为郭沫若1962年题，门内置"断云石"，苑中立"诗境石"，园内有"冷翠亭""双桂堂""葫芦池""孤鹤轩""钗头凤碑"等处。经1985年考古发掘，1987年重建，面积扩展为18.5亩。2001年再次改建，面积扩展到78亩，并重辟"陆游纪念馆"。"葫芦池"是陆、唐相见处，"钗头凤碑"前导游全文朗诵讲解《钗头凤》，与游客同声慨惋古代爱情悲剧。

三游"东湖"。绍兴城东6公里箬篑山麓的东湖，与古运河相通，以石、洞、桥、湖的巧妙结合形成园林景区，被誉为"天下第一盆景"。东湖南面的箬篑山是座青石山，秦始皇东巡至越，曾到此驻驾。青石山经历代开采形成的悬崖峭壁，形态万千。陶公洞石壁上镌刻着郭沫若1962年游览东湖后题写的一首诗："箬篑东湖，凿自人工。壁立千尺，路隘难通。大舟入洞，坐井观空。勿谓湖小，天在其中"。我花90元乘乌篷船游仙桃洞、喇叭洞、陶公三洞、越秦桥、霞川桥、万柳三桥。微风薰雨，虽略感秋寒，却是一次难得的游历！

四游"兰亭"。中国书法圣地"兰亭"，在绍兴西南13公里兰渚山麓，乃越王勾践种兰之地。兰亭江穿越其间，靠近兰亭古道。历史上，兰亭几易其址，今之兰亭是明嘉靖和康熙重建址。1979—1982年，兰亭景区全面整修，1989年新建"书法博物馆"。"兰亭"园门为一竹门，古朴典雅，门楣横书"兰亭古迹"匾额，两侧对联是"文人天趣清犹水，贤者风期静若兰"。跟随导游进园，看"兰亭碑""鹅池碑"，见白鹅岸石伫立。现"御碑亭"为1983年重建，高大的御碑，阳面镌康熙书《兰亭集序》，阴面刻乾隆书《兰亭即事》，祖孙御书同处一碑。听导游讲了文革中群众机智保护文物史迹的故事。"兰亭碑林"有一石碑仅写一个"太"字，这里也蕴含着书圣父子下苦工练字、王献之用尽三缸水只有一点像羲之的故事。我随后浏览了"流觞亭""曲水流觞""王右军祠""墨华亭"等处，穿过"兰苑""惠风亭"，走到"兰渚桥"街，返回旅游车。

从绍兴返回杭州，导游把我们带进两个购物点。一是"梅灵茶苑"，听导购介绍龙井茶采制和分类知识，品尝明前茶"黄毛丫头"；一是"茧都丝绸"销售展厅，听师傅介绍真假丝绸识别技巧，参观丝绸盛装展示。

晚上回到客栈，记下一篇"披雨游绍兴"文字：

清晨旅社敲门请	大巴冒雨绍兴行
鲁迅故居百草园	民族脊梁史堪证
陆唐情爱诚可叹	诗词倾吐语韵浓
东湖乌蓬游三洞	秦宋史迹郭老情
兰亭流觞文贤聚	书圣父子练笨功
康乾祖孙御碑亭	文革群众护史踪
梅灵茶苑品龙井	茧都丝被绸装盛
绍兴文化一日游	"晨风"接送善始终

六和塔·虎跳泉
——四掠西湖风景名胜

9月24日是杭州五日游最后一天，今天的任务是上火车前抢游"六和塔""虎跑泉"景点。

早六点客栈还钥匙退押金，打的到钱塘江大桥。我走进"六和听涛"园门，服务员告诉我，今天我是第一个登塔游客。爬上塔顶，东望钱塘大桥，一列客车正在驶过。钱塘江江面开阔，浩荡北去。据司机讲，每年农历8月15—18日可看到钱塘潮，不过要等到下午三点左右。"六和塔"始建于北宋，吴越国王为镇钱塘江潮而建。"六和"取"天地四方"之意。塔总高59米多，为双套筒砖木楼阁式塔，平面八角形，外观十三层，内七层。各层匾额依次为：初地坚固，二谛俱融，三明净域，四天宝纲，五云扶盖，六鳌负戴，七宝庄严。塔外南侧有"六和泉池"，山坡上有"六和碑亭"，碑亭为1997年在乾隆御碑原址重建。往上，建有钟亭，题"六和钟声"，建有"六和典故"群雕和钱王射潮典故碑。

"虎跑泉"位于大慈山麓，为西湖三大名泉之一。"虎跑泉"与"龙井茶"并称西湖双绝。"虎跑梦泉"为西湖新十景之一。我进园走"虎跑径"，穿水杉林，看"虎跑石雕"，在排队取水处为马拉水车雕塑拍照。过"含晖亭"、"泊云桥"，登上虎跑泉照壁台阶，到"叠翠轩"浏览图文展示。泉池石壁有西蜀谭道一书"虎跑泉"三字。无暇在茶室品虎跑龙井，匆匆穿览"李叔同弘一法师纪念馆"，拍下郭沫若六十年代游虎跑泉诗一首："虎去泉犹在，客来茶甚甘。名传天下二，影对水成三。饱览湖山美，豪游意兴酣。春风吹送我，岭外又江南"。

9点43分，我登上D5642次和谐号动车组离杭，结束我的杭州之旅。

2010.11

【08】苏州二日游

1995年我曾从无锡赴苏州一游，到了虎丘公园、西园和留园，受旅游团参观路线和时间限制，没能游览仰慕已久的拙政园和寒山寺。15年之后，2010年9月17日和18日，我终于有机会再游苏州了！

第一日

17日上午，我从上海火车站乘高速列车，历时30分钟到苏州。我借助一自助游手册安排旅程，在离火车站不远的平门桥"水城客栈"住宿。

我游览的第一个目标是"北寺塔""苏州报恩寺塔"。该塔是座楼阁式佛塔，高九层。始建于三国时期，相传是孙权为报母恩所建，被誉为吴中第一古刹。登上塔的顶层眺望苏州城，向西北可见虎丘塔影，向东可见拙政园绿色树冠群落。

自北寺塔东行不远，就是AAAAA景区"拙政园"。封闭的中园门楣上横嵌《拙政园》三个鎏金大字，光彩夺目。我从东门入园，穿"兰雪堂"，过"芙蓉榭""天泉亭"，到"秫香馆"。跟随游团西行，误出北门。从园外绕回，再进东园大门。沿湖水左侧南岸前行，经"听雨轩""海棠春坞""玲珑馆"，到"远香堂"。穿"倚玉轩"，"荷风四面亭"，从"别有洞天"转入西园。走过"与谁同坐轩"，"留听阁"，南折经"卅六鸳鸯馆""十八曼陀罗花馆"，沿南侧东行。参观了"园林博物馆"，并在音像厅观看了《拙政园》电视艺术片。据介绍，拙政园始建于明代，是中国四大名园之一。园景以水为中心，山水萦绕，花木繁茂，亭榭幽雅，移步换景。艺术风格古朴自然，处处充满诗情画意。

第三个游览景点是"沧浪亭"。出租车把我送到人民路南头文庙对面，一座青石牌坊，横镌"沧浪胜迹"四字，牌坊下溪流潺潺。东行过桥，就到"沧浪亭"大门。"沧浪亭"原为北宋诗人苏舜钦所建，是现存苏州古典园林中历史最久者。山巅沧浪亭为清康熙年间重建。亭柱名联曰："清风明月本无价，近水远山皆有情"。园外清流廻绕，园内竹木葱郁。有"明道堂""瑶华境界""看山楼""翠玲珑""五百名贤祠"等十几个景点。堂轩错落通幽，碑亭池榭迭变；在众多苏州古典园林中，以城市山林的风格独树一帜。沧浪亭周围山石嶙峋，我怎么也找不到濯足去处。石径旁一独茎石蒜伸头俏立，倒像是要告诉我什么故事！

第四个游览景点是"怡园"。它坐落在人民路和干将路交叉口，我赶到"怡园"，夜幕已渐降临。45元购夜园门票，有导游介绍引领。踏上山石，沿廊绕庭，溪树交错，偶遇游人。在茶厅听了苏州评弹演唱，品尝苏州茶点，别有一番韵味。

晚上乘车回到客栈，看到平门桥桥廊、桥身、桥头园林被彩灯勾勒如画，夜景

美丽动人。

第二日

　　今日游览的第一个景点是"寒山寺"。清晨，自水城客栈乘公交车到来凤桥，步行到寒山寺外吃早点。绕过正在翻修的寒山寺院墙，从西门入寺。庭院里高大的黄杨树上，挂满祈福的红绸布条。登上寒山寺宝塔，可南望新建钟楼。走出西门，沿买卖街北行，就到"铁铃关"。跨过"枫桥"，丁字沽头是"夜泊处"旧址，南面有著名唐诗"枫桥夜泊"作者张继的铜雕像。看到今日熙来攘往的游客和近岸树影船踪，想到昔日的江枫渔火和夜半钟声，不禁令人感慨：如今换了人间！转过来游览新建成的"寒山钟苑"：高大亮丽的"寒山寺钟楼"矗立中间，钟楼前广场石碑耸立，北面刻唐诗"枫桥夜泊"，南面刻乾隆御笔"般若波罗密多心经"。钟苑内，湖石廊亭精到点缀，园林花木装扮一新。南面影壁书"塔影钟声诗韵"六个大字，点破主题；北门内迟浩田题"时闻清响"匾额，目送游客，耳留余韵。

　　第二个游览景点是"网师园"。网师园位于"沧浪亭"东。南宋始建时叫"渔隐"，清初改今名。网师园是典型的清代宅院，面积8亩，小巧玲珑。宅、园相连，主次分明，园中有园，景外有景。进大门，穿"万卷堂""撷绣楼"到"梯云室"，东半用作宅第。西花园北部以书房为主，包括"五峰书屋""看松读画轩"；中部以水池为中心，主景开朗，四周配置轩庭亭阁，山石花木，错落多变。身临"月到风来亭"，倍感景物宜人！据介绍旅游旺季网师园还举办夜园演出，有苏州评弹舞蹈民歌等表演。

　　第三个游览景点是"狮子林"。"狮子林"位于拙政园南面，是苏州仅存的元代名园，以佛教意境命名。康熙、乾隆曾数次临幸狮子林，并在圆明园、避暑山庄进行仿建。狮子林既有古典园林亭台楼阁之胜，更以大型湖石假山群著称，被誉为"假山王国"。狮子林园略成长方形，进门厅穿大厅逆时针方向游览，经"燕誉堂""小方厅"到"见山楼"。走过"花篮厅"到乾隆题字的"真趣亭"，再从"暗香疏影楼"前绕到池水西岸。游客排队在湖心亭前留影，我也举起像机，从不同视角拍照假山湖石。狮子林全园结构紧凑，洞壑曲折盘桓，长廊步道串通，假山是园中主景。假山占地1.7亩，全部用湖石堆砌，像一座叠石迷宫。

　　第四是参观"苏州博物馆"。从狮子林出来，沿园林街北行，又走到东北街步行街。"苏州博物馆"成立于1960年，2006年由建筑大师贝聿铭设计的新馆落成。新馆位于拙政园西南隅，总面积2.6万平方米，馆藏文物3万余件。分为"吴地遗珍""吴塔国宝""吴中风雅""吴门书画"四个陈列系列；还包括"忠王府"太平天国历史建筑群。展示内容丰富，实物展品琳琅满目。我没有时间细看，只是了解一下博物馆的大体内涵和场馆布局。

　　中午回客栈休息，准备下午乘火车返回上海。从客栈正南面观测，水城客栈就坐落在平门河闸楼上，楼下贯通的门洞里有一块可升降的大闸板，可将河水放入苏州城内。水城客栈环境幽雅，是难得的旅游落脚地！我想，下次来苏州我还住这里。

苏州是个美丽的花园城市，苏州园林博大精深，两天是看不完看不够的！1997年，苏州首批四座古典园林：拙政园、留园、网师园、环秀山庄被联合国科教文组织列入"世界文化遗产名录"；2000年又有沧浪亭、狮子林、艺圃、耦园、退思园五处古典园林被列入"世界文化遗产名录"。苏州园林是我国古典园林的杰出代表，它集文学、书画、建筑、雕刻、园艺等多种艺术于一体，是中华民族智慧的结晶。它发端于春秋吴王苑囿，发展于唐宋，兴盛于明清。它承载皇家园林、寺庙园林和私家园林的历史，是今天保留最多最好的江南私家园林，是中华文化的瑰宝！难怪园林专家陈从周称誉："江南园林甲天下，苏州园林甲江南"。苏州府志载，明清时期苏州园林在130处以上，这是要用愚公移山精神才能深入研究了解的呀！

2010.11

【09】隆昌一日游

2010年10月2日，天气阴转多云。上午，我和俊秀从内江宴家湾汽车站买高速路车票到隆昌，在隆昌新客运中心转乘公交车到南关，便到了著名的隆昌南关石牌坊群。面北街口有一座标志性无脊石牌坊，沿牌坊驿道向南，挨着两座古石牌坊，分别是"乐善好施"功德坊和"昇平人瑞"百寿坊。越过开阔的中间广场南行，紧挨着又是四座古石牌坊。两座节孝总坊，两座德政坊。往南，驿道东侧立着"除暴安良""政通人和"两通碑刻。接着，驿道两边是十二生肖石雕。再向南，就是新建的南关古镇城门楼了。在开阔的驿道中间广场东侧是"石牌坊演艺广场"；西侧临公路有魏明伦题隆昌南关石牌坊古镇"牌坊赋"一册，遇一导游正为游客朗诵解释。

稍后，购票登上2006年新建高大的隆昌阁。坐堂僧客要给我算命。问我庚序，说我有福有才，儿孙孝顺，能活103岁，要我烧高香避害。

在牌坊驿道西街用餐时，遇到同是来自内江的小杨小林带孩子来玩，约定同游古宇湖。古宇湖是上世纪七十年代修建的中型水库，被誉为"川南明珠"。我们打车到古宇寺，和游船村姑小韩协商好价格，绕湖一圈水上游。湖水清澈碧透，偶见近岸水鸟游鱼。在飞虹岛登岸游览，为林燕一家照相留影。湖中有一船型小岛，快艇呼啸绕过，激起两尾波澜，远处传来一阵欢笑歌声。上岸后眺望了南北环湖公路，走访了古宇庙，又一起打车奔往今年四月刚建成的"莲峰公园"。

莲峰公园气势恢宏，门前巨型卧石上雕刻着"莲峰公园"四个金光闪闪的大字。南北有对应的青石牌坊迎送，面南牌坊横额题"大道行思"，北门面北牌坊题"金鹅焕彩"。公园龙凤广场四角，四根高28.8米的白色图腾柱兀然矗立。重约18吨青铜鼎威震中央，下嵌"兴隆昌盛"四个篆体金字。南门牌坊和青铜鼎之间、青铜鼎和太平缸之间，有一堵百福墙、百寿墙。在青铜鼎和北门牌坊之间250米的中轴线上，有九尊太平缸分别取名为"天""地""人""和""仁""义""礼""智""信"，共镌刻54则文明典故。

莲峰公园中华文化内涵丰富，是一座人民文化公园。

从公园北门打车到隆昌火车站，每人花3·5元买了火车票，不到一小时就回到内江。

在火车上望着闪动的车窗，回味当日之旅，我记下下面这段文字：

成渝高速穿内江，再行百里是隆昌。
青石牌坊古驿道，功德节孝堪颂扬；
更有古寨居云顶，夜半鬼市世无双。
青山环碧一泓水，银波荡漾鸟飞翔；
游艇歌声掀层浪，船型湖岛锚中央。
古宇佛寺近岸坐，环湖公路车来往。
我登隆昌佛香阁，北望莲峰新广场。
"大道行思"古文化，"金鹅焕彩"新篇章。
"兴隆昌盛"金鼎立，神州龙凤皆呈祥！

2010.10.2.

【10】般若寺一日游

2010年10月10日，和俊秀小魏同游高桥波耳寺。

波耳寺是般若寺的俗称，在内江高桥镇三溪乡松柏寨。

从东兴客运站买三溪乡的汽车票，到三溪乡一招呼站下车，走上山坡即到松柏寨。在山顶看到正在清理的旧庙址和闲置的推土机。沿寨路前行，房舍错落星布，遇两三塘池，有白鸭啄食，村妇浣衣。寨东部宽敞处是般若寺庙址。门前"福"字照壁正面是一"佛"字，深红色扇状山门洞开，寺院宽大深长，正面大雄宝殿高大威严。据说现存建筑为1989年整饬重建，院内东西门室廊柱写满楹联。大门内面北对联是：

寨围十里八景七池称胜地
寺建千年三乘四谛悟禅机

据说般若寺始建于唐，明清香火鼎盛；松柏寨建于康熙年间，寨墙比内江县城还长一里，寨四周摩岩造像多处，堪称中州胜景。

石阶苔滑，三人搀扶着从照壁前山路下坡，路经三处摩岩石雕佛像群组。继续下行，小路泥泞，找来竹棍挂撑，不一会儿就走到石子硬寨路上。不意间寨边闪出一片房舍，经询问知道是在建现代化养鸡场，工地上鸡舍成排，悄无人声。我们沿石子路迤逦南行，走过跳墩村，步行回到高桥镇。

时过中午，三人到一饭馆用餐。三菜一汤，五十元酒足饭饱。下午三点钟平安回到内江。

不日看望幺舅熊宣虎，告曾为般若寺后山门题对联：

赴海青龙腾左侧

衔山白鹭荡中天

对联生动描绘了般若寺的水文地貌和生态环境。

2010.10.10.

【01】易县之旅

2011年辛卯春节，电视里报道了胡锦涛同志赴保定易县西山北乡察看麦田旱情，参观狼牙山五勇士陈列馆的消息，我和小碧商定驱车携犬去易县一游，游访目标清西陵和狼牙山。

正月初二（2月4日）10时出发，经京珠、京昆高速入112国道，到涞水县城吃了兰州拉面，继续沿112西行，经易县县城（易州镇）到达清西陵。清西陵位于易县城西15公里永宁山下，是雍正、嘉庆、道光、光绪四位皇帝的陵墓。雍正的泰陵居于陵区中心位置，是建筑最早、规模最大的清西陵首寝，埋葬着雍正皇帝、孝敬宪皇后和敦肃皇贵妃。我们受时间限制主要游览了泰陵。

游清泰陵

雍正是清入关后第三代皇帝，康熙4子。泰陵分前后两部分：前部是门、坊、碑、亭；后部是殿宇和地下宫殿。泰陵占地8.5公顷，北易水河横穿其间。我们从112国道到泰陵南端右拐，沿环陵公路到泰陵一停车场下车，从中间进入泰陵殿宇区参观。穿行空阔的殿前广场，跨过三座并列的石桥，中间立一座神道碑亭。北进隆恩门是一大四方院，正面隆恩殿宏伟壮观，东西设配殿。东配殿门匾书"易州古砚"，是古易州名品展销处。泰陵后寝院中，有石五供祭台；石五供北面，屹立着方城明楼。方城雄伟壮观，明楼内有一统石碑，上刻"世宗宪皇帝之陵"七个字。方城两边有高大城墙绕墓一周，名"宝城"；中间土丘隆起，叫"宝顶"。泰陵宝顶面积3600平方米。宝顶下便是雍正和皇后皇贵妃浩大的地下宫殿，至今保存完好，未被盗掘。我们返回停车场，驱车南行到五孔桥下车，在神路两侧察看望柱和石象生。神路两侧桧柏林立，依次相对站立着石狮、石象、石马、石人，队列整齐，唯数量略显单薄。我在柏林石狮前为小碧和曼玉留影。上车回到泰陵南端，西行探查通向昌陵道路，未几调头，驶回易县县城。泰陵东面的泰东陵、泰妃陵则未及涉足。

据介绍，清昌陵是清入关后第五代皇帝嘉庆（乾隆15子）陵墓，与泰陵相比，建筑缩减而宝顶高出；昌西陵还建有回音石和回音壁。昌陵西南有慕陵、慕东陵，是清入关后第六代皇帝道光及后妃陵寝。泰陵东面的崇陵、崇妃陵，是清入关后第九代皇帝光绪及妃子的陵寝，均于1938年被盗。崇陵北面有民建华龙皇家陵园，1995年清朝末代宣统皇帝溥仪的骨灰也从北京八宝山移迁清西陵，为清代陵墓划一完整句号。

寻访道德经幢

经打听询问，在离县城文化广场不远的东南方一个角落里，找到了小碧在网上看到的易县唐代古迹："老子道德经石幢"。临近高楼边菜地，有一孤立小亭，亭内罩护一通八角柱形石碑。碑亭旁立一水泥字牌，上刻"河北省重点文物保护单位 道德经幢 河北省人民委员会一九五六年九月七日公布 易县人民政府立"。道德经石幢通高8米，直径90厘米。碑身上端镌刻李隆基御注"太上玄元皇帝道德经大唐开元神武皇帝注"十八个大字，道德经文字迹可辨。据说，此地位于易州"龙兴观"内，另有其它遗迹可以证实此说。我拍照经幢细部，多角度远近留影。

看看天色已晚，打听了两家宾馆，在元阳北大街世纪明珠宾馆住下。到附近"好滋味"连锁店饱餐大饼卷驴肉，回宾馆喂过曼玉后安歇。

看荆轲塔

正月初三上午，我们动身开往狼牙山，顺路先到离县城不远的荆轲塔看看。荆轲塔坐落在荆轲山上，走近一看，是一座在建中的"荆轲公园"。公园彩绘牌坊已光鲜矗立在山脚下，"义士荆轲"汉白玉雕像屹立山腰。山顶荆轲塔建于辽代，塔高26米，塔身十三层，八棱须弥座，砖木结构。荆轲塔西南山坡立两通石碑：一为明代所刻"古义士荆轲里"，一为清代所刻"重修圣塔寺记"。据载，燕太子丹为报秦王仇，用荆轲献图刺秦王，荆轲提樊於期人头赴秦，临行太子白衣列队送别，荆轲歌曰："风萧萧兮易水寒，壮士一去兮不复还。"径直赴秦，刺杀失败，以身殉义。我走下山坡和一老太太打听，他手指西南远山一白塔，向我介绍"五塔镇燕山"。据载，"五塔"指"荆轲塔""镇灵塔""燕子塔""黑塔""白塔"，它们分别与战国时期五个历史人物"荆轲""樊於期""燕太子丹""左伯桃"和"羊角哀"的传说有关。

谒狼牙山五勇士塔

从易县城到狼牙山共45公里。沿232公路西南行，经塘湖镇时双向堵车，滞留四十多分钟，到狼牙山已中午。我们车停李富农家院外吃午饭，然后上山。

狼牙山有五坨36峰，群峰矗立，状如狼牙，主峰高1105米，山顶建有举世闻名的"狼牙山五勇士纪念塔"。我们从坐落山麓的"狼牙山五勇士陈列馆"进入景区。五勇士陈列馆1300平米，两展厅六展室，从根据地的创建、贡献，日寇滔天罪行、八路军顽强奋战等方面备述狼牙山五勇士惊天地泣鬼神的光辉事迹。狼牙山属太行山脉，是晋察冀边区北大门，聂荣臻、杨成武等老一辈革命家曾战斗生活在这里。

永春斋旅游随记○陈志勇著

1941年9月，3500多日伪军从四面八方包围了狼牙山，我主力部队在朦胧月色掩护下撤离，留七连掩护。凌晨500日伪军在飞机大炮支持下发起正面进攻，七连伤亡惨重！六班长马宝玉挺身而出，带领四名战士掩护全连剩余战士撤离，为了迷惑敌人追击方向，五勇士把敌人引向三面绝壁的小莲花峰，直到打光子弹，高呼口号，毁枪跳崖！三人壮烈牺牲，两人挂树从昏迷被救，谱写了一曲气壮山河的抗日悲歌。

穿过"狼牙山五勇士陈列馆"，乘索道缆车上山。脚下群峰壁立，大壑深涧，不禁使人胆寒！下缆车，到棋盘坨。有一山亭，传说是孙膑和鬼谷子下棋处。坨顶平台有一株千年古柏，树枝上挂满游人祈福的红布条，小碧为我和古柏留影。从棋盘坨上山，道路曲折陡峭，我走走停停，气喘吁吁。途中抬头见一巨石上横刻"狼山竞秀"四个大字，仰望山顶，纪念塔身影跳入眼眶！目标在望，我加快脚步攀上山顶。塔前石牌坊横楣刻"气壮山河"四字，迎面塔基下有大理石嵌金字牌，上刻"全国重点烈士纪念建筑物保护单位　狼牙山五勇士纪念塔　中华人民共和国国务院　一九八六年十月十五日批准"。字牌上面，平展一面鲜红党旗，令人肃然起敬！

"狼牙山五勇士纪念塔"占地69平方米，底座直径3.06米，塔高21.5米，塔身为中空五棱柱体，塔内五级钢梯通塔顶，顶层建黄琉璃瓦楼亭。小碧攀上塔顶楼亭向下招手，我举起相机为他拍照留影。与纪念塔底层相连，东面有一碑廊，碑廊东端连一碑亭，亭内立一通六棱大理石石碑，上面镌刻着彭真、聂荣臻、杨成武等同志赞颂五勇士的题词。纪念塔的东北面是五勇士跳崖处，我和小碧请一游客为我们在"无限风光在险峰"字屏前摄影留念。据介绍，现在的"狼牙山五勇士纪念塔"是1986年第三次修建的。第一次修纪念塔是1942年，在极其艰苦的情况下经七八个月建成，最初叫"狼牙山三烈士塔"，1943年被日寇大炮扫荡轰毁。1959年易县人民委员会重修纪念塔，聂荣臻题字改为"狼牙山五勇士纪念塔"。1986年9月25日—狼牙山战斗四十五周年纪念日，举行了第三次纪念塔落成典礼仪式。

狼牙山五勇士的战斗精神，是中华民族的奋斗精神，是八路军的爱国牺牲精神，是共产党人的革命英雄主义精神！正如彭真同志题词所说："继承发扬五壮士革命英雄主义精神，艰苦奋斗，建设社会主义现代化的文明幸福的新中国。"所有有志于中华振兴的后来人，向着胜利的方向，莫动摇，别懈怠，继续前进吧！

离开狼牙山，汽车伴着轻快的音乐，驶入京昆高速，驶回北京。

2011年2月

【02】迁墓小记

2011年7月23日到24日，我和陈松开车赴石为父母迁墓。

父亲陈白牺牲于1942年"五一反扫荡"斗争中，1958年3月祖父自饶阳西沿湾寻回父亲遗骨葬于红旗营祖茔。2009年4月母亲故世，以父亲衣冠冢形式与母亲合葬于石家庄"双凤山革命陵园"慈林区。2011年7月24日，经弟弟申请办理，向河北省英烈纪念馆递交了有关材料，在同一陵园内迁墓到新建"河北省英烈纪念园"烈士区，并举行简短仪式。

仪式由小冲主持，在慈林区"先父陈白慈母杨素云之墓"前，宁宁朗诵了母亲1963年写给父亲的祭文，弟弟秉诉迁墓事由经过。起出父母骨灰盒，由陈松陈冲抱送烈士区第二排8号"陈白烈士之墓"安放。英烈园烈士区位于陵园大门内西侧，枕坡向阳，东有湖塘，湖内建"双栖亭"，环境清幽。在新迁墓前，亲友敬献了鲜花。陈战诵读碑文。我即席迁墓感言：出生入死日，为国献青春；华夏小康时，迁墓慰忠魂。党旗红猎猎，人民紧追随！感恩共产党，感恩众乡亲！

2011.8.1.

【03】坝上崇礼行

7月29日黄昏，陈松下班后回育新，吃过晚饭带我和俊秀、远宁，以及陈碧刚刚送到的曼玉，到铁科院倒换面包车。周正、水晶和她姥姥同行。同车的还有墩墩及其父母。6点50动身，遇雨堵车，沿京藏高速和国道老路交替前行。后半段始见车辆稀疏，驶入张承高速，顿觉畅快。11点半到达宿营地"聚龙会所"。

7月30日上午，三辆车驶离聚龙会所，打算上万龙滑雪场山顶。因早已超过9点，开车上山东北方向单行道已封。只好调转车头，经崇礼县城从西南绕行。不意间，在万龙滑雪场东南，遇到一处比万龙滑雪场大得多的密苑滑雪基地，正在修建中。据说是马来西亚人投资，一期工程密苑梧桐山庄由中建八局承揽。我们到工地贵宾室，参观了崇礼密苑体育运动公园的规划沙盘及规划方案。主要发展：太子文化旅游观光区，新型农业旅游度假村，冬季奥林匹克滑雪基地及运动员村等特色项目。我们的车队爬过一段泥泞山路，终于走近万龙山顶。各色鲜艳山花，满坡的黑白花、棕白花奶牛吸引了人们的视线。壮壮爸爸蹲身抢拍曼玉和雪球嬉戏照片，陈松和宁宁打开风筝包梳理风筝线，大嗓门老母亲走下车欣赏草甸风光。这时未谙深浅的壮壮不知怎么着碍了曼玉，"汪"叫一声，对他脸上猛咬一口，壮壮惊吓疼痛嚎啕大哭，脸上顿显血印红肿！发生了意外事故，三辆车四家人只好收拾行囊，从上午未允通行的那条单行道下山，径奔崇礼县城吃饭。饭后陈松、大嗓门陪壮壮及其父母

去张家口打防疫针，我们回黄土嘴聚龙会所休息。晚上在院里吃烤全羊、烤羊肉串、烤馒头片。

7月31日上午，仍是三车四家结伴而行，目标是地处崇礼张北交界处的桦树皮岭，汽车一直攀爬到山顶。上面立一水泥石碑，写到：桦皮岭高2128.7米，1999—2005年造人工林5万亩，封山育林2万亩，地属塞北林场崇礼分场。岭巅有桦皮岭通信站铁架，北坡有一观景山亭。林区山间遍布白色风力发电架，高大的叶轮不停转动着，蔚为壮观。

回崇礼弘都大酒店吃过午饭后，一起到阿尔卑斯小镇看房子。大嗓门已买妥一处，其余几户也有意订购。接待厅导购小姐领大家去看房子，俊秀和我留大厅休息。我突感下腹疼痛，连去三次厕所，腹泻基本解决。我们的面包车返回北京，大嗓门和壮壮父母留下办理购房手续，因今天是购房优惠最后一天。途中，陈松周正多次和大嗓门、壮壮爸爸电话商量，最后订购北排一门二楼一套，38万多元。

2011.8.6.

【04】西安之旅

2011年9月24日，小傅送我们到西客站，登上T41次特快，经石家庄北、太原、延安，于25日晨延时到达西安。

穿越百年寻古

西安是我国历史名城。导游说：看十年新城去深圳，看百年城市去上海，看千年古都去北京，看五千年古城到西安。这次动身之前，我从地图上大体了解了一下西安古城的主要街道和景点。

25日一早，下车后入住火车站西侧悦客来泽苑酒店。火车站正南是解放路，我们从其西侧的崇德门南行，向城中心钟楼漫步。行数百米，进"革命公园"东门，见整个公园正在重新修建，南门正面刻有冯玉祥1928年题的四个大字。公园内有一处"革命殉难军民合冢"，是1927年于右任主政陕西时为纪念抵抗北洋军阀战死的数万军民所建。离东门不远，有谢子长雕像。雕像基座东面刻着毛泽东1939年题字：民族英雄，虽死犹生。谢是陕北红军和苏区创建人，中国工农红军杰出指挥员，征战中多次负伤，于1935年不治身亡逝世。革命公园南门在西五路上，西行不远到北新街，就是"八路军西安办事处纪念馆"。我们日后择时到那里参观。在纪念馆一号院内看到了李克农、叶剑英的居室，参观了白求恩做手术和办事处发电报的两个地下室，看了介绍办事处的影视片。在一号院北头院内一面鲜红的党旗前，俊秀举手宣誓拍照留影。沿西五路西行不远到北大街，再向南走一站路就到钟楼。

钟楼位于西安古城东、南、西、北四条大街交汇处，建于明代1384年，砖木结构，方形基座，三层重楼。上楼凭栏眺望，四街尽现。楼厅内有定时编钟表演，高大的厅柱上书写崔松林撰长联。上联是：八水绕西都，自轩圣奠基而后，周龙腾、秦虎视、汉震天声、唐昌伟业，猗欤盛哉！赖雍土滋根，繁荣华胄，历五千年治乱兴衰，古国犹存，继往开来扬大纛。下联是：四关通异域，追清廷败绩以还，俄蚕食、日鲸吞、英驱巨舰、美耀精兵，呜呼危矣！喜延河秣马，再造神州，集十亿人经营创建，新风蔚起，图强致富展宏猷。西安钟楼是我国众多古代钟楼中形制最大、保存最完整的。钟楼西北角挂一鼎复制品大钟供游人观赏拍照，真品"天下第一钟"--"景云钟"现存碑林博物馆。

穿过花红草绿、喷泉点缀的钟鼓楼广场，看到的是中国最大的鼓楼，鼓楼顶层横匾书写"文武盛地"四个大字。鼓楼比钟楼早建四年。鼓楼南北廊道各立12面大鼓，鼓面分别篆书24节气。鼓楼东侧有1996年重置巨鼓一面，鼓面直径2.83米，用整张优质牛皮蒙制而成。鼓楼内设有"中国鼓文化展"，"明清家具展"，亦有编钟伴鼓定时表演。我们巡游钟鼓楼广场，拍照留影。穿过街桥，到同盛祥品尝了西安著名小吃"羊肉泡馍"。

世园会博览

26日，每人交50元车费，酒店安排世园会一日游往返。"2011西安世界园艺博览会"是我们西安之行的动因和重点。酒店小巴把我们一直送入锦绣门团队入口。我和老伴免费入园半价乘车，两人买一张票乘小火车，沿世园会外环路浏览绕行一圈，了解各区景点概况，然后再乘车抵达各区参观。

长安塔是世园会的标志建筑，方形古风，晶莹剔透，是21世纪绿色建筑，位于世园会景观轴交汇点。我们在塔前下小火车，走到入口一看，标牌显示需排队等候4小时。于是作罢回头，登上路边一高脚草屋，隔湖西望"灞柳驿"。东行临近"灞上人家"，我们进餐馆吃了快餐，走到山坡林间以长安塔为背景留影存念。向前走到"浣溪沙舞台"，那里正进行庆祝参观累计突破1200万人次活动，许多游客在那里排队摸奖。我和老伴先后进入"豪景创意园""玻璃走廊""绿地生态科技馆""西农生态科技园""红豆杉主题园"浏览观摩。继续前行过曲折莲桥到"世界庭园"，那里有古希腊、法国、意大利的园林庭院错落其间。再过一座桥到了世界大师园区："万桥园"别具一格，由荷兰专家设计，竹林廊道曲折迂回，红色拱桥错落连接，犹如进入八卦阵。上桥下桥颇须体力，我和老伴爬了两座桥便赶紧原路返回。"黄土园"为丹麦景观设计师作品，黄色异型雕塑群，全部由黄河土塑造，颇为新奇。"植物学家花园"由英国学者设计，意欲展示作者蒐集的中国名贵稀有物种，然而这里水

杉萎黄，绿绒蒿、峨眉百合已看不到，令人产生名不副实之感。走到世园会"得宝门"，门内广场有巨大长方形喷水池，音乐喷泉随声起舞，煞是幽美壮观。与长安塔隔湖相望，是一片"欧陆风情"，苑中立一高高剑碑直指天宇。我们便坐在西洋街头长椅上小憩。

继续向北绕行，经过四川成都园、汶川园，青海西宁园，过桥就临近世园会主入口"广运门"。广运门内外气势恢宏，长安花谷五彩缤纷。广运门内南侧道路两边，建有"咸阳园""延安园""北京园""杨陵园"，色彩纷呈，各具特色。咸阳作为秦王朝首都达144年之久，园内矗立高大的秦始皇雕像；延安宝塔山前，众多游客竞相与并肩而立的中共五大领袖雕像合影；北京"燕台大观"四字为乾隆万寿山摩崖题辞，寓意：登北京之高台，观西安之大美；杨陵园展示农业高新技术产业粮菜丰收，一粒硕大的玉米种子显示其在农业技术中的核心作用。

看看手表时近下午4点，我们穿过广运门桥洞，向锦绣门方向溜达。想顺路搭乘返回小火车，无奈因运送花钵的车辆塞路而作罢，只好边走边休息。这段路起步不远，有一中国卡通形象"喜羊羊"花卉雕塑迎人而立，非常可爱。走到锦绣门出口，又见一"马踏飞燕"花雕，它以汉代铜雕为原型，意欲载人周游，也很生动，它是中国旅游标志。这时我的手机铃声响了，酒店小王来接我们。便跟随小王走出锦绣门乘车返回。

上骊山　览秦俑

27日参加西安中旅东线一日游。

8点多从泽苑酒店院内乘中巴出发，至临潼骊山脚下，乘索道缆车从下站到上站，到达骊山山肩，然后沿山路石阶徒步下山。顺序看到路边"唐·华清宫"之"望京楼遗址"、"长生殿遗址"、"朝元阁遗址"石碑。下行不远有两株"夫妻树"，雌雄皂角树上挂满祈福红布条。两株并蒂皂角树见证了"在天愿做比翼鸟，在地愿为连理枝"的千古绝唱。我和俊秀亦在树前拍照留影。下到八卦台，可凭栏俯视"华清宫"。"八卦台"及其下面的"晚照亭"都是远眺好去处，"骊山晚照"则是闻名遐迩的关中八景之一。下经"日月亭"，便到"西安事变旧址"—"兵谏亭"。兵谏亭位于骊山西秀岭虎斑石处，旁边山石上刻有"蒋介石藏身处"字样。兵谏亭是张学良、杨虎成二将军"促蒋抗日"的西安事变的历史见证，名垂千秋。

坐落在骊山东北方向的秦始皇陵寝，规模雄伟宏大，因至今不具备发掘条件，仍为千古之谜。已经得到发掘的仅仅是从葬的秦始皇兵马俑坑。"秦陵地宫"则是一处模拟微缩景观，建于临潼秦陵北路。我们到"秦陵地宫"景点下车，导游引领游客比肩继踵缓慢涌入。这座地宫为原大的三十分之一，仍然感觉气势非凡，无比壮观。秦始皇头枕金、脚踏银，龙舟棺椁荡浮于长江黄河之间，地宫顶日月星辰运行，人鱼灯烛光照耀，宫内显得金碧辉煌。四周层层雕塑，满目琳琅，再现嬴政登基、横扫六合、始皇出巡、秦宫宴乐种种盛况。

　　从秦始皇兵马俑景区停车场走到兵马俑坑博物馆，有1.5公里路程。我们和同车俩年轻河南游客结伴，披雨前往，探访世界第八大奇迹。穿过街心秦马雕塑，走过买卖街，向西拐进入"秦始皇兵马俑博物馆"。我们先后游览了"秦始皇陵兵马俑从葬坑展览厅"的第一、第三、第二号坑。一号坑南北宽62米，东西长230米。已出土陶俑1000余尊，战车8辆，陶马32匹，青铜器近万件。俑群规模庞大，气势磅礴，令人为之震撼！中间有两处考古人员正在打磨刚挖出的陶俑，看来发掘真是一件费工细致的事。二号坑由弩兵方阵、车兵方阵、骑兵方阵和混合方阵四部分组成。进可攻，退可守，严整有序，无懈可击。三号坑体量规模较小，兵马俑数量少，估计为兵马俑指挥系统。

　　东线一日游还参观了"世界八大奇迹馆"。目前世界第一大奇迹"古埃及金字塔"和第八大奇迹"秦始皇兵马俑"仅存于世，其余六大奇迹已荡然无存。同日还驱车汉史发祥地，走访了"鸿门宴博物馆"和"项王营"景区。

古城觅宝

　　久闻西安是我国大城市中唯一保存四周城墙和完整四门的城市，来到西安一定要登上城门、城墙游览！

　　9月25日当晚，首登西安北门"安远门"。因临近关闭时间，入口处、瓮城内、城楼上游客寥寥，城楼上只望见北大街、环城路灯光片片。得知南门关闭较晚，于是乘车赶到南门。见永宁门闸楼前吊桥广场灯光辉煌，保安四周站立，像有活动安排。我和老伴绕到城门北面，领免票上城楼眺望，城区灯火更显辉煌亮丽。城墙上游人来来往往，有骑单车的，有骑双人车的，更多是携幼扶老散步的。我们手举相机，选拍了几张南门夜景风光，打算择日白天再来游览。

　　10月1日国庆节上午11时，我们又来到西安南门。永宁门瓮城中一片欢乐景象：南面绛红色"秦韵"舞台上，四艺人正随乐起舞表演；北面一队秦装仪仗，踏律巡游登城；城门洞前几个通身涂金银的戎装模特，持戒诚待游人拍照。我们也依序等候，与这几个活兵俑合影留念。来到城楼东侧，我们乘坐电瓶车，经文昌门、和平门、建国门、角楼，到长乐门返回，领略了西安"金项链"城墙风光。现存西安古城建于明代，迄今有600多年历史。古城呈长方形，城墙高12米，顶宽15米，底宽18米，总周长11.9公里。城墙由黄土配料夯实，内外壁及顶部砌以青砖。东、南、西、北四座正门分别为长乐门、永宁门、安定门和安远门，每座正门分别由正门楼、箭门楼和闸楼三重门楼组成。闸楼对外，可升降吊桥。四座城门中，我们到了北门、南门、东门三座，因部分墙段维修，电瓶车暂不能四城门环绕。我看到文昌门城墙上有座"魁

星楼",使我想起前几年绘制束鹿城里地图时,母亲提及的文庙东侧城墙上那座魁星楼。文昌门内的"西安碑林博物馆",恰巧也是在魁星楼附近的孔庙的基础上修建的。

我们是9月28日披雨探访西安碑林博物馆的。

永安门内路东有条类似北京琉璃厂的古文化街,街口立一座"书院门"牌坊,古文化街路北有一个久负盛名的"关中书院"。书院门牌坊的柱联明示:"碑林藏国宝,书院育人杰"。我们步行到街东头南拐,穿过三学(府学、长安学、咸宁学)街,看到一面嵌刻"孔庙"字样的灰色高墙,往左一拨头就是"西安碑林博物馆"大门。西安碑林博物馆被誉为"中国最大的石质书库",始建于北宋,历900余年征集收藏,入藏碑石近3000方。现有7个碑室、6个碑廊、8个碑亭,陈列展出1087方碑石,内容包括:古代书法名碑、汉唐石刻雕塑精品、十三经、历代名家诗词书画、墓志石雕,洋洋大观,琳琅满目!在碑林4室,我们观摩了书画拓片现场制作,所用拓纸的良好范性,令人惊奇。路过小卖部我买了本陕西旅游出版社的《西安碑林百图集赏》,以备日后查阅。博物馆西院是"西安石刻艺术室",室外廊道布置"中国长安名人书画展"。东院有新建"石刻艺术馆",展示风格、手段比较现代,展览主题是《长安佛韵》,内置近期出土"北周五佛"石雕。可能因天气下雨,馆内游客稀疏,偶见老外学者观摩、出入。

雁塔巡游

久慕西安大雁塔。今日来陕,方知有大小雁塔并立。我们一访小雁塔,四临大雁塔,初识大雁塔景区景点。

9月29日,乘隙走访小雁塔。小雁塔位于朱雀门外朱雀大街东面,我们是从西安博物院大门进入景区的。小雁塔坐落在荐福寺内,因比大雁塔建造稍晚、塔身稍矮而得名。基座方形、密檐式砖结构,原15级,现存13级。因古代工匠将塔基用夯土筑成半圆球体,受震动后有如不倒翁,故史有三开三合神奇记载。荐福寺钟楼还有一口金代铸造、重约8000公斤的大铁钟,遂有关中八景"雁塔晨钟"之说。我们穿过大雄宝殿,经"三秦之光"殿,近小雁塔基仰视塔身,然后绕到北门离开。小雁塔北门的廊柱对联是:古塔伟岸伫立千载不徵帝都长安古今事,高庙御赐不纪百代镌刻历朝帝王上下史。

9月30日,我们步入大慈恩寺大雁塔。登上石阶,穿过大雄宝殿,经过安检走上大雁塔台基。大雁塔乃玄奘为供奉其赴印取回经书而建,其名字来源于《大唐西域记》印僧埋雁造塔的传说。大雁塔基座方形,塔身七级,通高64.5米。我和老伴沿木梯向上攀登,逐层小憩。到第五层和第七层,分别透过四面洞门俯瞰、眺望、拍照。在顶层墙上挂一幅"声闻于天"群雁国画,写顶有一圈呈圆形连接的14个汉字,可由人断句阅读。如念作：人赞唐僧取经还，须游西天拜佛前；或，前人赞唐僧取经，还须游西天拜佛等等，乃一文字游戏耳！

　　从大雁塔上北眺，是宽阔的大雁塔北广场。在广场中轴线上是长长的瀑布水池、八级跌水池和音乐水池，据说八级跌水池中的八级变频方阵是世界最大的方阵，其每级水池有七级叠水，与大雁塔七层相印合。三区喷泉共设置1322台水泵、2024个喷眼，多套水柱随80余首乐曲翩翩起舞，梦幻水景尽现。北广场有四座石质牌坊，三门式样。八根棕红色雕柱，巍然伫立。正中面北大字标牌明示："国家级文化产业示范区"。标牌南面是大型书样铜雕，广场上散布40块地景浮雕，诗书画印，石栏题句，应有尽有。我们乘小火车在北广场绕行观光，喷泉水景东西两侧园林绿地中，分别置有"大唐诗仙李白"、"大唐诗圣杜甫""大唐诗佛王维""唐宋八大家韩愈"和"大唐书法家怀素""大唐药王孙思邈""大唐茶圣陆羽""天文学家僧一行"八组雕像，广场文化风韵，灼人心田。

　　从大雁塔上南望，接连的三座广场难以尽目。玄奘广场、贞观广场、开元广场依序排开。趋近观览，玄奘广场前，金屏红灯映衬红五星下62字样，宣示浓浓的国庆气氛。广场中心陡然兀立唐三藏铜像，玄奘右手握禅杖，左手胸前虔立，意欲向众讲经开示。广场南面有一方池水景雕塑，四个僧人一坐三立，分别是玄奘、空海、慧能、鉴真。其石刻题注称：唐代中国，儒、佛、道三教并举。玄奘西行，鉴真东渡，中外佛教交流频繁。禅宗的创立，标志着佛教中国化的完成，使儒释道在唐代实现了深层次的人文整合。

　　玄奘广场南面连接贞观广场，贞观广场标志物是高高矗立的唐太宗跃马雕塑。这时华灯齐亮，我们方知已经身临西安不夜城。一热情保安为我和老伴在唐太宗雕像前择景拍照。贞观广场中轴线上，布满多姿多彩的水景文人雕塑，诗仙、诗圣、画圣、书圣、茶圣……诸多大唐群英，若星河灿落人间。

　　再往南经过武后从行图，就是以唐明皇雕像为标志的开元广场。因时间关系此次未能涉足。

　　从大雁塔上西顾，有"大雁塔地下宫"，我们日前已光顾。宫内有"玄奘院"，展示玄奘生平与取经经历，并藏有国宝级巨型壁画《丝路风情》和《三秦览胜》。西苑山坡林间是"陕西民俗大观园"，关中八大怪等民风民俗雕塑，情态各异，令人喷饭称奇。那天我们在大雁塔上看到下方一堂皇楼亭，及至下塔寻找，仅见牡丹园一隅一亭，不知是否是我们塔上看到的那一座。

　　从大雁塔上东看，当时唯见树木郁郁葱葱。岂不知碧绿苍翠掩映下的东苑，是一处难得一见的艺术殿堂——"陕西戏曲大观园"。听说戏曲大观园占地60余亩，生旦净丑各色脸谱逗人，树丛水畔秦腔陕韵高亢婉转，戏曲小品雕塑引人入胜。无奈未能光顾。另外，与大雁塔毗邻还有一座"大慈恩寺遗址公园"，是一座中国佛教文化体验园，此行也不意间错过，只好留待来日探访。

大明宫怀古

大明宫遗址在火车站北面，始建于贞观八年，是唐太宗为父亲养老修建的行宫。唐高宗时开始大规模扩建，高宗和武后就住在大明宫。大明宫曾有唐朝17位皇帝生活和理政，前后达200年之久。10月3日上午，我们徒步从泽苑酒店西行，向北穿过铁路通道，到自强东路东行百米，就到大明宫西南角。大明宫正门叫丹凤门，门楼前广场已装饰一新，三组花坛前面立9个两米高大字："大明宫国家遗址公园"，门楼东侧是"丹凤门遗址博物馆"入口，馆内可以看到城门夯土地基。穿过空阔的大明宫遗址广场，经金水河2号闸口检票进入景区。正北面坐落着云形花坛陪衬的银灰色含元殿殿基。我们经过"东朝堂"址、"翔鸾阁"址，走到殿基台上，电子导游机告诉我这里相当于故宫太和殿。从含元殿南望，丹凤门屹立，广场北端舞台周围人群密集；北望宣政殿，林木耸立；中轴北端的紫宸殿，几抹深色木梁勾勒出宫殿轮廓，在树木映衬下虚实益彰。我们右拐走进半地下式"大明宫遗址博物馆"，顺序参观了"千宫之宫""如日之升""万国来朝""守望辉煌"四个展厅，未遇唐装表演和《百官上朝》演出。又来到东厢，登上观景台，浏览了"大明宫微缩景观"，昔日大明宫全景尽收眼底。随后返回游客中心，我们又到大明宫IMAX影院观看宽幕立体电影《大明宫传奇》，影片演绎了一段康国王子与唐郡主的爱情故事。

整座大明宫规模宏大，其占地面积约为北京故宫的4倍。紫宸殿北面和太液池周围一些景点，以及玄武门遗址，都未涉足光顾。大明宫遗址博物馆内有两幅诗配画，引人注目：一是骆宾王《帝京篇》，配以唐太宗画像。诗云，山河千里国，城阙九重门，不睹皇居壮，安知天子尊。一是黄巢《咏菊》，配以黄巢起义攻陷长安国号大齐称帝图。咏菊诗为当年考试不第之作，诗云，待到秋来九月八，我花开后百花杀，冲天香阵透长安，满城尽带黄金甲。两诗相比，何者有气势？何者有境界？一目了然。

会亲友　品小吃

我的大学同班学友钮振民久居西安，他是我班团支部书记和我的入党介绍人。2005年农大百年校庆曾在北京见过面，几次约去西安未能践行。9月30日，我和俊秀登门拜访看望。到和平门下公交车，老钮已在那里迎候。他家住在省地矿厅家属院，是他老伴60年代分的房子。两居室，临门一间用作客厅，现在已觉有些狭窄。不像当年农大下放陕北，张树臻老师和蔡旭先生趋访时感觉那么气派。客厅中堂是一帧百寿图，两侧条幅为亲友题写：坐看华山忘岁月，静读中天百寿图。内容似显平淡。因几年不见，我和振民择要交谈，俊秀则和振彩拉些家长里短。我把从北京带给老钮的游记、文论资料目录介绍给他，算作我的思想汇报。我们相互介绍了彼此了解的同学的情况，不知不觉已时到中午，他的小女儿已在附近酒店订好午饭。酒店房间清净洁雅，所点菜肴荤素搭配，清淡可口。席间、饭后，一起合影留念。饭后回到住处，老钮又电话联系，安排次日陪同游览乾陵等地，后因子女要他同去汉中而被我们坚决谢绝！临别，我留下从北京带来的"好想你"枣片，振民送我一筒2011年刚上市的太湖新茶。

  9月29日应俊秀喀什纺织厂老友赵大姐之邀一起游览了"大唐芙蓉园"。大唐芙蓉园位于大雁塔东南，是大唐盛世文化主题公园。我们一起走进御苑门，跨过芙蓉桥，迤逦可见巨大的"诗魂"山石人物雕塑。穿过"唐诗峡"，登顶"茱萸台"，大唐诗圣雄狮独尊。下山乘电瓶车环绕芙蓉湖，经芳林苑、仕女馆、龙翔碧波石舫，到儿童游乐区。欣赏"元白梦游曲江""悬臂立腕"雕塑。不亦乐乎！

  10月2日，不辞赵大姐盛情，大姐招全家在陕子女见面，在大雁塔东北角一酒店设午宴聚会。搞城市雕塑的大女婿，父亲是唐山八路军，母亲是安徽新四军，席间自有一些共同关心的话题。小女婿原在电视台工作，现在大学讲课。小女儿和小外孙也很健谈。饭后请我们到赵大姐和许还山家中做客聊天。俊秀在房中拍摄了几张许先生和赵大姐的合影，我翻阅了几本许先生的摄影集，赵大姐请我们观赏了她房中的书法作品，并赠送一本为纪念第19届金鸡百花电影节内部发行的"中国影人书画展集"给我们。

  顷刻接悉陈松短信，告诉西安特色小吃名目。我们到西安后，只是当日吃了同盛祥的羊肉泡馍，其他小吃尚未品尝。10月2日傍晚，决定遛趟小吃街。从酒店乘车到北大街下车，从莲湖公园东侧向南走，经过麦苋街，就到北院门。街口牌坊上书"北院门回坊文化风情街"，向前走店铺灯光渐趋明亮，行人越来越多，我们这才到了西安小吃街啊！走到西羊市丁字口，向里望去游客挤得水泄不通。再南走几步，路东一座小楼十分耀眼，《西安贾三灌汤包子馆》招牌金光闪烁。我们立即门前排队，幸好服务堂倌视老先请。俊秀点了牛尾灌汤包、青菜包各一屉，要了玉米金豆粥、八宝粥各一碗，确实香鲜可口！

  "春发生"餐馆地处古城北关，我们10月3日游览大明宫后顺路造访。餐馆正面墙屏上书写杜甫"春夜喜雨"五言律诗，屏前立一个金色大葫芦雕塑。告知来客这就是西安名吃"春发生葫芦头"餐馆。"葫芦头"就是"猪肥肠"，经精细加工，制作成葫芦头汤，25元一碗。我和老伴一人一碗，又要了三个白馍，由餐馆弄好端来，一尝，果然味道不错。

  从春发生餐馆出来，见路口有俩当地垢衣人街头厮打，其中矮个儿抡圆木板向带三轮者猛拍，致使后者捂腹倒地，又见一带行囊人扔给倒地者两块钱，在矮个催促下离去。经询问旁观者，有人说是因为被打者拉脚宰人，矮个儿是打抱不平而为之。我想，打抱不平也不能这样粗鲁动武呀！回望蹲地的伤者或无致命伤害，回望春发生餐馆门脸，心头顿增几分沉重。我想这些当地垢衣阶层，是难以经常享用二十五、六元一碗的春发生葫芦头的。

2011.10.12

【05】美国之旅

2011年6月6日，应李永强、王秀英夫妇之邀，我和俊秀登上中国国际航空公司CA981航班，开始为期二十三天的美国之旅。承蒙热情接待，住在纽约皇后区75大道185街19号李永强家。我们先后参加了北京旅行社、天马假期旅游公司的纽约一日游和华盛顿、波士顿、尼亚加拉瀑布、玛莎葡萄岛两日游，数次光顾曼哈顿下城唐人街、皇后区法拉盛缅街，对美国历史文化和东北部自然风貌有了初步的感性认识。

世界都市纽约掠影

我们在纽约的第一个看点是哈德逊河中自由岛上的自由女神像。6月8日，李永强陪同我和俊秀到曼哈顿南端炮台公园，乘纽约小姐号游轮到自由岛。我和俊秀径奔女神雕像，在雕像基部展厅浏览了自由女神建造历史和工艺技术展示。自由女神像是美国独立战争的盟友——法国人民为纪念美国独立一百周年送给美国人民的礼物，于1886年组装建成。自由女神右手高举12米高的自由火炬，左手紧握美国独立宣言书板，神态刚毅。1984年自由女神像被列入世界遗产名录。自由女神像外实中空，我们徒步攀登十层到基座顶部，凭栏眺望曼哈顿、布鲁克林、斯塔滕岛和新泽西，摄影留念。游轮返程经停爱丽丝岛，参观了著名的"美国移民博物馆"。爱丽丝岛是美国早期移民必经之地，从1892年到1954年，每一位新移民入境美国新大陆前必须先到这个小岛上接受移民官的检查。爱丽丝岛既是"希望之岛"，又是"眼泪之岛"。我们看到的移民博物馆是1990年整修翻建的。

我们在纽约的第二个看点是美国景观设计之父奥姆斯特德十九世纪中叶的代表作——纽约城市绿肺"中央公园"。6月9日李永强带我乘地铁踩线，在中央公园西南角入口小憩。6月13日我和俊秀游览中央公园。我们从法拉盛乘7号地铁，到终点42街时报广场转乘2号地铁，到96街出站东行，进入中央公园。园内树木繁茂，倍觉空气清新！左侧是一片开阔的网球场地，过桥后沿中央公园水库右岸绕行，三五成群的当地游人络绎不绝，跑步健身。我们在水库南门台阶长椅上休息，摄影留念。中央公园地处曼哈顿中城，东西横跨五至八大道，南北延伸50个街区，占地3.4平方公里，其城市绿肺功能名不虚传。

6月21日，李永强陪同我和俊秀"纽约一日游"。走马观花游览了我们在纽约的第三、四、五、六、七个看点：华尔街、世贸遗址、航空母舰、洛克菲勒中心、联合国总部。北京旅行社司机兼导游刘先生（李永强福建同乡）介绍了纽约金融街一线天概况，指认了纽约证券交易所楼门，让我们下车和华尔街口的铜牛合影。在面包车上，从车窗看到"9.11"被毁的世贸大厦遗址，正在整修的工地吊车，以及邻近大楼维修的蓝色防护围网。

　　刘先生带我们到一处海港参观美国"无畏号"航空母舰，这是纽约第五个看点。经过安检登上航母平台，前后甲板停满各色舰载飞机，既有预警机又有战斗机，还有米格机样品。攀登玄梯可进入航母操作指挥舱参观。在航母甲板上，李永强看到了新建的纽约中国领事馆大楼，淡绿色楼体玻璃前可见飘动的五星红旗，显得很有生气。我们以中国领事馆为背景相互合影留念。

　　游车经过时报广场附近到达洛克菲勒中心。我们登上大厦67层楼顶，南望纽约地标性建筑--帝国大厦，北眺中央公园，"绿肺"轮廓尽收眼底。我们和众多游客相继依序留影存念。洛克菲勒中心由19幢大楼组成，主楼前下凹式广场主墙上，有盗火英雄普罗米修斯镀金铜像，广场东面连接第五大道街心花园。广场四周飘扬着各国彩旗。夏秋时节这里是户外餐饮乐园，冬春季节这里变身溜冰场，人们到这里来观看高大的圣诞树。洛克菲勒中心被誉为曼哈顿中城的瑰宝，这是第六个看点。

　　刘先生对游客宣称，我们必须在下午四点之前，赶到联合国总部开会；否则联合国就下旗关门了。面包车停在离联合国总部不远处的路口，我们过马路奔往联合国标志性建筑－秘书处大楼。大楼前方挂有联合国旗帜，围栏内测192面五颜六色的会员国旗帜迎风飘扬，我拉开距离、调整角度为大楼拍照留影。由于时间短促，没有进入正门广场和联合国花园，无由看到大楼北侧联合国花园中心草坪上，中国为联合国成立50周年赠送的"世纪宝鼎"。联合国秘书处大楼地上共39层，据说部门越重要占据楼层越高，官越大办公室窗户越多，刘先生说秘书长办公室在38楼。这是纽约第七个看点。

　　因为"纽约一日游"和时报广场擦肩而过，隔日我专程游访"时报广场"，作为纽约第八个看点。我从法拉盛乘7号地铁到终点42街，从地铁站上来，便是七大道时报广场。该广场因"纽约时报"总部大楼曾设于此而得名，又被称为"世界的十字路口"。位于42街、百老汇大街和七大道相交的三角地带，是纽约商场剧院汇集之地。在淅沥小雨中，我沿七大道自南而北，漫步43街-47街，只见南北两座屏墙高楼相对应，频频变幻光彩夺目的广告画面。46街口东面楼墙，有一巨大电子屏幕，实时映照出街上行人影像。我屏息找到自己身影，挥挥手，画面亦随之而动，我赶紧用相机录下这一生动时刻。据报道今年1月，时代广场的巨型电子屏播放了"中国国家形象－人物篇"，以便让美国观众更真实地了解中国。

　　我们纽约的第九个看点"大都会艺术博物馆"、第十个看点"美国自然历史博物馆"，是在赵双宁电话推荐后安排的。俊秀留家帮秀英做饭，我一人前往。位于中央公园东面第五大道上的"纽约大都会艺术博物馆"，素有"美国的卢浮宫"之誉，是世界最大艺术博物馆之一。馆内藏有2460年前的埃及古墓，有古希腊古罗马艺术珍品，欧洲和东方的名画雕塑，非洲大洋洲的文化珍藏，中国及东方艺术品的收藏也十分丰富。二楼中国馆主墙上嵌一幅大型元代佛教壁画，立一尊隋代佛雕，神态

逼真。博物馆藏中国文物，从新石器时期的仰韶文化、商周青铜器，到唐宋明清的绘画、瓷器、家具等应有尽有。博物馆内的"明轩"则是一处典型的苏州园林，飞檐、雕梁、鱼池、凉亭、对联，令人倍感亲切幽雅！馆内浏览走到一层西南方915展厅，一幅巨大慈祥的毛泽东肖像映入眼帘，画工恭正逼真，像前立一尊刚劲简洁的鲜红树桩雕塑相映衬。我寻思，这一显眼作品的展示，可以看做是友好的美国人民对中国共产党九十年奋斗历程的肯定和赞许吧！

位于中央公园西大道81街口的"美国自然历史博物馆"，馆藏内容也很丰富。一楼大厅展示巨大的恐龙化石骨架，二楼动物模型大厅内，中间是气势雄威的象群，四周是长颈鹿、狮、豹等模型。展厅有早期印加人城市模型沙盘，在一处狭小空间浏览了南美原始部落在热带雨林中的生活录像。博物馆展示了非洲人、中美洲人、亚洲人不同的习俗和生活场景。博物馆展藏亦不乏中国元素：唐寅的猛虎中堂大作，类近清明上河图的国画长卷街市场景，以及以西藏布达拉宫为背景的人物画，使人顿感如归故里；配以优雅的东方音乐，渲染出古朴和谐的美好氛围。漫步一层海洋生命大厅，观看巨鲸跃海模型，使人领略海洋世界的深邃变幻的伟力，遐想在广阔海洋中取宝降龙。

纽约第十一个看点是长岛海峡牡蛎湾海滩公园。经李永强多方打听，6月24日，我们和永强夫妇一起打车探访大西洋海湾沙滩。出租车沿495号高速路东行，继而北折，走到一处游船码头。港内汽艇小游船排列整齐，任凭观赏，无人过问。司机看到北面有海湾沙滩，于是驱车前往。司机把我们送到牡蛎湾公园门口，为我们四人在罗斯福雕像前拍照留影。我们先后奔向海滩。这里是石子儿沙滩，走上去有些硌脚。不过终于踏浪大西洋，难禁兴奋之情，秀英举起相机频频为我们摄影拍照。

如果清点纽约看点，还可以举出第十二——曼哈顿中国城、第十三——皇后区法拉盛缅街和第十四-布鲁克林八大道。从纽约到外地游览，每次都要经过曼哈顿中国城--CHINA TOWN。中国城位于曼哈顿岛南端，与曼哈顿大桥连接，大乘佛寺屹立桥头。坚尼路街是中国城主街，与之相交的是包厘街，两条街道两旁，中文商店招牌皆琳琅满目。街心花园立有孔子像和林则徐像，充满中国色彩。法拉盛位于纽约市面积最大的皇后区，法拉盛缅街是皇后区的中国街，罗斯福大道和其十字交叉。华人超市、餐馆比比皆是。华人旅社、新华书店、鹿鸣春小笼包星布街巷。街头既有中国民主党的广告、法轮功报箱；又有中共建党九十周年力作"建党伟业"电影海报。我们四次外出旅游都是清晨从法拉盛出发的。法拉盛西面不远的爱姆赫斯特也是一处亚裔人聚居区，未及光顾。

离美返京的前一天，我见缝插针和永强一起浏览了布鲁克林的第八大道。自法拉盛乘中巴，经一小时车程，到达布鲁克林七大道58街。继续沿七大道北行，到44街右拐，司机指示左侧的日照公园。经八大道东走，到九大道向南行，到头向西拐，不远就是终点"香港超市"。香港超市正好位于八大道街口。向北望去，中文广告招牌相互辉映：左侧，"天利地产""旺角兰州拉面""乡情杂货店"……右侧，"丰泽药业""世界书局""仙彩美容中心""何记综合服务中心"……使人感觉如临国内某县城一般。布鲁克林是纽约五个区中人口最多的一个区，是非洲裔黑人和墨西哥人聚居的地方，据说加勒比人、意大利人、以色列人至今各自保持着自己独具特色的生活习俗。

华盛顿二日游

6月10日至11日，我们参加了"费城、华盛顿、巴尔的摩二日游"这是我们四次外出旅游的第一次。

自纽约曼哈顿启程，行驶两个小时到达费城。费城位于宾夕法尼亚州东南部特拉华河与斯库基尔河交汇处，全称费拉德尔菲亚，是美国历史名城，1790-1800年曾是美国首都。10日上午10点半，旅行车到达费城国家独立历史公园。看到自由钟陈列馆外长长排队的人群，导游引领我们从展馆玻璃窗外窥视了自由钟身影，随后在国会厅前与林肯雕像合影留念。中午到马里兰州一餐馆用餐，再经一个半小时车程到达美国首都华盛顿——哥伦比亚特区。

到华盛顿第一站，参观"国家宇航博物馆"。博物馆内以琳琅吊置的航空、航天飞行器，向游客做丰富的展示。导游卡文小姐指着莱特兄弟最初发明的飞机说，机器挡住了前方视线，驾驶员只能向下看！在大厅二楼，游人可排队进入航天器内舱，参观操作仪表设备。在华盛顿第二站，是乘船游览与波托马克河相通的潮汐湖。河湖水面开阔，从游船上北眺，华盛顿纪念碑巍然矗立，南望河对面，机场上飞机起降，西南方隐约可见五角大楼轮廓，东北望，可看到造币厂楼房。东面岸上据说是一座座将军别墅，东南河岸有三统昔日电厂烟囱在那里默默伫立。第三站参观蜡像馆。四十几任美国总统的原大蜡像，生动逼真。或立或坐，游客可与其拍照留影，宛如现场交谈。在那里留下我与西点军校毕业的罗伯特·李将军即席争论统一台湾问题的镜头。第四站白宫远望。旅游车送我们到白宫草坪外马路口，导游找到一合适位置，人们纷纷留影拍照。游人可以清楚看到白宫房顶警卫人员活动的身影，有人略显惊诧之色。是啊！白宫，这个当今世界独大的王宫的表情，显然没有我们这些游客这么清闲，这么坦然！ 第五站参观杰斐逊纪念堂。托马斯·杰斐逊是美国第三任总统，是独立宣言起草人。纪念堂采用罗马神殿式圆顶建筑风格，是潮汐湖畔一座漂亮的白色大理石建筑。我们经过潮汐湖岸，看到一只只肥硕的美洲雁正在头也不抬地吃草，似乎是要展示它们求生存争朝夕的天性。

当晚到"达幣"中餐馆吃自助餐，每人15美元，饱餐一顿。饭后驱车弗吉尼亚，下榻"公平场酒店"，客房格外豪华宽敞。

11日6点起床，早餐后乘车一个多小时，到达国会山庄，开始了华盛顿第六站之旅。排队等候安检，进入国会大厦。参观国会大厅，卡文用中文解释大厅装潢、陈设和壁画。走进前众议院会议大厅，看到各州代表人物塑像整齐排列周围。导游指着圆形天花板顶棚说，大厅内任何地点的谈话都可沿园顶四处传播，"议会无秘密"之说即由来于此。随后到电影厅看了15分钟电影，因无中文解说，浮光掠影像坐飞机一样。在二楼商品店购买了纪念品，回到一楼大厅索取了简介资料。华盛顿之行第七站是参观林肯纪念堂。林肯纪念堂位于国会大厦和华盛顿纪念碑延长线西端，由国家园林局管理。林肯是美国第16任总统，他领导了美国南北战争，颁布了《解放黑人奴隶宣言》，维护了美联邦的统一。亚伯拉罕·林肯与乔治·华盛顿、富兰克林·罗斯福齐名，被认为是美国历史上三位最伟大的总统。纪念堂中央是林肯大理石坐像，林肯的葛底斯堡演说和第二次就职演说词刻在大理石墙上。据说这里是1963年马丁·路德·金发表"我有一个梦想"演说的地方。令人费解的是，在那里又建立了朝战越战纪念墙！老美这个和平民主的化身，以"朝鲜战争退伍军人纪念碑"和"越南退伍军人纪念碑"的名义说词，是对这两场并不光彩的战争的反思忏悔呢？还是对世界警察赤膊上阵之举的腼腆地赞颂呢？使人大为诧异。

　　第一次二日游最后一站是巴尔的摩。巴尔的摩是一个海港，是马里兰州最大的城市，是美国国歌诞生地。我们在海关大厅里观看了电视片介绍，翻阅摆满书架的历史资料图册，向工作人员索两柄纸扇做纪念。返回纽约途中，导游卡文总结旅游行程时说，此行先后游览费城华盛顿巴尔的摩共九个景点，经过了纽约、新泽西、宾夕法尼亚、特拉华、马里兰和弗吉尼亚六个州。若问我美国首都印象，啊，高高矗立的华盛顿纪念碑应继续被奉为其立国之本和至高准则哇！

波士顿二日游

　　6月15日至16日，参加"波士顿二日游"。

　　我们第二次二日游，历经康涅狄格州、罗德岛州、马萨诸塞三个州。康州经停两站，一是耶鲁大学，二是康州水族馆。

　　15日上午11点，到达纽黑文耶鲁大学。进入市区就进入大学，学校没有围墙，没有明显的标志性大门。城市内许多房子，房主是耶鲁大学。耶鲁大学是美国最早建立的第三所大学，建于1664年，校训是"光明与真理"。我们跟随导游隋哥校园内参观，雕塑前留影。了解到，耶鲁培养出7个总统，"小不死"就毕业于此。该校曾发生过一富豪儿子被蚊子咬死的奇事。时过中午，到达康州水产研究所水族馆参观。在大厅欣赏了海狮的精彩表演，展厅橱窗各种水族鱼类琳琅满目，苑塘水禽动物色彩斑斓。

　　下午4点多，经纽波特到罗德岛。这里是富人豪华别墅区，其中铁路大王范德比尔特家族的布雷克斯夏季别墅最为有名。导游隋哥征得展馆同意，为中文游客低声解说。别墅一层大厅，穹顶彩绘蓝天，壁炉、柱顶精美玉石装饰，尽显奢靡。餐厅、配餐室、宴会厅、音乐厅、图书馆，一应豪华次第。二楼主卧、更衣室、浴室、烫屁股盆，女儿闺房肖像，装备神秘华丽。许多装饰珍品皆运自万里之遥的欧洲，隋哥连连责怪老外无知，糟蹋了这些宝贵材料！从罗德岛豪华别墅返回旅游车，赶往马萨诸塞州州府波士顿。在波士顿唐人街"海月宫海鲜大酒楼"会龙虾大餐，每人一只冷水大龙虾，外加六菜一汤。饭后浏览了唐人街店铺，在街口"天下为公"牌坊前拍照留影。

16日一早，我们的旅游车驶往剑桥大学区。哈佛大学创办于1636年，是美国最早建立的一所私立大学，最初叫"剑桥学院"。学院从州府争得学校收入不交税的优惠待遇，得以迅速发展。1638年因哈佛院长捐赠生前积蓄及图书而更名。哈佛大学先后培养出八位总统，四十位诺奖得主。基辛格博士、林语堂、竺可桢、梁实秋、梁思成等与其息息相关。中国留学生在哈佛建校三百年时，赠送一统龟跌石碑，现在仍赫然伫立在校园草坪上。导游引领我们在校园内穿行漫步，指看古老高大的图书馆博物馆，学校名人堂，诺奖得主讲学的地方，观望高高矗立的教堂。隋哥指着远处楼前的哈佛铜像，揭秘了哈佛铜像"三大谎言"：一 哈佛未留下相片、画像，铜像以一位帅哥为模特，哈佛面貌是假的；二 哈佛并非学院创办者；三 铜像雕刻记载有误。

与哈佛大学相距不远就是麻省理工学院。学校楼区临街而立，走进高大楼厅，左侧为建筑系，右侧是海洋工程系。穿过楼道长廊，进入楼群前草坪广场。回望圆顶大楼，一排十根大楼廊柱上面，自左至右标示："MASSACHVSETTS INSTITVTE OF TECHNOLOGY"——"马萨诸塞州科技职业学院"。人们纷纷以草坪和大楼为背景，留影拍照。麻省理工学院建立于1861年，校训是"手脑并用，创新世界"。到2009年，先后有78位诺奖得主在这里工作学习过。爱因斯坦曾在这里教过书，贝聿铭、钱学森等著名中国专家曾在这里求学深造。这里是研制第一台电脑的地方，是电力无线传输的发明地，B-2隐形战略轰炸机在这里设计制造。草坪广场西南有一处铜雕似曾相识，走近一看，原来是曾在北海公园展览过的摩尔雕塑。雕塑北面，一架紫粉色藤本杜鹃，繁华累累，格外夺目，我分别为其留影存念。

波士顿是美国三大文明古都之一，哈佛大学、麻省理工学院以及波士顿大学得益于波士顿良好的办学环境，波士顿仰仗这些大学的魅力建成了世界领先的产学研创新基地。这是我波士顿二日游的一个新认知。

旅游车在波士顿大街上缓慢行驶，到市中心一教堂广场停下。导游和司机宣布送游客一额外礼物：下车自由观光半小时！徜徉广场四周观望，南面仰视世界第一幢玻璃幕高楼，导游告知是贝聿铭先生1973年的杰作，广场西侧，坐落着古老的世界第三大的图书馆。广场北部有叠水小景，两统独立纪念碑柱周围摆满鲜花。游车途经一座公园，隋哥告诉曾在那里打响独立战争第一枪。10点半，我们来到波士顿

港口等候游轮。港内白色小船撒布在蓝色水面，显得格外俏丽。轮船开动，海风徐徐，凭栏远望，海天一线。海湾北面，宪法号军舰锚泊码头，可见跨海大桥伸向天际。半岛远端，银光闪烁，机场飞机起落频繁。游船在海湾里巡回，几处近岸多有木桩残存水面，经询知为废弃造船台坞。昔日辉煌不再，港湾似添一抹灰暗。离开游轮，游车开到波士顿繁华地段的"昆西"市场，跟随导游排队买饭，采纳隋哥推荐意见，我们买了日式铁板三文鱼盖浇饭，喝了奶贝汤。饭后走上返回纽约归途。

大瀑布·千岛湖二日游

6月18日-19日，王秀英陪同我和俊秀游览尼亚加拉瀑布和千岛湖。这两个景点1993年我曾经从加拿大多伦多游览过，这次重游变换了进入的国家和观赏的视角，仍觉十分新鲜，十分震撼。

8点半，我们自曼哈顿动身，乘"大西洋特快671号"，穿越哈德逊河霍兰隧道，经新泽西州、宾夕法尼亚州、奔向纽约州西北重镇布法罗，历时七小时长途行驶，到达美加边界处的尼亚加拉大瀑布。在离长虹桥不远的游览入口，就可看到奔流汹涌的瀑布身影，举相机抢拍两张留影。乘电梯下到河床底岸，登上"雾中女神号"游轮，披上蓝色雨衣，畅游于激越的瀑布波涛之中。沐浴着四处飞溅弥漫的水雾，十分惬意！山羊岛岸坡，游人涌动。水面海鸥，自由嬉戏。雾中女神号行至壮阔的马蹄瀑布前面，重重水花迎面扑来，已看不清飞流瀑布的轮廓，只见七色彩虹不断闪现变幻。在女神号激流转还的瞬间，我似乎看到了昔日加拿大河岸观瀑的地方••••。从游船上岸，在影厅看了50分钟瀑布传奇电影，影片讲述了大瀑布地区民众生活的惊险经历，老太太乘大木桶瀑布漂流的情节生动感人。在导游小管催促下，用过晚餐。又乘车进入山羊岛公园，从河岸上进一步欣赏领略大瀑布多彩的雄姿。黄昏观瀑人群，遍布岛岸公园草地。我沿河岸逆水而行，唯见林木苍翠，激流滚滚。远望对岸，见一座眺望塔高高矗立。啊，想起来了，这不就是93年我们曾经想上而没有上的观瀑塔么！

我们夜宿安大略湖南岸的罗切斯特。19日一早启程，继续东行、北折，到达千岛湖一港口。千岛湖位于安大略湖口圣劳伦斯河源头，水浸碧天，一千八百余岛屿星罗棋布，是美国加拿大共有的水上森林公园。我1993年自休斯顿游览千岛湖，曾看到塞维贡岛美加两国界桥。十米木桥一端连接加拿大房舍，另一端小岛上美国国旗飘扬，木桥上两边分别绘有美加国旗标志。这次从美国港口游览千岛湖，游船在广阔水面穿行，古堡岛、樱桃岛瞬息掠过，许多小岛只有一幢房屋，甚或只有几棵树，汪蓝汪蓝的湖水，映衬着飘动柔丝白云的蓝天，中间一抹苍翠断续的地平线，使千岛湖显得格外幽静、神秘、令人销魂。游船湖中逦迤穿行，终于又看到美加界桥和它连接的两个小岛的身影。历时18载，倩姿依然！游船继续在千岛湖中徜徉，解说员绘声绘色不停地解说着什么，碍于言语不通，不知所云。对面一游轮相向驶来，船上枫叶旗迎风飘展，临窗游客纷纷挥手致意。噢，这是地球村村民由衷的问候啊！

大瀑布，千岛湖，令我由衷地赞叹，北美五大湖区这得天独厚的自然环境。

玛莎葡萄岛二日游

听从小管推荐，我和俊秀、秀英6月25日又参加了爱丽丝镇、鳕鱼角、玛莎葡萄岛二日游。

爱丽丝镇位于康涅狄格州州府哈特福德南部康乃的克河谷地带，乘坐古老的蒸汽火车在山中林间往返，别有一番情趣。身着英格兰服装的列车服务员，友好热情地验票，并与游客合影拍照。登上游轮游览宽阔的康乃的克河，两岸尽见青翠茂密的森林，偶遇岸边一两处船坞房舍。下游河中见一汽艇牵引两男孩滑水表演，很快吸引了游客的视线，并为之助威呐喊。

鳕鱼角为马萨诸塞州东南大西洋中一钩状半岛，由于人工开挖的运河沟通了半岛南北的海湾，因此也可把鳕鱼角看做一个岛。游车停在鳕鱼角中部海尼斯镇一海湾，我们下车游览海滩公园。公园入口处有一道嵌圆徽石墙，石墙后面是一蓝绿色圆形大喷水池，映衬着远处湛蓝的海湾，景色非常漂亮，我和俊秀、秀英纷纷拍照留影。向沙滩走去，沙很细，很松软，游人稀疏，只见海鸥阵阵飞落。导游小杨说东面海滩可以荡秋千，很有意思。我抬眼一望，不远处立一雕塑，周围树几杆旗杆，美国的、韩国的，还有几面不认识的，我断定又是一处朝鲜战争纪念物了。小杨似有不解地和我说：朝鲜战争各国死亡人数统计数字都有，就是没有中国和朝鲜的。

游车经过市政厅、警察公园，送我们到海尼斯镇主街西头，在一家国际酒店安排住宿。稍事安顿，我们三人在主街上自西向东转悠。不远有一"龙光"中餐馆，从窗户中看不到可口的中餐，旁边商店橱窗里一辆藤缠自行车，吸引我们驻足观看。我们走进主街东头一家食品店，买了比萨饼，炸鸡胸，一美元多一块，很便宜，坐在店内餐桌周围，又买了热奶昔，吃的舒服实惠。回到酒店客房，俊秀、秀英洗澡，我又上街随便溜达，考察了与主街平行的北街和南街，望见了三街交汇的环岛。

26日一早，我们赶到皇后岛码头，登上开往玛莎葡萄岛首班游轮，到达葡萄岛橡树崖。在港口搭乘岛上旅游车，逆时针环游葡萄岛。司机兼导游不停地英文讲解，我们坐汽车后面听小杨翻译解说。在玛莎葡萄岛上绕一圈要一个半小时，一百多公里。经停西端"天涯海角"折返点，以阿坤娜悬崖和崖顶灯塔为背景，凭海拍照留影。导游指认路边商铺是奥巴马来游吃冰淇淋的地方。葡萄岛植被繁茂，森林、灌丛掩映着多姿的海湾，是有钱人度假的好去处。导游说，花2万美元可包住一周或数周。以警察女儿玛莎命名的葡萄岛并不产葡萄。历史上因近亲繁殖，岛上遗传病严重，聋哑人很多。旅游是后来发展起来的。旅游车绕岛环行一圈回到橡树崖。小杨带我

们漫步商业街，到一教堂附近看了独具特色的"姜饼屋"，一座座色彩艳丽的英格兰小楼，环列树荫广场。广场上有一座拱形厅棚，可以观看演出和聆听讲演。教堂不时传出报时的音乐钟声。随后，小杨领我们到一家餐馆，帮我们点了菜谱，要了龙虾、海贝、土豆、寿司，因无热汤热饮，每人一大杯白冷水。我们把食物冲咽吞下，并无品味，似有伤饮食之雅。

乘游轮回到海尼斯镇皇后岛码头，我替小杨在路口撑伞招呼同车游客，踏上了返回纽约的路程。前一段车行畅快，将进纽约市区，因遇交通事故堵车严重，高速路汽车走不动，8点半才回到法拉盛！

6月28日下午，我们登上国航CA982航班，启程返回北京，结束了美国之旅。CA982与CA981的飞行轨迹相一致，都经过北冰洋。自纽约起飞，经奥尔巴尼、蒙特利尔，越过魁北克拉布拉多半岛、哈德逊湾、巴芬岛，飞向北冰洋；飞过北冰洋之后，穿越西伯利亚，经海拉尔、赤峰回到北京。因地球扁圆，这样飞行距离可能近一些吧。

旅美之前我看到一本"一本书看透美国"，作者曲超，李敖崇拜者。我草草翻阅之后，并不认为我能看透美国。纽约是世界大都会，世界上各地有的——好的坏的它都有。牵涉到中国的——正面反面它都有。先进的科学技术和落后的设施同在，豪宅与贫民区共存。它有短暂屈辱的历史却永久地抓住了自由解放大旗，它是世界上最神气的人权卫士，却让国内黑人好梦难圆。它是和平卫道士，却在亚非拉各地扶植亲信、种植仇恨，动辄耀武扬威，闹得到处鸡飞狗跳！我想，假如美国真正坚持人民自由解放的旗帜，而不是拉大旗作虎皮，在世界上充当横行霸道的暴发户，马丁·路德·金的美国梦或许能够早日实现哩！

2011.7.19

第一编 春节海南行

2013年癸巳春节我们是在海南岛度过的。

先到三亚,后去海口,行程由陈松事先安排好,同行除我们老俩口、陈松三口,还有亲家母。

2月5日我们从首都机场直飞三亚,下榻三亚湾路37号雅华香榭金星旅馆,到达时已有北航老师在门口迎候。

周正因上班未与我们同机抵达,2月6日、7日的游览由我们四个大人和小孙女同行。

【01】上鹿回头山顶公园

2月6日上午,我们从吉祥街西口乘公交车到鹿回头广场,在景区大门购票乘电瓶车上到山顶公园,只见一群白鸽在门前广场落地觅食,小水晶近前引逗。走进《鹿回头之夜》棕色牌坊门,有盘山道通往山顶雕塑台。鹿回头雕像高15米,长10米,宽5米,花岗岩雕刻,由林毓豪设计,福建惠安刻石厂制作,历时五年,于1987年8月完工。三亚因此而有"鹿城"之称。雕像简介说鹿回头是一座黎族山寨,山寨里黎族青年少女的爱情神话传说令人向往。我们和小水晶先在雕像前合影,又在天街茶座寿星木雕前拍照。雕塑北面西侧有张爱萍题诗一首:"仙鹿回头春意浓,猝迷猎人不拉弓;一见钟情结伴侣,神话姻缘耐寻踪。"东侧有赵朴初调寄《诉衷情》词一首:"踏沙晨作五龙游,鸿爪倘能留。登高夜望奇句,美景不胜收。灯万照,相辉映,似川流。不须逐鹿,山也回头,海也回头。"雕塑北面脚下建"望海亭",回望三亚湾,三亚市区尽收眼底。沿山顶小路崎岖穿行,可见陪伴鹿女的"仙池"神鱼、"月老"岩壁下的夫妻树、"山盟亭"内的山盟碑以及"爱字摩崖"、"爱心永恒"等石雕文字,天街入口处有一株法国戛纳市长1997年亲植的友谊树。鹿回头公园山顶海拔181米,大小山峰五座。鹿回头的主峰还不在这里,在南面数公里外的鹿回头角,海拔275米。

【02】驱车天涯海角、崖州古城、南山观音苑

2月7日陈松租车,9:16启程,驱车向北、向西25公里,来到天涯海角景区。陈松一人购票,89元;我们三个老人免费进入游览区。

进门左行,首先游览了历史名人雕塑园,迎面进入视野的是三根高大并立的"瑞牛柱",牛是黎族人家的吉祥物,我为家人柱前留影。历史名人隋、唐、宋、明、清,有冼夫人、李德裕、鉴真大师、赵鼎、胡铨、黄道婆、钟芳、林缵统等人的雕像,

在大门广场南端两侧，有两汉伏波将军路博德和马援的雕像，西侧还有三亚古人类雕像。爱情广场东西分别为西厢记及罗密欧和朱丽叶的造型。走到海滩游船码头，陈松带水晶去潜水，水晶姥姥就近漫步笆篱凝霞景区，我和老伴西行探访滨海摩崖石刻景区。

摩崖石刻首先看到的是赵朴初1994年的题诗："不知何处有天涯，四季和风四季花。为爱晚霞餐海色，不辞坐占白鸥沙。"沿山麓林下小道西行，相继看到了"南天一柱"财富石、"天涯"平安石、"海角"幸运石。天涯石面北刻有郭沫若三首诗，我们赤足踏沙，分别在在天涯和海角石前远近留影。六十年代经郭老登崖勘察，知"天涯"二字系清雍正年间（1712年）崖州知州程哲所刻。返回景区大门广场，我们选择了山坡上一条平直的马路，正好走到景区的电瓶车站，上桥瞭望周围风景，格外幽静，漫步沈鹏题字的"天涯文化苑"，展厅典雅庄重。文苑门前立一尊江泽民1990年题写的刻石"海内存知己 天涯若比邻"。走过热带植物群落配置的笆篱凝霞景区，"龙凤呈祥""双鲸洒福""对象扬鼻"等植物雕塑新颖别致。吴邦国2011年亲植的三亚市树—酸豆树兀然挺立。

回到广场和陈松父女、水晶姥姥汇合，这时我才近距离观赏了"天涯海角星"不锈钢大型雕塑，该星是由天文学家朱进1997年发现的9668号小行星正式命名的。

时过中午，我们驱车崖城镇用餐，跨过宁远河在建窄桥，穿过喧闹的年关古镇，在崖州古城楼前一家干净漂亮的中西餐馆"多美丽"吃了午饭。我乘隙到红色古城楼前观看、进入城门洞拍了几张像片。离开崖城镇时路过蔬菜交易市场，我们看到大宗的豆角茄子等正在装箱外运。

南山文化旅游区是我们当日涉足的第二个景区，限于时间，景区门前把车停好后，直奔海上观音雕像。南山海上观世音一体三尊，高108米，1993年批准建造，1999年动工兴建，2005年竣工开光，是著名的"世界级、世纪级"工程。"观音净苑"面积30万平方米，是名副其实的5A景区。观音塑像坐落在南海金刚洲岛上，有280米长的普济桥与南山陆地相通，我们站在6万平米的观音广场上前后眺望，倍感心旷神怡！在广场上举相机迎观音入镜，多角度多组合留影存念。观音广场两侧与主题公园相连，山坡上彩亭绿树秀丽，"南无阿弥陀佛"绿篱塑字呼之欲出。两廊黄幡垂髻，白花木棉树硕果累累。回程浏览了"空海纪念苑"，然后打道回府。

【03】 游亚龙湾、海棠湾，滨海酒楼吃年夜饭

周正7号晚到三亚。为便于游览出行，陈松再次租了一辆车。

2月9日上午，我们全家六人，驱车奔向亚龙湾国家旅游度假区。周正、水晶和姥姥以前曾在那里住过，说海滩风景不错。车过亚龙湾海景酒店，在一处不起眼的小停车场停下，我们穿过灌木丛下到海滩，已见不少游人。水晶和妈妈赤脚踩入水中，

任凭海浪冲洗,一会儿又在沙滩上挖坑拦截潮水,我和陈松则抓拍浪涌瞬间。在海滩和海岸绿地上留下了我们一家人的欢声和笑语。开车回到亚龙湾海景酒店附近买了烧烤小吃和水果,权作午餐。从亚龙湾中心广场继续驱车东北行,经青田、林旺、藤桥到海棠镇,寻找海棠湾海滩入口,闯入好汉坡莲湖酒家;后又穿越南山温泉建设工地,正车到尽头疑无路,巧遇松暗沙明又一村!海岸松林成带,海滩白沙无垠,海浪随风扑岸,一群海鸟腾空翻飞,好一处寂静浩渺的海棠湾呀!陈松、周正争相为水晶拍照,水晶姥姥也挖坑储水,水晶奶奶则用相机把这些场景一一录了下来。岸上有一处倾斜的水泥碉堡,询问巡行的当地人,说是彭德怀当国防部长时所建,海岸松林为小叶松,属国防林,归中央管。岸上有海棠湾镇人民政府2010年1月告示牌,称:"此海域正在开发,尚未开放,严禁下海游泳,特此告示!"

今天是农历年节除夕,陈松周正已预定好年夜饭,我们回旅馆稍事休息,便到"滨海一品锅"酒楼用餐。酒楼在新凤街口南,餐厅218房间。周正点了一桌丰盛的菜肴,我喜欢吃的有炒南瓜花、肉末烧茄条、豆腐鱼丸汤、椰子蒸饭,一边吃饭一边看春节联欢晚会,还不时接复拜年祝福电话、短信。辛集冯春申、李奇珍、温占荣、暾暾,北京田均平、刘俊秀、吕知敏,内江小刚,河南小岳,兰州马新民,福建王信金相继打来电话或发来短信。

【04】游分界洲岛

2月10日,正月初一,陈松网上预订,全家一起游览5A级景区分界洲岛。上午十点半穿过"大茅隧道",沿环岛高速东线行驶87公里,穿越整个陵水县境,最后通过"牛岭隧道",便到了景区岸边入口。趁陈松购买船票的时机,我观察了景区岸上花园:高大的旅人蕉挺拔秀丽,酒瓶椰子、刺桐,似曾相识,楼外锦叶橡胶榕枝硕叶茂。乘船几分钟登岛,我继续留神观察景区内的热带植物:大厅门前有一株"银毛树",叶片厚大,满被茸毛,属紫草科砂引草属木本植物,多生于热带海岛。餐馆后面有几株高大的鱼尾葵,成束下垂的花絮有如昆明民族村看到的一样,大叶鲜红的榄仁树,园工说又叫枇杷,树干长满绿色海棠球的"神秘果",不知确切名称叫什么?我们持票先到海豚湾参观,在近海水榭廊内穿行,只见方池中海豚结对潜泳,大鲸鲨水中漫游,小海狮水上嬉戏,近廊网箱中石斑鱼、绿海龟、大玳瑁不动声色任人观看。陈松买了喂食票,和小水晶登上橡皮艇,在管理人员保护下绕行方池,把鱼虾投入大鲸鲨簸箕般的大嘴里,引来两条十几米长的鲸鲨尾随。因海豚表演要等到下午两点,我们先在一餐馆吃了面条,陈松周正去潜水,水晶和姥姥到沙滩上玩,我和俊秀分别浏览岛上的其它景点。福龟滩上沙滩开阔,椰林下有寿龟石雕和陵水石井,沿路前行,有"海南老物件馆""牛拖山鬼斧""人体墙""前进人民公社"浮雕、"大洞天""神龟出世"等处景物。我和老伴持免费卷正在一茶馆喝咖啡、品"兰

197

贵人"，陈松打电话告诉海豚表演时间已到，我们赶紧带好咖啡赶到，海洋剧场的海豚表演已近尾声。表演时间虽短，却引来不少观众，待我们择位坐定，只见水中四只海豚高高跃起，结束了它们的引人表演。

我们乘分界洲 11 号游轮返回陆岸。晚上到新凤街口北"拾味馆"吃晚饭，我补送水晶压岁钱。松、正两要锅贴，我大啃棒骨肉。

【05】访兴隆热带植物园

2月11日陈松开车陪我们仨老人游兴隆植物园，水晶和妈妈留三亚旅馆看电视。兴隆热带植物园位于兴隆镇，创建于1957年，隶属于农业部中国热带农业科学院热带香料饮料作物研究所，是海南最早对外开放的热带植物园，临近万宁县兴隆华侨农场和兴隆温泉景区，距三亚市100公里。泊车进园，入口一株大榕树上吊满红灯，树干上附植不少蕨类和气生兰草，我们登上电瓶车，在导游引领下园内游览。在生态湖畔停车，下车观赏了面包树、西瓜树、婆罗密、可可树……又坐车浏览了胡椒园、咖啡园、芭蕉园和香草兰栽培试验基地。在兴隆热带植物园办公室门前看到一株海南无花果树——大果榕，实属新奇。随后在茶饮厅里品尝了该单位研制的六种新款饮品，还到产品销售厅浏览了各种饮品、食品。看看时间尚早，我分别为绿色、红色果实的可可树留影，走进热带果树区观看了番木瓜、红毛丹、芒果、神秘果，回到生态湖附近又看到了"巴拉巴栗"——发财树、美洲合欢、黄丽鸟蕉、糯米香草，为俊秀和火炬姜花拍照留影……从兴隆植物园返回途中，我们在陵水火车站附近的"红太阳小食店"品尝了当地特色小吃——"陵水酸粉"。

晚上我和老伴在凯米便捷快餐店吃完饭，到三亚湾海滩漫步，欣赏了三亚最后一夜的海滨夜景。

【6】动车北上 下榻岸芷汀兰酒店

2月12日上午，陈松先把一家人送到三亚火车站，再到凤凰机场去还车，11:40'我们登上D7316次和谐号动车组，周正在车上买了套餐，要了汤饮。火车行进平稳，车内电子屏幕显示时速180—196千米，车内温度+24°C，车外气温+27°C。从车窗望去，路边稻田、菜田连片，和陈松开车时在路边看到的景象有明显差异：滨海多见海滩、荒滩，很少连片农田。联想起我们所住滨海旅馆墙内电线的腐蚀损毁和当地人大都不临海购房的说法，我这时才有了几分理解。动车经停陵水、万宁、博鳌、琼海、文昌、美兰，13:45'到海口东站。打出租车经过海口"世纪大桥"到海甸岛江南城围合别墅"岸芷汀兰"温泉水庄度假会所下。岸芷汀兰酒店老板大名李保和，抗美援朝胜利生，河南郑州人，2002年来海南，网名驾。老板娘石惠，网名六月，学建筑的，父亲是画家，酒店厅堂内的书画作品皆出自其父石长安之手。当晚，酒店主人、汤丹馆老板老驾、六月，为我们一家接风请客，同请的还有深圳网友胡说八道、爱老虎油一家，北京网友芭蕉。席间自然交谈网友多年交往的往事。北京芭蕉，大名郭媛媛，拨通了宋辉的电话，让我和现住方庄小区的宋基孝通了电话，离校分别五十多年，实出意外！入夜记小诗一首："海口水庄度春节，岸芷汀兰会老驾，经年网友喜相见，半个世纪一席话。"这次到海南过春节有许多意外巧遇，在三亚就有两次机率甚低的碰面：一是在京询手机号而不得，在三亚吉祥街公交站巧遇潘才遑；二是潘与宋失去联系，我在旅馆楼窗偶识宋同明老师五十多年前侧脸，喊话相见。正是："沙滩海月照三亚，香榭巧遇似神话，吉祥站台撞潘兄，金星楼窗恩师达。"

【07】荣域看房 福山品咖啡 观澜湖留影

2月13日9:30'由六月和田螺陪同，深圳一家、芭蕉一家、我们一家，三车同行。先到白沙门公园东面参观了荣域小区新建样板房，然后沿环岛高速西行，经海口石山驱车50公里，到澄迈县福山镇，在镇上找个餐馆吃牛羊肉涮锅，然后到福山水库旁品味最本土的中国咖啡。福山咖啡联合公司成立于1983年，地处火山灰红土咖啡带，是海南省农业龙头企业，2010年获得原产地域保护商标证书，连续两届被指定为全国桥牌比赛唯一咖啡饮品，"福绵长，心传香"，福山咖啡馆内、咖啡休闲园林间，处处茶桌欢声笑语，引来不少行人茶客。咖啡馆厅廊内照片显示，贾庆林等国家领导人曾来此考察光顾。从福山咖啡馆返回海口，三车驶入观澜湖休闲养生胜地观光。泊车停车广场，走进气派的酒店大楼，参观了大厅和二三层设施。我从楼梯下到一层后门，看到有火山造型的主题水上乐园。大家离开酒店大楼，走到"火山岩矿温泉"、"观澜湖水疗"处，几家人分别在火山温泉字碑前合影留念。

晚上，老驾、六月一家在汤月馆款待木头（陈松）全家，老驾和木头对饮，主动介绍了他对汤品的研究，在我的询问下老驾详细讲述了自己的身世。

【08】浏览江南城小区 探游金牛岭公园、人民公园

2月14日上午，我和俊秀逆来路步行，浏览了江南城小区。小区内道路两旁热带树木绿篱映衬，绿色旅人蕉和红色榄仁树很是显眼，半路走进灰色"御城"方门，桥亭曲折连引，看到几个大小不等的游泳池，满池碧水清澈。我们穿过曲折步道，从江南城会所后门通过前台大厅，江南会所前是集芳园，集芳园广场石牌坊上横刻"集芳"金字，到此我们已看到江南城小区的进出口了。从入口处右行绕回，看到楼区一块标牌书"中铁十八局海南公司"，沿南墙道路前行，见一拐角处指示标牌写"围

合别墅",然而铁栅门紧闭,我们只好再绕回游泳池,走出"御城"门,再回到围合别墅的岸芷汀兰酒店。

下午石惠和周正约好去买海鲜,水晶奶奶姥姥同行,我乘36路公交车探访金牛岭公园和人民公园。到金牛岭公园站下车,北面是雄伟的海南军区大门,路口西南是鹤立的奥林匹克花园,南行二三百米就是金牛岭公园北门,迎门山石上矗立的金牛雕塑老远就已入目。我攀上山石背后,从不同角度为金牛留影,金牛在彩色花坛和金灿灿的炮仗花映衬下显得更加光彩夺目。金牛传说提示:很久以前海口火山爆发,天气干旱,玉皇大帝派神牛下凡救助百姓苦难,神牛来到附近山岭,四脚踩出四目清泉,其中一目就在金牛瀑布景区水池底下。金牛岭瀑布景区设计独特、造景别致,堪称金牛岭公园亮点。此外还有动物园、白鸽园;棕榈园、槟榔园、竹园。这些景点我准备带水晶来再一起观看。我信步往东前行,走进一圆门,上书"金牛岭烈士陵园"。陵园里高大的木帆石雕纪念碑矗立在广场中央,4200平米的广场四周松杉挺立、绿树掩映。纪念碑正面书"解放海南的英雄永垂不朽"11个大字,广场上刻有"解放海南岛烈士陵园纪念碑及广场建设介绍"。纪念碑基座正面中间是渡海浮雕画面,东侧是渡海部队简介,西侧是琼崖纵队简介;基座背面是解放海南岛战役简介。纪念碑后面有朱德题写的石碑"渡海英雄永垂不朽",大型墓墙上刻有40军、43军烈士芳名。

从金牛岭公园返回,乘36路到明珠广场下车,走过天桥就是人民公园南门。南门入口的花坛配置新颖别致,迎面高大的一排椰树下立两方海石,宽大的一块刻红色"椰城"二字,斜坡上对称的花坛造型,像一具大彩色脸谱,雅致动人。入园后林间穿行,从背面走到"冯白驹纪念亭",纪念亭正面墙上刻写着中共海南省委、人民政府1988年12月立碑时撰刻的"冯白驹生平"介绍,纪念亭前有冯白驹头像石雕,再往前就是公园北门内高高矗立的海南解放纪念碑。解放纪念碑建于1954年4月,碑上有朱德同志的亲笔题词。出北门有一座大桥跨越东西两湖,此地有一园两湖之称,公园坐落在大英山上,是认识热带植物和休闲健身场所。

晚餐由老驾的汤月馆加工,品尝周正一行下午买来的海鲜:有鲍鱼、生蚝、蛏子、文昌鱼……用一只3.6斤的大海龟、鸡蛋、鹌鹑蛋炖了一道"子孙万代"大菜,名副其实尝了鲜。

【09】畅游白沙门公园

今天是2月15日,下午周正回京上班,陈松要去机场送行。上午我带俊秀延敏去了明珠广场、人民公园,中午赶回和老驾一家继续扫荡海鲜,饭后稍事午休,我和俊秀便去离江南城不远的白沙门公园游览。

公园南面广场开阔,前面左右树立四座圆石粗陶字碑:一是"白沙门生态公园",

二是"白沙津的历史",三是"解放海南白沙门战斗",四是"白沙门天后庙";后面在一排高大的旅人蕉映衬下横卧一方刻写"白沙门"三个红色大字的海石,我为俊秀在蕉、石前留影。按照生态公园的规划设计,这一部分应当是"海口年轮";整个公园没有明显的门和围墙,与在建的荣域小区仅一路之隔,不啻为"理想社区";穿过生态湿地,各种游乐设施琳琅满目,正是年关欢乐嘉年华,的确是"健康乐园";北临琼州海峡,经过园林技艺涂抹的海滩,一定是漂亮的"城市海岸"了!公园里现有小吃棚店一条街,我和俊秀要了鲜榨橙汁、甘蔗汁品尝,天津包子、新疆烤串、重庆酸辣粉、台湾小吃、西班牙烤肉应有尽有,我们在路边餐馆分别点了水饺和排骨盖饭。心想,带小水晶来这里玩玩水上游乐项目,她一定会很高兴!我们漫步走回酒店,街上一条灯光文字新颖动人:"玩物养志",我举起相机拍了下来。

【10】南下文昌东郊椰林景区 访宋氏祖居

2月16日,陈松驱车东南行,走海文高速,到文昌市文城镇,在文昌孔庙前停车拍照、索要孔庙简介,在文建路左侧看到了图书馆前宋庆龄汉白玉立姿雕像和不远处同侧的张云逸纪念馆。到东郊镇之前南行,误入高隆湾海滨,折回才找到跨海1828米的清澜大桥。东郊椰林景区车辆拥挤、游人如织。

百莱玛度假村面积不大,这里椰树成片,椰姿百态,有红椰、青椰、高椰、水椰等品种,椰林下睡网摇曳,沙滩上遮阴棚临风,望海塔金光闪烁,椰林拥岸,浪卷海滩,实不辜负海南椰乡胜景!为纪念中古建交40周年,我国2000年发行一套"滨海风光"邮票,一枚中国"海南椰林湾",一枚古巴"巴拉德罗海滨",海南椰林湾主图地就是百莱玛度假村。老伴、陈松买来椰子,喝完椰子水,又让老板剔出椰肉,很是香甜。返程我们走进椰乡村头的"椰子公园",高大的椰树王旁边池塘上,横躺一株椰树,游人可走上去留影;菜地旁的番木瓜伸手可摘,菜畦里生菜、芹菜、芋头鲜嫩湛绿,椰林间有一棚小店出售椰壳工艺品。

从东郊镇北行十五六公里,便到昌洒镇古路园村宋氏祖居。祖居园区左侧是"宋庆龄陈列馆"四合院,院前平台有宋庆龄半身石像,四合院正中是孙中山半身石像,陈列馆介绍了宋庆龄的生平事迹和友好往来资料图片;右侧是"宋氏祖居",有宋庆龄父亲宋耀如出生的房间;中间山坡前林间有宋庆龄祖母的坟茔。祖居前有一片"椰子纪念园",大都是当代国家领导人、名人手植的椰子,每树一牌,注明植者姓名,如张震、刘云山、周铁农、王岐山、王文元、胡启立、孙政才等等。

晚上,应小孙女儿强烈请求,我们来到海南大学附近的"潮湘情"餐馆吃"长沙米粉"。

【11】 李硕勋纪念亭、五公祠、火山口公园、海瑞墓

2月17日，游览了四五个景点。在驶往五公祠时左转受阻，直行右转到了"李硕勋纪念亭"，作为今天第一个参观点。李硕勋烈士纪念亭前是其半身雕像，基座正面是邓小平题字，侧面刻烈士遗言；亭后琉璃瓦墙上有十面碑刻诗文；纪念亭右侧是"李硕勋烈士生平业绩陈列室"：分为"学运领袖 革命先锋""投笔从戎 义举南昌""血沃琼洲 浩气长存""巍巍丰碑 千秋铭念"四部分介绍这位我党早期活动家、1931年就英勇牺牲的广东省委军委领导人。

五公祠红门横匾书"琼台胜境"，进门左侧山墙横书赵朴初一幅联语："五公英烈气 千古海南潮"。先到苏公祠，大门对联是"忠良胜迹存正气 瀛海光辉启文明"，祠内厅堂宽敞，中间有苏东坡塑像；苏公祠左侧是"两伏波祠"，祭祀西汉东汉伏波将军路博德和马援；苏公祠右侧是五公祠，五公分别为唐李德裕、宋李纲、胡铨、李光、赵鼎，祠堂祭祀五公牌位，院内分别竖立五公雕像，堂厅对联书"唐宋君王非寡德 琼崖人士有奇缘"，祠内展厅设"海南历史百贤展"。走出五公祠对面的墙门，穿过曲桥可到"海口市博物馆"，走进博物馆见办有"武汉古镜展""馆藏文物集萃"、"日本侵占海南期间文物史料展"和文昌"符史雄海南山水画展"。

我们今天游览的重点是石山火山口公园，是距今2.7万年前喷发最大的、原状最完整的火山口之一。其四周分布30多座火山口、火山锥，地下还有交错的溶洞群。入口处有一座独特的景区标牌：标志徽为红棕色山字形荔枝木，字形既像山字，又像火字，又像人字；基座是玄武岩石塔，石塔墙面嵌荔枝木雕刻绿字"中国雷琼海口火山群世界地质公园"。高大的广告牌指示了马鞍岭景区的游览路线，一路前行经过"仙人掌园""石山风景路""岩石环廊"到"火山科普馆"看了景区沙盘，经过熔岩流，穿过火山石屋，在火山石器走廊观察了榨蔗器，攀登林荫台阶向火山口前进，小水晶骑在爸爸肩上和老爷子争雄，又一起右绕火山口观景台留影。只见火山口底部植被葱郁，俊秀要沿山路下行看个究竟，我和姥姥山顶绕行，登上制高点，眺望海口远景。水晶和爸爸下到"悦目"亭喝柚子茶，我们也先后到来小憩。悦目亭前面是火山神庙祭拜平台，间有游客燃香祭拜"山岳配天"石坊。仰望山坡上有一片露兜簕，果实像圆地雷，一看石牌知道是野菠萝。下山经过"六曲桥潭""玄武园"，到"火山酒家"吃了午饭。

返回途中我们停车海瑞墓园门外，进园拜谒了海瑞墓。首先，进大门不远左侧建有"海瑞陈列室"，陈列室前言称："他经历明代晚期嘉靖、隆庆、万历三朝，忠君报国、勤政爱民、清正廉洁、刚直不阿的精神贯彻始终，为百姓爱戴与歌颂。"陈列室介绍了他的家世渊源、少年教养、立身处事、乐耕重农、以治黎策中乡举等早期成长过程，他一生坚持的座右铭是"读圣贤书 干国家事"；一面整墙的碑刻文字记录了他上书嘉靖皇帝的"直言天下第一事疏"。然后走过"粤东正气"牌坊，沿墓园大路前行，看到了明万历十五年的"谕祭碑"，再往前就是海瑞墓冢，冢前立有高大石碑，两侧有清光绪九年北京公祭海公、广东同乡公祭海忠介公的石碑。烛台华表后面建有海瑞坐姿塑像，从"扬廉轩"后窗仰望，可见后面的"清风阁"、"八方亭"，下面有"不染池"环绕。水晶和爸爸上"连环画廊"看海瑞连环画，我绕行"碑廊"浏览海瑞的诗文碑刻，并在碑廊、画廊和不染池前为小水晶和爸爸、奶奶留影。

【12】告别斑点狗 访东寨港红树林 取道广州返京

2月18日，今天要离开海口了，我把岸芷汀兰院落厅堂景物都重新拍摄一遍，以珍藏酒店这几天美好的记忆。小水晶这几天和小白兔姐姐一起遛狗玩耍，和黑斑点混熟了，我们已把行李放到车上，他催着爸爸要去和斑点儿再见一面，我和奶奶便尾随其后。走过一段别墅苑路，推开一家大门，带练的斑点狗走近水晶和她表示亲近，我在门口用相机拍下这难得的一瞬。

飞广州是下午的飞机，有四五个小时的时间我们可游览一下"东寨港红树林"，东寨港离美兰机场较近，陈松租的车可以在美兰机场交还。

车过演丰镇，就到了"东寨港红树林自然保护区"。所谓"红树"，是对热带亚热带海滨湿地中、红色树皮木材常绿乔冠木植物群落的统称，东寨港红树林面积达4000余公顷，种类有23科41种，居全国之首，也是我国建立的第一个红树林自然保护区。游览区入口处有醒目的图版和介绍文字，通往游船码头的高脚廊道中挂有代表树种的介绍字版，也可就近观察岸边红树的枝叶花果。但登船后的游览顿觉索然无味，开船的只是拉你水上兜一圈，对有关红树林的知识一问三不知，缺乏最基本的培训。上岸后我向值班的同志反映了这一问题，建议进一步提高导游素质和游览水平。

到美兰机场，因CZ6785航班延误，晚7点多才到广州白云机场附近的莫泰168酒店。2月19日上午乘CA1310航班回京，周正到首都机场迎接，把我们送回西三旗。

2013.3.1.

第二编 内江百日

【01】重庆看五一升旗仪式

2013年4月30日乘飞机回内江路径重庆，因转乘返内江的大巴时间很紧，决定当晚重庆小住，第二天顺访重庆一景，下午再回内江。

CA1435航班下午4点到重庆江北机场，取出行李乘轨道交通3号线到牛角沱下车，入住如家快捷酒店。稍事休息后步行穿过向阳隧道，到重庆火车站旁边的长途汽车站打听第二天到内江的汽车班次，在车站吃了实惠可口的三鲜面。

五一上午去哪里呢？是去朝天门？还是鹅岭公园？最后决定去人民广场，那里有大礼堂和三峡博物馆，离我们驻地较近，时间比较从容。

五月一日一早，我们沿上清寺路北行，通过世纪广场立交桥，沿人民路右拐就到人民广场。广场东面圆形穹顶的古典式大礼堂兀然鼎立，广场上晨练的人群随乐起舞，带红领巾的少先队员列队广场南北，广场西部三峡博物馆前散布着玩陀螺的游人，扩音器里不时播送五一八点钟人民广场举行升国旗仪式的通知。我们沿广场四周观看、拍照：大礼堂前的白玉石母婴雕塑，广场北侧的巴人铜雕，人民大礼堂设计师张家德先生的雕像；广场北面的重庆市人民政府大楼；东北角三峡古玩城。接近八点我们回到大礼堂前，军乐队依阶列队升旗台，护旗武警肃立广场，全场游人屏息肃立注目，少先队员举起右手行人民利益高于一切举手礼！这时军乐队的义勇军进行曲奏响了，五星红旗在重庆市民敬重的目光下冉冉升起！

三峡博物馆，前言介绍："长江三峡是地球上最具造化伟力，最富人文情怀的大峡谷。它以雄奇壮丽、悠远深邃的景观，成为美丽长江的标志性河段，它以绵延不绝、积淀深厚的历史，成为长江文明最华彩的乐章。三峡阴晴雨（圆）缺、三峡魂魄豪情、三峡风云际会、三峡水利工程、三峡百万移民、三峡文物抢救，自然造化、人间奇迹，壮丽画卷一一展现。"我们走马观花浏览了一楼"壮丽三峡厅"，二楼"远古巴渝厅""城市之路厅"，三楼"抗战岁月厅""汉代雕塑艺术厅""西南民族民俗风情厅"和"巴蜀已故名家中国画精品展：入蜀方知画意浓"。

从三峡博物馆出来已过10点，人民广场上依然散布者娱乐健身的人群。我们没找到回酒店的公交车站，打了个出租车因导航出错绕了两圈才回到酒店，下午5点多回到内江广汇花园。此次莅渝，未及观览朝天门新姿，网上下载新刻"广场赋"文，抄录以资玩味：

"朝天古埠，渝府雄关。复水重山之险，地灵人杰之渊。嘉陵白水，携涪、渠以挽秦蜀；扬子金沙，携沲、沫而带滇黔。贯六峡两江之汇，率九宫八卦之冠。总扼西南之枢纽，遥牵吴越之群船。周初建巴国之号，秦后置郡州之藩。字水盘廓，金汤固垒。巴蔓子存城刎颈，明玉珍建夏称孤。严颜张珏，留不屈之风骨；良玉献忠，传陷关之勇誉。讨袁护国，三巴雨血风腥；抗日救亡，死塞荷戈效命。陪都声振环宇，红岩光耀汗青。

改革大潮，浩浩荡荡。上游重镇，力推前浪。直辖弘光，山城增彩。广场之兴，顺应民情。决策英明，指挥睿灵。设计施工，一流精品。立柱站流砂浸水，防汛斗险浪洪峰。昔日荒滩，杳然无踪。大功告竣，巧夺天工，巍巍哉！形若巨轮鲸吸，御长风而破巨浪；雕以扬帆鼓翼，跨世纪而迎曙光。

车路纵横，危磴盘旋接阜；孤梯环绕，逐层曲径通幽。凡经贸盛会、文化展演、商旅观光、迎宾饯客、集JH会酬觞、咸具于兹。若夫消闲度假，约雨邀云，则有花坛笋绣，汤草铺茵，泉喷如琼树缤纷，光彩似彩虹布阵。隔岸龙门，思禹娶涂山异媛；横空索道，惊车悬天堑奇观。座座江桥，车梭串串，家家灯火，星光滟滟。

花朝月夕，雾日霜晨。看云山雾水，舸艇迷津。游夔门三峡，物我消魂。一路赏心悦目，满腔诗情画艺。其必欣然庆幸此游，憾夫兴犹未尽。颂曰：大门朝天，广场若冠。壮哉巴渝，气象万千。九洲刮目，万众来观。泱泱重庆，名不虚传！"

2013.5.6.

【02】 访幸福村

2013.5.9. 午后我们从残联乘111路往返城西工业园区探路，发现新坝大桥到幸福村一带道路两旁绿化景观很好。

2013.5.11. 我乘111路到幸福村走访。幸福村下车，路北硬面路通向一村庄，山上有一柑橘园，南跨马路斑马线、穿过溪谷铁路桥，走入一片灰瓦白墙新村，沿街左右坐落20幢两层小楼，街口楼墙标示："幸福村茶苑"，尚未入住营业。街南头向右北折连一条新街，街两边也是灰瓦白墙两层小楼，有小商店和村民活动室，大都有人入住，门口可见老人孩童。我走出幸福村街口，高处回眺新村倩影，正好入镜！马路边绿地一养护老人和我搭话，说我方才走访的是幸福村五队，原叫"黑窝子"；东面还有九队，都盖了不少新房，住进了修公路搬迁的村民。我顺着老人指示的方向顺溪谷东行，南面山坡散落两片灰白色村社，半山腰一列火车疾驶而过，那是成渝线过往的客车！

不一会儿已到新坝大桥西头，一对5米高的青石狮子，面西雄踞桥头；新坝大桥东西长630米、宽32米半，双向6车道；桥东头面东同样立一对5米高的青石狮子，南侧有一组书笔砚章雕塑。竖立笔杆金字雕刻"诗词簇锦花千树 书画雕就玉一篇"；展开书页题"新坝大桥简介"，文称："恒古不息的千里沱江，传承古汉安两千年的悠久历史，九曲十一湾的沱江古道，见证甜城内江承前启后的历史辉煌。城市的历史在我们现实的今天中延续，城市的未来在我们今天的现实中诞生。路在脚下拓展，桥在路上延伸。大桥垮沱江，气象万千，双狮立桥头，威震东西，在这与时俱进的历史进程中，岁月长河的浪花一朵，历史时空的闪光一瞬。大桥连两区，希望之路在铺展，道路接南北，大道行思铸辉煌。

地接南北，时承古今。脚下之路，道在何方？华夏之魂，人文炎黄，上善若水，山高水长，厚德载物，丹心朝阳。有形之路在脚下，无形之道在心灵，路在行环曲通达，道在心感悟通灵。心形双修路连道，形德交融道连心。心之路，路之桥，山坏水绕手挽手；路之桥，桥之道，山山相依肩并肩。志同道合，宁静致远，实现新跨越，建设新内江。续发展之新篇，谱历史之华章。"

[03] 三访三元塔

2013.5.8. 乘118邱家嘴下车，步行到临江小区南山跟，寻《塔山公园》未果。

2013.5.9. 乘109、208在水产批发市场下车，经询上坡过铁路，从东北坡拾级登上三元塔顶，十层危塔已整修竣工，尚未开放，遇几个年轻人在山上游玩。我从北侧小路下山，穿东站货运站到马路，打车返回广汇。

2013.5.21. 我和老伴乘118、201、208在三元井下车，从三元山隧道顶沿山坡公路行走一段，从三元村社边小山路登上山顶。天气晴好，十级灰瓦白塔在绿树翠竹掩映下矗立在湛蓝碧空，显得格外清新秀美！我绕过挡板攀上三四米高的塔基石台仰望塔身，一到五层面北分别题匾是："三元塔"、"天开文运"、"气凌霄云"、"育贤"、"登优"。白塔四周有一种高大的二回复叶树木，簇簇紫花色彩光艳，我调焦留影！塔下办公室的游师傅告诉我，那种树叫"蓝花楹"，是稀有引进树种，并把他收集晾晒的小乌龟种荚送给我育苗。这使我想起三年前在昆明翠湖公园北面看到的紫花树种，当时昆明植物所龚询曾告诉我叫"南洋楹"。和游师傅交谈中我谈了三访三元塔的感受和意见，叫他和有关领导反映。下山经过三元村小学，沿山肩小路西绕，到庙儿山下到临江小区，乘204小公共回到街心花园。回广汇上楼第一件事是是上网查询了蓝花楹和南洋楹的异同：蓝花楹原产南美，南洋楹开白花，原产亚太热带；这使我对龚询的判定生疑。

2013.5.23.

【04】姐妹聚

6月6日我和俊秀在仁和花园回请部分好友及俊秀老年大学姐妹。曾在高坝电厂文良乐、邓咏梅家相聚的文邓夫妇，杨剑英、苏从秀、杨元秀以及王方松、汤汉生夫妇到场，邱秀华帮忙接待客人；俊秀老年大学姐妹有：三妹黄桂琼杨友权夫妇，五妹毛玉英蒋守谦夫妇，六妹黄友玉李公夫妇，七妹余景玲陈公夫妇，八妹郑继平段公夫妇。上午11点多，老年大学舞蹈老师邓幺妹的到来，立刻使鱼塘中心六角亭的气氛活跃起来：她先是播乐起舞，邀我快四慢四热闹一阵，接着表演单人独舞《桃花摇》，最后表演瘸子求婚，逗得人们前仰后合哄堂大笑！午餐分男女两桌，八位男士加上毛玉英汤汉生一桌，俊秀和其他姐妹一桌，女士们以"没有共产党就没有新中国"的嘹亮歌声开席，男士们显得比较沉稳，但谈吐间亦不乏真知灼见，不离不弃国之大端！杨友权大哥说现在人们的生活水平比过去地主老财的生活水平都高许多；蒋守谦老弟说，我出身不好，九十年代才入党，我认为当代中国最为人推崇的有两个人：就是毛泽东和邓小平！陈公谈到陈希同去世的消息时说道，陈希同办公室查抄出来的东西不算什么，我订正补充说陈确有享乐思想、"皇帝梦"。

　　午饭后开了三桌机麻，我和文老弟邓幺妹聊了会儿天，便和蒋守谦漫步登山。边走边聊各自的家庭生活状况，山坡上微风吹来顿觉周身凉爽。他和毛玉英再婚已五六年，退休于白马电力系统，女儿在多伦多，儿子在成都；毛玉英和俊秀老房子是向窗邻居，过从甚密，我初来内江时曾和俊秀一起为毛相过亲。山顶花椒林路越来越不好走，为了不走回头路我和蒋老弟持棍搏棘而行，绕过山顶已无路可走，只能望见远处的大千酒店和近处二院的楼房，幸好坡下看到一条土马路，运用我七十年代在南盘江林区扑山火的经验，安全攀草木爬下断崖；沿马路走到离仁和花园不远的肖家冲，却不知如何返回花园？我们只好打的，围着二院转了一圈才回到仁和。俊秀责备说出来找了几次，不知我们散步散到了哪里。

2013.6.8.

【05】内江端午节

　　2013年6月12日是端午节，8号修弟给俊秀打电话说端午他请客，请燕、玲一块聚一下，时间地点由俊秀定。6月10日是内江"第四届大千龙舟经贸文化节"开幕的日子，俊秀把端午会餐定在10日中午。上午九点修弟小魏就来广汇家中，一起从电视里观看开幕式表演。本届开幕式没有明星助阵，文艺表演依然光彩夺目：汉安腰鼓、隆昌舞龙神形毕露、声情并茂；内江师院90名学生的竞技啦啦操《沱江炫舞》青春四溢；东兴区、威远县共同表演的拉丁舞、草裙舞《激情似火》带来异域风情。龙舟决赛，你追我赶，8支龙舟队一决雌雄。最夺人眼球的是"蜘蛛侠"出色的水上表演！时而蛟龙出海，时而群龙聚首，时而蜘蛛吐丝，由中国特技滑水队内江籍选手段振坤、王文俊等多名飞人化身蜘蛛侠，漫步潜飞甜城湖，出神入化，技惊四座！

　　11点半，玲打来电话询问吃饭的具体地点，我们动身下楼，向广汇北门外"自然鲜粗粮坊"漫步。走进包间，华男、玲、三三和雪儿已入座，随后燕子也赶到。玲要的是排骨粗粮火锅，涮入菜蔬面片，吃的很舒服，修弟结账花260多元。

　　下午三点我们和修弟小魏去西林中学宿舍看望幺舅，他年过米龄（88岁），患帕金森已三四年，双手抖动严重，但头脑清楚、思维正常。他说帕金森是人类第三杀手；

他说现在自己已不成样子，将不久于人世。淑娟拿出他近年写的对联小本，有自叙联、寿联、挽联。我择要抄录十几首带回学习研究。幺舅淑娟要留我们吃晚饭，我们坚决谢绝了。

6月12日端午节当天，也是端午节三天假最后一天，燕子陪我们参观《张大千美术馆》，游览"大千园"。

本届张大千艺术节书画作品展，自6月9日至15日，为期7天；包括"大风天下 当代艺术名家书画邀请展"、"川南情 国画作品展"、"首届内江市青少年书画大赛 优秀作品展"。"大风天下"蕴含大千画风的历史脉络和影响，上世纪20年代，张大千和大他17岁的二哥张善子于上海正式拜在曾熙、李瑞清门下，开始探索传统艺术道路。张氏兄仲将画斋"大风堂"，作为传道授业的场所，入室弟子成为大风堂弟子。本次当代名家书画邀请展，张氏恩师曾熙、李瑞清先生的作品也纳入其中，可谓"大风堂五代同堂"首次亮相！"川南情 国画作品展"由四川彩墨画研究院主办，邱笑丘是该院院长，也是小慧爷爷旧友。我们浏览了一楼画廊，二三楼的四个展厅，其中李永翘手书"大千先生怀念吾蜀青城诗"一首："寰海风光笔底春，看山还是故山青；平生结梦青城宅，蜡屐苔痕画里情。"

走出美术馆，漫步大千公园，燕子为我们在荷花池、叠石门洞前拍照。蕉吐红黄，绿荷田田，睡莲醉粉，梭草梦蓝！乘车返回小区北门，吃了"小东哨子面"。

2013.6.27.

【06】 甜城湖景

甜城是内江的绰号，沱江由西北流向东南穿过市区。从东南端天宫堂拦河坝逆流而上，依次有沱江桥（一桥）、西林大桥（二桥）、桐梓坝大桥（三桥）、新坝大桥（四桥）跨越沱江，尤其在二三桥之间形成东西向开阔的水面，南有大洲广场、北有西林寺和大千园，成为甜城湖核心区段。据我所知，甜城湖周围的建设始于本世纪初大洲广场的建设，从2000年3月起，历经四年时间完成三期工程成大洲广场。内江天宫堂水电站和拦河坝2007年立项设计动工，2009年建成蓄水，回水17.3公里，形成水面六七千亩的甜城湖。大千园由同济大学历史文化名城研究中心规划设计，2006年7月动工，2007年5月建成开放。2010年内江举办首届端午龙舟节以来，甜城湖两岸的景观建设进一步提升，由内江嘉宏城建集团有限公司承建的甜城湖南岸"六段锦"地段喜换新颜：西林晚钟、英伦别恋、甜城印象、大洲天地、水岸公馆、兰亭雅集各段休闲娱乐茶饮餐馆琳琅满目，临江三座牌坊"大洲天地""兰亭雅集""六段锦天"隔江可览。正如大洲天地纪实铜刻的诗韵吟诵所言："甜城旧忆梦未阑，美景沱江喜更添。薄暮西林钟韵缓，华灯水岸馆肴鲜。兰亭雅聚诗须酒，欧岛深情恋尘缘。九曲风光今胜昔，江城六段锦披肩。"

桐梓坝大桥东南岸修一座地上三层朱红角楼，桐梓坝大桥北端左右建七座殿阁"十贤坊"，以画龙点睛手法丰富了甜城湖人文景观。"十贤"指：内江"一师""二相""三状元""四大家"。"一师"指孔子老师苌弘（东周）；"二相"指赵雄（南宋），赵贞吉（明）；"三状元"指范崇凯（唐），赵逵（宋），骆成骧（清）；"四大家"指张大千，张善子，范长江，喻培伦（民国）。步入十贤坊景区，七座古色古香楼阁已经竣工，桥头东侧的四座应当是化碧殿、逵元轩、雄云阁、梧岗居；西侧三座应当是孟静斋、清漪楼、疏景楼。楼阁匾额尚未题写。七幢形态各异的仿古建筑翘角飞檐、亭台廊榭；红枋青瓦、脊饰生动。在园林花木花木映衬下显得格外优雅古朴！

　　入夜，甜城湖两岸华灯齐亮，五彩灯光勾勒出湖岸和三桥四桥轮廓，桥上车水马龙，水岸灯光人声，远近高楼装饰霓虹丽影，内江宛如天上瑶池一般！

　　漫步十贤坊，发现十贤雕像尚未安置，楼阁内更无内容展示，心生憾意。看来，欲识十贤真面目，且待明年分说。

　　　　2013.6.30.

【07】游玉皇观

　　7月12日晚修弟打来电话，约我们去内江玉皇观一游。

　　7月13日早八点，我们乘二环105路公交到"沱动"站下车和修弟小魏汇合，转乘213郊区车到七家滩终点，前行百米即到玉皇观大梁山麓临江石牌坊。三门四柱层脊青石牌坊巍然兀立，中柱对联金字熠熠："老子立言一部真经开混沌，葛仙传道三间茅舍启鸿蒙"。牌坊背面横匾书"德行天下"四字。我们沿山坡水泥路缓步上山，路边头一次看到架上猫豆，蔓生三出复叶繁茂，堪可为饲，花果类胡豆，一农妇正提箕收摘；俊秀发现路边有野薯藤，用手扒拉了半天没见野薯；遇四只白鸭跩行领路。走到山上停车场，左侧有一座五门六柱层脊青石牌坊，正中匾额"道法自然"，两侧匾额"水碧"、"山青"；牌坊下有公路通向市区。牌坊背面实际是市区游客的正面，中间匾额书"凌霄圣境"，两侧匾额"洞天"、"福地"。停车场右面是玉皇观太极广场，正中是太极图阴阳鱼，四周立十二属相图腾石柱；拾级而上是小梁山顶玉皇观殿宇。依次为灵官殿、慈航殿、三清殿。其右侧山肩建有金碧辉煌的太乙宫，青玄炼度坛主奉"太乙救苦天尊青玄上帝"，金仙堂设七千神龛福位安放信众骨灰。停车场左靠大梁山，山上在建庙宇大概是凌霄殿。

　　灵官殿迎门供奉"灵官天尊"，两侧立四位护法神：马王爷、赵公明、温琼、岳飞。据介绍一般道教护法神为马王爷、赵公明、温琼、关公。慈航殿、三清殿仍在修建中，尚未竣工。三清殿前有一"紫气东来"三门四柱青石牌坊，其面向三元塔匾额书"玄道通天"四字，远眺三元山水。

　　我们到一进院落左侧"道膳斋"大厅小憩。汗浸衣衫，我脱下晾晒；修弟要了

三鲜片、水煮牛肉，饭菜清淡可口、经济实惠。饭后我们到右侧山坡上的太乙宫巡看，金仙堂的小唐二人引领参观，目的自然是兜售金仙堂神龛福位。在我执意要求下，他开车送我们到大梁山凌霄殿，目睹山上玉皇观小庙和在建的凌霄殿，殿内玉皇大帝塑像只塑好了头部。小唐把我们从凌霄殿送到停车场，我们登上214路市郊中面包，从大梁山另一侧下山返回。

2013.7.14.

【08】游圣水寺

7月22日约修弟小魏同游圣水寺，这是我2002年以来第三次到圣水寺游览。沿沱江三桥西南岸亲水石阶上行三里许，便看到新建的圣水寺青石牌坊面江而立，寺前广场整饬一新，一对5米高的大青石狮子座落寺殿门前，煞是威武。新建五门六柱高大的青石牌坊面东横书"圣水寺"三字；六立柱自外而内分别书三幅对联，五门两侧是"紫气千重交護拥 清流一派远朝宗"；中三门左右书"卧虹波影频参圣水西来意 鸣鹤寺林印可沱河东去因"；中门对联书"登临佛地万丈祥光开觉路 衍范宗风十方檀越沐慈恩"。牌坊面西匾额是"中川第一禅林"，六柱面西亦书三幅对联，分别是："划断苍崖千丈雪 牢拴天地一虚舟"；"宝刹三门习习檀风开岸境 江城万世粼粼性海伴花洲"；"观水结庐龙苑灵湫涵八德 启唐续慧宇空明月照三生"。沱江西岸斜嵌一面众菩萨石雕像，东岸行人可以远望。门票一元入寺游览，正殿"天王殿"，远观见"大国名蓝"四字匾额，近看其下有赵朴初题"圣水寺"和"觐史陀天"两块金匾，天王殿左右是钟鼓楼，北侧钟楼在建。一进院落迎面是"大雄宝殿"，左侧匾书"智慧常明"，右侧书"戒香庄严"；正殿供奉释迦牟尼，背面供奉接引导师阿弥陀佛；一进院落南侧是"佛经法物流通处"，北侧殿左刻有"圣水灵湫赋"一篇，院落北面敞开在建，可见古刹石门牌坊。二进院落迎面是藏经楼，殿内供奉狮子佛画像，二楼三面金匾，中额"法演三乘"，左右为"光弥灵湫"、"戒香庄严"；二进院落有明代石拱桥和放生池，池内鱼鳖负暄散漫，南廊内设"财神殿"、"香积园"，北侧在建楼架映衬古寺苍山。三进院落迎面是圆觉楼，一楼匾"三界明灯"、二楼匾"泉涌灵湫"；殿内供奉观世音、文殊、普贤王菩萨；殿内对联书："大工三身同弘誓 辅佛行化共慈悲"。三进院南面是内江市佛教协会办公室和"圣水寺阅览室"；圆觉楼南侧有灵泉流出，水中有鱼，岩壁石刻"八德功水"，其中"水"字残缺，环岩壁洞厅为一茶馆，寂静无人。

我们穿过"香积园"入"祗园"找到圣水寺右侧的"祖师殿"，祖师殿正面供奉禅宗惠能禅师、律宗道宣律师、净宗慧远莲师，殿左右角供奉干祖师默野禅师、本堂圣可祖师。出祖师殿沿山路拾级寺后向左绕行，见"树祭"碑旁有"警世"刻字，警醒世人阻止森林消亡！山上有一座"观水亭"，该亭始建于唐，现存为2002年重建；

山顶有一座六柱彩绘亭"灵湫亭",亭联称:"山居不随流水去 安静常笑白云忙"。

圣水寺左侧的院落里有两道古刹石门牌坊,自南而北望去,第一道门匾书"恬淡自如",院内自东而西座落三圣殿、玉佛殿、药师殿,走向与中轴殿宇平行。三圣殿内供奉阿弥陀佛、观世音、大势至菩萨;玉佛殿为缅甸玉佛,所奉是释迦牟尼佛,玉佛殿对联:"如来说法一切有情归正果 宝刹重辉西天文物萃斯楼";药师殿暂未开放。第二道门匾书"圣水古刹",院内三层千手观音殿金碧辉煌,显然改建不久。二楼匾额"万德庄严"、三楼匾额"灵湫戒香";殿门柱联"弹指声中千偈了 拈花笑处一言无"。殿内供奉唐代摩崖千手观音雕像,彩绘一新。地藏殿暂未开放,门内塑一尊地藏王雕像供信众参拜。

当我们将要走出圣水寺庙时,看到一队黄袍佛僧在天王殿后厅念经,一中年妇女尾随其后做道场。出门不远我们四人打出租车,到东坝街去吃烧白豆花饭。

2013.7.23.

【09】乘机返京和送行人小游重庆

和老伴在内江住三个多月,女儿为我订好返京机票,俊秀因修牙暂不回京。8月4日一早,俊秀、修弟、小魏三人送行,和我一起登上开往重庆的大巴,走成渝高速不到10点就到了陈家坪终点。我们入住上清寺牛角沱如家快捷酒店,稍事安顿,我们四人一起漫步上清寺大街,在世纪广场西北角发现有一座"中国民主党派历史陈列馆",三层展厅规模宏大,为我所仅见。外面天气闷热,展厅内有空调降温,一边纳凉一边参观,两全其美。一楼大厅正面是一组大型雕塑,标题是:"1945·毛泽东在重庆",除毛泽东、周恩来、王若飞外有宋庆龄、张澜、沈钧儒、黄炎培、冯玉祥、张治中、郭沫若等15名民主人士;二楼有民革—中国国民党革命委员会、民盟—中国民主同盟和民建—中国民主建国会的历史图文展;三楼是中国民主促进会、中国农工民主党、中国致公党和九三学社的历史图文陈列。我想,中国共产党的多党合作由来有日,建树非凡,历久弥坚,决非西方崇拜者几张学舌乌鸦嘴所能抹煞和诋毁得了的。北行不远就到"桂园",我已是第三次光顾。桂园因有两株桂花树而得名,原为张治中公馆,1945年国共"重庆谈判"时是毛泽东办公会客之地。主楼砖木结构,一楼左侧会客厅是签订"双十协定"的地方,右侧是宴请中外人士的地方;二楼是毛泽东周恩来办公休息之地,现在陈列当时活动照片及新华日报等有关报道。沿人民路很快到达人民广场西侧的"三峡博物馆",我和俊秀是第二次光顾,因内容丰富,又是暑日室内参观好去处,所以我们带修弟小魏来这里,让他俩诸厅参观,我们则选择浏览,边看边休息。俊秀在一楼大厅认识了一位退伍军人,交谈颇深,他很想到北京天安门、看看毛主席纪念堂,我听俊秀转述后表示可以接待,俊秀就各展厅寻找,没再见到这个人。修弟小魏依序参观了一、二、三楼几个主要

展厅，我们选择浏览了"壮丽三峡"、"远古巴渝"和二楼"傩魂神韵—中国傩戏、傩面具艺术展"。

中午回酒店休息两个多小时，打车到"枇杷山公园"西北门—罗家湾，入园步盘山道，经"六角亭"上到"红星亭"。红星亭是重庆城区赏夜景的地方，海拔345米，1994年游重庆时我曾到过这里。现在的红星亭经过了2011年大修，基本保存了原有造型：玉石栏杆平台中央矗立一座两层12红柱飞檐亭，亭顶树一具实体发光红五星，面东台壁石匾描"红星亭"三个红字，下面黑色花岗岩刊刻一幅熊炬撰"题枇杷山红星亭联"：上联，"枇杷山头 听两江流水 唱不尽古今豪情 蔓子悲歌 玉珍遗恨 邹容亮节 闇公壮志 更高吟一曲沁园春响彻寰宇"；下联，"红星亭畔 看万家灯火 交映出南北光景 龙门皓月 海棠烟雨 鹅冠抚天 嘉陵夕照 还联缀千串夜明珠辉耀长空"。下红星亭，南侧有展室可入，布重庆樵夫陈希樵书法、聂帅同乡罗礼明等人画展。此展室与上面红星亭并不相通，而我1994年来赏夜景的印象则是由底层向上攀爬的，不知何故？我们向东游览"阜园"，园中有一琵琶女雕塑，这也蕴含"枇杷山"又叫"琵琶山"的一种传说，我为俊秀小魏和弹琵琶美女留影。依园路下山，南侧有一座两层小洋楼，楼匾题"红楼"。看"红楼简介"得知：此楼建于抗战时期，是民国政府四川省主席王陵基的"王园"别墅，1949年底由中共重庆市委接管，1955年邓小平指示将"王园"辟为公园，红楼曾做过枇杷山公园办公室。随后，我们从公园东南角的神仙洞大门离开，奔往解放碑。解放碑位于渝中区民权路、民族路、邹容路交叉路口，是山城中心区域。提起解放碑，还真有其一段形成变化的历史呢！1940年动工、1941年末初建者，为四方形炮楼式木结构碑形建筑，名"精神保垒"，高七丈七尺，约26米；1946年奠基、1947年竣工，在旧址建27.5米高钢筋水泥"抗战胜利纪念碑"；1949年11月30日重庆解放，时西南军政委员会决定对抗战胜利纪念碑进行改建，并由刘伯承题字为"人民解放纪念碑"，1950年10月1日，重庆人民在这里隆重庆祝了解放后第一个国庆节。我们现在身临的是一个现代化的商贸购物中心，"解放碑中心购物广场碑记"告诉我们，1997年3月重庆再度直辖，1997年8月兴工，解放碑中心购物广场岁暮建成：24400平米之广场井井成绪；解放碑亦加以维修，焕然矗立；东西400米、南北350米步行街，坦阔展现！——华夏复兴，重庆加鞭！我们步行到美食街，在地下餐厅哈尔滨水饺馆吃了肉丝炒饼。打车到朝天门广场，夜幕初笼，趁着光线尚未全黑，在江泽民题字的"重庆朝天门广场"标牌前为修弟小魏留影；广场上健身人群随乐起舞，江岸楼船灯火通明；俊秀带修弟小魏近看游船，我在广场凭栏眺望对岸夜景；几个放飞三角翼风筝的游客互相躲避，以防绞线。我想从高空俯视朝天门广场一定非常美丽奇幻，这座快速变脸的立体花园，孙行者也会倍感新鲜呢！

8月5日，今天游览的目标只有一个—"鹅岭公园"。

鹅岭公园位于枇杷山公园以西重庆半岛两江夹持的陡岭地段，海拔388米，因状似鹅颈项而得名。公园前身是重庆商会首任会长李耀庭的别墅，名"礼园"，现存清侍御题赠的"鹅岭"碑及1994年刻写的"鹅岭碑记"；2008年鹅岭公园与佛图关公园合并待客。我们打车到公园南门，穿过"艺卉园"景区，沿左侧"爬山廊"顺时针而上，经"飞阁"，到"鹅岭"碑，登顶"瞰胜楼"。飞阁对联题"习习晨风迎朝霞犹存万家灯火　沉沉夕照送落日更上千尺鹅峰"。抗战时期蒋介石夫妇、英国大使曾居于此。鹅岭碑东面左侧山肩有"桐轩石室"一座，此轩建于1911年，仿罗马式石结构建筑。面北正门两侧镂"桐轩"二字，石室周围遍植梧桐；石室内正壁刻中国地图，两侧是世界地图和地球绕太阳公转浮雕；左右窗花不完全对称，分别镂刻"博爱"、"互助"等字样。桐轩为李耀庭避暑之地，蔡锷客居时曾在此作赋道："四野飞雪千峰会，一林落月万松高"。"瞰胜楼"是鹅岭公园制高点，也是重庆半岛制高点，比枇杷山红星亭至少高43米！瞰胜楼又名"两江亭"，建于1984年，楼高21.44米，七层塔式建筑，可层层观景，1995年当选重庆新十大建筑之一。我站在台下为俊秀修弟小魏拍照。逐层登顶，南望北眺，两江水纵桥横，山城叠楼雍翠。一楼有一幅长联，为2007年贺重庆直辖十周年杨启华所撰，我抄录于下：上联是"环目锁苍穹，乾坤混沌，两江拍岸惊涛水，绕万壑千山汇天门。看三态飘纱，舒卷林泉霞羽，五亭翘首，争衡崇丽菲芬。眼前楼厦层层，车流滚滚，脚下航船点点，汽笛声声。耸堂顶飞光，馆辉映日，枇杷屹挺，桥索空横。当夜色乘风，万籁低吟雅韵，琼舆灿斗，宇宙晶莹，入蟾宫，邀桂畔嫦娥玉兔，银河深处，漫寻织女牛君。噫！叹峥嵘岁月稠留，方铸就这新渝胜景。"下联是"纵怀思世运，社稷废兴，三镇钟灵毓秀图，历十朝六置始巴郡。忆两番立国，沧桑府路市州，八载陪都，背负存亡险困。史上人才济济，物产蒸蒸，域中文迹昭昭，武勋炳炳。更鱼城落汗，教案怔廷，辛亥旌翻，蒋毛协定。得晨鸡唱晓，十洲尽解寒冰，喜舞欢歌，龙蛇振奋，张盛举，遣巫峰暮雨朝云，峡海长波，笑涌红岩鹅岭。啊！问古今英雄几许？试静观那阔浪繁星。"经查，作者杨启华，重庆江津人氏，曾任中国楹联学会副秘书长，寓居北京；为庆重庆直辖十周年，广阅历史资料，三次回渝，多次登鹅岭公园瞰胜楼，历时四年，字斟句酌，完成这幅274字长联。

　　从瞰胜楼循顺时针方向下山，榕湖绳桥是鹅岭公园又一特色景观。所谓绳桥，就是用绳纹水泥柱作护栏，双孔拱桥桥长12.5米、宽2.8米。我隔湖为修弟小魏和俊秀在桥上留影。湖岸立一1994年"绳桥"刻石，说明其来历特点。西面有一座"怀乡台亭"，为1994年台胞所建。下山回到园门广场，看到一组三少女拉琴雕塑，题"蓝色鸣奏"，给人以快乐生活畅想。

　　我们打车回到酒店，12:40′退房卡，乘轨道交通3号线到江北机场。我领取机票后，四人在机场餐厅一起共进午餐。随后，我候机托运行李，俊秀修弟小魏则赶乘机场大巴回内江。

2013.8.15.

第三编 三亚游记

【01】大东海广场

　　2013年11月30日晚，我和老伴下榻三亚大东海海花路17-1号幸福海公寓瑞海豪庭小区A座-8D-B房间。翌日一早，我们在蓝海巷吃了早点，沿海韵路东行，想看看大东海广场什么模样？经过"夏日百货"大厦，沿榆亚路向东不远就到大东海广场了。广场北侧竖立一块海石，上刻行草《大东海旅游区—国家级AAAA旅游景区》；榆亚路边有两棵浓荫大树，一是气生根垂挂的小叶榕，一是三亚市树酸豆古株；广场西北角有一片露兜树，雌雄异株，雌结菠萝球，雄吐乳白花絮；广场东侧椰林下置健身器材；广场中间环绕刻石有三株高大的"老人葵"。草坪东侧矗立一座大型海螺雕塑；草坪中间儿童游乐场上树立着几十米高的双臂秋千架。广场东侧临时搭起一溜长长的棚区，入口横标是《中国民族商品快乐购物节暨苏杭丝绸博览会》。我和老伴自北而南穿行购物博览棚，看到各色丝绸服装；东北、新疆特色商品琳琅满目；还有迷你电饭煲小电器……购物棚中间留一天井，有一圆壳建筑，可能就是网上介绍的"神龟喷泉"了吧？出购物棚南口，到大东海广场南端，面对开阔的海滩，建一座圆形喷泉水池，腾空塑一组三女泳装潜水雕塑，自西向东，昂首束臂，顺势自如。

　　大东海广场周围，酒店、超市从三面远近环绕。路北是："东郊椰林海鲜城""林达海景酒店""国润超市"；西面是"夏日百货""海南特产专卖店""甲森美食广场""珠江花园酒店"；东面是"京东海鲜城""海天酒店""南中国大酒店"和雪涛书"南天妙境"刻石。从夏日百货大厦向南，不远就到我们住处瑞海豪庭小区廊道东门，进出很是近便。

2013.12.1.

【02】大东海海湾沙滩

　　大东海位于三亚鹿回头岭和兔尾岭之间，海湾呈半月形，沙白水碧天蓝，海滩游人密密点点。大东海广场南端塑一组三女潜泳雕像，昂首束臂，栩栩如生。我们近海踏沙东行，游人踩水拾贝，孩童挖沙截波，时有泳者下海，偶见快艇兜风。沙滩上游人席地裸身日浴，晴空中鱼龙扶摇风筝比翼。东头沙岸渐窄，近兔尾角，礁石嶙峋，我和老伴上岸沿榆海路步行，见海边对对情侣或坐或立弄姿留影，我们攀上一小山包，山亭小憩。翌日，我们从大东海广场前踏沙西行，穿过珠江花园、柏瑞酒店沙滩躺椅区，沙滩近海游人如织；百乐潜水泳区有一处亲鱼足疗棚，很新奇；越过东海龙宫、四海俱乐部木条栈台，到银泰酒店沙滩区，椰林开阔，林下塑一尊邓小平半身像，肩题"发展是硬道理"；往西，还有"海盗吧""海星、德贝潜水

永春斋旅游随记○陈志勇著

培训中心"；再往西，穿过丽景海湾酒店前一段在建海滩工地，看到入海有一条水泥曲桥码头，海湾转弯处沙滩变成礁石；走进西岸台地绿篱大门，便看到鹿回头岭东侧山麓中的"山海天大酒店"，酒店椰林广场开阔，白鸽飞落，老人葵、红露兜树簇拥，泳池碧水荡漾；沿海边路南行，经"仙息台"，迤逦登上"祈福台"留影，这里是大东海西南角，岩壁刻一巨大"福"字，海石嵯峨，山海天相融相连，游人、情侣争相锁定美好的瞬间！返回信息台，辨认山崖石刻，书"借问何处茶味香 遥指东海仙息台—柳题"。回程，我们从潜水培训中心拾级上岸，走进一新建"祈福园"，院中一棵大榕树挂满祈福红绸条，树台周围雕"福禄寿喜财"五个字，据介绍：2005年超强台风"达维"来袭致使榕树干枯，园林工人多次救护无效，后从根、干逐渐出水，经年又奇迹般复苏了！暗合了"福如东海长流水"古谚，大东海乃福泽之地啊！于是景区于2013年4月18日建园，9月1日正式开放，游客又增加了一处祈福、惜福、纳福的场所，祈福园把长流水的福气传递给每一位莅临大东海的游客。

2013.12.7.

【03】 踏访小东海

2013.12.7. 早晨吃了方便面，我和老伴步行去小东海一探。沿大东海海滩西行南绕，山海天酒店南端的"祈福台"就是终点；看地图从祈福台转过海岬就是小东海，但要到小东海只能从鹿回头岭的另一侧走。我们走到宝宏酒店门口，沿鹿岭路西行，经过鹿回头公园前瞭望平台，便可看到半岛西面的海滩；沿平台左侧鹿岭路前行，见路边木棉树稀疏挂花，经过鹿影、鹿鸣路口才走入"小东海路"，我们穿行半山半岛度假酒店两片街区，走到小东海东南角，看到一片水泥曲桥和高脚房舍伸向海里，近岸有"水上餐厅"字样。山岬深入海中，礁石壁立，山路封闭，估计祈福台就在左近。回望小东海一湾碧水，沙滩静谧，度假酒店海景房拔地而起，椰林下、沙滩上游人闲适 。我们穿行海滨别墅，见一楼厅吊勺悬垂，孩童静憩；庭院里花草艳丽，朱蕉溢红，睡莲竞芳。我们在大门口遇到一辆出租车，打车十分钟就回到大东海，了却了我一睹小东海的心愿。

2013.12.8.

【04】偶览帆船港

看过了小东海，经过了鹿岭路终点的"半岛云邸"，我准备往鹿回头村终点一探。
2013年12月8日，我和老伴在宝宏酒店乘22路公交车，经过鹿回头村到了终点，公交车掉头，我们寻找打听，根本没有黎族文化园。我们前行右拐，有路通向海滩。一在建工地门口有一雕塑，乍一看造型和鹿回头公园的类似，黎族青年男女相会鹿前，近看刻有穆青题字"相聚鹿回头"。雕塑体量虽不能和公园的相比，但构思似乎胜

过鹿回头公园的一筹。经询得知这是一座在建保健医院。顺路前行，楼苑接连，近海一"邯郸建工"牌坊挡住去路，围墙挂两块铜牌，一是《中国科学院三亚深海科学与工程研究所（筹）》，一是《中国科学院海南热带海洋生物试验站》，门卫劝阻，我们原路返回。自22路终点往回步行一站地，意外发现一漂亮去处—帆船港：近海一组酒店楼苑坐落，路边广告牌写着《半山半岛国际帆船学校》。我们沿开阔的马路前行，向南临海有一条长长的码头平台，其西侧有一片玉石砌栏网格状港湾，里面停泊各类大小游艇。放眼望去：银艇碧海，格外亮丽；西望海岛山影，庶几是三亚湾"东玳"；北眺凤凰岛芒果楼姿，确认足下坐标方位。回身步入帆船港酒店苑内，中央有一条长长的喷泉水池，两列青蟾相对吐水。东头栅门封闭，楼门上方横书《国家开发银行》几个大字，暗示此地的底气和分量。横穿庭院，见数株鸡蛋花得天独厚，枝繁叶茂、花色娇艳；花分黄白、粉红，老伴一一拍照留影。离开帆船港，我们走到鹿回头村口，上了3路公交车，到鸿港市场下车，去解放一路吃午饭。

2013.12.9.

【05】览红树林游白鹭公园

三亚河红树林自然保护区于1992年划定，总面积243公顷，主要分布在三亚河东西两岸和临春河两岸，主要树种有红树、木榄、海桑、红海榄、角果木、白骨壤、海莲等19种。

2013年12月2日，我和老伴在一"凯米餐馆"吃过午饭后，沿三亚河东岸北行，观察浏览红树林带，根据其树叶形态辨认，有红树、木榄、海桑、红海榄几类，但不能确定。我们漫步三亚河东亲水栈道台榭，看沙滩林带白鹭起飞，频频举相机摄影；近察红树，冠根繁茂、干藤卷曲、气根密布，白鹭沙滩移步、浅水觅食，我连连锁定特写画面。

2013年12月5日，我和老伴乘车到临春桥西，跨临春桥看到河两岸红树林郁郁葱葱，桥南东岸与"白鹭公园"毗联。我们从三亚图书馆后身走进白鹭公园。白鹭公园占地近400亩，是与临春河连通的一片河湖湿地。里面有椰林风情、绿岛镜湖、红树迷园、海天一色各种景观；园内三亚市鸟——"白鹭"随处可见，或水天翱飞，或临岸跋涉，或灌丛枝头静息，园内各色热带植物群落遍布，不啻为白鹭的天堂！标牌显示：白鹭公园还是一个健康主题公园，是市民游客免费健身休闲场所，里面安置多种高档健身器具：如"双柱腰腹训练器"、"双柱肩关节康复器"等等，设置标示距离的行走步道，方便全民健身活动的开展。但公园管理似乎存在漏洞和不足，整个公园没有围栏，四处皆可进出，我们看到有小青年在园内骑摩托车来回追逐飙车，就无人及时出来劝阻，安全事故不可不防啊！

2013.12.15.

【06】上三亚凤凰岭

2013年12月9日,我和老伴决定去凤凰岭一游。我们先到红旗街口买了付望远镜,打车到凤凰岭公园门口。七十岁以上老人"门索联票"每人71元。我们乘索道车行1624米升顶"海誓山盟"广场,然后顺环山红杉木栈道,分别踱步游览"四湾一景观赏区"和"水晶之恋森林景观区"。

登上"四湾一景观赏区"九曲桥,桥头一棵硕大的高山榕树上挂满红黄双色祈福条,煞是壮观!所谓"四湾",系指亚龙湾、榆林湾、大小东海和三亚湾,登上海拔394米的凤凰岭,三亚全景一览无余。我和老伴经"月老泉""龙凤门"到"来仪台",眼前仿佛闪现远古彩凤啣稻穗落三亚,而今凤凰于飞,来兹朝拜南海观音的影像;"舞凤台"为纪念北京奥运会观看火炬传递而建;"望鹿台"寓意鹿城和鹿回头神话传说;"百鸟朝凤"雕塑象征太平盛世;青石龙凤浮雕刻写"凤凰岭的传说"。前面上山路口立一"游客止步"牌子,那是通向山顶三亚电视塔之路。我们继续平步绕行杉木栈道,经"朱雀台""还巢台"回到九曲桥下的"海誓山盟广场"。

穿过海誓山盟广场,沿后山木栈道绕行,是"水晶之恋森林景观区"。山之阳为"爱情长廊",山之阴是"小鸟依人长廊"。爱情长廊上有两棵"缠绵情侣树",十几米高的榕树上挂满祈福红条,细看一棵是"青果榕",一棵是"小叶榕",并肩而立,手脚相拥,携手天涯,情定终生。走过"携手天涯台",看到一株奇曲旋绕横穿山林的"榼藤"——"过江龙",为我首见。栈道两旁还有"仔榄树"、"厚皮树""花梨木"等热带树种。我们在前山还看到一株"见血封喉",又叫"箭毒木",其乳汁剧毒,误入眼中双目失明,进入人体二三十分钟中毒死亡。爱情长廊的终点是"水晶之恋殿堂",它是后山景区点睛之作,因正在维修,我们无缘目睹,它下面的"长相厮守台"我们也未看到,只好从一厕所前插到小鸟依人长廊,从山阴栈道返回。紧靠栈道有一株"板根榕",颇为奇特。在土层浅薄的热带雨林中形成这种宽厚的板状根,以支撑高大的树冠。小鸟依人长廊最后一个观景台是"濡沫一生台"。长相厮守,濡沫一生,乃伉俪人生最美心愿。要之,今日漫步爱情长廊,依序游一轮后山,可由景入境,洗心革面,冰清玉洁,相濡以沫,共创美满未来。叫有情人平平安安一起变老,才是人生最大的幸福!也是人间最美的风景。

2013.12.10

【07】游大小洞天

2013年12月11日,我和老伴游三亚大小洞天。我们从海花路口乘29路旅游专线车到达"大小洞天"景区内,穿过"太极广场",斜坡草坪用绿篱塑"道法自然"四个坛字,明白无误地表明这里是道家圣地。我们持身份证免费入园。

三亚大小洞天是国家首批5A级景区，公示实行垃圾分类收集。我们根据导游图指示，首先观看了一株百年酸豆树，树冠被今年强台风"海燕"部分折断，枯枝已发新叶。向南海望去，近海有一座灯塔，西南方码头大概就是南山港了。再往西，就到崖州湾水域了。

我和老伴购电瓶车票，沿海边路迤逦东行，经"自然博物馆""鉴真群雕""南海龙王别院""小洞天"等景点到小月湾下车，然后逆向逐一登山游览。近海石雕"南极仙翁"，塑一犇头捧桃寿星，是神话传说中的"南极真君"。"老子望海"石雕背靠鳌山石壁，道家鼻祖深邃哲思流盼于双眼。路边海岸巨石上留有江泽民1993年题句"碧海连天远，琼崖尽是春"。回望左侧近海，有一"仙桃石"，惟妙惟肖；路右侧有石级上山，循路睹"石船"，登"仙梯"，观"寿字碑"，察"不材之木""南山不老松"，攀上"试剑峰"，阅尽"海山奇观"，石壁上留下不少宋代郡守毛奎题刻。鳌山不老松是中国名副其实的南山不老松：其一，鳌山是中国最南端的南山；其二，不老松实为龙血树，树龄几千年，上万株不老松簇拥鳌山之阳，木虽不材，生命不老，与天地同寿。我们从鳌山半山腰穿过"延寿桥"和"静心桥"到达"神鳌"景点，岩壁上书刻"南海神鳌"四个红漆大字，桌台上供奉一铜铸神龟。据载，鳌为龙之九子，又名"屭屃（xiexi）"，《淮南子》称女娲补天断巨鳌四足以立四极；《列子·汤问》所载之鳌，演变成"天帝使之负载大地"之神，受帝王膜拜，以求江山稳固、国泰民安。神鳌平台左侧分栏立一排木栅，分"学业事业""平安富贵""健康长寿"三项，标示游客祈福意向，下面挂满祈福红条，这使人感到神鳌很接地气！其下面的摩崖石刻反映了中国古哲的修身思想，一无名石刻称："进德修道，要个木石的念头，若一有欣羡，便趋欲境。济世经邦，要段云水的趣味，若一有贪著，便坠危机。"山麓"玄妙阁"背后石壁上镌刻有老子《道德经》全文，玄妙阁为古式三层楼阁，现由原青城山道家养生宴大师主理。我们穿过"岩瞻亭"、"道法自然"石，回到名声灌耳的"小洞天"参观。小洞天传说是神仙居住福地，石洞成牛角形，深28米，洞上巨石如丘，宋代郡守毛奎的摩崖石刻《小洞天》《钓台》等文字豁然石壁，洞内外游人络绎不断，我们以巨石题字为背景择机留影，随后乘电瓶车返"自然博物馆"参观。

三亚自然博物馆由北京自然博物馆设计，2007年正式开放。馆前广场上树立高大海南阴沉木标本，馆藏我国热河、贵州、河南、山东等地古生物化石，"三亚翼龙"既是国宝，又是孤品，堪称镇馆之宝。走马观花，几个展室大致浏览一遍，便和老伴到椰林酒吧吃了抱罗粉、牛肉面，仍乘29路旅游公交车，离开大小洞天返回。

2013.12.12.

【08】游三亚南山

2013年12月13日,我和老伴再游三亚南山景区。南山是国家5A级佛教文化旅游区,年初陈松开车一起光顾,时间太短未能尽意。我们从大东海乘25路公交车到南山路口下车,见田间棚架挂满绿秧黄花,不知何物?我近前观察已见苦瓜雏瓜,啊!原来是苦瓜菜田。景区售票处设在不二法门外面,我们持身份证领取免费门票入园。到不二法门牌坊,其面北匾额题"不二",面南匾额题"一实",为目录学家顾廷龙所书。佛教有八万四千法门, 不二法门是最高境界,入得此门,便进入佛教圣境,达到超生死的涅槃境界。我们在门内广场东南角购票,乘电瓶车经"空海纪念苑",第一站到"南山海上观音文化苑"。观音苑两侧白花木棉新叶初吐,并无花果在枝头,似晚于去年;左右增建两个转法轮廊道。观音苑内黄幡林立,宣倡"和谐世界 众缘和合""国泰民安 风调雨顺""南海拜观音 家和万事兴""福寿天地 世外桃源"。走过"普济桥",见东有放生廊榭,西有游艇码头。远望西北山麓"南山寺",看到一座新建棕红色多宝塔矗立。走近108米高的南海观音,须仰视才能看到头部,堪称世界造像之最!所谓"一体化三身"系指"持莲净法身""持珠解脱心""持箧般若光"。见有人登上观音宝座,经询需交88元善款方允。

返回观音苑入口西北角,乘电瓶车继续前行,经梵钟苑、群象雕塑、三十三观音堂,到南山寺下车,这是我们想重点游览的第二站。南山寺是南山佛教文化苑的核心,是建国以来经中央政府批准兴建的最大的佛教道场,赵朴初为南山寺亲自选址,亲自题写"南山寺""海天丛林"等墨宝。寺前有田纪云题字圆石,南山寺正面对联书:"胜境相逢欢喜人来欢喜地 名山留迹菩提道上菩提心"。南山寺周围,信众遍植菩提,新叶晶莹碧绿,显得格外清新。南山寺西侧的一组殿宇叫"兜率内院",门前有一块巨石,上刻"圆融"两个大字,这是中国佛教文化研究所原所长吴立民(法名信如)先生所题。兜率内院有三进院落。一进院落有钟鼓楼;二进院落是金堂殿;三进院落有观音殿、祖师殿、藏经阁。金堂殿殿前匾额书"觉行圆满"四字,下面挂一丝绸横联:"启建法界四圣六凡冥阳两利水陆普度大齐胜会道场";观音殿匾额题"度一切苦厄",左右对联书"甘露洒人间现清净身说平等法 慈航通彼岸以自在力显大神通"。与兜率内院紧邻西侧还有几座楼宇,挂着《三亚市佛教协会》的牌子,再往西就是"多宝塔"了。我和老伴走到海边观景台小憩,回望多宝塔景很是壮美。碧海沙滩圆石叠岸,景类小月湾。东眺海上观音身影,可见其手持佛珠目视西南,解脱凡人凡思,凝望远海蓝天。我们回南山寺再乘电瓶车,经"心经长廊"、"休闲会馆"到"观音阁";要看金玉观音还需花20元请票方可,我们闻讯重登电瓶车径返不二法门出园,在导游处补要两份南山景区简介,上29路车返回大东海。

20123.12.14.

【09】访槟榔河乡村旅游区

近日三亚阴雨，12月17日趁隙乘公交踩线，翌日上午乘22路车经火车站附近到达终点，走访"没有围墙的黎家自然景区"——三亚槟榔河国际乡村文化旅游区。

槟榔河位于三亚西河支流六罗河中游，全河段长仅3公里，历来十年九涝。2005年超强台风"达维"登陆三亚，洪水冲垮槟榔河堤岸，淹没民居，万亩田洋一片汪洋；灾后重建，槟榔村生产、家园大改观，村容村貌焕然一新。2008年胡锦涛访问槟榔村农家小院；2009年槟榔村荣获全国首批"生态文化村"称号；2010年扩建"乡村黎族文化博览区"，建成"黎族文化博物馆"，购置了电瓶车接待国内外游客参观。我和老伴在公交终点下车后，到旅游区接待中心询问游览事项，服务员送给两份游览简介。我们沿农村马路和田间水泥路前行，信步察看村头槟榔林木和路边菜田。穿过妙林村有一片菜田棚架，秧藤已爬到架顶，花蕾初绽，四棱豆荚已现。经过槟榔村四组，村内拥立三四层小楼，俨然度假别墅一片。槟榔林下，麻鹅领雏觅食，几只红翎公鸡聚啄活食，金羽夺目。一条大河纵穿南北，护岸衬砌坚牢，林木花草掩护，我想这一定是槟榔河了！河西村舍仍是槟榔河四组，路边一块巨幅图版，上写《槟榔河黎族文化博览区》，院内有门卫把守，须由导游带领、乘电瓶车出入，我想进去看看里面的《黎族文化博物馆》，保安叫我和旅游接待中心联系，没有接待中心电话，距离那里至少三四里路远，只好作罢。穿过槟榔河桥，桥东是槟榔河村委会小广场，小广场东有一农贸市场，沿路巡行未看到胡锦涛到访的农家乐小院。我们便返回槟榔河桥，一直向西向南，走回22路公交车站。田间连栋蔬菜温室大棚成片，辣椒、瓜豆秧苗分期培育，菜畦覆膜、露天，大、中、小菜苗比肩排布，偶遇技术员田间赤脚查看。我们经过的正是槟榔河现代农业观光区，设施农业在这里大展宏图。2007年成立的"三亚南果果蔬农民专业合作社"，集槟榔村妙林村6家专业户之力，生产西瓜、网纹瓜等果蔬，2012年被农业部评为全国农民专业合作社示范社。妙林村与槟榔村相连，现代农业的发展早已打破自然村界，路边树立着海南省农业厅2012年设立的一块牌子《三亚市凤凰镇常年蔬菜妙林田洋基地》，规模200亩，目标年产700吨，品种叶菜瓜类，技术负责人陈泰昌，承担单位三亚市南果实业公司。旁边还有三亚农业技术推广站的另一块牌子《生物农药和高效低毒农药应用技术示范区》，作物豇豆、辣椒、茄子等，核心区2千亩，辐射区2万亩。

2013.12.18.

【10】探访落笔洞

三亚落笔洞为"崖州八景"之一，春节未曾探访，年末择日一游。2013年12月19日，我和老伴乘7路公交到落笔洞下车，进"临时入口"，穿荒僻山路到印岭山下，灌丛空地有一带座石碑，上刻："全国重点文物保护单位 落笔洞遗址"；下署："中华人民共和国国务院 二零零一年六月二十五日公布 海南省人民政府立"。落笔洞遗址简介称：落笔洞是旧石器时代晚期，距今一万年的遗址。1992—1993年考古发掘出土人牙化石、文化遗物600余件，以及华南虎、亚洲象化石。我和老伴走进洞内，右面洞壁上"落笔洞"三字可辨，为元代云从龙1283年题写；洞顶见两根石钟乳下垂，其下端断失；左面洞内石壁上字迹斑驳难辨。我步量了洞深、洞宽，和网上介绍一致：洞深18米，宽9米，洞口高12米，洞内顶高22米。洞底地面石平如砚，据说过去石钟乳下端滴水不断，石钟乳如笔悬垂，手接此水便笔墨酣畅、文思敏捷；现在已不见洞顶有水渗出滴下，但周围仍能看到溶洞水流的痕迹。老伴回身为我在落笔洞内外留影。离开时遇到一北京游客，住附近万科小区，他说去年他曾绕山一周，东面还有洞穴； 我们试穿灌丛，无路可走，只好作罢返回。落笔洞作为国家文物保护单位公布已有十几年，尚未得到有效保护和利用，实属可惜！那位北京游客说很快会围起来收费；我认为问题不在于收费不收费，而是文物遗址是否得到了认真有效的管理和对待？！海南正在着力建设旅游大省，崖州八景之一的"落笔凌空"，能继续像现在这样委弃于垃圾荒野、无端沉沦下去吗？！

2013.12.19.

【11】登天涯点火台

2013年12月22日，冬至，我和老伴登上了三亚海角天涯亚运会点火台。

我们乘旅游专线公交车，在天涯海角景区下车。遇几个骑车爬山的青年指路，徒步登山。大约走了二三里硬面山路，除了遇到的三四个骑车青年男女外，上山下山只有我们两个古稀老人。山路两侧凤凰木乔、灌密集，路面落叶、落荚覆盖，只露出中间一条路心；间或看到山坡、路边三亚市花—三角梅笑脸相迎，粉红、桃红、藕红三色都有，花叶稀疏，状似野生；拐弯处几株藕色三角梅小乔，花叶繁茂，容颜灿烂，俨然大家闺秀出山来迎。山顶点火台约三四十米见方，外观像一座独立的长城垭口。登上点火台基层台阶，看其名称横书为《第十一届亚运会南端点火台》；攀上台顶，正中有一水泥制锅状点火装置。举目南望是天涯海角海滩，西南是南山景区，东南是三亚海湾；抬头仰望，民航客机低空飞掠台上天空，说明东面不远就是三亚凤凰机场。从点火台下山，我仔细查看路边的两种行道树：一种是凤凰木，高大乔木，果荚比皂角还大，荚果长30—40公分，二级羽状复叶，叶片一级分支为偶数—18x2，二级叶片亦为偶数—20x2； 另一种是大灌木或小乔木，荚果类刺槐，果荚长15—20公分，也是二级羽状复叶，但复叶要小的多，且一级分支为奇数—3x2+1，二级叶片为偶数—10x2 。我推测这是海南合欢。

下来后时间尚早，我们又走进天涯海角景区漫游。

一进门，西北角绿篱有牌子标示，让我知道了经常看到的一种花灌木叫"龙船花"，数株盆栽三角梅先叶盛开，红艳夺目，偶见有白花突变枝临风玉立，阿娜多姿，我为老伴花前留影。天涯广场整饬一新，青石雕塑图文并茂，"天涯海角星"雕塑依然辉耀晴空，两汉伏波将军威武骑马矗立，海上"爱情石"日月交辉。我和老伴在十字交叉的两棵椰子"情侣树"前合影，步入"笆篱凝霞区"林中，又先后观赏了五种热带植物：一是一株菩提树，桑科，枝叶端庄繁茂，为李瑞环1997年所植；二是加拿利海枣，棕榈科，别名长叶刺葵，羽状复叶，原产非洲加利岛；三是山影掌，仙人掌科，多年生，两三米高，状如小山头；四是南美苏铁，是近年引进的美洲铁大型名贵观叶植物，原产于墨西哥和哥伦比亚，名字叫"鳞秕泽米铁"；五是假槟榔，棕榈科常绿乔木，树干高大光滑，高达20—30米，果球红色，常作庭院和行道树种，原产澳大利亚。

2013.12.25.

【12】游亚龙湾热带天堂森林公园

2013年12月26日，我和老伴乘15路公交车去亚龙湾。公交车在公园西门附近停靠，已有小客车应允免费送我们到散客入园门口。经询问，外地老人无优惠，每人票价175元，我和老伴购票入园。

乘电瓶车由西门站到兰花谷站下车，进入兰花谷游览。谷内有飞龙潭，传有灵龟出没；潭中有观兰桥亭，亭中对联书"幽兰空谷暗香寒 飞龙溪畔斜阳暖"。观兰景区分为观兰区和荫棚观兰区两部分，廻行步道长达千米。各种石斛兰、蝴蝶兰吊挂岩壁、树干，溢香吐艳，数枝文心兰，黄蕊俏依绿嶂石肩；万代兰爬满小树枝头，建造空中花篮。牧童弄笛牛背，唤醒池中睡莲红盏盏。脱离团队游览人流，我们进入槟榔溪谷，探查双千米登山路径。走过"独石拱"桥，进入山石嵯峨叠磊的"巨石阵"，大自然鬼斧神工令人惊叹："不破天惊""天开巷""九九归一"—"夫妻榕"，同行的游客姑娘前来为我们榕树前拍照留影。回身查看标牌：夫榕树高17米，胸径2.74米；妻榕树高16米，胸径1.72米；两树需10人方能合围，实为罕见！我们穿高空索桥、步石栈天梯，继续向山顶攀登，雨林奇观览胜，目不暇迎："树吞石""擎天石""神树之门""青梅竹马"接连而至。榕树是南方人眼中的"神树"，"高山榕"是热带雨林中的霸主，"树吞石"气势不一般！女娲补天，鳌足撑南，乃此擎天石！穿神树之门，达红霞岭之路；竹藤绕青梅，逐马登上"空山亭"，阅尽天上人间！空山亭对联称："空山百鸟散还合 浮云百里阴且晴"，多么自然，恬淡，清闲。

离开空山亭，经高架栈道去山顶电瓶车停车场。此时，我们已攀爬三小时，难以继续步行，想排队乘车下山；细心的工作人员问我们是否徒步上来的？说峰顶还有沧海楼可看！经指点，我们拾级走上"商业天街"，才看到了"热带天堂广场"这一森林公园的点睛景观；天街店前一尊竖石，上刻北纬18°15'，游人纷纷石前留影。我们寻路更高台地，透过"桑田水景"才看到了巍峨的"沧海楼"。沧海楼为三层六角攒尖顶木塔式结构，楼高16.39米，雄踞红霞岭之巅，楼名取"沧海横流、沧海一粟、沧海桑田"之意境。顶层六面匾额，面北题"南海第一楼"，面南题"沧海楼"，其余四面题"海阔天空""藏龙卧虎""江山如画""天上人间"。底层面北饰一幅柱联"登临红霞岭俯瞰亚龙湾品味天下第一海景　更上沧海楼极目太平洋澎湃人生几多豪情。我们顺石栏台阶下坡到楼南"龙雕广场"，见有"龙行天下"碑刻和"海南热带雨林展览馆"标牌，展览馆就建在沧海楼基座内，未及近前打探。

　　从沧海楼顶层南眺，亚龙山脉虎踞龙盘，环抱着大小龙潭和天下第一湾，东有入海牛岛亚龙角，西有虎头岭半岛白虎角，正合东宫苍龙、西宫白虎之说。三亚素称"东龙西凤"龙行天下，自红霞岭腾飞；紫金万斤浇铸，飞龙吞云吐雾，紫气东来。龙者，中华民族象征也，九州皆在，四海和谐。今日登临亚龙湾热带天堂森林公园沧海楼，令我不胜感慨：登顶南海第一楼，红霞岭上好放眼。极目沧海变桑田，大海梦化桃花源。

2013.12.28.

【13】游三亚西岛

　　经前一天踩线侦察，2013年12月29日，我和老伴乘旅游专线车到三亚湾肖旗港，在西岛售票处购船票，乘渡轮登上西岛海洋文化旅游区。西岛地处南海三亚湾内，也叫"西瑁洲"，是古人称诵的"波浮双玳"的主景，它东面的小岛叫"东瑁洲"，在鹿回头山顶公园可以看到，并留有石刻说明。西瑁洲地属三亚珊瑚礁国家自然保护区。我们穿过浮动码头登上西岛冬季码头，正面是一尊高大的鹦鹉螺雕塑，螺纹靓丽。鹦鹉螺曾是海中优势动物，是头足纲软体动物中唯一具真正外壳的螺，现有少数几种存活在太平洋印度洋区域；其众多强大的气室可喷出空气可使它跃飞一二十米，故又叫"飞天螺"。鹦鹉螺广场西侧，是2000年建成的"西岛潜水基地"；东侧椰林下是"贝壳长廊"，五颜六色、形态奇异的贝壳雕塑，小者一米，大者数米，基座多注有名称：诸如，"金斧凤凰螺""百肘杨桃螺""橙口榧螺""红皱岩螺""长鼻螺""黑香螺""灯笼法螺""星光玉螺"等等。还有一种叫"水晶凤凰螺"，螺头戴黑釉帽，螺身乳白，长一米多，我特意为它拍照留影。西岛东北沙滩，设有拖伞水上俱乐部，一对青年男女在快艇拖拽下乘吊伞在海空游弋盘旋，表演"蜻蜓点水"，开心和惊险相伴！向南，林间有"唐冠螺广场"，巨大的唐冠螺雕塑矗立于广场中间，大小与鹦鹉螺不相上下，特点是其外唇极度外展，以海胆为食，多栖于砂底，为世界四大名螺之一。广场周围安置着体型硕大颜色艳丽的多只海螃蟹，临海沙滩上美女螺雕塑宛如出水芙蓉挥袖迎宾，菱角螺、洋葱螺、大扇蛤美食待客。

我们沿林荫大道—"椰风长廊"向西漫步，踯躅蘑菇亭、观海亭，临海留影，探察通往牛王岛方向路线。返回鹦鹉螺广场游客中心，购票乘电瓶车，西行1.5公里，才到达西岛景区点睛之景—"牛王岛"。牛王岛导游简介说：牛王玲—牛鼻仔岭—是一座几近与西岛相连的小岛，礁石嶙峋，形态怪异，呈青蛙、牛鼻、狮头、乌龟状，每当潮起潮落，海风吹打礁石发出声响，颇像牛鼻子呼气，因此起名"牛鼻岭"；山巅有近年雕塑《金牛奔海》公牛一尊，气势非凡，故又称"牛王岭"。我们拾级上山，迎面有一隧洞口，里面阴暗无光，不像游览通路；退步向右绕行，循登山石阶曲折及顶，峰巅《金牛奔海》雕塑豁然矗立，坐落在长方石基上，雕塑平台高大宽敞，面南、朝东、向西皆可眺望。遇几个游客女孩热情为我和老伴留影。南行下山，有一座"海誓山盟"牌坊，有工作人员把门售票，门内"古树雕塑"景观已一览无余，无需进入，我们便右折下山，到临海石岸"听涛轩"拍照。后来沿北海岸走回牛王岭电瓶车场，在管理人员帮助下登上电瓶车，又从冬季码头上船返回肖旗港。回程腹稿吟咏记实写意，曰："旅游专线奔天涯，肖旗轮渡泊浮码。伏波玳瑁神仙岛，鹦螺飞落唐冠爬；牛鼻喘息潮起落，金牛奔海腾紫霞。山盟海誓石可烂，观音手捧大同花。"

2013.12.30.

【14】再游鹿回头公园

2014年1月2日，吃过煎饼米粥早餐，我和老伴再游鹿回头山顶公园。2013年2月6日和孙女小水晶同游是首次，又来三亚经过鹿回头公园门口已有数次，而且还曾在公园门口拍照留影，但购票入园今日为再，是第二次。看到宝宏酒店的公交站牌已撤掉，我们便徒步前往。到半山锦江度假酒店前，遇到吉林籍老两口同行，林荫路上边走边聊，交流人生老年生活经历。路边见一块"齐齐哈尔市办事处"牌子，山下有一片新建房舍。公路南侧是"火岭市级自然保护区"，立有2012年封山育林的标示碑牌。仰望路边大树高端，树叶稀疏，鸡蛋大果球枝头挂满，路人游客注目询问，疑似榕属巨果，难以断言。我们走到公园门前，购票入园、乘车登顶，重临"鸽园"。白鸽飞落，为水晶最爱；车经弯处，见几株面包树，叶片嫩绿如前，秀色可餐。走进山顶牌坊，浏览盘山景点。凭栏望西南，海波浮双玳，东西瑁洲依稀可辨。阅眼前"波浮双玳"刻石，知其为古崖州八景，双玳乃与鹿回头呼应之灵物。与"波浮双玳"刻石相邻，有一棵"吉祥平安树"—榕树。黎族认为大叶榕是"雨仙"天神，小叶榕是阴户地仙，"石祖"为男性灵气；黎民对榕树和石祖的崇拜具有生殖繁衍人丁兴旺的意味，榕树是具有灵性的平安吉祥树。千禧年，青海、四川转世活佛来此游览，见此树居鹿山之巅，兼东海之福，具双玳之寿，根深叶茂，甚为神异，"吉祥平安"暗合佛旨，乃率弟子为此树诵经持戒，与佛结缘，积广吉祥，行大圆满。平安吉祥树南面有一株"霸王棕"很显眼,叶子虽有脱落、枯干,但株型高大,花絮簇拥,原产马达加斯加,听说原地可达七八十米,看来在此还是有些水土不服。经过"爱"字崖、"海枯不烂石",摩崖石刻"天涯游踪",继续沿大路绕行,路边有漆树科厚皮树和唐代名花"玉蕊"(山矾科白檀),玉蕊新叶枝端顶生,叶片巨大、嫩绿鲜艳。山路拐弯遇几个野猴抢夺游人饮料,有标牌公示防范野猴伤害,注意安全。随后又看到了法国戛纳市长手植的那棵"友谊树"——三亚市树酸豆树。三亚和戛纳结为友好城市,戛纳市长1997年来访,亲自种下了这棵树。黎族没有文字,但有图腾记录。路边相间置有海石雕刻图案,如"祭奠图"、"丰收图"、"崇祖图"等。鹿雕山脚,有张爱萍题写的"神话姻缘"石匾。我们登顶鹿雕四周绕观,并迎光拍照。重读鹿雕左侧张爱萍题诗,默念右侧赵朴初调寄"诉衷情"词句。寻踪神话脉络,流连神州龙山鹿岭。重上鹿回头公园山顶,再临"望海亭"回望,山也回头,鹿也回头,人也回头,景也回头。西、北、东、南,四方回望,吟诗留影:"面西,鹿岭回首三亚湾,五尊芒果出海天,波浮双玳隐约见,海上观音立南山;面北,海月广场吉祥街,三亚河口红树岸,临春白鹭飞"树冠",凤凰岭上电波阑;面东,"紫气东来"眺东海,大海涌入榆林湾,"宝宏"、"金茂"、"夏威夷",鹿岭山麓"山海天";"滑索"南望小东海,半山楼林限视线,玉栏白艇帆船港,几人远海舞白练?"

陈志勇　2014.1.2.

第四编 洛阳北川遵义淮阴纪行

【01】 洛阳赏牡丹

2013年4月11日至13日，我和老伴到中原古都——洛阳赏牡丹。我们下榻火车站南面新洛阳大厦"君凯精品酒店"，接连三天进行了一次充盈的"精品旅游"。

第一天我们游览了五十年代建造的"王城公园"和"西苑公园"，观赏了蓓蕾初绽的牡丹花，中午在老集吃了"真不同"美食，晚上观看了牡丹灯会。王城公园正门二楼通体镂刻一排红字《第31届中国洛阳牡丹文化节暨牡丹灯会》，和十四年前《第十七届洛阳牡丹花会》时相比：王城公园涧河南面牡丹观赏区中心位置的毛泽东同志塑像依然矗立；沉香楼周围的"丹香迎宾牡丹观赏区"、其东面的牡丹仙子雕塑周围的"牡丹仙子观赏区"， 格局大体依旧，花香已然沁人；玉带桥西涧河湾沿岸又形成了"紫云天香台牡丹观赏区"、"春晓岸牡丹观赏区"、"傲梅渲春牡丹观赏区"，各色牡丹赏区意蕴典雅；涧河北岸王城动物园西面、西南面新建的"王城春早牡丹观赏区"、"甘棠洲牡丹观赏区"，远眺近观，皆宜入镜。现在牡丹观赏区一共增加到七个，布局丰富多彩。共有各类牡丹品种800多个、15万余株。西门北面的"河图洛书碑"是王城公园的经典景观，建于1987年的扁圆巨石碑正面嵌刻河图，背面刻写"河图洛书"四个大字，基座刻有碑记，四角竖立远古龙、凤、熊、羊图腾雕塑，意味着对华夏文明的传承与守护。中午我们到中州东路老集，吃了行前儿子推介的"真不同水席"，点了洛阳熬菜、灌汤包、蒸饺，大厅内设"洛阳真不同水席博物馆"，馆内有中华食祖伊尹塑像、真不同宴会特色套餐制作技术介绍和周总理1973年陪外宾光顾的照片。饭后我们回酒店休息，五点出来游览"西苑公园"。我们从西大门入，先看了"盆景园"，然后依园路环绕一圈。该园初建为苗圃，占地200多亩；1962年更名为"洛阳植物园"，植牡丹、竹类、裸子、被子各类植物1500多个品种；80年后改建成以牡丹和名贵植物为主体、以牡丹岛和瀛洲岛为重要景点的古典园林公园，湖光山色颇具苏州园林风韵，因天色近晚，未及细看。晚7点半我们折返王城公园西门，观赏牡丹灯会。迎门一对大牡丹花圆镜灯屏，色彩亮丽，点片宫灯勾勒出公园景区轮廓；凤湖上锦鲤彩灯鲜艳夺目，牡丹仙子塑像前青年男女争相留影；正门北大殿前双龙伏蟠，华表灯柱下游人随乐尽兴起舞；大门内两侧是走马灯动画舞台，红色现代京剧分别不停演唱着：西厢是沙家浜智斗、智取威虎山杨子荣下山，东厢是白毛女过年，红灯记天下事难不倒共产党员选段；正对大门出口，灯光荧屏显示"锦鲤戏荷"彩图，下面一行标语是："相约王城 与您同行 昼赏牡丹 夜观灯"，为我们第一天游览作了如实的概括。

第二天游览了"中国国花园"和"隋唐城遗址植物园"，还乘电瓶车游览了洛浦公园北岸一段。这几个公园皆兴建于本世纪初。"中国国花园"始建于2001年9月，是目前我国最大的牡丹专类观赏园，占地1548亩。我们从车站乘81路公交洛阳桥南下车，进东门，乘电瓶车沿国花园北路先到西门广场，在以孔雀牡丹组合造型的、简洁漂亮的西大门留影，然后再自西而东步行，浏览广函牡丹历代神话典故的亭、阁、园、台、广场，诸如：葛巾玉版广场、火炼金丹广场、秋翁遇仙广场、姚黄阁、魏紫亭、国花台、九色同献、欧阳修碑广场、花裳溢香广场、衍秀湖、凝香园、艳露园、丹晖园、唐风隋影广场等等。"葛巾玉版"牡丹一紫一白，是曹州牡丹仙子，洛阳常大用兄弟与葛巾玉版姐妹演绎了一段"牡丹花色遗传变异"的婚姻故事；"火炼金丹"说太上老君炼好的金丹散落在龙门山石缝里，长出三棵火红的牡丹，对联道："数苞仙艳火中出　一片异香天上来"；"秋翁遇仙"讲的是灌园叟巧遇牡丹仙子、人花相助的故事，五十年代曾有一部电影《秋翁遇仙记》，印象很深；"姚黄阁"面北对联为："黄云一朵姚家起　胜过沉香遍地霞"，"姚黄"被称为牡丹之王，花大、清香、淡黄，源于宋代姚崇养植，曾名动西京，姚黄阁景点还建有"魏紫亭"，"魏紫"则被誉为"花后"、"魏国第一夫人"—即"葛巾"生母，与"姚黄"相匹配；"国花台"东侧的"九色同献"景区，集中了九大牡丹色系的品种，洛阳红、首案红、西施、赵粉、姚黄、豆绿、魏紫、墨玉、桃花雪等等，琳琅满目，其中晚花类譬如豆绿，尚含苞未放；"欧阳修亭"对联书："洛阳地脉花最宜　牡丹尤为天下奇"，广场上有欧阳修《洛阳牡丹图》全文石刻；"凝香园"内矗立着李白奉召为唐玄宗杨贵妃醉咏清平乐三首大刻石一尊，"凝香亭"对联书其第一首前两句："云想衣裳花想容　春风佛槛露华浓"；"艳露园"、"丹晖园"、"唐风隋影广场"等景区，我们已无力近前浏览，便结束了对中国国花园的参观，走出了东门。向北跨过洛阳桥，走进"洛浦公园"洛河北岸，幸好大门广场有电瓶车，乘车西行5里到牡丹桥下车，桥头有一高大红牡丹金属雕塑，我们观看了桥西侧的牡丹花圃，盛开的白牡丹在阳光照射下馨香盈袖。

下午我们打车到古城东路，进南门参观"隋唐城遗址植物园"。该植物园始建于2005年12月，占地2864亩。园区被东西流向的古洛渠、胜利渠分为三大区域：南区为生产管理区，北区为苗圃科研基地，占总面积2/3的中区由十字里坊路将2000亩用地分为A、B、C、D 4个区，共有17个专类园。我们进南大门北行，道路中间篱带上，红叶石楠艳露欲滴，临通济湖北眺，洛河北岸电视塔遥可入目。这里是植物园东南方A区，有绕湖四周的万柳园、桂花园、芳香园、丁香园、色彩园，沿通济湖南岸西行，渠水边柳荫下几游客正演唱豫剧；万柳园西面是D区，该区统称为"千姿牡丹园"，包括特色园、九色园、百花园和科技园。沉香亭坐落在"特色牡丹园"山体制高点，其南面玉石瑶池有杨贵妃出浴雕像，该园主要突出牡丹之奇之最：计有植株最大、开花最多、花形奇特、花瓣最多、紫根紫叶、二次开花、药用牡丹、最古牡丹等20余种；"九色牡丹园"在八角形九层种植台上，分层种植九大色系，可以看到"九色同献"的盛景；"百花牡丹园"按地域分为中原、西北、江南、西南和国外牡丹品种种植圃；"科技示范园"则展示牡丹育种栽培的最新科研成果。位于植物园核心的中心广场，视野开阔，多级圆台中心竖立着赵朴初题字的"洛阳牡丹甲天下"刻石，中心台南面有欧阳修坐姿提笔石雕和其《洛阳牡丹记》石刻；中心台西面园路边立一排一二十米长的《历代牡丹谱录》；东南方面南石墙刻录了一首洋洋大观的《洛阳牡丹赋》。看导览图知道，植物园东北方B区有木兰琼花园、百草园、叠石园等，未再前行；西北方C区是"野趣水景园"，我走内环近路绕行一圈，跨过永通桥走出西大门。夕阳映照下，隋唐城遗址植物园的阴刻城墙楼门显得格外别致典雅，我举起相机为老伴在大门前留影备览。

第三天一早吃过早点，我们就上了51路公交车，8点半左右就到了北邙山南麓的"国家牡丹园"。我们进北园大门，导游牌介绍：1992年经林业部批准，"国家牡丹基因库"落户洛阳，目前已收集国内外牡丹品种1360余个，为世界之最；2003年首建国家花卉专类园—"国家牡丹园"；2008年国家花卉工程技术研究中心在此挂牌成立"牡丹研发与推广中心"，为牡丹产业提供了科技创新平台。我们沿十字主园路慢步，樱花正盛，牡丹园圃早品绽放，中晚品含苞。中间有一《中国牡丹初植地纪念碑》，叙述隋唐以来牡丹在洛种植的史迹。走到人工湖南岸向东南折，牡丹园中朱亭簇立，亭旁一方牡丹石上镌刻"牡丹魂"三个篆字，亭上书"芳魁"，亭联是："国色朝酣酒未苏 天香夜袭衣尤湿"。按指路牌所示，我们跨过过街天桥，进入国家牡丹园南园参观。

天桥下广场面北卧一块巨石，横书"国家牡丹基因库"七个隶体金字，其下是中英对照的牡丹基因库介绍：自1992年以来共收集9类原始栽培种、2个野生亚种的1352个种质材料，其中国内栽培品种1140个，国外名贵品种120个，新培育品种92个。我国历史上牡丹最盛时品种曾达二千多个，可见"牡丹复兴"仍有待努力！

我们在北园找了半天的"四季牡丹展"，原来就是南园的"牡丹展览馆"！馆门对联道："阅尽大千春世界 牡丹终古是花王"。该馆于2010年建成开放，馆内四季如春，盆景争艳，九大色系56个牡丹品种，在唐宋风格景观衬托下，步移景异，国色天香，四时皆宜！牡丹展览馆西面是一片"杨山牡丹林"，株高两米左右，是中原牡丹种群的原始野生种，原产秦岭及神农架一带，开花晚，花期长；牡丹林西部有一株"千年牡丹王"，旁立碑刻 "瀚唐千年牡丹王"，据介绍，国家牡丹园所在地，属洛阳隋唐名园区，这片千年牡丹林传承明确，故将其中最古一株冠名"千年牡丹王"；牡丹林北立一面石墙，上刻白居易《牡丹芳》；展览馆北面为国外牡丹品种收集区"世界珍稀牡丹品种园"，自1998年起，三年引进日本、法国、美国的牡丹园艺品种102个，6500株，占地20多亩建成该园，供游人观赏。

回到北园，我们在展馆一楼参观了"中国名花展"。花展的全称是"2013洛阳·中国名花展"，分室内室外两部分，展期为4月1—15日，今年第一次举办，室内面积1700平米，设计为18个相互照应的主题小花园，选择了25种中国传统名花及各种陪衬花卉200多种，设计不谓不精，但花卉的保养效果不好，一些花、叶已明显干枯，不像是十几天前开的展，给人的美感享受大打折扣。室外部分未留意观察，遮阳网下好像有一片大丽花。

下午我们游览了邙山镇北面的洛阳"国际牡丹园"。国际牡丹园占地380亩，汇集国内外名优牡丹品种600个，包括日法美精品牡丹100个，是中原最大的晚花牡丹园，花期从4月中延续到5月中。国际牡丹园东大门坐落在机场路南，红色圆环拱门右上方镂刻一朵红牡丹、横标"国际牡丹园"五个篆体金字，左上方跨门飞来十二只和平鸽，我猜大门设计主题在渲染中日友好。大门广场南面是"芍药园"，尚未见花；沿"名花大道"西行，南面是"华夏园"、北面是"万芳园"；名花大道当中有一车轮状九色牡丹图圃；继续西行左手是"九色园"、右手是"锦绣园"。"华夏园"有荷包牡丹、洛阳牡丹，山东、江南、西南、西北牡丹，早花、中花、晚花牡丹各圃；"万芳园"有黄牡丹、什样锦、寒牡丹、国花坊、航天育种各区；"九色园"有红、粉、白、黄、紫、黑各色牡丹花系；"锦绣园"有东瀛、欧美、洛阳牡丹品种区和什锦牡丹区。因中晚花牡丹尚未开放，如果在五一前后能来洛阳，一定会看到更多的牡丹品类和新奇花色！

从国际牡丹园打车返回是下午4点钟，看时间尚早，我们叫司机把我们送到"周王城广场"，再看看那里的街景。经火车站沿金谷园路南行即到广场北端，"周王城广场"头顶唐宫路、脚踩凯旋路，中间被中州路分为两段：北段建半地下式"周天子驾六博物馆"，南段立"周公营建洛邑雕塑"群像；广场的地面上则建成开阔的街心花园，供群众休闲娱乐。博物馆上面"天子驾六"六马铜雕向南飞奔，馆顶东、西、北三面外墙则是周代大型历史文化浮雕；我们下阶进博物馆，参观了原址原状陈列的"天子驾六"大型车马陪葬坑，和《王城春秋—东周洛阳文明展》；了解到近50年来洛阳的重大考古发现，新世纪初"天子驾六"的考古验证，就是突出一例。我们穿过中州路往南走，临路小广场上围满行人听豫剧，我们挤到人群后面，站到"周王城广场"刻石池台上，才看清楚演唱的阵势。一个四十多岁的洛阳汉子手持主持话筒激情颂扬毛主席之后，请出一女演唱者声情并茂地演唱《沁园春·雪》，激起阵阵掌声喝彩！刻石南面搭有表演舞台，七八个扮装妇女随乐起舞尽兴，一退伍军人男子手持伟人像板穿行其间扭摆，像板不断自动变换毛主席或坐或站的照片，表演台前游人稀疏，并无很多人观看，实属自娱自乐。广场中心旗杆顶上五星红旗迎风飘扬，旗杆中间挂一毛主席镜框，旗杆下停靠一辆三轮车，车上立一块电子荧屏，交替显示共产党第一代领导群英照片······站在王城广场，眼见洛阳人的举动、深情，我的心弦被强力搏动，热血奔涌，我听到了中原人民与共产党毛主席荣辱与共的心声！

三天洛阳之旅旋即结束，晚上10点半登上了T232返京的列车。我第一次来洛

阳是1984年，到洛阳农业技术推广站考察香稻栽培，带回一件马唐三彩，当时对洛阳牡丹尚未有直接了解；第二次是1999年4月14—19日，跟随老年大学绘画班参观17届牡丹花会，游览了王城公园、龙门和少林寺，那次没能光顾北邙山麓的国家牡丹园，只参观了王城公园和初建的神州牡丹园；今年是第三次，三天游览了9个牡丹公园和一个王城广场，品尝了中华老字号"真不同水席"美食。洛阳牡丹品类多样性正走向复兴，人民游览产业空前发展，洛阳牡丹花会展示盛世大观；尤为令人欣喜的是：中原花都还是一个热爱共产党毛主席的古城，令人感奋、深思！洛阳可参观游览的地方很多，一些名贵晚开的牡丹品种还没有看到，择日再游为我所待。

2013.4.18.

【02】北川纪行

2013年6月14日—16日，参加内江康泰老年俱乐部三日游，到北川吉娜羌寨、茂县白石羌寨和老北川县城地震纪念馆访问参观，住小寨子沟景区，游览了小寨子沟和石龙寨沟，参观了茂县"格桑花牛角梳"工艺品生产和销售大厅、"竹源"竹炭生活用品馆和超市。一路上老年大学邓咏梅老师、成都青旅导游陈家蓉、俱乐部小吴组织照顾三十几位多数是高坝电厂退休职工的游客，气氛热烈欢快。三日游的口号是："快乐旅游 健康长寿"，队歌："我们走在大路上"；小陈导游做了详细自我介绍和认真的景点介绍；在往返途中邓老师指挥唱歌、表演节目，最后由三家赞助颁发了名目繁多的奖项，人人获奖，感言称终生难忘！

6月14日早七点，我们在内江西林桥北卓尔超市前，上了李师傅开的"灰狗运业"大巴，我和老伴坐在空出的右侧第一排，在邓老师改编的"我们走在大路上"队歌声中，大巴驶上成渝高速。进入绵阳经过辽宁大道、黄土镇，车览了北川新县城。新县城所在地原属安县管辖，永昌镇为震后山东援建，2010年1月31日挂牌，2010年9月25日举行竣工交接仪式。我们访问的第一个景点是"吉娜羌寨"。"吉娜"是"美丽女神"的名字，吉娜羌寨是5·12地震后在在猫儿石村原址建成的永久性安置点，寨口高大的石雕楼镶嵌五个金字"羌乡第一寨"，桥头一尊巨石镌刻"祖国万岁"四个红字。寨内房屋按照羌族传统石雕房样式，临河依山而建，鳞次栉比，错落有致。左侧一座六角碉楼门楣木匾是"云云羌——民族文化陈列室"，从一楼到四楼分别展示羌族服饰、羌绣藏品、农耕用具、生活用具，我和老伴一人花三元上楼参观了陈列展。跟随导游漫步文化广场，类似敖包的垒石祭塔坐落广场一端，我为老伴、文老弟、邓幺妹和导游一起留影。羌寨里有羌王府、羌绣坊、吉娜鲁达旅馆、西羌饭店等，商业街店铺出售羌乡土特产，不少人买了风干山鸡和竹鼠。我们在"西羌九斗碗"饭馆用餐，店主和服务员用羌歌欢迎客人光临。

饭后告别吉娜羌寨，到擂鼓镇换乘，参观北川老县城——曲山镇地震纪念馆。

老县城以湔江为界分新老两个城区,地震时老城区左侧的王家岩大面积滑坡,冲毁5条街道、20多个单位,房屋被推挤出两三百米,形成数十米高的大废墟;9月24日魏家沟爆发泥石流,又将老城区建筑掩埋十余米。我们沿清理过的废墟街道缓步,倒塌倾斜的楼房疮痍满目,跨街白牌坊书"沉痛缅怀5·12特大地震遇难同胞"一幅黑字!景家山崩塌,北川中学被整体掩埋,只剩下一个篮球架和一面飘扬的五星红旗,登上山坡观望,彼时情景历历在目!转到右面街道,看到马路拦腰断裂,石牌标记:"地表破裂——地表地震断层"。临街有一条标语很是醒目:"灾难无情 美丽县城成遗址 人间有爱古老羌山展新颜"。步行间遇一老人出售"铭记"影集—北川5·12地震纪念画册,我立刻购得一本。回擂鼓镇上旅游车继续前行,大巴逆湔江、青片河而上,驰行90多公里到达小寨子沟景区住宿地——西窝羌寨。寨口羌族青年鸣枪迎接,羌族姑娘为客人挂红。吃过晚饭,文老弟送开水到我们住的下寨客房,晚上的欢迎联欢仪式要等到九点进行,届时有咂酒迎客;我们经一天远行已感劳累,便提前休息睡觉,憾未亲临目睹。

6月15日上午,导游和西窝青年陪同,沿主沟溪流上行。溪水潺潺,谷风阵阵,石壁丛林,适合熊猫栖息。瓦西沟口立一标牌"试验区",其左手岩壁有"千年神木"——掌状沉香木化石。一路赏景,一路辨认山沟植物。行至"西凌路"4公里,有一座桥跨越主沟,前面半山腰有灰色房屋和黄色起重架移动,西窝青年说那是在建的林业局办公楼。主沟马路两侧草木种类琳琅满目:有人工栽种的大黄,硕大的叶片超过半米,其高大的总状花序让我错认是巴天酸模!有高矮不一的常用药材——厚朴树苗;主沟转弯处有成片杉林,有人说是红衫;有粉红大蓟花、穗状紫花夏枯草、白花荞叶鱼腥草、"粉穗苋"、"九裂掌叶珍珠梅"、"小兰花石竹草"等等。不少人挖了鱼腥草、拔了夏枯草带回,文老弟拿着白花鱼腥草给我闻,说味很香,我不敢苟同!在瓦西沟口溪边,我捡了几块儿被水冲刷的很干净的"羌白石"带回。

下午漫步石龙寨沟。从下寨向南不远就是中寨、上寨,三寨位于主沟南向的山窝里,通称西窝羌寨;上寨也叫石龙寨。寨间农田连片、粮菜丰茂,一架猕猴桃正在放花;石龙寨东,氤氲绿竹夹路,苹果、花椒满沟,一排春芽和数株高大挺直的香椿树林立。走到草甸上,看到山脚岩壁下置一排放蜂的木箱;草地上点布着茎叶硕大的植株,不知是葡萄还是猕猴桃?草地上看到一株浑身是刺的罕见小树,导游说叫"刺龙包",味苦可入药,嫩芽可食(后来网查可能是楤木老虎刺)。游客下到石溪中戏水,我望着山沟深处的原始密林遐想,凉风习习,云洒雨星,导游催促返回。

6月16日早6点起床,吃过早饭在寨口合影,登车走上返回之旅。大巴到墩上乡右拐,从北川进入茂县。茂县和汶川同属阿坝州,都是羌人聚居之地,茂县也是我1994年到九寨沟的身经之地。9点到达凤仪镇甘青村"白石羌寨",寨门羊头牌坊下三女三男分别演唱羌歌迎客,本寨羌族姑娘小西引领参观"古羌银匠"作坊,

介绍了"白石神广场"祭祀活动,并请大家到她家中作客。我们在堂屋就座,听她生动介绍羌族历史、风情和古羌足银泡水喝的保健功用,并展示古羌银匠制作的银器饰品向游客出售。小西家门外有一丛鲜艳的格桑花,院内枇杷金果累累,邻院桑树上挂满了紫黑桑椹。我们回到白石神广场拍照,寨牌解释:羌人白石崇拜的原因是,仙女投白石(雪山)阻挡魔兵的追歼,羌人又用白石击败了劲敌戈基人的进攻,这和导游小陈说的神仙托梦羌人用沾狗屎的白石块打败了戈基人是一致的。回到车上看到不少人买了水果带回,我和老伴也到寨口水果摊装了一箱枇杷,称了几斤"车厘子"(樱桃)。

中午在茂县"千里缘饭店"用餐。餐后参观了格桑花牦牛角梳生产和销售厅。牦牛角梳项目1994年以一把钢锯、200元钱和一台借来的虎钳在汶川威州镇创业,地震后在党和政府的支持帮助下迁来茂县凤仪镇宗渠工业园区,2011年完成重建,目前已成为年产50万件牦牛梳和工艺品的国内外知名企业。稍后,大巴在铜钟隧道前左拐,又参观了"竹源公司"设在茂县的一个"竹源生活馆",解说员对各类竹炭竹纤维用品逐项介绍演示,随后引导浏览了超市,不少人买了竹纤维毛巾袜子鞋垫、竹炭肥皂牙膏护肤霜以及托玛琳护腰养生枕等。据介绍"竹源公司"是一个全国性的高科技企业,在浙江、广东、四川、山东设有多个基地、加工厂和配货中心,旗下有13个品牌500多个品种。

旅游大巴行驶到汶川,看到路口高大的大禹雕像,李师傅调头绕了一个弯停下,让大家下车拍照留影。大禹铜雕高16米,用铜30吨,头戴斗笠、身披蓑衣、手执耒锸,仿佛站在治水的雨夜,显示出与自然灾害抗争的顽强斗志!这时我看到雕像左侧马路天桥横书"威州"二字,雕像右侧桥头牌坊写"穗威大桥"四字,啊!这里就是汶川县城威州镇呀。5·12震后由广州援建的穗威大桥和滨江路棚洞工程曾荣膺2011年"全国市政金杯示范工程"称号呢!

车从茂县起,穿行于213国道和都汶高速"两条巨龙"之间,新建成的都汶高速要穿过许多隧洞,我用相机拍下它们的名称和长度,计有:铜钟隧道770米,板桥山隧道3025米,单坎梁子隧道1652米,绵虒隧道585米,桃关二号隧道5014米,桃关一号隧道611米,福堂隧道5347米,银杏隧道3535米,映秀隧道(二)5314米,映秀隧道(一)约5000米,龙溪隧道7360米,龙洞子隧道1070米,紫坪铺隧道4106米。大巴行至紫坪铺隧道中间,因遇前方交通事故,堵车近两小时;幸好走出紫坪铺隧道不远交警临时辟道切入213,我们才得以驶入成灌高速,进入成渝高速回内江之路。邓咏梅老师带领旅友重温出行口号,唱队歌,并煞有介事地组织了一场别开生面的颁奖仪式,颁发了花样百出的表演奖、参与奖,诸如:寿星奖、夫妻奖、仪表奖、演唱奖、指挥奖、摄影奖、助人奖、安全奖、购物奖等等,总之人人参与、人人获奖并发表获奖感言,大巴在一路欢歌笑语中入夜返回内江。

2013.6.24.

【03】游览遵义

2013年7月28日至8月1日,我和俊秀从内江乘火车往返,首次游览了历史名城和园林城市遵义。

我们入住遵义老城国贸广场对面如家快捷酒店。

29日参访了"遵义会议会址"及红军遵义警备司令部、红军总政治部等部门和当时中央重要领导人会议期间的旧居诸景点;登上红军山拜谒了红军烈士纪念碑和陵园,爬上凤凰山森林公园山顶,在凤凰楼上四方眺望遵义市容。

我们一早步行越过狮子桥,沿湘江河岸绿化带而上,油绿的大叶冬青叶子映衬着鲜红的聚伞花序果实煞是耀眼,为我所首见!穿过碧云路右拐就到子尹路,会址尚未开门,已有游人等候,我们在毛主席题写的"遵义会议会址"大门前拍照留影。八点半开始参观,门厅有"遵义会议纪念馆"简介,院内西侧大型诗碑刻写着毛泽东草书"长征诗一首"。排队进入会址小楼,一楼东北角是"红军总司令部办公室",墙上挂有作战地图,楼前小院有"遵义会议会址简介"。一楼是周恩来、朱德住处,从外地赶来的刘少奇、李卓然、彭德怀、杨尚昆也在一楼临时搭铺住下;二楼会议室暂未开放。院内平房是红军总司令部机要科驻地。会址北面围着幕布,可能是改建中的遵义会议纪念馆。从遵义会议会址出来,沿会址路北行,在街头吃了油条早点;会址路到杨柳街的拐角是"中华苏维埃银行"旧址,当时苏维埃国家银行行长毛泽民和财政人民委员部部长林伯渠住在这里,院内有毛泽民和林伯渠交谈的塑像,厅堂内展示了第二次国内革命战争时期根据地发行的货币图片。沿杨柳街西行,北侧是红军遵义警备司令部,中革军委纵队司令员刘伯承兼任司令员,陈云任政委,展示他们当时住室,设有陈云图片展。南侧是秦邦宪(博古)住处,遵义会议期间博古和共产国际顾问李德的驻地。杨柳街西头路北28号是红军总政治部旧址,政治部住室内列有一张中国工农红军政治部历任领导人名单,旧址东半部辟为"遵义会议辅助陈列室"共分五个单元图文并茂介绍了遵义会议的前前后后,有力地说明马克思主义中国化的重要和长征精神的可贵!南房东部是部分党和国家领导人来遵义参观的图片展示,我找到了李锡铭1996年4月13日参观遵义会议会址的留影。政治部旧址西侧有一天主教堂,是红军干部大会传达遵义会议的地方,里面有毛泽东和李富春(张闻天)的塑像。走出政治部就到了2007年新建的红军街,我们从右侧和红军街垂直北行,看到了"邓小平住址"的牌子,邓以中央秘书长的身份参加了遵义会议,他和总政治部潘汉年、陆定一、成仿吾、黄镇等住在这幢小楼里。楼上图片介绍了红军时期的邓小平,邓是毛的坚定支持者,1935年曾两到遵义,1958年、1965年又两次莅临视察。再往北是"长征中的李卓然"图片展,由遵义会议纪念馆和湘乡市文物局联合主办,内容详实。李参加了遵义会议,积极支持毛的正确主张。

在红军街我们还参观了"遵义民俗博物馆",院内一块重达三吨的阴沉木根雕很是惹眼,楼上仡佬族傩文化展琳琅斑斓,我们看到一具雕刻95条龙的硬木雕花床,工艺精细,俊秀属龙,床前留影。民俗博物馆北屋是"锦之旅旅行社",我们询问后预订了第二天云门囤一日游游览票。

回酒店午休后,我们步行到桃源路毛泽东、张闻天、王稼祥住址参观。一座类似遵义会议会址的灰色小楼,楼下左侧住张闻天,二楼左侧住毛泽东,二楼右侧住王稼祥。院内台坪一排常青树和盆栽绿植,环绕着一组三人塑像,两坐一站,会神交谈。为争取时间,我们从毛泽东住址出来打车到红军山,攀上365级台阶小龙山,在邓小平题字"红军烈士永垂不朽"墓碑前留影,拜谒了邓萍墓、孙道仁墓、红军坟、青松堂、红军英烈墙及有关烈士雕塑。我们在烈士纪念碑东侧树荫下休息了一会儿,看看时间尚早,于是决定向凤凰山顶进发。大约五六公里的盘山道,坡度不算陡,不时看见青年男女迎面骑车飞驰而下;林荫下不算热,但持续攀上1057.9米的凤凰山却也不易,不多时已气喘嘘嘘汗流浃背!路边看到一种成串荚果,颜色如酸角,但多为一二粒,其叶片阔大近圆形,俊秀用手杖拨动枝叶让我拍照。快到山顶时,俊秀想超捷径,结果误入荆棘丛。山巅牌坊匾额题"挹翠凌风",柱联书"水如素练绕播州好题铭鳖县丽天翘楚 楼似长锋擎凤岭当赓续沙滩拔地斯文"。到凤凰楼楼门已关闭,伙同几位赤水游客央求工作人员额外照顾远道游人,得以乘电梯登上顶层眺望遵义市容。返回沿红梅路从凤凰山北侧下山,途经法王寺健身广场,到澳门路打车回到酒店。

30日参加"锦之旅旅行社"云门囤一日游,九点从火车站乘中巴经新蒲新区、遵义机场、在建杭瑞高速,驱车六七十公里到湄潭江边"花桥新村"。在云门囤景区入口处鱼剑坝生态泳池稍事逗留,便到餐厅用餐;饭后车送夜郎古道口,沿河岸运盐山路步行两公里,官盐坝川盐转运站附近有木图腾林立山麓,下河乘船到达牛角塘森林公园。公园入口有一高四、五米的牛角镂花雕塑,其背面是木雕树桩绿琉璃瓦白亭,山上有一座新建观音庙,循左侧上山,两位花苗少女用红绣球拦住游客留影,要否像片自愿。山上群峰高耸,状似"莲花";瀑布飞落,"彩虹""叠翠""鸳鸯"三座瀑布水帘飘荡。置身高大凉爽的"地缝",走到豁然洞开的"天眼",更令人惊异大自然的鬼斧神工!从牛角塘码头再上船,游览了湄江"十里画廊",经过鸳鸯谷看到岸石上的鸳鸯幼雏,游船穿过水上天门洞停泊在大天门一号码头,我们上岸往回漫步,审视欣赏了高百米宽八十米的水上大天门奇观,观看了对岸洞壁上的岩棺,坐海龙椅拍照,为张青母子在巨型人参根雕前留影,我右拐走到大天门二号码头,为宽阔的湘江河存照。然后重上游船,经一处老鹰洞,在乐安江二号码头上岸,回到云门囤景区售票处,那里有一株十几米高的千年古树乌木(阴沉木)标本矗立于高台上。

31日游览"湘山寺""三阁公园"和"桃溪寺"。

永春斋旅游随记○陈志勇著

湘山寺位于离国贸广场不远的内环路上，坐北朝南，俯视湘江河。湘山寺始建于唐，1993年列为国家重点寺院，是一座清雅秀丽的千年古刹，门票2元。从临街石牌坊拱券便看到山台上端庄秀丽的观音玉石雕像，沿右侧台阶上山，见立一"经幢"，上一跨院，山壁上伸出一龙头，池上刻"龙泉"二字，据说湘山寺曾有"双龙寺"之名。山顶东南是飞檐翘角的"望江楼"，中轴由南而北依次是天王殿、大雄宝殿、观音殿，大雄宝殿楼匾东西挂"爱""国""爱""教"四字金匾；东厢有藏经堂，西侧有"法堂"、"方丈院"和和尚坟墓。天王殿廊外见数株黄球果乔木，单叶卵圆，经询有可能是野枇杷。我们从西面沿阶曲折下山，经过"伽蓝殿""财神殿"、供奉西方三圣的廊厅，回到刻着"人间净土"的牌坊大门。

　　三阁公园坐落凤凰山西北汇川区内，在湘江河上游两条支流高坪河与喇叭河的汇合处。所谓三阁系指纯阳阁、观音阁、文昌阁，公园入口四柱牌坊中一副楹联道出了公园的来历："诗书易高阁竞千秋　儒释道翠峰归一统"，三阁公园是2002年在三阁遗址上重新改建而成的。因入口吊桥正在改建，我们只好从遵义师院的天津街大门绕行，跨河沿山路入园，先到观音阁。观音阁大门左右书一幅长联，上联："三阁矗名城环顾龙山耸翠二水来青广厦凌云黉园焕彩直是万家生佛万象同缘万绿丛中观自在"；下联："十方朝胜地遥思汉使通边六贤施教群英聚会巨擘开天更祈众志兴邦众心向善众芳国里乐升平"。院内有2007年9月迁建观音阁碑记，观音阁是一座尼姑寺院，以供奉观音菩萨为主，内有观音菩萨的各种化身，有天王殿、观音殿、伽蓝殿等殿宇。文昌阁位于三阁公园山巅，从观音阁沿林荫路曲折拾级而上，不到半个钟头就看到五层文昌阁高高矗立的身影。我们先到下面的"尹珍堂"，尹珍堂实际是一长方16柱亭，正中是汉三杰—尹珍石雕像。文昌阁一层挂着两块牌子，一块"遵义市纯阳阁管委会"，一块"遵义市道教协会"；阁内一层厅堂墙上挂着电子打印的道德经，桌前坐着位道士装束的中年男子，四周有一些年轻人，据说今日有第三届道教培训班结业式。二层阁厅供奉三清天尊：中为玉清元始天尊、左为上清灵宝天尊、右为太清道德天尊；三层阁厅中间供奉三座尊神，中为纶巾净面黑髯手执缨甩尊者，左为红面墨髯手举铜剑尊者，右为慈航道人—坐莲观世音塑像，左厢奉文昌帝君，右厢奉手捧金元宝的财神；四层中间供奉玉皇上帝，左边供奉南极寿星，右边供奉北极紫薇。初登文昌阁似有鸠占鹊巢之感，下阁回味：则觉儒、道文化关系更为密切，乃至难以完全切割矣！回到山下寻找纯阳阁——纯阳是八仙之一吕洞宾的字号——树木掩映河对面一座绿琉璃顶阁楼，无法近前，河边三门四柱飞檐翘角石牌坊清晰可见：外柱联是"秀水明山自有仙风携逸气　琼楼画阁妙拈天趣扣文心"，中门联是"名城名楼名垂青史　文昌文士文冠华章"。

　　下午一青年出租司机绕行两圈才找到"桃溪寺"，原来就在21路公交终点附近。桃溪寺据说是有四百年历史的风景名胜，明代播州土司修建杨氏庄园，后兴建延禧禅院，清重修并易今名。桃溪寺大门柱联称"桃树千花经雨洗　溪山一涯带秋风"。

寺内正中有天王殿、大雄宝殿，左右有观音殿、地藏殿；天王殿内哼哈二将一绿一粉，形象逼真，右厢圆通宝殿供奉千手观音菩萨。寺前荷塘碧绿、荷叶田田、菡萏初绽。桃溪寺对面有一"景秀园"，仿古牌坊式铁栅门，挂有"遵义市花卉盆景协会"牌子，进门圆形窗格花墙左右分列两个白底兰花大瓷瓶，院内植物盆景错落密布，曲径通幽；里院有一赏鱼亭，溪水淙淙。景秀园后面背靠桃溪，有临河茶座待客，但不知原先的"桃溪庄"位于何处？附近街道窄小凌乱，有待规划治理。

是夜，也就是 8 月 1 日凌晨，我们登上了返回内江的 K142 次列车。诚如云门囤一日游司机所言，等渝黔高铁建成，从重庆来遵义只需三小时，我期待着再来遵义一游，因为苟坝会址、娄山关、乌江渡、海龙囤等等景点我还尚未涉足呢！

2013 年 8 月 11 日　北京

【04】　淮阴之行

翻看往年游历照片，回想起世纪初的淮阴之行，今追忆补记于下。

2000 年五一期间，陈松开车，我和俊秀陪杨亦琪、陈松去淮阴考察，顺访丁雪惠、陆荣端同学。4 月 30 日晚十点到淮阴王军家，王军是个残疾人，搞服装生意，有意开发农业项目，拉同乡杨亦琪投资。吃过晚饭我和俊秀住王军家，陈松和杨亦琪另觅住所。

5 月 1 日上午开车到淮安参观游览，由丁、陆热情陪同，先后走访了"周恩来故居"和"周总理纪念馆"。"周恩来故居"位于淮安西北隅的驸马巷内，1979 年 3 月 5 日正式对外开放。1988 年 1 月，被列为全国重点文物保护单位。故居由东西相连的两个宅院组成。1898 年 3 月 5 日，周恩来就诞生在这个院落东侧的一间房子里；另一侧是周恩来少年读书的地方。"周恩来纪念馆"坐落在淮安北门桃花垠的一个三面环水的湖心半岛上，于 1988 年 3 月兴建，1992 年 1 月 6 日落成对外开放。1998 年为纪念周恩来诞辰 100 周年，又增建了仿北京中南海的西花厅和周恩来铜像广场。整个建筑造型庄严肃穆，形式朴实典雅，既有传统的民族风格，又有现代建筑特色，是纪念中华人民共和国开国总理而建的一座大型纪念馆，是展现周恩来一代伟人风采的巍巍丰碑。随后我们到了淮安古城标志性建筑"镇淮楼"，当地人也称"鼓楼"，镇淮楼始建于南宋，明朝修筑淮安城的时候把它改建为谯楼，清代改称"镇淮楼"，取其镇压淮河水患之意。现存建筑为光绪七年（1881 年）重建式样。新中国成立后，淮安古城拓宽了街道，重修了镇淮楼，并开设漕运总督遗址公园，形成淮安古城中心景点，我们在镇淮楼前分别合影留念。下午，由王军带领，又一起驱车去泗阳看地。那是一片旧河滩，小麦地间作的杨树苗多有枯死，晚饭时在餐馆初步议论了这块地的开发意向和可能的开发项目，陆荣端在淮阴农业技术推广站工作，对当地情况比较收悉，聘请他和丁雪惠作顾问。我陪同考察项目的任务完成，我和俊秀住进陆丁夫妇为我们安排的农业推广站招待所。

5月2日，由陆、丁二位陪同在淮阴继续游览。我们来到漕运西路"周恩来童年读书旧址"，这里是周恩来外祖父万青选家——万公馆。1904年，恩来6岁时随父母、过继母与两个弟弟搬到清江浦外祖父家，后租赁此处定居，并在对面陈家花园私塾馆入学。恩来童年时期非常喜欢唐诗宋词，天刚蒙蒙亮就起身背诵。过继母陈氏出身书香门第，慈母良师，在恩来身上倾注了大量心血，恩来在这里读书生活四年，受到良好的基础教育。1908年，因生母、过继母相继去世，10岁的他同其弟返回淮安。"苏皖边区政府旧址"位于淮海南路。抗战胜利后，新四军创建的苏中、苏北、淮南、淮北四大抗日根据地连成一片，形成苏皖解放区。为贯彻中共七大的路线和和平建国方针，1945年10月在淮安成立了中共中央华中分局，11月1日，在淮阴成立苏皖边区政府，这是继陕甘宁边区政府之后的又一模范红色民主政权。1985年经中央批准成立纪念馆，在具有重要历史价值的革命旧址上，大部分房屋尚保留原貌。原苏皖边区镇府大门朝南，门前有一对石狮，进门有四幢平房，是当年政府办公室，北面四合院两层26间，是接待来客、举行会议的地方，当年国、共、美三方代表曾在这里谈判，人们称这里为交际处。下午，荣端雪蕙陪我们去人民南路西侧的"清晏园"，清晏园过去叫"城南公园"，是苏北有代表性、唯一保留完好的古典园林，也是古漕运史上唯一保留的官宦园林，1991年10月1日复今名。园内亭台楼阁、假山错落有致，曲径长廊、流水循环往复，花木掩映，典雅秀丽。荷芳书院周围是清代河督游憩之所，建有碑亭碑廊，是一组难得一见的水利史料文物。

5月3日，我们同学四人和杨亦琪陈松分路扬镖，陆荣端借车一起游览洪泽湖大堤。车绕洪泽县城，经滨湖路到洪泽湖旅游度假村。临湖西眺，湖水浩渺。洪泽湖原为浅水小湖群，古称富陵湖，两汉称破斧塘，隋称洪泽浦，唐始名洪泽湖。南宋1128年以后，黄河南徙抢夺了淮河入海口，洪泽湖潴水扩大，遂成今日中国第四大淡水湖。1949年以后新建规模宏大的三河闸，整修入江水道，加固洪泽湖大堤。1952年在高良涧以东修建苏北灌溉总渠，长168公里，用以灌溉里下河平原，兼作排洪之用。湖水还可出二河闸经杨庄水利枢纽由中山河（或称新淮河）入海。1958—1960年又增辟淮沭河，由杨庄水利枢纽引洪泽湖水北上，到沭阳入新沂河。洪泽湖已兼具泄洪、灌溉、航运、养殖之利。洪泽湖大堤北起淮阴区码头镇，南迄洪泽县蒋坝镇，全长67公里，全部用石料人工砌成。大堤始建于东汉建安年间，至清乾隆年间方建成。

5月4日，我们一行四人，乘长途汽车前往连云港游览，在陆荣端的发小李天电大哥家—墟沟落脚。李大哥夫妇热情接待，陪我们到滨海海棠路漫步赏景，走到一条伸到黄海中长长的海埂—西大堤上经受风浪海水扑打。晚饭让我们品尝海鲜，说已进海产淡季，席间和大嫂联句说笑，李大哥还讲述了荣端童年的调皮淘气故事，大家都非常高兴！

5月5日，我们四人游览了花果山景区。

花果山位于墟沟镇西南云台山脉，原名苍梧山，亦称青峰顶，因吴承恩《西游记》取材于此而得名。花果山古有"东海第一胜境"美名，是中国道教七十二福地之一，是西游记所描述的"孙大圣老家"。毛主席博览群书，他是解放后最早提起花果山的人。20世纪五十年代（1955.10.、1956.7.、1958.3—4.）他和有关人员三次提及花果山，他嘱咐胡耀邦："孙猴子老家在江苏省新海连市云台山上，你路过去新海连市看看孙猴子老家到底是个什么样子。"当年4月20日胡耀邦考察了那里。毛主席对花果山的关注，引起了有关部门的重视，经过资料检索和实地勘察，证实了毛主席的判断是准确的。1993年为纪念毛主席百年诞辰，在照海亭下镌刻了毛主席对胡耀邦说的这句话，集毛主席手迹重组而成。

我们首先看到的是气派的砖红色山门，在传统的三洞古城门骨架上，用现代表现手法加以渲染。正门上首为孙悟空的头像，背衬圆形图案，象征功德圆满。北侧有唐僧师徒四人西方取经的浮雕，下方有六只圆雕雄狮把门，广场四周有109只石猴迎宾。山门背面的匾额上镌"东胜神洲"四字，为书法家沈鹏题写。透过中间的门洞，可看到松林中吴承恩雕像。这座山门新建于1996年7月1日。沿十八盘山路迤逦上山，到三元宫，再经义僧亭，金镶玉竹，来到水帘洞，游人排队洞中留影，我们也分别拍照后离开。我没有看到女娲遗石确切的位置，继续向山顶攀登。玉女峰海拔624.4米，是江苏最高峰。我和俊秀站在玉女峰碑两侧留影，眺望后云台山和黄海，当时尚未建"吉祥玉女"高程标志塑像，现存雕塑建于2010年。游完花果山，我回到李大哥家，大嫂准备一桌丰盛的饯别大餐。我们和陆荣端分别辞行大哥大嫂离开连云港，我与俊秀在墟沟车站登上返京的列车回到北京。

2013.9.9. 追记

第一编 甲午出游要集

【01】华夏神州

　　古九州之冀州、梁州，即后之燕赵、巴蜀也。皆华夏文明肇发之地！爱祖国，爱中国，当然应包括对这两州的山川地理人文历史的了解和感悟，否则你就像生活在神州的一种动物、一只灵长类野兽！

　　姨父锡铭同志在世言谈间，常常感慨"我们四川"如何如何，我当时很是不解！他抗战时期曾在重庆度过了三年多的陪都读书岁月，他的感慨是有人文体验背景的！我近年去四川多了，呆内江时间长了，我逐渐了解巴蜀文明和华夏文明的历史脉络，我才渐渐理解姨父感慨的由来，才认同他对四川的热爱情怀。

　　提到老家束鹿城里和辛集，我没有听姨父发表过什么感慨，他的乡情是埋藏很深的！他尽其所能为新城修建铁路立交桥，赠送新编的北京教育（中小学）丛书，支持新城中学校办工厂进行新项目开发。他年迈多病已行动不便，还多次回老家看望童年奶母的家人、姥姥家的后人，提到抗战到董家屯躲飞机在姥姥家天天能吃油饼时，他两眼高兴地眯成了一条线！无疑，油饼、焦圈、炉香（花生米）、卤煮鸡、黄韭、疙瘩（蔓菁），都饱含经久不变的乡土味和与生俱来的爱乡深情，这就是不忘本！

　　我父母属虎，是两只可敬的老虎；姨父也属虎，是令敌人胆丧的猛虎，也是人民信赖的老黄牛！"寅虎落地啸山林，竭力呕心为斯民。"三只老虎现在都已经升天。华夏崛起神州梦的演化，呼唤我们：人间天上一条心，为中国梦的实现尽心尽力贡献正能量！添砖加瓦砌新灶、众人拾柴火焰高，烩制一锅神州弥久皆宜的大锅菜！尚飨！

永春斋　2014.9.10.

【02】甲午清明河北英烈纪念园扫墓

　　清明节前夕，2014年3月28日晚，我和松碧驱车去石家庄，近夜11点到达"五四西园"二彪新居。第二天上午8点，我和二彪松碧去双凤山烈士陵园，小冲丽云小战已到达。

　　我们在"双栖亭"前登记领取鲜花，拾级进入烈士墓第一区中间陈白烈士墓碑前，献花祭拜三鞠躬，我宣读祭扫词如下：

　　"爹，娘：

　　在二老百岁诞辰清明时，您们的儿女子孙前来墓前祭拜谢恩！

　　恩在生儿育女荫族脉，恩在为民奉献一生生死无悔，恩在献身教育传承文明不

遗余力,恩在一心向善尚贤济世仁德齐身。

告爹娘:如今中国梦续大同梦,华夏神州五湖四海乐奏和谐共赢有好戏,让我们天上人间分享佳音同赏籁韵。"

父母墓碑南侧,是边启和高玉贞的墓碑,高是母亲的同乡好友,姐俩同生死共患难,在天堂也可并肩说话了。

烈士墓二区是新迁葬的陈济鹏叔叔的墓碑,济鹏叔(17岁)和弟弟济航叔(陈洁如,16岁)一起同家父陈白(陈雪如,24岁)于1938年参加抗日,济鹏叔和家父先后牺牲于1942年五一反扫荡战役中。我们兄弟和晚辈献上鲜花,一起施礼祭拜了济鹏叔叔。

墓地西侧有一小院是祭祀处,砖门两侧对联书"双凤升丹霞 祥云落青山"。弟弟带松、碧、冲、战进去烧纸,我给志峰打电话问他爸的灵堂在什么地方?其实"北凤正厅"就在眼前。大家一起进入正厅寻找,第四室西南角256号,存放着洁如叔的骨灰盒牌位和像片,我们又一起三鞠躬祭拜了洁如叔。

回到烈士陵园大门内广场西望,是雄伟的缓坡型纪念碑广场。高大纪念碑面东题写"共和国不会忘记"几个金字,为迟浩田所书;缓坡两侧紫玉兰林立绽放,美丽而庄严。台阶下两侧红色花岗石壁上,连续雕刻着"国歌纪念墙简介"文字。眺望着,眺望着……忽然间心生一阵崇敬感激夹带几丝酸楚委屈泪润双眼,和共和国一起走过来的人,谁能感觉到这里面有什么隐瞒和欺骗?!兵民是胜利之本,历史是公开透明的。这些英烈难道不是中国抗日的脊梁?舍生忘死冲锋陷阵最勇敢最坚决的那一伙?!

陈志勇 2014.3.30.

【03】游苍岩山

3月29日中午在"柏坡人家"和弟弟一家吃过大锅菜,我和松碧在二彪、小冲丽云陪同下,向西南方驱车五十公里,游览苍岩山景区。

高占祥题:"五岳奇秀揽一山,太行群峰唯苍岩"。我这个太行老农,能不到苍岩山看看?!

苍岩山是井陉挂云山、石鼓寺、仙台山、金华寺、甘淘湖、秦皇古驿道等十景之一,位于井陉县境东南。车到苍岩山镇管养所,沿公路东南东拐,到索道站购票乘缆车,到达山巅,导游小姐过来陪我同行。第一个景点是"三皇姑娘行宫",像一座山顶小庙,外观虽不甚起眼,但宫堂四壁展示的十二块文字镜框,却点破了苍岩山隋代神话传说的文化主题,向游客介绍了隋炀帝三女儿南阳公主舍身谏父跨虎登山的故事。

苍岩山景区有三绝:一绝"桥楼殿"。桥凌驾于百仞峭壁之间,仰视蓝天一线,俯首万丈深渊。形制如同赵州桥敞肩拱式,年代略早,现为中国三大悬空寺之一。

桥上建楼，云飞楼动，楼内建殿，殿内三尊大佛分别是释迦牟尼佛、弥勒陀佛，药师琉璃世界佛。正是"千丈虹桥望入微，天光云彩共楼飞"，不是仙境胜似仙境，疑是天堂落尘埃。二绝"白檀树"。檀林如海，流水潺潺，亭榭掩映其间。檀树树根裸露，盘抱巨石，有的形似鸳鸯、有的形似盘龙、有的形似卧虎…树龄均在百年以上，檀树之王的树龄达千年。三绝"古柏朝圣"。上万棵千年崖柏、沙柏、香柏生长于悬崖峭壁之上，千姿百态，无论矗立、侧出、倒悬，枝叶皆向阳伸展，都朝着南阳公主祠的方向，人称扭头柏。

我们从菩萨顶沿山肩悬崖山路下行，看到的苍岩一绝就是古柏朝圣，崖壁扭头柏都朝向公主庙方向。其实这也没什么奇怪，是植物生长的趋光性使然。我们领略的苍岩二绝是楼殿桥，"楼殿飞虹"，蔚为奇观。三桥飞虹并驾：最前面是天桥，我们站桥上前后拍照；中间是大桥楼殿；后面并列天王殿，俗称小桥楼殿。天王殿柱联书："殿前无灯凭月照，山门不锁待云封"。我们沿桥楼殿左侧云梯下山游览，看到了苍岩三绝"白檀树"，景点名称"碧涧灵檀"。有"两檀缠绵连理枝"的"鸳鸯檀"；有"盘根错节石罅钻"的"抱石檀"。

据说苍岩山有十六景。我们先后看到三绝是"悬崖奇柏"（山腰绮柏）"桥殿飞虹""碧涧灵檀"。乘车坐缆车经过的有"风泉漱玉""炉峰夕照""阴崖石乳"。从玉皇顶迤逦下山走到的景点还有"空谷鸟声""说法危台""虚阁藏幽""尚书古碣""绝巘回栏""峭壁嵌珠""悬登梯云""跨虎登山""书院午荫""岩关锁翠"等十个。山脚下是全国重点文物保护单位"福庆寺"，位于景区山门之内，寺前有九龙潭。

据介绍苍岩山也是影视外景拍摄之地，诸如《西游记》《卧虎藏龙》《鸡毛信》《破袭战》《大国医》《花木兰》等有许多影视镜头都是在这里拍摄的。

太行老农　　2014.4.12.

【04】访小平故里

2014年是邓小平同志诞辰110周年，7月11日至13日，我和老伴、华秀从内江出发游访了小平故里广安。

11日八点半从内江长途汽车站发车，由"内江北"进内遂高速，经"遂宁东"折入沪蓉高速，穿越南充到达广安中心汽车站，行程290公里，历时三小时四十分钟。因汽车到达车站（南站）不是地图上标示的长途汽车总站（北站），与我打算住宿的宾馆相距甚远，只好改变主意，就近下榻"国防宾馆"。稍事安顿休息后，我们漫步浏览广安市中心城区的思源大道和思源广场。

我们三人沿思源大道左右穿行，在银顶街口吃了午餐，三菜一汤只花了四十五元。经老板指路我们走向"思源广场"右侧的"邓小平图书馆"，馆楼面向圆形广场，可说是思源广场的一个组成部分。馆前挂一红色横幅：《纪念邓小平同志诞辰

110 周年邓小平专题集报展》，走进展厅，墙上导师、领袖和设计师的三条语录吸引了我！马克思说："与其用华丽的外表装饰自己，不如用知识武装自己"；毛泽东说："饭可以少吃，觉可以少睡，书可不能少读"；邓小平说："学习是前进的基础"。左侧墙上有邓小平一九八九年十月十日关于培养革命事业接班人的题字，全文是："培养有理想、有道德、有文化、有纪律的无产阶级革命事业接班人。"

思源广场是为纪念邓小平百年诞辰修建的一个大型广场。其正面（东北方向）高台上矗立着实事求是宝鼎，宝鼎面南刻《实事求是》、面北刻《解放思想》，皆为篆字。宝鼎基座面南刻有醒目名句"发展才是硬道理"；背面刻有邓小平南巡讲话要点。宝鼎广场前是水景广场、喷泉广场。叠水中间石刻《饮水思源》四个大字，两侧分别环绕半圈两米高的大字："敬爱的小平同志　家乡人民怀念您"。从宝鼎广场向东北方眺望，下坡石级悠长，两侧绿色植被间碑林掩映，邓小平语录刻石叠布，面北坡地正是地图上标注的《渠江公园》！隔渠江河湾北望，对岸葱绿山顶上奎阁红塔耸立，好一片壮丽景色！

递阶而下，走出渠江公园，沿滨河路走进兴国寺，然后打车返回国防宾馆。

12日七点在宾馆一楼吃过早餐，我们三人退房卡结账转移到建安南路"南城宾馆"住宿。此处离中心汽车站很近，我们每人花一元钱乘8路车，半个多钟头就到达邓小平故里。

我们和游人依序在门口拍照留影，华秀持身份证为我们领取了参观票。邓小平故里核心区——邓小平诞生之地，是唯一一座纪念邓小平同志的主题纪念园，占地830亩，建有铜像广场、故居陈列馆、缅怀馆、老院子、德政坊等二十余处参观景点。进入故里景区，经百花潭先到邓小平铜像广场，游客争相在摆满花篮的小平铜坐像前留影，我们也手持扶郎花在坐像前拍照，基座上"邓小平铜像"五个金字为江泽民题写。"故居陈列馆"闭馆装修，其前面是《人民之子——邓小平110幅经典图片展》，露天布置，游人如织；我们在纪念品销售棚下买了三个邓小平指剪匙扣留念。邓小平缅怀馆仍在修建之中。走过"洗砚池"，就到故居老房子——坐东朝西的三合院。世纪伟人、中国社会主义改革开放和现代化建设的总设计师邓小平同志就诞生在这里，并度过了他的童少年时代。房屋17间，院子占地833平米，2011年邓小平故居被国务院公布为"全国重点文物保护单位"。老房子东面是"放牛坪"和"邓家老井"。

继续北行，经过2000年重建的神道碑，可看到三洞四柱三重檐青石牌坊一座，高12米，宽10米，是清代朝廷为表彰邓小平先祖邓时敏的功德赐造的。"牌坊村"正是由于有了这座牌坊而得名。穿过《德政坊》就到景区北门古树坪了，一棵高大突兀有170年树龄的黄桷树遮天蔽日，是邓小平童年经常玩耍的地方。我们出北门右穿公路，在协兴镇街上餐馆吃午饭。我们要了豆花、烧白、鱼香茄子，三人花了35元。饭后游览了牌坊新村。牌坊新村村口建一座两层楼穿堂三合院，院内南北有两排公示栏窗；《牌坊村志》称：全村358户，1704人，占地342亩，党员51人；村原名"姚坪里"，属望溪乡，清朝廷为表彰邓时敏功德，赐建"德政坊"后称"牌坊村"，1958年曾

永春斋旅游随记○陈志勇著

叫"反修大队""伟大大队"，1978年后恢复"牌坊村"名至今。穿堂三合院也是新村入口，其外面是村前广场。院内挂两条红色横幅，分别是《学小平理论 走群众路线 建幸福牌坊》、《学习伟人风范 践行群众路线》。公示栏窗还展示了一首群众歌曲简谱《牌坊村之歌》；新村餐饮、农家乐、客店一条街上，餐馆店铺林立；街口一家餐馆墙上贴有邓小平夫妇和舅父淡以兴家人合影大照片，另一侧墙上标语是《翻身不忘共产党 致富更思邓小平！》

我们从牌坊新村出来，乘八路汽车到佛手山景区。这里山峦起伏、沟谷纵横，果山村瓜果飘香，山林风景宜人。佛手山安葬着邓小平的祖母戴氏和生母淡氏等邓家先孺。我们三人下到半山腰察看了邓母之墓，在深谷路边花8元买了一兜（12把）盛夏难得一见的鲜嫩椿芽，在景区出口又用20元买了一兜香艳的大桃，满载而归回到南城宾馆。

13日一早我们在广安报社门前乘出租车，先到渠江边察看了广安白塔；然后赶往神龙山公园北门，上山游览巴人石头城山寨。

广安白塔又名"舍利"宝塔，始建于南宋，位于渠江聋子滩侧，通高36.7米，方形，虽列入省和全国重点文物保护单位，但许多当地人都不晓得，连出租车司机也不知道在什么地方！一当地司机停车白塔桥路边，能清晰看到白塔身影，我和华秀沿小路试图趋近，因小路泥泞作罢！我为广安白塔拍照留影。塔身四方形，上半截颜色有异，不知何时维修过？塔脊处滋生荒草，塔上红色告示警告"危险切勿靠近！"下面白色标示依稀可见文物保护单位字样。

出租车把我们送到公园街口《猊峰城》"正北门"，我们三人步行上山。半山停车场南面一券门内，可望见一石碉楼刻着《巴国门户》四个字；进龙头寨"北门"洞，穿越百余米龙头街，进入巴人石头城景区。登上"龙头关"仰望龙头寨，双塔式烽火碉楼，龙角耸立，中间长长的石阶像龙鼻梁，两侧圆形石龛是龙眼，龛窟中一佛一魔，乃根据天帝《目光神镜》传说而建，好不威武！山寨"正堂"祭先祖神位，正堂柱联书"礼乐百年绳祖武 诗书千载翼孙谋"。龙头寨山下有"天象湖"，此湖形状与28星宿图形吻合，湖东侧新建"天象阁"，面湖阁匾书《天数在巴》四字。传说这里是古天文学家、太初历创造者、巴人落下闳天象演绎场遗址。28宿分为东西南北四方各七星，有破解人生奥秘之说。从龙头寨有城墙石路通向南山城堡碉楼，中间有一处"止戈台"，寓意"偃武修文、弃王成圣"和谐思想。远望南山，如龙似蛇起伏，传说蛇龙山猊峰城是巴人板楯蛮的栖息地，板楯蛮崇尚蛇图腾，巴字即取蛇之形。广安是巴、蜀山水和巴、蜀蛇龙文化的交汇之地，产生了"蛇化龙"文化信仰，于是"蛇龙山"变成了"神龙山"。

返回龙头街停车场，我们搭乘一面包车下山，好心的年轻人把我们一直送回"南城宾馆"，使我们有从容的时间去万盛中路吃午饭和搭乘返回内江的长途汽车。

甜城居者 2014.7.16.

【05】游览青城后山

2014年7月28日——31日，在内侄罗兴勇陪同下游览了青城后山景区。我们下榻泰安古镇泰安会馆善缘客栈，酒店是三三在"去哪儿"网上预订的。

28日一早我俩在广汇家中吃完早饭，赶往火车站，8:24'乘K1247到成都，购D6119动车票下午五点多到青城山，在车站拼车乘面包走20公里到达泰安古镇。客栈位于古寺街泰安寺斜对面，在客栈后门餐厅隔驿站街就可看到泰安古戏台，泰安寺右侧是一广场，正对着"味江索桥"。古镇历史上是由成都平原进入阿坝大小金川的必经驿站，古称"花坪老泽路"，唐时为"味江寨"，清时依泰安寺易名"泰安场"，民国时仍是川西物资贸易集散地，惜1943年毁于火灾，1986年随着改革开放和旅游业的兴起，泰安古镇得以重建。2008年5.12地震古镇和青城后山景区严重损毁，经震后大规模全力重建，泰安寺重新落成，景区景点成功修复。我们下榻的会馆客栈位置适中，设施完备，服务一流，特价优惠。

飞泉沟——白云古寨

7月29日吃过早餐，我们跨过味江索桥，在《飞泉沟》亭前看解说牌示。飞泉沟长10余公里，徒步攀登往返体力难支，便在飞泉沟口乘金骊索道车到其上站，步行到半山腰"翠映湖"，然后沿山路攀爬飞泉沟上半段，浏览景点，一直走到《白云古寨》。

坐渡船穿越《翠映湖》上行，一"古壑亭"书对联："随缘芳草团圞绕　得意藤萝上下牵"，再往上攀爬就到《双泉水帘》，这是一组小景，包括悬崖栈道、两座天桥、上下梳妆池及水帘洞、龙洞，两道飞泉在合流处形成前后双瀑，蔚为奇观。相传这里是古蜀王杜宇和贵阳妃子——杜鹃花仙子邂逅之地，上下梳妆池则是白云洞杜鹃仙子沐浴梳妆之处。"九天桥"亭的对联是："两水飞泉流雅韵　九天仙女浴清池"。穿过两道天桥沿山路继续逶迤攀登，就望到山肩上的"白云古寨"了。

站在"望云亭"上俯望古寨，白云寨是位于望云岗前山坪上的一片山庄，木结构古建，具餐饮休闲娱乐功能，有"白云索道"通往"又一村"下站，是景区观光索道的制高点。"望云亭"的对联书："人间桃源洞　天外白云乡"。我们在古寨村头"观云楼"餐馆前大棚下吃了午餐，稍后乘索道车浏览了后山山景，穿过"又一村"村旁，再乘金骊索道返回飞泉沟口回客栈。

游五龙沟　询神仙洞

30日上午在飞泉沟口排队等候，乘金骊索道车到上站下车。从金骊索道上站前往五龙沟的路上，第一个亭子是又一村"来凤亭"，双层六柱木亭，对联是："凭栏酒正酣入望晴峰历历 登临放长啸荡胸大海悠悠"；第二个山亭是"探源亭"，亭联："蟠桃洞口花千树，峻岭源头水一村"；第三个是"又一村"村口的亭子，双层檐三间八柱，面北对联是："何处寻幽别洞仙踪藏古韵 此间觅趣武陵胜景蔚新村"；第四个亭子在又一村通向五龙沟的溪岸剑杉林的起首，叫"临溪亭"，一层四柱，亭联是："一溪流水绕村去 几度春风迎客来"；第五个亭——"三杈亭"，一层四柱，亭联："一道坎坷通胜景 三杈笑立候嘉宾"；第六"听泉亭"，一层三柱，对联右行草左篆书，同义，皆为"春光花底禅心寂"，不知何故；第七个是"龙隐峡"，双层八柱亭，亭联："休问津途昔有渔樵识标志 重来栈道何须童叟访桃花"，第六第七亭之间，是险幽崎岖的"龙隐峡栈道"，古为木桩穿岩铺板，是由蜀入金川必经驿道，今为钢筋混凝土仿木重建，长600米，石梯、石栈、悬桥上下勾连，或以巨石为柱，或以悬岩为依，寒潭飞瀑曲折穿行于蓝天一线，幽奇盎然；第八是三间八柱亭，面北匾额为"三潭雾泉"，对联："石级通幽欲寻胜景来千里 林荫蔽日直向白云又一村"，面南匾额"蓬莱阁"，对联："集天下山川清气 汇世间云壑奇观"，背对三叠飞泉泄瀑，我杖指留影；第九为三柱"绿风亭"，对联书："眼前春色晴方好 槛外山光绿正肥"；沿五龙沟继续下行，临溪路边第十亭"海漫亭"，双层六柱，对联是："四壁花塀崖气里 一溪怪石水声中"，我们入亭小避阵雨，耳听溪涧流水轰鸣；路标指示：下面是五龙沟广场，第十一亭是"古磨坊"，一层两间八柱亭，亭联："世上风云凭变幻 山中日月漫推移"；第十二亭"问龙亭"，双层六柱，亭联："一水依然万壑归 五龙河在千峰隐"。走过第十二亭，不知不觉走出五龙沟口。我们今天游五龙沟是自上而下倒行，如果自下而上攀登，"问龙亭"应是第一亭，顺序正好颠倒过来。

有人介绍"神仙洞"是青城后山一著名景点，过味江大桥前行可至，洞口神仙沐浴石潭一字排开，幽深莫测，寺址周围散布宋明古墓，"山前山后溪水响，云内云外涧鸪啼。"看导游图，神仙洞在泰安古镇下面，我们走出后山景区牌坊寻找，看到一"水晶溶洞"牌示，打听公交调度"神仙洞"离这里有七八公里远，在震前的"青城后山"牌坊附近。天色已晚，我们只好作罢。

访泰安寺 再上飞泉沟

31日上午我们要告别古镇返回内江了。一早夜雨连绵，我进泰安寺抄录殿宇对联，吃过早餐，我和兴勇撑伞攀爬飞泉沟下面我们没有到过的一段。

泰安寺，唐代初建，逮明复振，明末兵毁，清初重建。2008年"5.12"大地震，寺庙严重损毁，灾后恢复重建了天王殿、观音殿、左右厢房、寮房、客房、斋堂，并新建了藏经楼和钟鼓二楼，总建筑六千余平方米，新辟园林、山道、游廊，花鸟

祥瑞，占地15亩。据介绍，古山门为三洞牌楼式建筑，三洞象征"三解脱门"（空门、天相门、天作门），山门是僧俗之分界。新建山门实为"山门殿"，中间供奉弥勒佛，左右为四大金刚，即四大天王，故也可称之为"天王殿"。"观音殿"又名"大悲坛"，表现一切佛的慈悲心。泰安寺观音殿供奉"水月观音"（又称"水吉祥菩萨"），是观世音一心观水相的应化身。观音殿二楼有三块金匾，正中一块书《国泰民安》，一楼六根殿柱分别书写洪法大师撰文的三副对联："朝此山来眼前草木有灵气 悟其道去身外乾坤无俗尘"、"如来智慧非妄念所知 菩萨慈悲由真心而来"、"眼耳鼻舌身意六根清净 声色香味触法一尘不染"。震后留存的"大雄宝殿"装饰一新，殿堂供奉如来佛祖。殿前对联写的是："世间人 法无定法 然后知非法 法也 天下事 了犹未了 何妨以不了 了之"。释迦牟尼（约前624——544；一说前564——484）活了80岁，古印度释迦族人，生于尼泊尔南部，佛教创始人。成佛的释迦牟尼，被称为佛陀，意思是大彻大悟的人。信众称呼为佛祖，如来佛祖。

"飞泉沟"亭座落在沟口广场后面，为双檐八柱三间仿古亭，守护在飞泉绿谷沟口，显得优雅而风光！飞泉沟亭联写道："泰安寺前欲观溅玉探幽谷 梅花岭上喜见飞泉入味江"。沿泉沟山路石级迤逦攀登，所遇第一个山亭叫"访仙阁"，亭联说："一道飞泉惊客梦 四山云雾觅仙踪"；第二、三个分别是"叠嶂亭""慰心亭"，前者是双层六柱亭，后者为一层十柱长廊，亭联分别为："叠嶂层峦宜摩画笔 茂林修竹快写兰亭"、"望泰安钟灵毓秀 观遗址触目惊心"；第四亭是险挂崖角的"虎啸亭"，三柱小亭有匾无联，亭崖下有"5.12"落石，上联所言"观遗址"就是指这里，巨石上刻写：虎啸岩与映秀一山之隔，"5.12"矗立云霄的虎啸岩被震崩裂，断岩巨石从200米高的岩顶滚落，现在可以看到谷中有两块巨石，一块约9百吨，一块约1千吨；第四亭"清风亭"，是一四柱方亭，亭联为："竟夜何其风声断续来深谷 长天欲晓月色依微上小亭"；我们上山已走了一个半小时，探望前方景点，杳渺无期，百丈桥看来是见不到了！青城后山之游今次到此为止，于是我和兴勇撑伞披雨下山返回客栈。越过味江索桥时，看到索桥黄鹤坪一侧桥楼匾额书"古黄鹤桥"四字，桥楼对联个别文字需核对，大概是："人渡虹桥来访仙山观胜景 彩虹踏浪浪飞味水动诗魂"。

2014.8.8.　　甜城居者

【06】访尚腾新村

由甘光地同志热情提议，2014年8月9日，我约上邱华秀，一同从晏家湾乘车前往永安镇，参访"尚腾新村"。

"尚腾新村"是一代画仙晏济元的故乡，是内江7月7日首个开村的新农村综合体，她依托永安现代农业园区、产村融合、建成城郊新型农业休闲文化村寨。新村合并马家寺太平寺两村，以观光、休闲、乡土文化为导向，趟出新农村建设一条新路径。村里建有"八师广场"，碑石刻书《尚腾新村赋》。新村分村民聚居区、画家部落、诗画荷塘、垂钓塘池、陆巡户外运动基地、农家乐群落等区域。新村毗连葡萄园、柠檬园、麒麟瓜基地，可提篮采摘；通连珍稀鱼、观赏鱼水产基地，能尝鲜、观赏。

我和甘光地在村口"尚腾新村"刻石前合影，穿越两侧开阔的鱼塘走到"八师广场"。广场前面正中国旗高高飘扬，一米多高的红色花岗石映碑，正面书"八师广场"四个大字，背面刻《尚腾新村赋》（甘光地撰）；广场后面有一座二层楼，楼门两侧八块牌子分列，有"中国共产党内江市中区永安镇尚腾新村联合总支部委员会""内江市市中区尚腾新村资产管理有限公司""内江市尚腾农业产业化专业合作社"等牌子；广场两侧竹木绿植间，分别设置晏济元、赵贞吉、丈雪、余燮阳、张大千、张善孖、公孙长子、陈无垢八师姓名、简介；右侧画廊，图文并茂介绍了百岁画仙晏济元传奇一生，晏的艺术主张是：看尽云山是吾师，任我纵横写自然。

我们沿画家部落一条街漫步，明清式小楼林立，花木葱茏艳丽。街中有门前挂牌，"内江林圣农业投资有限公司"。画家部落街头小楼，标"陆巡户外运动俱乐部"。再往前行就是一片片开阔连绵的"诗画荷塘"了。荷塘高低错落，花色有白有红，花朵大小颜色深浅有变化。荷叶田田，红花灿灿，数里荷香，令人心旷神怡！我们三人反复排列组合，人荷拍照留影。绕过荷塘，岸上轩榭内人声起伏，趋近一看可能是夏令营搞集体活动；继续右行，是礼英农家乐、王大姐豆花饭庄，这是一片农家乐群落，曲径幽篱，路口洞门两侧对联题："不染不妖色酾酒 可怜可待香沁衣"。我们走过"陆巡户外活动拓训（摄影）基地"牌坊，看到一条红色横幅，上写"体验军营生活 培养独立人格"。再往回绕，路过一围墙敞门，门柱上挂着几块醒目的大牌子，右为"内江市江龙水产养殖专业合作社"，左为"白乌鱼省级原良种场"。从尚腾新村出来，甘光地兴致勃勃带我们去黄河湖安泰山庄参观，这里是十几年前内江的热点景点，坐落在黄河水库岸边，而今已显冷落。我们近湖岸转了一小圈，在门口看到了《安泰山庄赋》，赋写的很详尽，今录其首段以共享："内江安泰山庄，甜城风水宝地。交通便捷，成渝内宜高速近在咫尺；位置优越，自贡内江顶多半个时辰。环境优美，稻菽葱绿布谷声声仿佛置身世外；原始生态，莺飞草长树木婆娑正是田园风情。构筑精致，大厦高楼美轮美奂可与都市经典比高下；匠心独具，长廊画坊古色古香敢同历史名胜一决雌雄。服务周到，热茶毛巾驱散一路疲惫舒适惬意；条件上乘，空调电视领略现代设施三星标准。地灵人杰，明清以来看无数才子佳人相继问世；物华天宝，建国至今有大量粮猪禽蛋供应市场。有道是山不在高有仙则名诚如乃者；常言道水不在深有龙则灵正是斯湖！"

我们乘车回到永安镇，倒车到白马镇吃豆花饭，甘邱二位都说那里的豆花特别好吃。恩波广场是白马的地标性建筑，高高奔驰的银骢骏马，矗立在红色大理石基

座上,头望沱江对岸白马电厂。高大的基座正面竖题"恩波广场"几个大字,基座背面镌刻甘光地 2011 年撰写的《恩波广场赋》,我和华秀从头阅读,朗朗上口,渐与作者谐振同流!我们感知了内江的历史,更加确认了新中国的历史。

甜城居者　　2014.8.10.

第二编　甲午甜城居

【01】甜城景观的蜕变

　　马年 5 月再临内江,甜城建设大有门隙观驹之概:瞬息万变,不知所宗。汉安大道新张北京华联超市入夜灯光辉煌,想买瓶王致和腐乳,可只能摆放两瓶的货架已空;一楼大厅人群蜂拥排队报名"雀王麻将争霸赛"者众,踊跃于"内江四人血战游戏"。我感到很诧异:京城吹来的是一股什么风?这叫接地气吗?华联老板在为内江人民小康服务还是媚俗为钱服务?

　　日后参加老伴老年大学姐妹阳光农家乐小聚,回家的路上自西向东经过新坝大桥,看到去年还屹立大桥东端的"书笔砚章"雕塑不翼而飞,映入眼帘的是一片被开膛破肚挖掘的血糊淋啦的房产圈地——翡翠国际社区。可恶的既得利益房地产,竟然明目张胆地扼杀公共设施新桥雕塑,与城市的文明建设唱反调,谁给你这么大的胆?谁给你这么大的权?

　　日后得知,新坝大桥"书笔砚章"雕塑移至大洲广场东部草坪,位址和环境都没有支持迁移的理由,使人们看到的是主事者给翡翠国际豪宅献媚让路舔屁股的买办心态!

　　又次日,我乘车三桥北端,察看甜城湖北岸十贤坊景点,桥西三殿入口挺立一粉橙色大块玉石,上书:《十贤坊——海底世家》。正面"清漪楼"牌匾是海底世家"私房菜",门口小姐侍立待客;西殿"疏影堂"为海底世家"茶舍",灯光耀眼;东殿"孟静轩"标海底世家"火锅",店内人影晃动。西三殿已完全被海底世家租购,沉入铜绿海底!桥东路边一块蓝色标牌:"澜亭茶居"箭头指向桥东几座殿宇,这几座殿宇连当初设计名称的影子也没有了,一座楼门挂一块大匾,光秃秃"澜亭茶居"四字,无任何题署注释;另一座楼宇门匾显示灯光美术字样"澜亭韵歌",下面标一七位数电话号码。桥东殿宇的处理竟然这样不动声色,不留痕迹。甜城十贤坊这个富含历史文化的城建亮点,竟然在它刚一露出地面时,就被干净利索地扼杀掉了?!我于心不甘。我要呼吁主事者改变主意。

太行老农　　2014.5.16.

【02】甲午端午后再访十贤居

2013年6月、2014年5月两看"十贤坊",当时都有文字感想评论,第一篇题目《甜城湖景》,第二篇题目《甜城湖景的蜕变》。今年五月,我对"十贤坊"的处置颇有误解和不满;及至六月二日甲午端午过后,我才看到改造后的《十贤居》面貌。令我十分赞赏的是,增建了甘光地甲午新作《内江十贤赋》铜栅字壁。诵念佳赋,气势轩昂,会心会意,文思嘹亮。桥头楼堂轩阁间,一夜十贤铜雕像忽如从天而降,或坐或立,或抚琴置笔,或执扇抚髯,或凝望甜城新颜,显示了十贤居的浮水新貌。

十贤铜雕像棋布于三桥西北岸、面北三合苑之中,北面为《内江十贤赋》铜栅影壁。背江坐南是"清漪楼",三合苑东南角置苌弘抚琴铜雕;坐东"孟静轩"前置巴蜀状魁范崇凯、明相赵贞吉、抗金名将赵雄雕像;"清漪楼"前,右侧立天子门生宋状元人称小东坡的赵逵铜像;左侧置一代高僧——释丈雪和清代状元骆成骧像;坐西"疏影堂"前置国画大师张爱昆仲双座像、辛亥先烈喻培伦立像和新闻巨子范长江坐雕。每尊铜像都有文字简介。

三桥东北侧原设计中的梧岗居、雄云阁、魁元轩、化碧殿,不知还有什么变动和处理,目前自西而东看到的是"海澜茶居""海澜韵歌"和"六艺坛茶艺馆"。现状与历史似有断裂之虞!

甜城居者　2014.6.8.

【03】参加内江同学太子湖聚会

我来内江和老伴一起参加她同学聚会已有多次,2014年5月18日,在太子湖农家乐聚会,给我留下了深刻印象。这次聚会有这样几个特点:

其一,地点选择好。聚会筹备过程主办人陶松柏委托老伴、李家育、邱华秀踩点考察,确定在内江郊区交通乡前进村太子湖度假村。度假村坐南朝北靠山面水,北面太子湖就是为防涝抗旱开挖的《前进水库》,湖西侧是水库大堤,山坡上是前期度假村《桃源山庄》,房舍仍在,客源已被2010年新建的《太子湖度假村》所阻截,度假村比起桃源山庄来自然景观环境和生活休闲档次是大大提高了!5月18日上午,我们和李家育夫妇从广汇乘319到太子路口下车,步行一段高大桉树林荫路,曲径通幽到达目的地。下午我与罗老师、邱华秀三人沿水库岸路赏景,探察太子碑遗址,拍照大坝斜坡上《前进水库》四个红色大字,沿路看到几面《十里休闲走廊》标牌。度假村院内宣传牌告诉我们:太子湖度假村属内江市中区黄河湖新农村核心示范片。啊,我明白了!这个度假村是为老百姓服务的。

其二,聚会组织有文化品位。主办人夫人何老师一开始就反复叮嘱要把聚会搞好一点;主持人熊永贞邀请能歌善舞的朋友莅临,聚会同学随乐起舞,同唱经典老歌,

增强了聚会的欢快气氛。

其三，应刘诚恺、罗寿元之邀，我们三人深入交谈时政大端：一谈时代变化，二谈民众信仰危机，三谈与周边国家争端，四谈当代错误思潮影响，深感深入交谈遇到知音。

甜城居人　　2014.5.18.

【04】大自然南丰世家小聚

为答谢王方松住院期间同学前往探视，汤汉生夫妇邀部分同学在5月20日前往大自然景园小聚，我和老伴在民乐会同邱华秀乘208路前往，一下车就听到了汤汉生的招呼声。

大自然景园前身是内江专区农场，2002年由场长刘治路主持策划，经年建成一处清代特色民居。其大门横匾书《南丰世家》四字，两侧对联是："蜀庐燻族育兵成将"；"赣祖从川谐水调风"。院内堂联用篆字书写，几人猜测大概是这样："立步倡文并营耕史跳百年成败兴衰由安排"；"讨袁抗日兼违共曾家四将是非功败任评说"。译成楷体即："立步倡文并营耕史跳百年成败兴衰由安排"；"讨袁抗日兼违共曾家四将是非功败任评说"。从南丰世家这两幅对联就可推知江西曾氏的大体家世。

我和老伴、华秀继续前行到老年公寓送照片。内江老年公寓近年逐步扩建，已有一、二、三、四期住房建成，老伴和华秀前些天来玩曾和80多岁的老太唱歌合影，我们在廊道里遇到了老太太，大家说说笑笑都很高兴。廊柱上挂一副金字对联很醒目，上联是：严父解甲卸担开怀畅达与自然作伴；下联是：慈母抛针丢线放心随缘识公寓为家。

午饭后我在景园内漫步，遇一当地住户，他说原来这里是一片桂圆林，后因虫害不再。果园的蜜橘和新品种梨树，因缺乏管理，长势也参差不雅。沿河岸林荫返回，到被水域围绕的〈景园宾馆〉重游，面西的宾馆对联书"河湖静得山水味；梅渚欣分日月姣。"在园景宾馆前遇到廖淑芝，一起到鱼塘看老徐和陶松柏他们钓鱼。陶松柏他们四五个人经过一下午的战斗收获颇丰，钓到二十多只重达六十多斤的大鱼，大家分别提鱼而别，熊永贞叫孙子开车，连鱼带人把我们送回广汇。

甜城居人　2014.5.21.

【05】修弟生日大洲广场看雕塑

5月21日是修弟57岁生日，我和老伴修弟小魏四人在兴隆路乡坝头《田园印象》老食堂吃饭庆生。餐馆门口挂着两块大木牌子，分别书写"巴蜀农耕文化体验区"和"民俗文化活态展示区"。堂内《人民公社》房间对联是"迎八方贵客坐田园；邀九州朋友来印象"。《农业学大寨》房间对联是"春播一粒种辛苦；秋收十担粮喜悦"。我们在九大队方桌入席，老食堂村姑应声唱到："米汤倒起！蒿杆摆起！"潜水艇"放起！顿时欢快农家食堂气氛油然而兴。餐后到西林桥茶棚临江品茶，老伴请来华秀小妹和修弟小魏一起聆听我的时政沙龙讲座。稍晚漫步大洲广场察看雕塑新景。

　　内江第五届大千龙舟经贸文化节正紧张筹备之中，南岸主席台用遮板挡起布置。东侧林荫绿地上置放从新坝大桥东端移来的"书笔砚章"雕塑，和诺大的大洲广场比较，显得猥琐渺小，很不协调，"桥"与"注"互不搭界。《大洲天地》牌坊以西的临岸浮雕，规模宏大，内容丰富，不失为一新增佳作。浮雕名称为《内江古今画像壁》，始自十万年前"资阳人"原始群落，发展到万年前农耕社会。东汉建县"汉安"，隋改称"内江"，名称几近双千年。水路繁盛，文化发展。孔师苌弘化碧，丈雪佛诗双馨。甜城十贤史星璀璨，中华复兴大千龙舟竞技扬帆。观后令人浮想感慨：天府烛照华夏，丝绸之路发端。长江东奔腾千里，横断西征走泥丸。"太阳出来罗喂，喜洋洋欧啷罗"神州不绝自信，鬼神诗仙皆赞叹！

甜城居者　　2014.5.22.

【06】再游内江般若寺

　　5月31日，早晨接三表妹熊碧蓉电话相邀，我们时隔四年再游松柏寨波耳寺。三妹、妹夫和导游张校长乘面包到广汇门口来接，我们同车直抵般若寺门前广场。张校长作了认真仔细的讲解：山门门额立匾《古般若寺》为赵朴初亲题，古寺坐落于松柏古寨姥姆七峰之鹭翼峰上，被毁旧碑有"庙肇西汉"之说。史载：玄奘陈祎取经回国后，历时三年翻译《大般若经》六百卷，唐高宗着人为此经写序，复抄三部备失。麟德元年，《大般若经》入川，敕赐该庙更名为《般若寺》，奉旨藏经。从赐名奉经算起，般若寺也有一千三百多年历史，是内江最古老的佛教寺庙。山门殿对联为明相赵贞吉（赵大洲）所撰，内江书法家李果青题写，联文是"眯眼时便落众生境界　设心处即是诸佛道场"。山门西侧面向院内对联，可见熊宣虎题联字迹，其上联完全剥落，下联联句清晰，我告知寺方，日后应把上联文字也添上。山门殿广场南侧立一面大映碑，面北正中有一个大"福"字，面南是个大"佛"字。福字左右对联为"福田广种　寿域同登"；佛字两边是"般若生光　芝岩呈锦"。寺内坐北大殿一层是《大雄宝殿》，二层楼匾牌为《藏经楼》。殿前东西柱长联是："松柏喜长青赏老寨风光犹记长堰天池藏经崇阁　禅林浑似旧念传宗佛法缅怀般若古寺丈雪高僧"。大雄宝殿门两侧长联书："入殿参三世释迦不须问过去未来仗现在一尊微笑拈花指点群迷登觉岸　开山是丈雪通醉无论为临济曹洞均禅宗嫡派顶香持戒永传家法与丛林"。大雄宝殿前左侧竖立一尊丈雪祖师塑像，丈雪俗名李罗（1610——1695），法名通醉，法号丈雪，也称释丈雪。内江苏家桥人，5岁剃度于诸古寺，彻

悟临济宗禅法，开"一粒一粟，取之农耕"禅风，往来于川渝陕黔，曾主持七禅林。内江县志赞其"通儒释教，默达宗旨，整顿颓纲"，其佛学造诣和诗文书法享誉于明清。

寺院东北角是《无相法门》，同车游客坐在门洞板凳上，继续听张校长讲解。门洞两边墙上都贴着图文并茂的现代图片，北墙以介绍风水为主题，指出古代皇陵有在皇城东北角的例证，般若寺在内江城东北方，所以这里是陵寝佳地，此乃"亘古不变之理，得天独厚之局"。中间是一幅般若寺鸟瞰图和《莲花地》解释文字。后面介绍五位人杰：宰相赵大洲、高僧丈雪、清代中书阁赖诚昭、中共副主席汪东兴、新闻巨子范长江。赖诚昭故居赖家漏棚尚存于般若寺外；汪东兴祖籍便在般若寺山下跳蹬坝汪家祠堂；范长江故居在高桥赵家坝。门洞南墙图片，起首是两个夺目大字《生基》，其下有两条并列注释：一是"即生命的基础"；一是"不是公墓"。此地无银三百两！什么"承天授命法地自养"，什么"福田广种寿域同登"，我明白了，这是叫卖极乐堂，预售骨灰存放龛。张校长带游客穿过无相法门到富丽堂皇的《极乐殿》参观，券门红字匾额书《生运根基》四字，这是对《生基》的第三种解释，让人不得要领。张校长的讲解我已无兴趣听了，我察看厅堂里的对联匾额，发现四角菩萨与八卦图中的巽、艮、乾、坤四维相关；一副对联称："黄土覆面仅能安　金殿寝身方称贵"。到此，我找到我讨厌极乐堂、反感"生基文化"的理由了！原来他们主张骄民崇贵高人一等、主张用钱厚葬、以便为他们盘剥利润提供机会。

中午，每人交五元钱在《五观堂》吃过斋饭，到西屋办公兼会客室休息。张校长问我是否有意预定身后福地？我如实告知我不保留骨灰的薄葬观点，并告诉他立碑建墓、存灰设龛对环境造成的不利影响。同车游客在会客室休息，我趁机宣讲习近平的民信、民生观点，指斥崇贵媚富行为，责鞑贪得无厌的房地产开发商，我看到了同龄老者理解和警醒的目光。稍后，我们乘同一辆面包车返回内江广汇花园。

甜城居者　　2014.6.18.

【07】浏览东兴老街

东兴老街地处内江市沱江东岸，属城外十二街中的下东街，系北部进城交通和商贸口岸。近四五年修旧如旧进行改造，重现原来风貌。老街由大致南北走向的东兴街、农校街和东西走向的凤窝街组成，东兴街南北端和凤窝街西头建有三座三门四柱的石牌坊。东兴街南、北段，农校街中间共设计三个文化广场：古戏台附近的"力之帮文化广场"；北头的"甘之如饴文化广场"；农校街中的"帆之魂文化广场"。老街两侧以低矮、三层仿古串架结构房屋为主，窗花户棂清代风格特色。保留茶肆、酒馆、川剧座唱等传统商业形态，是一处难得的历史民俗文化景观。我们从东兴老街北面的《东兴》牌坊南行，穿越集贸市场到甘之如饴广场，广场正南是东兴街，向东可以通到农校街。因首访已经穿越过东兴街了，这次再临我们沿广场西南角的街巷南行，看到了一幅幅青色浮雕壁画，都是三国演义的经典场景，诸如桃园结义、三请诸葛、空城计、借东风等等。到老码头家宴楼，就看到东兴街临江牌坊。这座牌坊，背江仰望，气势雄伟。左为"老码头喜宴"楼，右为"人民公社老火锅"，牌坊上金字匾联琳琅耀眼。横匾上刻《东兴》两金字，下刻《汉安古渡》四字。面南内柱联："中川形情山重水绕物华阜　寰宇名闻凤起龙翔文望开"，外柱联："临江四顾雄居巴蜀界　阅世千年高忆古今秋"；面北内柱联："乔木犹存故里长思国士　江风依旧今朝雯挂云帆"，外柱联："古巷晨曲千秋乐　僾宫晚香一萼红"。从牌坊北折，不远处就看到二层楼的古戏台。原为清代建筑，歇山式屋顶飞檐翘角，前部是戏台，正对广场。"力之帮文化广场"简介，当年街中甘蔗、蔬果、杂货琳琅满目，"力行帮"穿行期间，人头攒动，吆喝声声，一派繁荣景象。街西有锦里商务宾馆、蚕丝坊等店铺，街东有渝记龙抄手、特色小吃餐馆。返回"甘之如饴广场"向东走，在与农校街相交的东西街口新建一对汉阙，样式古雅。我向南向北察看，都未看到"帆之魂文化广场"的实地标示，我猜想应该就在这对新建的汉阙附近吧！

甜城居者　　2014.6.12.

【08】父亲节游览威远景点

2014年6月15日，燕子在父亲节陪我游览了威远白塔和佛尔岩。

早晨，我们在广汇北门吃了小东面条，到晏家湾汽车站乘车，走高速一小时到威远县城，转乘03路公交到白塔山。一座由白瓷砖装饰彩绘的高大建筑很是夺目，据说这里是白塔牌瓷砖厂陶苑，向楼房北面望去已能看到威远白塔的身影。威远白塔始建于明代嘉靖十二年（1533），原为七级，今见五级"敷文塔"，为清嘉靖十二年（1807）重建。《白塔抹烟》是清代威远八景之一，白塔座落在威远河左岸文笔山上。经询我们依指点顺陡路上山，塔基前有人推车运石子施工，我们攀登不到一米宽的石级上到塔基平台。塔高16米，密檐六方形，石基砖塔，基座周长22米。一层北门内有彩绘释迦佛像，栅门锁闭。从北面下塔基，板房内设临时佛堂。佛乐悠悠，走出两位老者。佛堂内挂一块两米木牌写："威远县白塔寺筹备委员会"。我们说明来意，八十岁温老陪我们开锁登塔逐层浏览县城郊景。塔基上有刻《四川省文物保护单位　威远白塔》字牌，一层塔门匾额书《云路初骞》，二层匾额写《下云堂延》，三层匾额《东光融壁》，四层匾额《登峰造极》。塔窗四望，温翁告知：东北方亭苑是水厂，水源来自威远河上面的葫芦口；西北方是靠近威远河的鱼尾坝、温家坝和藤家坝；县城南远眺是周家坝。塔基南墙刻有2002年10月30日白塔维修记事，字迹半有剥落，东墙有一条刻壁美术字标语"来白塔这很美"，令人生趣！返回县城大桥街，我们在堰闸路汽车站吃了羊肉汤米饭，搭乘威远到华场的汽车到佛尔岩下车。佛尔岩大佛位于东联镇，是四川省著名文物保护单位——佛尔岩摩崖造像，建于唐代，距今有一千二百多年历史。从桥头向东仰望，整个建筑群大致分为三层。第一层山门殿《弥陀寺》，门联书："佛神岩珠琳玉树千山合　弥陀寺宝刹楼台八面通"；第二层《大雄宝殿》，殿门内侧对联："光彻法界佛陀慈悲五浊恶世化莲域　福佑众生凡夫修善六道苦趣变净土"；第三层横匾《大佛阁》，背崖凿刻立姿站佛一尊，佛高11.82米，两侧长联是："不生不灭不污净不增减度十方苦是名诸佛　无我无人无众生无寿者离一切相方见如来"。从大佛阁下阶察看殿寺后身匾联，我在墙上看到一张A4打印偈，标题《佛陀的最后教诲》我择其可用有益文字如下："要自己度自己，要为自己作照明。你们可以远离不善，当你们发现自己被贪欲引诱的时候，你们一定要自我降服！你们要做自己'心'的主人，不要做'心'的奴仆。'心'悟，这人成佛。'心'迷，这人可以成为邪魔。"我想在偈旁边再贴张小字报《要斗私批修》。

　　从佛尔岩出来，乘了两公里返回威远的汽车，才倒换了威远到内江的长途车，下午四点半回到晏家湾，共用了七个多小时。

甜城居者　2014.6.16.

【09】东桐路景观亭联

　　四哥告诉我，东桐路沱江岸边有一溜木亭，刻有楹联和亭文简介，我喜欢可去看看。7月3日下午雨停后，我乘207路到职院下车，沿东桐路自东而西察看。第一个木亭正对太白路口，横匾刻《汉安亭》三字；向西约八十多米，在星岛咖啡楼对面是《苌弘亭》；五河路口是《状元亭》；西林寺公园前面，《西林古渡》码头东面有《诗仙亭》、《阁老亭》；古渡码头西边依序为《丈雪亭》、《培伦亭》、《大千亭》、《长江亭》、《英烈亭》，每亭距离差不多都是百余米。木亭建造简朴，均为双层檐三间八柱式，边柱间设木凳。我诸亭一一拍照，每亭亭柱都镌刻有对联，除长弘亭是一幅外，其余都是两幅，正联背后面内还有一幅。楹联或草或篆，个别字须经辨认猜测。后经甘光地先生校正，他又补充了袁荣钧拟的《苌弘亭》正联，现一并抄录如下：

《汉安亭》正联（官福光撰）：
　　　　天府明珠建制溯源两汉
　　　　成渝纽带人文稽证周秦

面内（张起荪撰）：
　　　　起亭台双塔雄标三堆秀拱
　　　　凭石槛大洲俯瞰七孔遥窥

《苌弘亭》正联（袁荣钧撰，暂缺）：
　　　　尽瘁鞠躬　安邦善作周王辅

　　　　　　　专工博学 授乐荣为孔子师
现书（甘光地撰）：
　　　　　　　沉吟碧玉良臣血
　　　　　　　景仰高山至圣师
《状元亭》正联（官福光撰）：
　　　　　　　桂折蟾宫始唐继宋鳌头盛
　　　　　　　名扬天下前凯后骥金凤多
面内（李承春撰）：
　　　　　　　汉安屡得泥金报
　　　　　　　沱水频传魁甲郎
《诗仙亭》正联（闻永康撰）：
　　　　　　　班马萧萧落日浮云怀故友
　　　　　　　孤鸿杳杳青山白水忆诗魂
面内（张起荪撰）：
　　　　　　　凭倚名山百丈
　　　　　　　邀来皓月三分
《阁老亭》正联（邓潜源撰）：
　　　　　　　玉溪庄上书声朗
　　　　　　　见晓堂前月色新
面内（陈祥栘撰）：
　　　　　　　阁中韵事怀贞吉
　　　　　　　芹沜文风振汉安
《丈雪亭》正联（甘光地撰）：
　　　　　　　粟取农耕融通佛旨
　　　　　　　诗如瀑雪澈醉禅机
面内（罗征全撰）：
　　　　　　　金粟香巖千丈雪
　　　　　　　云门昭觉上方僧
《培伦亭》正联（吴学中撰）：
　　　　　　　震古烁今掷弹砸平专制
　　　　　　　开来继往抛头换取共和
面内（刘冈撰）：
　　　　　　　黄花飞碧血
　　　　　　　烈火照丹心
《大千亭》正联（杨镇滔撰）：

　　　　　　　　数千载艺坛多杰
　　　　　　　　五百年先生一人
　　面内（闻永康撰）：
　　　　　　　　彩笔情生摩耶舍
　　　　　　　　丹青魂系大风堂
　　《长江亭》正联（陶世琼撰）：
　　　　　　　　畅谈竟夜窑中对
　　　　　　　　史鉴千秋塞上行
　　面内（但茂修撰）：
　　　　　　　　公与长征同命运
　　　　　　　　文同真理灿峥嵘
　　《英烈亭》正联（张克纯撰）：
　　　　　　　　铺路已将头作石
　　　　　　　　顶天甘献骨为梁
　　面内（罗蠲兰撰）：
　　　　　　　　丹心化作英雄谱
　　　　　　　　碧血凝成革命华
　　由郭安民撰写的《英烈亭文》称：汉安自古多俊杰，青山白水记忠魂。近百年来，为民族独立、人民解放、国家安全而英勇牺牲者无数，如罗世文渣宰洞就义，廖释惑落虹桥捐躯，黎灌英狙敌殒身，廖恩波宁死不屈，郭双才剿匪罹难。有名无名之英烈功昭日月，特筑亭纪念并激励后来者。

　　　　　　　　　　　　　　　　　　甜城居者　　2014.8.9.

【10】内江翔龙山摩崖造像

　　在内江市区玉带溪畔内江市人民政府东侧，沿翔龙山崖约百米高、二百米长的石壁上，保留有唐、宋至民国时期摩崖造像54龛，大小造像400余躯，大者高约8米，小者仅数寸，风格古朴；另有一龛石刻，分为3级，上两级分12格，下为通级，长约3米，宽约2米，造像150余躯，精巧别致；此外有清末明初邑人曾庆昌、陈鸣鸾、邱特澄等书画家的书刻题诗多处。

　　自2014年8月4日始，我先后三赴翔龙山造访。在内江市政府大楼前马路拐角，有一花岗石红字刻石，上写："全国重点文物保护单位　翔龙山摩崖造像　中华人民共和国　国务院二零一三年三月五日公布　四川省人民政府二零一三年七月　立"。刻石右侧是临街"摩崖精舍"茶馆，背后的翔龙山蓊郁苍劲，山顶上灰楼崔巍，摩崖茶馆和翔龙造像交融结合，互为依托。

我循"摩崖精舍"茶馆东侧拾级上山，迎面第一平台是一尊观音石像；上面第二层院内，山岩环绕一座"龙池"，面积三十平米左右，岩壁上题刻着名人诗书。其中民国十一年题刻的《漱石枕流》四个大字比较清楚；其下"题崖"诗作前一半字迹亦好辨认："一径通幽长绿苔，琳室胜地倚崖开，山横翠岫蒸佳气，溪护青畴隔尘埃……"。岩壁近水处有一副横书对联："於智水仁山中悟我 则傅岩莘野外有人"。浏览龙池壁刻，有一处七律字迹能辨："凿开峭壁浑天成，殿阁横空晓雾撑，石上藤萝同佛懒，簷前风月似僧清。浮云宜昧秋萝薄，逝水年年锦瑟更，怪底（？）当时记泽宰，飘然归去乐农耕。"

在龙池平台下半层西侧，有几间开殿敞轩，靠山是石雕佛像。佛像西侧有一方张大千石刻，高约1.5米 X 0.8米，用玻璃密封。我窥视其诗句文字，确实是那首"一筑何处牧歌来，万户千门此处开。识得此中真实义，不知那地有安排。"

据说此诗原为明相赵贞吉所撰，后因风化由青年时代的张大千重书。笔力遒劲，魏碑风格，或为葛仙传人向如飞子孙所凿刻。

2014.8.13.

【11】访内江中区松山公园

8月24日上午，老伴陪我乘219路到高速路客运中心去买票，顺便探访了松山公园观音寺。我们从公园东南进，西北出，翻越了松林山。

在高速路客运中心乘无照车到松林山半腰，看到一处殿宇错落的寺庙。铁栅门前挂一块白板黑字木牌，上书："内江市市中区观音寺"一排大字。进门向西北仰望，可见"天王殿"、"大雄宝殿"、"药师殿"坐嵌山坡松林绿树间；再往里面走，是高大的"观音殿"。老伴和庙中姑媪交谈，得知今天是地藏菩萨生日，在庙里登记中午可以吃斋饭。我们穿过堂屋，阶下小院一株紫薇灿烂夺目，红花艳丽怒放，树冠四面缀锦；阶上一株膜叶海棠，叶下并列钟形花如玛瑙般晶莹鲜润！我走近观音殿房角，看到被新建斋棚挡住的后面石壁，有一片数量可观摩崖石刻，诸如"廉明正直""政平讼理"等字迹清晰可辨。其规模恐怕不亚于挂榜山和翔龙山，我觉得有关部门应当组织考察发掘，尽快把它保护利用起来！

我们走出庙门，循小路曲折攀登上山。刺槐林荫茂密，脚下松针铺地。怪不得当地人称之为"松毛山"哩！林荫下间有石桌石凳，从桌凳表面满被绿苔看，现今这里已少有游人问津。我们翻越松林山顶，下坡半腰有一处已关闭的山庄酒店，水池、客房，楼门紧锁，惜感有负山林美意！

2014.8.24.

第一编 乙未甜城散记

【01】游沱江湿地公园

  沱江三桥四桥之间的湿地公园，我已是连续第三年光顾了。汉安大道栖霞路口东面南侧有一篆刻《谢家河》巨石，巨石前有一组微露地面的河马铜雕，主入口平台的树桩切面标明，湿地公园的全称是《谢家河生态湿地公园》。如果以谢家河大桥为标志，整个湿地公园可分为"谢家河公园"和"清溪湿地"两大部分。谢家河大桥以东是公园主入口、瞰湖台、索桥、谢家河广场、花河折栈、兰花坡、摩崖石刻；谢家河大桥以西，有湿地主入口、清溪广场、清溪湿地（沱江湿地）、百草台、白鹭滩、甜文化馆、晚风台等景观。2013年，我从新坝大桥东头，下行清溪湿地广场，山石簇拥高大的黄桷树，新梢吐翠；河岸临河步道曲折起伏，疏林掩映，植被铺锦；白鹭滩芦苇随风摇曳。2014年，我从谢家河公园主入口递级而下，穿过谢家河广场，沿河曲折西行，公园仍在继续施工之中。

  今年4月11日-12日，我一次独行慢步，一次和老伴骑双座自行车漫游，对这处沱江湿地公园才有了一个全貌的了解。11日我从谢家河公园主入口沿环湖步道左绕，第一次到达《瞰湖台》景点，透过平台林木俯望月牙湖水，观赏宽阔湖景，只见草坪葱绿、树阵姹紫，谢家河曲折而西。我穿过《索桥》，登上《谢家河广场》。广场宽大开阔，游人健身、欢聚皆宜，是开放式大众活动景点。谢家河是沱江许许多多小支流之一，江河汇小成大，沱江需要溪流的踊跃！沿园路西行，是《花河折栈》，多道栈桥穿越折返河上，沿岸水草兰紫鹅黄，犹如彩蝶栖落绿剑梢头，格外美妙。12日，我和老伴在谢家河桥头租了双座凉棚自行车，沿清溪路向西北绕行到《清溪广场》，游览沱江东岸《清溪湿地》。骑车漫游《百草台》《白鹭滩》、《沱江湿地》。沱江湿地实为景区总汇称谓，谢家河湿地公园的规划布置为整个沱江湿地的完善与可持续发展描绘了重要一笔。湿地系统被称为"城市之肾"，沱江谢家河清溪湿地，既是天然过滤器，也为内江提供了得天独厚的城市生态休闲景区。《百草台》位于新坝大桥南面，植被遍布草坪、灌乔，花木品类丰富，栈台依岸错落，成为湿地公园的赏花圣地。《白鹭滩》芦苇荡缓缓伸向沱江水面，水草萋萋、白鹭翩翩，丰富的亲水植物、水生物种，不乏各类鱼虾蟹；远望江面，游人有幸一睹"一行白鹭上青天"的美妙画面。左岸缓坡二级慢步道一直延伸到谢家河的入江口，从《晚风台》向东折往谢家河河谷。《甜文化馆》在对着白鹭滩湿地的兰桂大道路边，二层楼厅正在建造之中。简介说：内江，又名甜城，种蔗制糖源远流长，盛产蔗糖、蜜饯，享有"甜城"美誉。"甜城大道""甜城大厦""甜城故事""甜城湖"……成为内江标志称谓。《甜文化馆》是一处展示内江甜文化的公共性展览馆，将能代表甜城美誉的物品与资料集中展示。廊幕上有一幅规划图，标明由苏州新城园林公司承建。我们向东穿过谢家河大桥桥下，回到湿地公园的东半部，北岸《兰花坡》上三叶草坪抹绿泼粉，穿越《花河折栈》，南岸岩壁上《摩崖石刻》岩画造像古朴逼真，其内容涵盖东汉置县以来内江的发展，以及"隆昌夏布"、"隆昌牌坊"等内容。看看时间，骑行已近两小时，我们从《兰花坡》之字上坡，到谢家河桥头次入口交还了自行车，结束了漫游。归程吟诗一首：

沱江湿地谢河桥　　东厢河湖瞰台眈
广场健身花河栈　　南崖石刻镌风骚
清溪湿地临新坝　　白鹭滩头芦苇摇
甜城故事文化馆　　晚风台上望圣庙

2015.4.14.

【02】东桐路新增景观亭

去年8月，我曾对东桐路沱江岸边的10个景观亭楹联一一抄录；今年4月18日，我又对新建的坐落在西林大桥西面的"江天亭"和对着大千路口的"湖景亭"进行了观察记载。原有10个木亭小而古朴，建于10亭两端的新亭都有五间间量，宽大而亮丽，现代而多功能。亭厅各设有内江日报多媒体阅报栏，有介绍沱江景观的图版、雕塑诗文，有通往临江栈道的下岸通道，并设有高档公共卫生间。

《江天亭》楹联横批是"律动江天"，上联"龙藏瑶函九曲回澜铺彩缎"，下联"金声玉响十滩臂浪向长江"，由甘光地撰写。亭厅置一组石壁雕塑，正面刻船工号子传人李光辉的《沱江号子》介绍文字，背面刻《沱江流域全景图》和阴世全撰写的《母亲河新貌赋》。石雕西面是三个弯腰曲背逆流拉纤的船工铜雕。介绍文字称：沱江号子是流传于四川沱江流域的船工号子。沱江曾是锦绣繁华的黄金水道，有深厚的码头文化、商贸文化、移民文化基础。成千上万的沱江纤夫，创造出浓缩了内江自然、经济、民风、民俗地域文化的精品。沱江号子曲调高亢嘹亮，韵律婉转动人，即景抒发情感，吼不完沿途的雅俗、唱不尽两岸风光，说不完船工的辛酸、道不尽世态的炎凉。其唱腔是民间民族音乐的绝唱，各有精妙：打河时，急顿有致；飞河时，气凝神光；投水时，声聚千钧；数板时，声调铿锵；橹号子，舒缓婉转，充满了轻松喜悦。"资中开船吃枇杷，登瀛五里杨柳垭，大洲坝儿能跑马，三元井转弯弯你要顺到划，嘿，嘿，嘿，嘿……"2007年"沱江号子"被列为四川省"非物质文化遗产"，2014年被编入四川省小学音乐教材。

《母亲河新貌赋》全文记录于下："九曲沱江，源自九顶；千弯碧水，迄于泸州。纵横沃野润珠玉，开合青山起宏猷。泱泱活水，泽被汉安，浩浩甜潮，乳汁香稠。养育亿万儿女，谱写千年春秋。其德也厚，其泽也周；其襟也广，其品也优。若夫！无边江城风采，宛在母亲襟袖。东桐路畅，西林山柔；三桥灯艳，十贤居幽。亭榭观鹤舞，厅轩赏云游；江濑挹清秀，圣水拜灵湫。龙藏鱼跃，鸾鸣凤讴。朝晖朗日，渲染沙丘；皓月繁星，彩描车舟。兰桂滨江花簇簇，苑坪倚岸燕啾啾。北郭遗诗怀太白，东城建坝颂大洲。江风阵阵，翻波涌浪情怀壮；号子声声，裂石穿空劲道遒。古渡晨曦暖阳照，虹桥倒影细浪浮。栈道悬江迂回绕，梵音匝地径直投。大千神韵美，长江史笔尤。一水挽城连南北，双峰托塔忆戚休。左拥右携如太极，前呼后应似骅骝。河流乃城市天然恩赐，福祉为人民亲手创修。古今诸景，绘山绘水铺锦绣；天地一江，富国富民铸金瓯。"

《湖景亭》面东楹联横批是"胜景宏开"，上联"甜湖一派霞起云飞积妙化"，下联"太极双城龙翔凤矗庆生平"，由阴世全撰写。亭东平台有一方石雕《甜城湖湿地胜景图》，绘有内江段沱江两岸名胜；李远清撰写的《甜城湖湿地胜景记》述说："长江四大支流之一——沱江，源自绵竹九顶山脉，以湔江、石亭江、绵远河三条支流，至金堂赵镇汇成沱江，穿龙泉，跨简州，经雁江、珠江，进入内江境内。沿途九曲十八弯，旖旎水色，六个半岛，奇特风光，绿荫笼罩名胜古迹，蓝天亲吻城市高楼。古汉安依江而诞，今甜城因江而昌。2009年天宫堂水坝截断沱江云雨，7000余亩甜城湖盛景宏开，无论挂榜山朝霞、古码头落日，还是绿野大洲，翻飞白鹭等江上天籁，无论是白沙长堤串联起的历史遗迹—西林寺、太白楼、三元塔，还是亲水栈道沟通的现代新景—大千馆、六段锦、十贤居，尽在这太极双城、天人合一的氤氲之中。荡舟甜城湖上巡弋湿地大观，既有对历史的回眸，也有对未来的期盼，既有对大自然的眷恋崇敬，也有对优秀文化的礼拜向往。天然造化的九曲十八弯与独具匠心湿地公园，构成了甜城内江特有的自然和文化和谐一体的美好家园。"

2015.4.18.

【03】参加棉纺厂部分老干部的一次聚会

老伴接杨剑英大姐电话，邀4月17日在添添大酒楼小聚。我们10点乘126路到中央路下车，往东拐，顺东坝街走不远就到"添添大酒楼"，杨剑英已在楼前迎候。不一会儿，黄桂群和杨友权大哥到了，我们走上二楼客厅，那里已有两桌人打麻将。稍后高坝电厂的文良乐邓咏梅带着不满周岁的小孙子到场了。内江棉纺厂是1958年建立的一个老单位，老伴参加工作曾在该厂呆过两年。棉纺厂陆续为内江培养输送了一批老干部，九十岁的老书记熊俊超在保姆陪同下光临，她后来调到专区当了专员；83岁的厂长、书记周富容头脑敏捷，她曾经带领老伴她们一批青年女工到重庆610纺织印染厂进行培训，帮助她们管理生活费用。忆及往事，她精神矍铄、谈笑风生。这次聚会组织人是当过棉纺厂妇联主任的市中区老年大学校长杨元秀，前两年曾在高坝电厂邓咏梅家中见过面，她诸桌向大家介绍了聚会AA制开支计划，舒从秀宴席即兴献歌，周富容清唱川剧—杨门女将佘太君选段。大家在餐厅摆好座位，由摄影爱好者文良乐拍照合影。周富容大姐热情地把我和俊秀拉到第一排熊专员身边留影。席间，杨元秀约赖炳南唱歌，二人对唱"草原之夜"；邓咏梅哄睡幼孙，发表朋友颂词、乘兴起舞。

午餐后有的打牌，有的上街，有的聊天。周富容大姐拉住我，召集几位过去的厂领导围坐在一起，想听听我这个北京来的"农业专家"有什么新鲜信息，我自然不失时机宣传我对国家大事的看法。聚会前我准备几个材料，打算送给老朋友杨友权、杨剑英、邓咏梅，计有乙未参阅资料习近平军内高层讲话、台大颜元叔讲演、人大农民代表毛丰美发言3篇，乙未三春散记7篇，永春斋甲午诗文选27篇。当我介绍我对美丽乡村建设的看法时，我对杨友权说我给他的材料里有这方面的资料。周富容大姐一听说杨大哥那里有材料，马上叫杨拿出来，安排赵龚川又去复印4套，她留一套，另外三套分别送给蒋远秀、何成富赵龚川和杨资群厂长。周富容对她看到的刘源的一次讲话特别推崇，认为刘源为揭发徐才厚案件起了决定性作用。何成富后来调到内江煤技校工作，他和夫人赵龚川去年曾去过北京，他们北京有亲戚，我和他们互留电话、地址，相约以后见面联系。

2015.4.18.

【04】范长江文化旅游园

听四哥四嫂推介，"范长江故居"已改扩建为"范长江文化旅游园"，他们去时那里樱花很漂亮，要快点去看。4月19日我和老伴从东兴汽车站乘车前往，约40分钟就到了赵家坝。

下车处马路已扩展成宽大的广场地基，路西竖一块《范长江文化旅游园》黄字红牌，路边停一辆游览班车大巴。沿游园长廊林木掩映，小吃游车夹道，正中有个百米宽大的园型广场。

我们随游人右行，一回神看到了《范长江故居》四合院的西门，那是数年前我和三哥、朱燕留影的地方。范长江文化旅游园的展馆有三个：正中是故居四合院—《变迁馆》，北面是新建的范长江生平事迹《陈列馆》，南面是新建的长江《大课堂》。故居院中央树立范长江全身雕像，简介牌显示：《长江故里二十世纪社会变迁馆》。四合院占地1400平方米，建筑面积530平方米。17个展厅分为三部分："乡土情"、"年代秀"和多媒体互动。展厅贯穿南房、东房和北房。"乡土情"主题部分复原了长江同志当时的家庭场景并再现了那个时代川南乡镇的社会生活，包括衣食住行、婚丧嫁娶、诗书耕读、祭祀节庆等；"年代秀"主题则展示了二十世纪后半叶长江故里社会生活，巨大、深刻和急骤的变迁历程。反映出毛泽东时代、邓小平时代的社会生活印迹。站在多媒体互动中心感应灯下，就可以听到沱江号子和古老的内江民歌。

《范长江生平事迹陈列馆》建筑面积860平方米，外形从空中俯瞰如一张半卷的报纸，墙面选用砂岩材料，墙外种植青竹，寓意长江同志孜孜以求的新闻事业和其坚忍不拔、实事求是的精神品质。馆内展陈分为少年时期、求学之路、西北之行、新型记者、红色报人、科技之光、长江滚滚等7大篇章，展出珍贵文物50余件，图片500余幅，文献资料2100余件，复制了读书思考和与毛主席"竟夜之谈"的场景两个，生动再现了长江同志不断追求光明、追求进步的一生。

《长江大课堂》建筑面积820平方米，馆名由中华全国新闻工作者协会名誉主席邵华泽题写，外形似长江同志的书架。馆内主题墙以堆叠的书籍造型为背景，地面是一条绵延的长江水，隐喻长江精神自有后来人。馆内介绍了范长江新闻奖的设立、变革及历届范长江新闻奖获奖者的资料和作品，充分展示了当代新闻工作者对长江精神的传承和弘扬。

参观完三个展馆已时过中午，我们回到旅游园入口廊道找午饭吃，一摊点小伙子主动领我们到他家开的鲜菜馆吃热炒，刘老板带我们上二楼敞厅，一大盘肉丝炒蒜薹、一大盆西红柿鸡蛋汤、一甑米饭，我和老伴边吃边赏小清流菜地景色，饱饱餐了一顿。老板只收了36元钱。我询及文化旅游园自行车游览的范围和路线，刘老板叫他小儿子、在入口处摆摊卖凉面的刘亮，开车陪我们转了一大圈，他说我们自己骑车转，半天也转不完，还可能会迷路！刘亮陪我们浏览了赵家坝两片在建别墅群，二层小楼都已封顶，群中心超市钢梁已经架起。别墅村落依山坡错落，道路曲折，林木清幽；村头坡顶眺望，小清流河逶迤流向远方。我们沿路看到了葡萄园、草莓园、沙鳅基地……樱花早已谢了，樱桃已经上市。刘亮告诉我们河里的"黄蜡丁"非常好吃，刺少。我们经过都堂，看到新村工地有一条醒目标语："建设美丽都堂新村"！

2015.4.20.

【05】五星草堂同学会

我们从西昌提前一天回内江，参加俊秀中小学同学聚会。5月17日一早，天气阴雨阵阵。9点，我们打车到五星水库边上的五星草堂农家乐，路过公交车终点，把阴大哥和廖淑芝带上，及早到达聚会地点。

为筹办这次《五十年代中小学同学会》，陶松柏、何贵素夫妇进行了积极准备。委托汤汉生等人踩线选点，筹划唱歌跳舞打乒乓各项活动，聘请录像合影拍摄人选，提供聚会资费保证。聚会开始有个入场式，陶松柏指挥大家从湖上长桥鱼贯而入，伴着"夕阳红"、"让我们荡起双桨"的歌声，大家欢快入场。十点多种，同学相继到齐，陶松柏搬桌拿櫈招呼大家围坐在农家乐小广场上，唱歌跳舞打乒乓，热心人有备而来带了两把二胡伴奏，小院林荫间不时传出悠扬的唱腔和欢快的掌声。

一女同学即兴填词演唱《难忘记》，汤汉生演唱《刘三姐》插曲"多谢了"，大家在二胡伴奏下合唱《洪湖水浪打浪》、《南泥湾》、《浏阳河》，俊秀演唱《美丽的草原我的家》，男女对唱显示了相当高的水准，先后演唱了《十五的月亮》和《草原之夜》，我邀刘万钧和身边一男同学三人同唱《铁道游击队》插曲《弹起我心爱的土琵琶》，刘和廖男女对唱《芦笙恋歌》，邱华秀演唱了《女驸马》，身边男同学又演唱了《送别》，音腔优雅。其间，李莉刘万钧夫妇、阴崇仙刘诚恺夫妇相继赶到。在众目聚焦之下，陶何夫妇进行了精彩的乒乓球男女对决，伴随着三步、四步乐曲，田淑君、邱华秀、潘惠聪、张润琴等女同学不停地翩翩起舞，活跃了聚会的欢快气氛。

午宴开席，陶松柏、汤汉生分别致辞，祝同学们情谊长存！大家共同举杯，一起祝福快乐人生。

午餐后大家自由攀谈，几个麻将桌开始忙活起来；我悄悄走出来乘车回广汇午休，5点多回到五星草堂，在水库南岸听到草堂木亭里传出悠扬的歌声，胡琴和歌声在群山环抱的水库中引发了共鸣的回声 。大家吃过晚饭才依依散去。在聚会录像结尾，又响起五十年代电影片《祖国的花朵》插曲《让我们荡起双桨》："让我们荡起双桨，小船儿推开波浪，小船儿轻轻飘荡在水中，迎面吹来了凉爽的风"

多么惬意，多么美好！

2015.5.17.

【06】梅山有缘小聚

5月22日，应田淑君眭伟母子之邀，我和老伴、陶松柏夫妇、唐汉生夫妇、黄维德小聚《梅山有缘》休闲会所。上午10:40分，我和老伴打车直到梅山公园北门。前行不远遇到陶松柏，一起走入梅山有缘客厅，田、眭母子已在那里等候。不一会儿，唐汉生夫妇、黄维德、何国素相继到达。于是，《翠竹》包间，菜肴罗列，酒水同饮，九位主宾，尽享一席丰盛美餐。

酒足饭饱之后，陶松柏回店办事，黄维德陪何国素、唐汉生夫妇搓麻，田淑君母子与俊秀和我聊天。田淑君是老内江人，她父亲是卖"泡粑"的，小时候当地戏称她们姐弟"田泡粑"。她父亲为人诚朴善良，对她一生影响很大。她全方位向我们介绍了她的人生遭遇。为跟师傅学习服装技术，她锲而不舍，认真敬业。她坦诚讲述了她自己和她儿子的婚姻故事，她如何宽容弟媳、女婿等等。我总结她为人处世的人生教益有三：第一，看人看主流，多看优点；第二，宽以待人，要包容；第三，尊家教，守传统，传承优良家风。我也简要介绍了我的家庭和再婚情况：我是冀中解放区人，父亲任抗日游击中学校长，在1942年五一反扫荡战斗中牺牲，时年仅28岁；母亲在父亲牺牲后又活了67年，为新中国教育事业贡献了一生！我和俊秀第一任丈夫是发小，他上高小住我家，我母亲是我们的班主任，我们小学中学都是同班，

半个多世纪一直交往密切。

晚饭前，我在会所周围漫步，看到梅家山分南北两部分：北边是《成渝铁路筑路民工纪念碑》《纪念堂》，民工纪念碑高14米，碑身正面刻有毛主席草书题词："庆贺成渝铁路通车，继续努力修筑天成铁路"，字迹跌宕，气势恢弘，背面阴刻"一九五四年七月一日奠基"字样；南边是一座公园，即《梅山公园》，《梅山有缘会所》位于公园核心区域，院中有鱼塘，东、北、西三面，围绕着十几个麻将亭。环绕会所的园林台地，北面是公园大门和假山，还是十几年前罗丽君上班时的老样子；从东北角起，顺时针看，在缓坡上依次建有苏铁园、腊梅园、蒲葵园、仿古亭、健身园、茶花园……一直绕回到公园西北角。

晚饭席间，大家继续交谈。俊秀和唐汉生商量了翌日游览永川茶山竹海的事；我和老伴邀田睦母子、陶何夫妇早日到访北京。大家说说笑笑，相继离开了梅山。

2015.5.22.

资料：坐落于市中区的"成渝铁路筑路民工纪念碑"，就是一座纪念新中国铁路修建史的丰碑。纪念碑位于市中区梅家山上，碑高14米，坐南朝北，黄沙石质，如意踏道2级，圆形台基基座，尖顶。碑分四级：一、二、三级碑身为正方形，转角为圆柱形，并依次叠收；第四级为纪念碑主体，长方柱体，四面阴刻有端庄肃穆的隶书"成渝铁路筑路民工纪念碑"，第三级碑身正面为毛泽东主席的草书题词："庆贺成渝铁路通车，继续努力修筑天成铁路"，字迹跌宕，气势恢弘，背面阴刻"一九五四年七月一日奠基"字样。其后，还建有砖木结构的"成渝民工纪念堂"，两侧为文物陈列室，纪念堂、碑总面积达11450平方米，1982年市中区政府将此公布为"县级文物保护单位"。

【07】参观内江城市规划展览馆

2015年5月30日，城市规划展馆装修后重新开馆，我择时参观。

展馆东面楼顶、广场壁刻为《内江国际会展中心》几个字；展馆西面楼顶标明为《内江城市规划展览馆》。展馆一楼楼厅摆着二十一面展版，介绍内江十二五、十三五规划内容；其对面九块展板，介绍内江旅游发展内容。展馆二楼布展《走进内江》、《文化内江》、《产业内江》、《都市内江》、《美丽内江》、《幸福内江》六大展厅；二楼中厅有硕大逼真的都市模型和宽大的荧屏，屏幕映出"成渝之心 大千故里 甜城内江"十二个大字。在城市规划厅内有一多媒体互动空间，参观者可以骑自行车游览沱江两岸。

《走进内江》馆介绍了内江悠久的历史和丰富的文化底蕴。内江地处川南腹心，坐落沱江之滨，东汉建县，曾称汉安、中江。隋文帝时改称内江，至今已有2000多年历史。内江是国画大师张大千、新闻巨子范长江故里，乃"书画之乡"、"文化之乡"。历史上曾盛产甘蔗、白糖、蜜饯，素有"甜城"美誉。厅内再现了《盐神庙》、《糖房》、《内江名人堂》、《大风堂》旧貌；展示了土法制糖激光画龛；回顾了1936年以来内江糖业发展变化的六个时期；介绍了内江美食特色和品类。

《美丽内江》介绍了城市规划的区域定位为："西部枢纽 成渝之心"，是我国西南交通、人员、物资的交汇点和集散地；是我国长三角、珠三角、环渤海等区域发展的第四极。内江城市总体规划，历经四轮修编，现行最新版本为《内江市城市总体规划（2011—2020）》。

一楼展板较详尽地介绍了内江十三五规划思路：发展定位、三大发展战略、四大目标、七大任务；涉及重大投资项目100亿元以上6个、50—100亿元19个、10—50亿元85个。农业方面有加快建设国家农业科技园区、向家坝灌区北总干渠一期工程、新农村综合体建设；工业方面有打造老工业转型升级示范区（麻柳坝、马鞍山、四海集团、金鸿曲轴、节能玻璃生产线），创建国家级高新区（核心区、白马园区、高桥园区、隆昌园区），建设页岩气示范区、循环流化床示范基地、打造四川电子商务第二城、建设信息惠民国家试点城市；交通运输方面建设川南城际铁路213公里、城市轨道交通4条、城市过境高速路47公里，投资10亿建设通用机场，按四级标准分步实施沱江航道复航，常年通航300吨级船舶；实施十大社会事业惠民工程，推进"一园、三校、三院、三中心"建设；大力推动旅游业发展，形成"一核（内江城区）、三片（资中隆昌威远）、十区（大千文化产业园范长江文化旅游区等）一带（沱江旅游经济带）、一环（依托高速路网，打造区域旅游快速环线通道）"新格局。

2015.5.30.

【08】参观喻培伦纪念馆

座落于内江人民公园内的喻培伦纪念馆，几次入园均未开放，去年前往参观正遇闭馆修缮。今日六一国际儿童节，人民公园内儿童满园，我和老伴一起光顾了整修一新的《喻培伦大将军纪念馆》。

馆前广场上树立着汉白玉石碑，中刻金字《喻培伦大将军纪念碑》，下署《内江市人民政府 一九八一年十月立》，广场左侧是新建的广州起义浮雕墙。纪念馆门楣匾额为张爱萍题写，堂屋大厅矗立着英俊的喻培伦雕像。两侧展室分《清末时局》《少年立志》《东渡求索》和《投身革命》《碧血黄花》《英名永存》《深切怀念》七部分介绍了喻培伦短暂而光辉的一生。诚如展室对联所赞"已有丰功垂史册 犹留大节勋人民"。屈武为纪念馆落成题词称："取义成仁革命精神传后代 捐躯为国高风亮节足年秋"。我在堂屋右壁的文字记叙中得知，喻培伦在广州起义牺牲时并未

透露自己的真实姓名，而以"王光明"自承，此举令我十分惊叹，喻培伦原来是一位十分了得的"无名英雄"！步出纪念馆，窃思敬奉一副挽联以表敝人敬仰之情，草拟腹稿如下："黄花碧血捐躯为石铺大路　保家奉国舍生取义写春秋"。

2015.6.1.

【09】访罗泉古镇

罗泉古镇位于资中西陲，罗泉盐井始建于秦，生产历史悠久。至清同治年间，井数达一千二百余眼，至方圆百里，是一处早于盐都自贡的井盐生产肇始之地。罗泉井盐在1925年巴黎世界博览会上曾荣获金奖。古镇依山傍水，蜿蜒起伏形似蛟龙，被誉为"川中第一龙镇"；又因盐井盐泉星罗棋布，故得名"罗泉"。罗泉西靠龙泉山脉，东连"川中小青城"白云山，南接荣资威穹窿地貌平台山地主峰俩母山，奇特的方山台地，奇异的峡谷坑道，奇迷的河泉水系，深藏着这座千年古镇。2015年6月13日，我和老伴与王燕"行者无疆徒步团"乘包车到罗泉镇南端桥头，踏访五里古镇长街。

长街曲折窄狭，势如游龙。据说登山而望，游龙头、尾、爪，活灵活现。建筑青瓦飞檐，竹木串架，骑店铺雕梁画栋，呈"九宫一寺八庙"格局。过桥南行不远见一处标为"绣楼"的"罗泉刘家大院"，为2012年7月公布的省文物保护单位。刘家大院始建于清道光10年，分前后院，中间二楼一底穿逗木结构，为小姐闺房，故名绣楼。后院正房挂着"罗泉镇综合文化站"的大牌子。我和老伴王燕在刘家大院门前留影。沿长街北行，两侧店铺林立，特色豆制品、小吃琳琅满目。在一丁字路口看到了内江市地图所标示的"罗泉会议会址"，墙上文字标牌说明：该处文物保护单位为四川省政府1991年4月16日公布。简介说，罗泉井会议是1911年8月4日同盟会组织的四川保路运动由和平请愿转为武装起义的重要会议。我们在长街北端向右跨过"子来桥"，便看到了我心仪追寻的"盐神庙"，我估计它就是内江城市规划展览馆二楼再现的内江"盐神庙"的原型！

盐神庙座东向西，四合院布局，占地1275平方米，建筑面积1191平方米。由山门、戏台、耳楼、侧房、院坝、大殿等组成。盐神庙建于清同治七年（1868年），为盐商祈神、集会筹资所建。庙宇高低错落，紧密协调，建筑工艺精良，具有鲜明的宫庙特色。山门对联书："味中居上品　天下第一观"；大殿门楣匾额书："恩泽万民"；大殿厅柱对联写："球溪长流演奏涛歌浪舞　群山静立闲观风笑云欢"。我和大殿内一长髯道长交谈，一起并椅留影。山门外罗列几块文物保护单位标牌，分别由资中县1988年5月16日、内江市2006年3月7日和国务院2013年3月公布。

大殿左侧有一块"盐神古庙"匾额，憾未入内近察是否与敬奉管仲为盐神有关。事后得知：盐神古庙内供奉着管仲、关公、火神三位神仙。

子来桥为明代石拱桥，长五十米，桥头立有龙头、貔貅石雕，桥名由资州赵官人起取。城隍庙遗址位于子来桥旁，始建于清朝，占地2300平方米，为台阶式十二殿遗址。老街子上还有鼎兴宫、万寿宫，分别始建于明清，皆为占地七八百平米的穿逗木结构古建。我们沿长街返回桥头吃过午饭，乘大巴南驱威远连界石板河。

　　石板河位于威钢所在地连界镇，在威钢广场下大巴倒小面包绕穿反帝村，便到沟谷奇异的石板河沟口。沿谷底稻田小路攀上攀下个把时辰，才到长约3.5公里的石板河拐弯处。河底石板平缓，宜赤脚或踩凉鞋漫游。近岸凉棚错落，麻将桌彩橄围落水中，孩童水中持水枪互相攻击泼洒，谷风习习，好不惬意！徒步团的年轻人深入石板河两头涉水拍照，老伴也下河为王燕拍照。河边有卖冰粉小吃和烧烤玉米的，我在凉棚下静坐休息观望，不知不觉中过去三个多小时，起身缓缓返回石板河沟口。等面包车接客返回威钢广场时，我从车窗看到了"连界镇反帝村"的金字栅门。石板河是一处尚待进一步开发的景区。

2015.6.13.

【10】访内江佛灯寺

　　2015年6月21日上午，我从小区门口乘118公交到沱江南岸民族路水厂站下车，寻访吕祖庙。路南左边有一个窄小的"吕祖庙副食店"，右边是一个"吕祖庙茶园"小门脸，中间罅隙通顶，入口有一块绛紫色牌匾，漏白刻写"吕祖庙（佛灯寺）lvzu temple"，我从楼林峡谷间攀阶而上，气喘吁吁到达化龙山顶。

　　佛灯寺座西朝东，山门前有一坝场。山门横匾书"佛灯寺"三字，左侧挂内江市文物保护单位"吕祖庙"铜牌，为2011年11月10日内江市人民政府公布。有今人赞一联曰："吕祖千秋寿　佛灯万代明"。山门对面坝墙前立一"龙山挹秀"艳丽石碑，揭示历史上内江老八景之一曾经的辉煌；坝场周围新建一围文化碑林，置12碑刻墨宝，抒发当代省市书家"众善奉行""有容乃大""清风明月""国泰民安"……佛光普照盛景的赞叹。

　　佛灯寺第一进院落天王殿，供奉弥勒佛；两侧对联曰："布袋常空容甚物？　跏趺半坐笑何人？"。第二进院落大雄宝殿，供奉释迦牟尼；联语书："花开见佛留心印　米香传衣续祖灯"。第三进院落观音殿，殿内正中供奉观音菩萨，左侧供奉吕祖神塑像，右侧供奉地藏王菩萨；观音佛像两侧悬一副长联，上联："胜因功德一丝一粒一前缘　常住一心念如来真谛"；下联："妙相庄严千佛千华千世界　放开千眼见无上菩提"。我与寺中一道士交谈，他带我参观了观音殿后身的存放骨灰盒的"接引殿"，并指引我参看了山门前的寺庙简介。

　　据介绍，该寺庙始建于唐代，为道教宫观，初名"长生观"。复建于清中期，更名为"吕祖庙"。其地位于市中区民族路沱江河边化龙山主峰，为三进式庭院建筑，

造型精美，原有高大独特的风火垛墙，一山飞峙，雄踞全城，被誉为内江老八景之———"龙山挹秀"。后年久失修、遭文革破坏改为工厂职工住房。2009年12月经市区两级政府批准，将吕祖庙更名为"佛灯寺"，作为佛教活动场所予以开放。现重兴修复山门、天王殿、大雄宝殿、观音殿。佛灯寺殿宇紧凑精致，佛像庄严，山门前坝场修建了当代省市书家题写的文化碑林，护佑内江风水，护佑内江人民，诚如今人另一幅赞颂佛灯寺的对联所言："听金钟法鼓木鱼吉祥梵音， 沐佛道灵光化龙普洒甘露。"

甜城居者　　2015.6.21.

【11】万家白鹤湾看荷花

六月末张海容和阴大哥在老院子土菜馆宴请同学之前，本来计划去永安镇万家一农家乐聚会，后因故改变。当时听说万家白鹤湾有一新建荷塘，大片荷花盛开，景致不错，我便一直惦记着前去一览究竟。七月五日，在连续几天阴雨后云开日出。下午两点多，我和老伴自甘泉寺乘310路市郊车前往。汽车从苏家桥上G85渝昆高速，到永安出高速，东穿永安镇，自石佛寺驶入乡间公路蜿蜒蛇行，经过上元、石板村到达终点万家。

同车十几个人都是内江前来此地观赏荷花的，多为年轻人，有的带着小孩儿。我们在石板村桥头下车，沿水塘边田间小路，贴近荷塘浏览观赏。放眼白鹤湾，荷塘依势错落而布，层叠微升。中有清水鱼塘，岸立新姿馆舍，树下有人垂钓。迎面走来一队男女，多为五十开外长者，手提白色颗粒肥料，下到没膝深水荷塘撒肥，转眼间高大的荷花植株吞没了他们的身影，只看见白色肥料颗粒在荷叶上跳动。我仔细观察这里的荷花，粉色菡萏，含苞的、盛开的、谢瓣的比肩而立，黄绿色荷叶密密麻麻，荷塘似有栽植过密之嫌！走近一入水口处，围网保留一米宽空阔水面，此处荷叶硕大、颜色深绿，盛开的荷花争红斗艳，显得格外得意！我和老伴争相为其按动快门，锁定倩影。

我和老伴继续绕塘前行，身边玉米植株高大，叶片黝黑，果穗左右歪斜，憨大似有不平，不知是否有与荷花争风争宠之念？！石堰墙上垂挂的豆角，红绿相间，新艳鲜美，好像也不甘默默无闻，一心要招揽几个回头客似的。白鹤湾内有一片水稻，植株一样高，叶片一样宽，株型整齐匀称，颜色绿如蜡染，提示游人莫要轻视民食之天！白鹤湾山坡梯田布一方玉米杂交种品比试验，昭示国人农基粮纲生存箴言。

在一处二层楼村民院前，我和老伴被卖凉糕的老婆婆招呼坐下，递扇聊天。一会儿又有当地一男性长者坐下交谈。我们了解到：石板村隶属永安镇，不足百户。村民李、孔两户搞建筑致富，近年捐资修路，斥资开发白鹤湾乡村旅游农家乐，先后投入百万元。荷塘撒肥者是本村雇工，一天四十元；农家乐餐饮每人25—35元，可吃本村豆花饭。乡间马路窄，村里没有宽大停车场，端午节这里来了千把人，交警不让在马路上停车，周转不开。中心鱼塘初建，塘中置几台增氧机，水质有些浑浊。住宿农家乐二层楼馆舍外形很漂亮，听说麻将桌等均需另外付费，所以张海容才改变了同学聚会的地点。无论如何，内江市郊又一乡村休闲旅游去处，已经诞生，我相信它会日臻完善越来越好。告别86岁高龄健谈的老婆婆，我们回到石板村桥头，等候回城的公交车，五点半便回到甘泉寺。

2015.7.5.

【12】览圣水寺河岸雕塑

　　2015年7月7日上午，天气晴好，老伴提议去看看圣水寺前的雕塑，我们乘公交车前往。穿过殿前广场，五门六柱的"圣水寺"青石牌坊巍然挺立。面迎沱江，牌坊上的柱联，在阳光照耀下格外清晰：一、六柱对联书"紫气千重交护拥　清流一派远朝宗"；二、五柱对联是"卧虹波影频参圣水西来意　鸣鹤寺林印可沱河东去因"。联语盛赞圣水寺不负"中川第一禅林"美誉芳名！

　　我穿过青石牌坊，从沱江堤岸上向下巡视，看到了岸坡上的雕塑。其实站在沱江对岸观望，才是观看这一岸坡雕塑的最佳看点。雕塑分上下两部分，上半截共雕塑15尊佛像。中间三像并立，应是毗卢遮那、卢舍那、释迦牟尼三身佛；周围十二像围绕，应为护法天尊，乃诸天、龙、鬼、神、星宿、冥官之主，由八方、上下、日月十二天神组成；下半截塑十八罗汉像，他们应当是：坐鹿罗汉、欢喜罗汉、举钵罗汉、托塔罗汉、静坐罗汉、过江罗汉、骑象罗汉、笑狮罗汉、开心罗汉、探手罗汉、沉思罗汉、挖耳罗汉、布袋罗汉、芭蕉罗汉、长眉罗汉、看门罗汉、降龙罗汉、伏虎罗汉，共十八尊。

　　寺前广场立一座《圣水寺》金字刻碑，标注为二零一三年三月五日国务院公布之全国重点保护文物单位。其背面简介说：圣水寺始建于唐咸通（公元860-874）年间，宋名"兴慈禅院"、"圣水兴慈寺"，宋末"圣水寺"；明末兵燹毁损，清康雍重修。最盛时庙房170间，僧众达300人，时称"中川第一禅林"，现在殿宇建筑为清代遗存。文革寺庙再遭破坏，曾改作工厂、宿舍。1996年被市政府列为文物保护单位，2012年列为省级文物保护单位。

　　我和老伴购票入寺门，漫步到圣水灵湫洞乘凉小憩。池内红鱼汇集，龙须大鲶鱼从容穿游；养生池内水面木板上，龟鳖排队翘首晒日，幼崽登背骑肩，静品生命欢乐。我们走进一个大展厅，参观了厅内的书画展陈，老伴看到一朋友兄长—刘耀宗的国画作品。我在寺内法务流通处索取了一本成都"空林佛学院教材丛书"《佛法概论》，带回浏览。离开圣水寺前，在天王殿廊道看到有"观音文化"宣传板块，观音菩萨简介说：观音菩萨是中国民间流传最广泛的菩萨，俗语"家家有佛陀，户户有观音"。

菩萨集智慧、慈悲、救苦救难等品德于一身，到处受到人们的爱戴和尊崇。在《封神演义》中，菩萨是玉虚门下十二门人之一的慈航道人，协助姜子牙伐纣；在《西游记》中，她在五行山救出孙悟空，让其助唐僧西天取经，一路上多次解救孙悟空于危难之中，她是人们心目中最受欢迎的菩萨！观音菩萨相貌端庄慈祥，经常手持净悲杨柳，或现千手千眼，具有无穷的智慧和神通。她与文殊菩萨、普贤菩萨、地藏菩萨一起，被称为四大菩萨。在佛教中，观世音菩萨现在是西方极乐世界阿弥陀佛座下的上首菩萨，同大势至菩萨一起胁侍阿弥陀佛，并称"西方三圣"；在过去无量劫前，曾经有佛，号"观世音佛"，菩萨为其弟子，由彼佛授其名亦为"观世音"；又，于过去无量劫中，菩萨已究竟成佛，名号"正法明如来"，释迦牟尼佛亦曾经是她的弟子，由于菩萨的大悲愿力及所发菩提心，为了安乐一切众生、成就一切众生的道业，故仍然示现为菩萨身。

奥！我明白了，观音菩萨是不计名份甘于奉献的高尚的佛！

2015.7.7.

【13】顺访自贡恐龙博物馆

罗丽君从深圳一回内江，便相邀去自贡一游。2015年7月8日，罗的弟妹去威远办事有车，她带着来内地旅游的意大利女婿的侄子和幼孙，约上俊秀和我同车前往。面包车在自贡大山铺出渝昆高速，就到了自贡恐龙博物馆。我们在游客中心索取博物馆中英文简介，并为老外购票，漫步入馆浏览。

在"恐龙遗址馆"前，有方毅题写的《自贡恐龙博物馆》卧石馆碑。我们首先攀上"恐龙山"，山上树冠间散置高大活动的恐龙模型，水雾漂渺，山间不时回荡恐龙幽奇的吼叫声，我为罗丽君和她的家人取景留影。翻过恐龙山是"恐龙碑林"，草地上错落点布着名人书法题刻：乔石题"恐龙博物馆"，张爱萍题"恐龙群窟 世界奇观"，冯其庸、王锡爵等的题字"龙世界""祖龙居"……等等。我们沿恐龙遗址馆东侧前行，在北苑看到数条恐龙沐浴池中，犹如回到洪荒年代。恐龙遗址馆北入口外，有一株"宋代铁树"亭亭玉立，并不显示岁月的沧桑。恐龙遗址馆略成长方形，被誉为"东方龙宫"。东半部为"恐龙遗址"，是大山铺恐龙公墓埋藏现场，面积1500平方米；西半部为"恐龙世界"，大厅内展示 气势恢宏、大小食性各异、完整度极高的恐龙骨架标本，几乎囊括了1.35—2.05亿年前侏罗纪的所有恐龙类别。展馆二层陈列"恐龙化石珍品"，如"和平永川龙头骨""东坡秀龙头骨""太白华阳龙头骨""恐龙蛋化石""劳氏灵龙埋藏状态"……还有世界首例"剑龙皮肤化石"、世界首现"蜥脚类恐龙尾锤化石"等等，令人叹为观止！二层展馆还有"恐龙时代的动植物"专题展陈介绍，我来不及细看，择其要者文字留影回家观览；在"趣味恐龙教室"正在布展"宁夏岩画"，跑马观花一扫而过，似称世界岩画有同一相关。

我们在恐龙遗址馆内分散参观期间，自贡好友张金容刘耀智夫妇携外孙赶来恐龙博物馆会面，一起在博物馆游客中心广场合影，登上"地质公园碑叠瀑池台"回望博物馆。然后一起步行到"川南皮革城"游览、用餐。下午一点半刚过，罗丽君弟妹从威远返回，经皮革城接上我们，告别张金容一家三口驶回内江。

2015.7.8.

第二编 乙未重庆游记

【01】游璧山观音塘湿地公园

2015年4月27日，在璧山东关东巷"吴记酱包店"吃过早餐，江富雍陪我和老伴乘108路公交车，到《观音塘湿地公园》游览。下车后江先带我们步入《欧鹏凤凰国际新城》浏览，只见楼林洋房耸立，喷水池内锦鲤密集逐食，我们三人在池前长凳上小憩聊天。

观音塘湿地公园入口处，是昔日璧山八景之一的东林阁，古景称之为《东林晓钟》，阁楼二层，一厅正面书赵兴中撰《观音塘赋》，赋首曰："水系璧南，源出青龙。涓涓北来，纳青山之清泉；潺潺南去，入长江之波浪。文风桥（舞）剑以辟邪，观音塘沉钟以避妖。"我和老伴从右侧的《爬山廊》上行，登上璧山古八景的第二个景点《虎峰楼》，古景称之为《虎峰马迹》。此景因"虎峰寺"而得名，占地805平米，主阁两层，一层338平米，二层299平米，虎峰楼高19.1米，飞檐翘角，流光溢彩。我攀上二楼，前瞰东林阁，后眺湿地公园的圆形蓝玻璃《湿地科普馆》，放眼远近，观音塘湿地公园尽在望中。我们沿爬山廊返回山下，和在山下等候的江富雍一起，从东侧平缓的园路步入湿地公园游览。观音塘湿地公园占地40.5公顷，简介说是重庆最大的城市湿地公园。2010年12月开建，2011年9月29日开园。公园倾注"自然、文化与未来"的概念，兼具"以人为本，天人合一"的可持续发展理念，吸纳璧山深厚而丰富的历史文化内涵，形成山、水、林、园完美结合的绿色生态湿地游览区。公园栽种水生植物385个，旱生植物292个，园内植物来自荷兰、日本、墨西哥、美国等八个国家，引入20余种水生动物，吸引30余种白鹭斑鸠鸳鸯等野生鸟类前来栖息。该公园充分体现"生态休闲娱乐""湿地科普教育""历史文化传承"三大功能，是具有璧山浓郁地方文化特色的生态科普游览湿地。

我们三人沿湿地公园园路漫步，来到《茅莱轩》。此乃璧山古八景的《茅莱仙境》，两层阁楼，飞落在河湾湖桥之畔，令人神思欲仙。茅莱阁典雅古朴，高10米，占地391平米。楼后有东方神木——炭化木矗立，炭化木也叫阴沉木，历代用作辟邪之物。走到长长的"观水桥"头，隔河东望，遥见湿地璧玉广场上的巨型玉雕亮丽现身。

湿地公园北口内有一座《状元桥》，是一座漂亮的仿古廊桥，长120米，高12.5米。北宋时曾为冯时行、蒲国宝建状元坊，后毁于元；重建于明，毁于民国；今再建。状元桥雕梁画栋，两侧镌刻36幅名家字画、诗词歌赋，有"春""夏""秋""冬"四季诗，璧山八景分别是：东林晓钟、圣灯普照、觉院夜雨、茅莱仙境、凉伞云遮、金剑晴雪、虎峰马迹、石泉凝脂。这八景中我们今天身临三处，即东林晓钟、虎峰马迹、茅莱仙境，不过时过境迁，已是旧址新景了！除茅莱仙境引发的遐思以外，实难以体察旧景的韵味了。

2015.4.27.

【02】游璧山秀湖公园

4月28日一早，江富雍就到铁通宾馆楼下等候我们，要求改变计划，让我们在璧山再耍一天，明天再一起去北培，我们欣然同意！一起吃过早餐，乘111路公交车，去游览璧山又一处湿地公园。

秀湖公园正南门，是一组宫廷式门楼建筑。门楼高大雄伟，角楼耸立，两侧配楼陪抱开阔的门前广场，煞是气派！仔细一看，主门洞横刻《房地产交易市场》七个字；广场正面二三十米的横置长石上明明镌刻着《秀湖公园》四个行书大字。这是怎么回事？我想这里既有政府和开发商的合作依靠，也可能有难于公开的秘密。让我心生疑忌的是：秀湖公园的南门广场，其实是房地产广场，"新鹏房地产集团"、"翰林院、水街 销售中心"、占据了广场上的所有房厅空间。秀湖公园刻石简介写的不错："秀湖公园因郭沫若赞誉黛山秀湖而得名，占地1500亩，2012—2013年落成。山环水绕，以花卉植物、天然水体、历史文化为主题。园内山水石林共融一体，适地适景栽植800余种植物，千余座名石散落其间。诗圣岛、天子桥、阴帝坊、凤凰阁、翰林院、水街等古建，依山傍水，隐现于绿荫深处，宛如天上人间！"

我们三人在广场一角聆听、哼唱了一会儿民歌，进正南门门洞，下台级步湿地公园湖岸，临诗圣岛，过天子桥，望湖中高大喷泉架 。诗圣岛圆台刻有杜甫安史之乱后途经璧山所作五言诗《雨》；白居易《独游玉泉寺》曰："云树玉泉寺，肩舆半日程。更无人作伴，只有酒同行。彩叶千荣彰，转莺三（南）声。闲游意未乞，春堂有余情。"

跨过《天子桥》，我和老伴登上《隐帝流光坊》平台。一座六柱双梁石牌坊上横书"隐帝流光"四字，背面书"圣迹寻踪"；正面联语："仙踪归野史，璧邑有藏龙。"背面联语："善缘尚结毗卢寺，逊迹犹忆映月池。"江富雍登山不便，到岸亭等候，我和老伴登顶探访凤凰阁。山顶石壁有数幅浮雕壁画，两侧对联称："金马六魁震天下，玉堂十翰兴璧山。"山上错落建有三座阁楼，未见标示，不知哪一座是《凤凰阁》，天气炎热，汗水淋漓，我和老伴调头下山。三人返回经过天子桥时西眺，看到了《水街》

街头牌坊，就在离秀湖高大喷水架不远的地方！而另一处居住群落——《翰林院》，则始终不能确定在什么地方。

2015.4.28.

【03】重庆北碚访友

2015年4月29日，江富雍陪俊秀和我到北碚探访她们新疆老友。刘先光周泰仪夫妇1962年毕业于北京农机学院，六十年代他们和王同秀、俊秀、江富雍一起在喀什八一拖修厂工作，关系密切。刘周二位后调海南热作学院，刘任副院长，近年患帕金森，行动不便，现住西南大学西农社区。我们和江富雍8:15从璧山长途客运站动身，经青木关镇、凤凰镇、歇马镇，9:40到西南大学二号门口，周泰仪已在那里迎候。他带我们到西农社区宿舍，乘电梯上至15-4家中。刘先光坐在椅子上，笑容可掬，俊秀说比他们两年前见面时身体大有好转。他们四人见面，旧话往事重提，热烈而知心，无所不及。我送刘周二位《乙未参阅资料》和《李锡铭重庆诗踪》。提到农机和农大合并的事时，刘先光认识吕飞杰，说吕在农科院当了一段时间的院长。刘周夫妇身体都不太好，还带着一个年幼的孙子，屋内用品堆得满满当当。周特意为客人斟上橙汁。俊秀提议合影，刘先光也颤抖着拿起手机拍照。十一点过，周泰仪陪我们三人乘观光车游览了西南大学校园，进二号门，出桂园宾馆门，先后穿越了西南农学院和西南师范学院校区。校园内看到了侯光炯的铜雕像。我们从西南大学又步行到重百地下商城《乡情基》去吃午饭。

饭后打车送江富雍到客运站回璧山，我和俊秀告别江周，继续乘出租又走了五六公里到北碚长途客运中心，买了下午两点到合川的汽车票。

2015.4.29.

【04】游合川钓鱼城

2015年4月30日，来到合川第二天上午，我和老伴乘出租车到古钓鱼城游览，和司机小尹说定：他送我们到钓鱼城景区西北口，中午仍来此口接我们回城内。西北口是景区后门，入口牌坊有周谷城横书《钓鱼城》三字，门内广场上竖有国务院一九八二年十一月八日审定的《缙云山国家级风景名胜景区 钓鱼城景区》标志，由中华人民共和国住房和城乡建设部二零一四年三月十八日立。广场上还树立着高大的景区导游图及景区简介。我和老伴从简陋的木框《入口》下递级而上，曲折攀崖，登上钓鱼城古址。古老的较场遗址呈圆形，用石头铺成。北面有绿树掩映的木碉楼和一指挥教练平台。较场南面绿荫下是古军营遗址，1988年管理处修复了营房，现辟为博物馆五个展厅，并建有供游览会议用的配套设施—古军营山庄。《钓鱼城古

战场遗址博物馆》三排五个展室，中间通路两旁塑宋代将士铜像。我们从第一展厅开始，依序浏览了基本陈列五个展室，对"奇迹钓鱼城"历史有了个大概的了解。遗址博物馆《前言》介绍：钓鱼城位于合川区东城半岛上，地当嘉陵、渠、涪三江之口，自古为"巴蜀要冲"。南宋余玠为抵御蒙古铁骑，采纳播州冉琎冉璞建议，在钓鱼山筑城据守，屯兵积粮，以作重庆夔州屏障。合川军民在守将王坚张珏带领下，运用"以攻为守、主动出击"，"耕战结合、坚持抗战"的战略战术，历经大小战役二百余次，抵御当时世界最强大的蒙古精锐之师，实现了"控制交通大动脉"、"屏蔽蒙古大军出川通道"的战略目标，创造了守城抗战36年的古今奇迹。公元1259年，元宪宗蒙哥汗在御驾亲征钓鱼城之战中阵亡，迫使蒙古大军从欧亚撤退，从此改变了整个战局，钓鱼城以"上帝折鞭处"的"英雄城"而享誉世界。五个展厅的基本陈列是：《两宋时期的合川与钓鱼山》、《钓鱼城设防的时代背景》、《钓鱼城三十六年抗战历程》、《蒙哥汗之死的历史影响》、《山水城合一的鱼山胜概》。遗址博物馆《结束语》说：历史上民族之间的战争，无论何时何地总是由统治阶级挑起的，毋容讳言，蒙古军队长达半个世纪的扩张征战，在欧亚大陆掳掠乃至屠城，致使大片地区的社会生产力遭到极大破坏，是非正义的！欧亚人民、钓鱼城军民的抵抗战争则是反掠夺、反压迫和保护先进生产力的正义之战。钓鱼城军民以惊天地泣鬼神的英雄气概，不畏强暴，敢于斗争，用生命和鲜血改变了世界中古历史的格局，为全人类做出了巨大的贡献。

古军营遗址南口，有两座木碉楼雄踞，通道两侧红黄两色宋军旗幡在微风中摇动，山坡前有一组再现宋营当年生活情景的铜雕，栩栩如生。钓鱼城军民当年修筑的《跑马道》长8.5公里，宽3.5米，可供"三马并进，五人并行"。我们看到，《护国寺》前有一座《独钓中原》的石牌坊。钓鱼山悬崖边，巨石突兀，黄葛树遮空，有一块巨大的磐石，石碑镌刻《钓鱼台》三个篆字。钓鱼山得名于钓鱼台，钓鱼台流传着远古河水泛滥，巨人神从天而降，坐在钓鱼台上长竿钓鲜鱼，解救灾民的故事。巨石上有几个石臼窝和沟槽，导游介绍说这里是钓鱼城守军的粮米加工遗址。沿山崖栈道而下，卧佛岩石窟有一尊背依岩石的晚唐悬空卧佛，神态慈祥，头顶一侧有南宋书法家刻石《一卧千古》。看看手表已近十二点，我和老伴沿来路往回走。询问《护国门》在何处，朦胧看到隐约山下，已不想再盘下攀上近看，便回到遗址博物馆。第一展厅的一位服务员介绍给我一本重庆出版社2012年版的珍贵资料《钓鱼城》，我如获至宝！

我和老伴回到景区西北口广场稍坐，不一会小尹出租车赶到。他又送我们到合川客运中心附近看了《濮岩寺》，才把我们送回如家酒店。

2015年4月30日

【05】进人民公园、看濮岩寺、访卢作孚故居

2015年4月29日，我和老伴下午四点到达合川汽车客运中心，然后乘203路车到人民公园路口，入住交通街106号《方兴宾馆》。稍事休息，我们出来进人民公园察看。高大的琉璃牌坊上题写《人民公园》四个耀眼金字，园内广场上花坛美丽鲜艳。一班黄衣幼童在师傅带领下练习中华武术。左面宣传栏介绍《健康主题公园》的步行路线，右面山石刻写《普法园地》四字，园内有山路通向半山凉亭和山顶烈士纪念碑。我和老伴在园内环绕一圈，便到街上去吃晚饭。

4月30日中午，我们游览《钓鱼城》之后回酒店途中，出租车司机小尹把我们送到汽车客运中心西侧的《濮岩寺》下。他去加油；我和老伴登上台阶，走到庙门前仰视《濮岩寺》。左右观察，分别为濮岩寺近距离拍照留影。

5月1日上午，我原计划寻访《卢作孚故居》、《卢作孚广场》、《陶行知广场》和《文峰塔公园》，无奈节日人多，出租车打不上。转来转去在离《如家酒店》不远的文华街，看到了《卢作孚故居》的临街牌坊，踏破铁鞋，得来全不费工夫！芭蕉院墙上有两块牌子，一块由"重庆市文物委员会二零零九年七月"署："重庆市抗战遗址　卢作孚故居"；一块由"重庆市合川区人民政府二零零一年七月六日公布　二〇一二年十月一日立"："合川区文物保护单位　卢作孚故居"。近前，见故居门窗锁闭，无缘入内参观，只能故居留影；好在门旁简介字迹清晰，我抄录于下："卢作孚（1893—1952），中国近代著名实业家，社会改革实践家，文教事业的卓越推动者。故居位于合川区文华街61号芭蕉院，占地573平方米，建筑面积275平方米。故居系卢作孚少年恩师、挚友、民生公司创始人之一的陈伯遵赠送。1912—1926十余年间，故居为卢作孚主要居所。先生在此完成了民生公司的初创；1927年到抗日战争胜利，卢作孚常奔走于武汉、重庆、北碚和合川等地，回家乡后总在芭蕉院小住；解放后，故居捐赠给国家。卢作孚为实业救国之理想奉献了一生，也包括故居。今天，我们全面修缮卢作孚故居并对外开放，以示纪念。"

2015.5.1.

【06】永川茶山竹海之旅

2015年5月23日至25日，俊秀中小学同学夫妇共九人，到重庆永川梁四休闲山庄，游览渝西茶山竹海。自从2008年我和俊秀首游蜀南竹海之后，汤汉生已多次提议俊秀组织游竹海的心愿，近日修弟步行团游览了永川茶山竹海，听说方便廉惠，俊秀于是张罗了这次出游。

5月23日上午10:38分，共九人在内江火车站乘5611普快，经停十来个车站，14:20分到永川。梁四山庄老板梁光勇到车站出口迎候，依我们分别买妥明后两天返

内江车票，开面包车接入茶山竹海 8 公里深处的茶竹村朝天寺组 29 号《梁馨尹农家乐》。五位女士住三楼 18、19 房，四位男士住四楼 22 房。下午三点，九人出发漫步登山，分别从朝天寺和金盆湖两个方向深入金盆竹海，都未如愿，始因山路苔滑作罢返回；后因路远天晚而放弃。不过，几位女士还是捷足先登，不顾后面男士的喊话劝阻，到金喷壶度假酒店的湖桥上去留影。返回途中，看到《竹海湖山庄》前面鲜丽的大绣球花，光艳喜人，大家争相与之合影留念。晚六点半，九人围坐山庄一楼庭前，吃了一顿由林海竹笋、蘑菇菌肝、霸王花、鸡兔猪肉制作的丰盛可口的农家饭。

第二天是星期天。7 点吃过早餐，梁老板送我们到《十面埋伏》景区游览。该景区是张艺谋执导的著名电影《十面埋伏》拍摄外景地，在牌坊前马路边形成一片购物市场，游客熙熙攘攘。山麓前有一座高大的石牌坊，其内外横额皆书《十面埋伏》四字。面路四柱两副对联是："迷雾团团十面杀机藏竹海 罡风凛凛八方豪杰舞飞刀；竹海打击莫愁暗箭明枪来十面 林海揽胜试与重峦叠嶂话千秋"。面山两联为："梦里尝耽此地松声竹韵 望（简）犹记当年剑影刀光；大导演采风光唯此神工不二 红明星（志）角色何妨鼎足而三"。我们九人鱼贯上山，经《竹林精舍》、《十面埋伏放映室》，七人登上《龙泉山》口，杨、邱二位上前探路独步天子殿遗址而返。山下汤汉生打来电话说下面竹海（扇子湾竹海）林下看到了明星雕塑，我们七人下山与汤王汇合，分别与三影星刘德华、章子怡、金城武塑像合影留念；稍后在《竹韵亭》下小憩，兴致所至，邱华秀、汤汉生、杨俊秀禁不住轻歌曼舞！王方松不甘未登龙泉山之憾，招呼我探步山腰眺望平台，路边遇刻石一尊，透过绿色青苔可辨，乃《箕山天下隐》五字。我打开《龙泉山》简介照片与之对照，得知：龙泉山是茶山竹海仅次于《薄刀岭》的第二峰，原名《猫儿梁》，山梁长千米、宽 1 米，窄陡险要。当年刘备察民情历箕山，曾与天台寺主持方丈谈及"龙脊维护"，叮嘱方丈严守"龙泉宝脊"的秘密。龙泉山遂成为历代高僧、文人墨客、达官显贵游历、寻泉、隐没之地。

中午回山庄吃过午饭，梁老板送汤汉生、王方松、廖淑芝、徐永富四人去永川火车站回内江。我们留下五人午睡后，搭乘梁老板和夫人小韦外出买鱼的车，到茶竹天街游览。车过十面埋伏曲折前行，经白云观景台到达天街。一二百米长的天街两边，客栈、商铺林立，左侧中间是耀眼的《天街客栈》。我们到街头汽车站下车，正对着步游上山入口，导游图明示：由此可以到达四面埋伏景区白云湾竹海，最近的景点是《古寨迷踪》和《竹海迷宫》。山路陡峭，我们走走停停，渐渐把阴大哥三人落在后面。我招呼他们在一小平台休息后，攀上攀下竹林间留影。见右侧有一高山滑道，花岗石贴面衬砌，长 800 米，偶有游客从山顶滑下，经询一次 35 元。回到山坡底下，接梁老板电话说 10 分钟后接我们返回。我和俊秀匆匆进入《天街客栈》察看，大门内一副高大的三影星招贴画标明：《十面埋伏剧组下榻酒店》，啊，怪

不得这座客栈这么耀眼啦！

　　第三天上午，我们几个人步入金盆湖度假酒店散步，沿金盆湖岸上山，寻找留韵潭、玉盆湖踪影，皆因山高路滑，无果而返。返回途中，我们仔细观察林中植物种类，我发现金盆竹海的这一角落是"松竹混交林"！林缘山崖上蕨叶茂密高大。林间缓坡似有竹花颖壳散落如积雪者，张海容说是人撒稻谷糠壳以防滑，敝人不敢苟同其说。

　　11:00，我们回到梁四休闲山庄吃午饭，老板娘为我们做了五菜一汤送行，馨尹外婆悄悄送了俊秀她制作的"酱灰末"。饭后梁老板开车超乡间野路，特意送我们到神女湖背后山坡上。因为是逆游览路线而行，无明路可走，只好试探着觅小路下山，绕行东岸，走到神女湖南岸平坝上回望，才能找到神女湖美景的美丽感觉！我们在神女湖刻石前，金鼎前，幸福广场上远近留影，回想我首临神女湖景那令人神往、清秀可餐的大巴车窗的一瞬间。

　　此次永川茶山竹海之旅，游览了金盆湖、十面埋伏、茶竹天街；涉足金盆、扇子湾、白云湾三个竹海；穿游了神女湖公园。游览涉猎颇丰。

2015. 5.25.

第三编 乙未西昌游记

【01】西昌之旅第一天

　　2015年5月11日晨6点，我和老伴修弟小魏乘K9470次火车一早到达西昌站。搭乘出租车到航天大道"如家酒店"办好入住手续。9点我们到长安路"月都酒店"办理了第二天"西昌卫星基地一日游"手续，便开始了对西昌市的旅游观光。

　　第一个目标景点，是地处市区核心区域的《月城广场》。从胜利路口沿长安路向东，经过"名店街"、"西门坡街"，就到了月城广场。林荫下居民健身随乐起舞，广场前交叉路口矗立一座《彝海结盟》雕像；广场北部宽大圆形平台可资大型表演之用。月城广场和达达购物广场相重合，可视为一场多功能。

　　第二个目标景点是《民族风情园》，我们乘4路公交直接到达。门前广场上有几个着黄色彝族服装的青年学生方阵正在操练；在类似汉阙的四座彝族碉楼前，坐落着大鹰神龙—《支格阿龙》的驭马雕像；门口大影壁上用彝文、汉字和汉语拼音三种文字书写着《凉山民族风情园》七个字。风和日丽，骄阳灼人，我和老伴在入口小卖部买了凉帽。园内中心广场竖着高大的棕红色图腾柱，柱顶高擎银光熠熠的宝珠；图腾柱两侧各有一组彝族青年男女银色群雕，形象生动逼真。民族风情园后面有一座彝族建筑大舞台，有一乐队正在演奏民族音乐，发出优雅的腔声。大舞台

前脸一侧雕有《凉山文学编辑部》字样，显露出民族文化活动的踪迹。

午休过后，我们四人乘出租车寻访《西昌历史文化博物馆》未果，歪打正着，司机小胡把我们送到我们参观游览的第三个景点—位于泸山景区山腰的《凉山彝族奴隶社会博物馆》，我们四人花了两个多小时，大致浏览了博物馆的七个展厅展室。

在《凉山彝族奴隶社会历史沿革》展厅前，矗立着《凉山之鹰》铜雕，两侧配有"枷锁"、"巨缆"雕塑。凉山彝族概貌介绍：彝族是我国西南历史悠久、创造了灿烂文明的少数民族，分布于四川、云南、贵州、广西，人口共有900万；四川省凉山彝族自治州是我国最大的彝族聚居区，人口达200多万人。直到二十世纪中期仍然处于奴隶社会发展阶段。1956年，在中国共产党领导下，进行伟大的民主革命，废除了奴隶社会制度，一步跨千年，昂首进入社会主义社会。

凉山彝族奴隶制是在特定历史条件下产生和发展起来的，它不仅具有历史上一般奴隶社会制度的共性，而且以鲜明的历史特征闻名于世。作为中国乃至世界唯一反映奴隶制社会形态的专题博物馆，该馆以丰富的文物陈列，从历史、政治、经济、文化等方面，多角度立体地再现了凉山彝族奴隶社会的历史全貌。

彝族有自己的语言—彝语，属汉藏语系藏缅语族彝语支。彝语分为六大方言区，凉山彝语属其中的北部方言。凉山彝语又分为智（什）扎、依诺、所地三个土语区。彝文是彝族先民创造使用的一种文字，汉文史志中有各种称谓记载，彝族自己也有"乃苏讼纳"等不同分别。凉山古彝文一般由右向左横行书写，而云南、贵州、广西的彝文则由左向右竖行书写。

大约在两千年前的西汉时期，随着彝族迁徙进入，凉山彝族奴隶社会开始出现，至今已传承约七十代。1840年以后，中国沦为半封建半殖民地社会，地处西南腹地的凉山彝族地区也受到冲击，西方殖民侵略者传教士等各色人物抱着不同目的，纷纷进入凉山彝族地区。

1935年4月，中国工农红军经过凉山彝族地区，红军模范执行党的民族平等政策，得到广大彝族人民积极拥护。在这里摆脱了国民党数十万大军的围追堵截，创造了"巧渡金沙"、"彝海结盟"、"飞夺泸定桥"等一系列历史奇迹。中共中央政治局还在会理铁厂召开了"会理会议"，红军顺利通过彝区，实现了北上转移的战略目标。毛泽东由此发出"金沙水拍云崖暖，大渡桥横铁索寒"的慨叹。许多优秀的彝族子弟参加红军北上抗日，为中华民族战胜法西斯侵略做出了光荣的贡献。展厅中关于《彝海结盟》的历史情节写到：1935年5月22日，刘伯承同志在聂荣臻、罗瑞卿、肖华同志陪同下，在冕宁彝海边同彝族古基支首领果基约达（小叶丹）"歃血为盟"，结为兄弟，护送红军七天七夜通过百里彝区，为红军北上赢得了宝贵的时间，"彝海结盟"由此载入党史军史，被称为红军长征中十大事件之一。"彝海结盟"是民族团结军民团结的典范，是中国共产党民族政策的胜利。

凉山彝族奴隶社会博物馆还介绍了凉山彝族的天文历法、农业生产、医药技术、建筑艺术、漆器……以及神话传说、彝文典籍、抒情长诗、舞蹈、谚语、民俗、日常礼仪等等。

我们从博物馆下山，经过了西昌抗日阵亡烈士纪念碑，穿越晓月亭，抄小路径直而下，到月色风情小镇乘公交车返回酒店。

2015.5.11.

【02】参观西昌卫星发射基地

2015年5月12日，参加四川假日旅行社宇航旅游公司卫星发射基地一日游。9:10 张师傅开一辆红色小轿车来如家酒店门口接我们。车从三丫口出西昌城区，上机场路北行，经安宁、礼州、月华至漫水湾西折，一个半小时到达冕宁泽远乡境内《西昌卫星发射基地》。张师傅为我们办好参观手续，11点乘基地摆渡大巴"嫦娥奔月的地方"沿新参观专线到达《飞向月球全景观参观平台》，眺望高山环绕的沙坝沟内两个发射工位塔架和高过150米的避雷铁架，认真聆听导游员的全面讲解，仔细端详这个举世瞩目大山沟里的每一个角落。

西昌卫星发射基地是我国四大卫星发射基地之一。1970年始建，1984年投入使用，基地有两个工位。2号工位是为适应发射大容量通信卫星而建造的，由97米高的活动工作塔和高74米的固定脐带塔组成，已经发射60次；老3号塔发射16次完成历史使命被拆除；新3号发射塔高76.8米，为固定式发射勤务塔，自动化程度高，但不能发射大容量捆绑式火箭，已发射11次。西昌基地共发射卫星86次，6次失败都发生在1997年以前。西昌基地海拔高纬度低，可发射地球同步卫星。是我国开放的商业卫星发射基地，1990年"亚洲一号"通信卫星发射成功，举世瞩目，从此叩开了通向国际航天发射市场的大门，走过了30年光辉历程。目前已向国内外游人开放。西昌卫星发射基地，地处冕宁县泽远乡，距西昌卫星发射指挥中心65公里。我们从参观平台乘摆渡大巴回到游客中心，换乘张师傅小轿车到一处《奔月楼》和《嫦娥工程展厅》参观。

我国《嫦娥工程》探月计划，分为"绕""落""回"三期。第一期以2007年10月中国发射首颗月球探测卫星—嫦娥一号为标志；第二期2012年发射嫦娥二号，把月球车成功送上月球；第三期任务将于2017年完成。

由《冕宁嫦娥奔月文化旅游开发公司》布展的《嫦娥工程展厅》总体说来立意高远，内容详实丰富，有文化发掘深度。令人叫好的一例是：《万户升天与万户撞击坑》，其介绍文字说："载人航天始祖"万户（中国明朝的士大夫），是世界上第一个想到利用火箭的推力飞天的人。14世纪末期，万户坐在绑有47支自制起火（土火箭）的椅子上，双手举着大风筝，设想利用火箭的推力，飞上天空，然后利用风筝平稳着陆。不幸火箭爆炸，万户为此献出了生命。由于万户的升天飞行实验，与现代最

先进的运载火箭原理基本相同，为了纪念他这一不朽功勋，人们将月球表面东方海附近的一座环形山以"万户"命名，万户亦被誉为"航天之父"，永久地载入人类航天发展史册。2007年12月4日，"嫦娥一号"探测卫星拍摄到位于月球背面南纬9.8度西径138.8度区域的"万户撞击坑"，它的直径52公里，从地球上不能直接看到。这是中国卫星首次拍摄到由中国人名字命名的区域。

在奔月楼，我们四人两两坐在新闻发布台上拍照留影。

发射嫦娥一号卫星的长征三号甲运载火箭一级残骸，被戏称为嫦娥花轿，它由解放军63816部队在贵阳田间收回，放在奔月楼前展示。标题：嫦娥花轿 回归故里。

下午1:30返回西昌航天大道，张师傅特意绕行航天北路路口让我们看了西昌卫星发射指挥中心的位置和基地宾馆《腾云楼》，我从车窗为它们拍照留影。

是日傍晚，我们四人漫步"火把广场"。《火把节》是彝族人民一年一度的隆重节日，相传天神恩梯古兹派喽罗到凡间祸害人们，凡间众人毫不妥协，农历6月24相约用火把焚烧害虫，战胜了天神。火把广场上有一组雄伟的黑虎群雕和两侧矗立的棕红色柱阵，柱顶似有燃烧气孔；广场中心建有镂空雕塑的火把造型和花坛，高大的圆顶《凉山民族文化艺术中心》一侧，有一座翅展晴空的《凉山之鹰》雕塑。我们绕广场漫步，我留意到路边白杨林荫下有一排相间排列的长长的阅报栏，朦胧的黄昏夜色中我看到有《参考消息》《民主与法制》《健康报》《凉山日报》《四川日报》《经济日报》《环球时报》《人民日报》……

2015.5.12.

【03】游览西波鹤影湿地公园

来西昌第三天，我们乘17路公交到终点《观海湾》，步入《观海湾度假酒店》，观赏并了解了《天下第一缸》趣闻传说，沿海岸线走到《邛海湾》，乘电瓶车浏览了《西波鹤影湿地公园》，尔后沿《踏波栈道》步入《邛海公园》，饱览风光绮丽的邛海风光。

坐落在泸山山坡上的《观海湾度假酒店》，入口广场迎面立一口高七八米的大水缸，其上饰有龙头雕塑，此乃《天下第一缸》！有关传说介绍：东汉末年，鄂大人南巡殁于西昌，其子大伦得赖姓风水先生指引，于车车村寻得葬父龙脉，乃一桶径紫色树干也。大伦与村民争斗中扑护，树干竟折，倏忽大雨倾盆，洪水滔天，村民流离。有邛海小红鱼欲解村民于倒悬，虽数度厄于洪流而不辍者。龙王悯其善而授曰：彼可托梦于村民，烧制天下第一缸，置龙脉处，则太平至矣。村民张天宝得其梦示，耗时三月，历尽艰辛，制出缸坯，又三日烧制而成，村民往抬龙脉断处镇之，树干俄尔化一黄龙，伏诸缸侧，喷薄洪流，经其口入缸而成涓涓流，且直渗邛海。车车村就此海清河晏，人兆丰年，乃更名缸窑村。村民每于家门外置一水缸，用以辟邪祈福。念及小红鱼之恩，则岁岁金秋皆于天下第一缸前，行放生之礼。

我们先后拾级登阶观看天下第一缸，远近拍照留影。穿过观海壹号楼房，曲折步下水车平台和休闲广场台地，走进邛海西岸曲折滨海小路，临海浴风，海边巨石留影，不知不觉逗留行走数公里，到达《邛海湾》一片滨水休闲度假区。邛海湾楼群错落，山水人和谐而居，高端个性化服务功能，意在打造国际性休闲度假旅游目的地。

邛海湾北临《西波鹤影湿地》入口，湿地公园入口园林花木葱茏，廊亭棋布簇拥，有《梦鹤亭》《归鹤亭》《栖鹤廊》，楹联迹新意雅，我一一抄录于下：《梦鹤亭》联书，"纵谈名理或生伟大 仰望湖山即感卑微"；《归鹤亭》联有二，"宠辱得失尚须尔等慎待 是非功过且留后入评说""湖里青山凭栏看 天边白鹤踏浪来"；《栖鹤廊》廊联有四，"大道自然心清似水 小说世界人淡如菊""云海苍山天泼墨 花漫幽谷地染彩"、"湖上明月千秋在 亭中文章万古留"、"韶华聚光影气象开颜收镜里 曙色掀眼帘千姿放彩揽怀中"。

我们四人在西波鹤影湿地公园游客中心乘电瓶车，历经3.5公里，游览了西波鹤影湿地公园的几个独具特色的景点，计有《邛海湾廊亭》《船型酒楼》《坐石观海》《梦回成昆》。白色船型度假酒店造型精美，别具一格。《坐石观海》是一个绵延500米的错落巨石阵，一排巨石上相间题写"坐""石""观""海"四个草书大字。试想，每当星月临空，风声、涛声、蛙声不绝于耳，水波涟漪，怎能不令人心旷神怡！相传远古时代，邛海为一座繁华古城，后因地质巨变而毁。偶遇好天，海底古城依稀可见。《梦回成昆》景点陈列着一节绿色机车，巨石上刻有成昆铁路路线图，不禁使人回想起上世纪沟通我国大西南的历史业绩。电瓶车走到西波鹤影湿地北端就到头了，路边一块卧石上的七言绝句，使我产生同感，似可作为西波鹤影湿地游览的结语。诗曰："邛池碧浪送清幽，星星点点荡渔舟，朝晖晚霞皆有趣，景似蓬莱一梦游"。

经指点我们继续北行进入《邛海公园》，邛海公园位于西海岸中部，占地81000平方米，由林荫休闲带和滨水休闲带组成。邛海公园南门内有丁佑君烈士（1931—1950）雕像和朱德赞扬丁佑君的题字。我们临海岸亲水走廊走《踏波栈道》，海风习习，波光潋滟，栈道内水草间小鱼追逐穿游，一块"严禁垂钓"的公示牌告诉我：栈道内是育苗放养地带！啊，这也是泸山邛海人民为报传说中的"小红鱼"之恩，而常年施行的"放生之礼"吧！

四人漫步踟躇，络绎逗留，经过悦海楼、梅园、竹园、飞来亭和古榕广场，走出邛海公园北头大门。我翻看抄录的《飞来亭》柱联，曰："山月松风偷听莺求友 桨声灯影错邀客登舟"；《悦海楼》对联书："倚栏品茗有岸边梅竹相好 走廊观景看湖上鸥鹭齐飞"。此诗此景，皆堪可回味。

2015.5.13.

【04】游览观鸟岛、梦里水乡湿地

今天修弟小魏要爬泸山光福寺，我和俊秀寻访邛海第一、二期湿地。

观鸟岛湿地为邛海湿地恢复工程一期项目，位于邛海西北岸，总规划面积450亩，绿地面积4.5万平方米，驳岸2.1公里，退塘还湖3万平方米，设计主题是"自然、生态、和谐"。以亚热带风情为主的湖滨岸线湿地中，园内大量种植芦苇、菰等水生植物4000平方米，投资1500万，历时80天，于2010年7月1日竣工开园。观鸟岛湿地恢复工程是实施"三退三还"—退塘还湖、退田还湖、退房还湖的具体体现。一可保护湿地资源，二可可通过恢复湖滨湿地带净化水质，三可提供观光休闲健身理想之地，四可打造最适人居环境。使人们尽享山水阳光，领略"春天栖息的城市"的魅力，是一项功在当代、利在千秋的生态工程、民生工程，为实施邛海湿地先后六期恢复工程，起到了极好的示范和带动作用，开启了已经历时六年的、亘古未见的邛海湿地建设高潮。

我和老伴乘17路公交在观鸟岛湿地下车，步行林荫大道约一公里，进入由高大树干装饰的大门。门外有大卧石，上面镌刻《邛海国家湿地公园》八个字；门内树下有园环状券门上标《观鸟岛湿地公园》七字，旁边有"观鸟岛湿地导览图"和"观鸟岛湿地简介"。园内林木葱茏，山石点衬，有仿木栈道通向"钓鱼岛"。我们漫步祈福灵石雕核心广场，穿越柳荫垂纶观鸟区，四个观鸟岛错落其间，在这里可以看到白鹭、灰鹤、海鸥、红嘴鸥。涉石过溪，林荫下一尊刻石镌写："翠柳红花白鹭 青山绿水丽人"，另一处刻石道："心空能翔鸟 池浅可容天"。环绕葱绿晶莹的菰池荷塘，偶见树下白鹭远飞；和岸边《望家》石雕老人合影，庶几能体察老人对对岸"小渔村"的永恒凝固的眷恋。

前行有一座《海门桥》，桥楼面南匾额"清风明月"，联语是："细石平流游鱼可数 小山芳树珍禽时来"。海门桥简介曰：相传古时邛海水患，农田被淹，渔民不能出海打鱼，生计堪忧。是年六月初六，有神鸟托梦给名"守望"之老渔翁曰：此患乃青龙白虎争论浮石所致也，须筑一海门以镇海。村民按梦示全力以赴修建，历经九九八十一天，镇海之门竣工。海门高九米九，与路桥五福相映衬，喻意九九长寿、五福临门、九五至尊。海门也就是邛海之门，邛海自此风平浪静，草茂鱼丰。《悬鱼太守》的故事说：东汉时期，羊续为南阳太守时，有府丞送鱼给他，他把鱼挂起来以示警告，从而杜绝了馈赠。明朝于谦有感于此事曾赋诗曰："剩喜门前无贺客 绝胜厨内有悬鱼"。

我和老伴沿环岛自行车路继续前行，走到《瀛海亭》，也就到了《梦里水乡湿地》。《梦里水乡湿地》占地2600亩，位于泸山脚下邛海北侧，南起观鸟岛湿地小海，北达新海河出口。整个湿地以"显山露水、突出自然生态、具有田园特色"的理念设计规划，主要景观由生态防护林步行游览带、湿地水上游览观光带、植物园湿地区和自然湿地组成。健身步道总长 4500 米，行船水道 1500 米，岛屿 81 座，码头 6 个，退塘还湖 60 万平方米，湿地绿化率达 98.5%。2011 年 1 月动工，7.1 向游客开放，总投资 1.65 亿元。

《梦里水乡湿地》入口处有两尊刻石，路边青石镌刻《梦里水乡》四个红色漆字，广场内青石镌刻《瀛海亭》三个艳兰字，景区门亭标示：AAAA 国家级旅游景区。亭联书写"异草奇花绿茵胜境 蓝天碧水春色月城"。我看到《瀛海亭》的文字介绍说：瀛海亭始建于清光绪年间，由西昌巫姓建筑大师世家承建，后毁。瀛海亭是一座宝塔式建筑，酷似"海市蜃楼"，是邛海边一座标志性建筑。塔高 38 尺，四层、四柱、八楞，雕龙刻凤，用楠木香樟建造，气势雄伟。亭中有藏经书屋、名人字画，展示了邛海沧桑变迁，久有"邛都建有瀛海亭，空明九霄见螺岭"之誉。我经询顿悟："瀛海亭"原来就是 17 路公交经过的"老海亭"！虽然我们尚未深入梦回水乡湿地的各个景区，但老海亭无疑是梦回水乡湿地最有资格的代表性景点了。受限于时间和体力，我和老伴未再寻访这个 AAAA 景区的其它景点，打车返回如家酒店。

2015.5.14.

【05】游览梦回田园和月亮湾

今天是西昌之旅第五天，我和老伴上午出游，月城广场遇大雨返回。下午包乘出租寻访了《梦回田园湿地》和邛海东岸的《月亮湾》。

《梦回田园湿地》是《邛海国家湿地公园》的第六期湿地恢复工程，位于邛海南岸海南乡境内，尚未完工。车停入口处路边，我入内近前察看。入口路边竖着高大的标牌：主牌书《邛海国家湿地公园》，副牌写《梦回田园》。我步行百米左右到达入口门廊，正面匾额横书《梦回田园》草体四字；面南对联是："看落霞孤鹜欣此地湖山不老 问故里乡亲比当年风水何如"；面北是一幅"转圈衔尾"对联，曰："波光潋滟海天一色融鹤影 鹤影翩跹鸥鹭千姿戏波光"；东廊柱联则像一幅写实水彩画："叶绿花妍荷香六七里 鱼肥草茂鹭唤三四声"。

梦回田园湿地东西长 6 公里，西起邛海湾酒店，东至核桃村张家果园，占地面积 4620 亩。梦回田园湿地坚持"去公园化、生态性、景观性和功能性有机结合"的理念，通过恢复滨水天然湿地，保留改造大面积农耕湿地等措施，修复高原淡水湖泊湿地，重建珍稀鱼类鸟类栖息地，是自然湿地与农业湿地有机结合的田园式湿地；是湿地生态旅游精品景点和现代农业种植示范窗口；是风景秀丽、幸福和谐、宜居宜业、宛若画卷的美丽田园乡村。

我们没有时间深入实地景区具体了解体验，只能根据简介所说了解个大概。梦回湿地总体布局为："两轴、三带、六个旅游节点、八大现代农业种植示范区"。两轴是：以观光车道、自行车绿道为主轴，以亲水步道为次轴，形成横贯东西的湿

地游览通道。三带是：从邛海岸由近及远，从北向南依次划分为鱼类栖息景观带、湿地恢复景观带、生态田园景观带。六个旅游节点是：在湿地景观带，重点建设迎宾入口、古岸踏歌、鱼跃汀州、芳泽飞莺、东篱菜园、东入口游客服务中心等六个旅游节点。八大现代农业种植示范区：在生态田园景观带，占地2500亩，引进8家农业产业化龙头企业，坚持生态、有机的种植原则，建设茉莉花、玫瑰花、中药材、苗木园艺、花卉园艺、有机莲藕、有机蔬菜、蓝莓等八大现代农业种植示范区，形成集种植示范、观光、体验于一体的连片的现代农业示范窗口，发展独具特色的生态农业旅游。

上车沿环湖路东行，穿越生态田园景观带，看到花卉、苗木、蓝莓、中药材种植示范区，经过"古城""缸窑"村，探访了在建中的"灵鹰寺"，司机继续环湖北上，想带我们看看"青龙寺"，无奈因东岸施工被交警挡回。出租车又从邛海西岸、北岸绕到东岸的"月亮湾"。

《月亮湾》因湖岸线蜿蜒成月而得名，占地3.48万平方米。月亮湾依山傍海，清幽宁静。既有田园农舍、茂林修竹，又有碧波万顷、渔舟点点，由渔人码头、休闲区、观海景区、日光沐浴区、月亮桥五个景点组成。月亮湾是个爱意融融、情意绵绵的地方，是邛海景区中温柔浪漫一处。月上柳梢头，人约黄昏后 。我和老伴走到渔人码头和观海平台眺望留影，回望月亮桥，树影葱茏，海湾幽静。在这里我们有半小时逗留时间，无论如何今天总算身临了邛海东岸。

至此，邛海四周的湿地我们已经到访四处。即：观鸟岛（一期）、梦里水乡（二期）、西波鹤影（四期）、梦回田园（六期）；还有《烟雨露洲》（三期）、《梦寻花海》（五期）尚未涉足，只好留待他日再来游览吧！

2015.5.15.

第一编 内江居赤水行

【01】访游银杏山庄感恩寺

  2016年5月25日早七点，我和老伴到大佛寺前大千广场集合，参加于仲辉刘全茂诚邀感恩寺之行，幺妹碧泉同行前往。中巴上路后，年青导游余建作了自我介绍，他是隆昌云顶寨人，他向大佛寺健身队30位老年朋友介绍了李炎兄弟兴建"感恩寺"和"银杏山庄"的经过和免费一日游的具体安排。随后大声领唱"没有共产党就没有新中国"，接着每两人发一张经典歌词，指挥全车高唱"洪湖水浪打浪""南泥湾""藏胞想念毛主席""戴花要戴大红花"等革命歌曲，内江—凌家中巴行驶50分钟，到达银杏山庄酒店广场。余建首先带领我们漫步山庄泳池廊亭和山湾鱼塘，介绍了树莓基地。

  山庄杨华经理是内江小河口人，28岁，西科大毕业。他迎接我们到一会议室，进行一场养身保健科普宣讲，详细生动地介绍了我国蜂产品的养生功效，当场有几个人购买了北京"田蜜佳人"蜂胶保健品，我买了一瓶产自北川的"五味子蜂蜜"带回。午餐后在酒店大堂小憩，厅壁有一副篆体《银杏山庄赋》，迎门墙上有一副行草中堂："感恩寺庙气势宏，民间捐资建奇功。观音殿上香火盛，菩提树下春意浓。十二生肖百姓事，碑林词赋唐宋风。银杏山庄炊烟起，游人恍入仙境中。"此诗为张十一撰赠，张告予手书。

  下午，余建带领我和老伴、碧泉等几个人游览感恩寺。感恩寺坐落在威远靖和镇、东联镇和内江凌家镇三镇交界处的牛头山上，2011年由祖籍靖和镇花祠村李炎先生出资，在一万寺原址重建感恩寺庙宇园林。

  我们登阶进入佛庙，山门殿前蹲坐着一对石麒麟；殿前廊柱书写着李炎先生撰记的对联："华夏信众增长善根而持国土，内江感恩多闻正法一广目光"。殿内哼哈二将肃立，据说哼将原型为商王大将郑伦，哈将为陈奇，二将可吐白黄二气避邪。穿过山门殿，一进院落东西分立钟鼓二楼，正面是"大雄宝殿"，大雄宝殿金匾左右的两幅横匾书"佛法无边""普渡众生"。大雄宝殿是感恩寺宗教活动场所，正中是释迦牟尼佛像，左右分别为东方药师佛和西方阿弥陀佛。殿前阶下有一座高大的石经幢，上刻金字"金刚经"。二进院落是"观音殿"，观音殿金匾左右的两幅横匾书写"大慈大悲""慈航普渡"。观音殿内供奉一尊四体千手观音：面东是"圣观音"主身形"世间尊观音"；面西是"莲花手观音"；面南是身着白衣的"正观音"；面北是手托婴儿的"送子观音"。

  由内江感恩寺观音殿四体佛的展现，我感悟到：什么是佛？佛就是信众对善美之神的向往和希冀！感恩寺的四体千手观音也好，海南的一体三身观音也罢，都是勤劳善良的中国人的发明创造！

观音殿后身有李炎手书的一尊刻石"鹤驻云归 普放光明",后山台地,有一组类似天坛祈年殿的建筑,玉栏穹顶的"舍利宫"很是壮观,有神府山洞通往。观音殿西侧广场上石碑林立,"感恩寺诗碑""感恩寺重建记""牛头山后记"等记载了感恩寺古今经历。穿过十二生肖石像,折绕石马石兽群像走到后山,我和老伴、幺妹到一池塘山亭小憩。穿越山顶藤萝花架回到观音殿后身返回。在返回银杏山庄的路上,我们绕行山梁,查看了树莓基地林地小苗。回头眺望山巅耸立的舍利宫穹窿圆殿,十分惋惜错过了这次登临的最好时机!

2016.5.30.

【02】 内江新店乡村旅游

2016.6.2. 一早,我们到汉安大道东兴区汽车站汇合修弟小魏,王玲要带我们去双河新店参观一个乡村旅游项目。

九点我们四人购票乘公交先行,王玲开车随后赶到。

汽车下快速路往东南折,经过双河、双桥镇集市,进入新店乡。路边广告牌显示:"四面山核桃合作社"。据介绍,新店乡旅游景区,是内江精准扶贫项目。面积3200多亩,投资5,7亿。包括天荷瀑布、金鼓湖、向日葵花岛、百亩梅花园,十里有机蔬菜长廊 。天荷瀑布尚未开放,汽车和它擦肩而过,路边有一幅图画壮观漂亮,实景看不到。我们从一处临时入口下坡,沿蔬菜长廊来到向日葵岛,阵风细雨扑打花伞,红砖砌路,中心辐射环路便于花田游赏拍照,小魏弄姿作态和我们一起留影。路边网架上彩色南瓜黄花盛开,幼瓜奇异,一路走来也很引人注目。只是阵雨时落,待我们离开时方停。沿河岸漫步,路边冷饮叫卖,旁有餐馆新张。梅花观赏园广告牌显示,此园为返乡创业城市打工青年所建。不见梅花姹红,唯见绿叶氤氲。和红梅相间种植的格桑花五颜六色,绽放田间,吸引不少游客驻足观看留影,也成为可以和向日葵花岛媲美的又一处景观。这时王玲赶到,和我们一起游览,拍照。在格桑花前留下欢快的笑脸和美好的画面!

返回内江的汽车上,想到天荷瀑布那张广告画,我决心一定再来看个究竟!那向日葵林立的花岛,金灿灿的葵花,和它一盏盏始终向日的花盘,总是在眼前摇曳。我想起了北京红星集体农庄的油菜花田,首农第一届油菜花节。心中掀起激奋的波澜。

2016.6.2.

【03】内江第七届龙舟节

6月3日上午8时许,"内投集团杯"2016中国·内江第七届大千龙舟经贸文化节在甜城湖畔开幕,万人欢庆即将到来的中华民族传统节日——端午节。我和老

伴在广汇住所客厅观看电视实况转播。

伴随着欢快的音乐声，百人"啦啦操"队员拉开了文艺表演的序幕。中央电视台第7套"美丽乡村快乐行——走进内江"栏目的刘劲、杨帆、杨子一、"大衣哥"、"草帽姐"等众多明星也纷纷登台表演，现场观众不时发出雷鸣般的掌声和欢呼声。

饰演周恩来总理的刘劲同志出场表演，他以总理的声音和口气向内江父老乡亲致辞，随后走向主席台，同坐在前排的劳模和环卫工人握手，敬礼！他说周总理曾经七临内江；就我所见，刘劲同志到内江也不是第一次！这说明总理和内江人民、文艺工作者和工农大众的深情厚谊。中央电视台"美丽乡村快乐行——走进内江"的精彩演出，使内江美丽乡村建设活动，犹如春风得雨。昨天新店乡向日葵花岛的撩人妍姿，萦绕未散，今日大衣哥草帽妹同台对唱，再次把劳动的心声敲击！农民歌唱家朱之文，回应主持人对他的赞美：他说我不过是绿叶，真正的红花是在座的内江劳模！我深深感受到刘劲朱之文是践行文艺为工农兵的典范。

参加演出的，还有三位来自俄罗斯的姑娘，她们是中央电视台星光大道比赛的参与者。她们欢快而动情地演唱了"莫斯科郊外的晚上"和"红梅花儿开"，观众报以热烈的掌声！

我一边浏览演出的画面，一边构思激荡的心曲畅想：

<pre>
沱水连长江   龙舟兴汉唐
纤号唱新谣   九顶喜洋洋
大千龙舟节   总理七临场
劳模戴红花   兄妹放声唱
美丽乡村新   花岛向太阳
大地园林化   生息好观光
红梅花将开   举世看东方
丝路桃花源   文明启新航
</pre>

2016.6.3.

【04】贵州赤水天岛湖之旅

由王玲联系安排，我和老伴、修弟小魏四人，中午十二点在内江西林大道上车，乘坐赤水市"天岛湖大酒店"的面包，开始了我们天岛湖二日游的行程。询问酒店的接待洪小姐得知，此行路线是经由夏蓉高速、成遵高速，在赤水旺隆镇出口下高速，穿越胡市镇街道，爬上攀援而上的山路，到达官渡国有林场。历时两个半小时，抵达海拔1200多米的高原人工水库度假村—天岛湖。酒店大楼面对一座九曲环绕的长串状天岛湖，登上游船往返环游一圈，浏览两岸度假村继续施工的楼舍、湖湾栈道和垂竿钓客。晚饭前后分别沿天岛湖右侧和左侧亲水步道，游览漫步、选景留影，

直到湖岸酒店楼宇华灯初亮。天岛湖旅游度假区天高水绿，空气清新，地处丹霞仙谷，不愧为长寿养生之乡！

晚饭后沿左岸散步遇一宜宾老弟，他已预订四期房舍，他说这里比蜀南竹海地势高约千米，气候清爽，很喜欢这儿。有游人议论这里的环境保护问题，警示发展不要过快！无限制地让开发商在这里捞钱，再过十年二十年，就会毁掉这处仙境，开发商可以拍拍屁股走人！而因负载过重造成的历史性破坏，则再也无法挽回。可见优秀自然遗产的合理利用是一个不容忽视的大问题，只利用不保护，一手硬一手软，就会招致恶果。游人这一真知灼见煞是令人感佩。

第二天阴雨阵阵，早饭后原准备去看房，我和修弟四人走到一期房前雨就下大了，只好返回廊棚聊天、拍照。天岛湖面云雾笼罩弥漫，气温下降，我们就回到客房拥被看电视。返回时下行盘山路，车在风雨中走的很慢。经过二郎坝看到与天岛湖相邻的另一楼盘区域——天鹅堡森林公园，路边有"西南科技大学中医附院"标示，度假区采用意大利建筑风情，打造一个中国高端养生度假地。其规划已获国家有关部门审定。我们的面包车穿过异域风情的商业街，经过胡市镇，驶上成遵高速，路边一座巨大赤石上刻着艳兰色的字"中国金钗石斛之乡—赤水·旺隆"。

路径"尧坝"，一内江游客向司机提议绕行去看一处大佛像，因司机没去过而作罢。赤水紧邻川蜀，丹霞竹海，瀑布漫山多姿；长征四渡赤水留下众多人文史迹，有待来日游赏。

2016.6.15.

【05】内江翠屏舞凤牌坊

内江文化名家甘光地之《天开文运》第三辑封面，刊印了东桐路三门四柱歇山顶玉石牌坊《翠屏舞凤》，我乘车几经东桐路没有看到。今日天气清爽，我乘公交到大千路东桐路口。下车后沿沱江北岸东桐路东段寻觅，走到西林古渡，在路北山脚下西林寺公园老入口处，只见山嶂绿屏葱郁掩映、怀拥一座白玉石牌坊，坊额"翠屏舞凤"四个隶字跳入眼帘，顿生"众里寻他千百度，得来全不费功夫"之感。

"翠屏舞凤"横额为书法家李果青墨宝；牌坊门柱对联"东桐西渡宛如彩翼通南北，春水秋山化作瑶琴诉夏冬"为甘光地先生撰；牌坊侧柱对联由罗征全先生撰写："万古松林藏凤舞，千秋白浪逐舟飞。"沿牌坊左右攀阶上山，便是西林寺公园重要景观"太白楼"，太白楼影壁书有李白《别范金卿》诗作："青山横北郭，白水绕东城，此地一为别，孤蓬万里征。浮云游子意，落日故人情。挥手自兹去，萧萧斑马鸣。"传为李白内江别友人范崇凯所作。山上西部"大千故居"和中东部的"西林寺公园"，近年都在逐步扩建和升级改造之中。

大千路口，岸边有一座2015年新建的《湖景亭》；翠屏舞凤牌坊面前，临江有"培伦亭""大千亭""长江亭"。湖景亭面东楹联横额书"胜景宏开"四字，上联"甜湖一派霞起云飞积妙化"，下联"太极双城龙翔凤翥庆生平"。湖景亭动平台上有一幅《甜城湖湿地胜景图》雕刻，李远清撰写的《甜城湖湿地胜景记》，生动简约，堪称美文！

"沱江，源自绵竹九顶山脉，以湔江、石亭江、绵远河三条支流，至金堂赵镇汇成，穿龙泉，跨简州，经雁江，珠江，进入内江境内。沿途九曲十八弯，旖旎水色，六个半岛，奇特风光，绿荫笼罩名胜古迹，蓝天亲吻城市高楼。古汉安依江而诞，今甜城因江而昌。"

2016.6.25.

第二编 天津之旅

2016年9月1日、2日，我乘高铁到天津南站，成行我第三次天津之旅两日游。

【01】参观周邓纪念馆 穿游水上公园

9月1日8:45'，我从北京南站乘G263次高铁动车到天津南站。天津南站位于西青区张家窝镇，是2011年建成的京沪高铁的一个二台六线高架车站。下车转乘天津3号地铁，首先到达我的第一个游览景区：水上公园和周邓纪念馆。"周恩来邓颖超纪念馆"位于水上公园北侧，建于1998年，分主展厅、西花厅、专机陈列厅三大部分。主展厅是周恩来生平展"人民总理周恩来"和"邓颖超——20世纪中国妇女运动的先驱"。周恩来生平展又分为：1.为追求真理不断探索，2.为民族解放建立功勋，3.为人民幸福鞠躬尽瘁三大部分；邓颖超妇女运动先驱展厅，主要介绍邓颖超建设改革时期的卓越贡献。西花厅按照北京中南海西花厅1:1比例仿建，具有典型的明清园林建筑风格，周恩来邓颖超一直在西花厅工作生活了几十年。西花厅院内分四个厅布置了主题文物展，展示了周恩来同志、邓颖超同志"伟大的情怀"。专机陈列厅摆放着苏联政府1957年赠送的伊尔14型678号专机。周总理将专机交民航总局管理，1998年民航总局把专机捐赠给周邓纪念馆。此外，在西花厅北侧，建有"翔宇广场"，广场东面坐落着周邓年轻时的山石雕像，西面凉亭旁矗立着中国光大集团捐建的石刻——周恩来春日偶成其一释文，字迹龙飞凤舞。我请一年轻游客为我在翔宇广场留影。

水上公园北门外广场上巨大的卧石正面刻着"龙潭浮翠"四个字，这是有名的

津门十景之一的重要标志。背面刻写《水上公园赋》，诚如该赋所言：天津水富，九河润沽，有潭曰"青龙"，碧波托篷壶。津门又开新篇，辟建三湖九岛，气蒸云梦连天，成就龙潭浮翠。进水上公园，我沿园路穿游。盆景园大门关闭维修，水景长廊游人熙攘络绎，西湖东湖游船徜徉。东门内欢乐岛上儿童尽情嬉闹，林荫路端矗立"石破天惊"石雕。我在公园东门眺望久违的电视天塔，仰视拍照留影，锁定"天塔旋云"又一视角。

【02】游意大利风情区和意风码头

中午，我在天津站"如家酒店"休息个把小时，然后漫步游览意式风情街。我沿自由道向西，至民族路向北，经过第一工人文化宫，就是马可波罗广场。中心雕塑下方是一方形雕塑柱，四方水柱齐射中间洋人头像。广场东南西北四方街市店摊琳琅。继续北行，街头有一组欧式玉石雕像。咖啡馆楼上有《意式历史风情展览馆》标牌，走进探问，该馆已关闭。我沿平安路向南走，看到一施工小区的牌子写着"奥式风情区南片工程"字样。

临近海河北安桥头，看到两头桥柱上涂金装饰格外耀眼。向海河望去，"意式风情码头"几个红色大字跳入眼帘。桥头回望有一片绿地雕塑：坐在前面的是"乐圣"德国作曲家贝多芬，右侧是德国音乐家巴赫、奥地利音乐家施特劳斯，左侧是奥地利作曲家海顿，匈牙利钢琴家李斯特。贝多芬雕塑身后是大圆形水池，中间立一双托盘，盘中三五洋娃戏水。后面德奥匈四音乐家雕像中间，夹一条下沉水池，最北端是半球顶金冠八柱亭，富丽堂皇。这个"意式"风情码头，确切一点叫"欧式"风情码头较为恰当。

我穿过北安桥洞，沿海河北岸，向天津站方向漫步。有人岸上踏车骑行，有人下河水中游泳。忽然几声汽笛鸣响打破两岸宁静，河中游船相向而过，搅动得海河涟漪荡漾。

【03】寻览引滦入津纪念碑

9月2日一早，我乘出租车到海河金刚桥，寻览"引滦入津"纪念碑。一下出租车，我就看到了位于海河三岔口的纪念碑！在它的西北方不远，可以看到被誉为"天津之眼"的永乐桥上的摩天轮。引滦入津纪念碑有如刺破青天的宝剑，昂然屹立！年轻的朋友们，你要登上110米直径的摩天轮，把今日的天津看个明白，你首先应当了解一下引滦入津工程是怎么一回事！

我在南运河对岸和纪念碑脚下远近拍照观察，这座碑的18米高的三角形碑座上，耸立着用汉白玉雕刻的怀抱婴儿的妇女形象。碑座面向市区的两侧花岗岩石柱上，分别刻着邓小平1986年8月20日题写的"引滦入津工程纪念碑"9个大字。

在碑的背后的半园形水泥围墙上，嵌有碑文，记载着引滦入津建设者的丰功伟绩：1982年5月全线开工，历时一年四个月，建国三十四周年通水建成。解放军铁道兵、住津部队承担最艰巨的任务，19名建设者献出生命，全国23个省市支援，167个单位会战，5万工程技术人员团结奋战，全市10万人义务劳动。正是：引滦入津，造福人民。滦水滔滔，千秋永志。如果想了解334公里的隧洞泵站明渠暗涵倒虹桥闸等215项工程情况，请到碑下阅读详细铭文。

【04】走访天津古文化街

通北路南侧，"沽上艺苑"牌坊前，有一块石碑"天津古文化街"，为李瑞环题写。古文化街于1986年建成开放。进《金鳌》牌坊是宫北大街，中间是天后宫，东有戏楼。向南是宫南大街，街口牌坊面北匾额书《晴雪》，面南题《津门故里》四字。古文化街西南侧有建于2014年的《民俗文化博览园》，广场里面有一新塑《天后圣象》，阳光下妩媚动人。折回古文化街东北角，看到了金碧辉煌的玉皇阁，它是一座保存完好的明代木结构楼阁。玉皇阁的门口对联是"三岔河口圣境妙玄十方界 九河下梢清虚灵化万重天"。经询得知天津文庙离古文化街不远，在东马路和水阁大街交叉路口的西北角，我前往寻访。《天津文庙博物馆》大门外东西，分别建有《德配天地》|《道冠古今》两座牌坊。天津文庙是祭祀孔子的庙宇，也是天津最早的学宫。分为并列的府庙、县庙、府庙明伦堂三部分。我进门参观，正遇着装儿童站在孔子行教像前举行仪式。左侧院内也有两拨儿童等候，看来教育应当从娃娃抓起。在大成殿东侧有一《文昌祠》，里面供奉文昌帝君，据介绍文昌帝君是"文曲星"和"梓潼神君"的合称，主管人间考学、考官、金榜高中、升迁禄位诸事。祠内墙上有《文昌帝君溯源》简介一文。

【05】天津港外滩观光

中午离开酒店，从天津站乘9号轨道交通线，经东兴路、东丽开发区、军粮城、胡家园到塘沽。然后乘出租驱车天津港东疆外滩。我们经过泰达、市民广场、经济技术开发区一些外资企业工厂厂房、集装箱货场，司机指看去年8月新港免税区瑞海国际物流公司危险品仓库爆炸事故现场，并说影响到9号轻轨运行终点至今。出租车北行东折长驱直入渤海湾，驶过《中国（天津）自由贸易试验区》白色虹门，大海就进入眼帘。沿公路右折不远停车，临近天然浴海沙滩。向北远望，数座冷却塔浮现，司机说那是北疆发电厂，傍边有一舰船黑影，司机告知是新购买的俄罗斯退役航母；向南眺望，白色圆仓浮在水面，那是新港南疆储油罐区。离这不远是游

轮出海的地方,那里有漂亮的人工沙滩,沙子是从南方运来的。近岸水中有一条长长的大口径围埝,在海浪拍打下时隐时现,不知作什么用?近海渔船游弋,有一两艘停靠岸边等待向游客售卖海产。眺望大海,任海风吹拂,我想起了大东海的航母,想起了纽约长岛的石子沙滩,我告诉司机大西洋海边砂石搁脚,他说我们这里全是细沙!我在海边感到很惬意,司机主动为我留影渤海边。

2016.9.3.

第三编 新疆之行

2016年9月14日—30日,我和老伴、小魏,自北京乘特快火车往返乌鲁木齐旅游,受到住在乌市的体均表妹夫妇全家热情接待,让屋纳客,陪伴出行,芦花鸡餐厅洗尘、火宴山歌舞饯客,我们亲密接触了祖国西域的山河风貌和历史文化,见证了国家全面小康的强劲步伐,看到了一带一路伟大战略构想给我国各族人民和亚欧各国带来的希望。

【01】游天山天池

2016年9月17日,我和老伴、小魏来乌鲁木齐第二天,在外甥路云陪同下,驱车博格达峰脚下,游览天山天池景区。

是日,天气晴朗,秋高气爽,汽车出新市区迎日东奔。天山东脉的博格达群峰隐约跳入眼帘,越近雪峰越清晰,及至临近天池边,终年盖雪的峰峦便清晰可见。"博格达"蒙语"众山之神"之意,博格达峰是天山山脉东段的高峰,最高海拔5545米,有三个峰尖紧依并立,日光照耀下银辉闪烁。其周围有113条现代冰川,其中的50条融化汇合形成了天山天池。

我们一行在"新疆天山天池国家地质公园"巨大卧石题刻前合影。然后在游客集散中心乘摆渡车迂回爬行30公里,再步行800米林荫山路,就身临天池景区一隅的"瑶池诗赋园"。天池是典型的高山冰碛湖,呈葫芦状,湖面海拔1910米,水面4.9平方千米,水深百米,宛如天山中的明珠,无愧于"天池"、"瑶池"、"神湫"、"龙潭"之称。我们分别在圣水祭坛拍照,沿天池北岸漫步游览。忘我流连的第一个景点是"定海神针":一棵硕大的白榆树挺立笼罩在天池水岸,枝头挂满祈福红绸带,山坡陡壁有一组崭新的玉石雕塑,游人蜂拥,纷纷依序留影。这一雕塑为今年5月1日新建。传说这棵得天独厚的榆树由王母碧玉簪变成,成为镇住天池龙王的定海神针。我们步入北侧山谷,山峰苍翠,灵瀑泄落,谷底见一弯碧水,根据其山中位置判断,应是"东小天池"。我们从山谷返回,继续沿北岸东绕,到达西王母庙脚下。我们仰视拍照西王母庙宇后,乘游船漫游天池,湖中四面浏览观看。看到西面半山腰间楼宇庄严,比西王母庙还要显眼!经询知是"福寿观",我们返回上岸后,决定前往察探察探。

从电瓶车停车场递阶上山,至长阶中段平台,远望"福寿观"拍照。平台左侧有一幅高大的广告图版,上书:《西域灵山　再现神光——道教圣地福寿观》,介绍了"云中三百步羽化成仙"的故事。相传,丘处机当年在福寿观游山,遇一病弱嗟叹之人,便作歌曰:"一百步病去体健,二百步身轻如燕,三百步羽化成仙",歌罢悠然而去。病者尾随而行,果然在三百步后诸病全无,羽化成仙!

鉴古思今,思绪豁然贯通。天山,西采大西洋灵气,天池,东纳神州琼浆。易道理一,天道大同,东西方智慧文化在这里交汇辉映,一带一路在这里启程。愚公移山志不改,万里长征步不停,丝绸之路开新局,三百步实现中国梦!

离开天池景区时,看到路边有一尊刻石,古代曾有周穆王八骑造访天池会见西王母、受到隆重接待的记载。两人互赠礼品,互致交好之辞,宴饮唱和,以致"乐而忘归"。周穆王临别前,在瑶池设宴回报西王母。稍后,又登上山顶,手植一株槐树,并在山顶上题写了"西王母之山"五字。西王母对周穆王说:"祝君长寿,愿君再来!"汉代以后,西王母和王母娘娘逐渐融合为瑶池同一个神女。

各位游客、国人,切莫辜负瑶池神女的盛情邀请啊!

【02】驱车吐鲁番高昌故地

2016年9月18日,周家兄弟同时上阵,老大蜀雄开车,老三路云导游。我们8点出发,历时13个小时,行程600多公里,前往吐鲁番游览了火焰山、月亮湾、千佛洞、高昌古城,参观了吐鲁番博物馆,察看了坎儿井民俗园。

上午驱车200公里到达"吐鲁番游客服务中心",路云询问行车路线,我索一本《吐鲁番游玩攻略》参阅。吐鲁番历史上是一个东西方文化荟萃交融之地,我国古丝绸之路遗址汇存之地,国家重点文物保护单位就有9个。我们首先看到的是连绵分布的火焰山。吐鲁番亦称"火洲",山体色红似火;火焰山是中国最热的地方,气温高达47.8°C,地表高达70°C以上。我们停车在312国道边《火焰山国家地质公园》大门前,拍照留影,金猴跳上门头迎客。往西不远可以看到一根高12米的"金箍棒"矗立着,这是一根巨大的温度计,时时记录着火焰山大气和地表的温度。我们绕行到火焰山脉腹地沟谷中,在"月亮湾"、"群星陨落"处停留。看到谷中溪水潺潺,状如弯月,绿植葱翠,令人称奇。看对面山坡风化的红砂中点缀着散落的碎石,颇似陨落的群星。火焰山景区山前,还有地宫浏览区,按西游记孙悟空三借芭蕉扇的故事设计,颇具神话色彩,憾未能进去观赏。

进火焰山谷前行，我们参观了"柏孜克里克"千佛洞，它是高昌回鹘王国的王家寺院，是一处佛教石窟，有83个洞窟，我们看到了残存的佛像基座和彩色壁画。遗存壁画共有1200平米，是研究回鹘高昌佛教文化的艺术宝库，1982年被国务院列为全国重点文物保护单位。

从千佛洞驱车向南，东绕西拐来到高昌古城遗址。高昌故城始建于公元前一世纪，公元五世纪中叶成为吐鲁番政治经济文化中心。公元九世纪后成为回鹘王国首府、西域国际大都会、宗教中心、亚洲最大的印刷中心之一、丝绸之路的交通枢纽。现存城址周长5公里许，略呈方形，分外城、内城和宫城三部分。高昌故城1961年被国务院列为全国重点文物保护单位，2014年列入联合国世界文化遗产名录。我们购票乘电瓶车穿游：经过东南小寺，在2号、3号建筑遗址停留，到"可汗堡"遗址下车，为现存宫城颓垣拍照。步入西南大佛寺，庭院式佛寺遗址呈长方形。中心塔是寺院主体建筑，塔殿建于高大的塔座上。正中有塔殿中心柱，柱身南壁有佛龛。佛龛分上下：下部一层有横列3个大佛龛，上部三层，每层各列7座小佛龛。讲经堂遗址位于中心塔东北向，穹窿顶，面南开门。高昌城内寺院星罗棋布，国王大力提倡佛教信仰：麹伯雅虔诚听授《金光明经》，麹文泰盛迎大唐玄奘法师，成为世间历史佳话。

【03】走马观花吐鲁番博物馆

在吐鲁番市区，我吃了一顿新疆风味的午餐：烤包子、羊肉串、抓饭、拌面，每人肚子吃得饱饱的。饭后走马看花参观了有"露天博物馆"之誉的《吐鲁番博物馆》。吐鲁番博物馆属国家二级博物馆，馆藏陶、铜、纸质文物6800余件。该馆始建于1956年，三易其址，现已建成数字化浏览系统。博物馆分七个单元分别介绍了：吐鲁番早期人类活动（4万年前）、姑师文化的发现（公元前8世纪）、西域都护统辖下的车师（汉代）、高昌郡及麹氏高昌国、唐西州经济文化的繁荣、回鹘文化的发展、清代的吐鲁番郡王等内容。博物馆《天山盛开芙蓉花》主题展览大厅内，迎面立有五人铜像：毛泽东、包尔汗、赛福鼎、王震、王恩茂。展览分三部分介绍了解放后新疆发展变化的历史梗概。第一部分，源远流长新湘情，左宗棠、毛泽东、王震、陶峙岳……八千湘女上天山；第二部分。描绘"富民兴边"大蓝图；第三部分，对口支援结硕果。末尾以红幅文字展示了习近平有关新疆工作的指示和十三五期间湖南的援疆计划内容。博物馆除通史展厅外，还开设古生物、文书、干尸、钱币展厅，我们未及浏览。据说有春秋到清代的干尸11具，镇馆之宝是世界上最完整的巨犀骨架化石，等等。

我们在吐鲁番盆地东西南北穿行，几度从车窗看到路口一座漂亮的白绿色调建筑，房顶嵌"吐鲁番葡萄沟景区"几个绿字。道路两侧葡萄园成片相连，风干葡萄干的晾房成排棋布。葡萄沟是火焰山中一片神奇的河谷，南北长8公里，东西宽2公里，栽有无核白、马奶子、白加干、红玫瑰各色品种，形成一所天然葡萄博物馆。葡萄沟气温比市区低3.5°C，是一片清凉世界。有王洛宾音乐艺术馆、民族风情园各种游乐设施景点，是国家首批五A级景区。

【04】游览坎儿井民俗园

在吐鲁番市区，我和老伴小魏游览了《坎儿井民俗园》。坎儿井民俗园是国家四A景区。入口处墙壁嵌一长幅：《坎儿井——中国古代三项伟大工程之一》。吐鲁番是我国坎儿井最集中的地区，现有坎儿井1100多条，暗渠长达5000公里，新疆坎儿井80%集中在吐鲁番。建设坎井水系，需要特殊的土质。吐鲁番的土质为钙质粘性土，粘合性非常强。这里高温干旱，坎儿井不易坍塌。坎儿井由竖井、暗渠、明渠、涝坝组成，全部由人工挖掘，它是与万里长城、南北大运河齐名的中国古代三项伟大工程之一！遍布吐鲁番盆地、纵横交错的坎儿井，像地下长城、多条运河一样，源源不断地将天山雪水送往吐鲁番绿洲，滋润了火焰山下的果园农庄，养育了世代生活在这里勤劳善良的各族人民。怎能不说是一项亘古伟大的工程？其功盖莫大焉！

【05】伊犁两日游

由路云联系安排，我和老伴小魏三人，自乌鲁木齐至伊宁乘飞机往返，由伊宁旅游包车司机周海军接待，连续两天访游了惠远古城、赛里木湖、霍尔果斯、伊犁河大桥、伊犁河湿地公园、阿依朵薰衣草景区、大西沟福寿山景区，在伊宁市区游览了人民公园、六星街、喀赞其民俗文化街，在人民广场漫步小憩……感受到边疆各族人民的勤善情谊和实现小康的追梦胸怀、与世界互联互通建设和谐世界的大同愿望。伊犁河谷是大西洋湿气可以到达的地方，是美丽的塞外江南，来到伊犁不由使人想起当年的《军垦战歌》插曲——《边疆处处·赛江南》，"人人都说江南好，我说边疆赛江南……"

（1）访惠远古城

惠远地处伊犁河中游北岸，其名为清乾隆所赐，意为"大清皇帝恩德惠及远方"。导游小周从伊宁市解放西路驱车38公里，到达霍城县东南惠远古城（1882年重修新城），进"景仁门"。惠远城东大街路北有"文庙"、"将军府"遗址；路南有"古城陈列馆"和俄式建筑遗址。惠远城南故城墙外，新建"惠远烈士陵园"。灰砖门

洞上有平顶垛口和小段城墙，造型简朴。西侧大片向日葵田一望无际，茁壮整齐，葵花向阳。陵园广场矗立着高大的汉白玉纪念碑，竖写"革命烈士永垂不朽"八个字。陵园内坐北朝南建有"刘光汉将军墓"，建于 2010 年 4 月 20 日。墓碑刻有刘光汉将军墓志铭：刘光汉生于 1915 年，祖籍陕西左权县。1937 年参加八路军，转战西北等地，1949 年率部进军伊犁，驻防惠远。他带领进军伊犁第一团官兵屯垦戍边，建党建政，土地改革，肃反镇反，减租反霸，剿匪平叛，维护稳定，发展生产。1950 年 5 月担任伊宁地委第一书记。1953 年 10 月以后调任西北军区空军副参谋长，1958 年毕业于南京军事学院空军系，1960 年晋升大校军衔，荣获人民功臣奖章、二级解放勋章。1983 年离休，1991 年在西安病逝。刘光汉晚年身患重病，仍情系伊犁，深深依恋战斗、工作、生活过的这片热土。临终遗愿，将骨灰安葬惠远古城。感人至深，后人敬仰。将军英魂与西天山常在，与伊犁河永存。

  惠远城东大街"伊犁将军府"，1996 年被国务院公布为国家重点文物保护单位。1762 年清政府在伊犁设立了"总统伊犁等处将军"，作为当时新疆最高行政军事长官，辖制伊犁等地军政区域。1871 年被沙俄侵占后，惠远古城被毁。1875 年左宗棠任钦差大臣督办新疆军务率军西征，1881 年签订《中俄伊犁条约》，1882 年正式接收伊犁。伊犁将军金顺率兵进驻绥定城，并奏准在惠远老城北 15 里重建。沿用老城布局，历 10 年之功，建成惠远新城。1884 年新疆建省，省府迁迪化，将军府变为"新伊都督府"，后改为"镇边使署"，1930 年改为"屯垦使署"，1934 年屯垦使署迁往伊宁。解放后将军府一直由驻军作为营地使用。1990 年被公布为自治区级文物保护单位，1996 年成为全国重点文物保护单位，2006 年被团中央列为全国青少年教育基地。

  惠远东大街路南，新建一处殿宇，是《惠远古城陈列馆》。

  迎门影壁上书写着阎崇年先生题字《惠远古城历史文化展览》。东殿展示标题《首府之城》，介绍经康雍乾三朝相继努力，伊犁成为清代治理新疆的首府之城的概况；南殿《功勋之城》告诉人们，老惠远古城虽由沙俄侵毁，新惠远古城易地崛起一个半世纪，为抵御外侵、屯垦戍边，为新疆发展、中外交流贡献卓越，不负功勋之城赞誉。西殿展示《文化之城》，惠远城官宦文化与民间民族文化交融共生，坛庙种类数量居清代全国之冠，惠远曾有"小北京"之称。

  我请小周从惠远驱车南行，大约走 7 公里多即到伊犁河边。河北岸正在修建防洪堤工程，我们临河眺望，伊犁河水滚滚西去向西北望去，离河堤数百米看见一段黄土颓垣。我猜，那一定是惠远老城的城墙遗存吧！

  从伊犁河边返回惠远继续北行，无意间邂逅一片薰衣草园，我们停车入园观赏逗留。园门标示"阿依朵薰衣草文化旅游景区"，我索要简介入园游览。伊犁河谷，是著名的薰衣草之乡，面积和产量都占全国 90% 以上，与法国普罗旺斯、日本北海道并称世界薰衣草的三大产区和游览区。阿依朵规划占地 1200 亩，分七区一中心。迎门波浪薰衣草田一望无际，彩虹花田似锦铺地，秋季法国蓝薰衣草秀丽娇艳、紫气氤氲……留种圃三五维族少女采种，晾晒场技术工人临风筛选草籽。薰衣草的观赏旺季是六月，九月虽有一些品种能够开花，但不如初夏繁茂，窄叶薰衣草法国蓝是其中的佼佼者。品种圃其它种类有马鞭草、鼠尾草、洋甘菊等。

（2）往返穿游果子沟

以霍城可克达拉为始发地，往返连霍高速，9月20日游览了赛里木湖、霍尔果斯口岸，9月21日游览了大西沟福寿山和伊犁河湿地公园。往返赛里木湖经过一座大桥——果子沟大桥，其全称为"果子沟双塔双索面钢桁梁斜拉桥"，该桥始建2007年，2010年11月合龙，2011年9月30日通车。桥梁全长700米，桥面距谷底高200米，主塔高度分别为209米和215.5米，大桥使用国内特殊专用桥梁钢材17000吨。大桥是自治区公路第一座斜拉桥，也是国内第一座公路双塔双索面钢桁梁斜拉桥。从车窗探望果子沟中闪动的山峦绿嶂，钻越半山罕见的隧洞，令人惊奇开眼。我想，只有航拍才能看到它完整的画面。

赛里木湖位于北天山山脉，海拔2077米，面积455平方千米，属断层湖，它比天池大90多倍。置身湖岸留影远眺，唯感浩渺空旷，缺少园林景致。

连霍高速公路西端是霍尔果斯口岸，我们前往游览了《霍尔果斯国门景区》。从停车场经过《中国海关》大楼，经过安检进入景区。登上瞭望台，眺望中国18号界碑和小白杨景点，我们在界碑亭外小憩。和我们曾经身临的满洲里国门景区相比，这里的管理有一些瑕疵。国门景区步道长廊一侧，绘有图文并茂的图版。丝路国脉路线图的注释文字是：

"一道 贯通亚欧大陆　融汇东西文明的跨越之门
　一道 追溯历史遗迹　传承丝绸之路的文化之门
　一道 书写盛世华章　见证百年口岸的国威之门
　一道 睦邻中哈两国　共谋和平发展的友谊之门
　一道 穿越中亚谜境　畅游异域风情的迷幻之门"

次日，从霍城可克达拉北上，经清水河、芦草沟、大西沟，驶向高山草原"中华福寿山"。我们穿山越寨到达景区大门，乘电瓶车游览高山草原风光6公里，然后依木栈道登顶，也可骑马上山。福寿山是中国野樱桃之乡，四五月花海烂漫。清代福寿山是新疆最大的道教活动场所，山上道观选址融合道家阴阳相合、万物相生的思想，每年6、7月都有盛大的庙会活动，前来上香祈福的人络绎不绝。

下午，返回伊宁途中，小周驱车走访"伊犁河湿地公园"。我和小魏步入伊犁河滩沙枣林地，远拍灰、白、动、静羊群，近观沙枣小果枝叶，并为小魏攀上虬曲树干拍照。

(3)伊犁大桥观河 伊宁市走街串巷

在我的坚持下,9月21日上午我们首先游览了伊宁市"人民公园"。该公园始建于1936年,又名"西公园",1974年改为"人民公园",几经改扩建,功能逐步完备。青杨林立,景观宜人,我为小魏留下倩影。

开车驶到伊犁河大桥,我漫步桥上,观察支流交错的伊犁河网。走到大桥南头伊河大道、南岸景观大道,我们三人近观远眺,相互选景留影。路边花木葱翠。有一种攀援植物,覆盖于杨树梢头,花丝银光闪烁,像一团绒毛,为我首见。

下午我们从福寿山返回,小周主动把我们带到具有俄罗斯风情的历史文化街"六星街"观览。随后又送我们到"汉人一条街"——《喀赞其民俗旅游区》游玩,我们参观了《伊宁回族清真大寺》,品尝了特色食品手工冰激凌。

最后,我们三人走到伊宁市人民广场。广场北面市政府大楼国徽高挂,广场中旗杆上五星红旗飘展,铜鼎耸立,巨大山石坚稳如磐!广场上华表石柱矗立,四周围群楼环拥。我带着美好的感受和心绪离开人民广场,飞回乌鲁木齐。

【06】游乌鲁木齐植物园

2016年9月23日,我们和体均夫妇,五人同游乌市植物园,金秋赏菊。

从北京北路7324工厂站上56路公交,到植物园站下车,路口东南角便看到上悬"植物园"三个大字的植物园大门。门内广场布置了一个五彩缤纷的菊花大花坛。大花坛中间设一同心环绕三色菊花台,台上塑一朵硕大绿菊花头,台基嵌一行藕色菊花字《第20届菊花展》,四周黄色盆菊围绕,犹如金辉捧日。正面一片藕色独本菊花非常靓丽,菊韵紫气萦绕!游人蜂拥,争相拍照留影。花坛后面的花墙上显示菊展主题,《和谐新疆 共创未来》。

我和其富表弟沿右侧园路漫步,老伴表妹三人在后面赏菊,择景照相。我们先行进入《第20届金秋菊花展》精品展室。迎面是瑞绎昕园林公司制作的《健康生态墙》。室内厅室庭院曲折错落,各色菊花摆满高低花架,真是五彩斑斓,七彩缤纷。有一片紫色大花。应称藕和色,丝瓣伸卷,光彩亮丽,和在花坛正面看到的应为同种,紫气氤氲,美不胜收。各类白菊似玉,大小黄菊灿烂。等老伴表妹赶到,我们又一起在展室漫步浏览,频频拍照留影,表弟表妹退休前也难得有这样清闲的时间。在展室一隅,我看到一片葱绿玲珑的小菊,文雅别致,犹如蜡染,我赶紧揿动快门,为其立档。

一起走出精品展室,看见门口左侧大画板上影印唐寅一首诗。诗曰:

"故园三经吐幽丛 一夜玄霜坠碧空
多少天涯未归客 尽借篱落看秋风"。

我用手机拍下玩味,虽有文人意境,情绪不免失意低沉。我反其义抒怀,吟唱一首:
"丝路金秋我首游　乌市紫菊展风流
沙海绿洲江南韵　花仙巧装葡萄沟"

我们几个人走到"儿童乐园",等候植物园游车。一薛姓年轻人,听说我们需乘车游园后,特意到大门口开来电瓶车,接待我们。小薛一路慢行,一路介绍指看,不时停下让我们拍照。我们浏览了杨柳、松柏、蔷薇、卫矛、鼠李、果木、药用等植物园区,环绕了湖泊水上乐园,看到了翠绿的红柳苗圃,在小薛的协助下,为树梢的大沙枣鲜果拍照留影,为沙漠之王留下珍贵资料。

2016.10.4.

第四编　延安四日游

2016年12月28日至31日,我和老伴到革命圣地延安参观旅游。27日晚在北京西客站乘Z43次直快,28日早6点半到延安。一上车,同车厢的两个自京回家的延安青年,主动为我和老伴让出下铺,坚持不收我们中上铺差价费。到延安,早七点我们就住进了延安大礼堂如家酒店,服务员热情通融,使我们感受温暖,我和老伴提前进入517房间。在延安乘坐公交车,一上车年轻人就主动为我和老伴让座,敬如上宾。12月29日是老伴生日,那天我们参观了延安革命纪念馆和王家坪八路军司令部旧址,中午路过《老延安》餐馆,店主开门纳客,把我们迎到1号桌。我为老伴要了西凤酒,点了烧扣肉,服务员推荐了"小白菜熬洋芋",主食米饭。餐桌上靠墙摆一尊毛主席铜像。我和老伴与毛主席同桌共饮,称许杨俊秀同志为祖国边疆建设贡献大半生的人生选择!

【01】登宝塔山

28日,在如家酒店安顿好,稍事休息,我们走出礼堂巷越过南川河,沿宝塔山麓北行。首先看到了山脚的《延安摩崖石刻》。中间是范仲淹隶书大字《嘉岭山》;右侧是:"重岗叠翠""云生幽处""嘉岭盛景称第一""泰山北斗　一韩一范""胸中自有数万甲兵";左侧是:"先忧后乐""出将入相""高山仰止"。

我们从大门牌坊进入景区,乘游览车到达1043.4米高的宝塔山头。"几回回梦里回延安,双手搂定宝塔山",延安宝塔就矗立在我的眼前!宝塔始建于唐代,八角九层楼阁式砖塔,高44米,塔内有楼梯可登顶。经询,老人儿童谢绝购票。1937年中共中央和毛主席进驻延安,这座古塔也焕发了青春,成为照耀中国革命走向胜

利的灯塔和标志。宝塔旁有一钟亭，内悬明代洪钟，铁钟铸于崇祯元年，原置清凉山太和道观，抗日战争时期，陕甘宁边区保卫处将其移到此处，作为防敌机轰炸报警之用。我们漫步山头林间，选址与宝塔合影。老伴在纪念品商店看中了印有毛主席头像和1935——1948字样的"红色延安"绿军衫，买了两件做纪念。

我们继续沿山上公路慢步登攀，老远就看到西北山头的"烽火台"。我们登上高10多米、1993年砖砌加固修复的烽火台，可眺望延安全城，东、西、南三川尽收眼底。烽火台始建于北宋范仲淹戍延时期（1040年），原址为黄土夯筑的四棱台，底11米，高15米。

摘星楼位于嘉岭山（宝塔山）山巅，海拔1135.5米。摘星楼系范仲淹1040年修建的瞭望台旧址，夜晚满天繁星，举手可摘。原楼已毁。1987年原址恢复。2009年重建为四层宋式建筑，钢筋混凝土结构。台明、台阶、地面、栏杆等用福建泉州花岗岩石材火烧面制作，总面积427平方米，高23.26米，是俯瞰延安全景的最佳之地。

下午，打车到延安中学对面新华书店买了延安手绘地图。乘K2路公交到延安大礼堂，查看了"陕甘宁边区参议会会址"。晚上，从延安体育场向北漫步到南关城楼，欣赏了南关街和宝塔山夜景。白天河岸街桥上车水马龙，夜晚大街两侧火树银花、彩灯闪烁，延安分明已成为一座现代化旅游城市！

【02】参观延安革命纪念馆访王家坪旧址

29日上午，我们越过延河彩虹桥，10点到"延安革命纪念馆"，领票参观。壮丽的白色纪念馆正面，闪烁着《延安革命纪念馆》七个金字，广场正中矗立着5米高的毛主席立姿铜像。我和老伴进入展馆大厅，首先为延安英雄群雕敬献鲜花，然后进入展厅参观。

延安革命纪念馆始建于1950年1月，原馆址在南关交际处；1954年迁往杨家岭原中共中央机关旧址，定名为"延安博物馆"；1955年迁至城内凤凰山麓革命旧址院内，改名为"延安革命纪念馆"；1973年6月迁往王家坪现址；2009年新馆落成，建筑面积近3万平米，陈列展出面积1.43万平米。一楼展厅《前言》告诉我们："延安，中国革命的圣地。从1935年到1948年，以延安为中心的陕甘宁边区是中共中央的所在地，是中国工农红军长征的落脚点，是夺取全国胜利的出发点，是新民主主义的模范实验区，是中国革命的指导中心和中国人民解放斗争的总后方。"

一楼解说员为我们介绍了展览第一部分：《红军长征的落脚点》。我一面听讲解员解说，一面记下四小部分的红色展板标题：1 西北革命根据地的创建与发展；2 倡导建立抗日民族统一战线；3 实行全面抗战；4 政权建设。展厅里有一幅1924年—1930年陕西党团组织武装斗争示意图，显示当年西安四周、陕北各处已是烽烟四起。

解说员指认玻璃柜内一小炕桌,上面展放毛主席在这张桌子上写的《沁园春·雪》;"中共中央政治局瓦窑堡会议"展板介绍了1935.12.制定的抗日民族统一战线新策略;周恩来与张学良"延安会谈"是1936年4月9日秘密进行的;还有公木作词郑律成作曲的《八路军军歌》展板,和《小米加步枪》实物造型展台;"政权建设"介绍了陕甘宁边区参议会实行的"三三制"和民主选举的人物造型场面。

二楼解说员郭院院引导我们参观了下面的内容。

第二部分是《延安精神的发祥地》。小郭指出延安精神有丰富的内涵,首先是"实事求是 力戒空谈"的延安整风精神,还有张思德精神,白求恩精神,南泥湾精神,以及延安同志们的精神。毛主席1942年12月指出:"延安县同志们的精神完全是布尔什维克的精神"。这种精神的内涵是深入实际,联系群众;实事求是,不尚空谈;切实朴素,廉洁奉公。

第三部分是《毛泽东思想的形成与发展》。这一部分有三个小标题:1 毛泽东思想的形成和发展;2 延安整风运动;3 七大确立毛泽东思想的指导地位。通过延安整风运动,实现了在以毛泽东为核心的中共中央领导下新的团结和统一,对于加强无产阶级政党的建设,增强党的战斗力,是一次成功的实践,伟大的创举! 1945年历时近两个月的中国共产党第七次全国代表大会,确立毛泽东思想为党的指导思想。

第四部分是《夺取全国胜利的出发点》。这一部分也有三个小标题:1 为争取和平民主而斗争;2 转战陕北指挥全国解放战争;3 夺取全国胜利。展台上有一匹毛主席骑过的"小青马"标本,毛主席非常爱惜的军功马老死后由北京动物园制作成标本,该馆于1964年收藏。1949年10月2日延安各界人民庆祝中央人民政府成立大会给毛主席发了敬贺电;10月26日毛泽东同志复电"延安的同志们和陕甘宁边区的同胞们"表示感谢,并号召"全国一切革命工作人员永远保持过去十余年间在延安和陕甘宁边区的工作人员中所具有的艰苦奋斗的作风。"

纪念展览《结束语》说:历史长河奔涌不息,改革发展任重道远。我们要继承和发扬延安精神,坚定不移地高举中国特色社会主义旗帜,实现中华民族伟大复兴的中国梦!

我和老伴,老伴和小郭,分别在毛主席"发扬革命传统争取更大光荣"题字墙板前合影留念。

延安革命纪念馆东门外,就是《八路军总司令部住址王家坪》。进门不远右侧是军委大礼堂,山坡上有叶剑英、王稼祥旧居,有周恩来旧居,毛泽东旧居内有一张主席和毛岸英合影。旧居前有一桃林公园,是当年八路军集会活动场所。回到军委大礼堂,进东侧小门,礼堂主席台上悬挂的会标是《抗战胜利大会》,我走到台桌前振臂高喊:"把日本鬼子赶出中国去!"

走出八路军总部,在路口"老延安"餐馆为老伴过了她的76岁生日。随后步行两公里到清凉山万佛寺景区,从万佛寺牌坊上山,参观了新华书店发祥地,叶剑英

1964年《重游延安》题诗，和赵朴初奉和叶帅诗作，游览了山崖上的《范公祠》，雷洁琼和程思远的崖题文字，浏览药王庙《孙思邈传》石刻，唐太宗赐"真人颂"碑，于右任"药王庙"碑。

走出清凉山大门，匆匆参观了《延安新闻纪念馆》。新闻纪念馆资料详实，图文并茂。从一至三层，分五部分展陈。第一部分：介绍中共中央党报委员会的工作，由张闻天博古负责；第二部分：延安时期的新华通讯社；第三部分：延安时期的党报与报人，人民日报的创刊；第四部分：新中国出版事业的摇篮，出版发行部、新华书店、新华印刷厂；第五部分：人民广电事业在这里起步。

【03】游览杨家岭枣园革命旧址

30日上午，我和老伴从延安体育场乘K2路汽车到杨家岭下车，拐过路口是杨家岭红军小学，校门脸很漂亮，房顶上有一排字"托起明天的太阳—习近平"，啊！习近平来过这里。我隔着电子山门举起相机，角度不太方便，这时电子门缓缓打开，我跨步进院牌摄。我举手致谢，但我始终不知道门卫在什么地方看到了我，并为我打开了电子门！

杨家岭位于王家坪西北，枣园东南，在枣园和王家坪旧址之间。1938年11月至1947年毛主席等中央领导和中共中央机关在此居住。坐落在旧址右侧的"中央大礼堂"建于1940——1942年，在这里召开了"延安文艺座谈会"和党的七大。毛主席在这里写下了多篇光辉著作。旧址坐落着中共中央办公厅、宣传部、组织部、统战部、青工委、妇委会、机要局等单位，以及毛泽东、朱德、周恩来、刘少奇旧居，还有毛泽东和斯诺谈话地方的小石桌，站在屋前可以看到毛主席种过的菜地。毛泽东旧居内书架上摆放着资本论、列宁选集、鲁迅全集、战国策、孙子兵法、史记、孟子、水浒、红楼梦等名著。刘少奇旧居旁窑洞内有一个《刘少奇在延安》图片展，真实记录了刘少奇在延安的革命活动和历史贡献。

枣园革命旧址位于延安城西北8公里处，这里原是一家地主庄园。我们看到大门石柱上左右皆刻写"延园"二字，为康生所书，径直往前可看到中央"小礼堂"。小礼堂即书记处礼堂，亦称职工俱乐部，1941年建成。春节期间，中央领导同志经常在这里接待来拜年的群众秧歌队。大生产运动中，在此举行过纺线比赛。1945年8月，中央政治局在此彻夜开会，研究通过了毛泽东亲赴重庆同蒋介石谈判的决定。在小礼堂西侧院内，露天拥立着五大书记铜像，毛泽东在正中，左右是刘少奇周恩来，两边是朱德任弼时。我和老伴分别与五大书记合影留念。北面山坡上有一条《幸福渠》，1940年群众集资政府资助，边区建设厅设计，修成了"裴庄渠"。1400亩旱田变成水浇地，枣园周围五村受益，庄稼连年丰收，群众称它为"幸福渠"！我和老伴在山坡阳面往返，分别参观了刘少奇旧居、任弼时旧居及图片展、毛泽东旧居及防空洞、张闻天旧居、周恩来旧居。经询,毛主席纪念张思德"为人民服务"讲话台,不在院内,在延园西侧山麓。

枣园革命旧址前面是开阔的枣园文化广场,我和老伴与广场上大合唱雕塑合影,拨动伴奏琴弦。观察对面东方红大剧院、长征之路4D影院,端详广场上的"延安1938城"标志,发现脚下有一5000平米的地下美食商城。我们乘扶梯下去,圣地之风迎面扑来,标语装饰似曾相识,仿佛回到抗战年代。交错的街巷墙上写着反对主观主义、反对宗派主义的标语;边区农场店铺墙上书写着"自己动手丰衣足食"八个字,货架上摆满精致果品供游客购买品尝。"安塞腰鼓行"店内摆满各色腰鼓、大鼓;中华文创枣园店的艺术品更是新颖引人!《润之堂》的对联是"五尺柜台百样货 献给人民一片心"。我和老伴走进《李得胜》餐馆,门口立一张戴八角帽的毛主席英俊相片迎人入馆。我们点了油糕、肉夹馍、李得胜羊肉杂碎汤,横山羊肉饸饹。从枣园返回如家酒店,途经中心街"凤凰广场",我们为凤凰山下的红旗群雕拍照存念。

【04】访杜公祠览西北局纪念馆

31日上午,我们自延安大礼堂乘车往南,第三站就到《杜公祠》。杜公祠坐东面西,依山而立,建筑群落雄伟壮观。杜公祠的门柱对联是:上联"忆昔年羌村赋北征诗圣大名传四海 ";下联"看今日圣地建新祠诗乡美誉壮中华"。门厅后面,矗立着杜甫高大的全身铜塑像,昂首挺胸,临风远眺。正殿"诗史堂",录有杜公代表诗作,北墙《诗中圣哲》匾下,有《杜甫生平简介》。大殿两侧是红柱青瓦的长廊—"碑廊"。每侧碑廊各有四块咏古怀杜碑刻,北侧有郭沫若、林伯渠的两幅诗书作品。杜公祠门厅两侧有两座角楼,双层飞檐,上层四周有眺望石栏,壮丽典雅。北面角楼匾额《诗魂轩》,南面角楼匾额《少陵阁》。诗魂轩的嵌金对联是:"倾心恤民千古浩歌咏叹黎庶苦 竭力报国百转愁肠匡扶社稷危";少陵阁金字匾额两侧柱联书:"工部正气盈天地 少陵诗章震乾坤"。大殿南侧崖壁上刻一帧毛主席草书墨宝"诗圣—毛泽东";有清代题刻 "少陵川"三个行楷大字;有近代于右任草书"茅屋为秋风所破歌"名句:"安得广厦千万间 风雨不动安如山 大庇天下寒士俱欢颜"。在摩崖石刻右下方有一处石窟窑洞,洞顶镌刻《北征遗範》四字,门内龛上塑一幅杜甫书童像。据重修杜公祠碑介绍,此处为1984年延安市人民政府决定,由清凉山文物管理局施工,历时两月完成的。我们现在看到的规模宏大的杜公祠是2014才完成的。杜甫在安史之乱之后,举家迁往鄜州羌村。随后杜甫只身北上,曾在延安7里铺山脚露宿一夜,这就是杜公祠的历史渊源!

我和老伴从杜公祠出来,往北面凤凰山麓寻找西北局旧址,大约一公里就看到坡上道路和窑洞。中共中央西北局成立于1941年5月,由中共陕甘宁边区中央局与

中共中央西北工作委员会合并组成。初驻延安城北张崖，1942年迁驻城南花石砭。西北局旧址于2007年开始修复，2009年对外开放。我们看到成排窑洞门口有西北局组织部、宣传部、统战部、办公厅、会议室、小餐厅等旧址标牌，和高岗、习仲勋、马明方、陈正人、贾拓夫、李卓然、马文瑞等的旧居。中共中央西北局纪念馆位于旧址北部入口右侧，2014年对外开放。走进高大序厅，我为老伴在铜像群雕前留影，大厅墙壁浮刻着毛泽东当年的话语："我说陕北是两点，一个落脚点，一个出发点。陕北已成为我们一切工作的试验区。"我们从一楼第一展厅、到二楼第二展厅、再经斜廊到一楼第三展厅依序浏览拍照。从土地革命时期刘志丹、谢子长、习仲勋创建西北革命根据地开始，分五部分了解大西北的革命斗争情况。一 创建西北革命根据地；二 中国革命大本营奠基西北；三 中共中央西北局的成立；四 中共中央西北局转战陕北；五 进军大西北 迎接新中国的诞生。

下午5点多，我们从延安中心街步行到二道街抗日军政大学旧址，此前我们已有两三次路过这里，只是未曾下马。大街南侧三间红柱灰瓦山门精粹典雅，门楣横写《中国抗日军政大学》几个楷体字，大门两侧白墙上分别书写"团结紧张 严肃活泼"八个红字，非常醒目。穿过小院越过券门，迎面大楼门脸上金字标明："中国人民抗日军政大学纪念馆"。进入展厅，值班人员准备下班锁门，我们打过招呼，请值班员为我和老伴在"抗大"红旗前留影，我匆匆绕了一圈离开。院内简介牌告诉我们：《中国抗日红军大学》1936年6月在瓦窑堡成立。校长林彪，教育长罗瑞卿，政治部主任杨尚昆。1937年1月，改名为《中国人民抗日军事政治大学》（简称"抗大"），成立了以毛泽东为主席的抗大教育委员会。1939年7月，抗大总校迁往华北解放区；1943年3月迁回绥德，徐向前任代校长。1945年10月，迁往东北解放区。抗大办学10年间，总校共开办8期，创办了12所分校，5所陆军中学和一所附属中学。先后培养了10万多名军政干部，为抗日战争的胜利和全国解放做出了重要贡献。

晚八点多我们到达延安车站候车，准备乘Z44次直快返京。这时，我的手机铃声响起来，小钟从老家赶回延安准备为我们送行。小钟是我在北京南长街结识的一位延安籍回乡武警战士。

永春斋　　2017.1.5.

奥克兰海滩

比比谁牛

加拿大金斯顿

美国鳕鱼角

尼亚加拉瀑布

纽约大都会博物馆

纽约访友

悉尼海边

新西兰牧场

友好司机